해리 오거스트의 열다섯 번째 삶

해리 오거스트의 열다섯 번째 삶

클레어 노스 장편소설

김선형 옮김

ν

서장

이 글은 너를 위해 쓴다.

나의 숙적.

나의 친구.

너는 안다, 이미, 틀림없이 알고 있다.

네가 졌다는 걸.

1

제2차 대변동은 내 열한 번째 생애의 1996년에 시작되었다. 여느 때와 다름없이 죽어가면서 따뜻한 모르핀의 안개 속으로 스르르 빠져들고 있었는데 그 여자애가 등줄기에 끼얹은 차가운 얼음 조각처럼 불쑥 끼어들었다.

그 애는 일곱 살이고 나는 일흔여덟 살이었다. 그 애는 금발인 생머리를 하나로 묶어 등 뒤로 길게 늘어뜨리고 있었고 나는 빛나는 백발이었다, 아니 새하얀 백발이 듬성듬성 남아 있었다고 해야 할까. 나는 위생상 어쩔 수 없이 부끄러운 환자복 차림이었고 그 애는 새파란 교복에 펠트 교모를 쓰고 있었다. 아이는 내 침대에 걸터앉아 다리를 달랑거리며 내 눈을 뚫어져라 들여다보았다. 내 가슴에 연결된 심전도 모니터를 살피고 내가 알람을 떼어내 버린 자리를 확인하더니 내 맥박을 짚어보고 말했다.

"하마터면 제가 놓칠 뻔했네요, 오거스트 박사님."

그 애가 쓰는 독일어는 베를린 상류층의 억양이었지만 세상의 어떤 언어로 말을 걸었어도 웬만하면 알아들었을 것이다. 그 애는 밖에서 맞은 비에 하얀 무릎양말이 젖어서 가려운 모양인지 왼쪽 다리 뒤를 긁으면서 말했다.

"전 시간을 거슬러 메시지를 전달해야 해요. 여기서 시간이 중요하다고 말할 수 있다면요. 박사님이 때마침 죽어가고 계시니 메시지를 제게 전달된 그대로 박사님의 클럽 멤버들에게 전해주시길 부탁드려요."

뭐라 말하려 했지만 수많은 말이 한꺼번에 우수수 혀로 굴러떨어져 나는 차라리 입을 다물었다.

"세계가 끝나고 있어요. 이 메시지는 아이에게서 어른에게로, 아이에게서 어른에게로, 천 년 후 미래 세대로부터 거슬러 와 전달된 거예요. 세계가 끝나고 있고 우리는 종말을 막을 수 없어요. 그러니까 이제는 박사님께 달려 있어요."

보아하니 의미의 앞뒤를 맞춰 내 입술을 통과할 의향이 있는 유일한 언어는 태국어인 모양이었다. 그리고 내가 조합해 만들 수 있는 유일한 단어는 '왜?'였다.

왜, 세계가 끝나느냐는 게 아니라, 라고 서둘러 덧붙여 말해야 했다.

왜 그게 중요하지?

아이는 미소를 지었고 말할 필요도 없이 내 말뜻을 이해했다. 그러다 허리를 굽혀 얼굴을 바짝 갖다 대더니 내 귓가에 대고 중얼거렸다.

"세계가 끝나고 있어요, 언제나 그래야 하듯이. 하지만 세계의 종말이 점점 더 빨라지고 있답니다."

끝의 시작이었다.

2

시작에서 시작하도록 하자.

클럽, 대변동, 내 열한 번째 생애와 잇따른 죽음들(나는 평화롭게 죽음을 맞은 적이 한 번도 없다), 이 모든 게 어디서 시작되었지 이해하지 못한다면 그저 무의미하고, 섬광처럼 폭발했다 잦아드는 찰나의 폭행, 아무 이유 없는 응징으로만 보일 테니까.

내 이름은 해리 오거스트.

아버지는 로리 에드먼드 헐른, 어머니는 엘리자베스 리드밀이지만 나는 세 번째 삶을 살게 될 때까지 이런 사실을 전혀 알지 못했다.

아버지가 어머니를 강간했는지 여부조차 모른다. 재판부에서 처리한다 해도 상당한 난항이 예상되는 사건이다. 똑똑한 변호사가 나서면 배심원이 휘둘릴 수도 있다. 듣기로는 내가 잉태되던 밤 아버지가 부엌에서 다가가자 어머니는 비명을 지르지도 않고 저항하지도 않았으며 심지어 거절의 의사를 밝히지도 않았다고 한다. 그리고 아버지는 격정에 젖은 이 오욕의 25분 동안(분노와 질투와 격분도 그 나름대로는 격정이라 할 수 있다) 주방 일을 하는 처녀를 통해 불륜을 저지른 아내에게 복수했다. 이런 점에서 우리 어머니는 강간을 당한 건 아닐지 몰라도, 스무 살 처녀의 몸으로 우리 아버지 집에 기식하며 일하는 처지로 그 집안의 돈과 호의에 미래를 의탁하고 있었으니, 내가 그 입장이라면 목에 칼날을 댄 것만큼이나 강압적인 정황이었고 따라서 저항의 여지조차 없었다고 주장할 것이다.

어머니의 임신이 태가 나기 시작할 무렵 아버지는 이미 프랑스의 전장으로 귀대하고 없었다. 아버지는 제1차 세계대전이 끝날 때까지 프랑스 주둔 근위보병 3연대에서 별로 눈에 띄지 않는 평범한 소령으로 복무했다. 하루 만에 연대 하나가 말살당할 수도 있는 전장에서 눈에 띄지 않는다는 건 뭇사람들의 부러움을 살 재주였다. 아무튼 그래서 1918년 가을에 추천서 한 장 써주지 않고 어머니를 집에서 내쫓는 악역은 나의 친할머니 콘스턴스 힐른이 맡게 되었다. 내 양아버지가 될 남자(그렇지만 내겐 그 어떤 생물학적 혈연보다 더 참된 부모 노릇을 해준 분이다)는 우리 어머니를 조랑말 수레 뒷자리에 태워 동네 시장까지 데려다주고 지갑에 몇 실링을 넣어주고는 일손이 필요한 그 지역 다른 부인들을 찾아 도움을 구해보라고 추천서도 한 장 써주었다. 어머니와 같은 유전자는 8분의 1밖에 없지만 돈이 넘쳐 가족의 연 같은 것은 따질 필요도 없었던 친척 앨리스터가 어머니에게 에든버러 제지 공장의 공원 일자리를 구해주었다. 그러나 어머니의 몸이 불면서 맡은 일을 잘해내지 못하게 되자 하위 간부 한 명이 조용히 책임자들의 눈에 띄지 않는 라인으로 옮겨주었다. 절박해진 어머니는 나의 생부에게 편지를 썼지만 교활한 할머니가 중간에서 가로채 없애버리는 바람에 아버지는 어머니의 애절한 호소를 끝내 읽지 못했고, 그리하여 1918년 새해 전야에 어머니는 마지막 남은 동전 몇 푼을 긁어모아 에든버러 웨이벌리에서 뉴캐슬로 가는 완행 열차에 몸을 싣고는 버릭어폰트위드 북쪽으로 대략 16킬로미터 지점에서 진통을 시작했다.

노동조합원 더글러스 크래니치와 그의 아내 프루던스, 이 두 사람만이 기차역 여자 화장실에서 내가 태어날 때 어머니 곁에 있었다. 역장이 문밖에 서서 괜히 아무것도 모르는 여자 손님이 불쑥 들어가지 않도록 지키고 있었다고 한다. 내 상상 속에서 뒷짐을 단단히 지고 눈이 수북이 쌓인 모자를 푹 눌러쓰고 있는 역장의 태도는 어쩐지 음흉하고 악의에 차 보인다. 축제일인 데다 늦은 시각이라 병원에는 의사가 하나도 없었고 구급대원이 도착할 때까지는 세 시간이나 걸렸다. 구급대원이 왔을 때는 이미 늦었다. 바닥에 홍건한 피가 이미 꾸덕꾸덕하게 굳어가고 있었고 나는 프루던스 크래니치의 품에 안겨 있었다. 어머니는 세상을 떠났다. 사망 정황에 대해서는 더글러스가 해준 얘기밖에 아는 게 없지만 어쨌든 사인은 과다출혈이고 '리사, D. 1919년 1월—천사들이 빛으로 인도하기를'이라는 문구가 새겨진 무덤에 매장되었다고 한다. 장의사가 묘석에 새길 말을 물었을 때에야 크래니치 부인은 여자의 성을 모른다는 사실을 깨달았다.

갑자기 고아가 된 아이, 나를 어떻게 할까를 두고 논쟁이 이어졌다. 크래니치 부인은 자기 자식처럼 데려다 키우고 싶은 마음이 절실했던 것 같지만, 재정 상황과 현실적 판단의 벽에 가로막혔다. 더글러스 크래니치는 법을 곧이곧대로 해석하는 편이었고 소유권을 좀 개인적인 입장에서 이해했다. 그래서 이 아이에게는 아버지가 있어, 그러니까 아버지한테 양육권이 있는 거야, 라고 주장했다. 어머니의 소지품 중에 곧 내 양아버지가 될 패트릭 오거스트의 연락처가 없었다면 이 문제는 미궁에 빠졌을지 모른다. 어머니는 내 생부인 로리 헐른을 찾을 때 도움을 구할 생각으로 연락처를 간직하고 있었다. 이 남자 패트릭이 우리 아버지일 가능성을 놓고 왈가왈부가 오간 탓에 마을이 한바탕 시끄러워졌다. 패트릭은 내 양어머니인 해리엇 오거스트와 결혼한 지 오래되었지만 슬하에 자식이 없었고, 1970년대 중반까지도 콘돔이라는 생각 자체가 금기시되던 국경 마을에서 불임 부부란 언제나 뜨거운 논쟁의 화두였기 때문이다. 이 충격적인 사건은 여파가 어마어마해서 결국 이야기가 헐른가의 대저택까지 흘러들어 가고 말았다. 헐른 홀에는 우리 할머니 콘스턴스, 고모인 빅토리아와 알렉산드라, 사촌 클레멘트와 리디아, 그리고 우리 아버지의 불행한 아내가 살고 있었다. 우리 할머니는 내가 누구인지 또 어떤 처지인지 즉시 파악했을 테지만 철저히 책임을 회피했다. 둘째 고모 알렉산드라는 그나마 다른 친척들한텐 결여된 정신머리와 일말의 양심이 있어서, 죽은 우리 어머니의 신원이 발각되는 순간 세간의 의혹이 즉시 헐른 가문을 향하게 되리라는 계산을 했던 모양이다. 알렉산드라는 패트릭과 해리엇 오거스트 부부에게 접근해 한 가지 제안을 했다. 아이를 입양해 친자식으로 키운다면 헐른 가문이 서류에 직접 서명하고 보증해서 불륜과 관련된 뜬소문을 잠재워 주겠다는 내용이었다. 이 마을에서 헐른 홀 거주자들의 말은 절대적인 권위가 있었다. 그리고 알렉산드라는 수고비는 물론 양육비를 매달 직접 챙겨 보내줄 것이며, 성장한 뒤에도 앞날을 적당히(물론 대단히 거창하지는 않아도 불쌍한 사생아 신세는 면할 수 있도록) 보장해 주겠다고 약속했다.

패트릭과 해리엇은 잠시 고민하다가 제안을 수락했다. 나는 두 사람의 자식 해리 오거스트로 성장했고, 두 번째 생애가 되어서야 내가 어디에서 왔는지, 어떤 존재인지 조금씩 파악하기 시작했다.

3

윤회하며 살아가는 우리 같은 사람들에게 삶은 세 단계로 나뉜다. 거부, 탐색, 수용.

범주만 보면 번지르르하지만, 이 광범위한 단어들 밑으로 여러 다른 층위가 위장된 형태로 끼어 들어가 있다. 예를 들어 거부만 해도 하위개념으로 나누면 다양하고 전형적인 반응이 포함되어 있다. 자살, 우울, 광기, 히스테리, 소외, 자멸. 칼라차크라가 대체로 그렇듯 나 역시 초기 생애들을 살아가며 어느 시점에서는 이런 감정들을 경험해 보았고 그 기억은 위장 벽에 뙈리를 튼 바이러스처럼 몸 안에 남아 있다.

내 경우에도, 수용까지 다다르는 과정은 남들과 별다를 바 없이 힘들었다.

첫 번째 삶은 남다를 게 없었다. 청년들이 다 그랬듯 징집되어 제2차 세계대전에 참전했고 어느 모로 보나 평범한 보병으로 복무했다. 전시의 무공이 별 볼 일 없었는데 전후의 삶이라고 뭐 대단한 의미가 있을 리 없었다. 전쟁이 끝나고 헐른가로 돌아간 나는 패트릭의 일자리를 물려받아 영지 장원을 관리했다. 양아버지와 마찬가지로 나 역시 땅과 비 온 뒤의 흙냄새와 가시금작화의 씨앗이 한꺼번에 터져 하늘로 날아갈 때 갑자기 보글거리는 공기를 사랑하라고 배웠다. 어떤 의미로든 사회와 격리된 느낌이 있었다면 외동이 애초에 없는 형제를 아쉬워하는 마음이나 다를 바 없었다. 고독의 관념 역시 체험하지 않으면 실감이 나지 않는 법이다.

패트릭이 세상을 떠나면서 내 입지도 공식화되었지만, 그때쯤 헐른가의 재산은 무절제와 타성에 젖어 소진되다시피 했다. 1964년 헐른가의 사유지가 내셔널트러스트 재단에 팔리면서 나도 같이 팔려가 여생을 저택 주변의 풀이 웃자란 무어*를 헤매는 관광객들에게 길을 가르쳐주며 보냈다. 그리고 영지가 시커먼 진흙 속으로 점점 깊이 가라앉는 모습을 지켜보았다.

나는 베를린장벽이 무너지던 1989년 뉴캐슬의 어느 종합병원에서 혼자 죽었다. 아내와 이혼하고 슬하에 자식도 없이 공적 연금에 의지해 살아가면서, 임종의 순간까지 내가 오래

---

* the moor. 히스가 웃자란 황야. 영국의 고원지대를 말한다. 황야라고 쓸 수도 있으나 지리적 특수성을 확실히 밝히기 위해 무어라고 번역했다.

전 세상을 떠난 패트릭과 해리엇 오거스트의 아들이라고 믿고 있었으며, 내 여러 생애에서 사인이 된 질병으로 죽음을 맞았다. 다발성 경화증이 온몸으로 퍼져나가 결국 신체 기능이 정지되었다.

그러므로 이전 삶의 기억을 그대로 간직한 채 정확히 내 삶이 시작된 지점인 1919년 새해 전야 버릭어폰트위드 역의 여자 화장실에서 다시 태어났을 때, 당연히 내가 보인 반응은 상당히 상투적이지만 극심한 광기였다. 성인의 의식을 온전히 간직한 채로 아이의 몸으로 돌아간 나는 처음엔 혼란에 빠졌다가 다음엔 고뇌에 빠졌고, 그다음엔 의혹에, 또 다음엔 절망에 빠져 비명을 지르다가 절규했고 일곱 살 나이에 '불행한 이들을 위한 성 마고 정신병원'에 입원당했는데, 솔직히 나도 거기가 내가 있어야 할 곳이라고 믿었다. 그리고 입원한 지 여섯 달 만에 3층 창밖으로 몸을 던지는 데 성공했다.

지금 와서 하는 생각이지만 3층이라는 높이는 사실 이런 정황에 요구되는 짧고 고통 없는 죽음을 보장해 주지 못하는 경우가 많다. 잘못하면 하반신의 뼈만 모조리 부러지고 의식은 말짱한 채로 살아남을 수도 있다. 다행히 난 머리부터 떨어졌고 그대로 끝장이 났지만.

4

황량한 무어가 생생히 살아나는 순간이 있어. 자네가 볼 수 있다면 얼마나 좋을까. 하지만 내가 자네와 함께 전원을 거닐며 산책할 때마다 우리는 그 짧고 귀중한 현현의 찰나를 놓쳐버렸지. 오히려 하늘은 땅에 깔린 바위처럼 시커먼 청회색이었고, 아니면 돌풍에 온 땅이 흙먼지 날리는 가시밭으로 변해버렸고, 심지어 한번은 폭설이 쏟아져 부엌문이 밖으로 열리지 않아서 내가 창문으로 나가 삽으로 우리를 해방시켜 줄 길을 파야 했던 적도 있었지. 그리고 1949년 여행을 갔을 때는 닷새 동안인가 쉬지 않고 비가 내렸던 것 같은데. 자네는 비가 내린 후의 몇 시간을 한 번도 본 적이 없어. 온 세상이 보랏빛에 노란빛으로 물들고 새카맣고 비옥한 흙냄새로 가득 차는데.

우리가 친구가 되고 얼마 지나지 않아 자네가 내린 추론은, 내가 영국 북부 출신이라는 거였지. 수많은 생애를 되풀이해 살아가면서 터득한 가식과 습관을 꿰뚫어 본 자네의 추론은 정확했어. 양아버지 패트릭 오거스트는 내게 절대로 그 사실을 잊지 말라고 가르쳤지. 양아버지는 헐른 장원의 유일한 영지 관리인이었고 평생 혼자 그 땅을 가꾸었어. 그분의 아버지도, 그 아버지의 아버지도 마찬가지였고. 신흥 부자가 된 헐른 가문이 토지를 사서 이상적인 상류층의 꿈을 조경으로 실현하던 1834년으로 거슬러 올라가는 인연이었어. 나무를 심고 무어를 가로지르는 도로를 건설하고 우스꽝스러운 탑과 아치를 세웠지. 명목으로 보나 본질로 보나 어리석음의 극치였어. 내가 태어났을 때는 이미 이끼가 스멀스멀 끼면서 쇠락의 길을 걷고 있었지만. 삐죽삐죽 날카로운 바위와 끈적끈적한 껌처럼 들러붙는 진흙투성이의 땅, 영지를 에워싼 지저분한 관목림은 그 사람들 취향이 아니었지. 예전에, 가문에 활력이 넘치던 세대에서는 양도 쳤어. 아니 양이 알아서 살았다고 하는 게 더 적절하겠군. 석벽 아래 드넓은 벌판에서. 하지만 20세기는 헐른 가문의 가세에 친절을 베풀지 않았고 이제 그 땅은, 여전히 그 집안 소유이기는 하지만, 아무도 돌보지 않는 황무지가 되었어. 부모님이 볼일을 보는 동안 어린 소년이 자유롭게 뛰놀기에 완벽한 곳이었지. 희한하게도 유년기를 다시 살다 보니 모험심이 확 줄어들더군. 첫 생애에서 기어오르고 펄쩍펄쩍 뛰어다니던 구덩이며 험준한 바위산이 나이 들어 훨씬 보수적으로 변해 버린 나의 두뇌에는 위험한 장소로 느껴졌던 거야. 그래서 나는 마음 약한 친구가 사준 비키니를 꾸역꾸역 입는 할머니 같은 심정으로 어린애의 몸을 입고 살았지.

윤회하는 내 삶을 자살로 끝내보려 했지만 참담하게 실패하고 나서, 세 번째 생애는 차라리 아득히 멀게만 느껴지는 해답들을 찾으며 보내기로 결심했어. 유년기를 지나면서 우리 기억이 서서히 돌아오는 건 그나마 우리에게 허락된 소소한 자비가 아닐까. 덕분에 몸을 던져 죽었던 기억도, 말하자면 부드럽게 스며드는 추위처럼, 전혀 놀라운 느낌 없이 다가왔어. 그저 이런 일이 있었구나, 하지만 아무 소용도 없었구나, 라는 체념에 불과했던 거지.

내 첫 생애에는, 실제로 아무런 방향성도 없었다 해도 행복감 같은 것이 있었어. 무지가 순진이고 고독은 근심의 차단이라고 본다면. 하지만 이전에 있었던 모든 일을 처음부터 알고 시작한 새로운 내 삶은 전과 똑같이 살아지지 않더군. 앞으로 닥칠 일들을 미리 알고 있어서가 아니라, 나를 에워싼 진실들을 새롭게 파악하게 되어서였지. 첫 번째 생애에서 양부모 밑에서 자랄 때는 차마 거짓말일 거라고는 상상도 못 했던 진실들, 이제 다시 소년이 되고 한시적으로나마 온전한 어른의 능력을 모두 발휘할 수 있는 상태가 되자 어린애들이 이해하지 못할 거라 여기고 흔히들 숨기는 진실들을 알아볼 수 있게 된 거야. 우리 양부모님은 나를 사랑하게 되었다고 믿어. 양어머니가 양아버지보다는 훨씬 더 빨리 내게 정을 주셨지. 그러나 패트릭 오거스트가 나를 자신의 혈육으로 받아들인 건, 결국 양어머니가 돌아가신 뒤였어.

이런 현상에 대한 의학적 연구가 있는데, 우리 양어머니는 매번 살아가는 생애에서 늘 같은 날 세상을 떠나지는 않아. 사인은(외부 요인이 먼저 파격적으로 개입하지 않는 이상은) 언제나 동일하지만. 내 여섯 살 생일 무렵이 되면 어머니는 기침을 하기 시작하고, 일곱 살 생일이 지나면 기침할 때 각혈을 하지. 부모님은 의료비를 감당할 여유가 없지만, 결국 나의 고모 알렉산드라가 푼돈을 베풀어 양어머니를 뉴캐슬의 병원에 보내주고 거기서 폐암 진단을 받게 돼(주로 왼쪽 폐에 국한된 비소세포성 폐암으로 알고 있어. 억울하지만 어머니가 진단을 받고 나서 40년 후에 치료가 가능해졌고, 당시에는 과학의 범위를 완전히 넘어서는 질병이었어). 어머니는 담배와 아편을 처방받았고, 1927년에 급속히 죽음으로 치달았지. 어머니가 죽으면 아버지는 말을 잃고 야산을 들아다녔고 며칠씩 못 볼 때도 허다했어. 나는 제대로 완벽하게 내 생계를 알아서 챙겼지. 심지어, 어머니의 죽음을 미리 예상하고 아버지가 오래 집을 비울 때 먹을 음식도 미리 챙여놓았고. 아버지는 돌아와서도 여전히 말이 없었고 내게 곁을 주지 않았어. 어린아이였던 내가 다가가도 화를 내며 받아주지 않았는데 그건 나뿐 아니라 누구에게나 마찬가지였지. 첫 생애에서 나는 아버지의 슬픔이나 슬픔이 발현되는 양상을 전혀 이해하지 못했어. 나 역시 도움이 필요한 어린애답게 말없이 맹목적인 슬픔에 빠져 있었으니까. 두 번째 삶에서 어머니의 죽음을 맞았을 때는 내가 아직 정신병원에 갇혀 있을 때여서, 나 자신의 광기와 씨름하느라 제대로 반응하지 못했어. 하지만 세 번째 생애에서 그 죽음은 선로에 묶인 사람에게 서서히 다가오는 기차처럼 찾아왔지. 불가피하고 막을 수 없는 사태를, 멀리서부터 예감하며 밤마다 상상했어. 내게는 실제 죽음보다 더 끔찍한 일이었는지도 몰라. 앞으로 무슨 일이 벌어질지 알고 있었기에, 막상 실제로 그 일이 일어나자 차라리 안도감이 들었어. 기대가 종결된 셈이니까. 그래서 생각보다 충격이 덜했지.

세 번째 삶에서 어머니의 임박한 죽음은 시간을 때울 숙제를 주었어. 어머니의 죽음을 예방하려고, 예방하지 못한다면 대처하려고, 골똘히 생각하고 깊이 고민했어. 구약의 신 같은 존재가 나한테 저주를 걸었다든지 하는 게 아니라면 도무지 내가 처한 상황을 설명할 수 없었지. 그러니 선행을 베풀거나 삶의 주요한 사건들에 영향력을 발휘하면 혹시라도 내게 닥친 이 죽음—탄생—죽음의 사이클을 끊어낼 수 있지 않을까 생각했어. 속죄가 필요한 죄를 지은 기억도 전혀 없고 돌이킬 수 있는 결정적 사건도 없어서, 해리엇의 건

강을 내 최초의, 가장 명백한 투쟁의 목표로 삼고 다섯 살짜리의 온 정신(사실 아흔일곱 살에 가까웠지만)을 다해 그 일에 전념했지.

어머니를 돌봐야 한다는 핑계로 따분한 학교생활도 피했지만 아버지는 이미 내가 무슨 짓을 하든 아무 관심이 없었어. 어머니를 돌보면서 예전과는 달리 아버지가 출장을 갔을 때 어머니가 어떻게 사시는지 속속들이 알게 되었지. 아이로서 아주 짧은 시간 알았던 여인을, 어른으로서 알게 된 기회였다고, 그렇게 말할 수도 있겠군. 이런 능력을 갖게 되면서 처음으로 내가 아버지의 아들이 아닐지도 모른다는 의혹을 품게 되었어.

세 번째 삶에서 어머니가 돌아가셨을 때, 헐른 가문 사람들이 빠짐없이 양어머니의 장례식에 참석했어. 아버지가 몇 마디 추도사를 할 때 나는 그 옆에 서 있었지. 클레멘트 헐른에게서 빌린 검은 바지와 상의를 차려입은 일곱 살 소년의 모습으로. 클레멘트 헐른은 이전 삶에서 만만하게 괴롭힐 나라는 존재가 있다는 걸 알자마자 집요하게 괴롭혔던 나보다 세 살 많은 사촌이야. 콘스턴스 헐른은 코끼리 머리 모양으로 조각한 상아 손잡이가 달린 지팡이에 무겁게 몸을 기대고 해리엇의 의리와 강인한 정신력, 두고 간 가족에 대해 짧은 추도사를 했어. 알렉산드라 헐른은 내게 용감해야 한다고 말했고. 반면 빅토리아 헐른은 허리를 굽히고 내 뺨을 양

손으로 꼬집었는데, 검은 장갑을 끼고 내 얼굴을 유린하는 그 손을 확 깨물고 싶다는 이상하게 유치한 충동이 왈칵 일더군. 로리 헐튼은 아무 말도 하지 않고 나를 물끄러미 바라보았어. 예전에도 나를 그렇게 바라본 적이 있었지. 빌린 옷을 입고 어머니를 처음 땅에 묻던 그때. 하지만 표현할 길 없는 슬픔에 젖어 있던 나는 그 시선이 얼마나 강렬한지 미처 파악하지 못했어. 그런데 이제 그 눈길을 마주 보고 나는 처음으로 나 자신의 거울상을, 앞으로 커가면서 닮아갈 모습을 보게 된 거야.

자네는 내 삶의 모든 단계에서 나를 보지는 못했으니 여기서 설명을 해주지.

나는 새빨간 머리로 태어나서 어린 시절 내내 그 머리 색을 유지했어. 하지만 시간이 흐르면서 빛이 좀 바랬고 인심 좋은 사람들은 암갈색이라고 봐줬지만 솔직히 홍당무 색깔에 가까웠어. 머리카락 색깔은 친어머니 쪽에서 물려받은 거였고, 타고나길 튼튼한 치아와 멀리까지 잘 보이는 시력도 외탁한 거였지. 나는 체구가 아담한 아이였어. 보통 애들보다 약간 작고 말랐지만 유전자보다는 잘 못 먹은 탓이 컸을 거야. 열한 살이 되면서 갑자기 키가 크기 시작해서 열다섯 살 때까지 급성장을 계속했지. 그래서 그때부터는 어려 보이는 열여덟 살인 척할 수 있게 되었고, 고맙게도 어른이 될 때까지 따분한 3년을 훌쩍 건너뛸 수 있었어.

젊었을 때는 양아버지 패트릭을 따라서 상당히 거친 턱수염을 길렀는데 전혀 어울리지 않은 데다 손질을 안 하면 눈, 코, 입이 라즈베리 잡목에 파묻힌 것 같은 꼬락서니가 되기 일쑤였지. 그 사실을 깨닫고 나서부터는 주기적으로 면도를 하기 시작했고, 그러자 진짜 내 아버지의 얼굴이 드러났어. 우리는 똑같이 눈이 연한 회색이고 똑같이 귀가 작고 머리는 반곱슬이었어. 노년에 뼈에 질병이 생기는 경향과 더불어 솔직히 가장 반갑지 않은 유전적 특징은 바로 코였어. 코가 특별히 컸던 건 아니야. 하지만 요정의 왕한테나 어울릴 법한 두드러진 들창코였지. 내 얼굴에서 각을 딱 세우고 서 있어야 할 콧대는 뼈가 아니라 살덩이로 빚은 것처럼 피부로 연결되었어. 사람들은 예의를 차리느라 아무 말도 하지 않았지만, 더 깔끔한 유전적 혈통을 타고난 정직한 아기들이 내 얼굴을 보자마자 울음을 터뜨리는 일이 비일비재했지.

노년이 되면서 내 머리는 하얗게 세었고 꼭 카메라 플래시를 터뜨린 것처럼 번쩍거렸어. 스트레스 때문인지 보통 사람보다 훨씬 젊은 나이에 이런 백발이 되었는데, 의학이나 심리학을 막론하고 무슨 치료법을 써도 예방할 수가 없었지. 쉰한 살이 되면서 돋보기를 쓰게 되었어. 참담하게도 내 50대는 1970년대와 맞물리는데, 패션 면에서 볼 때 정말 형편없는 시대였지. 하지만 거의 모든 사람이 그렇듯 나도 젊었을 때 입고 다니던 옷차림이 편해서 앤티크 스타일의 참한 안경을 골랐고, 몹시 좁은 미간에 이 안경을 걸치고 목욕탕 거울에 내 얼굴을 비춰보면 어느 모로 보나 늙어가는 교수처럼 보였어.

　세 번째로 해리엇을 땅에 묻을 때쯤에는 그 얼굴을 알게 된 지 100년이 다 되어가고 있었지. 거울에 비친 내 얼굴은 내 어머니였을 리가 없는 여인의 관 너머로 나를 뚫어져라 쳐다보고 있던 로리 에드먼드 힐른의 얼굴이었다네.

5

제2차 세계대전이 발발했을 때 나는 징집되기 좋은 나이 였지만 처음 몇 번의 삶에서는 훗날 안락한 1980년대에 책 으로 읽고 알게 될 온갖 드라마틱한 전쟁의 고비는 어찌어 찌 피할 수 있었다. 첫 생애에서 나는 당대의 3대 착오를 진 심으로 믿고 자원입대했다. 전쟁은 짧을 것이고, 전쟁은 애 국이고, 전쟁은 내 능력을 발전시켜 줄 거라는 착각 말이다. 나흘 차이로 프랑스 파견을 놓쳤고 당시 대단히 영예로운 패배처럼 보였던 됭케르크 철수 작전에 참여하지 못한 자신 에게 깊이 실망했다. 사실 전쟁 첫해는 끝없는 훈련 속에 흘 러갔다. 처음에는 나를 비롯한 전 국민이 오지 않는 공습을 기다리는 동안 해변에서 훈련을 했으며, 다음에는 정부가 보 복 공격을 고려하는 동안 스코틀랜드 산악 지대에서 훈련했 다. 노르웨이 침공 훈련을 어찌나 많이 했던지 실제로 그 작전이 무용하다는 결론이 내려졌을 때 나와 우리 부대는 사막 작전에 아무 쓸모가 없다고 여겨져 지중해 현장으로 파견되는 최초 병력에서 제외되었으며 재훈련이나 뭐 다른 유용한 일을 하라는 명령을 받았다.

이런 상황에서 그래도 한 가지 바람은 성취했다는 생각이 든다. 아무도 우리가 싸우길 바라지 않는 것 같은 상황에서는 그나마 공부하고 배우는 게 제일 나았던 것이다. 우리 부대의 위생병은 엥겔스의 저작과 윌프레드 오언의 시에 감동받은 양심적 집총 거부자였다. 나를 비롯해 우리 부대원 전원이 그를 유약한 도련님이라고 생각하고 있었는데, 어느 날 그가 전체 병사들 앞에서 자기 권력을 지나치게 오랫동안 남용하며 만끽해 온 병장에게 맞서 어렸을 때 애들 괴롭히던 양아치가 침 줄줄 흘리는 변태로 변한 꼴이라고 맹비난을 하는 바람에 모두의 태도가 바뀌었다. 위생병의 이름은 밸키스였는데 그때 폭발했던 분노 때문에 사흘 동안 영창 신세를 졌지만 그 대가로 모두의 존경을 얻었다. 예전에는 엄청난 조롱거리였던 유식함은 이제 뿌듯한 자랑거리 비슷한 게 되었고, 여전히 유약한 도련님이었지만 이제 '우리의' 유약한 도련님이 되었다. 그리고 그의 정신으로부터 나는 과학, 철학, 낭만주의 시의 신비를 조금씩 배우기 시작했지만 당시에는 전혀 인정하지 않았다. 밸키스는 우리가 노르망디 해변에 발을 딛고 나서 3분 50초 후에 포탄 파편에 내장이

찢겨 죽었다. 그날 우리 부대에서 유일한 사망자였다. 우리는 전투 현장에서 멀리 떨어져 있었고 치명상을 입힌 포탄을 발사한 대포는 2분 늦게 탈취되었다.

첫 생애에서 나는 세 사람을 죽였다. 세 사람 다 북부 프랑스의 어느 마을에서 퇴각하는 탱크에 타고 있었다. 우리는 그 마을이 이미 해방되었다고, 따라서 아무 저항도 없을 거라고 들었지만 탱크가 있었다. 빵집과 교회 사이에, 멜론 조각에 앉은 등에처럼 떡하니 있었다. 긴장을 놓고 있던 우리는 탱크 포신이 진흙을 뒤집어쓴 악어의 눈처럼 우리를 향해 돌아서 아가리를 쩍 벌리고 포탄을 발사해 그 자리에서 대원 두 명을 죽이고 어린 토미 케나를 사흘 뒤 병상에서 죽게 할 때까지 미처 알아차리지도 못했다. 다른 모든 것과 함께 그때 내가 취한 행동도 뚜렷하게 기억난다. 그 자리에 소총을 떨어뜨리고 가방을 벗어 던지고는 한시도 쉬지 않고 죽어라 비명을 질러대며 길거리 한가운데로 내달렸다. 친구들을 죽인 탱크를 향해 고래고래 악을 쓰면서 달려갔다. 헬멧 끈을 고정하지 않아서 탱크 앞 9미터 지점에서 헬멧이 머리에서 벗겨져 떨어졌다. 짐승 같은 탱크에 접근하자 속에서 움직이는 사람들 소리가 들렸고 장갑차 틈새로 획획 스치는 얼굴들이 보였다. 그들은 포신을 내 쪽으로 돌리거나 머신 건을 작동시키려 했지만 나는 이미 다 와 있었다. 주포는 뜨거웠다. 30센티미터나 떨어져 있는데도 얼굴에 열기가 혹 끼쳤다. 나는 열려 있던 전면 해치로 수류탄을 떨어뜨렸다. 안에서 소리를 질러대며 수류탄을 잡으려 난리법석을 피우는 소리가 들렸지만 워낙 밀폐된 공간이라 상황은 악화될 뿐이었다. 내 행동은 기억나지만 생각은 기억나지 않는다. 나중에 부대장은 그 탱크가 길을 잃은 게 틀림없다고 말했다. 동료들은 좌회전했는데 탱크는 우회전을 해서 우리 셋을 죽이고 그 대가로 죽음을 맞은 거라고. 나는 훈장을 받았지만 1961년에 팔아서 새 보일러 값을 충당했고, 훈장이 없어지자 어마어마한 안도감을 느꼈다.

그게 내 첫 전쟁이었다. 두 번째 전쟁은 자원하지 않았다. 징집될 가능성이 크다는 걸 알고 있었기 때문에 첫 생애에서 배운 기술에 의지해 목숨을 부지하는 쪽을 택했다. 세 번째 삶에서는 공군의 지상 정비병으로 입대해 사이렌이 울리면 제일 먼저 방공호로 달렸고, 마침내 히틀러가 런던을 폭격하기 시작하자 이제 마음을 좀 놓아도 된다는 걸 알았다. 처음 몇 년 동안은 거기 있는 게 괜찮았다. 죽은 사람들은 거의 다 공중에서 죽었다. 눈에 보이지 않으니 마음에 두지 않아도 되었다. 조종사들은 기름때 묻은 우리 같은 친구들과는 별로 어울리지 않으니 나로서는 비행기에만 신경을 쓰고, 비행기를 날리는 사람들은 다른 부품과 마찬가지로 모른 척 대체해도 된다고 생각하면 훨씬 마음이 편했다. 그러다가 미국인들이 참전했고, 우리가 독일을 폭격하기 시작했고, 훨씬 더 많은 사람이 공중에서 죽었다. 그래도 나는 그들이 타고 있던 비행기가 소실된 것만 아쉬워하면 되었다. 하지만 더 많은 사람이 돌아오기 시작했다. 유탄에 관통상을 입고 돌아온 부상자들의 피가 바닥에 굳어 질질 끌고 지나간 발자국 모양을 그대로 유지했다. 앞으로 닥칠 일을 고스란히 알고 있는 나로서는, 뭘 어떻게 해야 할지 고민스럽기 짝이 없었지만 결국 아무것도 못 한다는 결론을 내릴 수밖에 없었다. 연합군이 이긴다는 사실은 알고 있었지만 제2차 세계대전을 학문적으로 자세히 연구해 본 적은 없었다. 내 지식은 전적으로 개인적이었고, 공유할 수 있는 정보라기보다 체험으로 터득한 앎에 불과했다. 내가 할 수 있는 최선은 스코틀랜드에 있는 이름이 밸키스인 남자에게 노르망디 해변에서 2분만 더 보트에 머무르라고 경고하거나 제니몽 마을에서 탱크 한 대가 좌회전해야 할 때에 잘못 우회전을 해서 빵집과 교회 사이에 잠복하고 있다가 그를 죽일 거라고 케나 일병에게 속삭여 주는 정도에 불과했다. 하지만 전략적 정보는 하나도 몰랐고, 학문적 소양이나 지식도 전혀 없었다. 기껏해야 시트로엥이 예쁘지만 불량한 차들을 만들게 될 것이며 앞으로 사람들이 유럽의 분열을 회고하며 이유를 알 수 없다고 말할 거라는 예언만 자신 있게 할 뿐이었다.

이처럼 합리적으로 입장을 정리한 나는 다시 한번 철저히 평범한 전쟁을 치러냈다. 드레스덴을 파괴할 비행기들의 랜딩 기어에 윤활유를 칠했다. 제트엔진을 설계하려고 시도하는 연구원들이 있는데 엔지니어들이 그런 생각 자체를 비웃고 있다는 풍문도 들었다. V1의 엔진들이 정지했을 때 잠시 귀를 기울였고 이미 투하된 V2*의 정적을 짧은 시간 경청했으며 승전의 날이 왔을 때는 불과 이틀 전에 만난 캐나다인 한 명, 웨일스 사람 두 명이랑 좋아하지도 않는 브랜디를 끔찍하게 많이 마시고 취했고, 그 후 다시는 그들을 보지 못했다.

그리고 공부를 했다. 이번에는 공부를 했다. 엔진과 기계를, 병력과 전략을, 영국 공군과 독일 공군을 연구했다. 폭격의 패턴을 연구하고 미사일이 어디에 떨어지는지 관찰해서 다음에는(60퍼센트 정도의 확률로, 다음번이 있을 거라는 확신이 들었기 때문이다. 이 모든 일을 결국 또다시 겪게 될 거라는 예감 말이다) 좀 더 나 자신에게도, 그리고 다른 사람들에게도, 프랑스 깡통 햄의 품질에 대한 몇 가지 개인적 회상을 넘어서는, 정말로 도움이 될 만한 지식을 터득하고자 했다.

세상으로부터 나를 지켜준 이 지식 탓에 훗날 나는 크나큰 위험에 처했고, 간접적으로 내가 크로노스 클럽을, 그리고 크로노스 클럽이 나를 알게 된다.

---

* 제2차 세계대전 후반 독일이 연합군을 무차별 공격하기 위해 개발한 로켓 폭탄.

6

그의 이름은 프랭클린 피어슨이었다.

내 평생 두 번째로 만난 스파이였고 지식에 굶주려 있었다.

그는 나의 네 번째 생애에 나를 찾아왔다. 1968년의 일이다.

나는 글래스고에서 의사로 일하고 있었고 아내는 나를 떠난 후였다. 나는 50대의 폐인이었다. 아내의 이름은 제니였고 나는 그녀를 사랑해서 모든 걸 털어놓았다. 제니는 외과 의사였다. 병동 최초의 여성 외과 의사 중 한 명이었다. 나는 비정통적이고 가끔 비윤리적인(법의 틀을 벗어나지는 않았다) 연구로 알려진 신경과 전문의였다. 아내는 신을 믿었다. 나는 믿지 않았다. 내 세 번째 생애에 대해서는 할 말이 많지만, 일단은 간단히 일본의 병원에서 맞은 세 번째 죽음으로 인해 허무야말로 진실이라는 확신을 갖게 되었다는 말만 해두기로 하자. 나는 살고 또 죽었지만, 알라도 여호와도 크리슈나도 부처도 우리 조상님들의 영령도 강림해서 내 두려움을 걷어주지 않았다. 영국의 눈밭으로, 모든 것이 시작된 그 과거로 돌아가 정확히 시작한 자리에서 다시 태어났을 뿐이다.

신앙의 상실은 특별한 깨달음을 주지도 않았거니와 끔찍하게 괴롭지도 않았다. 오랜 시간에 걸쳐 자라난 체념은 내가 살아가며 겪은 일들로 더욱 공고해졌으며, 결국 신과의 대화는 무조건 일방통행이라는 결론을 내릴 수밖에 없었다. 내 죽음과 잇따라 처음 그 자리에 다시 태어난 재탄생이라는 논쟁은 결국 기운 빠지는 필연으로 종결지어졌고, 이제 나는 끝내 실패한 실험을 지켜보는 과학자처럼 극심한 낙담과 초탈에 빠져 현실을 바라보게 되었다.

기적을 기도하며 한 생애를 보냈지만 아무 일도 일어나지 않았다. 그래서 이제는 선조들의 고리타분한 예배당을 바라봐도 허영과 탐욕만 보였고 기도의 부름을 들으면 권력을 떠올렸으며 향 냄새를 맡으면 죄다 얼마나 지독하고 무의미한 낭비인가 생각했다.

네 번째 삶에서는 신에게 등을 돌렸고 과학에서 해명을 찾고자 했다. 이전에 살았던 그 어떤 인간보다 더 열심히 공부했다. 물리학, 생물학, 철학. 그리고 내 손에 닿는 모든 수단을 휘둘러 싸운 끝에 에든버러 대학에서 가장 가난한 소년이 되었다가 학년 수석으로 졸업해 의사가 되었다. 제니는 내 야망에 이끌렸고, 나 역시 제니의 야망에 이끌렸다. 무식한 자들은 제니가 처음 메스를 잡았을 때 킬킬거리고 웃었지만, 정확한 절개 솜씨와 칼날을 쓰는 자신감 넘치는 태도에 입을 다물었다. 우리는 당시 유행은 아니었지만 정치적 반항으로는 의미가 있었던 동거 생활을 10년 동안 한 끝에, 쿠바 미사일 위기가 해소된 직후 퍼져나간 크나큰 안도감 속에 1963년 결혼을 했다. 비가 내렸고 제니는 웃음을 터뜨리며 우리는 이런 기쁨을 누릴 자격이 있다고 말했다. 나는 사랑에 빠져 있었다.

사랑에 너무 깊이 빠진 나머지 어느 날 밤, 아무런 특별한 이유도 없이, 그리고 그다지 깊이 생각하지도 않고, 모든 걸 털어놓고 말았다.

"내 이름은 해리 오거스트야. 우리 아버지는 로리 에드먼드 헐른이고 우리 어머니는 날 낳자마자 돌아가셨어. 이건 내 네 번째 삶이야. 나는 이전에 여러 번 태어나고 죽었지만, 매번 똑같은 삶을 살아."

그녀는 내 가슴을 장난스럽게 때리면서 멍청한 소리 그만하라고 말했다.

"몇 주 후에 미국에서 스캔들이 일어나서 닉슨 대통령이 하야할 거야. 영국 전역에서 사형 제도가 폐지되고 검은9월단 테러리스트들이 아테네 공항에서 총을 난사할 거야."

아내가 말했다. "자기가 뉴스에 나와야겠어, 꼭 나와야겠네."

3주 후 워터게이트가 터졌다. 처음에는 약한 강도로 터져서 대서양 건너편의 보좌관들이 해고되었다. 영국 전역에서 사형 제도가 폐지될 무렵에는 닉슨 대통령이 의회 청문회에 섰고, 검은9월단 테러리스트들이 아테네 공항의 여행객들에게 총기를 난사했을 무렵에는 누가 봐도 닉슨이 대통령직에서 물러나리라는 사실이 명백해졌다.

제니는 어깨를 움츠리고 고개를 푹 숙인 채 침대 끄트머리에 앉아 있었다. 나는 기다렸다. 네 번의 삶을 거듭하며 대비한 기다림이었다. 제니는 허리에 뼈가 도드라지고 배가 따뜻했으며, 외과 의사 동료들의 선입견을 깨트리기 위해 머리를 짧게 잘랐고, 아무도 보지 않을 때 깔깔 소리 내어 웃는 얼굴이 보드라운 여자였다.

"당신 어떻게 알았어? 이 모든 일이 일어날 거라는 걸 어떻게 미리 알았냐고."

"말했잖아. 이게 내가 네 번째 사는 삶이라고. 그리고 난 뛰어난 기억력의 소유자야."

"그게 무슨 뜻이야, 네 번째라니? 어떻게 그게 가능해, 네 번째 삶이라는 게?"

"모르겠어. 그걸 알아내기 위해 의사가 된 거야. 나 자신을 대상으로 실험했고, 내 피, 내 몸, 내 두뇌를 연구했어. 내 안에…… 뭔가 잘못된 부분이 있는지 알아내려고 노력했어. 하지만 내가 틀렸어. 의학적인 문제가 아니야. 혹시 그렇다 해도, 아직 어떻게 해답을 알아내야 할지 모르겠어. 오래전에 이 일을 그만두고 새로운 시도를 할까 했지만, 당신을 만났어. 내게는 영원의 시간이 있지만, 지금은 당신을 원해."

"당신 몇 살이야?"

"쉰네 살이야. 206년을 산 거지."

"당신이 하는 말…… 나는…… 나는 못 믿겠어. 당신이 믿는다는 걸 못 믿겠어."

"미안해."

"당신 스파이야?"

"아니."

"어디 아파?"

"아니야. 교과서적인 의미로는 아프지 않아."

"그러면 왜 그래?"

"뭘 왜 그래?"

"왜 이런 말을 해?"

"진실이니까. 당신한테 진실을 말하고 싶으니까."

제니는 내 침대 옆자리로 기어 올라와 얼굴을 양손으로 잡고 내 눈을 깊이 들여다보았다. "해리." 말하는 목소리에 공포가 배어 있었다. "나한테 꼭 말해줘야 해. 지금 하는 말 진심이야?"

"그래." 나는 대답했고, 그 순간 밀어닥친 해방감에 온몸이 터져나갈 것만 같았다. "그래, 진심이야."

그녀는 그날 밤 나를 떠났다. 잠옷 바람에 코트를 걸치고 웰링턴 부츠를 신고 가버렸다. 던디 건너편 노스페리에 사는 친정어머니 댁으로 가면서 시간이 필요하다는 쪽지 한 장을 테이블에 남겨두었다. 나는 하루의 말미를 주고 다시 전화를 걸어 제니에게 전화해 달라고 애원했다. 사흘째 되는 날, 전화를 걸었더니 회선이 끊겨 있었다. 제니가 차를 가져가서 나는 기차를 타고 던디까지 가 택시로 갈아탔다. 날씨는 화창하고 아름다웠다. 해변으로 밀려오는 바다는 완벽하게 잔잔했고 낮게 걸린 분홍빛 태양은 그 순간이 흥미로워 미치겠다는 듯 저물기 싫어 미적거렸다. 제니 어머니의 통나무집은 진회색 절벽 끄트머리 후미진 곳에 자리 잡고 있었다. 어린애들이 드나들 만한 작은 현관문이 달린 하얀 집이었다. 문을 두드렸더니 그 터무니없이 낮은 문틀에 완벽하게 맞아떨어지는 체구의 제니 어머니가 사슬이 달린 문을 열고 나와 섰다.

"그 애는 자네를 만날 수가 없대." 그녀는 단도직입적으로 말했다. "미안하네, 그냥 가줘야겠어."

"그 사람을 만나야만 합니다." 나는 애걸했다. "아내를 꼭 봐야겠어요."

"이제 가주셔야겠네요, 닥터 오거스트." 제니의 어머니가 외쳤다. "이런 식이 되어서 유감이지만, 진찰을 꼭 받으셔야 할 것 같군요."

날카롭게 문이 닫혔다. 끼익 소리를 내며 문이 닫히자 철컥 경첩이 맞물리는 소리가 났다. 차마 발길을 돌리지 못하고 문을 쾅쾅 두드리다가 창문을 두드리고 창유리에 얼굴을 맞대었다. 그들은 내가 자기네를 볼 수 없도록 집 안 불을 다 꺼두었다. 내가 지겨워져서 가버리길 기다리느라 그랬는지도 모른다. 해가 저문 뒤에도 나는 포치에 앉아 엉엉 울면서 제니를 외쳐 부르며 얘기 좀 하자고 애걸했다. 그러다 결국 제니의 어머니가 경찰을 부르는 바람에 얘기는 그쪽과 하게 되었다. 강도짓으로 잡혀온 남자와 함께 유치장에 갇혔다. 그가 소리 내어 나를 비웃는 바람에 그의 목을 잡고 숨이 꼴딱꼴딱 넘어가기 일보 직전까지 졸라버렸다. 그러자 그들은 나를 독방에 처넣고 하루 동안 꼬박 방치했다. 그러더니 의사 한 명이 찾아와서 기분이 어떠냐고 물었다. 내 가슴에 청진기를 대기에 최대한 차분한 목소리로 정신병을 진단하는 마당에 그건 합리적인 접근 방식이 될 수 없다고 지적했다.

"스스로 정신적인 질환이 있다고 생각하시나요?" 그는 재빨리 물었다.

"아니요." 나는 쌀쌀하게 대구했다. "그저 형편없는 의사를 알아볼 수 있을 뿐이죠."

황급하게 서류 작업을 처리했던 모양이다. 바로 다음 날 정신병원으로 송치된 걸 보면. 난 보자마자 실소를 터뜨렸다. 현판에는 '성 마고 정신병원'이라고 쓰여 있었다. 누군가 '불행한 이들을 위한'을 박박 지워버렸는지 보기 흉한 빈자리만 남아 있었다. 내가 두 번째 생애에서 일곱 살의 나이에 창밖으로 몸을 던져 생을 마감했던 바로 그 병원이었다.

7

1990년대에는 정신 건강 전문가들도 정신적, 감정적 건강 유지를 위한 상담과 진단을 정기적으로 받아야 한다는 개념이 자리 잡았다. 나도 심리학자가 되려 한 적이 있지만 진단할 문제들이 터무니없이 거창하거나 주관적이어서 깊이 생각하는 일 자체가 괴로웠다. 게다가 활용할 수 있는 도구들은 유치하거나 과장이 심했다. 간단히 말해 기질에 맞지 않았다. 그런데 태어나서 두 번째로(물론 이번 생애에서는 처음이지만) '성 마고 정신병원'에 강제입원 당했을 때는, 힘들게 고군분투하며 간신히 지켜낸 멀쩡한 제정신을 무식한 인간들이 못 알아본다는 사실 자체에, 분노와 자존심이 뒤엉킨 묘한 감정을 느꼈다.

1960년대의 정신 건강 전문가들을 보면 1990년대의 정신과 의사들은 살리에리의 범작을 무참하게 짓밟는 모차르트로 보인다. 그나마 1960년대의 파격적인 실험 기술들이 아직 세계도시 노섬브리아*까지 진출하지 못한 게 다행인지 모르겠다. 나는 LSD나 엑스터시를 실험적으로 투여받지도 않았고, 성에 대한 질문도 받지 않았다. 나를 맡은 정신과 의사 아벨 박사는 프로이트가 불결하다고 생각했다. 이 사실을 처음 알아낸 환자가 트위치**였다. 이 불행한 여인의 진짜 이름은 루시였는데, 무관심과 가학으로 얼룩진 투렛 증후군 치료를 받고 있었다. 병동 간호사들이 증상을 멈추게 하는 치료법을 알고 있었는지는 모르겠다. 어쨌든 트위치가 얼굴을 씰룩이거나 앓는 소리를 내면 가차 없이 따귀를 때리는 게 그네들의 치료법이었다. 그런데 더 시끄럽게 소리를 내면(자꾸 맞으면 그럴 수밖에 없다) 간호사 둘이 그녀를 깔고 앉았다. 한 사람은 다리를, 또 한 사람은 가슴을 깔고 앉아서는, 트위치가 무게를 못 이겨 혼절할 지경까지 짓눌렀다. 나도 한 번 말리려 했다가 똑같은 처치가 되었고, 전과가 있는 주간 교대 수간호사 어글리 빌 밑에 꼼짝달싹 못하고 깔려 있다가 클라라 왓킨스와 신참이 시끌벅적하게 그만하면 됐다고 말리는 바람에 간신히 풀려났다. 신참은 병동 근무 6개

---

*   뉴캐슬을 비롯한 영국의 험버강 북부를 일컫는 말. 뉴캐슬은 탄광업과 중공업이 발달한 도시로 무역과는 거리가 멀다. 따라서 '세계도시'라는 표현은 궁벽한 시골을 비꼬는 말로 보인다.

**   the Twitch. 씰룩거리는 경련이라는 뜻으로, 투렛 증후군의 가장 흔한 증상이다.

043

월 차였지만 이름도 말하지 않았다. 신참이 대충 흉내만 내며 내 손목을 밟고 있는 사이 어글리 빌은 내가 아주 못되고 질서를 어지럽히는 불량분자이며, 의사라고 뭐라도 된 줄 안다면 큰코다칠 거라고 한바탕 훈계했다. 무기력과 좌절감을 못 이긴 내가 울음을 터뜨리자 그는 따귀를 철썩 갈겼다. 분노할 이유가 생긴 나는 눈물을 삼키고 자기연민을 분노로 돌리려 애썼지만 잘되지 않았다.

"고추!" 트위치가 일주일에 한 번씩 열리는 그룹 치료에서 큰 소리로 외쳤다. "고추 고추 고추!"

아벨 박사는 빈약한 콧수염을 겁먹은 쥐새끼처럼 달달 떨면서 볼펜을 딸각딸각 눌렀다.

"자, 루시……."

"어서, 보여줘요, 나한테 줘요, 어서, 어서, 어서요!" 그녀가 악을 썼다.

나는 아벨 박사의 뺨 전체를 물들이는 새빨간 홍조가 어떻게 진전되는지 지켜보았다. 참으로 흥미로운 발색이었다. 모세관 하나하나가 붉어지는 과정이 다 보이는 듯했다. 점차적으로 퍼지는 홍조가 얇은 진피 밑으로 흐르는 혈류의 속도를 보여주진 않을까 궁금했다. 그렇다면 아벨 박사는 운동을 더 열심히 하고 솜씨 좋은 사람한테 마사지를 받는 걸 진지하게 고려해 봐야 한다. 콧수염은 히틀러가 체코슬로바키아를 침공한 다음 날부터 유행이 끝났고, 박사의 말 중에서 조금이라도 의미가 있었던 건 딱 하나밖에 없었다.

"오거스트 박사, 인간이 겪는 소외감 중에서 가장 큰 건 군중 속의 고독이지요. 고개를 끄덕이고 미소를 짓고 적당한 말을 할 수 있지만, 그런 가장을 해도 영혼은 친족처럼 뭉친 사람들로부터 떼밀려 더 멀어질 수 있거든요."

내가 어느 포춘 쿠키에 그런 말이 쓰여 있더냐고 묻자 그는 어리둥절한 얼굴로 포춘 쿠키가 뭐냐면서 혹시 생강이 든 쿠키를 말하는 거냐고 했다.

"나한테 줘, 어서 내놔!" 트위치가 소리를 질렀다.

"이건 비생산적이군."

아벨 박사는 부르르 떨었고 이 시점에서 트위치는 환자복을 걷어 올리고 펑퍼짐한 팬티를 우리에게 보여주더니 춤을 추기 시작했다. 그러자 울증 단계의 조울증 환자 사이먼이 울기 시작했고, 마거릿이 몸을 흔들기 시작했으며, 어글리 빌이 몽둥이와 구속복을 준비해 무서운 기세로 방 안으로 쳐들어왔고, 그 틈을 타서 귀가 자동차 브레이크 등처럼 시뻘겋게 물든 아벨 박사가 황급히 나가버렸다.

한 달에 한 번 병문안이 허락되었지만 아무도 찾아오지 않았다.

사이먼은 아무도 안 오는 게 제일 좋다면서 이런 모습을 보이고 싶지는 않다고, 부끄럽다고 말했다.

마거릿은 악을 쓰면서 손톱이 피범벅이 되도록 벽을 할퀴

다가 병실로 끌려가 안정제를 맞았다.

트위치는 침을 줄줄 흘리면서 부끄러워해야 할 사람은 우리가 아니라 그들이라고 말했다. 그들이 누구라고는 말하지 않았지만, 굳이 말할 필요도 없었다. 그녀 말이 그냥 옳았으니까.

두 달 뒤 나는 퇴원할 준비를 마쳤다.

"이제 알겠습니다." 나는 아벨 박사의 책상 앞에 앉아 차분하게 말했다. "제가 신경쇠약증을 겪었던 게 틀림없어요. 당연히 상담과 조언이 필요한 상태지만, 이 문제를 극복할 수 있도록 도와주신 박사님께 개인적으로 깊은 감사를 표하지 않을 수가 없네요."

"오거스트 박사님." 아벨 박사가 공책 맨 위에 펜을 가지런히 놓으며 말했다. "박사님이 겪은 건 단순한 신경쇠약증 정도가 아닌 것 같습니다. 완연한 망상증의 발현인데, 이게 내가 보기에는, 더 복잡한 심리학적 문제가 있다는 증거입니다."

나는 아벨 박사를 처음 보는 사람인 듯 바라보며 이 사람의 성공 기준이 뭘까 궁금해졌다. 그리고 치료 과정이 흥미롭기만 하면 치유 여부는 반드시 중요한 게 아닐 수도 있겠다는 결론을 내렸다.

"그러면 박사님의 제안은 뭡니까?" 내가 물었다.

"여기 좀 더 입원시켜 두고 싶습니다." 그가 대답했다. "아주 흥미로운 약품들이 나올 예정인데, 박사님한테 꼭 필요한 치료법 같아서요…….”

“약품?”

“페노티아진* 계열에서 몹시 기대되는 발전이 있었다고 하더군요…….”

“그건 살충제잖아요.”

“아니, 아니요, 오거스트 박사님, 아닙니다. 내과 의사로서 박사님의 걱정은 잘 알고 있지만 제가 장담하는데, 지금 말하는 페노티아진은 방계의 의약품으로…….”

“2차 소견을 받고 싶습니다, 아벨 박사님.”

박사는 주저했다. 임박한 갈등 상황을 예감하고 자존심에 화르륵 불이 붙는 것이 내 눈에도 보였다.

“나는 온전한 자격을 갖춘 정신과 전문의입니다, 오거스트 박사님.”

“그렇다면 온전한 자격을 갖춘 정신과 전문의로서 치료 과정에서 환자의 신뢰를 확보하는 게 얼마나 중요한 문제인지 잘 아시겠군요.”

“그렇습니다.” 그는 불만에 가득 찬 채로 인정했다. “그러나 이 병동에서는 유일한 전문의입니다…….”

“그건 사실이 아닙니다. 저도 의사 자격증이 있으니까요.”

“오거스트 박사님.” 그는 은은히 번들거리는 미소를 띠고

---

*　살충제의 일종으로 정신분열증 치료에 쓰였다.

말했다. "박사님은 아프세요. 의술을 행할 상태가 못 된단 말입니다. 더더구나 혼자서는요."

"아내를 불러주세요." 나는 단호하게 말했다. "당신이 나한테 하는 짓에 대해 법적인 발언권을 갖고 있는 당사자입니다. 페노티아진 복용을 거부하겠습니다. 그리고 억지로 그걸 먹이려면 가장 가까운 친족의 허락을 받아야 합니다. 아내가 제젠 가장 가까운 친족입니다."

"내가 알고 있는 바에 따르면, 부인께서도 박사님을 격리 치료해 달라는 의향을 표명하셨는데요."

"아내는 좋은 의사와 나쁜 의사는 구별할 줄 압니다." 나는 수정했다. "불러주세요."

"고려해 보지요."

"고려하지 마세요, 아벨 박사." 나는 대꾸했다. "그냥 부르세요."

오늘날까지 나는 그가 아내를 불렀는지 알지 못한다.

개인적으로는 부르지 않았을 거라고 생각한다.

처음 투약을 시도할 때는 그들도 조심스러웠다. 그들은 클라라 왓킨스를 보냈다. 해맑은 얼굴로 자기가 하는 일에서 사악한 쾌감을 느끼는 클라라는 보통 때와 다름없는 알약들과(그건 내가 몰래 손바닥에 감추곤 했다) 주삿바늘 하나를 트레이에 담아 들고 왔다.

"자, 자, 해리." 클라라는 내 얼굴을 보자마자 대뜸 야단부터 쳤다. "이건 몸에 좋은 거예요."

"그게 뭔데요?" 이미 의심을 품은 내가 물었다.

"약이죠!" 그녀는 발랄하게 외쳤다. "약 좋아하시잖아요, 안 그래요?"

어글리 빌이 방 뒤편에 서서 뚫어져라 나만 바라보고 있었다. 그 덕분에 의심은 확신으로 바뀌었다. 그는 벌써 공격 준비를 완료한 상태였다. 내가 말했다. "내 친족이 서명한 법적 동의서를 보여줄 것을 요구합니다."

"그러세요." 클라라는 이렇게 말하며 내 소매를 잡았고, 나는 홱 팔을 뺐다.

"변호사를 데려와 줘요. 공정한 변호를 받아야겠어요."

"여기는 감옥이 아니에요, 해리!" 클라라가 어글리 빌 쪽으로 눈썹을 씰룩거리며 여전히 밝은 목소리로 말했다. "여기에는 변호사가 없어요."

"나도 2차 소견을 받을 자격이 있단 말이야!"

"아벨 박사님이 알아서 최선의 치료를 해주고 계세요. 왜 그렇게 까다롭게 구세요? 자, 해리……."

이 말에 어글리 빌이 등 뒤에서 나를 양팔로 꽉 붙들었고, 나는 200년도 넘게 살면서 왜 격투기 같은 걸 하나도 배우지 않았을까 새삼스럽게 후회했다. 전과자인 어글리 빌은 정신병원 간호사 노릇이 감옥살이와 비슷하면서도 훨씬 낫다는 걸 알고 눌러앉았다. 그는 병원의 조용한 안뜰에서 날마다 한 시간씩 운동을 했고, 스테로이드 복용으로 미간이 늘 땀으로 턴들거렸다. 내가 보기에는, 줄어드는 음경의 크기를 보상받고자 운동을 더 많이 하고 스테로이드도 더 먹는 것 같았다. 생식선의 상태야 어떤지 모르지만 팔뚝은 내 허벅지보다 두꺼웠고, 그 팔뚝으로 내 몸을 휘감고 의자에서 휙 들어 올리자 나는 아무 소용도 없는 발버둥을 쳤다.

"안 돼." 나는 애걸했다. "제발 이러지 말아요 제발 제발 이러지 마⋯⋯."

클라라가 내 팔꿈치 안쪽을 찰싹 때려 새빨간 핏기가 올라오게 했지만 정맥은 완전히 놓쳤다. 내가 허공에 마구 발길질을 하자 어글리 빌이 팔뚝으로 몸을 더 꽉 죄어서 안구가 터질 듯 뜨거워지고 머리끝까지 화가 치밀었다. 바늘이 들어가는 느낌이 들었지만 나오는 느낌은 없었다. 그들은 내 몸을 바닥에 툭 던졌다.

"멍청하게 굴지 말아요, 해리! 좋은 일 해준다는데 왜 맨날 바보같이 굽니까?"

그들은 나를 그 꼴로 두고 갔다. 나는 털썩 무릎을 꿇고 앉아 약효가 번지기를 기다렸다. 몸 안에 퍼지고 있는 독극물을 상쇄할 화학적 해독제를 구할 데가 없을까 생각했지만, 의사로 산 생애는 처음이라 아직 현대 약물을 속속들이 연구할 시간이 없었다. 엉금엉금 기어가서 물주전자를 들고 단번에 다 마셔버린 다음, 병실 바닥에 똑바로 누워 천천히 호흡하려 애썼다. 맥박과 호흡이 느려지면 순환을 약간이라도 늦출 거라 믿고 헛된 노력을 한 셈이다. 퍼뜩 증상을 모니터해 봐야겠다는 생각이 떠올라 앉은 채로 몸을 돌려 시간을 확인했다. 10분 후 머리가 좀 가벼워지는 느낌이 들었지만 그 느낌은 곧 지나갔다. 15분이 지나자 두 발이 완전히 딴 세상에 가 있었다. 누가 톱으로 몸을 반으로 썰어서 뼈는 다 부러졌지만 신경 줄은 여전히 붙은 채 남아 있고, 다리는 남의 것이 된 느낌이었다. 말도 안 되는 생각이었지만 최대한 찬찬히 분석했다. 현실적으로 볼 때 곤경에 맞서 싸우기보다는 확실히 체념하는 편이 나았다.

트위치가 와서 나를 내려다보며 말했다.

"뭐 해?"

굳이 답이 필요해 보이지 않아서 아무 대꾸도 하지 않았다.

내 얼굴 한쪽으로 침이 흐르고 있었다. 사실은 기분이 좋았다. 뜨거운 살갗에 차가운 침이 닿는 감촉이 좋았다.

"뭐 해 뭐 해 뭐 해 뭐 해?"

트위치가 새된 소리로 비명을 지르는 사이 나는 저들이 아드레날린 작용물질이란 걸 들어본 적이 있을까, 아니면 아직 그런 건 발명되지 않았을까 생각했다.

트위치가 내 몸을 마구 흔들다가 가버렸지만 여전히 뭔가가 남아 있었다. 몸이 계속 흔들렸다. 흔들리다 못해 머리를 쿵쿵 바닥에 찧었다. 오줌도 지렸지만 괜찮았다. 질질 흐르던 침처럼 흥미롭고 느낌이 색달랐다. 체온과 같은 온도였던 오줌이 마르면서 따끔거리기 시작했는데, 어차피 까마득히 멀리서 일어난 일이었다. 그때 어글리 빌이 왔는데 얼굴이 박살 나 있었다. 저 위의 천장을 배경으로 농익은 토마토처럼 일그러져 있었다. 두개골이 박살 나서 흥건한 피바다와 뚝뚝 흘러 떨어지는 뇌수를 배경으로 코 하나, 눈 둘, 일그러진 웃음을 띤 입만 둥둥 헤엄치고 있었다. 그가 내게로 고개를 숙이자 소녀의 살점이 뺨을 타고 흘러 입가로 내려와 아랫입술에 걸린 회색빛 도는 분홍색 물질로 된 눈물 한 방울이 되었다가 아기 숟갈에서 으깬 사과가 떨어지듯 뚝, 하고 내 얼굴로 곧장 떨어졌다. 비명을 지르고 비명을 지르고 비명을 지르다가 결국 어글리 빌이 목을 졸라 더는 비명도 지르지 못했다.

당연한 말이지만, 이제는 시간의 흐름을 파악할 수 없었고 자가 진단 실험도 미완으로 끝났다.

8

제니가 찾아왔다.

그녀가 왔을 때 그들은 나를 침대에 묶어놓고 안정제를 주사했다. 나는 말하려 했다, 그들이 무슨 짓을 하고 있는지, 하지만 말할 수 없었다.

그녀는 울었다.

그녀는 내 얼굴을 씻겨주고 내 손을 잡아주고, 울었다.

그녀는 여전히 결혼반지를 끼고 있었다.

문간에서 그녀는 아벨 박사와 이야기를 나누었고 박사는 악화되는 병세를 걱정하면서 새로운 종류의 약을 써보는 걸 고려하고 있다고 말했다.

나는 그녀를 외쳐 불렀으나 아무 소리도 나오지 않았다.

그녀는 계속 등을 돌리고 있었고 그들은 문을 잠갔다.

그리고 아벨 박사는 내게 지나치게 가까이 붙어 앉아 펜

끝으로 아랫입술을 지그시 누르며 말했다.

"그 얘기 다시 한번 해주지 않겠나, 해리?"

자기가 행하는 치료에 매료된 정도를 넘어선, 다급한 흥분이 목소리에 배어 있었다.

"원유 금수 조치의 끝." 나는 누군가 대답하는 소리를 들었다. "포르투갈의 카네이션 혁명, 정부 전복. 진시황릉 병마용 발견. 인도 핵무장. 서독의 월드컵 우승."

어글리 빌이 오렌지색 아지랑이 속에 앉아 있었다. "이제 그렇게 똑똑하지 이제 그렇게 똑똑하지 이제 그렇게 똑똑하지 않지 이제 그렇게 잘난 줄 알았는데 그렇게 똑똑하지 않지 여기서는 그렇지 잘나지 않지 잘나 잘나 아무것도 똑똑한 건 똥이야 내가 똑똑해 내가 똑똑해 내가 여기서는 잘난 인간이야……."

그가 내 쪽으로 고개를 숙이더니 얼굴에 대고 침을 질질 흘렸다. 나는 연골이 부러지는 소리가 날 때까지 그의 코를 세게 깨물고는 아주, 아주 웃긴다고 생각했다.

그리고 어떤 목소리가, 낯선 사람의 목소리가 들려왔다. 미국인의 억양이 살짝 섞인 교양 있는 목소리였다.

"아, 아니지, 아니야, 아니야." 그 목소리가 말했다. "이래서는 될 일도 안 된다고."

9

제니.

그녀의 어머니는 딸의 글래스고 억양을 교육으로 고쳐보려 노력했지만 실패했다. 그녀의 어머니는 계속 나아가야 한다고 믿은 반면 그녀의 아버지는 계속 머물러 있어야 한다고 믿었으며, 그 결과 두 사람은 내내 정확히 같은 입장을 고수했다. 그러다 제니의 열여덟 번째 생일 다음 날 결국 헤어져 다시는 서로 보지 않았다.

나는 일곱 번째 삶에서 그녀를 다시 만났다.

에든버러의 학회에서였다. 내가 달고 있던 배지에 'H. 오거스트 교수, 유니버시티 칼리지 런던'이라고 버젓이 쓰여 있었고, 그녀의 배지에는 '외과 의사 J. 먼로 박사'라고 쓰여 있었다. 나는 그녀로부터 세 줄 뒤에 앉아서 말초신경계의 칼슘 이온 상호작용에 대한 말도 못하게 따분한 강의를 끝까지 들으며 홀린 듯 그녀의 목덜미를 바라보았다. 얼굴을 보지 못해 확신할 수는 없었지만 나는 알았다. 그날 저녁에는 술과 함께 너무 구운 닭 요리와 흐물흐물한 완두콩을 곁들인 매시포테이토가 나왔다. 밴드가 흘러간 1950년대 노래들을 연주하고 있었다. 나는 그녀와 함께 있던 두 남자가 술에 취해 더러운 접시와 구겨진 식탁보 옆에 그녀를 혼자 두고 춤을 추러 갈 때까지 기다렸다. 나는 그녀 옆에 앉아 손을 내밀었다.

"해리입니다."

"오거스트 교수님?" 그녀는 내 배지를 읽고 호칭을 정정했다.

"먼로 박사님. 우리는 예전에 만난 적이 있습니다."

"그래요? 저는 사실 기억이……."

"에든버러 대학에서 의학을 공부하면서 처음 1년 동안 스톡브리지의 비좁은 집에서 남자애 넷과 함께 사셨죠. 그때 그 남자애들은 다 박사님을 무서워했고요. 푼돈이라도 벌려고 옆집 쌍둥이를 가끔 봐주시다가, 수술대에서 떼어낸 심장이 여전히 뛰고 있는 모습을 보고 외과 의사가 되겠다는 결심을 하셨죠.'

"맞아요." 그녀가 중얼거리며, 의자에서 몸을 살짝 더 돌려 나를 보았다. "하지만 죄송한데 저는 교수님이 기억나지 않는군요."

"괜찮습니다. 저도 무서워서 박사님께 말도 못 걸던 남자애들 중 하나였거든요. 춤추시겠습니까?"

"뭐라고요?"

"저와 춤을 추시겠습니까?"

"아…… 이런, 지금 저한테 작업 거시는 거예요? 그런 건가요?"

"저는 행복한 결혼 생활을 하고 있습니다." 나는 거짓말을 했다. "런던에 가족이 있고 박사님께도 전혀 나쁜 의도가 없습니다. 박사님의 연구를 존경하고 여자분이 혼자 계시는 모습을 보는 걸 별로 좋아하지 않아서요. 그쪽이 마음이 더 편하시다면, 춤을 추면서 영상 진단 기술의 최신 동향과 유년기 및 청소년기 초반 신경 연결 통로의 발달에 유전적 소인과 발달 감각 자극 중 무엇이 더 중요한지 논해보도록 하지요. 저와 춤을 추실까요?"

제니는 망설였다. 손가락으로 결혼반지를 하염없이 돌렸다. 다이아몬드가 세 개 박힌 금반지. 이미 오래전 죽어 없어진 다른 생애에서 내가 사준 반지보다 훨씬 화려한 반지였다. 댄스플로어 쪽을 바라본 제니는 사람들의 숫자가 많아 안전하다고 판단한 듯했고, 밴드가 엄격한 사교적 거리를 유지할 수밖에 없는 춤곡 연주를 시작하는 소리를 들었다.

"좋아요." 그녀는 이렇게 말하며 내 손을 잡았다. "생화학 학위증은 반들반들 잘 닦아두셨기를 바라요."

우리는 춤을 추었다.

나는 학과 최초의 여성이어서 힘들지 않냐고 물었다.

제니는 웃음을 터뜨렸고 자기를 여자라고 깔보는 사람은 바보들밖에 없다고, 그리고 그런 사람들은 도리어 자기가 바보라고 판단해 깔본다고 말했다.

"좋은 점은 말이죠. 나는 여자면서 동시에 뒤지게 유능한 외과의사가 될 수 있다는 거죠. 하지만 그 사람들은 언제까지나 그냥 바보에 불과할걸요."

나는 외로우냐고 물었다.

"아니요." 그녀는 잠시 후에 말했다. 외롭지 않다고. 좋아하는 동창들과 존중하는 동료 의료진과 가족, 친구들이 있다고.

그녀는 아이가 둘 있었다.

제니는 언제나 아이들을 원했다.

나와 연애할 생각이 있냐고 물었다.

그녀는 언제부터 자기가 무섭지 않아져서 이렇게 댄스플로어에서 입을 함부로 놀리는 거냐고 했다.

나는 말했다. 그건 한 생애 전의 일이라고, 하지만 여전히 당신은 아름답고 나는 당신의 비밀을 모두 알고 있다고.

"제 친구와 직장 동료와 가족, 아이들 얘기를 못 들으신 건가요?"

그래요. 다 들었어요. 처음 말을 걸 때부터 그 모든 것의 육중한 무게를 느꼈어요. 돌아서서 가버리라고, 가만히 두고 떠나라고, 저 여자의 인생은 완벽하고 더 이상 복잡한 문제는 필요 없다고 마음속에서 외쳤어요. 그러니 내가 얼마나 크나큰 매력을 느꼈는지 아시겠죠. 내가 이 모든 걸 알면서도 여전히 달콤한 유혹의 말을 당신의 귓가에 속삭이고 있지 않습니까? 나는 그렇게 말했다.

"유혹의 말? 그렇게 부르시나요?"

나하고 도망가요, 나는 말했다. 그냥 오늘 하룻밤만. 세상은 돌아갈 테고 모든 건 종말을 맞을 테고 사람들은 잊어버릴 겁니다.

한순간 제니는 유혹을 느끼는 표정이었다. 그러나 그때 남편이 와서 제니의 손을 잡았다. 남편은 충실하고 다정하고 온전히 제정신이었고, 그녀가 원하는 바로 그런 남자였다. 그리고 그녀가 잠시 느낀 유혹은 나보다는 모험 그 자체에 끌리는 마음이었다.

제니 먼로가 앞으로 어떻게 될지 알았다면, 내가 달리 행동했을까?

아마 그러지 않았을 거다.

알고 보면, 시간은 이야기에 그렇게 능하지 못하다.

10

다시 정신병원으로, 다시 그 부서진 공간으로.

프랭클린 피어슨은 내 네 번째 생애에서 병원에 있는 나를 찾아왔고, 내가 아니라 자기 자신을 위해서 내게 특정 부류의 약을 끊게 했다. 그가 바로 병원 침대에 미동도 없이 누워 있던 나를 내려다보며 "이 남자한테 대체 무슨 약을 투약한 겁니까? 의식이 뚜렷할 거라고 했잖아요"라고 말했던 목소리의 주인공이었다.

그들이 나를 정문으로 끌어내 대기하고 있던 앰뷸런스 안으로 실어 갈 때 들것을 붙잡고 있던 손이 바로 그의 손이었다.

성수기가 지나 직원들도 다 집으로 돌아가고 텅 빈 그랜드 호텔의 대리석 계단 위로 저벅저벅 소리를 내며 올라가던 가죽 구두창이 그의 것이었다. 그들은 결국 나를 그 호텔의 깃털 침대와 버건디 담요 사이에 처넣었고, 그곳에서 나는 꿈을 꾸고 토하며 일종의 구원을 향해 나아갔다.

어떤 약이건 끊는다는 건 불쾌한 일이다. 항정신병 의약품을 끊는 건 축복이며 또한 저주다. 당연히 나는 차라리 죽음을 갈구했고 그들은 내가 원하는 바를 이룰 수 없도록 스트랩으로 나를 묶어두었다. 당연히 나는 내가 모든 걸 잃었고 나 자신마저 잃었으며 저주받은 이 상태에 출구 없이 갇혔다는 걸 알고 있었고 차라리 완전히 미쳐버려 두 눈을 뽑아버리고 광기 속에 살기를 간절히 바랐다. 그리고 지금도, 내 뛰어난 기억력으로도, 당시에 겪은 최악의 시간들은 기억하지 못하고, 기억하더라도 다른 사람이 겪은 일처럼 느낀다. 내 안에는 그 모든 상태로 돌아가 그 모든 감정을 다시 겪을 능력이 있다는 걸 알고 있고, 지금은 문이 단단히 잠겨 있다 해도 내 영혼의 밑바닥에는 추락의 끝을 알 수 없는 시커먼 구덩이가 있다는 것도 잘 알고 있다. 사람들은 마음이 통증을 기억하지 못한다고 말한다. 그러나 나는 어차피 그런 건별 의미가 없다고 본다. 육체적 감각은 사라지더라도 감각을 에워싼 공포는 완벽하게 기억하기 때문이다. 지금 이 글을 쓰는 정황이 내 운명의 향방을 결정하더라도, 지금 이 순간에는 죽고 싶지 않다. 그러나 죽고 싶었던 기억이 있고 그건 현실이었다.

그 장소에서는 갑자기 빛이 비추는 순간은 없었다. 어둠에서 깨어나 정신을 차려보니 어느새 다 나아 있다거나 하는 일도 없었다. 서서히 지루하게 어기적어기적 온전히 이해하는 방향으로 나아갔다. 몇 시간 정도 현실과 타협했다가 잠을 자고, 그러다 눈을 뜨고 조금 더 오래 정신을 차리고 있는 식이었다. 인간적 품위도 서서히 회복되었다. 깨끗한 옷, 마침내 풀려난 두 손, 손목과 발목의 흉터에서 닦여나가는 피딱지. 혼자 밥을 먹어도 된다는 허락을 받았다. 처음에는 보호자의 관찰하에 침대에서 밥을 먹고, 다음에는 보호자의 관찰하에 창가에서 밥을 먹고, 보호자의 관찰하에 계단을 내려가 밥을 먹고, 마침내 크로케 잔디 구장을 지나 시원하게 펼쳐진 녹색의 정원을 바라보며 테라스에서 밥을 먹을 수 있게 되었다. 이제 보호자는 단순한 친구인 척 굴었다. 나는 혼자 몸을 씻어도 좋다는 허락을 받았다. 욕실에 비치되어 있던 날카로운 물건들은 모조리 치워졌고 밖에는 경비원이 지키고 서 있었지만 난 개의치 않고 피부가 건포도처럼 쪼글쪼글해지고 2층의 보일러가 과부하로 덜덜거리는 지경이 되도록 샤워 물줄기를 맞으며 서 있었다. 내 턱에 덥수룩한 수염을 깎으러 이발사가 들어왔다. 이발사는 쯧쯧 혀를 차고 씰룩거리며 내 얼굴에 이탈리아 오일을 치덕치덕 바르면서 아이들한테 훈계하듯 언성을 높였다.

"사람 얼굴이 곧 팔자예요! 막 쓰면 안 됩니다!"

프랭클린 피어슨은 이 모든 사태의 변두리에 어른거리는 얼굴이었다. 그렇게 거리를 두고 있다는 사실 덕에 그가 책임자라고 추정할 수 있었다. 내가 밥을 먹을 때면 두 테이블 떨어진 곳에 앉아 있었고, 욕실에서 나올 때면 복도 끝에 있었다. 그래서 나는 그가 내 침실에 쌍방향 거울을 설치한 당사자라는 결론을 내렸다. 거울은 내 방을 24시간 감시했는데 감시 카메라가 초점을 조정할 때 천천히 돌아가는 소리가 아니었다면 알아차릴 수 없었을 것이다.

그리고 어느 날 아침식사를 하는데 그가 더 이상 거리를 두지 않고 나와 함께 앉아서 말했다.

"훨씬 나아 보이는군요."

나는 조심스럽게 홍차를 마셨다. 그곳에서는 모든 걸 조심스럽게 마셨다. 조금씩 홀짝거리며 독극물이 들었는지 시험해 봐야 했다. "훨씬 낫습니다. 감사합니다."

"아벨 박사가 해고되었다는 말씀을 드리면 기분이 좀 좋아지실까요."

그는 그 말을 참으로 쉽게 툭 던졌다. 무릎에 신문을 놓고 눈으로는 십자말풀이의 단서를 좇으면서. 그래서 나는 그 말뜻을 한 번에 이해하지 못했다. 그러나 이미 입에서 나온 말들이었기에, 나는 다시 한번, 아무 관계도 없는 아이가 우리 아버지에게 인사를 했던 것처럼, 그렇게 인사했다. "감사합니다."

"그 사람의 의도는 칭찬해 마땅하지만 방법이 건전치 못했어요." 피어슨이 말을 이었다. "부인을 보고 싶으십니까?"

일단 열까지 세고 나서 용기 내어 대답했다. "네, 몹시 보고 싶습니다."

"아주 깊이 상심하고 있어요. 부인은 박사님께서 어디 계신지 모르고, 박사님이 도망쳤다고 생각하고 있습니다. 편지라도 써 보내시면 부인의 마음이 조금 편해지실 겁니다."

"그러고 싶습니다."

"부인께는 금전적인 보상이 있을 겁니다. 어쩌면 아벨 박사가 재판을 받을 수도 있습니다. 공소장이 나올 수도 있고, 누가 알겠습니까?"

"나는 그냥 아내를 보고 싶습니다."

"곧 만나시게 될 겁니다. 우리는 최대한 박사님의 시간을 덜 잡아먹는 걸 목표로 하고 있습니다."

"당신은 누구십니까?"

그는 이 말에 돌연 힘차게 신문을 옆으로 던졌다. 그 질문을 기다리느라 기운을 다 뺐다는 듯이. "프랭클린 피어슨입니다." 그는 판판한 분홍색 손을 내밀며 말했다. "마침내 인사를 드리게 되어 영광입니다, 오거스트 박사님."

나는 그 손을 바라보았지만 잡고 흔들지는 않았다. 그는 살짝 손사래를 치며 내밀었던 손을 거두었다. 어차피 악수할 생각은 없었고 그저 손을 풀려고 했을 뿐이라는 듯이. 테이블에 내던졌던 신문을 다시 들고 국내 뉴스 면을 펼쳤다. 파업 예고 기사가 보였다. 나는 숟가락으로 시리얼을 뜨면서 우유가 잔물결을 일으키며 퍼지는 걸 바라보았다.

"그러니까, 박사님께서는 미래를 아신다고요." 그가 마침내 입을 열었다.

나는 조심스럽게 그릇 옆에 숟가락을 내려놓고는 입술을 훔치고 손깍지를 낀 후 등받이에 몸을 기댔다.

그는 나를 보지 않았다. 시선을 신문에 고정하고 있었다.

"아니요. 그건 정신병 증상의 발현이었습니다."

"대단한 발작이군요."

"나는 아팠습니다. 도움이 필요합니다."

"그렇겠죠." 그는 경쾌하게 손목을 꺾어 신문지를 팽팽하게 쫙 펼치며 말했다. "그리고 그건 말도 안 되는 개—소—리고요." 그가 그 단어를 말하며 얼마나 즐겼는지, 한쪽 입가가 파르르 떨리며 희미한 미소가 걸렸다. 순전히 그 말을 하는 실감을 만끽하기 위해 한 번 더 말할까 고민한다는 느낌마저 들었다.

"당신, 누굽니까?" 내가 물었다.

"프랭클린 피어슨입니다. 말씀드렸잖아요."

"누구를 대표해서 오셨습니까?"

"저 자신을 대표할 수는 없는 겁니까?"

"그게 아니잖습니까."

"저는 이해관계가 있는 수많은 기구, 단체, 국가, 정당을 대표합니다. 뭐라고 부르시건 상관없습니다. 기본적으로 좋은 사람들입니다. 좋은 사람들을 돕고 싶으시지요, 아닙니까?"

"그렇다면 무슨 도움을 바라시는 겁니까? 내가 도울 수 있다면 말이지만."

"말씀드렸듯이, 오거스트 박사님. 박사님은 미래를 알고 계십니다."

음침한 집 안의 거미줄처럼 우리 사이에서 침묵이 사스락거렸다. 이제 그는 신문을 읽는 척하지 않았고 나 역시 대놓고 그의 얼굴을 살폈다. 마침내 내가 말했다.

"내가 반드시 해야 할 명백한 질문들이 몇 가지 있습니다. 나는 답을 알고 있다고 생각하지만 우리가 서로에게 허심탄회하게 말하고 있으니……."

"물론입니다. 우리 관계는 정직해야 하지요."

"여기서 나가려고 한다면, 허락을 받을 수 있습니까?"

그는 씩 웃었다. "뭐, 흥미로운 질문이군요. 저도 제 나름대로 질문으로 대답할 수 있게 해주십시오. 만에 하나 여기서 나가게 된다면, 어디로 가실 생각이십니까?"

나는 입안에서 혀를 굴리며 뺨 쪽과 입술의 부드러운 조직에 새로 생긴 상처와 낫고 있는 흉터들을 느껴보았다.

"내가 그런 지식을 갖고 있다면, 물론 그럴 리는 없습니다만, 어디에 쓰려고 하십니까?"

"어떤 지식이냐에 따라 다르겠지요. 서방세계가 이 전쟁에서 최종 승자가 될 거라고, 선이 승리하고 악은 정의의 칼날 아래 쓰러질 거라고 말씀하신다면, 뭐, 제가 누구보다 먼저 박사님께 샴페인을 한 병 사고, 원하는 식당을 말씀만 하시면 얼마든지 가서 질펀하게 만찬을 대접하도록 하지요. 반대로 혹시 대학살이나 전쟁이나 전투, 살인과 범죄의 날짜를 알고 계신다면 그때는 우리가 좀 더 오래 이야기를 나눠야 할 겁니다."

"내가 미래에 대해 뭔가 알고 있다고 믿을 태세가 되어 있으신 것 같군요. 하지만 내 아내를 포함해서 다들 망상이라고 생각하던데."

그는 한숨을 내쉬더니 신문을 아예 접어버렸다. 이제 위장이고 뭐고 재미없다는 듯.

"오거스트 박사님." 그는 테이블 너머 내 쪽으로 바짝 허리를 굽히더니 손으로 턱을 괴었다. "이렇게 자유롭고 솔직한 대화를 나누는 김에 뭐 한 가지 여쭤봅시다. 여행하면서, 여행을 수없이, 수없이 많이 하셨을 텐데 말이죠, 크로노스 클럽에 대해 들어본 적 있으십니까?"

"아니요." 나는 솔직히 대답했다. "들어본 적 없습니다. 그게 뭐지요?"

"신화지요. 유달리 지루한 대목에 활기를 불어넣기 위해서 학자들이 본문 밑에 붙여놓는 짓궂은 주석 같은 겁니다. '우연찮게도 이런 말을 하는 사람들이 있는데 정말 괴상하지 않아?', 이런 동화 같은 얘기를 아무도 읽지 않는 책 뒤편에 깨알 같은 활자로 적어놓는 거죠."

"깨알 같은 활자로 뭐라고 쓰여 있습니까?"

"그러니까……" 노련한 이야기꾼이 짐짓 체념하는 척 헛기침을 하듯 그가 숨을 토했다. "우리들 가운데, 죽지 않는 사람들이 살고 있다고 합니다. 그 사람들은 태어나서 살고 죽고 또다시 산다는 겁니다. 같은 삶을 수천 번 다시 사는 거지요. 그리고 무한히 노회하고 무한히 현명한 이 존재들은 가끔 모인다고 합니다. 아무도 어디서 모이는지 알 수는 없는데 모여서…… 뭐, 그 사람들이 뭘 하는지는 어떤 텍스트를 읽는지에 따라 달리 나오고요. 어떤 이들은 흰 가운을 입고 은밀한 음모의 집회를 한다고도 하고, 어떤 이들은 난교 파티를 해서 다음 세대를 창조한다고도 하더군요. 저는 양쪽 다 믿지 않습니다. KKK단이 남부 쪽에서 흰 가운의 유행에 큰 흠집을 냈고 난교 파티 같은 건 누구나 제일 먼저 떠올릴 수 있는 거니까요."

"그런데 그게 크로노스 클럽이라는 겁니까?"

"바로 그렇습니다." 그는 발랄하게 대답했다. "화려함을 걷어낸 일루미나티, 커프스 단추를 뺀 프리메이슨, 무한과 영겁을 향해 모든 시대에 걸쳐 뻗어 있는 끝없이 영속되는 단체입니다. 저는 웬 러시아 사람들이 있다는 제보가 들어와서 조사를 해야 했는데요, 제가 보기에는 누가 따분하다 못해 만들어낸 판타지에 불과했다 이 말입니다. 그런데…… 그러다 박사님 같은 분이 나타나는 거죠, 오거스트 박사님. 그러면 제가 한 서류 조사 따위는 한 방에 뒤집어지는 거고요."

"내 망상이 할머니들이 들려주는 동화에 부합한다는 이유로 뭐가 있을 거라고 생각하시는 겁니까?"

"맙소사, 설마요, 그건 절대 아닙니다! 저는 박사님의 망상이 진실과 일치하기 때문에 뭔가 있을 거라고 생각하는 거지요. 그래서……." 편안하게 의자에 기대앉는 그의 입가에 섬광처럼 득의양양한 미소가 번득였다. "이렇게 우리가 만나게 된 거고요."

시간은 지혜가 아니다. 지혜는 지성이 아니다. 나는 여전히 제압당할 수 있는 존재다. 그는 나를 위압했다.

"시간을 좀 갖고 생각해 봐도 되겠습니까?" 내가 물었다.

"물론입니다. 하룻밤 푹 주무시면서 잘 생각해 보십시오. 내일 아침에 어떻게 생각하시는지 저한테 알려주시면 됩니다. 크로케 경기 하십니까?"

"아니요."

"한번 해보고 싶으시면, 저 앞에 아름다운 잔디 구장이 있습니다."

11

잠시 기억에 대해 생각해 보자.

칼라차크라, 우로보란, 개인적 삶은 달라질지라도 똑같은 역사적 사건들을 거듭 거치며 영원히 윤회하는 우리 같은 사람들, 한마디로 말해 크로노스 클럽 멤버들은 망각한다. 어떤 사람들은 이런 망각을 축복으로 여긴다. 이미 경험한 일들을 재발견할 기회를 주고, 우주에 대한 일말의 경이를 간직할 수 있게 해준다는 것이다. 클럽에서 가장 나이 든 멤버들은 뜰칠 수 없는 기시감에 시달린다. 이 모든 걸 예전에 봤다는 걸 알고 있지만 언제인지 확실히 기억나지 않기 때문이다. 또 어떤 사람들은, 우리 일족의 불완전한 기억력이, 우리의 이런 조건에도 불구하고, 여전히 우리가 인간이라는 증거라고 생각한다. 우리 몸은 인간처럼 나이가 들고 고통을 경험하며, 우리가 죽고 나면 다음 세대가 우리가 매장된 장소에 찾아와 썩어가는 시신을 파헤쳐 꺼낸 뒤 그래, 여기 정말로 세상을 떠난 해리 오거스트의 육신이 있군, 하지만 그의 정신이 어디로 날아가 버렸는지 누가 알까? 라고 질문할 수도 있다. 이러한 질문이 현실에 암시하는 바는 그야말로 방대해서 여기서 논하긴 어렵지만, 항상 거듭해서 우리는 정신으로 돌아간다. 정신이야말로 육신이 부패하는 사이 시간을 거슬러 여행하는 실체다. 우리는 정신 이상의, 이하의 존재도 아니고, 그 정신이 불완전하고 망각한다는 건 인간이라는 뜻이다. 그래서 아무도 크로노스 클럽을 누가 창시했는지 알지 못한다. 물론 모두가 맡은 역할을 수행했겠지만 말이다. 어쩌면 심지어 결정적인 첫 선택을 한 우로보란조차도 이제 자기가 했던 역할을 기억하지 못하고 다른 사람들과 함께 궁금해하고 있을지도 모른다. 우리가 죽을 때는 세계가 리셋되는 것처럼 느껴지고, 오로지 기억만 우리가 했던 행위의 증거로 남는다. 그 이상도 그 이하도 아니다.

나는 모든 걸 기억한다. 그리고 가끔은 회상하는 게 아니라 재경험하듯 강렬하고 생생하게 기억이 떠오를 때도 있다. 당신에게 말하는 지금도 언덕 위로 저물던 태양과, 창가 밑 테라스에 앉아 아무도 손대지 않은 크로케 잔디 구장을 바라보던 피어슨의 파이프에서 피어오르던 갈색 빛이 도는 연기를 떠올릴 수 있다. 마땅한 언어가 없고, 포착할 수 있는 구체적 구조물이 없는 관계로 내 사유의 정확한 패턴을 재창조할 수는 없지만 내가 결정에 다다른 순간, 어디에 앉아 있었고 무엇을 보았는지 말해줄 수는 있다. 나는 침대에 앉아 있었고 녹색과 회색 계열로 그려진 시골 농가의 그림을 보았다. 농가 밖에서 스패니얼 한 마리가 짖고 있었는데, 공중으로 뛰어오른 개의 다리가 볼썽사납고 토끼 같았다.

내가 달했다. "좋습니다. 하지만 한 가지 조건이 있어요."

"원하시는 게 뭡니까?"

"크로느스 클럽에 대해 당신이 알고 있는 모든 걸 다 알고 싶습니다."

피어슨은 오래 생각하지 않았다. 그리고, "알겠습니다"라고 말했다.

그렇게 나는 처음으로(그리고 거의 유일하게) 시간 순서로 일어나는 사건의 궤적을 조작하려는 시도를 하게 되었다. 처음에는 일반적으로, 광범위한 문제부터 손을 대기 시작했다. 피어슨은 소련이 붕괴한다는 얘기를 듣고 기뻐했지만, 기뻐하는 가운데에도 의혹을 늦추지 않았다. 내가 자신의 야망에 비위를 맞추기 위해 상투적인 얘기들을 꾸며내고 있는 건 아닌지 온전히 믿을 수 없는 입장이었기 때문이다. 그는 구체적인 세부 사항을, 상세한 세부 사항을 요구했고 내가 페레스트로이카*와 글라스노스트**, 베를린장벽의 붕괴, 오스트리아 국경 개방, 차우셰스쿠***의 죽음 얘기를 해주자 계속해서 비서에게 메모를 전하며 내가 거명한 이름들을 확인해 보라고 시켰다. 정말로 크렘린에 고르바초프라는 사람이 있는지 알아보고 그가 정말로 영광스러운 자기 조국의 몰락에 공모할 우리의 강력한 동맹군이 되어줄 인물인지 평가해 보라고도 했다.

그의 관심사는 순수하게 정치에 그치지 않았다. 과학과 경제도 오후 시간의 소일거리로 삼았다. 심각한 정치적 조사의 막간을 이용한 가벼운 여흥인 셈이었다. 내 관심사는 그에게 도움이 되지 않았다. 나는 휴대폰이 등장하고 인터넷이라는 신비로운 세력이 세를 모을 거라는 사실은 알았지만 그런 데 큰 흥미가 없었기에 어떻게 누가 그런 것을 발명하게 되는지 말해줄 수 없었다. 국내 정치는 그에게 전혀 흥미가 없는 주제였지만 그는 점차 내가 내놓는 대답에 적응한 질문을 던지게 되었고, 아무리 내가 일반론을 펼치려 해도 점

---

* perestroika. '재편', '개혁'이라는 뜻의 러시아어. 1987년 소련공산당 미하일 고르바초프 서기장이 표방한 정책 표어로, 고르바초프가 추진한 경제·사회 및 모든 영역에서의 개혁을 말한다.

** glasnost. '개방' 또는 '공개'라는 뜻의 러시아어로, 고르바초프가 1985년 3월 소련공산당 서기장에 취임한 후 실시한 개방정책이다. 페레스트로이카와 함께 소련체제의 붕괴와 민주화를 가져온 요인으로 평가받고 있다.

*** 니콜라에 차우셰스쿠(Nicolae Ceausescu, 1918~1989), 루마니아의 정치가이자 독재정권 지도자.

점 더 구체적으로 들어가지 않을 수 없게 했다. 처음에는 미래가 그토록 장밋빛이라는 사실에 회의를 품었던 그도 세부 사항을 받아들이기 시작했고, 타블로이드 가판대에서 건성으로 본 신문 헤드라인이나 1981년 교토에서 했던 기차 여행의 기억들을 더 자세히 떠올려 보라고 나를 추궁했다.

"이런 세상에, 박사님." 그가 탄성을 질렀다. "박사님은 세계 최고의 거짓말쟁이거나 무시무시한 기억력의 소유자거나, 둘 중 하나로군요."

"내 기억력은 완벽합니다. 처음 의식을 가지고 이것이 회상이라는 사실을 이해한 순간부터 모든 걸 기억하고 있어요. 태어났던 기억은 없습니다. 아마 뇌가 그 사건을 이해할 만큼 발달되지 않아서겠지요. 그러나 죽음은 기억합니다. 멈추는 순간은 기억하지요."

"어떻습니까?" 피어슨이 물었다. 이제까지 일하면서 한 번도 본 적 없는 개인적 열의로 반짝이는 눈빛이었다.

"멈추는 건 괜찮아요. 아무것도 없지요. 그냥 정지하는 겁니다. 거기까지 가는 게 힘들죠."

"뭔가 보셨습니까?"

"아니요."

"아무것도 없습니까?"

"더도 덜도 말고 쇠락하는 정신의 자연적 기능밖에 없지요."

"어쩌면 박사님께는 그렇게 중요한 문제가 아닐지도 모르겠네요."

"중요한 문제가 아니라고요? 그렇다면 내 죽음이 당신은……." 나는 꾹 참고 눈길을 돌렸다.

"나한테 비교할 만한 사례가 없는 건 사실이죠, 안 그렇습니까?"

그에게도 없기는 마찬가지라는 말을 덧붙이지는 않았다.

나는 거짓말은 하지 않았으나 그를 온전히 만족시킬 수는 없었다.

"하지만 아프가니스탄 침공이 어떻게 일어납니까? 거긴 싸울 사람이 아무도 없단 말입니다!"

과거에 대한 그의 무지는 미래에 대한 무지에 못지않았지만, 적어도 독자적으로 확인해 볼 순 있는 문제였다. 나는 그에게 그레이트 게임*을 공부하고 파슈툰족**을 연구하고 지도를 보라고 말했다. 날짜와 장소는 알려줄 수 있지만 사건을 이해하는 건 그가 알아서 해결해야 할 몫이었다.

그리고 나도 여가 시간에 공부를 했다. 피어슨은 자기가

---

*　The Great Game. 영국과 러시아가 19~20세기 초에 중앙아시아 내륙의 주도권을 두고 벌인 패권 다툼.

**　The Pashtuns. 아프가니스탄 남동부와 파키스탄 북서부에 거주하는 민족.

한 말은 책임지는 사람 같았다. 나는 크로노스 클럽에 대한 자료를 읽었다.

그러나 정말로 자료가 거의 없다시피 했다. 내 경험과 그토록 밀접하게 관련이 없었다면 아마 모든 게 사기라고 생각했을 것이다. 서기 56년 아테네의 사교 모임에 대한 언급이 하나 있었다. 박학다식한 담론과 배타성으로 유명한 모임이었으며 이 모임의 본질을 둘러싼 수수께끼로 인해 4년 후 추방을 강하는 사태가 벌어졌는데, 기록자는 이들이 당대의 사건들에 전혀 영향을 받지 않고 놀라울 정도로 의연하며 초탈한 쾌도로 대처했다는 점에 특히 주목했다. 로마 약탈*이 벌어졌을 때 기록된 일기에서는 크로노스 집단에 헌정된 길모퉁이의 건물이 미리 비워졌다는 말이 나온다. 아주 호사스러운 옷을 차려입은 신사들과 숙녀들이 그 건물에 자주 드나들었는데 앞으로 체류할 만한 사정이 못 된다고 경고한 뒤 떠나버리자 보란 듯 야만인들이 쳐들어왔다는 것이다. 인도에서는 한 살인 용의자가 범죄 사실을 부인하고 감옥에서 자기 목을 그어 자살하면서, 죽기 전에 뱀처럼 자기 꼬리를 먹고 다시 태어나야 하다니 따분하기 짝이 없는 굴욕이라고 말했다. 1935년 비밀주의로 유명한 한 집단이 난징을 떠났고, 돈이 많기로 유명한 한 귀부인이(어떻게 그 많은 재산을

---

* 455년 반달족에 의해 로마가 약탈당한 사건을 칭하는 것으로 보인다.

모았는지는 아무도 모른다) 아끼는 하녀에게 도시를 떠나고 가족을 전장에서 멀리 피신시키라고 경고하면서 피난 갈 비용을 주고 전쟁이 일어나 모든 게 불타 없어질 거라고 예언했다. 어떤 이들은 그들을 예언자라고 불렀다. 더 미신적인 사람들은 악마라고 불렀다. 진실이 무엇이건, 그들이 어디로 갔건, 크로노스 클럽은 골치 아픈 일을 피하고 사람들의 시선을 피하는 두 가지 재주를 갖고 있는 게 틀림없었다.

어떤 면에서, 피어슨은 크로노스 클럽 파일을 작성하면서 제 발등을 찍은 셈이다. 그 파일을 읽으면서 내가 처음으로 시간의 문제를 고려하기 시작했기 때문이다.

12

우리가 우리 자신의 정체를 이해하려 시도하는 과정에서 거치는 단계들을 일부 앞에서 설명한 바 있다. 나는 두 번째 생에서 상당히 상투적인 시위를 벌이며 자살로 모든 걸 끝내려 시도했고, 세 번째 생에서는 신에게서 답을 구하려 했다.

내가 제2차 세계대전 기간을 보내기 위해 아주 따분하고 안전한 직위를 찾느라 꽤 신경을 썼다는 얘기는 이미 앞에서 했다. 하지만 전쟁 덕분에 현재 내 지식의 한계를 분명히 알게 되는 기회를 얻었다는 얘기는 하지 않았다. 그리하여 프라이데이 보이라는 수상쩍은 이름을 지닌 자메이카인 엔지니어로부터 망자의 영혼들이며 불명예스럽게 이승에 남아 떠도는 원한을 품은 귀신들에 대한 이야기를 들었다. 월터 S. 브로디라는 아주 성실한 미국인 장교에게서는 침례교와 재침례교, 모르몬교, 루터교의 신비에 대해 배우고 "우리

어머니는 한때 그 모든 종교를 한꺼번에 믿으셨는데, 그러고 나서 배운 게 하느님과는 혼자 대화하는 게 최고라는 거였어"라는 결론까지 얻었다.

튀니지에서 퇴각하는 로멜의 기갑부대에서 짐꾼으로 일하다가 탈출한(포로로 잡혔을지도 모른다, 떠도는 소문만으로는 확실히 알 수가 없었다) 수단 병사는 내게 메카로 가는 길을 보여주었다. "신은 오로지 알라뿐임을 증언하며 무함마드가 신의 하인이고 전령이라는 사실을 증언합니다"라고 읊조리는 법을 가르쳐주었다. 처음에는 영어로, 다음에는 서툰 아랍어로, 마지막으로 아촐리족의 언어로 가르쳐주었는데, 자긍심 넘치는 그의 선언에 따르면 아촐리어는 세상 그 어떤 언어와도 다르다고 했으니, 무슬림이고 아촐리족인 그는 세상 그 누구와도 다른 사람인 셈이었다. 나는 마지막의 아촐리어 낭송을 여러 번 따라 하며 억양을 제대로 구사하려 애썼고 마침내 그는 만족하며 내 등을 철썩 치고 말했다. "그렇지! 잘하면 지옥 불에 영원히 던져지지 않아도 되겠는데!"

내게 여행을 권유했던 것도, 다른 사람들이 아니라 이 병사였던 것 같다. 그는 내게 지중해 너머에 있는 영광의 땅과, 모래밭 속에 도사린 수수께끼와 해답에 대해 허무맹랑한 이야기들을 들려주었는데 물론 그중 다수는 순 엉터리로 밝혀지기도 했다. 전쟁이 끝나고 나서 나는 제일 먼저 탈 수 있는 배를 잡아타고 수많은 영국인이 떠나고 있던 그 땅을 향해 떠났다. 그리고 당시의 내 겉모습에 걸맞게, 가끔은 술기운을 빌려서, 청춘다운 맹목적 무지로 무장한 채 온갖 시행착오와 모험을 겪었다. 이집트에서는 알라의 말씀이 진리라는 확신에 열정적으로 빠져들었지만, 어느 날 카이로의 뒷골목 구석에 몰려 모스크의 형제 세 사람에게 의식을 잃을 정도로 폭행을 당했다. 그들은 내 턱수염을 뽑고 둔한 칼로 내 머리를 박박 민 다음 내 얼굴에 침을 뱉고는, 당시 내가 개종자의 열의로 얻어서 사이즈도 잘 안 맞는데 입고 다니던 흰 가운을 갈기갈기 찢어버리고는 내가 유대인 첩자라고(빨강 머리 유대인이라니) 선언했다. 그 말은 내가 제국주의자고 공산주의자고 파시스트고 시오니스트이며 무엇보다 그들 무리의 일원이 아니라는 의미였다. 병원에 나흘 입원하고 퇴원하면서 물라*를 찾아가 위로를 구했다. 물라는 예의 바르게 유리 튤립 찻잔에 홍차를 따라주고는 내 소명에 대해 어떻게 생각하느냐고 물었다.

나는 다음 날 떠났다.

새로 건국된 이스라엘에서는 한동안 유대교에 시험 삼아 발을 담가보았으나, 히브리계 스파이라는 명분으로 만신창이가 된 내 경력에도 불구하고 도저히 소속감을 가질 수 없다는 사실만 분명해졌다. 게다가 증오의 대상인 영국인 병사

---

* 이슬람교의 성직자, 율법학자

였다는 전력도 별로 도움이 되지 않았다. 나는 수용소 문신이 피부에 여전히 퍼렇게 찍혀 있는 남자들과 여자들이 통곡의 벽 아래 무릎을 털썩 꿇고 태양에 바싹 메마른 돌들을 바라보며 안도감에 울음을 터뜨리는 모습을 보았고, 내가 그들의 우주에 소속되지 않은 존재라는 걸 깨달았다.

내 기도에 답해줄 신을 찾아 시나이 산을 올랐을 때 정상에서 나를 맞아준 사람은 어느 가톨릭 신부였다. 나는 그의 발치에 무릎을 꿇고 그의 손에 키스하며 그가 그곳에 있다는 사실이 표징이라고, 내 존재에 목적을 가진 신이 있다는 표징이라고 말하며 내 이야기를 털어놓았다. 그러자 신부는 내 발치에 무릎을 꿇고 내 손에 키스를 하더니 내가 표징이라고, 그의 삶에 목적이 있다는 깨달음을 주기 위한 신의 표징이라고, 내 안에서 그의 믿음이 새롭게 거듭났다고 말했다. 내가 기적이라고 그가 너무나 열렬히 선언해서 나는 오히려 회의를 품기 시작했다. 그는 나를 로마로 데려가서 교황님을 알현하게 해주겠다면서, 그러면 내가 명상과 기도로 생활하며 내 존재의 깊은 신비를 가늠해 볼 수 있게 될 거라고 말했다. 그런데 사흘 뒤 자다가 깨어난 나는 그 신부가 내 방 바닥에 묵주 한 줄만 두르고 나체로 꿇어앉은 채, 잠든 내 손을 잡고 키스하고 있는 모습을 발견했다. 그는 나를 보고 전령이라면서 자기가 믿음에 일말의 회의를 품었던 사실을 용서해 달라고 빌었다. 그래서 나는 동이 트기 직전을 틈타

뒷유리창으로 몰래 빠져나와 정원 담을 넘어 달아났다.

　나는 인도로 갔다. 인도의 신비주의와 철학에 대해 들은 얘기들은 서구의 신학이 실패한 지점에서 내 상황을 설명해 줄지도 모르겠다는 희망을 품게 했다. 1953년에 도착해서 끝도 없이 파산을 거듭하는 민간 항공사들에 정비사로 쉽게 취직했다. 항공사들의 파산은 내게 거의 타격이 없었다. 월요일에 고용되어 일하고 퇴근했다가 화요일에 출근해 보면 옛날 계약서는 파기되고 완벽한 새 계약서가 작성되어 서명을 기다리고 있기 일쑤였다. 모든 조항이 완벽하게 똑같았고 날짜와 고용주 이름만 달랐다. 인도는 분리 이후 안정기에 돌입하고 있었고 나는 남부에 있었기에 인도 독립에 오명을 남긴 최악의 유혈 사태를 겪지 않았다. 네루가 총리였고 나는 광적인 사랑에 빠졌다. 처음에는 은막에서 나를, 오로지 나만 보는 듯한 눈을 지닌 여배우를 사랑했고, 다음에는 그 여배우와 닮은, 공항에서 과일을 파는 처녀를 사랑했다. 그 여자는 의미 있는 말을 한마디도 하지 않았지만 나는 비굴하게 그녀를 우상화했고 구애는 참담한 재앙이었다. 우리 종족에서 가장 나이 많은 이들에게서도 관찰된 바지만, 우리의 정신연령과는 무관하게 어떤 생물학적 동인이 우리의 행위를 추동한다. 아이였을 때는 오로지 생물학적 동인만이 커져가고 지적으로는 전락하는 느낌을 받았다. 10대가 되면서는 일에 몰두하고 혈른가의 음모에 맞서며 우울증과 싸웠다. 한

창때의 남자가 된 내게, 세상으로 나가 링에 선 투우사처럼 정면으로 맞서보겠다는 충동은 어느 때보다 강렬했다. 해답을 찾아 여행했고, 반박하는 사람들과 논쟁했고, 영혼의 밑바닥까지 드러내며 사랑했고 심장의 밑바닥이 다 드러나도록 실연을 당했고, 처음 영화를 봤을 때 힌디어를 한마디도 못 하는 상태였는데도 발리우드의 여신 미나 쿠마리를 완벽함의 상징으로서 우상처럼 떠받들었다.

사랑에서도, 신에게서도 해답은 끝내 떠오르지 않았다. 브라만들과 부활과 윤회에 대해 논했더니, 그들은 내가 선하고 순수한 삶을 살면 나 자신보다 더 위대한 존재로 다시 태어날 수 있다고 말했다.

"그러면 나는요? 나 자신 그대로 돌아올 수도 있는 겁니까?"

이 질문은 질문을 받은 힌두교의 현인들 사이에서 상당한 분란을 일으켰다. 나는 내가 처음으로 그들의 담론에 상대성 물리학을 맛보기로 소개시켜 준 장본인이라는 생각을 즐긴다. 학자들이 진지하게 자세를 고쳐 앉고는 부활이 본질적으로 선형(線型)의 시간에 따라야 하는가를 놓고 열띤 논쟁을 벌이기 시작했던 것이다. 마침내 거대한 뱃살과 몹시 깔끔한 식습관을 지닌 현인 한 명에게서 대답이 돌아왔다.

"웃기는 소리 하지 말게, 영국인! 더 나아지거나 더 나빠질 뿐이지. 만물은 변하는 법이야!"

이 대답은 내게 별로 만족스럽지 못했고, 10년에 걸쳐 일주일마다 이름이 달라지는 똑같은 제트기를 수리하며 모아둔 돈을 들고 나는 그곳을 떠났다. 중국은 전혀 우호적이지 않았고, 티베트 방문으로 말하자면 내 타이밍이 좋지 못했다. 그래서 나는 남쪽으로 향했다. 베트남, 태국, 미얀마와 네팔을 조심스럽게 돌면서 미국인들이 침공하지 않을 만한 곳이 어디인지, 근시일 내에 내란이 발발하지 않을 만한 곳이 어디인지를 근거로 행선지를 정했다. 머리를 박박 밀고 채소만 먹었으며, 터무니없는 언어로 소리 내어 기도하는 법을 배웠고, 고타마로부터 천 가지 형상에 이르는 부처의 모든 형상을 다 찾아다니며 내가 왜 이런 존재이며 이번 죽음이 내 마지막이 될 것인지 물었다. 유명세 비슷한 것도 얻었다. 모든 신앙의 담론을 알고 있고 불멸의 영혼에 관한 한 어떤 철학적 화두가 나오더라도 승려나 이맘, 신부나 사제와 자유자재로 논쟁할 수 있는 영국인이라고들 했다. 1969년에 둥근 안경을 낀 명랑한 남자가 나를 찾아왔다. 그는 내가 살던 오두막집에서 양반다리를 하고 나와 마주 앉아 당당하게 말했다. "안녕하십니까, 존경하는 선생님. 제 이름은 셴입니다. 저는 관련 기구에서 일하고 있는데, 선생님의 의도가 무엇인지 여쭤보러 왔습니다."

나는 당시 방콕에서 살고 있었다. 아무리 순수한 마음으로 하염없이 기도를 바쳐도 습도 높은 밀림의 삶에서는 살이 접히는 부분마다 생기는 열대 습진의 고통을 진정시킬 수는 없다는 깨달음을 얻은 참이었다. 신문에는 대문짝만한 활자로 정부의 위대함을 설파하는 기사들이 실렸고 야산에 암약하는 공산주의 게릴라들에 대한 기사는 침착한 검은색의 훨씬 작은 활자로 뒷면에 실리곤 했다. 나는 팔정도*가 깨달음으로 이끌어줄 수 있는지 여부는 알지 못했으나, 이미 다른 걸 믿기에는 너무 나이가 들어가고 있다는 사실을 알고 있었기에 시간을 배분해 오렌지색 정비복 차림으로 차를 수리하는 일과 죽지 못한다면 앞으로 어떻게 할지 명상하는 일에 집중하고 있었다.

반들반들하게 윤을 낸 소라처럼 생긴 얼굴에 땀으로 등과 겨드랑이에 쩍쩍 들러붙는 파란 셔츠를 입은 셴은 안경을 추어올리더니 덧붙여 말했다.

"반혁명적인 활동을 하실 목적으로 여기 오신 겁니까?"

현명하고 신비주의적인 대답을 꾸며내던 시절도 있었지만 이미 다 지나간 후였다. 게다가 솔직히 사람이 늙으면 그런 게 다 귀찮아진다. 그래서 직설적으로 말했다.

"중국 정보기관에서 오셨습니까?"

"당연하지요, 존경하는 선생님." 그는 태국 사람들이 스승

---

* 　불교 수행의 여덟 가지 실천 덕목인 정견(正見)·정사유(正思惟)·정어(正語)·정업(正業)·정명(正命)·정정진(正精進)·정념(正念)·정정(正定)을 말한다.

을 보고 존경을 표할 때 그러듯 앉은 자세에서 양손을 합장하고 절을 했다. "우리는 이 나라에 거의 관심이 없습니다만, 일각에서 선생님께서 사실은 달라이 라마를 비롯한 부르주아 분리주의자 같은 반혁명 세력과 동맹을 맺기 위해 잠입한 서구 제국주의자라는 제보가 들어와서요. 선생님의 사원은 영광스러운 중국 민족의 심장을 공격하기 위해 세워진 자본주의 전투의 전초기지라더군요."

그가 이런 소리들을 어찌나 유쾌한 말투로 내뱉는지 나는 묻지 않을 수 없었다. "그거 나쁜 거 아닙니까?"

"당연히 나쁜 일이지요, 존경하는 선생님! 우리 정부가 즉각 보복 조치를 취해야 할 수준의 심각한 전복 행위가 될 겁니다. 물론……." 그의 유쾌한 미소가 섬광처럼 번득였다. "선생님의 신상이야 제국주의 동맹들이 보호해 주겠지만, 그래도 후폭풍은 반드시 있을 겁니다."

"아!" 문득 깨닫는 바가 있어 나는 탄성을 질렀다. "지금 저를 죽이겠다고 협박하시는 겁니까?"

"그렇게까지 무리하고 싶지는 않습니다, 존경하는 선생님. 개인적으로 저는 선생님께서 한가로운 시간을 추구하는 괴짜 영국인에 불과하다는 확신만 얻으면 됩니다."

"나를 어떻게 죽일 생각이십니까? 금세 끝날까요?"

"저야 그러길 바랍니다만! 선생님 쪽의 선전 선동과는 달리 우리는 야만인이 아니거든요."

"그걸 제가 꼭 알아야 할까요? 혹시, 제가 잠들었을 때 고통 없이 끝내주실 수 있다면 말입니다. 그런 대안도 고려해주실 수 있을까요?"

이 말에 황당하다는 듯한 경악의 표정이 셴의 얼굴을 스쳐갔다. "우리가 선생님의 죽음을 고통 없고 자연적인 것으로 보이게 할 수 있다면 관련자 모두에게 정치적으로 최선이겠지요. 선생님께서 깨어 있으면 아무래도 저항을 하게 될 테고 자기방어의 흔적이 남을 테니까요. 그건 승려에게는 있을 수 없는 일 아닙니까? 아무리 탐욕스러운 제국주의 돼지 승려라 해도 말이지요. 선생님께서는…… 제국주의 돼지가 아니시지요, 맞습니까?"

"저는 영국 사람입니다." 내가 지적했다.

"좋은 영국인 공산주의자들도 있습니다."

"저는 공산주의자가 아닙니다."

셴은 아랫입술을 불안하게 깨물며 눈을 굴려 방 안을 계속 살폈다. 대나무 벽에 난 틈에서 소총 끝이 당장이라도 나타날 거라 예상하는 사람 같았다. 그러더니 좀 더 언성을 낮추고 속삭이듯 말했다. "존경하는 선생님께서는 제국주의의 간첩이 아니길 바라는 마음입니다. 선생님에 대한 사례 고발을 종합하라는 지시를 받았는데, 구식 사고방식을 지닌 무해한 광인에 불과하다는 것 말고는 어떤 증거도 찾을 수 없었습니다. 정말로 간첩이라고 하시면 제가 한 서류 조사와 잘

일치하지 않을 겁니다."

"저는 절대 간첩이 아닙니다." 나는 그에게 장담했다.

그는 안심한 표정이었다. "감사합니다, 선생님." 그는 소맷자락으로 이마를 훔치고는 이렇게 불경을 저질러 정말 죄송하다면서 식은땀을 줄줄 흘리며 황급히 사과를 늘어놓기 시작했다. "아주 가능성이 희박한 일이라고 생각했습니다만, 시절이 하수상하니 철저하게 확인을 해야 하거든요."

"혹시 차 한잔하고 가시겠습니까?" 내가 권유했다.

"감사합니다만 사양하겠습니다. 적과 불필요한 교유를 하는 모습을 보이면 좋지 않습니다."

"제가 적이 아니라고 말씀하신 줄 알았습니다만."

"이데올로기적으로는 불순합니다." 그러더니 고쳐 말했다. "하지만 무해하지요."

그 말을 하면서, 여전히 황송할 정도로 절을 하더니 그는 일어나려 했다.

"셴 씨." 나는 돌아선 그를 다시 불러 세웠다. 그가 문간에서 발길을 멈췄다. 자기 책상에 더 복잡한 일이 쌓이지 않기만을 진심으로 바라는 사람 특유의 긴장된 표정이었다.

"나는 죽을 수가 없습니다." 나는 정중하게 설명했다. "태어나고 살고 죽고, 다시 살지만 언제나 똑같은 삶이에요. 혹시 중국 정부에 뭐든 제게 유용한 정보가 있을까요?"

그는 미소를 지었다. 진심 어린 안도감이 온 얼굴에 퍼졌다. "아니요, 없습니다, 존경하는 선생님. 협조해 주셔서 감사합니다." 그러더니 잠시 생각해 보고 다시 말했다. "그 문제에 대해서는 행운을 빕니다."

그는 나가버렸다.

그는 내가 만난 첫 번째 스파이였고, 프랭클린 피어슨이 두 번째였다. 두 사람 중에서는 셴이 더 좋았다고 생각한다.

13

대략 70년이 흐른 뒤, 노섬브리아의 장원 저택에서는 피어슨이 내가 앉은 테이블 맞은편에 앉아서 "복잡성 때문에 어떤 개입도 해서는 안 됩니다. 사건들의 복잡성, 시간의 복잡성. 이런 지식이 대체 선생님께 무슨 도움이 됩니까?"라는 내 말을 들으며 점점 더 화를 내고 있었다.

밖에는 비가 내리고 있었다. 질식할 것만 같은 무더위가 이틀 내내 계속된 끝에 엄청난 기세로 장대비가 퍼부었다. 하늘의 빗장이 풀려버린 느낌이었다. 피어슨은 런던에 다녀왔다. 런던에서 더 많은 질문과 더 융통성 없는 태도를 장착하고 돌아왔다.

"아는 걸 말하지 않고 있군요!" 그가 버럭 고함을 쳤다. "이 모든 일이 일어날 거라고만 말하고 어떻게 일어나는지 말하지 않고 있어요. 컴퓨터와 전화와 빌어먹을 냉전의 종식에 대해 말하면서 이 모든 일이 일어나는 과정에 대해서는 한마디도 하지 않아요. 우리가 좋은 편입니다. 세상을 더 낫게 만들기 위해서 여기 있단 말입니다, 알겠어요? 더 나은 세상!"

그는 화가 나면 왼쪽 관자놀이에 꿈틀거리는 뱀처럼 파란 혈관이 도드라졌고, 얼굴은 붉게 상기되는 대신 회색빛이 돌 정도로 핏기가 싹 사라졌다. 나는 그의 비난을 곰곰이 생각해 봤지만 상당 부분 근거가 없다고 느꼈다. 나는 역사가가 아니었다. 미래의 사건들은 되짚어 분석하거나 숙고해 볼 여유 없이 실시간으로 벌어졌고, 기껏해야 60초짜리 뉴스 기사로 접했을 뿐이다. 가정용 컴퓨터의 기능을 설명하는 건 코에 청어를 올리고 떨어지지 않게 균형을 잡는 거나 마찬가지로 나로서는 불가능한 일이었다.

물론, 나는 정보를 다 풀지 않고 있었다. 모든 사안에 다 그런 건 아니었지만, 일부 사안에서는 확실히 그랬다. 나는 크로노스 클럽에 대해 독학했고, 내가 배운 가르침 중에서 가장 중요한 건 크로노스 클럽이 침묵의 장소라는 사실이었다. 클럽 멤버들이 나와 같은 사람들이라면, 최소한 개인적인 수명이 연관된 하나의 미래를 안다는 얘기인데, 그렇다면 그들에게 미래에 직접적인 영향을 끼칠 수 있는 힘이 있다는 의미가 된다. 그렇지만 그들은 그러지 않는 쪽을 선택했다. 왜일까?

"복잡성입니다." 나는 단호히 힘주어 다시 말했다. "선생님과 나는 일개 개인에 불과합니다. 우리는 거대한 사회경제적 사건들을 통제할 수 없습니다. 정도를 조절하려 할 수는 있습니다. 심지어 한 가지 사건을 바꿀 수도 있겠죠. 하지만 그런 시도가 아무리 미약하더라도, 내가 이제까지 묘사한 모든 다른 사건을 무효화하게 될 겁니다. 저는 노동조합이 대처 정권하에서 시련을 겪을 거라고 말했지만, 솔직히 이 현상의 배후에 있는 경제적 세력들을 정확히 지목하거나 한 사회가 특정 산업이 붕괴하도록 방치하는 이유를 번드르르한 미사여구를 곁들여 설명하지는 못합니다. 베를린장벽의 붕괴를 보고 춤을 추던 사람들이 마음속으로 무슨 생각을 했는지, 정확히 누가 아프가니스탄에서 일어서서 '오늘이야말로 성전의 날이다!'라고 외쳤는지 모른단 말입니다. 그런데 한 가지 정보가 전체를 망칠 수도 있다면, 내 정보가 선생님한테 무슨 쓸모가 있단 말이지요?"

"이름을 대주십시오, 부탁입니다!" 그가 외쳤다. "이름을 알려주세요, 장소를 거명해 주십시오!"

"왜요?" 내가 물었다. "야세르 아라파트를 암살이라도 하실 겁니까? 아직 저지르지도 않은 죄목으로 아이들을 처형하고 탈레반을 미리 무장시킬 겁니까?"

"그건 정책적 결정입니다. 이런 건 다 정책적 결정이란 말입니다……."

"아직 저질러지지 않은 범죄를 기반으로 결정을 내리고 있지 않습니까!"

그는 답답해 죽겠다는 듯 양팔을 쫙 벌렸다.

"인류는 진화하고 있어요, 해리!" 그가 외쳤다. "세계가 변화하고 있습니다! 지난 200년 동안 인류는 과거 2000년 동안 이룩한 것보다 훨씬 더 파격적인 발전을 이룩했습니다! 종으로서 문명으로서 인간 진화의 속도는 빨라지고 있어요. 이 과정을 관장하는 게 우리의 일입니다. 좋은 사람들이 떠맡아야 하는 일이란 말입니다. 이 역사의 과정을 안내해서 우리가 더 이상 헛짓을 해서 망쳐버리거나 재앙을 일으키지 않도록 해야 한단 말입니다! 제2차 세계대전이 또 발발하기를 원하는 겁니까? 홀로코스트가 또 일어난다면 어떻겠습니까? 우리는 상황을 바꿀 수 있어요, 더 낫게 만들 수 있단 말입니다."

"선생님께서는 미래를 관장할 자격이 있다고 자신하십니까?"

"빌어먹을, 그래요!" 그가 버럭 화를 내며 소리를 질렀다. "씨발 내가 민주주의의 수호자니까요! 씨발 나는 자유의 신봉자고 씨발 선한 심장을 가진 선한 사람이고 씨발 누군가는 해야 하는 일이니까 그렇습니다!"

나는 의자에 편안히 기대었다. 비가 비스듬히 내리치며 유리창을 때리고 있었다. 테이블에는 생화 몇 송이가 꽂혀 있었고, 내 컵의 커피는 다 식어 있었다.

"죄송합니다, 피어슨 씨." 나는 마침내 말했다. "선생님께서 나한테 무슨 말씀을 듣고 싶으신 건지 모르겠습니다."

그는 재빨리 의자를 하나 잡아 내 쪽으로 바짝 끌어다 앉더니 무슨 음모라도 꾸미는 사람처럼 언성을 아주 작게 낮추고 양손을 사과라도 하듯 꼭 모아 쥐었다.

"어째서 우리가 베트남에서 이기지 못합니까? 우리가 뭘 잘못하고 있습니까?"

나는 끄응, 앓는 소리를 내며 손바닥으로 두개골을 꾹 눌렀다.

"당신네들이 불청객이니까요! 베트남 사람들도 베트남에 미국이 있는 걸 원치 않고 중국도 원치 않고 당신네 미국 국민들도 원치 않는단 말입니다! 아무도 싸우기를 원치 않는데 전쟁에서 어떻게 승리합니까?"

"우리가 원폭을 투하하면요? 하노이에 원폭을 투하해서 깨끗하게 날려버리면?"

"그런 일은 결코 일어나지 않았기 때문에 나는 모릅니다. 그건 더러운 일이니까 일어나지 않은 거고요!" 나는 악을 썼다. "당신이 원하는 건 지식이 아닙니다, 승인이지. 그리고 나는……." 나는 벌떡 일어났다. 벌떡 일어선 내 모습에 방안 다른 사람들보다 내가 더 놀랐다. "……승인을 해드릴 수가 없습니다." 나는 결론을 내렸다. "죄송합니다. 난 이 문제에 합의가 이루어진 줄 알았습니다……. 다른 걸 원하신다기에……. 내가 틀렸던 것 같군요. 생각을 좀…… 해봐야겠습니다."

우리 사이에 내려깔린 침묵.

중국에서 천식은 짐승이 헐떡거리는 소리로 묘사된다. 병으로 가빠진 숨결을 그렇게 표현한다. 피어슨의 몸은 조각처럼 미동이 없고 양손은 예의 바른 절제 그 자체를 형상화한 듯 얌전했으며 양복 매무새는 반듯하고 얼굴은 무표정했지만 숨결만은 가슴이 터져나갈 듯 짐승처럼 거칠었다.

"당신의 존재 이유는 뭡니까?" 그 말은 오랜 세월에 걸친 예절 교육과 신중한 자제로 빚어져 있었지만 그 말을 쏟아내는 숨결은 날카로운 이빨을 드러내고 내 목덜미를 찢어 선혈을 삼키고 싶어 미쳐가고 있었다.

"이게 별로 중요한 일이 아니라고 생각합니까, 오거스트 박사님? 당신은 죽으면 그만이다, 이렇게 생각하십니까? 세계가 리셋된다 이거죠, 쾅! 하고."

손바닥이 테이블을 내리치자 그 기세에 도자기 받침에 받친 찻잔이 펄쩍 튀어올랐다.

"우리같이 하찮은 삶을 사는 하찮은 사람들은 다 죽고 없어지고 이 모든 게……."

그는 굳이 움직일 필요가 없었다. 번득이는 눈빛으로 방안을 한 번 휘 둘러보는 것만으로 충분했다.

"다 일장춘몽이다 이겁니까? 당신이 신입니까, 오거스트 박사님? 당신만이 이 세상에서 유일하게 중요한 생명체입니까? 기억한다고 해서, 당신의 고통이 더 크고 더 중요하다고 생각합니까? 당신이 이 모든 걸 경험했다고 해서, 당신의 삶이 유일하게 의미가 있는 삶이라고 생각하는 겁니까? 그렇습니까?"

소리를 지르지 않았다, 언성을 높이지도 않았다, 그러나 할퀴고 찢어발기고 싶은 충동을 견디고 손가락이 오그라드는 순간에도 짐승의 숨결은 빠르게 새어나왔다. 내게는 아무것도 없다는 걸 깨달았다. 아무 말도, 아무 생각도, 아무 정당화도, 아무 대꾸도, 아무것도 없었다. 피어슨이 돌연 날카롭게 일어섰다. 결렬이었다. 하지만 그건 내가 감히 입 밖에 내어 말하지 못한 말에 대한 반응이었다. 관자놀이의 핏줄이 피부 밑에서 분주하게 꿈틀거리고 있었다.

"좋아요." 그는 헐떡거리며 말을 뱉었다. "좋아요, 오거스트 박사님. 좋습니다. 우리 둘 다 좀 피곤하고, 좀 답답해졌으니까…… 아무래도 좀 쉬어야겠습니다. 하루 휴식하면서 박사님께서도 생각을 정리해 보시면 어떻습니까? 좋습니까? 좋습니다." 그는 내가 미처 대답도 하기 전에 결정을 내려버렸다. "그렇게 하기로 하지요. 아주 좋아요. 내일 뵙지요." 그 말을 마지막으로 피어슨은 뒤도 돌아보지 않고 무서운 기세로 방을 박차고 나가버렸다.

14

나는 떠나야 했다.

꽤 오래전부터 그래야 한다는 느낌이 커져가고 있었지만 이제는 궁극적인 확신에 다다랐다. 남아 있어봤자 좋은 결과가 있을 리 만무했다. 떠나야만 했다. 정문으로 간단히 걸어 나가면 되는 일은 아니었지만, 간혹 보면 최고의 탈출 계획은 가장 단순한 것일 때가 있다.

난 왜 동양에서 그 오랜 세월을 보내면서 쿵후를 조금이라도 배워두지 않았던 걸까?

내 방에 앉아 일몰을 기다리고 있는 지금 생각해 보면 우스꽝스럽게 느껴지는 질문이다. 경비원들이 있었다. 경비원처럼 차려입은 사람들은 아니었지만 말이다. 갇혀 있으면서 익힌 장소의 리듬에 따라 적어도 다섯 명 이상의 인력이 항상 보초를 서면서 전면에 나서지 않고 조용히 어슬렁거리며 지시를 기다리고 있다는 정도는 파악할 수 있었다. 매일 저녁 7시에 근무 교대가 이루어졌고 보통 새로 들어오는 팀은 아직 저녁 식사가 소화되지 않은 상태였다. 그래서 부주의하고 동작이 느려지고 약간 지나치게 긴장이 풀어졌다. 유리창 너머로 펼쳐진 땅은 가시금작화와 히스로 뒤덮여 있었다. 그리고 우유 배달부는 심한 북부 사투리를 썼다. 그 이상의 정보는 별로 필요하지 않았다. 나는 이 지역에서 성장한 장원 관리인이었다. 첫 생애에서 이 땅에 태어나 죽었고 무어에서 생존하는 법을 알고 있었다. 아무리 정보력이 뛰어나고 부하가 많다 해도, 피어슨은 야생의 사냥에 익숙지 않은 도시 청년에 불과했다. 그러니 내가 해야 할 일은 장벽을 넘는 것뿐이었다.

땅이 흐릿한 회색으로 변하고 7시가 가까워오자 나는 손에 닿는 자원을 모조리 그러모았다. 저녁 시간에 훔친 부엌 칼, 부엌에서 몰래 가져온 금속 컵과 작은 금속 쟁반, 성냥 한 갑, 비누, 칫솔, 치약과 양초 한두 개. 피어슨은 신중했다. 뭘 훔치려고 마음먹어도 훔칠 만한 게 없었다. 그는 내게 기억나는 걸 적으라고 종이를 주었다. 나는 탈출 준비를 마치고 그 종이 위에 편지 두 통을 썼다. 담요로 모든 소지품을 싸서 침대 이불을 찢어 등짐으로 묶었다. 7시 5분, 마지막 남은 석양빛이 무어에서 잦아들 때, 수월하게 방문을 열고 아래층으로 나왔다. 머리에서 발끝까지 우스꽝스러운 어린애가 된 기분이었다.

정문과 부엌문 앞에 경비원들이 있을 테지만, 몇 사람은 현장에서 자고 있었고 아무도 경비원 숙소의 망을 볼 생각은 하지 않았다. 나는 경비원 숙소에서 묵직한 코트 하나와 양말 몇 개를 찾았고, 서랍장에서는 소중한 동전 몇 실링을 주웠다. 그런 다음 낮은 석탄 창고 지붕으로 이어지는 유리창을 찾아 저택 뒤쪽으로 갔다. 발부터 조심스럽게 내밀고 창가에 위태롭게 균형을 잡고 섰다가 쿵 소리를 내며 뛰어내렸다. 금속의 굉음이 뼛속까지 뒤흔들었다. 나는 응분의 보복을 기다렸다.

그러나 보복이나 대응의 기미는 없었다. 그래서 조금 더 조심스럽게 미끄러져 내려가서 저택을 뱀처럼 감싸고 구불구불 돌아가는 자갈길로 수월하게 내려섰다. 여기서 달리면 탈출을 광고하는 거나 마찬가지라 경비들이 그렇게 한다고 들은 대로 편안하게 팔을 흔들며 걸었다. 한 걸음 한 걸음 뗄 때마다 심장이 먼저 줄달음질을 쳤다. 그러다 주목 울타리를 지나 달릴 준비를 마치고는, 드디어 뛰기 시작했다.

몸매가 망가져 있었다. 어차피 평생 망가질 몸매랄 것도 없이 살긴 했지만, 구금 생활이 그 상태에 큰 도움이 되었을 리 없다. 그러나 그렇게 엄청나게 무겁지도 않았다. 이상한 희열이 솟구쳤다. 어린 시절과 무어의 소리와 냄새가 기억났다. 한껏 뻗는 두 다리의 보폭에서 해방감이 터져 나와 힘차게 앞으로 달려나갈 수 있었다. 영지를 빙 둘러 벽이 있었는데, 감시자의 눈길을 받으며 정원을 거닐 때 이미 눈치챈 벽이었다. 하지만 그 벽은 수인들이 못 나가게 하려는 목적보다는 외부인의 침입을 막기 위한 목적으로 지은 것이어서, 참나무고목 한 그루를 찾아내 해적들이 포로를 바다에 빠뜨릴 때 쓰는 널빤지처럼 노란 벽돌 벽 위로 드리운 야트막한 가지를 타고 오르는 건 일도 아니었다. 나무를 타고 올라가는데 손가락에 썩어가는 나무를 포식하고 있는 벌레들이 스쳤다. 어렸을 때 수없이 했던 것처럼 나뭇가지에서 살살 미끄러져 반대편으로 뛰어내렸다. 그렇게 해서, 자유의 몸이 되었다.

그렇게 쉽지만 않았더라도 좋았을 텐데.

내게는 계획이 있었다. 그 계획 속에는 다른 계획들이 있었고 그 다른 계획들은 전반적인 계획이 어떻게 진행되느냐에 따라 무수히 많은 다른 결과로 이어질 수 있었다. 나는 다시 붙잡힐 확률이 대단히 높다고 보았다. 공권력을 피한 경험도 없거니와 나 자신에 대한 정보도 너무 많이 노출했기 때문이다. 그러나 일단 지금 당장의 시간은 내가 붙잡고 있었다.

무슨 일이 일어나든 일단 내가 어디 있는지 알아내야만 했다. 그래야 앞으로의 내 계획이 얼마나 어려울지 결정할 수 있었다. 초라한 길이 야생 나무가 우거진 높은 강둑 사이로 나 있었다. 나는 길을 따라 서쪽으로 걸었다. 그 길을 걷는 내내 자동차가 딱 세 대 지나가는 소리가 들렸는데, 그럴 때면 숲속으로 몸을 숨겼다. 내가 뭘 하는지 궁금해하는 동물들이 주변에서 바스락거렸다. 부엉이가 울었다고 하면 낭만적으로 들렸겠지만, 부엉이는 생각보다 분별 있는 동물이라 내가 지나치는 동안 멀찌감치 물러서서 근처에 얼씬도 하지 않았다. 저택에 경보가 울릴 때까지 세 시간 여유가 있을 거라 추산했다. 재수가 없으면 훨씬 빨리 울릴 수도 있겠지만.

아주 작은 벽돌 다리가 놓인 시냇물을 넘자 바로 삼거리가 나왔다. 두 가지 대안이 있었다. 8킬로미터 거리의 혹슬리, 그게 아니면 11킬로미터 거리의 웨스트힐. 혹슬리를 선택했다. 훨씬 빤한 선택이기도 했을 뿐 아니라 지름길이었기 때문이다. 도로와 평행을 유지하며 걷기 시작했다. 몸을 숨겨주던 숲은 금세 사라지고 야트막한 돌벽들로 구획된 탁 트인 밭이 나왔다. 질척거리는 진흙탕을 팔짝팔짝 건너뛰다가 뒤에서 엔진 소리가 들리면 포복하고 숨었다. 아무리 소리가 까마득하게 멀어도 무조건 엎드렸다. 달은 반쯤 차올라 있었다. 시야를 확보할 조도는 있되 내 몸이 노출될 만큼 밝지는 않다는 점에서 최적의 달빛이었다. 낮에 그토록 뜨겁던 공기는 이제 입에서 내뿜는 숨결이 김이 되어 피어오를 정도로 식었다. 비가 내려 땅이 질척거렸고, 바지와 양말은 이미 흠뻑 젖어 어딜 밟으나 쩍쩍 소리가 났다. 북극성, 오리온자리, 카시오페이아와 큰곰자리를 찾았다. 카시오페이아는 높고 큰곰자리는 낮은 것으로 보아 첫 번째 자동차가 내 옆으로 다급하게 질주해 지나치던 때가 자정을 약간 넘긴 시각인 모양이었다. 운이 좋았다. 내가 없어졌다는 걸 알아차릴 때까지 몇 시간이 걸렸으니 이제는 저쪽도 전조등을 켜고 시골 벌판을 이리저리 달리며 나를 찾는 수밖에 없었다. 그 틈에 달빛을 길잡이 삼아 여행할 수 있었다.

혹슬리는 낮은 돌산 언저리에 있는 작은 석조 주택 마을이었다. 한때는 그 돌산에서 광석을 캤지만 이제는 쇠락했다. 나는 집들 사이로 살금살금 옆걸음질 치며 비좁은 들판과 울타리로 이어지는 뒷골목을 따라 걸었다. 혹슬리의 아주 작은 중앙 광장에는 전쟁 기념비가 있었다. 두 번의 전쟁에서 죽은 사람들의 이름이 적혀 있었다. 은색 차 한 대가 옆에 주차되어 있었다. 전조등이 켜져 있어 안에 탄 사람은 보이지 않았다. 그 차는 하나밖에 없는 술집 옆에 서서 주인장의 잠을 깨웠던 모양이다. 주인은 문간에 서서 밤잠을 깨웠다고 성을 내며 조수석에 앉은 남자와 언쟁을 하고 있었다. 나는 광장에서 몰래 빠져나와 번화가로 보이는 길을 따라 걸었다. 그곳에는 하나밖에 없는 식료품점이 신선한 토마토와 양고기를 팔고 있었고, 우체국은 자랑스럽게 칠한 새빨간 도색이 슬슬 벗겨져 떨어지고 있었다. 이제 내가 어디 있는지 파악한 나는 다시 동네 언저리로 돌아가서 다 쓰러져 가는 헛간의 널빤지 틈새로 기어 들어가 녹슨 손수레와 건초 더미, 싸우는 닭들에게서 빠진 것 같은 먼지 쌓인 깃털 사이에 몸을 숨겼다.

한잠도 자지 못했지만 그게 문제가 아니었다.

15

 저택에서 머무는 동안 늘 일출 시각을 쟀기 때문에 나는 해가 언제 뜨는지 정확히 알고 있었다.

 대략 한 시간쯤 기다렸다가 움막에서 기어 나가 진흙 범벅에 닭털이 붙은 몰골로 제일 먼저 혹슬리 우체국을 찾았다. 동그란 얼굴이 빨갛게 상기된 신경질적인 인상의 여직원이 막 자물쇠를 열고 있었다. 경비원한테서 훔친 실링으로 편지봉투 두 장과 우표 몇 장을 사고 준비해 온 편지들을 그녀 손에 꼭 쥐여주었다.

 "정말 친절하시군요." 나는 최대한 스코틀랜드 억양을 흉내 내어 말했다. 낯선 사람의 말에 여자가 눈썹을 휙 치켜 올렸다. 형편없는 위장 전술이었지만, 나를 잡으러 오는 사람들이 탐문을 하고 다닌다면 내가 거기 있었는지 여부를 최대한 헷갈리게 하고 싶었다. 나는 여자가 내 편지 두 통을 가방에 넣고 떠나는 모습을 지켜보았다.

그날은 뜨겁고 맑고 아름다웠다.

아쉽기는 했지만 훔친 코트는 버렸다. 그 코트는 한밤중 제일 추운 시간에 빛나는 활약을 해주었다. 그렇지만 아무래도 너무 눈에 띄었고 무거워서 밤에 걸어서 이동할 때 거추장스러웠다. 코트를 벗고 나니 흙은 좀 묻었어도 상당히 그럴싸한 신사처럼 보이는 옷차림이었다.

간밤에 봤던 은색 차가 흑슬리 언저리에 도사리고 있었다. 나는 비누 냄새와 야외 변소 냄새가 동시에 나는 연립주택 담장 뒤에 몸을 숨겼다. 지나치게 값비싸고 지나치게 연료를 잡아먹는 자동차가 덜컹거리며 지나가는 사이 나를 보호해주었다. 이제 다시 한번 대낮의 위험한 도로에서 멀리 떨어져 육로를 타야 할 때가 왔다.

별생각 없이 마음 내키는 대로 북쪽으로 향했다. 그리고 짧은 몇 시간 동안 환한 햇살과 온기를 누렸지만 곧 갈증과 허기, 좋지 못한 치아 상태에 짜증이 돋기 시작했다. 나는 땅이 움푹 팬 분지라든가 벌목에도 불구하고 나무들이 자라는 곳을 찾았고, 이런 곳들을 지표 삼아 강에 한없이 가까운 얕은 시내를 찾아냈다. 둥글고 매끈한 바위들이 시냇물 바닥을 따라 깔려 있었다. 얼굴과 손과 목을 씻고 냇물을 깊이 들이켰다. 이를 닦고 내가 뱉은 침이 거품처럼 냇물을 따라 흘러

가는 모습을 지켜보았다. 어젯밤 훔친 돈 중 남은 푼돈을 세고 다음 마을까지 얼마나 남았을까, 순찰이 어느 정도로 이루어지고 있을까 생각했다. 덫을 놓아 토끼를 잡기에는 내 나이가 너무 많아서 그냥 짐을 챙겨 계속 걸었다.

이른 오후 다음 마을에 도착했다.

피어슨의 부하들이 야생마의 눈에 몰려드는 파리 떼처럼 여기저기서 눈에 띄었다. 빵집이 하나 있었는데 냄새가 견딜 수 없이 좋았다. 피어슨의 부하들이 이동하는 걸 확인한 후 나는 당당하게 성큼성큼 들어가서 최대한 싹싹한 말투로 말했다.

"빵 한 덩어리하고 버터 아무거나 있으면 주십시오."

빵집 주인은 버터 문제를 고민하는지 움직임이 영 느렸다. "어, 선생님." 그러더니 결국 결론을 내렸다. "라드도 괜찮을까요?"

빨리 나오기만 하면 라드도 얼마든지 좋았다.

"여기 출신 아니시죠?" 그가 물었다.

네, 여기 사람 아닙니다. 잠깐 산책하다가 친구들과 만날 예정입니다.

"그러기에 참 좋은 날씨죠."

그래요, 정말 그렇군요. 좋은 날씨가 계속되길 빌어야죠.

"오늘 아침 마을에 오신 분들이 혹시 친구분들인가요? 누굴 찾고 있다고 하던데."

그 말투가 너무 느리고 너무 싹싹해서 그 목소리에서 의심의 흔적을, 조용한 비난을 감지하는 건 비극에 가까운 느낌이었다.

사냥하러 온 사람들 같던가요?

아뇨, 아뇨, 그렇지 않았습니다.

아, 뭐 그럼. 제 친구들일 리는 없네요. 빵은 감사합니다. 라드도 감사하고, 그럼 저는 이만…….

"해리!" 알고 보니 피어슨도 필요할 때는 영국의 표준말을 쓸 수 있었다. 나는 빵을 옆구리에 끼고 문간에 얼어붙은 듯 멈춰 섰다. 라드가 반쯤 싸다 말아서 금방이라도 녹아내릴 듯했다. 피어슨은 똑바로 내게 걸어와 어마어마한 애정을 표하며 두 팔로 나를 안았다.

"자네를 놓쳐서 못 보는 줄 알고 얼마나 걱정을 했는지!" 그의 탄성이 조용한 돌길을 따라 통통 튀었다. "천만다행이네. 자네가 제때 와줘서."

그의 자동차는 20미터도 못 되는 거리에 주차되어 있었다. 차는 동화 속의 숲에서 포효하는 짐승 같았다. 뒷좌석 문이 벌써 열려 있었고, 익명의 경비원들 중 한 명(아마 나한테 코트를 도둑맞은 장본인일 가능성이 높았다)이 차 문을 잡고 있었다. 나는 그 차를 보고, 피어슨을 보고, 특별히 자신은 없었지만 어쨌든 저질러야만 한다는 생각에 빵을 던지고 온 힘을 다해 뾰족한 팔꿈치로 피어슨의 얼굴을 가격했다.

자랑스럽게 말하지만 뭔가 으스러지는 소리가 났고, 팔을 거두자 소맷자락에 핏자국이 얼룩져 있었다.

아쉽지만 나는 채 10야드도 전진하지 못했다. 빵집 주인이 늘 앉아서 일하는 사람치고는 놀라운 속도로 달려와서는, 완벽하게 겨냥한 럭비 태클로 나를 쓰러뜨리고 내 머리를 깔고 앉았다.

16

약들.

더 많은 약들.

그들은 아벨 박사가 그랬던 것처럼 나를 침대에 묶어놓았지만 아벨 박사와 달리 의료 장비를 갖추지 못해 넥타이와 벨트를 혼합해서 썼다. 굴복을 받아내고 나서는 불필요한 폭행은 하지 않았다. 폭력은 굴복이 유일한 대안이라는 점을 확실히 할 정도로만 썼다.

피어슨이 말했다. "이 지경이 된 건 미안합니다, 해리. 정말 유감이에요. 이해하실 줄 알았습니다."

스코폴라민 덕에 절로 웃음이 터져나왔고, 테마제팜 덕에 잠이 왔다. 그들은 아미탈 소디움도 시험 삼아 썼는데, 별로 슬프지 않은데도 울음을 그칠 수 없었다. 그들이 바르비투르산염의 최초 투약 용량을 오판하는 바람에 심장이 눈알로 튀어나올 뻔했다. 그들은 용량을 조정했고 내가 침을 줄줄 흘리며 헛소리를 하는 사이 피어슨은 내 침대 옆에 앉아 있었다.

"당신을 해치고 싶지는 않아요, 해리. 제기랄, 난 그런 인간이 아니에요. 절대 아니라고요. 나는 착한 사람 편입니다. 최선을 다하려고 하는 착한 사람이란 말입니다. 우리는 당신을 해치고 싶지 않아요. 하지만 이건 당신이나 나보다 훨씬, 훨씬 더 큰일이라는 걸 이해하셔야 해요."

그들은 아래층 차고에서 점프 케이블을 가지고 왔고, 피어슨은 얼굴을 내 얼굴에 바짝 붙이더니 이렇게 말했다.

"해리, 나한테 이런 짓까지 시키지는 마세요. 이러지 말아요. 우리가 할 수 있잖아요. 상황을 더 낫게 만들 수 있어요, 우리 둘이서요. 우리가 이 세상을 더 나은 곳으로 만들 수 있단 말입니다!"

내가 대답하지 않자 그들은 내게 향정신성 의약품을 최고 용량으로 투약한 후 벽의 콘센트에 케이블을 꽂았다. 그러나 한 사람이 잘못해서 손대서는 안 될 곳에 손을 대는 바람에 자기가 감전되고 말았다. 그는 만화의 캐릭터처럼 슬피 울며 한쪽 발로 허공에 마구 발길질을 했다. 그들은 그를 아래층으로 데리고 가 손에 얼음찜질을 해주고 그날 밤에는 전기에 손도 대지 못하게 했다.

"이러지 말아요, 해리." 피어슨이 속삭였다. "옳은 일을 해요. 세상을 확 바꿉시다, 씨발! 확 바꾸잔 말입니다!"

나는 껄껄 웃었고 테마제팜의 따뜻한 물결을 타고 표류했다.

17

복잡성을 이유로 어떤 개입도 해서는 안 된다.

이것이 크로노스 클럽의 만트라였다. 그리고 내가 지금 이 말을 전한다. 이건 고결하지도 대담하지도 정의롭지도 야심만만하지도 않은 만트라지만, 유유히 흘러가는 역사의 물줄기에, 감히 시간 그 자체에 손을 대려는 시도를 경계하는 일이니, 이 신성한 맹약은 반드시 모든 크로노스 클럽 본부의 문 앞에 걸려 있어야만 한다. 피어슨에게도 이 정도는 설명을 했지만 그는 이해하지 못했다.

우리 삶의 이야기가 펼쳐지기 전에 내가 말한 적이 있다. 세 단계가 있다고. 우리의 정체를 부인하는 단계, 내 생각에 이 단계는 피어슨이 향정신성 의약품으로 나를 온갖 환각에 빠뜨리던 무렵에는 이미 지나가 있었던 것 같다. 상황상 현실을 인정하기는 상당히 어려웠지만, 나 나름대로는 내 본성을 능력의 한계까지 탐구해 보고자 노력하고 있었다. 세 번째 생애에서는 신을 시험해 보았고 네 번째 생애에서는 생물학을 시험해 보았다. 다섯 번째 생애의 얘기는 다시 돌아가서 해야 하겠지만, 내 여섯 번째 생애에서는 우리 정체의 미스터리를, 좀 늦은 감은 있지만 물리학으로 풀어보려 했었다.

내가 1930년대에 소년이었다는 걸 고려해 줘야 한다. 그냥 소년도 아니고 과학 발달 따위에는 일말의 관심도 없는 남자의 사생아로 자라던 아이였다. 나 역시 그가 좋아하는 말의 족보 따위에는 일말의 관심도 없었지만. 과학적 사유를 뒤흔들던 혁명에 대해서도 전혀 개념이 없었다. 상대성 이론이라든가 핵물리학, 아인슈타인, 보어, 플랑크, 허블과 하이젠베르크도 몰랐다. 세계가 둥글고 나무에서 떨어진 사과는 땅을 향해 곤두박질친다는 어렴풋한 생각 정도는 했지만, 초창기 삶의 몇백 년 동안은 시간 그 자체가 토목공의 금속 자처럼 일직선이고 재미없는 개념이었다. 1990년대까지 와서야 1930년대의 개념들을 이해하기 시작했고, 그 관념들이 단순히 나를 에워싼 세계에 크나큰 영향을 미쳤을 뿐 아니라 내가 누구이고 무엇인지, 바로 그 질문 자체와 관련이 있다는 걸 깨닫게 되었다.

여섯 번째 생애에서 스물세 살에 첫 박사 학위를 땄다. 과학 분야에 특출한 재능이 있어서가 아니라 내 교육의 따분한 일반 지식 습득 과정을 최대한 건너뛰고 곧장 흥미를 끄는 분야로 넘어갈 수 있었기 때문이다. 나는 맨해튼 프로젝트에 참여해 일하라는 제안을 받았다. 최연소 팀원으로. 기나긴 며칠 밤을 뜬눈으로 새우며 수락 여부를 고민했다. 윤리적인 문제 때문이 아니었다. 개인적 감정과 상관없이 원자폭탄은 어차피 제조되고 투하될 테니까. 그보다 그 프로젝트에 참여하면 당대 최고의 천재들을 만날 수 있는 흥미로운 기회가 생길 터였다. 다 같이 한 방에 감금될 테니까. 그러나 감금된다는 생각도 꺼림칙했지만 지나치게 심도 깊은 신원조회가 이루어지는 것도 걱정스러웠고, 나아가 방사능 통제가 형편없고 치명적 부작용이 별로 알려지지 않은 시대에 불필요한 위험에 노출될 필요는 없다는 판단에서 결국 나는 발을 빼기로 했다. 그래서 전쟁 중에는 주로 나치의 기술력에 대해 놀랄 만큼 그럴싸한 가설들을 전개하는 일에 주력했다. 폭탄 기제라든가 로켓엔진에서부터 중수와 나치의 핵원자로에 이르기까지 광범한 분야를 다루었다.

1945년 후반에 빈센트를 만났다. 전쟁은 승전으로 끝났지만 아직 저녁 식사 테이블에는 배급 식량의 초라한 그림자가 드리워져 있었다. 치졸하다는 건 알지만, 솔직히 내 삶 초반에 너무 오랫동안 맛없는 음식을 먹어야 한다든가 중앙난방이 보편화되기까지 꽤나 긴 시간이 걸린다든가 하는 건 정말 사람을 속 터지게 한다. 나는 케임브리지 대학 강사였고 나이가 한참 어리다는 핸디캡을 극복하고 교수직을 얻으려고 치열한 경쟁을 하고 있었다. 물론 라이벌인 쉰세 살 P. L. 조지와는 비교가 되지 않을 정도로 자격이 넘쳤다. 그는 주로 수학적 오류의 복잡성으로 유명했다. 하지만 결국 난 정교수직을 차지하지 못했다. 유행과는 다르게 안정적 상태보다는 빅뱅의 개념을 집요하게 고수했을 뿐 아니라 파동— 입자의 이중성을 비이성적으로 완강하게 주장했기 때문이다. 여기에 전혀 시대 흐름에 맞지 않는 내 젊음까지 합쳐지니 고고하신 학계에서 나를 좋아했을 리 없다. 어쨌든 내 두 가지 주장은 당연히 논박되었다. 대체로 아직 존재하지 않는 증거를 기반으로 하고 있었고, 입증하려면 아직 발명되지 않은 기술이 필요했으니까.

사실 바로 이 오류 때문에 빈센트가 우리 집 문 앞에 찾아온 거지만.

"오거스트 박사님." 그는 단호하게 말했다. "다중우주론을 논하고 싶습니다."

첫인사치고는 뜬금없었다. 게다가 빈센트가 문간에 서 있는 시간이 1초씩 지나갈 때마다 내가 그토록 조심스럽게 지펴놓은 모닥불이 아무도 즐기지 못한 채 진정한 엔트로피의 법칙에 의해 서서히 꺼져갈 거라는 생각을 하니 아까워서 미칠 것 같았다. 그러나 빈센트는 아무래도 꿈쩍도 하지 않을 기세였고, 밖에서 내리는 눈발도 점점 더 거세지고 있어서 전혀 내키지 않았지만 집 안으로 들어오라고 할 수밖에 없었다.

빈센트 랜키스. 우리가 처음 만났을 때 그는 어렸다. 열여덟 살도 채 안 된 나이였지만 이미 겉으로 보기에는 중년이라 해도 무리가 없는 외모였다. 게다가 배급 식량을 타 먹으면서도 뚱뚱하다 할 정도까진 아니지만 살집이 통통하게 올라 있었고 전체적으로 동글동글했으며 딱히 근육질은 아니었고. 쥐 털 같은 갈색 머리칼은 이미 정수리에서 숱이 적어지고 있어서 대머리가 될 기미가 짙었다. 회녹색의 눈은 바쁜 조각가가 많이 젖은 찰흙으로 대충 빚은 듯한 얼굴에 박혀 있었다. 바짓단을 돌돌 말아 올린 모양을 보면 사교적인 질문을 던지고 싶은 마음조차 싹 사라질 지경이었고, 그날 입고 있던 트위드 재킷은 그 후로도 사시사철 벗지를 않았다. 그 재킷이 천년을 입고 다녀도 멀쩡할 거라는 그의 주장은 뭐 참아줄 수도 있다. 하지만 바짓단을 그렇게 말아 올린 게 자전거 타기 편해서였다고 우기면 말도 안 되는 소리라고 대꾸해 줄 생각이었다. 그날 밤 꽉 막힌 케임브리지의 거리에 바퀴가 달린 탈것은 하나도 들어올 수 없었기 때문이다. 그는 끙, 하고 한껏 힘을 주며 모닥불 가에 있는 더 낡은 의자에 앉더니, 내가 조용한 온기에 젖어 있던 두뇌를 현대 과학의 세계로 다시 끌고 들어오려 애쓰며 미처 맞은편 자리에 앉기도 전에 큰 소리로 이렇게 말했다.

"철학자들이 다중우주론에 특유의 진부한 논증을 적용하

도록 허락하는 건 현대 과학 이론의 품격을 훼손하는 일입
니다."

나는 제일 가까운 유리잔과 스카치 술병으로 손을 뻗으며
대답할 시간을 벌었다. 내 안의 선생 기질이 일단 무조건 반
박부터 하고 볼까 하는 유혹을 느꼈지만 결국 포기했다.

"그래, 동의하네."

"다중우주는 행동에 대한 개인적 책임과 아무 관련이 없
습니다. 그저 뉴턴의 개념, 다시 말해 모든 작용에는 반대 작
용이 따른다는 이론과 절대 정지 상태가 있을 수 없다면 관
찰 대상을 변화시키지 않고는 입자의 본질을 이해할 수 없
다는 개념을 확장해 좀 더 단순화된 패러다임으로 만들어낸
것에 불과하죠."

그는 그 주제에 대해 아주 화가 난 것처럼 보였고 그래서
나는 다시 한번 말했다.

"맞아."

그의 눈썹이 맹렬하게 씰룩거렸다. 눈썹과 턱을 써서 말을
하는 희한한 재주가 있는 친구였다. 그 외의 신체 부위는 상
당 부분 정지 상태로 머물러 있는데.

"그런데 왜 지난번 논문에서 양자이론의 윤리적 함의에
열다섯 페이지나 낭비하셨습니까?"

나는 술을 홀짝거리며 그 눈썹이 원래의 자연스러운 정지
상태(그러나 절대 정지 상태는 아니었다)로 돌아오기를 기

다렸다가 마침내 입을 열었다.

"자네 이름이 빈센트 랜키스고, 내가 이 사실을 알고 있는 이유는 학감이 잔디를 깎지 말라고 주의를 주자 자네가 이 이름을 대면서 변화하는 사회에서 그의 역할이 곧 불필요해질 것이며 코앞으로 다가온 미래 세대의 조롱거리가 될 거라고 말하는 걸 들었기 때문일세. 자네는 지금과 똑같은 올리브색 셔츠를 입고 있었고, 내 기억이 맞다면 나는……."

"파란 셔츠, 회색 양말, 가운을 입으시고, 정각에서 5분 지난 시각이었으므로 제가 추정하건대 아마도 강의에 늦으셔서 빠른 속도로 정문 쪽으로 가고 계셨죠. 교수님 강의는 대부분 10분 늦게 시작하니까요."

나는 다시 한번 빈센트를 보았고, 이번에는 무의식적으로 인지했던 여러 특징을 의식적으로 기억했다.

"아주 훌륭하군, 빈센트. 그럼 윤리적 사색과 과학적 방법론을 논해볼까……."

"전자는 주관적이고 후자는 유효합니다."

"자네 관점이 그렇게 절대적이라면 내 견해가 무슨 도움이 될 수 있을지 잘 모르겠는데."

그의 입가에 미소가 번득이더니, 아주 잠깐이지만 살짝 부끄러운 표정을 지었다. 그 정도 염치는 있었던 모양이다.

"죄송합니다." 한참 후 그가 말했다. "제가 여기 오는 길에 좀 과하게 마셨던 모양입니다. 제가 원래 좀…… 단호한 인상으로 비칠 수 있다는 건 압니다."

"어떤 사람이 과거로 여행을 한다면……." 내가 말하기 시작했다. 빈센트가 금세 불쾌한 듯 움찔했지만 나는 한 손을 치켜들고 달래듯 이어 말했다.

"그렇다고 가정을 한다면 말이야. 일종의 사고실험이라고 하자고. 어떤 남자가 과거로 시간 여행을 해서 과거의 사건들이 눈앞에 미래처럼 펼쳐지는 걸 본다고 치자고. 그가 타임머신에서 밖으로 나오면……."

"즉시 과거를 바꾸게 되는 거죠!"

"그리고 그가 처음으로 한 행위가 젊었을 때의 자기 자신에게 뉴마켓 경마장에서 마권 당첨 번호를 알려주는 거라면 결과는?"

"패러독스입니다." 빈센트가 단호한 말투로 말했다. "그는 이런 숫자를 쓴 기억이 없어요. 뉴마켓에서 마권 당첨이 되어본 적이 없단 말입니다. 만약 그랬다면 타임머신을 만들어 과거로 가서 자기 자신에게 번호를 알려줄 리가 없으니까요, 논리적인 불가능성이죠."

"결과는?"

"불가능성이라니까요!"

"가정을 가정으로 받아들이고 즐기라니까."

그는 과하게 헛기침을 하더니 큰 소리로 말했다.

"세 가지 가능한 결과가 있습니다! 하나. 자기 자신에게 당첨 번호를 알려주는 결정을 내리자마자 마권에 당첨되는 기억이 생겨나고 개인적인 타임라인이 변화하는 겁니다. 그래서 당첨 번호가 없이는 타임머신을 만들 수가 없었던 거고, 그렇게 스스로의 존재를 항구화하는 거죠. 하지만 그 안에 패러독스가 존재해요. 무에서 무가 생겨날 수 없는데, 그의 동기와 그에 따른 사건이 결국 결과니까, 결과가 원인을 선행하게 되죠. 하지만 어차피 이 시나리오에서 우리가 논리를 다룬다고 생각지는 않습니다. 둘. 전체 우주가 붕괴하는 겁니다. 물론 상당히 신파적이죠. 하지만 우리가 시간을 방향성이 없는 스칼라 개념이라고 본다면 사실 다른 길이 보이지 않습니다.* 우리가 여기서 논하는 문제가 기껏해야 뉴마켓의 시시한 마권 따위라고 생각한다면 좀 안타깝긴 하죠. 셋. 그가 자기 자신에게 숫자를 가르쳐주는 결정을 내리는 순간, 평행 우주가 창조됩니다. 그의 우주에서, 선형의 타임라인에서, 그는 자기 평생에서 아무것도 따지 못하고 집으로 돌아가지만 평행 우주에서 그의 젊은 자아는 자기가 백만장자가 되었다는 사실에 상당히 놀라며 꽤나 행복하게 살아가겠죠. 함의는?"

"나는 전혀 아이디어가 없네." 나는 밝게 말했다. "그저 자

---

* 　스칼라(scalar)는 크기만 있고 방향은 없는 물리량을 뜻한다. 이 경우 시간은 되돌릴 수 없는 단일한 흐름으로 여겨진다.

네가 횡적 사유가 가능한지 보고 싶었을 뿐이야."

그는 또 한 번 성질을 못 이겨 헛기침을 해대면서 모닥불을 무서운 눈으로 노려보았다. 그리고 말했다. "교수님의 논문을 흥미롭게 잘 읽었습니다. 시시껄렁하고 감상주의적인 철학적 부분들은 묵살하고요. 솔직히 개인적으로 그 대목은 거의 신학에 근접하다고 느꼈습니다만, 그래도 교수님의 논문이 흔한 학회 논문들보다는 훨씬 더 흥미롭다고 봤습니다. 이게 제가 드리고 싶은 말씀입니다."

"영광이군. 하지만 자네의 불만이 순수과학에서는 윤리학이 설 자리가 없다는 거라면, 미안하지만 자네 의견에 이견을 표할 수밖에 없군."

"당연히 윤리학의 자리는 없지요! 순수과학은 관찰 가능한 사건에 대한 연역과 실험의 논리적 과정 그 이상도 그 이하도 아니란 말입니다. 거기에는 좋고 나쁜 건 없고, 그저 순전히 수학적 정의에서 맞고 틀린 게 있을 뿐입니다. 사람들이 그 과학을 가지고 윤리적 논쟁의 평계를 만드는데, 참된 과학자라면 그런 데 연루되어서는 안 되죠. 정치가와 철학자들이 알아서 하라고 맡겨둬야 한단 말입니다."

"자네라면 히틀러를 쏠 텐가?" 내가 물었다.

그는 인상을 썼다.

"우리가 방금 그런 식으로 시간을 조작하려 들면 우주가 파괴될 가능성이 있다는 결론을 내린 것 같은데요."

"우리는 또한 자네가 전쟁의 시련에서 구할 수도 있는 평행 우주를 상정하기도 했지." 내가 대답했다. "우리는 심지어 자네가 자네 자신으로서 앞에서 말한 평화의 기쁨을 누릴 수도 있는 세계를 가정하기도 했지. 패러독스는 차치하고 말이야."

그는 의자 언저리를 손가락으로 두드리다 불쑥 말했다.

"사회경제적 요인도 고려해야만 합니다. 히틀러가 전쟁의 유일한 원인이었습니까? 저는 그렇지 않다고 생각합니다."

"하지만 전쟁의 양상은……?"

"하지만 그게 문제예요!" 빈센트는 다시 한번 눈썹을 최대한도로 치켜 올리며 말했다.

"제가 히틀러를 쏜다는 결정을 내려버리면, 한겨울에 러시아에서 전쟁을 벌이거나 전략적 가치가 거의 없는 도시들을 포위하는 데 수십만 병력을 희생하거나 런던을 폭격하되 런던의 비행장을 폭격하지는 않는, 이런 어리석은 결정들을 내리지 않는 다른 사람이 나타나지 않으리라는 걸 어떻게 확신합니까? 이미 생겨난 조건에서 이처럼 또 다른, 훨씬 현명한 전쟁광이 등장하지 않을 거라는 걸 제가 어떻게 알겠냐고요?"

"그러니까 자네는 복잡성 때문에 개입해서는 안 된다는 입장을 전개하는 건가?"

'제 주장은…… 제 주장은…….' 그는 답답하다는 듯 팔걸이에 걸쳤던 양팔을 뚝 떨어뜨리며 신음했다. "저는 바로 이러한 가설로 쓸데없이 철학을 건드린 게 교수님 논문의 다른 훌륭한 점들을 망쳐버린 이유라고 주장합니다."

그는 말이 없어졌고, 그가 오기 전부터 이미 피로했던 나는 그 침묵을 한동안 즐겼다. 모닥불을 물끄러미 바라보는 그의 모습이 마치 일평생 그 의자에 앉아 있던 사람 같았다. 아니 심지어 그 가구의 일부가 되어버린 듯한 모습이었다.

"술 한잔하겠나?" 나는 마침내 물었다.

"뭘 드시고 계세요?"

"스카치."

"이미 술을 좀 과하게 마셔서요……."

"학감한테는 말하지 않겠네."

그는 잠시 망설이더니, 이렇게 말했다.

"감사합니다."

내가 술을 한 잔 따라주고 그가 받아 마시고 나서 내가 말했다. "그러면 말해보게, 랜키스 군. 이 신성한 학문의 전당에 오게 된 이유가 뭔가?"

"해답을 구해서죠." 그가 결연하게 말했다. "측량 가능하고 객관적인 해답 말입니다. 이 현실 저변에 무엇이 있는지, 우리가 인지할 수 없는 세계에서 무슨 일이 벌어지고 있는지, 양자와 중성자보다 더 깊은 세계, 태양과 은하계보다 더 큰 세계 말입니다. 시간이 상대적이라면 빛의 속도는 우주의

척도가 되는데, 시간은 정말 그게 다일까요? 속도의 공식에 존재하는 변수?"

"이런데 나는 요즘 젊은이들이 섹스와 음악에만 관심이 있다고 생각했군그래."

그는 씩 웃었다. 처음으로 진정성 있는 유머를 보았던 순간이었다.

"교수님께서 정교수직에 지원했다고 들었습니다."

"아마 난 안 될 거야."

"그렇겠죠." 그는 참 싹싹하게도 말했다. "젊어도 너무 젊으니까요. 그냥 안 되실 겁니다."

"그렇게 확신에 찬 응원이라니 참 고맙네."

"어차피 이루지 못하리라는 걸 아시면서 다른 사람이 동의한다고 기분 나빠 하시면 안 되죠."

"자네 말이 맞네. 비합리적인 일이야. 자네는 참…… 학부생치고는…… 직설적이군."

빈센트는 어깨를 으쓱해 보였다.

"젊다는 걸로 시간을 낭비할 수는 없습니다. 서른 살 이하에게 사회가 허락하지 않는 일들이지만 해야 할 일이 너무 많거든요."

그의 말들이 순간적으로 내 마음을 찡하게 울렸다. 나 역시 25년 동안의 지루한 세월을 그렇게 살아왔으니까.

"자네는 시간에 관심이 있나?"

"복잡성과 단순성." 그가 대답했다. "시간은 단순하다면 단순합니다. 우리는 시간을 단순한 부분들로 나눠서 측량하고 거기 맞춰 식사를 준비하고 그 흐름에 맞춰 위스키를 마시지요. 우리는 수학적으로 시간을 배치하고 관찰 가능한 우주에 대한 관념을 표현하는 데 그 시간을 활용할 수 있지만 아이에게 단순한 언어로 설명하라는 요구를 받으면(물론 기만이 아닌 단순한 언어 말입니다) 무력해져 버려요. 우리가 시간을 가지고 기껏 할 수 있는 일은 언제나 시간을 허비하는 것뿐인 것 같단 말입니다."

그는 그렇게 말하면서 잔을 들어 나를 보고 건배하고는 꿀꺽꿀꺽 다 마셔버렸다. 하지만 막상 나는 갑자기 술맛이 뚝 떨어져 버렸다.

18

복잡성 때문에 아무 개입도 해서는 안 된다.

피어슨에게 이 말을 큰 소리로 외쳐주었어야 했다. 그의 귀를 클럽 본부 문에 못 박아 걸고 크로노스 클럽에 기록된바, 후대에 미친 무시무시한 재앙과 폭력의 이야기들을 경청하게 했어야 했다. 사실 나로서는, 시간에 대한 그의 간섭이 어느 정도가 될지 내가 내리는 판단의 정확성을 가늠해 볼 길이 없었다. 내가 안전하다고 파악하는 선 이상의 정보를 얻어내기 위해 그가 어디까지 밀어붙일지도 예상할 수 없었다.

그 네 번째 생애에서 피어슨과 부하들이 마침내 나를 고문해 미래의 지식을 얻어내겠다는 결정을 내렸을 때, 처음에는 그들도 확신 없이 시작했다. 결과를 얻어내기 위해서는 극단적인 폭력도 서슴지 않을 태세를 완벽하게 갖추고 있었지만 상품 자체를 훼손하게 될까 봐 두려워했던 것이다. 나는 유일무이한 존재였고, 평생 한 번 잡을까 말까 한 월척이었다. 내 잠재력은 여전히 미지수였다. 따라서 어떤 형태로든 신체적, 아니 더 최악으로는 정신적 상해를 항구적으로 입히게 된다면 용서 못 할 죄악이 될 터였다. 이 사실을 깨달은 나는 더 시끄럽게 비명을 지르고 기침을 하고 게거품을 물고 내가 싼 오줌과 피바다에 뒹굴며 온몸을 뒤챘다. 그들은 너무 놀라서 잠깐 물러섰고, 피어슨이 다시 가까이 다가와 속삭였다.

"우리는 이 세계를 위해서 이러는 겁니다, 해리. 미래를 위해서 이러는 거라고요."

그런 다음 그들은 다시 시작했다.

둘째 날 고문이 끝나자 그들은 샤워실로 나를 질질 끌고 들어가 찬물을 틀었다. 나는 들것에 앉아 마구잡이로 들이붓는 찬물을 맞으며 유리로 된 샤워 칸막이를 주먹으로 깨뜨릴 수 있다면 유리 조각을 주워 손목을 긋는 데 시간이 얼마나 걸릴까 계산했다.

사흘째 되는 날 그들은 좀 더 자신이 붙었다. 한 사람이 의욕을 보이면 다른 사람도 따라 나섰고, 팀플레이 정신이 자리를 잡으면서 서로 실망시키지 않으려 애쓰기 시작했다. 피어슨은 고문하는 동안은 방 안에 같이 있지 않으려고 꽤 신경을 썼고, 언제나 몇 분 전에 나가서 몇 분 후에 들어오곤 했다. 사흘째 밤에는 장밋빛 붉은 석양이 천장에 어른거렸다. 다른 사람들이 나가고 나서 피어슨이 침대 옆에 앉아 내 손을 잡고 말했다.

"이런 세상에, 해리, 정말로 유감이군요. 이렇게 나오시다니 정말 유감입니다. 제가 멈출 수 있다면 얼마나 좋을까요."

나는 그를 증오했고 울기 시작했다. 내 얼굴을 그의 손에 묻고 그의 발치에 무릎을 꿇고 하염없이 울었다.

19

나는 편지 두 통을 써서 보냈다.

사랑하는 제니,

당신을 사랑해. 이 이상 뭔가 더 있어야 할 것 같아. 해야 할 말이 더 있어야 할 것만 같아. 하지만 이렇게 당신에게 편지를 쓰게 되니 그냥 단순히 이 말뿐이야. 이 이상의 말도 없고, 이보다 더 크거나, 단순하거나, 참된 진실도 없어. 당신을 사랑해. 당신을 두렵게 만들어서 정말로 미안해. 내가 했던 말, 내가 했던 행동, 다 정말 미안해. 꼭 해야만 했던 말, 꼭 해야만 했던 일이었어. 내가 한 일이 이 생애를 넘어선 결과를 초래할지 모르겠지만, 나 없이 살아가야 한다면 앞으로 들려올 소식에 자책하지 말고, 오래오래, 행복하고 자유롭게 살아. 당신을 사랑해. 그게 전부야.

해리

나는 혹시나 그녀의 우편이 감시받고 있을 가능성에 대비해 친구의 주소를 썼다. 두 번째 편지는 S. 발라드 박사를 수신인으로 했다. 발라드 박사는 신경과 전문의로, 때로는 학문적인 경쟁자였고 때로는 술친구였으며, 우리 둘 다 굳이 말로 표현할 필요를 느끼지 못할 만큼 믿을 수 있는 친구였다.

친애하는 사이먼,

최근 몇 달 동안 나에 대해 들려오는 얘기들 때문에 여러 의심과 의혹이 들었을 걸세. 이 편지를 받으면 그런 의혹과 의구심이 더 깊어지게 되겠지. 그 점에 대해서는 정말 미안하네. 이 지면으로는 내 상황을 자세히 설명할 수도 없고 지금 내게 필요한 게 뭔지 상세하게 말해줄 수도 없다네. 이건 솔직히 자네에게 한 가지 부탁을 하기 위해 부치는 편지에 불과해. 이렇게 별다른 설명도 없이 이런 일을 부탁하는 나를 용서해 주게. 하지만 우리 우정을 걸고, 우리가 서로를 존중하는 마음을 걸고, 그리고 앞으로 더 나은 미래가 다가올 거라는 희망을 걸고, 제발 내 부탁을 들어주게. 주요 신문사의 개인 광고 섹션에 올려줄 광고를 하단에 첨부했네. 광고는 반드시 한날한시에 나와야 하네. 최대한 빨리 올려주기만 하면 날짜 자체는 언제든 상관없네. 기회가 있으면 광고비는 반드시 보상하고, 그 밖에 자네의 수고와 시간에 보답할 수 있는 일이라면 뭐든지 하겠네.

이 편지를 읽으면 자네는 과연 해도 되는 일인지 알 수 없어 고민하겠지. 내 동기도 의심스러울 테고 자네도 나에 대한 책임을 져야 하는 게 아닐까 싶을 테고. 이미 자네가 입장을 정했다면 내가 몇 마디 안 되는 글로 그 마음을 돌릴 수는 없겠지. 그러니까 나로서는 우리 사이에 존재하는 유대감과 이 편지에는 오로지 선의만 담았고 행위의 결과는 긍정적일 거라는 나의 개인적 보장, 이것만으로 충분하기를 바랄 수밖에 없네. 그걸로 충분치 않다면, 앞으로 내 신상에 어떤 일이 닥칠지 모르겠어. 그래서 예전에는 한 번도 해본 적 없지만, 제발 이 부탁을 진지하게 받아달라고 애원하고자 하네.

자네 가족에게 내 사랑을 전해주고, 자네에게도 오로지 좋은 일만 있기를 비네. 그리고 나는 여전히 자네의 친구로 남아 있다네.

해리

편지 밑에는 광고의 본문을 적었다.

크로노스 클럽.

나는 해리 오거스트다.

1986년 4월 26일 4호 원자로가 멜트다운에 들어갔다.

나를 도와달라.

광고는 1973년 9월 28일 《가디언》과 《타임스》에 실렸고, 사흘 뒤 모든 기록에서 삭제되었다.

20

피어슨은 나를 무너뜨렸다.

다시, 내 네 번째 생애로 돌아가자. 안 그러려고 애쓰는데도 항상 여기로 다시 돌아오는 느낌이다. 그의 발치에 무릎을 꿇고 앉아 그의 손에 얼굴을 대고 흐느껴 울면서 제발, 제발 부탁이니, 멈춰달라고 빌고 있는 내 모습으로.

그는 나를 길들였다.

나는 무너졌고, 마음이 놓였다.

나는 자동인형이 되었다. 이전의 생애들을 하루 단위로 거슬러 올라가면서 내가 본 신문 헤드라인과 기사들을 한 줄 한 줄 단어 하나하나 기계적으로 읊었다. 가끔 정신을 놓으면 여행하던 곳의 언어가 튀어나오기도 하고, 학살과 지배자들에 대한 보고를 하다가도 부처의 말씀이나 신도교 교리를 뜬금없이 섞어 넣기도 했다. 피어슨은 결코 내 말을 끊거나 고쳐주지 않았고 테이프 녹음기가 찰칵거리며 돌아가는 사이 의자에 느긋이 앉아 있을 뿐이었다. 두툼한 테이프 휠 두 개가 빙빙 돌아갔고, 20분마다 바꿔 끼워야 했다. 피어슨은 당근과 채찍 전술의 대가였다. 당근을 줄 때는 언제나 내 곁에 있고 채찍으로 때릴 때는 자리를 비워서, 내 마음속에서 통증으로부터의 휴식과 온기를 가져다주는 황금빛 천사 같은 존재로 각인되었다. 물론 나도 의식적으로는 이것이 바로 그가 얻고자 하는 효과라는 걸 잘 알고 있었지만 어쩔 수 없었다. 나는 그에게 모든 걸 말했다. 완벽한 기억력은 이제 완벽한 저주가 되었고, 그로부터 사흘 뒤 그 여자가 찾아왔다.

나는 약기운과 피로를 뚫고, 복도에서 일어난 소요로 그녀의 도착을 감지했다. 다음 순간 위풍당당한 목소리가 쩌렁쩌렁하게 울려 퍼졌다.

"이런, 맙소사!"

나는 항상 그러듯 라운지 의자 두 개 중 작은 쪽에 앉아서 레이건 대통령의 암살 시도에 대한 따분한 회상을 읊조리고 있었다. 그녀는 거의 중세의 옷차림처럼 보이는 긴 소맷자락을 펄럭이며 방 안으로 박차고 들어왔다. 회색 곱슬머리가 독자적인 법칙에 따라 살아가는 생물체처럼 여자 머리 위에서 춤을 추고 있었다. 얼굴에 바른 립스틱은 협곡처럼 깊게 팬 피부 주름 사이에 깊게 각인되어 있었다. 손가락을 허공에 휘두르자 주렁주렁 낀 반지들이 번득이며 빛났다.

"당신!" 그녀는 피어슨을 보고 호통을 쳤다. 피어슨은 본능적으로 테이프 녹음기를 껐다. "나가!"

"당신 대체 누구……."

그녀는 손목을 황제처럼 한 번 탁 꺾으며 그의 말을 끊고 쌀쌀하게 대꾸했다.

"소름 끼치는 난쟁이 같은 인간. 당신네 지휘 본부에 전화 걸어서 확인해. 이런 맙소사, 대체 무슨 짓을 하고 있었던 거야? 지금 이게 다 얼마나 헛된 짓인지 정말 모르는 건가?"

피어슨은 입을 열어 뭐라고 말을 하려 했으나 또 한 번 제지당했다.

"삐 삐 삐. 냉큼 달려가서 전화 안 하고 뭐 해?"

아마 여기서 합리적인 대화가 불가능할 거라는 판단을 내렸는지, 피어슨은 험상궂게 인상을 쓰며 문을 쾅 닫고 나가 버렸다. 여자는 나를 마주 보고 앉아 약간 주의 산만하게 테이프 녹음기의 버튼 몇 개를 눌러보며 크기와 반응을 보고 킬킬 웃어댔다. 나는 눈을 바닥으로 내리깔고, 아무 희망도 없이 형벌만을 기다리는 겁먹은 사람들 특유의 꼼짝없이 움츠린 자세를 풀지 않고 있었다.

"이런, 참 끔찍하게 형편없는 몰골이네." 그녀가 드디어 말했다. "참 봐줄 만한 꼬락서니야. 나는 버지니아라고 해. 그쪽이 궁금해하는 거 같아서 말해주는 거야. 궁금하지? 그럼, 그렇겠지."

그녀는 꼭 겁먹은 고양이한테 말하듯 내게 말했고, 나는 다른 것보다 놀라운 마음에 눈을 들어 그녀를 바라보았다. 비즈 팔찌와 배꼽까지 치렁치렁 내려오는 거대한 목걸이가 스치듯 눈에 들어왔다. 그녀는 손을 모아 쥐고 탁자를 짚더니 허리를 굽혀 한참 동안 내 눈을 똑바로 들여다보았다.

"크로노스 클럽." 마침내 그녀가 말했다. "나는 해리 오거스트다. 1986년 4월 26일 4호 원자로가 멜트다운에 들어갔다. 나를 도와달라."

나는 숨을 죽였다. 그녀는 내 광고를 보았다. 하지만 볼 마음만 있었다면 피어슨도 보았을 것이다. 사이먼이 내 메시지를 어느 신문에 실어줬는지 모르지만 누구라도 볼 수 있었을 것이다. 구조일까, 형벌일까? 구원일까, 함정일까?

어느 쪽이든, 과연 내가 신경이나 쓰는 걸까?

"그쪽 때문에 우리가 진짜 골치 아프게 됐어." 그녀가 한숨을 쉬었다. "물론 그쪽 잘못은 아니지. 아니, 이 꼴을 봐. 얼마든지 이해해 줄 수 있지. 정말 있어서는 안 될 일이야! 자, 이 일이 다 끝나면 심리적 외상 치료를 받아야 할 거야. 스트레스 상담도 받고. 물론 이런 걸 받기가 얼마나 힘든지는 나도 알지만. 한…… 쉰 살쯤 되어 보이는데? 그 말은 20년대에 태어났다는 뜻이고. 생각해 보면 소름 끼치는 일이지. 20년대에 프로이트 추종자들이 어찌나 많았는지, 다들 엄마랑 자고 싶다고 난리였다니까. 하지만 핀칠리에 가면 아주 잘하는 친구가 있어. 솜씨도 좋고 이해심도 많고 시가가 어쩌고 헛소리도 안 하고. 그게 잘 안 되면, 난 언제나 동네 신부들이 꽤 쓸모가 있더라고. 고해성사의 형식으로 찾아가기만 하면 돼. 가끔은 그 신부들도 겁을 집어먹고 넋을 놓기도 하지만 말이야! 자, 절대로, 절대로 말이야."

그녀는 검지로 테이블을 꾹 찔렀다. 어찌나 결연하게 힘을 주어 눌렀는지 손가락 끝마디가 밖으로 휘었다.

"좀 오래 살았다고 지금 끔찍한 상태가 아니라고 혼자 생각해 버려서는 안 돼. 지금 말도 못 하게 끔찍한 상태라고, 우리 해리, 그러면 침묵하는 고결한 멤버들을 만나도 아무 소용도 없을 거야."

이제는 도저히 그 얼굴에서 눈길을 뗄 수가 없었다. 이 얼굴이, 사방으로 퍼진 산발을 한 이 늙고 화장을 덕지덕지 처바른 얼굴이 구원일까? 이 어마어마하게 펄럭거리는 보라색 소맷자락과 시폰 카디건 차림의 여자가, 허리가 펑퍼짐하고 쩔렁거리는 펜던트를 한 이 여자가, 수수께끼의 크로노스 클럽 멤버일까? 이 문제를 앞두고 이성을 적용하기는커녕 무슨 생각조차 제대로 하기가 힘들었다.

"참가비는 없어." 내 생각을 읽기라도 한듯 그녀가 말했다. "하지만 후대를 위해서 좀 분담을 하긴 해야겠지. 멀쩡하게 몸도 챙기고 해서. 반석에 새겨진 불변의 원칙은 단 하나뿐이야. 다음 세대를 위해 세상을 망치지 않는다면 뭐든 마음 내키는 대로 해도 좋아. 그러니까 제발 뉴욕에 원폭을 투하하거나 하지 말고, 실험적인 의도에서건 뭐건 루스벨트를 쏘거나 그러지 말도록 해. 도저히 우린 그런 소란을 처리할 수 없으니까. 난 그쪽이 흥미가 있을 거라 생각하는데." 내가 침묵하자 그녀가 덧붙여 말했다. "혹시 그렇다면 아무래도 우리는 한 번 더 만나야겠지."

그녀는 테이블 위로 허리를 굽혔다. 나는 명함을 건네주는 줄 알았지만 그녀가 손을 거둔 자리에는 나무 손잡이 안에 들어가 있는 작은 접이식 펜나이프가 놓여 있었다. 그녀는 눈빛을 번득이며 언성을 낮추었다.

"1940년 7월 1일 트래펄가 광장에서 만나면…… 괜찮을까?"

나는 나이프를 보다가, 그녀를 보고, 다시 나이프를 보았다. 그녀는 무슨 뜻인지 이해했고, 여전히 미소 띤 얼굴로 일어섰다.

"나는 개인적으로 허벅지를 선호해." 그녀가 설명했다. "욕조에 물을 받고 들어가면 도움이 되는데, 뭐 없으면 할 수 없지, 안 그래? 트랄랄라, 오거스트 박사, 그럼 안녕히 계시고 잘해봐!"

그 말을 남기고 그녀는 발걸음도 활기차게 나가버렸다.

나는 바로 그날 밤 대퇴부 동맥을 긋고 4분 만에 전신의 피를 쏟았다. 아쉽게도 당시 손쉽게 쓸 수 있는 욕조는 없었지만, 처음 60초가 지나고 나서부터는 사실 통증 따위는 신경도 쓰이지 않았고 오히려 홍건한 피바다를 은근히 호사스럽게 즐겼다.

21

우리에게 죽음은 전혀 두려움의 대상이 아니다.

공포는 재탄생에 있다. 재탄생, 그리고 몸이 아무리 갱생해도 정신은 구원받을 수 없다는, 사라지지 않는 두려움.

내가 친자가 아니라는 사실을 깨달은 건 세 번째 생애에서였다. 해리엇 오거스트의 관 위에 서서 무덤 맞은편에 있는 내 아버지(내 생물학적 아버지)의 얼굴을 물끄러미 바라보던 그때.

분노나 원한은 없었다. 아마도 합리적인 추론보다는 사별의 슬픔에서 비롯된 감정인 것 같지만, 오히려 내가 혈육이 아닐 수도 있다는 깨달음을 영혼으로 실감하고 나자 나를 키워준 해리엇과 패트릭에 대한 고마운 마음이 더욱 커졌다. 나는 진짜 치료제가 아니라 플라세보일지 모른다는 의심을 품고 표본을 관찰할 때처럼 냉정하게 생물학적 아버지를 관찰했다. 어째서라든가 어떻게 따위에는 관심이 없었다. 오로지 그가 어떤 인간일까 궁금했다. 그도 나와 같다면 어떨까?

솔직히 시인하지만 관찰로 얻은 정보는 거의 없다. 해리엇은 죽고 양아버지는 고독과 비탄에 점점 더 깊이 빠져들어 가는 상황에서, 나는 양아버지의 일을 대신 떠맡아 학교를 아예 그만두고 만능으로 장원 일을 척척 해내는 소년 일꾼이 되었다. 대공황이 닥쳐오고 있었고 헐른 가문은 현명한 투자를 하지 못했다. 콘스턴스 할머니는 냉철한 재무 판단력을 갖추고 있었지만 또한 자존심이 엄청나게 강해서 이해가 상충했다. 연료와 장원 수리비를 아껴 푼돈을 모았고 동전한 닢 쓰는 데도 인색하게 굴면서 돈을 쓴다고 하면 무조건 비웃고 봤지만, 매년 헐른 가문의 친척과 먼 친지까지 다 불러서 만찬을 열고 사냥 파티를 했다. 그 한 번의 이벤트만으로도 아낀 푼돈의 두 배가 넘는 거액이 순식간에 사라졌다. 고모들 중에서 알렉산드라는 사람은 좋지만 근본적으로 따분한 공무원과 결혼했고 작은고모 빅토리아는 사치와 스캔들로 방탕한 삶을 살면서 콘스턴스 할머니와 아예 연을 끊다시피 했다. 내 생물학적 아버지와 그의 아내는 서릿발 날리는 냉랭한 관계였기에, 큰돈을 쓸 일도 없었다. 아버지의 아내는 대다수 시간을 런던에서 허비했는데 어차피 자기 돈이나 친정의 돈을 허투루 쓰는 거니 아무도 상관할 바 아니었다. 반면 내 아버지는 대부분의 나날을 전원에서 보내거나 현명하지 못하게도 지역 정치에 간여하며 보냈다. 두 사람은 집이나 침대를 같이 쓸 때도 매년 벌이는 할머니의 만찬과 마찬가지로 융통성 없는 효율성과 무감정한 격식을 갖췄다. 이런 식으로 가문은 쇠락했다. 처음에는 가족의 빈자리가 채워지지 않다가, 다음에는 아예 하인들을 모조리 해고하는 식으로. 하지만 양아버지는 가문에 기여한 바도 있고 상황이 딱하기도 해서 잘리진 않았다. 어느 정도는, 불만 없이 자식을 키워준 오거스트 부부에게 헐른 가문이 진 빚이 있기 때문이라는 것도 이제 나는 알게 되었다.

나는 첫 생애에서 그랬듯 밥값을 했고 워낙 오랜 세월 경험을 쌓은 터라 이제 훨씬 더 쓸모 있는 일꾼이 되어 있었다. 영지 구석구석을 심지어 양아버지보다 더 잘 알았고 수년에 걸쳐 엔진 수리라든가 파이프 땜질, 불량 케이블 연결 같은 기술도 터득한 상태였다. 당시 기준으로는 엄청난 첨단 기술처럼 보이는 재주들이었다. 더구나 10대 소년으로서는 굉장한 능력이 아닐 수 없었다. 나는 최대한 많은 일에 끼어들면서 최대한 눈에 띄지 않게 행동했다. 없어서는 안 될 존재로 남으면서도 만사에 두드러지지 않으려고 수고를 아끼지 않았다. 그리고 단조로운 삶을 피해 이제 내 생물학적 가족이라는 걸 알게 된 사람들을 관찰하곤 했다. 친할머니는 나를 없는 사람 취급하는 데에는 달인의 경지에 올라 있었다. 알렉산드라 고모는 집 안에 있는 일이 거의 없어서 나를 잘 보지도 못했다. 빅토리아 고모는 굳이 애쓰지 않아도 쉽게 내 존재를 묵살할 수 있었다. 그리고 내 아버지 로리는 항상 나를 빤히 쳐다보다가 들키면 그제야 눈길을 돌리곤 했다. 그렇게 물끄러미 응시했던 건 호기심 때문이었는지 죄책감 때문이었는지 알 길이 없다.

나는 뻣뻣한 옷차림에 더 뻣뻣한 몸가짐을 한 이 남자를 바라보았다. 윗입술에는 콧수염이 늙은 애완견처럼 도사리고 있었다. 녹색 그물망을 씌워 남몰래 관리하는 콧수염이었다. 나는 그가 나 같은 사람인지 알고 싶었다. 헐른가가 집사를 해고했을 때 나는 더 싼 값에 쓰는 집안 하인으로 들어가게 되었다. 식탁머리에 앉은 아버지의 의자 뒤에 서서 지나치게 익힌 치킨 요리를 잘게 써는 모습을 지켜보았다. 그는 마지막 한 조각이 정육면체로 잘릴 때까지 절대 치킨에 손을 대지 않았다. 나는 아내가 오면 그가 의례적으로 뺨에 딱 한 번 키스하는 것을 관찰했고, 다음 날 아내가 떠날 때 의례적으로 뺨에 딱 한 번 키스하는 것도 관찰했다. 아버지의 아내는 시내로 돌아가기 위해 새 옷으로 갈아입곤 했다. 날씨가 추운 날이면 빅토리아 고모가 아버지에게 골반 통증에 잘 듣는 묘약이 있다고 속삭이는 소리도 들었다. 전쟁에서 심한 찰과상을 입었다고 하는데, 심리적인 후유증이 더 컸다. 나 역시 전쟁에서 싸워봤고 심리적 외상이 얼마나 강력한지 알기 때문에 안쓰러운 마음이 들 수밖에 없었다. 빅토리아 고모는 앨닉에서 우스꽝스럽고 왜소한 남자를 사귀었고 그 남자가 또 리즈의 멋진 남자를 소개시켜 주었다. 그 사람은 리버풀에서 정기적으로 반짝반짝한 신상 디아세틸모르핀*, 즉 아버지에게 꼭 필요한 물건을 공수해 왔다. 나는 처음 아버지가 마약을 받던 날 그가 온몸을 덜덜 떨다가 조용해지는 모습을 문틈으로 바라보았다. 헤벌린 입술 사이로 침이 줄줄 흘러내려 귀 바로 앞에서 흥건히 고였다. 그때 고모가 내가 엿보고 있다는 걸 알아차리고는 멍청하고 바보 같은 아이라고 비명을 지르며 손등으로 나를 철썩 때리고 문을 쾅 닫아버렸다.

경찰이 사흘 뒤 앨닉에서 고모의 왜소한 남자를 체포했다. 힘차고 꾸밈없는 필체로 쓴 익명의 투서를 받았던 것이다. 경찰은 같은 익명의 제보자가 같은 필체로 쓴 투서를 딱 한 장 더 받았다. 보크사이트를 취급하는 트레이너 씨가 남자애들한테 손대는 걸 좋아한다는 내용이었다. 투서에는 같은 내용을 재차 확인하는 H 소년의 증언이 동봉되어 있었다. 전문가들한테 감정을 맡겼다면 아마 어른의 필체와 아이의 필체가 두드러지게 유사하다는 걸 알아차렸을 것이다. 실제로 취조를 위해 소환된 트레이너 씨의 엄지에 난 잇자국은 어린아이의 것으로 확인되었고 투서는 더 없었지만 신속히 처

---

* 헤로인.

리되었다.

첫 생애에서 생물학적 아버지는 (관심을 가졌다 해도 아마 알아채지 못했겠지만) 내게 직접적으로 관심을 표현하는 일이 거의 없었다. 두 번째 생애에서는 자살을 하느라 너무 바빠서 외부적인 문제는 전혀 처리하지 못했다. 세 번째 생애에서는 내 행동 자체가 상궤에서 벗어나서 아버지의 일탈을 유도한 측면이 많았다. 장래의 내 직업을 생각하면 희한한 일이었지만, 우리는 성당에 함께 다니면서 가장 큰 유대감을 느꼈다. 헐른 가문은 가톨릭이었고, 영국 국교회의 나라에서 대대로 수치로 여겨왔던 이 종교는 최근 들어 일종의 단호한 자긍심으로 바뀌었다. 헐른 가문이 비용을 부담해 전담 예배당을 짓고 관리했으며, 종파에 손톱만큼도 관심이 없는 지역 주민들은 순전히 거리가 가깝다는 이유로 이곳의 예배에 참례했다. 교구 신부는 셰퍼라는 이름의 상당히 불경한 사람이어서 엄격한 위그노 교도로 양육되었지만 가톨릭과 그에 수반된 온갖 짜릿한 도착성이라는 훨씬 더 화려한 쾌락을 거침없이 선택했다. 그래서 성무를 받드는 태도에 어쩐지 즐거워 어쩔 줄 모르는 느낌이 배어 있었다. 항상 검은 옷을 입어야 하는 부담에서 해방되자 언제나 자주색만 입기로 결심한 모양이었다. 나도 아버지도 서로 말을 섞어야 할 상황이 올 것 같으면 성당에 가지 않았고, 상황이 어쩔 수 없을 때만 서로 말을 섞었다.

우리 사이가 봄날의 꽃처럼 화사하게 피어났던 건 아니다. 예배당에서 처음 몇 번 마주쳤을 때는 아무 말도 없이 서로 알아보는 눈길만 교환했을 뿐, 고개 한번 끄덕여 인사조차 하지 않았다. 이런 하느님의 성전에서 여덟 살짜리가 뭘 하고 있는지 궁금할 법도 했겠지만, 아마 어머니를 잃은 슬픔 때문일 거라는 결론을 내렸을 것이다. 반면 나는 나대로 이처럼 아버지를 종교에 귀의하게 만든 건 죄책감의 그림자가 아닐까 살폈다. 나로서는 예배당에 아버지가 자꾸 찾아오는 게 처음에는 짜증스럽고 정신 산란했지만, 나중에는 호기심이 생겼다. 당시 나는 내가 처한 상황을 이해하려 노력 중이었으며, 아무것도 모르는 자들 특유의 진부하기 짝이 없는 여정에 막 올라 어떤 형태로든 신과 영혼의 소통을 시도하고 있었기 때문이다.

내 추론은 칼라차크라, 즉 삶을 여러 번 반복해 여행하는 우리 모두가 표준적으로 밟게 되는 과정이었다. 내가 처한 황당한 상황이 어떤 방식으로도 설명되지 않았고 내가 만난 사람들 중에서는 같은 삶을 반복해서 살아가는 이런 여행을 경험하는 이가 없었기에, 논리적으로 나는 내가 과학적인 돌연변이거나 어떤 식으로든 내 이해를 넘어서는 초월적 존재의 개입이 있었다는 결론을 내릴 수밖에 없었다. 세 번째 생애에서 과학적 지식이라고는 핵에 의한 세계의 종말을 예측하는 1970년대의 번들거리는 잡지에서 읽은 정도뿐이었고,

내가 처한 상황이 어떻게 과학적으로 가능한지 상상조차 할 수 없었다. 어째서 하필 나란 말인가? 어째서 온 세상의 기운이 합세해 나를 이런 곤경에 빠뜨린 걸까? 내가 헤쳐나가야 할 여정에 특별하고 고유한 의미가 없을 리가 없다. 원자 내에서 무작위로 벌어진 충돌의 소산 따위에 불과할 리가 없다. 이런 전제를 받아들인 나는 내 손이 닿는 한에서 가장 인기 있는 초자연적 해명을 선택하고 신으로부터 해답을 구했다. 첫 장부터 끝 장까지 성경을 독파했지만 그런 부활의 이야기에서 내 상황에 대한 설명을 찾을 수는 없었다. 아니면 내가 예언자거나 저주받은 자라는 얘긴데, 어느 쪽으로 봐도 증거는 희박했다. 다른 종교들을 배울 생각도 했지만 그 시간, 그 장소에서 대안적 신앙 체계에 대한 정보를 수집하기란 어려웠다. 특히 자기 이름도 제대로 끄적거리지 못하는 게 당연한 어린아이의 몸으로는 무리였다. 그래서 특별한 취향보다는 정황상 편리를 좇아 기독교의 하느님에게 의지하게 되었던 것이다. 그래서 이름 없는 질문에 대한 답을 달라고 예배당에서 기도하고 있었다.

"여기 자주 오는구나."

우리 아버지였다.

나는 알고 싶었다. 나 같은 조건이 유전되는 걸까? 그러나 그렇다면 아버지가 그 정도 얘기는 해주지 않았을까? 아무리 천박하고, 자기 자존심이나 시대정신에 사로잡힌 인간이라도 이렇게 어마어마한 불행에 대해 아들에게 아무 언질도 주지 않는 건 너무하지 않은가? 하지만 이런 상황이 유전된 거라면 어째서 우리 아버지는 저토록 일관되게 행동하는 걸까? 안다면 변화하지 않을 수 없을 텐데?

"네, 그래요." 직감적으로 뱉은 대답이었다. 어른들이 종종 어리석고 자주 틀리는 전제를 깔고 말을 걸더라도 정중하게 긍정적 대답을 하는 게 아이로서 취해야 할 기본 입장이었다. 아주 간혹 반항을 시도해 본 적도 있지만 고집 세고 조숙하다고 한마디로 묵살당하거나 괜한 매를 벌기 일쑤였다. "네, 그래요"는 중립적이라는 점에서는 점수를 딸 만했지만 사교적으로 싹싹한 대답은 못 되어서 우리의 대화는 별로 진전되지 못하고 늘어졌다.

마침내 돌아온 말은 이랬다. "하느님한테 기도를 드리는 거냐?"

솔직히 이 질문은 너무나 진부해서 속내를 파악하는 데 시간이 걸렸다. 이 사람이, 내 유전자의 절반을 공유하고 있는 이 사람이, 정말 이 정도밖에 안 되는 걸까? 하지만 상황을 더욱 혼란스럽게 만들 생각으로 나는 한 번 더 "네, 그래요"로 응대했다.

"착하구나. 잘 컸어."

그는 대답이 흡족한 눈치였다. 부모로서의 기쁨이라고 느꼈지만 어쩌면 내가 열의가 넘쳐 지나치게 자유로운 해석을 했는지 모른다. 우리 대화로 기껏 그 정도의 성과를 내고 가 버리려는 눈치여서 내가 불쑥 끼어들었다.

"무슨 기도를 하세요?"

어른이 했다면 무례하고 주제넘은 질문이었을 것이다. 하지만 어차피 대답을 해줘도 이해 못 할 어린애가 한 말이었으니 심지어 귀엽게 느껴졌을지도 모른다. 거울 앞에서 여러 번 연습했던 가장 순진무구한 표정을 하고 이 역할을 연기했다. 아쉽지만 단순히 어리다는 것만으로는, 자연스럽게 천진무구한 분위기를 낼 수 없었다.

그는 한참 생각에 잠겼다. 대답이 아니라 낯선 이에게 고해라도 하는 사람처럼. 그러고는 미소를 짓더니 좀 더 얄팍한 대안을 택했다. "다른 사람들과 똑같지. 좋은 날씨, 맛있는 음식과 우리 가족의 화목."

내가 그런 감정이라니 도저히 못 믿겠다는 속내를 얼굴에 적나라하게 드러냈던 모양이다. 그는 실패를 인지한 듯 불편하게 얼굴을 씰룩이더니, 뭔가 무마하려는 듯 손으로 내 머리를 어색하게, 재빨리 헝클어뜨렸다. 그 손짓도 뜬금없이 시작된 만큼 금세 끝났다.

내 생물학적 아버지와 처음으로 나눈 의미 있는 대화였다. 도저히 좋은 징조라고는 할 수 없었다.

22

크로노스 클럽은 권력이다. 어떤 착오도 있을 수 없다. 크로노스 클럽은 권력이다.

게으름, 무감각, 관심의 결여. 크로노스 클럽이 자원을 가동하지 못하게 막는 요인이다. 아마 두려움도 한몫할 것이다. 과거와 미래에 대한 두려움. 우리 칼라차크라가 살면서 인과응보를 피할 수 있다고 믿는 사람도 있겠지만 반드시 그런 건 아니다.

나는 네 번째 생애에서 피어슨과 테이프 녹음기를 피해 자살했고 다섯 번째 생애에서 버지니아가 제안했던 대로 심리 자문을 구했다. 한꺼번에 의식을 회복하지는 못했다. 기억은 섬광처럼 번쩍하고 돌아오는 게 아니다. 세 살 생일 즈음에 서서히 회복되기 시작해서 네 살 생일 무렵에 완전히 복원된다. 다섯 번째 생애에서 해리엇은 아기였던 내가 정말 많이 울었다고 했다. 그런 슬픈 아기는 처음 봤다고도 했다. 어떤 면에서 전생의 죽음을 기억하는 과정은 그 삶을 자연스럽게 되짚는 절차나 다름없다. 정신이 과거의 내 몸과 통합되면서 단계적으로 지나간 경험을 되산다.

아까도 말했지만 나는 심리적 자문을 찾았다. 정신과 의료 서비스가 마땅치 않을 거라는 버지니아의 말은 옳았고 교구 사제도 쓸모가 없었다. 내 정체를, 기원을 기억해 냈을 무렵에는 이미 해리엇의 몸이 쇠약해지고 있었고, 눈앞에서 시들어 죽어가는 아내를 바라보는 패트릭의 수척해진 얼굴에서 초탈한 표정이 읽혔다. 암이 진행되는 과정에는 건강한 사람들이 끼어들 여지가 없다. 어린애였던 내가 느리지만 깊이 정을 붙인 양부모에게 그런 속내를 털어놓을 수는 없었다. 이방인의 도움이 필요했다. 다른 수단이 필요했다.

그래서 생부에게 편지를 썼다.

터무니없는 선택일 수도 있었다. 고해의 대상치고 기이한 인물이기도 했으니까. 물론 전말을 털어놓을 수는 없었다. 참된 본성에 대해서는 일언반구도 언급할 수 없었다. 미래가 된 과거도 내 나이도 말할 수 없었다. 그래서 빳빳한 어른의 필체로 과거 아버지의 연대에 복무했던 해리 브룩스 일병이라고 서명했다. 자기변명의 편지, 자백서였다. 당신은 나를 기억하지 못하시겠지만 나는 당신을 기억하고 있으니 이해심을 발휘해 이야기를 들어주면 고맙겠다고. 제1차 세계대전

때 적군의 포로가 되었던 이야기를 했다. 내가 읽은 책들과 내가 들은 이야기들을 근거로 상세한 체포의 정황을 꾸며냈다. 취조당한 얘기를 통해 내 이야기를 모두 털어놓았다. 폭행과 통증, 수치심과 상실감, 몽롱한 광증과 약과 모든 걸 끝내려 시도했던 순간. 몇 달에 걸쳐 헤아릴 수 없이 많은 편지를 보냈고 결국 모든 걸 다 털어놓았다. 고백에 맞추어 인명과 시간만 적당히 조절하고, 성공한 자살 기도를 자살 미수로 바꾸었을 뿐이다.

"용서해 주십시오." 나는 마지막에 이렇게 썼다. "제가 무너질 줄은 몰랐습니다."

로리 헐른은 아주 오랫동안 답장을 하지 않았다. 애초에 답장을 받을 주소는 철저히 허구였다. 어차피 우편물을 우체국으로 가져가는 심부름은 내가 하게 될 테니까. 해리 브룩스 일병은 답신 한 장 없는 아득한 타인에게 가슴 깊은 데 묻은 진심을 다 꺼내놓았지만, 나는 답신의 위로보다는 과거의 경험을 털어놓는 행위 자체가 절실했다. 고백이 전부였고 답장은 의례적 절차에 불과했다.

그러나 사실 나는 어린아이답게 열렬히 답장을 기다렸다. 호르몬과 생물학적 욕구로만 설명하기 힘든 뜨거운 갈망이었다. 생부의 얼굴을 보면 화가 나기 시작했다. 브룩스 일병의 편지를 받아 읽었다는 사실을 알기에, 내가 겪은 참담한 괴로움 앞에서 저토록 뻔뻔한 면상을 유지한다는 게 믿기지 않았다. 내 분노가 잠시나마 얼굴에 드러났던 모양이다. 친할머니가 해리엇에게 "네 아들놈은 정말 못돼먹었구나! 저런 끔찍한 눈으로 우리를 보다니!"라고 외쳤던 걸 보면.

해리엇은 나를 야단쳤지만, 그녀만큼은, 다른 누구보다도, 내가 표현하고 싶었으나 하지 못했던 저변의 진실을 감지했고 감히 그 말을 입 밖에 내어 하지 못했다. 시도 때도 없이 버드나무 회초리를 드는 패트릭마저도 그 생애에서는 날 덜 때렸던 것 같고, 보통 집안에서 남들을 괴롭히는 역할 전문이던 사촌 클레멘트는 나를 보면 슬슬 피했다.

그러다 마침내 아버지에게서 답장이 왔다.

다른 사람의 눈을 피해 은쟁반에 담긴 편지를 훔쳐 숲으로 달려가 읽었다. 아버지의 필체가 내 글씨와 너무 비슷해서 분통이 터졌다. 이 속 편하고 팔자 좋은 남자한테서 이토록 많은 유전자를 물려받았다는 사실이 못 견디게 싫었다. 그리고 편지를 읽었다. 분노는 잦아들었다.

친애하는 H. 브룩스 일병,

귀군의 편지를 받아 깊은 관심을 가지고 읽어보았습니다. 귀군이 시련을 견뎌내고 진실을 상사에게 보고한 용기와 굳은 마음에 감사를 드립니다. 귀군이 적군에게 어떤 말을 했는지 모르지만 아무런 악감정도 품고 있지 않다는 점을 알

153

아주기 바랍니다. 귀군과 같은 고통을 겪으면서 그토록 남자답게 견뎌낼 사람은 아마 아무도 없을 것입니다. 그런 점에서 귀군을 높이 평가하고 경의를 표하는 바입니다.

우리는 사람으로서 차마 이름을 붙일 수 없는 것들을 보았습니다. 귀군과 나, 우리는 유혈과 폭력의 언어를 말하는 법을 배웠습니다. 말은 그 깊이를 파고들 수 없으며 음악은 공허한 소리에 불과하고 타인의 미소는 허위가 됩니다. 우리는 증언해야 하지만 감히 말하지 못하고 차마 말할 수 없습니다. 인간의 비명으로 얼룩진 진창 속에서가 아니라면 말이지요. 우리에게는 우리 서로가 있을 뿐 친척도 친지도 없습니다. 어머니와 아내를 사랑한다면 우리가 알고 있는 것으로부터 그들을 보호해야 하니까요. 우리의 유대는 차마 말할 수 없는 비밀을 아는 타인들의 연대입니다. 우리는 둘 다 부서지고 박살 나고 공허하고 외로운 사람들입니다. 사랑하는 사람들을 위해서가 아니라면, 소꿉놀이 집 같은 이 삶에서 색칠한 인형 노릇을 계속하고 있을 이유가 없겠지요. 우리는 여기서 의미를 찾아야 합니다. 우리는 여기서 버티고 희망해야 합니다. 의미를 주는 사람을 귀군이 찾아낼 거라 믿습니다.

영원히 충실한 귀군의 친구인,
R. E. 헐른 소령

나는 읽고 나서 편지를 불태우고 그 재를 나무 밑에 뿌렸다. 해리 브룩스 일병은 아버지에게 다시는 편지를 보내지 않았다.

23

런던 대공습 당시 런던의 거리를 누비고 다니려면 특별한 기술이 필요했다. 명백한 몇 가지 지침이 있었다. 베스널 그린과 밸럼 역으로는 절대로 들어가면 안 되고, 워핑, 실버타운과 아일오브독스 대다수 지역도 마찬가지였다. 서쪽으로 가면 늦은 밤에 좀 더 자신 있게 활보해도 폭탄에 맞지 않을 가능성이 높아지지만, 행여 어떤 지역을 지나치다가 1970년대에 마지막으로 봤을 때 공영주택단지가 있던 기억이 떠오른다면 대체로 그건 근처에 가지도 말아야 한다는 신호였다.*

대공습은 세 가지 실질적인 면에서 런던에서의 전반적 생활에 영향을 미쳤다. 첫째, 일상생활이다. 도로는 차단되고 서비스는 정지되고 병원은 수용 능력의 한계를 넘어서고 소

---

* 공습 피해가 컸던 지역은 이후 슬럼화되었다가 1970년대에 공영주택단지로 재개발된다.

방관들은 지쳐 나가떨어졌으며 경찰은 우악스럽게 윽박질렀고 빵은 찾기 힘들었다. 줄 서기는 따분한 필수 절차가 되었고, 군복을 입지 않은 청년은 조만간 줄을 서서 일주일치 고기를 한꺼번에 배급받아 아주 천천히 한 입씩 한 입씩 음미하며 먹어야 하는 신세가 될 것이었다. 그러면 부인들이 무심한 눈길로 바라보며 조용히 비난할 터였다. 두 번째로는 느린 잠식이다. 더 은근하지만 훨씬 강력하게 영혼을 침식하는 공격이다. 처음에는 슬며시 시작된다. 풍비박산이 된 거리에서 어젯밤의 공습으로 지인을 잃은 생존자들이 일그러진 침대의 잔해를 보고도 아무것도 느끼지 못한 채 멍하니 앉아 있는 모습을 슬쩍 일별하는 정도로. 심지어 촉매가 사람이 아닐 수도 있다. 폭격에 하늘로 날아갔다가 살랑살랑 떨어져 내린 아이의 잠옷자락이 굴뚝에 걸려 있는 광경, 그것만으로도 영혼의 이름 없는 무언가를 휘저을 수 있다. 딸을 찾지 못하는 어머니, 지나치는 열차 차창에 짓눌린 피난민들의 얼굴. 수천 번의 난도질로 영혼이 죽어가고, 무너지는 하늘은 그저 제 할 일을 하는 망나니의 웃음소리일 뿐이다.

그리고 불가피하게 충격이 덮친다. 이웃이 잘못된 시간, 잘못된 장소로 자전거를 수리하러 갔다가 죽는 날. 주인이 없어진 책상. 직장을 화마가 집어삼켜 길거리에 서서 이제 어떻게 하지? 하고 중얼거리는 날. 대공습의 분위기를 두고 수많은 거짓말이 돌아다닌다. 터널에서 울려 퍼진 노랫소리, 친구들과 가족과 영국을 위해 포기하지 않았던 사람들에 대한 전설이 만들어진다. 그보다는 훨씬 단순했다. 포기하지 않은 건 그것밖에 할 수 있는 일이 없어서다. 물론, 그렇다고 해서, 대단한 일이 아닌 게 되지는 않겠지만.

1940년 7월 1일이 그토록 화창한 날이어야 했다니, 신의 지독한 악취미가 아닌가.* 바람이 불지 않았다면 너무 더웠을 것이다. 해가 없었다면 바람이 너무 찼을 것이다. 그러나 이날 이런 요소들은 완벽한 조화를 이루며 하나로 어우러지는 듯 보였다. 하늘은 베이비블루 빛깔이었고 밤에는 보름달이 차오를 예정이었다. 그래서 그날 바삐 광장을 가로질러 걷던 남자들과 여자들은 눈을 내리깔고 숨죽여 하늘을 저주하며 안개와 비를 간절히 기원했다. 나는 광장 북쪽 얕은 분수로 내려가는 계단 위에 앉아 기다렸다. 일찌감치 도착해서 (약속 시간인 오후 2시보다 거의 한 시간가량 일찍 왔다) 근처를 돌아보며 미리 포착할 만한 위험 징후가 있는지 살폈다. 징집을 거부하고 도망쳤기 때문이다. 1939년에 영장을 받았지만 버지니아와의 약속을 염두에 두고 달아났다. 패트릭은 물론 생부도 수치스럽게 여겼을 것이다.

---

* 1940년 영국 본토에 대한 독일군의 대공습을 시작으로 엄청난 사상자를 낸 영국 본토 항공전(The Battle of Britain)이 발발한다.

우리 같은 사람들이 흔히 그러듯 나 역시 네 번째 생애에는 한두 가지 쓸모 있는 사건을 주의 깊게 보아두었다. 아무리 진부해도 빼놓을 수 없는 경마와 스포츠 우승자들도 놓치지 않았다. 1957년의 스포츠 연감에서 얻은 지식으로 무분별하게 돈을 번 건 아니다. 다만 편안하고 안정적인 직업 후보군에 들어가기 위해 필수적인 재정적 안정과 편리를 얻는 발판으로 활용했을 뿐이다. 나는 피어슨이 의식적으로 갈고 닦은 억양만큼이나 흔히 패러디되는 고급 억양을 선택했고, 출세하기 위해 얼마나 노력하는 사람인지 보여주며 잠재적인 고용주에게 깊은 인상을 남기고 싶을 때는 여기에 원래의 말투를 살짝 섞어 넣었다. '원래의 말투'라고 대충 얼버무려 말했지만 이 말투는 사실 수많은 여행과 시간, 내가 터득한 외국어들로 인해 심하게 왜곡되어 있었다. 나도 모르게 동료들의 어법과 어조를 우스꽝스럽게 따라 하고 있다는 걸 깨달을 때가 한두 번이 아니었다. 패트릭에게는 북부 사람처럼 말했고, 식료품점 주인에게는 코크니 사투리를 썼으며 직장 동료들에게는 BBC에서 일하는 게 꿈인 사람처럼 말했다.

그러나 버지니아는 그런 사정을 전혀 봐주지 않았다.

"안녕, 귀여운 친구!" 버지니아가 소리쳐 부르자마자 알아보았다. 노섬브리아의 그 집에서 몰래 펜나이프를 건네준 뒤로 22년이 흘렀지만 보자마자 알아봤다. 훨씬 젊은 40대의 여인이었지만, 재즈가 쿨했고 남자들이 줄줄 따르던 시절에 입던 이브닝드레스를 아직도 고수하고 있었다. 애송이 돌보기나 하는 현재의 신세와 타협한 흔적이 한 군데도 보이지 않았다.

나는 어색하게 격식을 차린 몸짓으로 벌떡 일어났지만, 버지니아는 아직 오지도 않은 유행을 따라 내 어깨를 붙잡고 양 볼에 키스를 퍼부었다.

"해리!" 버지니아가 외쳤다. "이런 세상에, 지금은 굉장히 젊구나!"

나는 스물두 살이었지만 못 하는 일이 없는, 동안인 스물아홉 살로 보이려고 잔뜩 신경 써서 차려입고 있었다. 그래 봤자 아버지 옷을 가지고 장난치는 어린애처럼 보였을 것이다. 자유자재로 몸을 쓰는 법을 미처 터득하지 못했을 때니까. 버지니아는 불쑥 팔짱을 끼더니 버킹엄 궁전 쪽으로 나를 데리고 갔다. 궁은 빅토리아 역사를 명중시켜 파괴한 도르니에 폭격으로 훼손되기 전이라 멀쩡하게 서 있었다. 하지만 앞으로 몇 달 남지 않았다.

"지난번에는 어땠어?" 그녀는 가족 휴가를 보내려고 시골에서 상경한 친척처럼 발랄하게 나를 끌고 상점가를 거닐며 말했다. "대퇴부 동맥은 한 번 출혈하기 시작하면 콸콸 쏟는데 근처에 신경 말단도 훨씬 적게 분포되어 있단 말이야. 화학물질을 넣어주려고 애쓰긴 했지만 워낙 일을 급하게 처리해야 해서 말이야, 난리법석도 그런 법석이 없었다니까!"

"죽음이 유일한 선택지였습니까?" 나는 유약하게 물었다.

"달링!" 그녀가 외쳤다. "자기는 끝까지 추적을 당하다가 또 심문당했을 텐데, 솔직히 그랬다면 우리가 처리하기 힘들었을 거야. 게다가……." 팔꿈치로 슬쩍 찌르는 힘이 어찌나 센지 하마터면 쓰러질 뻔했다. "자기가 이 만남을 잊지 않고 나왔으니 망정이지, 안 그랬으면 진짜 우리 일원인지 어떻게 알아봤겠어?"

나는 천천히 숨을 가다듬었다. 이 만남(이미 꽤나 이상하게 돌아가고 있던 그 만남)을 위해 목숨을 바치고 22년을 기다려왔다.

"혹시 앞으로 15분 후에 금세 가버리실 예정입니까? 수백 년어치 질문이 밀려 있는데, 어느 것부터 물어야 할지 정리를 해야 하나 싶어서 여쭤보는 겁니다."

버지니아는 장난스럽게 내 팔을 찰싹 쳤다. "이런 세상에."

그러더니 대답했다. "자기한테는 수백 년 시간이 있으니까 무슨 질문이든 다 할 수 있어."

24

크로노스 클럽.

너와 나, 우리는 이 일로 엄청난 전투를 치러왔다.

아무도 누가 설립했는지 모른다.

아니, 그보다는 아무도 누가 처음 생각해 냈는지 모른다.

대개는 기원전 3000년 즈음을 기점으로 바빌론에서 설립된다. 우리가 이 사실을 알고 있는 건 설립자들이 사막에, 혹은 이름 없는 골짜기에 오벨리스크*를 세우고 자기 이름을 쓰고 후대를 위한 메시지를 남기는 경향이 있기 때문이다. 이런 메시지는 간혹 진지한 충고일 때도 있다.

고독을 주의하라

======

*   주로 고대 이집트에서 태양신을 숭배하고자 세운 사각 돌기둥 형태의 기념비.

위안을 구하라

믿음을 가져라

　아무튼 그런 유의 격언 말이다. 그러나 가끔 설립자들이 메시지를 읽게 될 후손들에게 좀 불경하게 굴고 싶은 마음이 들면 음담패설을 새기기도 한다. 그리하여 오벨리스크 자체가 일종의 재미가 되었다. 크로노스 클럽에서는 한 세대가 오벨리스크를 새로운 장소로 옮겨서 숨겨놓고 미래의 후손들에게 찾아보라고 권한다. 오벨리스크는 이런 식으로 수백 년 동안 숨겨져 있다가 결국 진취적인 고고학자들의 손에 우연히 발견된다. 그들은 글씨가 새겨진 고대의 탑에 역시 그 나름대로의 메시지를 남긴다. 내용은 다양한데 이를테면,

시간이 흐르면 모든 것이 밝혀지리라

부터 시작해서 좀 더 세속적인 것도 있다.

해리가 여기 왔다 감

　오벨리스크 자체는 한 시대에서 다음 시대로 넘어가면서 온전히 같은 모습으로 남아 있지 않는다. 한번은 디자인이

어딘가 적나라하게 남근을 연상시킨다는 이유로 1800년대에 광적으로 금욕적인 빅토리아 사람들의 손에 파괴되었고, 미국으로 수송되는 과정에서 바다에 침몰된 적도 있다. 목적이 무엇이든 오벨리스크는 과거에서 미래의 모든 크로노스 클럽 멤버에게 보내는 선언이다. 그들이, 기원전 3000년의 칼라차크라들이, 여기 먼저 왔었고 여전히 남아 있다는 선언 말이다.

그러나 루머에 따르면 크로노스 클럽의 최초 설립 멤버는 그렇게 오랜 과거로부터 오지 않았으며 1740년대에 태어난 사라 시오반 그레이라는 여성이었다고 한다. 칼라차크라였던 그녀는 적극적으로 자신과 비슷한 사람들을 찾아 나선 최초의 선구자들 중 한 명이었다. 사라는 수백 년의 세월과 열 번 남짓한 죽음을 거치며 고향인 보스턴에 자신과 본성이 비슷한 사람이 또 누가 있는지 관련된 정보를 축적했다. 칼라차크라는 전반적으로 볼 때 인구 50만 명 중 한 명의 비율로 발생하므로, 불과 수십 명이라도 찾아내는 데 성공한 그녀의 노력은 결코 평가 절하할 수 없다.

그리고 사라 시오반 그레이는 이 수십 명을 보고, 이들이 단순히 현재의 연대일 뿐 아니라 아직 오지 않은 미래와 이미 지나간 과거의 연대가 될 수 있다는 사실을 깨닫게 된다. 동지들 중에서 최연장자는 아흔 살에 가까웠다. 그렇다면 사라가 너무 어려서 경험할 수 없었던 세기 초반에는 아이였다는 의미다. 그리고 최연소자는 열 살에 불과했다. 그렇다면 남북전쟁이 벌어질 무렵 할아버지가 될 터였다. 따라서 사라가 결코 알 수 없는 미래를 방문할 수 있었다. 과거의 노인에게 그녀는 말했다. "여기에 미래의 사건에 대한 나의 지식이 있습니다. 그러니 나가서 황금을 캐세요."

그리고 1740년대에 사라가 다시 태어났을 때, 노인은 벌써부터 현관문을 두드리며 말하고 있었다. "안녕하세요, 어린 사라 시오반 그레이. 당신의 조언을 듣고 황금을 캤습니다. 그러니 이제 아직 어린 여자아이지만 당신도 다시는 일하지 않고 살 수 있어요."

그래서 그녀는 오래 살아 남북전쟁을 경험할 아이에게 호의를 돌려주었다. "여기 있는 황금을 내가 투자할게. 네가 어른이 되고 나이가 들면 어마어마한 자산이 되어 있을 테고 다시는 일하지 않아도 될 거야. 이 투자에 대한 보답으로 내가 바라는 건 네가 앞으로 만나게 될 우리와 같은 다른 사람들에게 똑같은 호의를 베풀어주는 것뿐이야. 그들 역시 이 험한 세상에서 안전하고 편안하게 살아야 하니까."

그로써 크로노스 클럽은 퍼져나갔다. 각 세대가 미래에 투자했던 것이다. 그리고 크로노스 클럽은 시간을 따라 전진하는 한편, 거슬러 돌아가기도 했다. 현재의 아이들은 과거의 할아버지들에게 말했다. "크로노스 클럽은 사람의 연대입니다. 당신도 어린아이일 때 젊었을 때의 할아버지들을 찾아

'이것은 좋은 것이다'라고 말해주세요." 그리하여 각 세대는 동족들을 더 많이 찾아 나섰고 탄생과 죽음의 사이클을 몇 번 돌고 나자 클럽은 공간적으로 팽창했을 뿐 아니라 시간적으로도 팽창해 앞으로는 20세기까지, 뒤로는 중세까지 증식했다. 멤버 한 사람 한 사람의 죽음이 마지막 순간까지 각자가 살아낸 시대를 전언했다.

물론 사라 시오반 그레이의 이야기가 꾸며낸 신화일 가능성도 있다. 보스턴 지부 멤버들이 아무도 기억하지 못할 정도로 까마득한 과거의 이야기고, 사라 시오반 그레이 본인이 자취를 감춘 지 오래되었기 때문이다. 그러나 버지니아가 크로노스 클럽 런던 지부의 붉은 방에서 오래전 죽은 멤버의 초상화 아래 놓인 파란 팔걸이의자에 나를 앉히고 말해준 건 바로 그 얘기였고, 다른 건 몰라도 이야기를 하면서 굉장히 즐거워했던 건 확실하다.

크로노스 클럽들은 시간적으로 고정되어 있지 않은 만큼 공간적으로도 대단히 유동적이다. 런던 지부 역시 예외가 아니었다.

"우리는 몇백 년 동안 세인트제임스에 있었어." 버지니아는 최상품 밀수 브랜디를 따라주며 말했다. "하지만 가끔은 웨스트민스터에도 있다가 드물게 소호에 있을 때도 있었지. 1820년대의 운영위원회 때문이었어! 같은 장소에 있는 게 너무 지겹다면서 건물을 옮겨 다녔는데, 덕분에 남은 우리는 대체 클럽이 어디 갔나 찾아다니느라고 혼쭐이 났어."

클럽이 지금 있는 곳은 피커딜리 남쪽, 세인트제임스 공원에서 길을 몇 개 건너오면 나왔다. 맞춤 양복점과 쇠락해 가는 부자들을 위한 저택들 사이, 문에는 '시간은 쏜살처럼 흘러간다. 잡상인은 출입을 금지합니다'라고 쓰인 황동 명판이 딱 하나 걸려 있었다.

"그건 농담이야." 내가 물었더니 버지니아가 설명해 주었다. "1780년대 사람들이 쓴 거야. 다들 항상 서로 후대에 전할 메시지를 남겨놓거든. 나도 언젠가 1925년에 500년 후의 클럽 멤버들에게 전할 결정적인 메시지를 담은 타임캡슐을 묻었던 적이 있어."

"캡슐 안에 뭐가 들었습니까?" 내가 물었다.

"레몬 셔벗을 제대로 만드는 레시피." 그녀는 내 얼굴을 보더니 양팔을 활짝 벌렸다. "선형의 시간 끄트머리에 살면 얼마나 힘들겠냐고!"

나는 브랜디를 마시고 다시 방 안을 둘러보았다. 런던의 부촌에 자리한 거대한 건물들이 다들 그렇듯, 컬러가 화려하고 취향이 까다로우며 벽난로 선반이라면 무조건 대리석으로 올려야 하던 시대의 유물이었다. 각자 시대에 맞는 옷차림을 한 남녀의 초상화들("당연히 언젠가는 이것들도 값어치가 꽤나 나갈걸! 왜 그랬는지 전혀 생각나지 않지만 나도 피카소와 키스를 했다니까!")이 납골당의 기념비처럼 벽에 즐비하게 걸려 있었다. 가구는 고급스럽지만 먼지가 좀 앉아 있었으며, 높은 창문에는 테이프가 지그재그로 붙여져 있었다. "동네 사람들을 진정시키려고 그러는 거야, 달링. 이 근처에서는 아무것도 떨어지지 않겠지만 건물 관리자들이 하도 소란을 떨어서 말이야."

홀은 조용했다. 머리 위로 비행기가 날아가자 크리스털 샹들리에가 부드럽게 짤랑거리고 등화관제 차광막 너머 몇몇 방에서 나지막한 불빛이 타오르고 있었지만 인기척은 전혀 없었다.

"시골에 피난 갔어." 버지니아가 명랑하게 설명해 주었다. "대부분 39년 7월까지는 짐을 다 쌌지. 폭격 자체가 문제가 아니라 소름 끼치게 짓눌리는 분위기가 답답하니까. 이미 워낙 여러 번 이 일을 겪어서 굳이 그 문제로 더 신경 쓰고 싶지 않다는 거지. 그래서 짐을 꾸리고 좀 더 환하고 좋은 데로 가는 거야. 바람도 더 잘 통하고 이 지긋지긋한 전쟁 따위 신경 쓰지 않아도 되는 데로 말이야. 캐나다로 간 사람이 아주 많아. 특히 억압이 심한 클럽들 쪽에서. 바르샤바, 베를린, 하노버, 상트페테르부르크, 그런 곳 말이야. 한두 명은 스릴을 좇아 남기도 하지만 나는 신경 쓰고 싶지 않더라."

그렇다면 왜 여기 남아 있는 거죠?

"누군가는 배를 띄워놔야 하니까 그렇지, 달링! 이제 내 차례거든. 갓 들어온 신입 멤버를 주시하는 역할을 맡았지.

아무튼 그게 자기야. 자기는 600년 만에 우리 클럽에 들어온 새 멤버거든. 하지만 아마 지금쯤 또 멤버 몇 명이 새로 태어나고 있을 거야. 어머니들이 워낙 아들들을 전장으로 떠나보내는 데 감상적이 되어서, 뭐라고 해야 하나, 자기 분별력을 의심하는 지경에 이르렀다고 해야 하나. 누군가는 남아서 그들이 유년기를 너무 힘들지 않게 보낼 수 있도록 확실히 봐줘야 해. 많은 경우 돈으로 해결이 되는데, 가끔은……." 버지니아는 조심스럽게 잔에 든 술을 한 모금 마셨다. "조치를 취해야 할 때도 있지. 대피 작전이나 뭐 그런 거. 부모들이 가끔 진짜로 따분하게 굴 때가 있다니까."

"그런 일을 하시는 겁니까?" 내가 물었다. "그러니까…… 유년기를 돌봐주시는 일?"

"우리가 주로 해야 할 일 중 하나지." 대답하는 말투가 경쾌했다. "유년기는 우리 삶에서 가장 괴로운 시간이잖아. 물론 흉측한 죽음을 맞아야 하는 유전병이 있다든가 뭐 그런 경우가 아니라면 말이지만. 우리는 열 번도 넘게 죽고 살아서 엄청난 지식과 경험을 갖고 있지만, 행여 따분한 직선 시간을 사는 어른에게 꼭 고무에 투자해야 한다고, 세상에서 가장 기가 막힌 투자가 될 거라고 말해주기라도 하면 기껏해야 돌아오는 게 머리나 툭툭 치고 '자, 자, 해리, 가서 모형 기차나 갖고 놀렴' 뭐 그딴 소리밖에 없는 거지. 우리 멤버 중에는 좀 가난하게 태어나는 경우도 많거든. 그러니까

서로를 이해하는 성인들의 모임이 있다는 걸 알려주고 멀쩡한 양말 한 켤레라도 챙겨주면서 굳이 태어날 때마다 ABC나 배우면서 인생의 몇 년을 꼭 따분하게 보내지 않아도 된다고 안심시켜 주는 거지. 그냥 돈 문제만은 아니야." 그녀는 만족스럽다는 듯 환하게 빛나는 미소를 지으며 결론을 내렸다. "의지가 되는 인간 관계가 더 중요하지."

머릿속에서 수백, 수천이 넘는 질문이 어지럽게 떠다녔지만 딱 짚어 하나를 골라낼 수가 없었다. 그래서 의자에 힘없이 기대앉으며 물었다. "혹시 제가 알아야 할 규칙이라도 있나요?"

"선형의 시간에서 일어나는 사건에 개입하지 말라는 거지!" 버지니아가 단호하게 대답했다. "지난 삶에서는 해리 자기 때문에 우리가 좀 많이 당혹스러웠어. 물론 자기 잘못은 아니지만. 절대 아니지. 우리 모두 어려운 상황에 처해본 적이 있거든. 하지만 피어슨은 미래의 궤적을 바꿔놓기에 충분한 정보를 획득했는데, 그건 우리가 용납할 수 없는 일이야. 관심이 없어서가 아니라 이런 일들은 완벽하게 예측할 수가 없으니까."

"또 다른 건 없나요?"

"다른 칼라차크라를 해치지 말 것. 유별나게 음란하거나 우리한테 이목을 집중시키는 일이 아니라면 다른 사람들이야 어떻게 대하건 개의치 않지만, 우리끼리는 기억하니까,

그건 그냥 좋지 않아. 착하게 살아!"

"기여를 해야 한다고 하셨는데……."

"그래, 말도 안 되게 어마어마한 돈을 벌 기회가 생기면 일부를 유년기 후원 펀드에 기탁해 줘. 나중 세대가 굉장히 고마워할 거야."

그게 전부입니까?

아니, 끝이라고 하긴 그렇고.

"규칙이라고 하긴 뭐한데, 해리 달링." 그녀가 설명했다. "좋은 충고라고 생각해 줘. 자기가 언제 어디서 태어났는지 아무한테도 말하지 마. 절대 자세히 알려주면 안 돼."

"왜죠?"

"그 정보로 자기를 죽일 수도 있으니까." 버지니아는 밝게 대답했다. "물론 그럴 일은 없겠지. 이렇게 매력적인 청년인데. 하지만 그간 몇 사람이 있었어. 그러니까 좋을 일은 없겠지. 묻지도 말고 말해주지도 마. 그게 여기 원칙이야."

그리고 버지니아는 설명을 해주었다.

25

제1차 대변동은 1642년 파리에서 시작되었다.

대변동을 촉발시킨 남자는 빅토르 회네스라는 이름의 소탈한 신사였다. 우로보란이었던 그는 보통 심리적 외상을 유발할 정도로 괴로운 생애 초반을 보내고 난 뒤 그 지역 크로노스 클럽에 의해 발견되었다. 크로노스 클럽은 그를 찾아내 진정시키고 귀신이 들린 것도 저주받은 것도 아니라고 안심시켜 주었다.

수제 총기 제작자의 아들인 빅토르 회네스는 30년전쟁에서 최악의 사태를 목도했다. 30년전쟁은 초기 근대의 사회경제적 전쟁 유발 원인들을 망라해 결국 일종의 성전으로 변이한 분쟁이다. 신이라는 하나의 이름으로 사람들은 살인을 허락받았다. 또 다른 신의 이름으로 파괴를 명령받았다. 두말할 필요도 없이 전쟁 중 대다수 크로노스 클럽 멤버들은 좀 덜 피폐한 지역으로 이주했다. 비교적 안정된 오스만 제국의 심장부 같은 곳 말이다. 이런 곳에서는 술탄들이 미쳐 날뛰어도, 적어도 왕의 어머니들이 정신을 똑바로 차리고 있었다. 그러나 빅토르 회네스는 신성로마제국에 남겠다면서 이주를 거부했다. 클럽에서 역사에 개입하지 말라고 권유하자 자기가 본 모든 걸 기록하며 수동적인 관찰자 역할만 하겠다고 말했다. 실제로 몇 번의 생애를 거치며 빅토르 회네스가 기록한 내용은 훌륭한 역사적 원전이 되었고, 그토록 빛나는 1차 사료를 남긴 장본인이 같은 종족이라는 사실을 알지 못하는 칼라차크라도 많았다.

크로노스 클럽의 다른 멤버들은 걱정했다. 빅토르 회네스가 불안정해서가 아니었다. 오히려 지나치게 차분하고 지나치게 냉정해서 걱정이었다. 빅토르 회네스는 숲속의 안개처럼 고통과 파괴와 절망을 헤치고 돌아다니면서 보이는 모든 것을 기록했다. 누구와도 동행하지 않고 누구의 편도 들지 않았으며 지인도 전혀 사귀지 않았고 되도록이면 일신의 위험도 피했다. 그리고 전쟁 중에 겪은 몇 번의 죽음도(당시의 거칠고 험악한 상황에서는 그 누구도 앞일을 예측할 수 없었으므로) 차분하고 우아하게 체념하고 받아들였다. 그리고 훗날 회고록에서 집행인에게 뇌물을 주고 화형장의 불길에 화약을 넣어달라고 부탁할 걸 그랬다든가, 단순히 복부 관통상을 입는 게 아니라 단번에 간이 쫙 찢어발겨진다면 창에 꿰찔리는 쪽이 훨씬 빨리 죽을 수 있다는 언급도 했다. 동료들은 다소 어려운 입장에 처했다. 겉보기에는 안정되고 강한 자제력을 발휘하는 사람에게, 그것이 사실은 비합리적이고 비인간적이며 깊은 병증의 증후일 가능성이 높다는 이야기를 어떻게 해준단 말인가? 질병의 증후를 찾을 수가 없는데.

시간이 지나면서, 1차 사료 작성자로 비범한 활약을 펼친 회네스는 미래의 크로노스 클럽 멤버들과 교신하게 되었다. 1800년대 초반이나 20세기에서 던진 질문들이 1850년대의 아이에게서 1780년에 다시 아이가 될 할아버지 할머니에게 전달되고 또 전달되어 다시 돌아왔다. 최대한 메시지가 오염되지 않도록 거치는 세대 수를 최소화했다. 그러다 보면 마침내 당대의 누군가가 회네스에게 질문을 직접 전달해 줄 수 있었다. 그러면 회네스는 답변을 어딘가 오래 보존되는 소재에 새겨서 크로노스 클럽에 남겨 미래의 수신인과 후대에 전달하곤 했다. 우리 중 학문에 발을 담근 많은 이들이 이 기술을 썼다. 특정한 시대에 대한 정보가 부족하면 정중한 질문과 함께 예의 바른 청탁을 덧붙여 세대를 거슬러 증폭시켰다. 그러면 해답 자체는 물론이고 우리보다 상상력이 부족한 동료들의 검수도 너끈히 통과하는 당대의 원본 문서로 돌아왔다. 물론 여러 생애를 거치고 난 후에야 메시지가 도착하기 마련이니 그때까지 그 문제에 관심이 있어야 하겠지만 말이다.

그러나 회네스의 경우, 걸출한 사료를 작성한 대가는 스스로 깊은 의문을 품는 것이었다. 미래로 쪽지들이 보내지고 종이로는 오랜 세월의 여정을 견딜 수 없겠다는 느낌이 들면 메시지를 돌에 새겨서, 전쟁이나 도시 팽창이나 농업혁명이 닿지 않을 거라 판단되는 장소를 미리 합의해 그곳에 두었다. 그렇게 회네스는 미래에 대해 질문하기 시작했다. 그리고 또다시 여러 세대에 걸쳐 전해진 속삭임으로 막연한 답변이 도착했다. 비엔나 포위, 오스만제국의 몰락, 스페인 왕위계승전쟁, 프랑스혁명, 미국독립혁명에 대해 알게 되었다. 훨씬 더 미래의 사건들에 대한 까마득한 속삭임도 들었다. 소수민족 학살이 종족 학살로 번지고 자유는 부(富)로 변질되고 신은 아이들을 겁주려고 써먹는 이름에 불과해지는 세계가 온다는.

회네스는 이런 상념들도 늘 그렇듯 냉정하고 아무렇지도 않게 받아들였다. 어머니 눈앞에서 참혹하게 죽임을 당하는 아이들과 불과 40미터도 안 되는 거리를 두고 서로 납 탄환을 발사하는 군인들, 그들을 독려하는 사령관들을 볼 때와 전혀 다를 바가 없었다. 사람들은 이상하다고 생각했다. 심지어 놀랍다고 생각했다. 그러나 이제 빅토르 회네스의 정신을 이해하려는 모든 시도는 우리 종족의 다수가 걸리고 만 저주, 즉 피로에 지친 무감동으로 귀결되고 말았다.

그리고 어느 날 그는 파리로 갔다. 챙겨간 짐은 변변치 않아도 언변은 대단했다. 그리고 언변의 소박한 힘으로 프랑스 왕의 궁정에 들어가는 데 성공했다.

"나는 빅토르 회네스요." 그는 그렇게 말할 작정이었다. "미래에 대해 전하러 왔소."

그리고 생각을 실행에 옮겼다.

프랑스 사람들이 이유를 물었을 때("어째서 하필이면 우리에게 말하고 있는 겁니까?") 그는 대답했다. "내란에도 불구하고 귀공의 국가는 여전히 유럽 최강대국이오. 신성로마 제국은 힘이 없고 스페인 왕은 유약하며 교황은 군사력 앞에 무력하오. 내게는 강력한 왕이 필요하오. 아직 주창되지 않은 사상과 이름 붙여지지 않은 철학에 대한 지식을 주겠소. 무기와 전략과 의약품을 주겠소. 적과 그 너머의 영토에 대한 지식을 주겠소. 나는 태평양까지 여행했고 인도양의 수평선에 떠오르는 해를 보았소. 무굴제국과 중국의 식탁에서 만찬을 했고 콩고의 폭포 소리를 들었으며 바자의 향료 냄새를 맡고 얼음 밑에서 갓 건져낸 상어 고기를 먹었소. 이제, 귀공들과 나, 우리가 힘을 합쳐 새로운 세계를 만듭시다. 더 나은 세계를 만들어봅시다."

이해할 만한 회의론이 오간 뒤, 프랑스 왕은 빅토르의 말을 경청했고 세상은 변하기 시작했다. 빅토르는 자신의 프로젝트에 대해 장밋빛의 헛된 꿈을 조금도 품지 않았다. 피를 흘리게 될 테고, 세계적인 규모로 일어나는 이 혁명이 결국

혁명을 일으킨 장본인들까지 불타버리게 할 가능성이 높다는 걸 잘 알고 있었다. 찰스 2세는 영국 왕관을 되찾기 전에 죽었고 30년전쟁은 라이플총과 나폴레옹의 전술을 가지고 싸우는 프랑스 가톨릭과 위그노 연합군의 개입으로 급작스럽게 끝이 났다. 빅토르는 자기가 할 수 있는 일은 그쯤이 한계라는 걸 알았다. 아무리 몸조심을 하고 살아도 수명이 60세를 넘을 가능성은 희박했다. 이제 이스탄불이나 바라나시나 베이징을 여행하거나 바다를 건너 신세계의 식민지로 여행하며 시간과 노력을 허비할 수는 없었다. 그의 방침은 압축된 지역에 강도 높은 노력을 쏟아부어 유럽으로부터 세계를 변화시키겠다는 것이었다. 그는 자기가 살아서 이 혁명의 끝을 볼 수 없다는 걸 잘 알고 있었다. 그의 정밀한 계산에 따르면 어떤 형태로든 안정이 찾아오려면 적어도 120년이 필요했다. 그래서 이 파격적으로 바뀐 세상에서 자신의 유산을 확보할 수 있는 방안 두 가지를 강구했다. 하나는 크로노스 클럽 멤버들의 조력을 구하는 것이었다. 그들은 회네스가 무슨 일을 꾸미고 있는지 알고 나서 정확히 절반으로 나뉘어 지지하거나 거부했다. 기꺼이 조력자가 되겠다고 나선 멤버들을 회네스를 미래의 선봉장이라고 불렀다. 거절한 멤버들은 까마득하게 깊은 토굴 감옥을 찾아내 유폐했다. 그의 주장에 따르면 죽이지는 않았다고 한다. 그가 창조한 새로운 세상에서 최대한 오래 살다가, 가능하면 죽기 전에 그 새 세상의 성공을 볼 수 있도록 유폐했다고 했다.

마침내 회네스가 죽었을 때 유럽의 지도는 딴판이 되어 있었다. 프랑스는 리스본에서 크라쿠프까지, 칼레에서 부다페스트까지 지배하고 있었다. 오스만제국은 평화 협정을 청해왔고 프랑스 왕의 환심을 사기 위해 북아프리카 식민지를 포기했다. 의지할 곳이 없어진 영국 의회는 왕위를 루이 14세에게 양위했으나, 이는 즉시 저항을 불러일으켰고 새 왕은 피비린내 나는 진압 작전을 펼쳤다.

그러나 세계사에서 가장 참혹한 변화는 기술이었다. 아이디어가 아이디어를 낳는 법이다. 빅토르는 미래의 발전에 대한 미미한 지식 탓에 그만 자기도 모르게 지구 전역을 바꾸어놓을 일련의 연쇄 작용을 촉발하고 말았다. 1693년 최초의 증기기관차가 파리에서 베르사유까지 시범 운행을 시작했다. 1701년 철갑전함이 알제리 해역에서 불과 두 시간 반에 걸친 포격으로 북아프리카 이슬람 해적들을 침몰시켰다. 신기술의 도래 앞에서 수많은 군대가 붕괴되고 수많은 국가가 평화 협상을 청해왔다. 그러나 국민들은, 신앙 때문이건, 영토 때문이건, 자존심 때문이건, 모국어 때문이건, 저항 자체가 곧 국민성이 될 때까지 저항했고 압제자들의 무기를 들어 언제나 그러하듯 더 낫게 개조했다. 전쟁이 진행될수록 기술은 더 발전했다. 더 크게, 더 빨리, 더 단단하게. 그리하여 1768년 일본 에도가 공습당했을 때는 방공포들이 폭격기

3분의 1을 격추시킬 수 있었다. 그리고 1802년 마침내 지하 라디오 방송을 통해 구호가 선포되었다. "최후의 1인까지 총을 들어 싸우자!"였다.

빅토르 회네스는 자신의 꿈이 끝나는 것을 보지 못하고 죽었다. 그 꿈은 1937년 11월 18일에 끝났다. 자칭 여명의 예언자들이라는 단체가 호주 남부의 미사일 발사대에 침투해 미사일 3기를 발사했고, 이는 세계적인 보복 응전으로 이어져 핵겨울이 태양을 지워버렸다. 1953년 지표면의 생물이 모두 죽었고 이 모든 과정은 처음부터 다시 시작되었다.

26

빅토르 회네스는 동족에게서 이 일련의 사건에 대한 얘기를 처음 들었을 때 믿지 않았다.

이것이 크로노스 클럽에서 세대를 거쳐 전해진 속삭임이라고 주장하자 계획 수립 단계에서 문제를 해결할 수 있도록 좀 더 자세한 내용을 쪽지로 전해달라는 요청을 했을 뿐이다.

그러나 크로노스 클럽으로서는 해결해야 할 더 큰 문제가 있었다. 클럽의 시각에서 볼 때 빅토르 회네스는 대량 학살을 저지른 범죄자였다. 딱히 인류를 말하는 건 아니었다. 그건 그저 하나의 시간적 결과였을 뿐이다. 하나의 생에서 모든 것이 시들고 모든 것이 죽었을 뿐 그걸로 끝이었다. 회네스의 죄가 훨씬 더 중한 이유는, 그가 한 짓으로 말미암아 칼라차크라 몇 세대가 아예 태어나지도 못했다는 데 있었다.

"규칙이라고 하긴 뭐한데, 해리 달링." 버지니아는 그런 얘기를 해주었다. "좋은 충고라고 생각해 줘. 자기가 언제 어디서 태어났는지 아무한테도 말하지 마."

나는 그날 밤 런던에서 버지니아를 찬찬히 살펴보았다. 손가락으로 브랜디 잔을 돌리며 저무는 해와 새카맣게 물드는 도시를 하염없이 멍하니 바라보던 시선.

"죽음은 말이야, 두 가지 방법 중 하나를 택하면 돼. 우리 몸이 매 생애마다 어쩔 수 없이 겪게 되는 상당히 따분한 그 죽음을 말하는 게 아니야. 전혀 다른 얘기지. 머무르는 죽음, 의미가 있는 죽음을 말하는 거야. 첫 번째 죽음은 '망각'이야. '망각'은 화학적으로, 또는 외과적으로, 아니면 전기 충격을 쓰게 되는데 정신을 완전히 지워버릴 목적으로 이루어지지. 이름도, 출생지도, 처음으로 키스했던 소년도, 철저한 망각 이후에는 완전히 사라져 버리는 거야. 그러니 우리에게 이것이야말로 참다운 죽음이 아니고 뭐겠어? 아무것도 쓰이지 않은 깨끗한 석판으로, 순수하고 무구한 자아로 돌아갈 수 있는 기회지. 당연한 얘기지만 우리는 정신이 사라졌다는 걸 확인하면 '망각'을 거친 사람을 즉시 죽여. 그래야 과거의 자아에 대한 단서가 하나도 없이 다음 유년기를 시작할 수 있으니까. 죽고 다시 시작할 때는, 우리가 즉시 대기하고 있다가 두 번째 삶에서 도와주고 지긋지긋한 광기—자살—거부 과정을 거치지 않고 정체성을 받아들일 수 있도록 교육

하지. 우리 중에는 적어도 한 번은 '망각'을 겪은 사람이 꽤 많아. 워낙 어려운 작업이니까 언제나 그걸로 끝나는 건 아니지만. 내가 듣기로는⋯⋯." 브랜디가 술잔 한쪽을 타고 올라왔다가 서서히 다시 미끄러져 내려갔다. "⋯⋯나도 예전에 '망각'을 한 적이 있다더군. 물론 모두들 그 말을 하면서 당혹스러워 했지만."

한순간, 그 손에 들린 술의 잔물결이 사라지는 1초 동안, 완벽한 정적이 깔리고 버지니아는 자기가 잊기로 선택한 것을 기억해 내려 애썼다.

"상실한 게 뭔지 모르니까 상실감은 없어." 마침내 버지니아는 이렇게 말했다. "개인적으로는, 엄청난 안도감이 들어. 기억뿐 아니라 이전 생에서 받은 상처까지 싹 지워버리는 거니까. 죄책감도 지워버리고. 물론 내가 죄 많은 삶을 살았다는 얘기는 아니야. 그저 그 주제에 관해 물어볼 때마다 동료들이 침묵하는 걸 보면 내가 기억 못 하는 일들이 그리 좋은 것 같지는 않아."

홀에 놓인 괘종시계가 재깍재깍재깍 소리를 냈다. 곧 사이렌이 울릴 테고 멈출 테고 도시는 폭격기의 저공비행 소리에 숨죽여 귀 기울일 것이다. 죽음의 신이 노래 부를 준비를 하며 목청을 가다듬는 소리.

"두 번째 죽음은" 하고 버지니아는 말을 이었다. "태어나지 못하게 되는 죽음이야. 이건 우리 사이에서도 계속해서 논란이 되고 있는 문제지. 우리의 본성 그 자체를 두고 현존하는 모든 과학적 이론을 단번에 회의하게 만드니까. 칼라차크라가 한 생애에서 의식을 찾기 전에 사산되면 다음 생애에서는 그 아이가 아예 태어나지 않는다는 사실이 관찰로 확인되었어. 그게 진정한 죽음이지. 정신과 신체가 모두 파괴되는 죽음. 그리고 '망각'과 달리, 다시는 살아 돌아올 수 없고, 정신적 대사 경로가 치유되는 일도 없어. 그냥 끝인 거야. 그러니까 해리 달링, 우리 종족에게는 이런 정보가 세상 그 무엇보다 소중해. 자기가 진정 누구인지, 부모님이 누구였는지, 출생 시간이 언제고 장소가 어디인지. 이 정보가 자기를 완전히 파멸시킬 수도 있어. 언젠가는 자기도 파멸을 원할 수도 있지, 그야 물론이야. 아니면 '망각'이나. 정신은 첫 키스의 기쁨을 재현해 보려고 발버둥을 치지만, 놀라울 정도로 선명하게 돌아오는 건 고통의 공포, 얼굴이 화끈 달아오르는 수치심, 가슴을 짓누르는 죄책감이거든."

프랭클린 피어슨.

나는 좋은 사람입니다, 해리. 나는 씨발 좋은 사람이란 말입니다.

브랜디 잔을 움켜쥔 내 손가락 뼈마디가 새하얗게 질렸다.

과거를 돌이켜 짚어보며 정확히 내 출생의 정황을 아는 사람이 누구인가 자문해 본다. 순전히 직선적 삶을 사는 사람들만 헤아려봐도 극소수에 불과하다. 친아버지, 양부모님,

고모들, 할머니 콘스턴스와 내 혈통을 의심했지만 정확히 파악하지는 못했던 어머니 쪽의 친척 몇 명. 이 사람들은 내가 태어나기도 전에 확정된 불가피한 약점이지만, 사생아라는 사실은 굉장한 보호막이 되어준다. 최소한 일곱 살이나 여덟 살이 되기 전까지는 출생이나 혈통과 관련된 기록이 전혀 남아 있지 않다. 열정이 지나친 학교 감사가 기록이 부실하다는 사실을 확인하게 되겠지만, 그때쯤은 내가 즉시 기록을 삭제할 만한 입장이 되어 있다. 1920년대에, 특히 과거의 가치관을 답습한 가문에서 적통이 아닌 아이가 있다는 수치심은 컸고, 덕분에 내 혈통에 대한 얘기는 극소수의 내부인들 사이에서만 오갔다. 주요 인물들이 죽고 나서는 내가 떠벌리지 않는 한 출신이 공공연히 알려질 일은 없었다. 어렸을 때는 다행스럽게도 다소 발육부진을 겪었고 10대가 되어서야 좀 늦게 급성장을 했다. 그래서 내 출생 연도에 대한 사람들의 추측은 대체로 빗나갔다. 어른이 되어서는 아버지와 뚜렷하게 닮은 생김새가 어머니의 유전자와 뒤섞여 옷만 조심스럽게 골라 입으면 얼마든지 그럴싸하게 스물두 살처럼 보일 수도, 서른아홉 살로 보일 수도 있게 됐다. 머리색도 하룻저녁에 백발로 변하고 생김새도 스트레스에 따라 변할 수 있기에 만년이 되면 정확한 출생 시점을 추정하기가 어려워진다. 그리고 광범한 여행으로 억양이 오염되어 이제는 고유의 억양이라는 게 없어지다시피 했고, 대신 상황이 요구하는 대

로 비굴하리만큼 수월하게 남의 비위에 맞춰 억양을 변조할
수 있다. 한마디로, 평범한 삶에서 받은 불이익이 은밀한 내
정체성에는 오히려 축복이다. 버지니아가 빅토르 회네스의
마지막 나날을 이야기해 줄 때에도 의자에 편안히 기대앉아
이 모든 사실을 머릿속으로 되새기며 나는 안전하다는 안도
감을 만끽했다.

"자, 이제 빅토르의 얘기를 계속하자면, 이 사람이 사실 미
래 세대한테 대단히 큰 엿을 먹인 셈이지. 칼라차크라 수 세
대가 통째로 태어나지 못했고, 한번 태어나지 못하면 칼라
차크라는 다시 태어나지 않으니까. 세계는 과거와 다름없이
계속되었어. 빅토르의 실험은 죽음으로 완전히 끝이 났지만
응징을 부르짖는 목소리들이 미래의 묵시록을 피한 운 좋은
몇 사람으로부터 속삭임으로 전달되어 왔지. 클럽 전체가 전
멸했고 수천 년의 역사와 문화가 맨땅에서 다시 시작되어야
한다고. 물론 말할 것도 없이, 다른 모든 사람들도 상당히 이
르게 세계의 종말을 맞았지만 그건 사실 전체적인 틀 속에
서 보면 그리 중요하지 않아."

나는 이런 세계관에 반론을 제기하지 않았다. 굳이 그래야
할 이유가 있을까? 빅토르 회네스는 400년간의 전쟁과 고통
을 세계에 안겨주었지만 그가 죽고 나서는 어차피 아무 의
미도 없었다. 그가 다시 태어났을 때 세상은 언제나 그렇듯
똑같은 모습이었기 때문이다. 나는 지금 크로노스 클럽에 있

고, 과거와 미래에 몇 번의 속삭임으로 닿을 수 있으며, 무엇보다 내 존재의 비밀을 수중에 넣기 직전이었다. 이런 말들은 그저 이야기에 불과했다.

"그때는 지금보다 거친 시절이었지." 버지니아는 말을 이었다. "고상한 품격 따윈 끼어들 여지가 없었어."

바로 이런 정신으로 클럽은 린츠에서 열한 살짜리 빅토르 회네스를 추적해 체포했다. 그는 이미 또 한 번 세계의 본질을 바꿀 계획을 준비하고 있었다. 그는 자기 집에서 붙잡혀 끌려와 11일 동안 고문을 당했다. 12일째에 굴복한 그는 진짜 출생지, 부모, 집과 기원을 불었다. 클럽은 회네스를 포로로 잡아두고 이야기의 진위 여부를 수고스럽게 확인했다. 사실이라는 게 밝혀지자 크로노스 클럽은 회의를 소집해 어떻게 처리할지 논의했다.

"거친 시절이었어, 조야한 시대였지!" 버지니아가 외쳤다.

결론은 단순히 회네스를 죽이는 것만으로는 부족하다는 것이었다. 기존의 죽음은 공포의 대상이라고 하긴 어려웠다. 육신이 죽을 뿐이었으니까. 우리 정체성의 핵심은 정신이었기에, 클럽은 회네스의 정신을 파괴하기로 결정했다.

그들은 회네스를 투옥했다. 사회에서 격리했을 뿐 아니라 전체가 금속으로 제작된 중세의 조악한 구속복을 입혀 철저히 신체 움직임을 막았다. 혀를 자르고 귀를 잘라내고 눈알을 뽑고, 이 모든 상해에서 회복하자 손과 발도 잘라버렸다.

오로지 그가 아무 데도 가지 못하게 하기 위해서였다. 그리고 속이 텅 빈 나무 막대를 그의 목구멍에 쑤셔 박아 강제로 음식을 먹였다. 소리 없고 말도 없고 눈이 먼 혼자만의 광기 속에서 간신히 목숨만 붙여놓은 것이다. 그는 결국 질식사하기 전까지 무려 9년 동안 이 상태를 유지했다. 그들의 말에 따르면 회네스는 웃으며 죽었다고 한다. 그의 나이 스무 살이었다.

그러나 크로노스 클럽의 응징은 죽음으로도 끝나지 않았다. 원래 시작했던 곳에서 다시 태어난 아기 빅토르 회네스는 태어나자마자 요람에서 유괴되어 감옥으로 돌아왔다. 네 살 때 온전히 의식을 회복한 그를 살펴본 크로노스 클럽 멤버들은 아직도 그의 행위에 책임을 져야 할 정신이 일부 남아 있다고 판단했다. 그래서 그 모든 게 다시 시작되었다. 눈, 귀, 혀, 손, 발, 이 모든 절단은 회네스가 그 과정에서 죽지 않도록 엄격한 의학적 계산을 거쳐 시행되었지만 당연히 진통제는 전혀 쓰지 않았다. 이번에는 7년간 살려두는 데 성공했고 회네스는 열한 살 나이로 죽었다.

"수백 년에 걸쳐 원한을 품는다는 건 놀랄 만큼 어려운 일이야." 버지니아의 설명이었다. "회네스는 열한 살에 죽었을지 모르지만 그를 투옥한 사람들은 아마 그 후로 30년, 40년, 50년은 더 살았을걸? 한참 뒤에는 '빅토르 회네스를 고문해야 함'이라는 쪽지가 할 일 목록에서 까마득히 낮은 자리로 내려갔지. 더구나 이 일을 시행하려면 죽음을 거쳐야 하는데, 솔직히 의무적으로 해야 할 일이라지만 차례가 돌아오면 좀 지겨워지거든."

그럼에도 그들은 고집스럽게 시행했다. 그리고 다시 한번 회네스를 진찰해 과거의 자아가 남아 있는지 확인했다. 그러나 이번에 회네스는 멀쩡한 손과 귀와 눈을 가지고 태어났는데도 전혀 쓰지 못하는 상태였다. 신체기관이 완벽하게 제자리어 있는데도 기능을 하지 못했다. 심지어 아기였을 때도, 온전한 의식을 미처 회복하기도 전에, 그는 하자가 있는 아기로 판정받았고 친부모마저 아이를 교회의 돌봄에 맡기거나 비정한 거리에 내다버릴 생각을 했다는 설이 속삭임으로 전해진다. 어려운 시절이었다. 버지니아의 말대로 조야했다.

크로노스 클럽은 다시 한번 결정을 내리기 위해 회의를 소집했다. 그리고 단 한 사람만 빼고 만장일치로 회네스의 삶을 영영 끝내기로 결론을 내렸다. 그가 태어나기 전에 어머니의 몸에서 유산시켜 응징의 사이클에 종지부를 찍기로 한 것이다. 유일하게 투표를 거부한 사람은 코흐라는 이름의 우토보란이었다. 그는…….

"우리는 그런 사람들을 기억술사라고 부르지." 버지니아가 설명했다. "간단하게 말해서 모든 걸 기억하는 사람이야."

이 말에 내 고개가 획 돌아가고 눈빛이 반짝이는 걸 버지니아도 분명히 눈치챘을 것이다. 내 반응의 의미를 알아차렸다 해도 친절한 그녀는 아무 말도 하지 않았다.

"우리는 일반적으로는 몇백 년이나 뭐 그쯤 지나면 잊어버리기 시작해. 사실 완벽하게 이해가 되는 일이지. 두뇌의 용량에도 한계가 있고 자연스러운 노화 과정을 통해서도 일부 기능을 상실하게 되고. 개인적으로 나는 예순여섯 살쯤에 치매를 겪게 되는데, 솔직히 말해서 유아기에 이런 증상을 회상으로 다시 겪는다는 건 정말이지 기운이 쭉 빠지는 일이야. 정신병은 우리 종족에게 치명적인 위협이야. 제발 그런 곤경에 빠지면 도움을 구하도록 해, 해리."

"저는 아버지에게 편지를 썼어요."고백하는 내 목소리가 기어 들어가 내 귀에도 간신히 들릴 정도였다.

"훌륭해, 훌륭한 일이야! 긍정적인 태도. 물론 기억력에 오류가 있을 때 좋은 점 하나는 여전히 놀랄 수 있는 능력이 있다는 거야. 또 하나는 과거를 극복할 수 있다는 거고. 사실관계와 숫자는 생각해 내려 애쓰면 기억할 수 있지만 마음속에서 활활 타오르던 분노의 감정은 서서히 가라앉거든. 안 그런 것들도 있지만. 자존심이 강한 사람이라면 남한테 무시당한 일이 마음에 남을 텐데, 솔직히 잊어버리는 것 말고 할 수 있는 일이 없단 말이야. 유달리 감상적인 사람이면 여러 번의 생애를 겪고도 잃어버린 사랑을 아쉬워하겠지. 그렇지만 내 경험에 따르면 시간이 흐르면 다 무뎌져. 한참 지나면 일종의 중립성을 얻게 된다고 해야 할까. 끝없는 반복을 통해서 감정의 모난 부분이 깎여나가고, 푸대접이란 게 뭐 그렇게 대단한 일이 아니고 사랑도 그저 허망한 꿈에 지나지 않는다는 걸 인지하게 된단 말이야. 우리는 과거의 지혜를 통해 현재를 보는 특혜를 누리는데, 솔직히 그런 영광스러운 특혜 덕분에 뭐든 진지하게 받아들이기가 아주 어려워지지."

코흐는 우리 종족의 돌연변이였다. 대다수 사람들이 잊어버린 일들을 포함해 모든 걸 기억하는 칼라차크라.

"기억술사들은 보통 좀 이상해." 버지니아가 말했다.

그 순간 내 심장이 죄어들어 가슴이 턱 막혔다.

여기까지 왔는데, 내 종족이 악의 없이 던지는 이런 말을 벌써부터 듣게 되다니. 기억술사들은 좀 이상해. 영국의 어떤 지역 어떤 사회 계급에게는, 이상하다는 것보다 더 큰 실패는 없다.

"클럽이 회네스에 대한 판결을 내리려고 할 때 코흐가 언성을 높여 말했어." 버지니아는 설명을 이어갔다. "'이건 첫 번째 대변동이 아닙니다.' 이렇게 말하더군. '제2차 대변동이에요. 당신들은 기억하지 못하지만 수백 생애 전에, 수천 년 전에 일어났던 일입니다. 아마 기억하는 사람이 있다 해도 마음속에 막연한 암흑이나 아득한 기억으로 남아 있겠죠. 그러나 나는 압니다. 살면서 겪었습니다. 지금부터 1000년 전에, 우리 종족 중에 또 다른 사람이 회네스와 같은 일을 저질렀고, 칼이 수프를 가르듯 미래를 갈라 물결을 일으켰지요.

우리에게 남은 두 가지 결론 중 하나에 도달할 때까지 우리가 얼마나 오래 살게 될까요? 뭔가 조금이라도 변화가 일어난다면, 우리는 희생을 치르고 우리가 살고 있는 이 엄격한 체제에 도전해야 합니다. 아무것도 변화하지 않는다면 우리는 우리와 같은 종족을 꾸준히 감시하고 무자비하게 처벌하고 회한도 없이 살아가야 합니다. 이미 여러분은 회네스의 운명을 결정했지만, 내 말이 여러분 모두에게 경고로 기억되길 바랍니다.'

아마 다른 칼라차크라들은 이 얘기를 들었을 때 조금 두려웠을 거야. 아니 어쩌면, 내 개인적인 느낌이지만, 자기네들보다 조금 더 교양을 갖춘 멤버가 상당히 잘난 척하는 소리 정도로 치부했을 가능성도 꽤 있지. 어느 쪽이든 결정은 내려졌고 과거 회네스였던 눈멀고 귀먹은 벙어리 아기의 작은 가슴에는 한밤중에 칼이 꽂혔어. 처형자는 계속 살다가 죽었지만 죽고 나서 회네스의 출생 시점보다 15년 전에 다시 태어났지. 열네 살이 되었을 때 이 처형자는 회네스의 출생 예정지인 린츠로 갔어. 회네스 가족의 하인으로 취직해서 부모를 감시하며 회네스가 태어나기 9개월 전까지 모든 걸 낱낱이 관찰했지. 어머니가 태기를 보이기 시작하자 처형자는 신중하게 주목 껍질로 만든 차를 먹였어. 안타깝게도 맛이 너무 끔찍해서 회네스 어머니는 몇 모금 마시지 못하고 나머지를 다 뱉어버리고 말았지. 그래서 처형자는 좀 흉측한 예비 계획을 발동해 칼날을 꺼내 어머니의 몸을 마룻바닥에 꿰찌르고 목을 그었어. 희생자가 죽었다는 걸 확실히 확인할 때까지 한참을 머물렀다가 깨끗하게 몸을 씻고 그녀의 장례를 치러준 후 아버지에게 동전 몇 푼을 남기고 길을 떠났지.

그렇게 해서 빅토르 회네스는 다시는 태어나지 못한 거야."

27

나는 기억술사다.

모든 것을 기억한다.

내가 하게 되었던 선택들을 이해하기 위해서는 이 사실을 이해해야만 한다.

한동안 나는 의혹을 품었다. 내가 가진 게 완벽한 기억이 아니라 완벽한 공상이 아닌지, 내 정신을 어떤 시간, 어떤 장소에 던지더라도 빈자리를 채우고 나 자신의 그림을 완성시킬 수 있는 상상력을 지닌 게 아닌지.

그러나 너무나 많은 증거가 내 믿음과 일치하고 이제 그 길을 따라가면 오로지 부동과 광기만 있다는 걸 깨달았다.

내가 태어나기 수백 년, 수천 생애 전에 코흐라는 한 남자가 우리, 크로노스 클럽은 세계를 변화시키려고 노력하지 않으면 우리 종족의 무자비한 심판자가 되어야 한다고 경고했다. 나는 그가 어떤 광경을 보았기에 그토록 앞날을 확신하게 되었을까 자문해 본다. 또한 다른 이들을 위해, 혹은 그 자신을 위해 일말의 용서를 남겨두었을까 궁금하다.

이 모든 것으로 인해 우리는 처음 시작한 곳으로 되돌아가게 된다.

나는 따뜻한 아지랑이 같은 모르핀에 취해 보통 때와 다름없는 죽음을 맞아가고, 여자아이는 깃털 침대의 방울뱀처럼 매혹적으로 끼어든다.

그 애는 일곱 살, 나는 일흔여덟 살이다. 아이는 내 침대에 걸터앉아 두 다리를 달랑거리며 내 가슴에 연결된 심전도 모니터를 살펴보고는 내가 떼어내 버린 경보기를 관찰한 뒤 내 맥박을 재고 말한다.

"하마터면 제가 놓칠 뻔했네요, 오거스트 박사님."

베를린 상류층의 억양을 쓰는 크리스타는 내 침대 옆에 걸터앉아 지구의 멸망에 대해 말한다.

"세계가 끝나고 있어요. 이 메시지는 아이에게서 어른에게로, 아이에게서 어른에게로, 천 년 후 미래 세대로부터 거슬러 와 전달된 거예요. 세계가 끝나고 있고 우리는 종말을 막을 수 없어요. 그러니까 이제는 박사님께 달려 있어요."

28

과거에 케임브리지에서 내 학생이었던 빈센트는 외치곤
했다.

"생각해 보세요. 시간 여행이라는 개념 자체가 역설적인
겁니다. 내가 타임머신을 만듭니다, 불가능하지요. 그리고
시간을 거슬러 여행합니다, 불가능합니다. 그리고 예를 들어
1500년에 내려요, 아무한테도 말하지 않고 아무 일도 하지
않고 과거에 딱 10초 머물다가 다시 떠납니다, 불가능하지
요. 그렇다면 제가 성취한 건 뭘까요?"

"엄청난 비용으로 아주 미미한 성과?" 나는 위스키를 한
잔 더 따라 마시며 말했다.

여섯 번째 생애에서 내가 혹시라도 앞으로 교수가 될 사
람인데 학부생과 논쟁을 벌이느니 차라리 동료들과 만찬석
에 말없이 앉아 있는 편이 낫지 않을까 걱정했다면, 그런 걱

정들은 빈센트를 더 잘 알게 되면서 사라졌다. 그는 이른바 내 위상에 전혀 관심이 없었기 때문에 나 역시 전혀 개의치 않아도 되었다. 동료 교수들을 통틀어서 1940년대의 학계를 괴롭히던 나의 때 이른 현대적 사상들에 조금이라도 관심을 갖는 사람은 빈센트 한 사람뿐이었다.

"우리의 불가능한 시간 여행자는 과거에서 보낸 10초 동안 8리터의 공기를 마셨습니다. 산소 1에 질소 4의 비율이지요. 그리고 8리터의 공기를 배출했고 이에 따라 이산화탄소가 극소량 증가했을 겁니다. 인적 없고 황량한 늪지에 서 있었고 그가 나타나는 걸 본 유일한 생물은 방금 놀라서 날아간 참새 한 마리밖에 없습니다. 흙 속에서는 데이지 한 송이가 짓이겨졌죠."

"아, 하지만 그 데이지 속에는!" 나는 노래하듯 읊조렸다. 빈센트가 늘 하는 횡설수설이었으니까.

"아, 하지만 그 참새가 말입니다!" 그가 대꾸했다. "참새가 놀라서 날아갔고 그 참새를 노리고 급강하하던 매의 주의가 산란해졌습니다. 그리고 매잡이는 매를 되찾기 위해 더 멀리 달려가야 했고, 더 멀리 달려가는 와중에……."

"백정의 아들과 열렬히 애정 행각을 하는 주인의 딸을 보게 되지!" 내가 한탄했다. "그리고 무방비 상태의 두 사람을 덮친 그는 외치지. '이런 파렴치한들을 봤나!' 이 말에 성교는 중단되고 임신을 했어야 할 딸은 전혀……."

"그래서 아이가 태어나지 않습니다!"

"그리고 그 아이는 또 아이를 낳지 못하고, 태어나지 못하는 거지⋯⋯."

"그리고 수백 세대를 내려가면 우리의 용감한 여행자는 자기가 더 이상 존재하지 않는다는 사실을 알게 됩니다. 선조가 백정의 아들과 연애하다가 들켰으니까요. 존재하지 않기 때문에 시간을 거슬러 돌아가 제비를 놀라게 해서 자신의 출생을 막을 수 없게 되고, 그러니 또 태어납니다. 그래서 그는 다시 돌아가서 자기 출생을 막고⋯⋯ 우리가 신을 전제해야 할까요?" 빈센트가 불쑥 말했다. "그게 이 덫에서 빠져나가는 유일한 길입니까?"

"신?" 내가 질문했다.

"우리가 전제해야 되는 게⋯⋯."

그는 내가 두 번째로 좋아하는 의자에 놀랄 만큼 기운차지만 도저히 민첩하다고는 할 수 없는 몸을 풀썩 던졌다. 의자는 그가 늘 앉는 모양대로 푹 꺼져 있었다.

"이 패러독스에는 두 가지 해결책밖에 없다는 거죠? 첫 번째로, 우주가 이런 크나큰 중압을 견디지 못하고 존재의 종말을 맞는 거고요. 아니면 두 번째로, 우주가 여전히 좀 혼란스러운 상태로 우리의 이해를 넘어서는 어떤 방식으로 자체 수리를 하는 겁니다. 말하자면 우리의 시간 여행자가 일으키는 사건에 특별한 관심을 갖는 거지요. 이는 단순히 물질의 총합이 아니라 의식적 구조와 사유가 있는 존재에게 기대할 수 있는 양태입니다. 우리가 신을 전제해야 할까요?"

"우리가 이 가설은 불가능하다는 결론을 이미 내린 걸로 아는데."

"해리 교수님!" 빈센트가 양손을 머리 위로 치켜들며 대꾸했다. "우리가 여기 얼마나 오래 이러고 앉아 있었던 거죠?"

"내 생각에 자네는 어떤 부과된 시간의 척도를 원하는 게 아니라 자네가 내 방에 들어와 내 오류를 지적하기 시작한 지 얼마나 되었냐고 묻는 것 같군그래."

"항상 이러시는군요. 우리가 이 삶의 가시밭길 같은 불확정성에 근접할 때마다, 우리가 만일의 가정을 회의할 때마다, 교수님께서는 불도그의 뼈다귀를 탐내는 코커스패니얼처럼 꽁무니를 빼신단 말입니다!"

"그 어떤 시간의 과학적 측량으로도 해답을 줄 만한 데이터를 얻을 수 없는 주제니 논쟁을 벌여봤자 소용이 없다고 생각하는 거지."

"어떤 실행 가능한 방식으로도 중력을 측량할 수 없습니다." 빈센트가 쌀쌀맞게 대꾸했다. 표정이 이제 아예 뾰루퉁하게 굳어지고 있었다. "우리는 중력의 속도도 말할 수 없고 중력이 무엇인지도 말할 수 없지만 교수님께서는 믿으시지……."

"관찰할 수 있는 효과를 통해서지."

"그러면 우리의 논쟁을 활용 가능한 도구에 근거한 것으로 국한해야 합니까?"

"과학적 논쟁을 하려면 일정 수준의 데이터가 있어야 하네. 뭔가…… 뭔가 희미하게라도 이론적인 근거가 뒷받침되어야 하고. 그러지 않으면 과학적 논쟁이 아니라 철학적 논쟁이 되는 거야. 그러니까 그건 내 분야라고 하기 어렵지."

빈센트는 의자 팔걸이를 꼭 움켜쥐었다. 분노에 차서 당장이라도 벌떡 일어나고 싶지만 참으려면 이 수밖에 없다는 듯이. 나는 신경질이 가시기를 기다렸다.

"사고실험." 그가 마침내 말했다. "적어도 그건 참아주실 겁니까?"

나는 술잔 언저리 너머로, 이번 한 번만큼은, 받아주겠다는 희미한 제스처를 했다.

"모든 것을 관찰하기 위한 도구죠."

나는 기다렸다.

더 이상 아무것도 없는 것 같았다.

"그런데?" 내가 마침내 물었다. "논쟁이 전개되기를 기다리고 있네."

"우리는 보거나 만지거나 그것이 무엇인지 확실히 말할 수 있기 때문에 중력의 존재를 인정하는 게 아닙니다. 일관된 이론적 모델을 통해 예측할 수 있는 관찰 가능한 결과가 있기 때문이지요. 맞습니까?"

"그렇긴 한데……." 나는 어디에서 암초가 튀어나올까 기다리며 동의했다.

"관찰 가능한 효과로부터 우리는 관찰할 수 없는 결과들을 연역합니다. 사과가 하나 떨어지는 걸 관찰하고 '중력이 틀림없어'라고 말하지요. 우리는 프리즘을 통한 빛의 굴절을 보고 파동이 틀림없다고 선언하지요. 그리고 그 연역으로부터 행위와 결과, 증폭과 에너지에 대해 더 많은 연역들이 나옵니다. 그래서 이론에 부합하기만 하면 아주 적은 노력을 들여서 상당히 조야하고 관찰 가능한 효과로부터 사물의 근원까지 이론화해 들어갈 수 있는 겁니다, 맞죠?"

"자네가 과학적인 방식보다 더 나은 방식을 제안하려는 건가……?"

빈센트는 고개를 저었다. "도구입니다." 그는 단호하게 말했다. "모든 것을…… 연역할 수 있는 도구. 우리가 우주를 짓는 블록을 하나 취한다고 합시다. 예를 들어, 원자라든가 말이지요. 그리고 원자에 소정의 관찰 가능한 효과가 있다고 선언합니다. 중력, 전자기력, 약한 핵력, 강한 핵력. 그리고 이런 것들이 우주를 한데 묶는 네 가지 요소라고 선포한다면, 그렇다면 말입니다, 만물의 근거를 내포하고 있는 이 아주 작은 원자로부터 창조의 기제 전체를 이론적으로 도출하는 게 가능하지 않을까요?"

"우리가 다시 신의 영역으로 일탈하고 있다는 느낌을 지울 수가 없는데." 내가 그에게 상기시켰다.

"모든 것을 아는 게 아니라면, 과학이 무슨 쓸모가 있겠습니까?"

"윤리적인 답을 원하나, 효율적인 답을 원하나?"

"해리 교수님!" 빈센트는 또 벌떡 일어나 내가 바로 이럴 때를 대비해 조심스럽게 치워놓은 비좁은 방 안을 서성거렸다. "항상 질문을 회피하시는군요! 어째서 이런 생각들을 그토록 두려워하시는 겁니까?"

나는 의자에서 몸을 약간 일으켜 자세를 반듯이 고쳐 앉았다. 빈센트의 성깔이 유별난 수준에 이르고 있었다. 그가 하는 말에 어쩐지 이상한 구석이 있었다. 마음속 깊은 곳에서 작은 경고음이 울려 나도 모르게 말이 느려졌고 보통 때보다 조금 더 신중하게 대답을 고르게 되었다.

"'만물'을 정의해 보게." 나는 마침내 말했다. "자네의…… 도구가, 가설로 존재하는 불가능한 도구가, 우주의 모든 물질의 상태를 연역함으로써 과거와 미래의 상태들을 모두 연역할 거라는 말인가?"

"그게 이치에 맞겠지요, 그렇습니다!"

"현재 존재하고, 과거에 존재했고, 앞으로 존재할 모든 것을 자네가 볼 수 있게 해줄 거라고?"

"시간이 절대적인 게 아니라면, 그렇다면 역시 그게 이치에 맞다고 생각합니다."

나는 회유의 제스처로 양손을 치켜들며 천천히, 철저히 따져코왔다. 마음속 깊은 곳의 경고음이 점점 커져 목구멍까지 스며들어 내 혀를 넘어 뛰쳐나오려 하고 있었다. 나는 혓바닥을 아주 조심스럽게 놀렸다.

"그러나 미래를 관찰하는 행위 자체로 자네가 미래를 바꾸지 되지. 그래서 우리는 다시 타임머신에서 나와 과거를 본 우리의 시간 여행자에게로 돌아오게 되는 거야. 자네는 미래를 보면서 현재 자신의 행위를 달리 구성할 수 있고, 그게 아니더라도, 관찰 행위 자체로 변화해서 자네가 알게 된 그 순간 미래가 완전히 다르게 조성될 수 있으니까. 그러면 우리는 다시 패러독스로 돌아오게 되지. 지속 불가능한 우주. 그것으로도 부족하다면 우리가 미래에 대한 이런 앎으로 무엇을 할 것인지 자문해 보아야 하지 않겠나? 신의 눈으로 보게 되었을 때 인간은 무엇을 할 것인가, 그리고……."

위스키 잔을 옆에 내려놓았다. 빈센트는 방 한가운데 꼼짝도 않고 서 있었다. 내게 반쯤 등을 돌린 채로, 양 손가락을 쫙 펼친 채로, 몸을 꼿꼿하고 뻣뻣하게 세우고 있었다.

"그리고, 신성을 획득하는 사람들 걱정은 하지 않더라도, 이런 우려를 제기하고 싶네." 나는 부드러운 말씨로 중얼거렸다. "자네의 가설에 근거가 되는 강한 핵력은 앞으로 30년 동안 저기되지 않는 전제라는 거지."

침묵.

미동도 않는 빈센트가, 등과 어깨를 따라 꽁꽁 뭉친 그 근육이 소름 끼치게 무서워서, 나는 앉아 있던 의자에서 일어났다.

"쿼크.*"

무반응.

"힉스입자.** 암흑물질.*** 아폴로 11호!"

아무 반응도 없다.

"빈센트." 나는 나직하게 한숨을 내쉬며 손을 뻗어 그의 어깨를 잡았다. "도움이 되고 싶네."

빈센트는 내 손길을 홱 뿌리쳤고, 우리 둘 다 몸 안에서 분출되는 스트레스 아드레날린을 느꼈다. 그는 약간 긴장을 풀며 고개를 숙이더니, 보이지 않는 어떤 생각에 알았다는 듯 반쯤 고개를 끄덕이며 마룻바닥을 향해 아득한 미소를 지었다.

---

* quark. 입자물리학의 표준 모형에 따르면 우리 우주를 구성하는 기본 입자 중 하나로 강한 상호작용을 비롯해 전자기력과 약한 상호작용이 작용하고 스핀이 2분의 1인 페르미온이다.

** Higgs boson. 현대물리학의 표준 모형에서 입자들이 질량을 갖는 근본적인 원인을 설명하는 소립자. 힉스 입자의 존재가 예측된 이후 50년 가까이 그 존재가 확인되지 않아 가설로만 남아 있다, 2013년 그 존재가 과학적으로 증명됨으로써 현대 이론물리학에서의 표준 모형의 이론적 구조를 뒷받침했다.

*** dark matter. 우주를 구성하는 총 질량-에너지의 약 27퍼센트를 차지하고 있고, 전파·적외선·가시광선·자외선·X선·감마선 등과 같은 전자기파로도 관측되지 않고 오로지 중력을 통해서만 존재를 인식할 수 있는 물질을 말한다.

"궁금했지만, 교수님은 아니면 좋겠다고 바랐습니다." 그가 마침내 말했다. 그러더니 날카롭게, 신속하게 돌아서서 내 눈을 똑바로 보았다. "그들의 일원입니까? 크로노스 클럽 멤버입니까?"

"크로노스 클럽에 대해 안단 말인가?"

"그래요, 알고 있습니다."

"어째서……."

"맞습니까? 제발 그냥 대답을 하세요, 해리 교수님."

"멤버일세." 나는 말을 더듬기 시작했다. "그, 그래, 물론, 하지만 그건……."

그가 나를 주먹으로 쳤다.

순전한 아픔보다는 놀라움이 더 컸던 것 같다. 예전에도 물론 폭력과 통증을 겪어본 적이 있지만, 이번 생애에서는 몹시 안락한 생활을 누렸기에 그 느낌을 거의 잊다시피 하고 있었다. 미리 마음의 준비라도 했다면 버티고 서 있을 수도 있었겠지만, 무엇보다 충격이 커서 나는 뒤로 벌렁 나자빠져 책 더미 위로 쓰러지고 말았다. 입안에서 피 맛이 났고 혀를 대자 전에 흔들리지 않던 이가 흔들거렸다. 빈센트의 얼굴을 올려다보니 싸늘한 표정에 (어쩌면 내 상상일 수도 있지만) 회한의 빛이 조금은 서려 있는 것 같았다.

그러더니 그는 다시 한번 주먹을 날렸고, 이번에는 놀라움이 끼어들 겨를조차 없었다.

29

"이런 질문을 하는 사람이 되기는 정말 싫지만." 그녀가
말했다. "세계가 끝나가고 있다면 정말로 우리가 뭘 어떻게
해야 하는 거죠?"

열두 번째 삶.

여섯 살 때 나는 크로노스 클럽의 런던 지부에 편지를 써
서 런던까지 갈 여비와 값비싼 영재학교 입학을 권유하는
표준적 클럽 서한을 보내달라고 요청했다. 내 요청에 따라
혹슬리라는 마을에 데드드롭*으로 돈이 전달되었다. 여러
생애 전 내가 달빛을 받으며 피어슨에게서 도망치던 바로
그 마을이었다.

---

*   dead drop. 스파이들이 바위 밑이나 나무 밑 등 서로 약속한 지점에 묻거나 은닉해 물건이나
            서류를 전달하는 방식.

패트릭과 죽어가고 있던 해리엇에게는, 진심으로 행운을 빌며 그간 내어주신 시간에 감사드린다는 편지를 써두고 떠났다. 혹슬리에서 개암나무 밑에 놓인 양철 상자에서 돈을 찾아 런던행 기차표를 샀다. 그때의 빵집 주인이 길거리에서 지나가다 나를 보고 미소를 지었다. 그러자 뱃속에서 피어슨이 꿈틀거리고 귓전에서 피어슨의 발소리가 들리는 바람에, 한참 벽을 꼭 붙잡고 어째서 마음은 오래전에 극복한 일을 몸은 죽어도 못 잊는지 모르겠다는 생각을 했다.

뉴캐슬까지는 짐마차를 얻어 타고 가서 기차 검표관이 보호자가 있느냐고 묻자 영재학교 합격증을 보여주고 런던에서 숙모님이 기다리고 있다고 말했다.

이번 생애의 모험에서 숙모 역할을 맡은 사람은 채리티 헤이즐미어였다.

"저기 우리 애가 있네!" 기관장이 기차에서 조심조심 나를 데리고 내리자 채리티가 환한 얼굴로 손을 흔들며 불렀다. "해리, 어서 이리 오렴!"

아이를 선형적 시간의 부모에게서 구해주는 방법은 여러 가지가 있다. 일반적으로는 내가 말한 데드드롭으로 적당한 돈과 적당한 서류를 지급하는 방식이 통용된다. 이러한 방식으로 칼라차크라가 주소라든가 양육된 장소 같은 결정적인 정보를 노출하지 않고 가장 가까운 크로노스 클럽까지 올

수 있을 정도의 자원을 조달할 수 있다. 그러나 수색 범위를 좁힐 수 있기 때문에 어느 정도 노출 위험은 감수해야 한다. 보통 더 확실한 규칙은 부모가 생애 초반기에 자신을 데리고 갈 거라는 사실을 수신자가 알고 있는 다른 장소에 데드 드롭을 해서 보급품과 비밀 유지라는 일거양득을 취하는 것이다. 이런 경우 유일한 위험은 가족이 예상과 어긋나게 행동하는 흔치 않은 일이 일어나기도 한다는 것이다.

비밀 유지를 걱정하지 않는다면(논란의 여지야 있겠지만 솔직히 사람 좋고 죄 없는 칼라차크라가 굳이 보안 따위를 신경 써야 한단 말인가) 직접 개입이 허락되기도 한다. 직접적인 개입에는 채리티 헤이즐미어 만한 적임자가 없었다. 매부리코에 연극조의 목소리, 몇 번의 삶을 살아도 한 번도 바꿔 입는 걸 본 적이 없는 빳빳한 검은색 보디스 컬렉션, 어른들이 봐도 악몽을 꾸게 할 무시무시한 사감 선생의 현현이었고, 사슬을 걸어 코끝에 아슬아슬하게 걸친 반원형의 안경을 보면 평범한 인간들은 누구나 불안과 공포에 떨 수밖에 없었다. 채리티는 꼬드기고 윽박지르고 졸라대고 쫓아다녔고 가끔은 덜덜 떠는 부모로부터 칼라차크라 아이를 대놓고 유괴하기도 했지만, 그건 다 자기 책임하의 아이들이 더 조용한 삶을 누리기를 바라는 마음에서였다. 채리티는 앞으로도 칼라차크라들이 우리 종족의 미래 멤버들을 위해 같은 일을 해주기를 바란다고 공공연한 희망을 피력했다.

그럼에도 채리티의 견해에는 상당히 편협한 구석이 있었다.

"우리한테 개입하라는 요청은 좋습니다." 채리티가 외쳤다. "하지만 어떻게 하라는 겁니까?"

열두 번째 삶.

크로노스 클럽의 집회를 보는 건 희귀한 일이다. 멤버들은 항상 무작위로 드나들지만 지역 총회가 열리면 장관이 벌어진다. '세상의 종말'이라는 회의 주제가 금박 테두리를 두른 초대장에 인쇄되어 배포된다. 여섯 살이었던 내가 최연소 참석자였다. 여든두 살의 윌버 몬이 최고령자였다. 윌버는 어릴 때 웰링턴 공작을 만났고 청년기에 런던에서 프랑스혁명에 찬성하거나 반대해서 싸웠던 사람들과 명함을 교환했다. 이제 죽음을 앞둔 그가 우리의 다음 메신저로 내정되었다. 죽음으로써 1844년의 과거로 메시지를 전달하게 될 것이다. '세계가 끝나고 있지만 우리는 이유를 모른다, 그러니 어떻게 할 것인가?'라는 메시지를.

"아무것도 하면 안 됩니다!" 필립 호퍼가 선언했다. 데번 지역 농부의 아들인 그는 모험을 몹시 즐기는 탓에 아무 군대도 써주지 않는 형편없는 종군기자로 제2차 세계대전에서 여섯 번 죽었고, 한국전쟁에서 두 번 죽었으며, 베트남에서 한 번 죽었다. "변수가 너무 많고 정보가 너무 막연해요! 정보를 더 구하거나 아니면 아예 손도 대지 말아야 합니다. 이 일에 작동하는 변수가 뭔지 결정할 수가 없단 말입니다."

"제 의견을 말씀드린다면……." 아냐는 1904년 벨라루스 독립운동의 명분을 버리고 더 편한 삶을 선택하는 경향이 있는 벨라루스인 망명자였다. 아냐는 피할 수 없는 일이라는 듯 한숨을 쉬더니 말했다.

"이 문제는 가속과 관련된 겁니다. 세상의 종말이 가속화되고 있습니다. 모든 생에서 더 빨리 일어나고 있어요. 그 말은 원인이 변화하고 있다는 뜻입니다. 그렇다면 우리는 이런 질문을 던져야 합니다. 변화의 원인은 무엇인가?"

사람들의 시선이 내게로 향했다. 나는 최연소 멤버였으므로 소년 메신저였을 뿐 아니라 이 주제에 대해 현대 과학적 추론을 할 수 있을 거라는 기대를 받고 있었다. 1990년대가 현대라고 할 수 있는지는 모르겠지만 말이다.

"우리가 살아가는 모든 생애에서, 우리는 매번 죽음을 거치지만 우리 주위의 세계는 변화하지 않습니다. 1917년에는 항상 혁명이 일어납니다. 1939년에는 항상 전쟁이 발발합니다. 케네디는 항상 암살당하고 기차는 언제나 제 시간에 오지 않습니다. 생애를 거듭 살아가면서 우리가 관찰하는 한, 이것들은 상수로 존재하는 선형 역사의 사건들입니다. 유일한 변수는 우리입니다. 세계가 변화한다면 세계를 변화시키는 건 우리들입니다."

"크로노스 클럽의 규칙에 반하는 일입니다!" 눈앞에 있는 일에 집중하느라 결코 더 큰 그림에 한눈을 파는 법이 없는 채리티가 매섭게 말허리를 끊었다.

"그러므로 질문은 다음과 같아집니다." 나는 앉아 있던 의자에서 두 다리를 달랑거리며 말을 이었다. "어째서 세계가 종말을 맞는가가 아니라, 과연 누구냐는 거지요."

30

우로보란을 죽이는 건 어렵지만, 선형의 역사를 살아가는 인간을 죽이는 게 더 어려울 때가 많다. 한 생애에서 출생을 막는다 해도 훗날 모든 존재의 죽음으로 귀결되지는 않기 때문이다. 매번 새로운 삶을 살 때마다 살인을 해야만 한다. 이를 닦거나 손톱을 다듬는 것처럼 규칙적으로 수행해야 하는 일이다. 핵심은 일관성이다.

1951년이었고 나는 런던에 살고 있었다.

여자의 이름은 로즈메리 도셋이었다. 스물한 살이었고 돈을 좋아했다. 나는 외로웠고 그녀가 마음에 들었다. 깊은 관계였던 척할 생각은 없으나 우리 나름대로 적당히 솔직했던 사이다. 나는 그녀를 독점하려 들지 않았고, 그녀는 내가 꽤나 부유한 신사라는 걸 알았지만 무작정 돈을 뜯어내려 들지 않았다. 그런데 어느 날 그녀가 만나기로 한 시간에 나오지 않았다. 그래서 집으로 찾아갔다. 그리고 양 손목을 그은 채 욕조에 쓰러져 있는 그녀를 발견했다. 경찰은 헤픈 여자가 또 하나 죽었다면서 자살로 결론을 내렸지만 나는 보자마자 알았다. 오른 손목을 그은 칼날은 인대를 끊을 정도로 깊숙이 파고들었다. 그 상태로는 힘이 없어서 도저히 왼손을 그을 수 없었을 것이다. 더구나 망설임의 흔적도, 회의의 표식도 보이지 않았다. 정확한 각도를 찾기 위해서, 아니면 용기를 그러모으기 위해서 여기저기 칼날을 대어본 자국도 없었다. 자살의 기예를 연습으로 터득한 사람으로서, 살인은 보면 알 수 있었다.

경찰이 수사를 거부해서 내가 직접 나서기로 했다. 찾아보겠다고 작정하면 증거가 속이 메슥거릴 정도로 뚜렷이 보였다. 여기저기 지문, 심지어 피가 묻은 지문도 있었거니와 로즈메리의 단골을 낱낱이 꿰고 있던 아래층 마담이 집에 들어올 때 리처드 라일이라는 사람이 나가는 걸 본 것 같다고 증언했다. 주소를 알아내는 건 몇 번의 예의 바른 통화로 해결되었고, 지문 확보는 술집에 앉아 있는 그에게 접근해 술을 몇 파인트 사주면서 헛소리를 잔뜩 들어주기만 해도 되었다. 리처드 라일은 교과서에서 주워들은 미술론부터 시작해서 빌어먹을 파키스탄이며 아랍 놈들에 대한 떠들썩하고 요란한 욕설까지 횡설수설 떠들어댔다. 과시하듯 미끈한 상류층의 발음을 보니 출세욕도 있고 웅변 수업도 받은 중산층 남자의 목소리였다. 30년만 지나면 저런 억양은 애스콧 경마장을 성전으로 떠받들면서 표 한 장 못 구하는 딱하고 외로운 남자라는 서글픈 클리셰를 까발리는 코미디 프로그램에서 패러디로나 쓰일 것이다. 자비를 좀 베풀고 싶은 기분이었다면 나도 불쌍하다는 마음이 들었을지 모르겠다. 이 왜소한 인간이 끼어들려 이토록 안간힘을 쓰고 있는 사회계층은 막상 그를 대놓고 묵살할 뿐 아니라 이런 인간이 문을 두드리고 있다는 사실조차 모르고 있었으니까. 하지만 그가 마시던 맥주잔을 집으로 들고 가서 지문을 확인해 보니 욕조 옆에 묻어 있던 혈흔의 지문과 일치했고, 내게 남았던 일말의 연민은 싹 사라져 버렸다.

증거품(맥주잔, 혈흔 분석, 피로 찍힌 지문)을 런던경찰국에 보냈다. 상상력과 분별력으로 정평이 나 있던 커터라는 형사를 수신인으로 해서. 그리고 커터는 이틀 뒤 라일을 취조했고 내가 알기로는 그게 다였다. 이틀 뒤 또 다른 창녀가 목을 매달았는데 손목과 팔에 자기방어로 생긴 상흔이 남아 있었고 혈류에서는 클로랄 수화물*이 검출되었다. 그러나 이번에는 경찰 조사를 미리 예측한 라일이 신중을 기해 단 하나의 지문도 남기지 않았다.

당시 나는 사람을 죽여본 적은 있어도 살인을 한 적은 없

---

*   Chloral hydrate. 과거에 진정제, 최면제로 쓰였으나 부작용이 강해 현재는 사용되지 않는다.

었다. 그 시점에 내 손으로 직접 목숨을 빼앗은 사람은 일곱 명이었는데, 그중 여섯 명은 제2차 세계대전에서 죽였고 한 명은 정당방위였다. 내 계산에 따르면, B-52 폭격기의 휠을 수리한다거나 좀 더 정확한 타이머를 제안했는데 그게 나중에 폭탄으로 활용된다거나, 이런 일상적인 활동을 통해서 죽음을 초래한 사람도 수백 명에 달할 터였다. 내게 실제로 냉혹한 살인을 저지를 용기가 있는지 여부를 따져본 나는 조금 아쉽지만 충분히 할 수 있다는 결론을 내렸다. 내가 수치심조차 못 느낄 정도로 철면피는 아니라는 미미한 위안은 반드시 해야 할 일이라는 확신에 비하면 아무것도 아니었다. 나는 리처드 라일을 죽이기로 했다.

착실하게 준비했다. 가명을 써서 현금으로 보트를 한 척 구입했다. 아래 갑판 벽을 뒤덮은 미끈한 흰곰팡이의 악취가 진동하는 거지 같은 깡통 배였다. 휘발유와 음식, 염산과 쇠톱을 구입하되 구매 지역의 범위를 최대한 넓게 퍼뜨렸다. 장갑과 고무 작업복도 사고 템스강의 조류를 조사하고 야간 통행량도 미리 살펴보았다. 벤조디아제핀 소량을 구해 처음 리처드 라일의 지문을 취득한 술집 건너편의 방을 하나 빌려 기다렸다. 그러던 어느 날 밤, 초록색 스모그가 거리에 짙게 깔리던 날, 한잔 걸치러 온 리처드 라일이 술집으로 들어갔다. 나는 슬쩍 합석했다. 한 번 본 적이 있는 얼굴이라고 기억을 되살리고 안부도 물었다. 리처드 라일은 즐거워 어쩔 줄 모르겠다는 듯, 행복한 표정이었다. 하지만 한편으로는 땀에 젖어 번들거리는 얼굴과 한껏 언성이 높아진 시끄러운 말투가 왠지 내 마음에 경종을 울렸다. 무슨 짓을 했기에 저토록 기분이 좋아진 걸까? 나는 어딘가 잘못된 흔적을 찾아 그의 머리끝에서 발끝까지 샅샅이 훑어보았고, 머리카락에서 풍기는 향긋한 비누 냄새, 박박 닦아 깨끗한 손톱, 이렇게 늦은 시각에도 금방 입고 나온 듯 흐트러짐 없이 깔끔한 옷차림을 보고 내가 이성으로는 늘 부정하지만 분명 존재하는 비합리적 육감으로 알아버렸다. 몇 시간 늦게 찾아왔다는 사실을. 분노가 화르륵 타오르는 바람에 짧은 순간 공들여 세워둔 계획마저 까맣게 잊었다. 효율적이고 조직적인 계획을 미리 세워두었는데. 그래도 난 여전히 웃어주고 또 웃어주었고, 우리는 술집이 문을 닫을 때가 되어서야 휘청거리며 석탄 가루가 시커멓게 떠다니는 밤공기 속으로 함께 걸어 나왔다. 세상에 둘도 없는 친구처럼 어깨동무를 한 우리의 살갗은 숨 쉬는 공기에 물들어 시커멓게 얼룩졌다. 폭격으로 폭폭 팬 이스트엔드의 구덩이들에 가려 잘 보이지도 않는 아주 작은 집들이 즐비한 거리를 따라 함께 비틀비틀 걷던 중, 그가 하늘을 보며 큰소리로 웃음을 터뜨렸다. 나는 그에게 주먹을 날렸다. 때리고 또 때렸다. 그가 쓰러지자 나는 그 몸을 타고 앉아 멱살을 잡고 외쳤다.

"그 여자 어디 있어? 이번에는 누구야?" 그리고 다시 한번

강타를 날렸다.

뿜어져 나오는 아드레날린에 취해, 분노에 눈이 멀어, 스모그에 질식하고 어둠에 가려져, 내 모든 계획, 차근차근 합리적으로 세웠던 계획들은 까맣게 잊히고 말았다. 두개골에 주먹을 내리꽂으면서도 손등 뼈에 느껴지는 충격마저 느끼지 못했다. 그가 내 복부로 쑤셔 넣어 왼쪽 폐의 하부 말단에 찔러 넣은 잭나이프도 인식하지 못했다. 한 번 더 때리려고 숨을 몰아쉬었을 때에야 몰아쉴 숨이 남아 있지 않다는 걸 깨달았다. 그의 얼굴은 젤리처럼 짓뭉개져 있었지만 나는 죽은 몸이었다. 그가 옆으로 밀치자 나는 축축한 푸딩처럼 힘없이 하수구로 굴러 떨어졌고, 더러운 오수가 튀어 내 얼굴에 범벅이 되었다. 그는 씩씩 숨을 몰아쉬며 내게로 기어왔다. 박살 난 코끝에서 피가 펑펑 흘러내리고 있었다. 그 손에 들린 나이프를 알아본 나는 그가 그 나이프로 무슨 짓을 했는지 알아차렸고, 덕분에 그 후로 그가 세 차례에 걸쳐 내 가슴을 찌를 때도 느낄 수 있었다. 그러나 이윽고 모든 느낌이 사라졌다.

31

아주 많은 생이 흘러가고 난 후, 나는 크로노스 클럽 라운
지에서 버지니아 앞에 앉아 말했다. "이름은 빈센트입니다."

"이런 자기, 그걸로 뭘 할 수 있겠어."

"우리 일원입니다. 우로보란. 크로노스 클럽에 대해 물었
더니 나를 공격하고 가버렸어요."

"철딱서니 없는 위인이네."

"야심이 큰 친구입니다."

버지니아는 마음만 먹으면 관심을 아예 끊어버리고도 남
았을 것이다. 지금이 딱 그랬다. 천장이 세계에서 가장 매혹
적인 물건인 양 뚫어져라 쳐다보며 나머지 얘기를 기다렸다.

"미래 세대로부터 계속해서 우리에게 메시지가 전달되고
있습니다. 세계가 끝나고 있다. 세계가 끝나고 있다. 선형적
역사의 기정사실만 보면 아무것도 변한 게 없습니다. 아무것

도. 우리가 예외일 뿐이지요."

"자기 말은 그러니까…… 이…… 빈센트가…… '무엇'으로 이어지는 '누구'일지도 모른다는 얘기야?"

"전…… 아니, 모르겠어요. 그의 인격 하나가, 우리의 일원이면서도 우리에 속하지 않은 그 누군가가…… 결과를 고려하지 않고 어떤 대답을 찾고 있는 게 아닐까…… 그럴 수도 있다는 생각은 듭니다."

"그런데 해리. 다음에 자기가 하고 싶은 일을 어느 정도 구상한 것 같은데." 버지니아가 중얼거렸다.

"우리는 돌연변이를 찾습니다. 크로노스 클럽은 자기 시간대이 일어나서는 안 되는 일, 정상적인 역사의 궤적에 일어나는 변화를 감지합니다. 아무래도 제가 하나 찾은 것 같습니다." 나는 확신을 갖고 설명했다.

"어디서?"

"러시아요."

버지니아는 생각에 잠겨 혀로 이를 찼다.

"클럽에 얘기는 해봤어? 모스크바, 상트페테르부르크, 아니 소름 끼치긴 해도 레닌그라드라고 불러야 하려나, 아무튼?"

"헬싱키를 통해 메시지를 보냈습니다. 내일 아침 핀란드로 갈 겁니다."

"이미 진행하고 있는 일이라면 뭐 하러 나한테 말해주는

데?"

나는 잠시 주저했지만 곧 대답했다.

"뭔가 불행한 사태가 생기면 제가 품었던 의혹을 다른 분들께 전달해 주세요. 하지만……."

"우리 종족 누군가가 역사의 기정사실에 손을 댄다면 크로노스 클럽 내부에 첩자를 두었을 수도 있다는 걱정을 하고 있군." 버지니아는 한숨을 쉬었다. 그녀가 과연 이 생각을 얼마나 오래전부터 했는지, 우리 동료들 중 얼마나 많은 이들이 같은 생각을 해봤는지도 궁금했다. 우리 모두가 무관심과 기만에 익숙해진 나머지 그런 문제 제기조차 해보지 않았단 말인가? 우리 모두가 배신을 이토록 당연하게 받아들이게 되었단 말인가? 그렇다면 치유제도 없는데 의혹을 퍼뜨려 봤자 무슨 소용이 있단 말인가?

"그래도." 버지니아가 한층 밝은 말투로 말을 이었다. "우리 사랑스러운 해리는 그런 걱정을 털어놓을 만큼 나를 믿어줬다는 얘기네. 하지만 모스크바나 상트페테르부르크는 또 다르지. 아, 해리, 첩보 요원으로 복무한 경력은 사교계에서의 명성에는 아무 도움이 되지 못했잖아."

"저한테 사교계의 명성이라는 게 있는 줄도 몰랐는걸요."

"상당하지, 해리." 진심 어린 걱정의 어조 비슷한 게 그 목소리에 배어들었다고, 적어도 나는 그렇게 생각했다.

"세계가 끝난다는 정보를 손에 쥐는 게 얼마나 흥미진진한지는 나도 이해해. 자기한테 이게 얼마나 멋진 모험을 펼쳐놓아 주는지도. 반복은 따분하지. 능력과 의지력의 쇠락을 막기 위해서는 자극이 필수적이야. 그러나 간단하고 수학적인 진실을 말하자면, 우리와 앞으로 전개되는 미래의 사건들 사이에는 무한에 가까운 가능성과 변이가 존재할 수 있고, 어떤 식으로든, 우리가 이 사건들에 영향을 미칠 수 있다고 생각하는 건 한마디로 웃기는 짓이야. 사실 상당히 유치한 짓거리지. 해리, 네가 원하는 대로 뭐든 한다는데 내가 반대하고 나설 이유는 없어. 네가 그 과정에서 크로노스 클럽을 특별히 욕보일 일은 하지 않을 줄 아니까. 다만 지나치게 감정적으로 연루되지는 않기를 바랄 뿐이야."

나는 버지니아의 말들을 곱씹어 보았다. 버지니아의 신체 나이는 나보다 많았지만 몇 번 죽음을 겪은 후로는 그런 게 별로 중요하지 않았다. 나보다 몇 번의 삶을 더 살았을 가능성은 있지만, 그래도 처음 몇백 년을 살고 나면 대다수의 칼라차크라는 시간에 큰 의미가 없고 영혼도 거의 변하지 않는 경지에 다다르게 된다. 그러나 버지니아는 언제나 내게 어른이었다. 나를 피어슨에게서 구해주고 클럽에 처음 소개시켜 준 어른. 버지니아에게는 시간이 지나면 빛바랠 기억들일지도 모른다. 시간이 흐르면서 우리 관계도 달라질지 모른다. 하지만 내게 그 기억은 언제까지나 강렬하게 남아 있다.

나는 베를린에서 내 침대 끄트머리에 앉아 있던 크리스타를 기억했다.

1924년 나는 리버풀로 가서 크리스타와 비슷한 임무를 수행했다. 죽어가던 남자는 조지프 커크브라이어 샷볼트라는 이름으로 살았고 1851년에 출생해 평균적으로 1917년에서 1927년 사이에 죽는다. 통계적으로 볼 때 스페인 독감이 가장 흔한 사인이었다. 그와 함께 가까운 가족 세 사람, 열두 명의 사촌, 그가 가끔 은퇴해 살곤 하던 호숫가 마을 인구의 약 4분의 1이 사망했다. "빌어먹을 독감을 떨쳐버릴 수가 없다니까!" 몇 번 되지는 않지만 독감으로 죽지 않고 살아남았을 때 그가 큰 소리로 불평하는 걸 들은 적이 있다. "지랄 맞은 전염병이 어딜 가나 따라다닌다고!"

이번에는 전쟁 후반기를 아직 지도에도 나와 있지 않은 미크로네시아의 섬에서 보내는 합리적인 예방 조치 덕분에 스페인독감은 피할 수 있었다. 원주민이 부르는 그 섬의 이름은 번역하면 '눈물의 축복'이라는 뜻이었다. 하지만 독감을 피한 결과는 기생충에 감염되는 것이었으니 그리 운이 좋다고 말하기는 어렵다. 덕분에 그의 발은 무시무시한 크기로 부어올라 시뻘겋게 일그러진 형태로 양말 밖으로 터져나왔다. 더구나 결정적으로 신장과 간에 연속적으로 낭종이 생겨 패혈증을 유발했고, 내가 드디어 그를 만났을 때는 패혈증으로 죽어가고 있었다.

칼라차크라는 보통 보기만 해도 동족을 알아볼 수 있다.

빈센트와 내 관계에서 볼 수 있듯 딱히 육감이 작용한다고는 할 수 없지만 부자연스러운 정황이나 어떤 몸가짐 같은 게 눈에 띄기 마련이다. 리버풀의 회칠한 병동에서 의사들도 치료법을 몰라 쩔쩔 매는 기생충 감염으로 죽어가고 있는 남자의 병상을 여섯 살짜리 소년이 찾아온다면, 굳이 거창한 소개말이 없어도 정황상 추론이 가능하다.

한때는 거구였던 샷볼트지만 임박한 죽음으로 불탄 나뭇조각처럼 쭈그러들어 있었다. 관절 마디가 다 불편하게 굽고 인대가 굳어 움직이지 않았으며 다량의 진통제 투여로 간 기능 부전이 더 빨리 진전되어 피부가 한눈에 보기에도 고약한 노란색을 띠고 있었다. 머리카락은 물론이고 눈썹과 속눈썹도 다 빠졌고, 혼자 누워 마지막 숨을 내뱉는 그의 침대 시트 위로 퉁퉁 부어오른 손가락 마디가 솟아올라 있었다. 그 손으로 이불 홑청을 꽉 움켜쥐고 어떤 의사도 치유할 수 없는 고통과 싸우고 있었던 것이다.

이전에도 몇 번 샷볼트를 만난 적이 있지만 그는 기억하지 못했다. 하지만 내 정체는 보는 즉시 파악한 눈치였다.

"클럽에서 왔구나, 그렇지?" 그는 가래 끓는 소리를 냈다. 끝을 코앞에 둔 사람치고는 놀랄 만큼 또렷한 목소리였다. "치료제라면 씨발 필요 없다고 전해라. 아편이라면야 어이쿠, 감사합니다, 하고 넙죽 받겠지만."

나는 침대 끄트머리에 앉아 차트를 휙휙 넘겼다. 몸속으로 방울방울 들어가고 있는 주사제는 대체로 식염수였다. 소화기관이 이미 닫힌 마당에 수액으로 생명을 유지하려는 미적지근한 시도였다. 수액은 드럼통 형태의 묵직한 유리병에 들어 있었고 고무줄에 연결된 주입구 근처에 금이 가서 살짝 새고 있었다.

"맙소사." 차트를 읽는 나를 보고 그가 앓는 소리를 냈다. "의사 수련을 받았구만, 그렇지? 빌어먹을 의사들은 못 봐주겠단 말이야, 특히나 다섯 살짜리라면."

"여섯 살입니다." 내가 정정했다. "그리고 걱정 마세요. 일주일 내에 돌아가실 테니까."

"일주일! 여기 이러고 빌어먹을 일주일을 보내라고! 저 개새끼들이 나한테 뭐 제대로 된 읽을거리도 안 준다는 걸 알지 않나? '흥분하시면 안 좋습니다, 샷볼트 씨.' 그딴 소리나 하고 말이야. '자, 샷볼트 씨, 요강까지 가실 수 있으세요?' 요강이라니! 실제로 저 치들이 그렇게 부른다는 거 아나? 내 평생 이런 수모는 처음이라니까."

말투로 보아 평생 처음 겪는 분노의 사건이 과거에도 상당히 흔히 일어났고 또 앞으로도 일어날 거라 짐작할 수 있었다. 나는 그 문제로 언쟁하지는 않기로 했고 주사제 투약에도 샷볼트에게 아직 앞뒤를 파악하는 능력 비슷한 게 남아 있다는 사실에 만족했다. 나는 그의 침대 끝에 앉아 말했다. "메시지가 있어요."

"염병할 빅토리아 여왕에 대한 건 아니라야 신상에 좋을 거야." 그가 으르렁거렸다. "그 여자 스타킹 사이즈를 알고 싶어 하는 학자들 때문에 내가 못 산다니까."

"그 질문은 아닙니다." 나는 참을성 있게 되풀이해 말했다. "그보다는 경고에 가까워요. 미래로부터 흘러들어, 세대에서 세대로 전해 내려온 메시지입니다."

"이번에는 우리가 또 무슨 짓을 저질렀지?" 그가 투덜거렸다. "얼음은 너무 많고 불이 적은가?"

"그 비슷한 거죠. 그러니까, 이 말씀을 드리려니 좀 당혹스럽네요, 세계가 끝이 나고 있는 모양입니다. 그 말은, 그 자체로는 크게 놀랄 일이 아닙니다. 그러나 세계의 종말이 점점 더 빨라지고 있어요. 그건 상당히 곤혹스러운 문제입니다."

샷볼트는 여전히 이불 홑청을 손가락으로 꽉 움켜쥔 채 이 문제를 한참 생각해 보았다. 그러더니 "드디어!" 하고 외쳤다. "뭔가 새로운 할 얘기가 생겼군그래!"

그로부터 30여 년이 흐른 뒤 나는 히스로 공항에서 베를린 신공항으로 가는 비행기에 탑승했고, 세관을 통과하는 길에 여권을 바꿔가면서 뭔가 새로운 것을 찾아 동쪽으로 향했다.

32

성공적인 속임수에는 몇 가지 규칙이 있는데, 그중 내가 제일 좋아하는 건 아는 것에 집중하라는 규칙이다. 거짓말에는 항상 일말의 진실이 섞여 있어야 한다는 의미라기보다는 일관된 거짓말을 하려면 리서치를 잘해야 한다는 뜻이다. 1956년에 서독 시민으로서 동독 입국이 불가능한 건 아니었지만(사실, 동독 시민이 서독으로 들어오는 것보다는 훨씬 더 쉬웠다) 공공연히 그런 말을 했다가는 즉시 사람들의 이목을 끌고 의혹을 불러일으켰을 것이다. 그런 위험을 감수할 수는 없었다.

크리스타의 메시지를 받은 나는 열두 번째 생애에, 이른바 1990년대에 포트폴리오 인생이라고 불리게 될 작업에 착수했다. '사업가'라는 얄팍한 위장을 내세우고 광범위하게 여행을 하면서 내가 국제적 사건들의 추이를 폭넓게 추적하는

데 가장 도움이 될 만한 첩보 기관들을 모두 섭렵했다. 1929년 시장이 붕괴하자 당시 열한 살이었던 나는 헐값에 주식을 사 모았고 1933년에는 북반구에서 가장 빠르게 성장하는 투자 중개 회사의 유일한 주주가 되었다. 시릴 핸들리라는 이름의 배우가 아주 합당한 봉급을 받고 내 역할을 연기해 주고 있었다. 열다섯 살짜리 남자애가 거대한 투자회사의 CEO라는 사실을 들키는 건 현명하지 못한 일이니까. 시릴 핸들리는 회장이 지녀야 할 자질을 모두 갖추고 있었다. 품위 있고 건장하고 세심하게 가다듬은 교양 있는 억양에 세련된 취향과 건강에 해가 되지 않는 선에서 적당한 뱃살까지 구비하고 있었다. 사무실에서 현명한 침묵과 불같은 응징을 조화롭게 휘두르는 능력으로 1936년까지 그는 아주 잘해 나갔다. 하지만 역할에 지나치게 심취한 나머지 이사회에서 믿을 만한 이사들을 해고하기 시작하고 말았다. 나는 회사를 스위스로 이전하면서 시릴에게 발리의 휴양 주택을 하나 사주고 약간 젊은 배우를 고용해서 혜성처럼 등장해 회사의 수장이 된 내 아들 역할을 맡겼다. 그의 충성심을 사기 위해 합리적인 보수를 지불했을 뿐 아니라 남들보다 나 자신이 더 놀란 뜻밖의 보상을 해주었다. 정기적으로 경제학, 재정관리, 회계 수업을 시켜서 1938년 무렵에는 나의 개입을 최소한으로 유지하고 회사를 경영할 수 있는 능력을 완벽하게 신뢰할 만한 경지에 오르게 해준 것이다.

"미국의 무기, 철강, 화학과 정유 산업에 투자하는 겁니다." 세계가 전쟁으로 기울어지고 있던 1938년에 내가 그에게 내린 유일한 지침이었다. "스코다 무기 회사에서는 빠지고 싱가포르의 모든 외국 인력을 철수합니다."

1948년 워터브룩&스미스(나 자신과 아무 관련이 없다는 이유만으로 고른 이름들이다)는 북반구에서 가장 큰 성공을 거둔 회사가 되었고, 동남아시아와 아프리카에 두루, 가끔은 불법적이기도 한 연락처들을 두고 칠레, 베네수엘라에서 사업을 키워나가고 있었으며 솔직히 조금 양심에 거리꼈지만 쿠바 쪽으로도 활동을 넓혀가고 있었다. 회사는 성공적이었고 비윤리적이었으며 무엇보다 얼굴을 전혀 드러내지 않고도 당장 활용할 수 있는 현금 유동성과(소소한 이자와) 세계 정세에 대한 정보를 확보할 꾸준한 출처가 되어주었다.

그러던 어느 날 한 보고로 인해, 일주일에 우리 집 문 앞에 쌓이는 수백 편의 보고서 사이에 끼어 있던 아주 작은 메모 한 장으로 인해 나는 러시아로 떠났다. 문서의 제목은 "PJC/9000 포터블 라디오(광고)에 제한적 노출"이었다.

보고서에는 내 회사에서 최근 투자한 라디오 송수신기 세트가 지난주 서독의 시장에 매물로 나왔다는 정보도 짤막하게 나와 있었다. 신호의 대역과 품질이 인정받아 공군기지에 신제품을 납품하는 계약을 체결했다는 내용이었다. 상세한 기술적 스펙이 첨부되어 있었는데, 별다른 점을 찾지 못하고 훑어 내려가던 내 눈길이 문득 송신기의 가용 주파수에서 멈췄다. 당대 장비의 정상 범위를 무려 20만 헤르츠가량 벗어나 있었는데, 라디오 주파수로 보면 상대적으로 낮은 이 숫자는 많은 사람의 이목을 끌지 않았을지 모르지만 이런 효과를 가능하게 한 메커니즘은 적어도 앞으로 13년 동안은 상업적 시장에 출시되는 건 고사하고 아예 발명조차 되어서는 안 되는 수준이었다.

33

1950년대의 동독에 대해 생각해 보라고 한다면, '그림 같은 풍광'이라는 말이 쉽게 떠오르지는 않는다. 제2차 세계대전은 친절을 베풀지 않았다. 베를린으로 밀고 들어온 소련의 탱크들도 자비롭지 않았다. 불확실성의 시대가 1948년 선거 때까지 이어진 데다 그 후로는 확실성이 지나치다 못해 혹독해졌고, 마침내 1950년대의 동이 텄을 때는 짙은 잿빛의 체념이 함께 내리깔렸다. 판판하고 단조로운 풍광에는 이 가혹한 경제의 현실을 가려줄 장소가 남아 있지 않았다. 지성주의는 자본주의적이었고 노동은 자유였으며 노조 가입은 의무였다. 인민은 자동차를 약속받았고, 보급된 차들은 어찌나 말도 안 되게 한심한 털털이인지 도로에 푹푹 파인 구덩이를 지날 때마다 놀라 소스라친 하마처럼 펄떡펄떡 뛰면서 비좁은 뒷좌석에 구겨 앉은 수많은 사람의 머리를 천장에 쿵쿵

쩧게 했고, 마분지로 지은 관처럼 잔뜩 허세를 부리며 굴러갔다. 인민에게 양식을 약속했기에 숲이 마구잡이로 개간되었으며 세상 어떤 농부도 밀 농사를 지을 꿈도 꾸지 않았던 땅에 밀 씨앗이 뿌려졌다. 한편으로 산업용 비료가 북부 호수들의 잔잔하고 맑은 물을 찐득한 회갈색으로 물들였다.

그러나 이 모든 것에도 불구하고 철통처럼 전통을 고수한 곳이 한두 군데 살아남아 있었다. 대체로 정부가 깜박 잊고 빠뜨린 덕분이었다. 전후 소련은 공장 설비부터 농장에서 쓰는 초소형 트럭까지 독일 산업 장비 대다수를 압수했기 때문에 당시 독일 시골구석에는 머리를 스카프로 동여매고 낫을 든 채 악착같이 밭을 갈고 수확한 곡물을 이고 나르느라 허리가 굽은 여인들이 살고 있었다. 살짝 눈을 감았다 뜨면 목가적인 농원의 삶이라 상상할 수도 있었다. 물론 제대로 다시 보면 여인들의 눈빛에 밴 굶주림과 쭈그리고 앉아서 일하는 그네들의 무겁게 짓눌린 어깨를 볼 수 있겠지만.

나는 다니엘 판 틸을 만나러 여행하는 중이었다. 그 돌연변이 라디오를 배급하는 회사를 사들이면서 제품의 원 출처에 대한 정보를 얻었다. 놀랍게도 동유럽에서 온 물건이었고 결정적인 신기술은 판 틸의 작품이라고 했다. 과거 독일 국방군의 통신 엔지니어였던 판 틸은 열아홉이라는 어린 나이에 스탈린그라드 포위 작전에서 살아남은 극소수 중 한 명이었고, '탁월한 기술'을 인정받아 비행기로 귀국 조치되었다. 판 틸을 대피시킨 조치는 독일군 지휘부가 그토록 꺼려했던 사실 인정의 몇 안 되는 사례로 꼽힌다. 지휘부는 볼가강에 갇힌 군대는 회생 불능이라는 사실을 알고 있었지만 인정하기 싫었던 것이다. 그 후로 10여 년 후 판 틸은 편리하게도 공산당에 대한 열정에 눈을 떠서 동독뿐 아니라 모스크바에서도 심층 교육을 받았으며 5년간의 학업을 마치고 돌아와 우리 회사가 '통신의 혁명!'이라고 마케팅하고 있는 (개인적으로 완벽하게 발전하려면 아직 멀었다는 생각이 드는) 설계들을 공개했다. 그는 바퀴에 대한 지식을 갑자기 얻게 되어 피라미드 건설에 쓰면서 수레를 만드는 용도로 쓰면 좋겠다는 생각조차 하지 못하는 고대인 같았다.

이 여행에서 나는 제바스티안 그룬발트라는 가명을 썼고 '우리 사회주의혁명의 미래 영웅들'이라는 기사를 쓰고 있는 기자라고 밝혔다. 판 틸은 아직 '그림 같은 풍경'이라고 말할 수 있는 몇 안 남은 마을에 살고 있었다. 그 마을에서는 아직 미래 산업의 물결이 최고 수위선을 넘어 범람하지 않은 덕에 아담한 회색 돌집들과 구불구불한 골목길과 산상의 예수님이 그려진 깊게 팬 스테인드글라스를 기적적으로 보존하고 있는 검은 석조 예배당을 덮쳐 무너뜨리지 않고 있었다. 그는 누이와 함께 살고 있었다. 그의 누이는 특별한 손님을 맞아 제일 좋은 빛바랜 드레스를 차려입고 손수 만든 비스킷과 오스트리아 커피를 좁은 하늘색 거실로 내왔다.

"커피는 비엔나에서 보내온 선물입니다." 그의 설명을 들으며 나는 인터뷰를 위해 별 필요도 없는 공책을 펼쳤다. "요즘은 살기가 참 좋아요. 다들 동독 제품에 열광하고 있으니까요."

어떤 식으로든 공개적인 질문을 받으면 누구나 살기 좋다고 말하던 때였다. 인과관계는 까다로운 숫자 놀음에 불과했다. 결과가 독일민주공화국(GDR) 정부 치하의 번영과 행복이기만 하면 원인은 결과와 직접적인 연관이 없어도 상관없었다.

질문을 던지며 내가 정말로 알고 싶은 걸 시시콜콜한 얘기들로 최대한 덮었다.

라디오에 관심을 두신 지는 얼마나 되셨습니까?

아, 정말요, 그렇군요. 아버지께서 아마추어 엔지니어셨다고요…….

……폭격 당시 라디오를 들으셨던 거군요. 사이렌이 울리지 않을 때를 대비해 경보 삼아서…….

……이런 성공을 거두신 소감이 어떻습니까?

독일인이라는 게 몹시, 몹시 자랑스러울 따름입니다. 물론, 공산당원이라는 사실도 자랑스럽습니다.

누이께서도 자랑스러워하시겠지요?

혹시 배우자를 구하고 계시진 않으신가요?

다음에는 조국을 위해 어떤 일을 할 계획이십니까?

다른 취미나 관심사가 있으신가요?

아니, 당연히 전혀 없습니다. 착실한 노동자로서 일에 헌신하고 있습니다…….

……그리고 러시아 유학 생활은 어떠셨습니까? 틀림없이 엄청나게 많은 정보를 얻으셨을 텐데요.

"굉장했죠, 굉장했어요!" 판 틸은 탄성을 내뱉었다. "대단한 환대를 받았습니다. 참으로 따뜻하게 맞아주었지요! 전혀 예상하지 못했는데요. '동지, 독일과 러시아가 따로 있는 게 아닙니다. 우리 모두 공산당원 아닙니까?'" 그는 이 말을 하면서 러시아 억양을 흉내 냈는데, 나는 사실 살짝 당황하지 않을 수 없었다. 내 독일어는 모국어나 다름없는 수준이었지만 워낙 오래 쓰지 않다 보니 내가 아무리 기억술사라도 실력이 녹슬지 않을 수 없었다. 귀와 목소리를 지역 방언에 맞추려면 시간이 걸렸고 코미디를 이해하고 웃을 여유가 없었다.

그러면 장치의 아이디어는요? 어디서 얻으신 겁니까?

짓궂은 표정이 다니엘 판 틸의 얼굴을 스쳤다. "위대한 분들과 함께 작업을 했습니다." 그가 설명했다. "공통의 명분을 위해 하나가 되었던 겁니다."

그 말이 너무나 구호 같고, 너무나 진부한 클리셰라서 나는 웃음을 띠지 않을 수 없었고 그러자 판 틸도 자기가 한 말의 공허함과 내 반응을 보며 금세 미소로 답했다. 그러더니 손을 뻗어 내가 들고 있던 연필을 붙잡고 테이블에 놓인 내 공책을 쓱 밀어 덮어버렸다. "러시아 사람들은 구취가 고약하고 요리라고는 똥도 못 해먹어요. 하지만 과학은…… 그 과학 덕분에 전쟁에서 이긴 겁니다."

농담이시죠, 에이, 설마 농담이 틀림없어요, 내가 추임새를 넣었다. 인구도, 그쪽 이데올로기의 힘도, 산업적 기반도…….

"말도 안 되는 소리예요! 나는 그곳 사람들을 만나봤습니다. 이런저런 일을 하는 남녀들을요……. 소련 사람들은, 미래를 봤어요. 그래서 승리할 거고, 앞으로도 항상 승리를 거둘 겁니다. 내가 한 일은…… 망망대해에 떨어진 물방울에 불과합니다."

그럼 미래는요? 러시아 사람들이 봤다는 미래가 뭡니까?

그건 좀 의미심장한 얘기라서요. 그는 웃음을 터뜨렸고, 다른 시간, 다른 장소였더라면 아마 한쪽 코를 손가락으로 툭 쳤을지도 모른다.* 내일이 오늘 여기 도래할 거라는 정도만 얘기해 두죠.

이러지 마세요, 나는 속삭였다. 왜 이러세요! 상사한테 잘 보여서 글로 먹고 사는 기자한테 좋은 일 좀 해주세요. 이름 하나만 주십시오, 그냥 딱 이름 하나만요. 러시아에서 만난

---

*   비밀이라는 뜻의 제스처.

사람이라도 좋고 영감을 준 물건도 좋습니다.

그는 한참 생각하더니 씩 웃었다.

"좋습니다. 하지만 저한테서 들었다는 말은 하지 마세요. 기자님이 찾아가야 할 사람은, 그러니까 모든 걸 바꿔놓을 장본인이죠……. 그 사람 이름은 비탈리 카르펜코입니다. 모스크바에 가실 일이 있으면, 혹시라도 그 사람을 만나게 되면, 기억하세요, 그 사람이 세계를 바꿀 겁니다."

나는 미소를 띠었다가 껄껄 웃으면서 무슨 말도 안 되는 얘기냐며 어깨를 으쓱해 보였다. 그리고 다시 공책을 집어 들고 내가 준비해 간 나머지 공허한 질문들을 계속했다. 헤어질 때 판 틸은 내 손을 잡고 흔들며 윙크했고 앞으로 기자로 대성하게 될 거라고 덕담을 해주었다. 독일에는 항상 포부가 큰 사상을 이해하는 사람들이 필요하다면서. 나흘 뒤 판 틸은 그가 살던 전통적 목조가옥의 예스러운 서까래에 낡은 마 끈으로 목을 맨 채 발견되었다. 책상 위에 놓인 쪽지에는 자기가 아이디어와 영혼을 팔아 조국을 배반했기에 더 이상 이런 회한을 품고 살 수 없다고 적혀 있었다. 사인은 자살로 판명되었고 갈비뼈와 손에 난 타박상은 사후에 경찰이 끈을 잘라 사체를 내릴 때 우연히 생긴 것으로 치부되었다.

이틀 뒤, 나는 코스티야 프레코프스키라는 이름으로 레닌그라드로 석탄을 운반하는 화물선에 올랐다. 여행 증빙 서류 한 세트는 호주머니에 넣고 또 다른 세트는 가방의 비밀 이

중 바닥에 숨겨두었다. 그리고 탈출용 여권은 혹시 필요할 때를 대비해 이미 핀란드 역을 바로 지나자마자 나오는 쓰지 않는 신호탑에 넣어두었다. 비탈리 카르펜코, 미래를 바꿀 힘을 지닌 남자를 찾고 있었다.

34

유럽 횡단 야간열차를 탄 사람은 내가 아니라 그였다.

아마도 여행자의 보편적 경험이 아닐까. 내가 보는 시각으로 판단할 수밖에 없는 문제긴 하지만. 말하자면 쥐 죽은 듯 고요한 한밤중에 어떤 남자가 텅 빈 역사의 플랫폼에 앉아 긴 여행을 떠날 막차를 기다리고 있다면 어느 순간 그 개인의 사적인 경험과 무관하게 그 남자는 '나'이기를 멈추고 '그'가 된다. 어쩌면 이 적막한 장소에는 또 다른 생물이 꿈틀거리고 있을지 모른다. 허리가 구부정하고, 눈이 침침해 책을 읽을 수 없는 늙은 여행자. 소득이 없는 미팅을 마치고 이른 아침부터 꾸중을 들으러 가는 정부 기관원. 열차가 역사를 가로질러 달리고 문짝이 덜컹거리는 낮에는 들리지 않지만 밤이 되면 우주의 기본 배경음이 되어 쌕쌕거리는 하얀 백열등 아래로 낯선 사람 두세 명이 모여들었다. 다가와 정차하는 열차는 아주 오랜 시간 아주 멀리 있는 것처럼 느껴지다가 갑자기 눈앞에 와 있고 상상했던 것보다 훨씬 더 길다. 묵직하고 뻑뻑한 문짝은 중간에서 접히며 열린다. 변소에서는 오줌 냄새가 코를 찌르고 좌석 위의 그물은 너무나 많은 짐짝이 실려 헤아릴 수 없는 거리를 달린 결과 축축 늘어져 있다. 세 사람은 레닌그라드행 막차를 타고 아무도 잠들지 않는다.

나는 창가에 앉아 있다. 가짜 이름이 박힌 여권, 열 개도 넘는 언어가 마음속에서 뒤섞이고, 결국 내 혀끝에서 어느 나라 말이 튀어나올지도 잘 알 수가 없다. 차창에 비친 내 모습을 바라보는데 낯선 사람이 있다. 카트 바퀴 아래로 범퍼가 쿵쿵거리는 소리만 벗 삼아 러시아 횡단 침대차를 타고 여행하는 사람은 내가 아닌, 누군가 다른 사람이다. 엔진이 급발진을 할 때마다, 브레이크가 새된 비명을 내지를 때마다 쿵쿵 유리창에 머리를 짓찧는 것도 내가 아닌, 누군가 다른 사람이다.

그럴 때 생각은 어휘가 아니라 타인의 삶에 대한 이야기로 떠오른다. 한 아이가 베를린에서 죽어가는 한 남자에게 접근해서 세계가 끝나고 있다고 말했지만 이 말들은 전혀 아무런 의미를 갖지 못했다. 그 남자에게 죽음은 수시로 찾아왔기에 죽음보다는 차라리 별난 열대 딱정벌레가 더 흥미로웠다. 딱 한 가지, 죽음이 따분하기 짝이 없는 유년기를 또

한 번 수반한다는 게 문제였을 뿐. 세상에는 폭탄이 떨어지고 사람들이 죽어나갔다. 그러니 결과가 항상 똑같다면 그 과정이 좀 달라진들 뭐 그리 대단한 관심사겠는가.

하지만 그럼에도 불구하고.

빈센트 랜키스가 케임브리지 교수를 때렸다. 그렇게 정통으로 턱에 주먹을 날린 이유는 무엇이었던가? 희망을 품고 내뱉은 두 마디 말이 문제였다. 크로노스 클럽.

한 아이가 정신병원 3층에서 몸을 던졌다. 방황하는 수도승이 중국 스파이에게 죽는 법을 가르쳐달라고 부탁했다. 그리고 빈센트 랜키스는 우주의 경이에 탄복하며 더 많은 앎을 원했다.

당신의 존재 이유는 뭡니까?

레닌그라드행 열차에 몸을 실은 한 남자는 마음의 귀로 프랭클린 피어스의 목소리를 듣는다. 그리고 차창에 비치는 자신의 그림자가 순간적으로 움찔하는 걸 보고 잠깐 놀란다. 저건 대체 무엇이었을까? 달갑지 않은 회상에 고통을 느낀 걸까? 죄책감인가? 회한?

당신의 존재 이유는 뭡니까, 오거스트 박사님? 다 일장춘몽이다 이겁니까?

케임브리지의 내 방에서 벌어진 빈센트와의 언쟁.

우리는 또한 자네가 전쟁의 시련에서 구할 수도 있는 평행 우주를 상정하기도 했지. 우리는 심지어 자네가 자네 자신으로서 앞에

서 말한 평화의 기쁨을 누릴 수도 있는 세계를 가정하기도 했지. 패러독스는 차치하고 말이야.

낙관적인 기분일 때는 내가 살았던 모든 생애에, 내가 한 모든 선택에 결과가 따른다고 믿는 쪽을 택한다. 한 사람의 해리 오거스트가 아니라 수많은 해리 오거스트들이라고, 평행 우주의 삶을 넘나들며 깜박이는 정신이고 내가 죽으면, 내 행위들로 무언가 변하고 내 존재의 흔적을 품은 채로 세계는 나 없이 계속될 거라고 믿는다.

그러다가 내가 한 행위들을 본다. 아니, 아마 하지 않은 일들을 보게 되는 게 더 중요할 것이다. 그런 생각들이 떠오르면 우울해져서 아까 했던 가정은 부당하다고 치부하게 된다.

나의 존재 의미는 무엇인가?

세계를 바꾸거나 아예 아무것도 아닌 존재거나 둘 중 하나다. 세계를 바꾼다면 아주, 아주 많은 세계가 달라질 것이다. 내가 살아가면서 하게 되는 선택들 하나하나가 모두 영향을 미치게 될 테니까. 모든 행위에는 결과가 따르고 사랑과 슬픔에는 진실이 깃들어 있으니까.

낯설기만 한 타인이 레닌그라드로 향하는 기차를 탄다.

35

역사는 종종 레닌그라드 포위를 아예 잊어버리고 대신 남쪽의 스탈린그라드에 초점을 맞추곤 한다. 나치의 스탈린그라드 퇴각이 역사의 전환점처럼 보인다는 점에서 이해할 만한 시각이지만, 그 결과 널찍한 가로수 산책길과 땡땡 종을 울리는 오래된 트램이 있는 멋진 도시 레닌그라드가 꼬박 870일 하고도 하루 동안 무자비한 전쟁의 참상을 겪어내야 했던 포위 작전을 간과하게 된다.

한때는 차르들의 본거지였고 다음에는 혁명의 심장부였던 레닌그라드의 풍광은 경이 그 자체였다. 그런 풍파와 시련을 겪고도 이 위풍당당했던 왕족의 도시가 옛 모습을 조금이나마 지키며 살아남을 수 있었다는 사실 자체가 굉장한 일이었다. 실제로 교외는 물론이고 도시 심장부까지도 실용주의와 속도전을 앞세운 건축물에 잠식당했다. 즐비한 갈색의 장벽 앞으로 늘어선 것은 정사각형과 직사각형의 회색 아스팔트들뿐이었다. 역사는 개별 소비에트에는 별로 관심이 없었다. 오로지 연방의 성공에 촉각을 곤두세웠을 뿐이다. 도심의 운하 주위로 아직도 건재한 아름다운 석조 주택들이 부끄럽다는 듯 구시가의 높은 벽마다 '승리를 위해 투쟁하라!'라든가 '공산주의를 찬양하고 노동으로 연대하라!'라든가 뭐 그런 금과옥조의 구호를 외치는 포스터들이 덕지덕지 처발라져 있었다. 이미 흘러간 시대의 기념비이자 전복된 왕조의 증언인 겨울궁전은 이처럼 난무하는 흉측한 선의(善意)의 한가운데에 어쩐지 어색하게 서 있었다. 공산당 입장에서는 겨울궁전을 찬미하자니 괴상하게 전 주인들을 미화하는 꼴이 될 테고, 허물자니 1917년 겨울궁전과 겨울궁전이 상징하는 모든 것에 맞서 싸웠던 숱한 남녀들을 욕보이는 꼴이 될 터였다. 그래서 겨울궁전과 레닌그라드의 많은 부분이 아직도 무탈하게 건재했다. 워낙 두터운 장벽은 총알 자국이라야 긁힌 정도였고 얼음 따위에 갈라질 틈도 없었다.

레닌그라드 크로노스 클럽은 놀랍게도 구시가의 장엄한 건물이 아니라 잡초가 웃자라 묘석이 다 파묻히고 높은 회색 벽 위로 무성한 나무들이 축축 가지를 늘어뜨린 유대인 묘역 바로 뒤에 숨어 있는 눈에 잘 띄지 않는 작고 허름한 연립주택에 자리 잡고 있었다. 클럽의 문지기는 알고 보니 아직까지 남아 있는 극소수 멤버들 중 한 사람이었다. 여자가 간단히 자기소개를 했다.

"내가 올가야. 그쪽은 해리겠지. 이래서는 도저히 안 되겠어. 그 장화는 완전히 틀려먹었는걸. 거기 서 있지 말고 들어와!"

백발을 허리까지 땋아 내린 쉰아홉 살 올가는 어깨가 살짝 구부정해서 얼굴에 어울리지 않게 주걱턱처럼 보였다. 하지만 젊었을 때는 아름다운 처녀였을 테고, 아마 작은 발로 경쾌하게 발걸음을 내딛을 때마다 수많은 귀족의 심장이 미친 듯 뛰었을지도 모른다. 그러나 연립주택 계단을 죽 따라 이어진 파이프가 끽끽거릴 때마다 투덜투덜 앓는 소리를 하는 지금의 모습은 딱 어린애가 그린 '노파'라는 단어의 캐리커처였다. 이 연립주택에서 그나마 활기를 찾아볼 수 있는 곳은 오로지 바닥의 녹색 타일과 빛바랜 코발트블루 벽뿐이었고, 나선형의 계단통을 향해 있는 문들은 굳게 닫혀 있었다. "단열 때문에 그래!"

3월이었고 아직 공기는 찼지만 시내에 쌓인 눈은 녹기 시작했고, 삽질해 길가로 치워 쌓아둔 크리스털 얼음산 밑에 겨울 내내 처박혀 있던 흙과 재와 오물이 드러나면서 순백은 회색이 은은하게 감도는 검은 빛깔에 슬슬 자리를 내어주고 있었다. 지붕에서도 최악의 결빙은 녹아 떨어졌지만, 삽질로 쌓은 눈 더미는 여전히 남아 이제 끝나버린 빛바랜 겨울을 기리는 기념비처럼 열기를 차단하고 있었다.

"위스키가 있어." 올가가 오렌지색 전기난로 바로 옆에 놓인 푹신한 의자에 앉으라고 손짓을 했다. "하지만 보드카라도 감지덕지해야 할 거야."

"보드카라도 감사히 마시도록 하지요." 나는 안심이 되어 부드러운 쿠션을 덧댄 가구에 슬며시 앉았다.

"동부 억양으로 러시아어를 하는데, 어디서 배웠어?"

"콤소몰스크요." 나는 솔직히 인정했다. "몇 생애 전에 배웠습니다."

"서부 억양으로 말해야 하는데. 인상이 물렁해 보이잖아." 올가가 야단을 쳤다. "안 그러면 사람들이 괜히 물어볼 거야. 그리고 장화도…… 너무 새거야. 여기." 금속성의 물건이 방 저편에서 휙 날아와 내 무릎에 뚝 떨어졌다. 치즈 가는 강판이었다. "러시아에 와본 적 없는 거야? 뭐 하나 제대로 하는 게 없잖아!"

"러시아 여권으로 온 건 처음입니다." 내가 시인했다. "미국, 영국, 스위스, 독일 여권으로 와본 적은 있지만……."

"아니, 아니, 아니라고! 다 틀렸어! 안 돼, 처음부터 다시 해봐!"

"죄송합니다." 불쑥 입에서 사과가 튀어나오는데, 올가가 아무 표식도 없는 보드카 병과 엄청나게 큰 술잔 두 개를 가져와 내 앞에 앉았다. 나는 치즈 강판에 대고 장화를 갈기 시작했다.

"하지만 클럽에 사람들이 좀 더 있을 줄 알았습니다. 다른 분들은 어디 계십니까?"

"위층에서 자고 있는 친구들이 몇 명 있어." 올가가 투덜거렸다.

"그리고 마샤는 또 어디서 데리고 논다고 젊은 애를 하나 끌고 왔는데, 나는 영 마음에 안 들어. 가끔 지나가다 들르긴 하지만 요즘은 그게 다야…… 그냥 들렀다 가는 거. 옛날 같지 않지."

옛날 일을 말하는 올가의 눈이 아련하게 빛났지만 금세 초점은 음주와 잔소리라는 본업으로 옮겨왔다. "머리 색깔이 역겨워." 올가가 외쳤다. "그런 색깔을 뭐라고 해? 홍당무? 당장 염색을 해야 되겠어."

"안 그래도……." 나는 힘없이 말을 꺼냈다.

"입국할 때 썼던 서류 말이야, 다 태워버려!"

"이미 버렸어……."

"버리는 게 아니라 태우라고! 소각. 여기 와서 우리한테 문제만 만들고 가는 인간들한테 신경 쓸 여력이 없어! 클럽에 멤버가 너무 없어서 행정 일이 끝도 없단 말이야, 한도 끝도 없어!"

"죄송하지만 레닌그라드 클럽의 현재 상태가 어떻습니까? 지난번에 왔을 때는 글라스노스트가 한창이었거든요. 지금은……."

올가는 한심하다는 듯 코웃음을 쳤다. "클럽은." 올가는 한 마디 한 마디 설명을 할 때마다 병으로 테이블 상판을 쿵쿵 찧었다. "개판이야. 힘들게 남아 있을 사람이 어디 있겠어, 아무도 없다고! 좋았던 옛날에야 한두 명이 늘 남아서 공산당 고위 간부가 되곤 했지. 혹시라도 여기 태어나는 사람들을 위해서는 그래도 법정에서 상식적인 친구가 있으면 좋을 테니까. 하지만 지금은? '예측 가능성이 너무 떨어집니다, 마담 올가.' 그러고 징징거리는 거야. '우리가 뭘 어떻게 해도, 어느 쪽에 서도, 계속 숙청당하고 총살당해요. 한마디로 노력할 가치가 없단 말입니다. 1930년대에 숙청당하지 않아도 전쟁 중에 숙청당하고 전쟁 중에 숙청당하지 않고 살아남으면 흐루쇼프한테 숙청당한단 말입니다. 이 따위 게임에는 진력이 났어요.' 벼룩 간땡이만 한 양아치들! 진드근히 붙어서 뭘 해낼 힘이 없다니까, 그게 문제야! 아니면 '우리는 잘 살고 싶어요, 마담 올가. 세상을 보고 싶습니다.' 그러면 내가 고함을 치지. '너는 러시아인이야. 백번을 다시 살아도 러시아를 다 볼 수는 없단 말이야!' 하지만 그런 놈들은 귀찮아서 못 한대." 그 목소리에서는 경멸이 뚝뚝 떨어졌다. "조국에 남아 시간과 에너지를 허비하기 싫다고 온갖 국경을 넘나들며 이민을 가면서 다시 태어나면 또 당연히 보살펴 줄 거라 기대한단 말이야, 징징거릴 줄만 아는 졸렬한 새끼들."

술병이 테이블을 쾅 치자 잔들은 물론이고 아예 가구까지 넘어갈 뻔했고, 그만 나도 모르게 움찔거렸다.

"여기 끝까지 붙어 있는 건 나뿐이야. 미래의 우리 멤버들을 도맡아서 챙기고 있다고! 다른 클럽들에서 나한테 돈을 보내줘야 한다는 건 알고 있지? 파리, 뉴욕, 도쿄. 이제는 한 가지 규칙을 정했어. '내' 멤버를 하나라도 받으면 그 클럽에서는 거기서 나오는 돈을 곧장 나한테 보내야 하는 거야! 반박할 사람이 없지." 흡족하게 그녀는 한마디를 덧붙였다. "왜냐하면 내가 옳다는 걸 다 알고 있거든. 방문객들이 찾아와서 기가 막혀 입을 떡 벌리는 꼴을 구경하는 게 유일한 재미지."

"그러면…… 당신은요?" 나는 위험을 무릅썼다. "당신 이야기는요?" 한순간 툭 튀어나왔던 턱이 쑥 들어가고, 본연의 모습이 섬광처럼 스쳤다. 예전에는 어떤 여인이었을까. 겹겹이 껴입은 재킷과 양털로 가린 참모습이 어떠했을지 알 것 같았다.

"러시아 귀족이야." 당당한 선언이었다. "1928년에 총살당했어." 과거를 회상하면서 올가는 살짝 몸을 곧추세워 앉았다. "아버지가 공작이었다는 사실이 발각되자 나더러 부르주아 돼지였다는 반성문을 쓰고 집단농장에서 노역을 하라고 하더군. 싫다고 했더니 자백을 받아내겠다고 고문을 하더라고. 내장에서 피가 콸콸 쏟아져 나왔지만 버티고 말했어.

'나는 이 이름다운 땅의 딸이고 절대로 추악한 너희 정권에 협력하지 않을 테다!' 그리고 저들이 나를 쐈는데, 그때가 내 과거에서 가장 장엄하고 화려했던 순간이었지." 그러더니 추억이 그리운지 조그맣게 한숨을 쉬었다. "물론 지금은 그쪽 관점도 알아. 혁명을 여러 번 겪고 나서야 소작농들이 얼마나 굶주렸는지, 빵이 떨어졌을 때 노동자들이 얼마나 분노했는지 알게 되었지. 하지만 피에 젖은 내 얼굴에 그들이 눈가리개를 씌우던 그때는 내가 옳다는 걸 알았어. 역사의 흐름이라니! 내가 역사의 흐름에 대해서 똥 같은 소리를 얼마나 많이 들었는지 알아?"

"그렇다면 정부에 클럽의 인맥이 많지 않다는 뜻이군요."

이건 상당한 타격이 될 터였다. 정보부에서 복무하는 동안 알게 된 게 그리 많지 않지만 한 가지 있다면 이 당시 소비에트 권력 중심부에 쓸 만한 정보원이 아무도 없다는 정도였다. 적절한 첩자를 심어놓으려는 노력이 부족했다기보다는 올가가 말한 것처럼 한도 끝도 없이 돌고 돌던 숙청의 사이클 탓이었다. '워터브룩&스미스'마저 러시아 정보원은 알량하기 짝이 없었기에 나는 크로노스 클럽이 도와줄 거라고만 믿고 있었다.

올가가 미소를 지었다. "정보원 따위." 그녀가 쉰 목소리로 투덜거렸다. "누가 그딴 게 필요하대? 여기는 러시아인데! 여기서는 도와달라고 부탁을 하지 않아. 명령을 하지. 1961년에 두 집 건너 사는 정치 지도원은 강가의 다차*에 젊은 남창을 데리고 살림을 차려서 체포됐어. 남자애가 거기 10년을 살았는데 아직도 거기 살아! 1971년에는 도축업자의 정원에서 무덤이 발견됐단 말이야. 1949년에 '사라졌는데' 어디로 갔는지 전혀 모른다던 아내의 무덤이었지. 이제 3년 후에는 부국장이 고발하는 바람에 경찰국장이 체포될 거야. 부국장은 자기 부하를 애인으로 둔 아내가 또 임신하는 바람에 더 큰 집이 필요해지거든…… 아무것도 변하는 게 없어. 연락책 따위가 무슨 소용이야. 돈하고 썩은 놈들만 있으면 되는데."

"그럼 저를 도와줄 만한 썩은 놈이 누가 있나요?" 내가 물었다.

"소련과학아카데미 원장." 그녀는 아무렇지 않게 말했다. "우주라든가 우리가 다 어디서 왔는지 그딴 것들에 관심이 있는 사람이거든. 벌써 5년 째 MIT 천문학 교수하고 비밀리에 서신 교환을 하고 있어. 이스탄불에 둘을 다 아는 지인이 있는데, 그 친구 사촌이 암시장에 비누하고 싸구려 위스키를 내다 팔 때 편지를 전해주는 거지. 정치적인 구석은 전혀 없는 일이지만 그거면 충분해."

"예전에도 약점을 이용한 적이 있습니까?"

올가는 어깨를 으쓱해 보였다.

---

*   dacha. 러시아의 시골 주택. 작은 별장.

"가끔. 가끔은 해주고, 가끔은 안 해주고 그러지. 그 사람, 두 번이나 총 맞아 죽고 강제 노동 수용소로 추방당한 게 벌써 세 번이나 되니까. 하지만 보통은 잘만 다루면 착하게 굴어. 잘못 다루면 그건 당신 책임이고."

"뭐 그렇다면야." 나는 입안으로 웅얼거렸다. "실수하면 안 되겠군요."

36

공갈 협박이 성공할 확률은 놀라울 만큼 저조하다. 이 기술의 요체는 자기한테 올 피해가 수중의 비밀을 폭로하는 위험에 비례해 현저히 적다고 목표물을 설득하는 데 있다. 원래 공갈 협박이라는 게 유혹이 아니라 강압으로 상대를 굴복시켜 원하는 바를 얻는 행위니 말이다. 하지만 공갈 협박을 하는 사람은 수중의 패를 과하게 휘두르기 쉽고, 그러면 남는 건 쓰라린 아픔뿐이다. 성공하기 위해서는 패를 가볍게 써야 하고, 무엇보다 언제 물러서야 할지 정확히 때를 파악하는 게 더 중요하다.

목표를 성취하기 위해 더러운 속임수를 쓴 걸로 치자면 나도 남 못지않게 많이 해봤다. 하지만 내가 좋아하는 사람들을 대상으로 술수를 쓸 때는 더 힘들다. 굴라코프 교수는 마음에 드는 사람이었다. 예의 바르게 미소를 지으며 내 신원을 확인하고 문을 열어주던 그 순간부터 나는 그를 좋아했다. 두툼한 갈색 스웨터를 입고 백발의 턱수염을 기른 남자는 손톱 두께만큼 얇은 본차이나 찻잔에 연한 커피를 끓여 내주면서 훔치고 구걸하고 빌린 책들이 가득 꽂혀 있는 방 안에 편히 앉으라고 말했다. 이 생애가 아니었다면 함께 나누는 시간들을 기꺼이 즐겼을 것이다. 과학과 가능성에 대해 의견을 나누고 가설을 세우고 논쟁도 했을 것이다. 그러나 나는 아주 구체적인 목표를 가지고 이 자리에 왔고 그는 목표를 성취하기 위한 수단이었다.

"교수님. 이름이 비탈리 카르펜코인 남자를 찾고 있습니다. 저 대신 좀 찾아주실 수 있을까요?"

"그런 사람은 모릅니다. 어째서 찾으시는 거지요?"

"카르펜코의 친척이 최근 사망했습니다. 고인의 변호사가 제게 카르펜코를 찾아달라고 부탁했습니다. 상당한 돈이 걸려 있는 일입니다."

"물론, 도울 수 있다면 돕겠습니다만……."

"카르펜코가 과학자라고 들었습니다."

"제가 러시아의 과학자들을 전부 알지는 못해요!" 굴라코프는 불안한 듯 찻잔에 담긴 커피를 휘휘 돌리면서 웃었다.

"하지만 찾아주실 수는 있지요."

"글쎄요, 뭐…… 여기저기 좀 물어봐 드릴 수는 있지요."

"시끄럽지 않게 해주시면 좋겠습니다. 말씀드렸다시피 거액의 돈이 걸려 있고 친척분이 돌아가신 게 러시아 국내에서가 아닙니다."

굴라코프의 얼굴이 씰룩거렸다. 이 얘기가 어디로 흘러갈지 감이 잡히기 시작하는 모양이었다.

"제가 알기로는 소비에트 연방 밖의 과학자들과도 교류가 있으시다고요?"

그의 손이 멈칫하더니 꼼짝도 하지 않았다. 하지만 찻잔 속의 커피는 여전히 휘휘 돌며 바닥에 가라앉은 설탕을 섞어 올리고 있었다.

"아니요." 마침내 그가 말했다. "아닙니다."

"MIT의 교수님, 그분과 서신을 교환하지 않으십니까?"

나는 미동도 없이 미소를 짓고 있었지만 굴라코프와 똑바로 눈을 마주치지는 않았다. 그의 찻잔 속 커피에서 눈길을 뗄 수가 없었다.

"해로울 게 없는 일이지요." 나는 밝은 말투로 덧붙였다. "그럼요, 무슨 해가 되겠어요. 과학은 정치의 경계를 넘어서야 하니까요, 안 그렇습니까? 그저 교수님처럼 영향력과 능력이 대단하신 분이라면, 마음만 먹으면 이 비탈리 카르펜코라는 사람을 찾는 일쯤이야 얼마든지 하실 수 있을 거다, 뭐 그런 생각을 할 뿐이죠. 물론 시끄럽지 않게요. 가족들이 몹시 감사하게 생각할 겁니다."

내가 할 일은 끝이었다. 곧장 화제를 돌린 나는 30분가량

아인슈타인과 보어, 중성자탄의 문제 같은 이야기를 두런두런 나누었다. 하지만 사실 굴라코프는 내 말에 무의미한 작은 소음을 추임새랍시고 넣는 데 급급했다. 그래서 나는 그가 혼자 조용히 다음에 놓을 수를 숙고할 수 있도록 자리를 비켜주었다.

글라코프는 사흘 동안 전화하지 않았다.

나흘째 되는 날 크로노스 클럽의 전화가 울렸다. 굴라코프는 공포에 질려 있었다.

"코스티야 프레코프스키?" 그가 물었다. "굴라코프 교수입니다. 뭔가 찾은 게 있는 것 같습니다."

그는 말이 느렸고(약간 지나치다시피 느렸다) 전화선에 곤충의 껍데기가 바스락거리는 소리를 증폭시킨 것 같은 잡음이 끼어 있었다.

"20분 뒤에 만날 수 있을까요? 내 연구실에서?"

"20분 내로는 갈 수 없습니다." 나는 거짓말을 했다. "아브토브 지하철역까지 오실 수 있으십니까?"

침묵……. 좀 지나치게 길었다. 그러더니 그는 "30분?" 하고 갈했다.

"거기서 뵙지요, 교수님."

수화기를 내려놓기도 전에 코트부터 챙겼다. "올가!" 크로노스 클럽 건물 안에 내 목소리가 쩌렁쩌렁 메아리쳤다. "집

안에 어디 권총 없어요?"

소비에트 전철 체계의 위선은 전적으로 이해할 수가 없었다. 지상의 세계와 지하의 세계가 아예 다른 시대, 아니 아예 다른 우주에서 온 것처럼 보였다. 레닌그라드 지하철은 1년 전에 개통했고 노선 확장 계획도 이미 수립되어 있었다. 반짝반짝 빛나는 노선의 역사는 크리스털로 장식된 퇴폐적인 궁전이었다. 최선의 경우 근대 미술의 승리라 봐줄 수 있겠지만 최악의 경우 허영과 자존심의 조악한 과시라 할 나선형 열주와 모자이크들이 궁전의 화랑들처럼 타일 바닥의 플랫폼에 쫙 펼쳐져 있었다. 시계는 다음에 도착할 열차 시간에 맞춰 카운트다운을 하는 게 아니라 방금 마지막 열차가 떠난 시각부터 카운트업을 하면서, 이 완벽한 세상에서는 뭐든 3분 이상 기다릴 필요가 없다는 환각을 어디 한번 믿어보라고 승객들에게 도전장을 내밀고 있었다.

또한 밖에서 활동하고 있을지 모르는 사람들에게 이런 지하철 체계는 미지의 변수이기도 했다. 지역 요원에게는 문제점들을 안겨줄 만한 시스템이었다. 개통한 지 불과 몇 달 되지 않아 아직 지하철에서 활동하는 방법이 정립되지 않았을 테고, 익명성을 유지하는 데는 군중이 언제나 훨씬 더 유리했다. 그런 면에서 보면 추위에 대비해 따뜻한 모자와 두툼한 옷을 꼭꼭 껴입어야 하는 러시아는 언제나 익명성을 유지하는 데 유리했다.

　나는 일찍 도착했지만 그들 역시 그랬다. 그들은 알아보기가 쉬웠다. 검은 코트를 걸친 남자들이 전철이 와도 타지 않았으니까. 반짝이는 하얀 벽 아래 점점이 서서 불편하고 수상쩍게 들썩거리고 있었다. 한 사람은《프라우다》*를 읽는 척하고 있었고 또 한 사람은 흡사 먹잇감으로 점찍은 염소를 뚫어져라 바라보는 뱀 같은 눈길로 노선이 하나밖에 없는 지하철 노선도를 무섭게 노려보고 있었다. 역사를 두 번 지나칠 때는 그나마 훨씬 위장을 잘하는 여자 요원 한 사람도 눈에 띄었다. 유아차에 아기를 하나 태워서 데리고 왔는데, 소품의 유용성이야 장단점이 있겠지만 적어도 아이를 돌보는 헌신적인 어머니의 태도만큼은 다른 두 감시자들을 부끄럽게 하기에 족했다. 나는 아브토보 역에서 열차를 타고 나가서 두세 정류장을 지나갔다가 반대편으로 가서 다시 차를 타고 돌아왔다. 이런 패턴으로 두 번 반복하면서 처음에는 아브토보를 그냥 지나치면서 교수를 찾았다. 마침내 나타난 교수는 누가 봐도 거기서 가장 불안해 보이는 얼굴이었다. 어색하게 벽에 붙어 서서 짝다리를 짚은 다리를 이리저리 바꾸는 모습이, 이리저리 서성거리고 싶은데 그래도 될까 고민하는 꼴이었다. 교수는 한쪽 팔 밑에 표지가 잘 보이

---

*　구소련의 공산당 기관지.

도록 책 한 권을 끼고 있었다. W. 하이젠베르크의 《양자 이론의 물리학적 원칙》이었다. 지금 와서 돌이켜 보면, 그 책은 교수가 자기가 감시당하고 있다고 경고하려는 시도였다는 생각을 하지 않을 수 없다. 그렇게 보란 듯이 드러내놓기에는 확실히 이상한 읽을 거리였다. 아마도 그렇게 어울리지 않는 책을 들고 나와서 뭔가 잘못됐다는 신호를 주고 싶었을 것이다. 사정이야 어떻든 교수는 감시를 당하고 있었으나 내게 필요한 정보를 확보하고 있다는 사실만은 변함없었다. 나는 아브토보 역을 지나치면서 다음 수를 계산했다. 지금 교수에게서 정보를 얻으려 하는 일은 그냥 위험한 정도가 아니었다. 그러나 접선 장소에 나타나지 않으면 그는 어디론가 끌려가 버릴 테고 카르펜코를 찾을 수 있는 희망도 함께 사라질 것이 거의 확실했다. 시간의 호사를 누리는 데 익숙한 우로보란으로서는, 항상 대담한 결정을 내리는 게 쉽지만은 않다. 그러나 이건 놓쳐버리기에는 너무 좋은 기회였고 아무 시도도 해보지 않고 흘려보내면 책임져야 할 결과가 너무 위험했다. 나는 다시 아브토보 역으로 돌아갔고 열차가 플랫폼에 들어서서 속도를 줄이자 눈을 가릴 정도로 모자를 푹 눌러쓰고 소리를 질렀다.

"거기 서! 도둑놈아!"

잡을 도둑놈 따위는 없었지만 사람들이 바삐 움직이기 시작하면 이런 문제는 흔히 상쇄되기 마련이다. 나는 전철을 타려는 사람들의 어깨를 밀치고 나아가면서 남녀노소를 가리지 않고 팔꿈치로 퍽퍽 치고 길을 만들었다. 열차가 서서히 정지했고 사람들이 고개를 돌려 구경하기 시작했다. 그때 내가 큰 소리로 외쳤다.

"총을 가지고 있어요!"

확실히 해두기 위해서 총을 뽑아 객차 벽에 대고 한 발을 발사했다. 문이 열리고 앞뒤 가리지 않는 군중의 대이동이 다시 시작되었다.

내가 쓴 기술에는 약점이 있었는데, 특히 밀려드는 사람들의 홍수가 시작되는 지점에 바로 내가 서 있어서 위치가 노출된다는 게 문제였다. 그러나 어느 정도는 플랫폼을 장악한 대혼란과 "총, 총이야!"라는 소리를 듣자마자 각자 나름대로, 별로 현명하지 못한 판단을 내리는 군중 심리로 상쇄가 되었다. 나 역시 머리를 숙이고 가끔씩 "아, 하느님, 살려주세요"라든가 뭐 그런 소리를 중얼거리면서 군중 속으로 비틀거리며 뛰어들어 나 나름대로는 이 혼돈을 더욱 가중시켰다고 믿고 싶다. 지금 한 얘기의 상세한 내막은 그리 천재적이라거나 기발하다고 말하기 힘들지만, 잔뜩 흥분한 상태에서는 아무도 신경 쓰지 않았다. 나는 밀리고 찍히고 발을 밟혔고 승객들은 내가 그들의 하루를 망친 만큼 무신경하게 나를 치고 때렸으며, 나 역시 그들과 보조를 맞추어 함께 떠밀려 갔다. 밀물 같은 군중이 어안이 벙벙한 얼굴을 하고 서 있는 교수 쪽으로 나를 휘몰아 갔다. 교수는 몸을 피하려고 벽 쪽으로 더 바짝 붙었지만, 군중에 떼밀려 휘청거리면서 내가 그의 팔을 붙잡아 내 뒤로 끌어들이자 깜짝 놀라 낑낑 앓는 소리를 냈을 뿐이다.

모든 지하철 역사에는 병목이 있기 마련이다. 군중은 달리고 싶어 안달했지만 그럴 만한 공간이 없어서 빽빽하게 붙어 출구를 향해 줄을 서서 나아갔다. 나는 굴라코프에게 몸을 꼭 붙이고 총을 복부에 겨눈 다음 새된 소리로 말했다.

"저들이 여기 와 있다는 걸 알고 있어. 카르펜코를 어디서 찾으면 되는지 빨리 말해."

"죄송해요." 그가 우는 소리를 냈다. "잘못했어요!"

"카르펜코!"

"피에트록—112! 피에트록—112에 있습니다!"

나는 팔을 놓고 다시 인파 속으로 뛰어 들어갔다. 더 이상 말해봤자 아무 의미가 없었다. 플랫폼의 세 감시자들은 고래고래 악을 쓰면서 인파 사이를 이리저리 돌아다니며 사람들의 모자를 젖히고 통근자들에게 멈춰 서라고, 진정하라고 악을 쓰고 있었다. 아까 그 여자는 이제 유모차를 버리고 손에 총을 들고서, 꼼짝 말고 신분증을 제시하라고 명령하고 있었다. 밖으로 나가는 계단 위에서 더 많은 목소리가 들려왔다. 경찰 몇 명은 정복 차림이었고 몇 명은 사복을 입고 있었다.

그들은 위로 올라가기를 원하는 육중한 인파의 무게를 거슬러 우르르 쏟아져 내려왔다. 치안경찰의 능력이 아무리 훌륭해도 교통 체계는 아직 그 수준에 미치지 못했다. 철컥하는 금속성과 함께 첫 번째 감시자가 내게 접근해 왔다. 모피를 두른 코트를 입은 우울한 표정의 남자였다. 나는 완전히 겁에 질린 표정으로 돌아서서 목청껏 비명을 질렀다. "이 사람 총을 갖고 있어요! 맙소사!" 그리고 온 힘을 다해 팔꿈치로 코뼈를 치고는 그가 들고 있는 총을 붙잡아 손목을 천장 쪽으로 세게 비틀었다. 총성이 한 방 울렸고 날카로운 금속이 쓰라리게 손가락 밑으로 날아가는 움직임을 느꼈다. 내 옆에서 누군가 비명을 질렀다. 한 여자가 다리를 움켜쥐었고, 곧이어 나는 권총을 비틀어 빼앗은 뒤 감시자의 사타구니를 정통으로 찼다. 그는 볼썽사납게 바닥에 쓰러졌고 우리를 에워싸고 있던 군중이 꽃송이처럼 갈라지자 나는 들어오고 있던 열차 쪽으로 몸을 돌려 권총을 호주머니에 쓱 집어넣고 열리는 문을 향해 몸을 던졌다.

러시아에서 도망자가 된 건 처음이었다. 처음에는 굉장히 신이 났다. 그러다가 짙어지는 밤과 뼛속을 파고드는 습한 추위에 몸이 불편해지자 희열감 따위는 든든한 위생과 따뜻한 이불에 비할 바가 못 된다는 사실을 새삼 느꼈다. 코스티야 프레코프스키의 신분증은 이제 차라리 서류가 아예 없는 것보다 못했다. 아예 서류가 없다고 하면 적어도 행정처분이 늦어지길 바랄 수나 있지만 프레코프스키의 이름은 즉결처분으로 투옥되거나 사형당하기 십상이었다. 나는 서류를 느릿하게 흐르는 운하의 시커먼 물속에 던져버리고 새 모자와 코트를 샀고 헌책방에 가서 번쩍거리는 외과 간판 불빛 아래서 소련 지도를 뒤적거리며 피에트록—112를 찾았다. 하지만 보이지 않았다. 크로노스 클럽에 가볼까 고민도 했지만 나 때문에 올가를 비롯한 멤버들이 겪게 될 고초를 생각하면 너무 야만적인 짓 같았다. 게다가 아브토보에 정보부 요원들이 나타난 사태가 단순히 교수의 탐문 때문인지도 확신이 서지 않았다. 어쨌든 지도에 피에트록—111과 피에트록—113은 나와 있었다. 연방 북부의 허허벌판에 있는 아주 작은 표식이었다. 여기서 시작하는 게 그나마 낫겠다고 판단한 나는 마지막 트램이 지나가고 정적만 남을 때까지 기다렸다가 핀란드 역으로 가서 탈출용 서류를 다시 꺼냈다. 철로 옆에 있는 빈 신호탑에 서류를 두 세트를 미리 넣어두고 왔던 것이다. 한때는 그곳에서 누군가 기점을 변환하며 일과를 보냈겠지만(털모자라도 쓰고 일했기를 바란다) 지금은 최악의 겨울 추위가 닥쳐올 때 쥐들이 피신하는 용도로밖에 쓰이지 않고 있었다. 첫 번째 문서는 내가 공산당원이며 산업자문역인 미하일 카민이라는 증빙이었다. 이 정도면 대충 보안 심사를 통과할 만한 고위직이다. 두 번째 서류는 핀란드 여권으로 미리 입국 비자 스탬프를 찍어두었다. 나는 그 서류를 외과 수술용 테이프와 고무줄로 정강이 뒤쪽에 묶었다. 그리고 싸늘한 밤을 신호탑 안에서 내 몸 밑으로, 주위로 돌아다니는 생쥐들 소리를 들으며 보냈다. 특별히 모험심이 강한 한 놈은 내 몸 위로 올라오기까지 했다. 나는 동이 트고 북으로의 여정이 시작되기를 기다렸다.

37

리처드 라일을 살해하려는 어설픈 시도에 대해서는 이미 한 번 얘기한 적이 있다. 어차피 피바다로 끝날 거라는 예감을 안고 레닌그라드에서 열차를 타던 때로부터 네댓 생애 전의 일이다. 라일은 로즈메리 도셋을 죽였고 나를 죽였다. 물론 죽은 나는 더 이상 수사를 계속할 수 없었지만, 내가 죽은 뒤로도 리처드 라일은 숱한 살인을 저지르고 끝내 잡히지 않았을 거라는 생각이 든다.

그는 여덟 번째 삶에서 나를 죽였고, 아홉 번째 삶에서 나는 그를 추적했다. 정의의 복수자다운 뜨거운 추격전이 아니라 들키기를 원하는 스파이처럼 은근하고 교활한 접근이었다. 그를 처리할 방식을 결정할 때까지 30년이 좀 넘는 시간이 있었다. 30년의 세월이라면 증오도 차갑게 식어 냉담하고 사무적인 암살로 변한다.

"이유는 이해하지만 솔직히 눈감아 줄 수 있을지는 모르겠네."

에이킨라이. 1920년대 중반쯤에 태어나 죽을 때쯤 세계무역센터로 날아드는 비행기들을 본 여자다. "그런 생각을 했던 기억이 나. 다음에 어떤 일이 일어나는지 못 보고 죽는 건 정말 답답한 일이라고." 에이킨라이는 그런 말을 자주 했다. 하지만 1980년대와 1990년대에 태어난 칼라차크라들, 젊은 멤버들에게 자세한 정황을 물어봤더니 다들 서글프게 고개를 저으며 말했단다. "놓쳐서 아쉬우실 일은 하나도 없었어요."

에이킨라이의 아버지는 나이지리아인 교사였고 어머니는 가나인 비서였다. "어머니가 병원을 경영하다시피 했고 모두가 그 사실을 알았지만 어머니는 20년대 여자였으니 다들 비서라고 불렀던 거야." 대다수의 우리 종족과 달리 에이킨라이는 유년기에 구출될 필요가 없었다. "우리 부모님은 무조건적인 사랑을 주셨어. 이제까지 그 어떤 어른에게서도 본 적이 없는 그런 사랑을." 에이킨라이는 그렇게 설명했다. 우리 삶의 궤적이 마주칠 때마다 우리는 연인이 되었다. 한 번 에이킨라이가 동성애를 시험해 봤을 때("내가 어떤 사람인지 알아보려고 그랬겠지?")와 결혼했을 때를 제외하면. 그때 남편은 수단 사람이었다. 훤칠하고 늘씬한 남자는 탑처럼 우뚝 솟아 있으면서도 방 안에서 위협적이지 않았고, 선형적 삶을 살았으며 필멸의 인간이었고 열렬한 사랑에 빠져 있었다.

"그이에게 진실을 말해줄까 생각 중이야." 하루는 에이킨라이가 속내를 털어놓았다. 나는 내가 사랑했던 여자 제니의 이야기를 해주었다. 어떻게 끝나고 말았는지. 그랬더니 그녀가 쯧쯧 혀를 차며 말했다. "그럼 안 하는 게 좋겠네."

나중에 들은 얘기로는, 두 사람의 관계는 남편이 죽을 때까지 오래도록 행복하고 기만적으로 이어졌다고 한다.

"자기가 죽이려고 하는 이 남자." 에이킨라이가 물었다. "살인자야?"

"그래." 내 대답은 확고했다. "이 삶에서는 아니지만 지난 생에서는."

"그런데 자기 말고 이 남자의 삶의 기억에서 말이야……살인의 기억이 있어?"

"아니." 솔직히 인정했다. "내가 아는 한은 없어."

우리는 1948년 쿠바에서 만났다. 에이킨라이는 갓 스물이 되어 한창 피어나고 있었고 이번 생에서도 내가 아는 한 그녀가 모든 생애에서 언제나 하는 일들을 하며 살고 있었다. 여행, 쇼핑, 와인과 미식, 그리고 부적절한 남자들과의 온갖 감정으로 얼룩진 뜨거운 연애들. 에이킨라이에게는 요트가 한 대 있었는데 흠 잡을 데 없는 영어와 완벽한 스페인어를 구사하는 이 젊은 나이지리아 처녀가 새하얀 물짐승 같은 요트를 끌고 흘러와 부두로 들어오면 동네 사람들이 모두

나와 구경을 했다. 가죽을 덧대고 크롬으로 도금한 그녀의 요트는 상어처럼 미끈했고, 그녀는 "비를 내려줘!"라고 신나게 외치며 열대의 태풍 속으로 요트를 밀고 들어갔다. 나는 망망대해에서 이삼일 밤을 함께 보내기로 하고 여기로 왔다. 아직은 허리케인 시즌이 아니고 나도 할 일이 있으니 이해해 달라고 부탁했다.

"무슨 일인데?" 그녀는 못 참고 꼬치꼬치 따져 물었다.

"영국 정보부에 들어갈 거야." 나는 손가락을 따박따박 튕기며 요점을 강조했다. "죽기 전에 엘비스 프레슬리를 만나고 싶어. 그리고 리처드 라일이라는 남자를 죽여야 해."

"간첩단에는 왜 들어갈 건데?"

"호기심. 내가 늙었을 무렵 계속 읽게 될 음모 이론들의 배후에 있는 진짜 내막을 알고 싶어."

못마땅한 태도로 럼주를 마실 수 있는 여자는 별로 많지 않지만 에이킨라이는 할 수 있었다. "자기가 이해가 안 돼, 해리." 마침내 그녀가 말했다. "왜 그렇게 계속 치달리는지 이유를 모르겠어. 자기는 부자고 시간도 있고 전 세계를 내려다볼 수 있는데, 정말로 자기를 괴롭히는 것도 아닌 일을 어떻게든 해보려고 사력을 다하잖아. 라일이 몇 명 좀 죽였으면 또 어때? 그 사람도 죽잖아, 안 그래? 언제나 죽고 전혀 기억도 못 하잖아. 그게 왜 자기 일이야? 복수야?"

"아니. 딱히 그런 건 아니야."

"선형적 삶을 사는 창녀 몇 명 때문에 자기가 이 고생을 자처한다는 걸 정말 나더러 믿으라는 건 아니지?"

"그럴 수도 있지." 나는 조심스럽게 대답했다. "그래야 할 것 같아."

"그렇지만 창녀들이 살해당하는 게 하루이틀 일은 아니잖아! 테드 번디를 신고하고 맨슨을 추적하고 조디악을 찾아. 왜 이 한 사람한테 자기 시간을 낭비해? 맙소사, 해리, 이러는 게 자기가 말하는 의미 있는 변화야?"

"나는 유의미한 변화를 만들어낼 수는 없잖아, 안 그래?" 나는 한숨을 쉬었다. "주요 사건들은 건드릴 수도 없어. 테드 번디는 어차피 살인을 할 거고, 조디악은 캘리포니아 전역을 공포로 몰아넣겠지. 이런 일들은 언제나 일어났고, 크로노스 클럽의 언명에 따라 반드시 다시 일어나야 하니까."

"그런데 왜 끼어들려고 해? 제발 부탁인데, 마음 편하게 물러앉아서 즐겨."

나는 목을 쭉 빼고 머리 위에서 비치는 별빛을 바라보았다. "지금부터 20년 남짓이면 사람이 달 위를 걷게 돼. 수만 명이 베트남에서 아무 합리적인 이유 없이 죽게 되지. 탈영병들은 총살당하고 사람들이 고문당하고 여자들은 울고 아이들은 죽을 거야. 우리는 이 모든 걸 알면서…… 아무 일도 하지 않아. 우리가 세계를 바꿔야 한다는 말이 아니야. 우리한테 해결책이 있다는 얘기도 아니고. 이런 일들이 일어나지 않으면 미래는 어떻게 될까? 하지만 우리는…… 무언가는 해야 해."

에이킨라이가 혀를 쯧쯧 찼다.

그런 반응이 이상하게 짜증스러웠다. 평화로운 밤에 무신경한 그 작은 소리. 그래서 고개를 돌리고 머리를 한껏 젖혀 깊은 하늘을 바라보며 별자리들을 골라냈다. 솔직히 말하자면 내가 내뱉는 말들이 내 귀에도 공허하기 짝이 없게 들렸다. 우리를 에워싼 세계에 참여하자는 말이야 고상하지만 우리의 참여는 어떤 것이 되어야 할까? 이 삶에서 아직 살인을 저지르지 않은 살인자를 죽이는 것.

"선형적 인간들은 단 하나의 삶을 살아." 한참 뒤 에이킨라이가 입을 뗐다. "그리고 굳이 뭘 바꾸려는 수고도 하지 않지. 변화라는 게 편리하지 않거든. 일부는 하지. 일부…… '위대한' 사람들, 아니면 분노한 사람들, 아니면 밑바닥까지 내몰리고 짓밟혀서 이제 남은 거라곤 반격해 싸우고 세상을 바꾸는 일밖에 없는 그런 사람들은 하지. 하지만 해리, '위대한' 사람들에게 한 가지 공통점이 있다면 거의 항상 혼자라는 거야."

"그건 괜찮아. 나는 위대한 사람이 아니니까."

"그래." 그녀가 대답했다. "그러면 그냥 살인자가 되겠지."

나중에 나는 혼자 선창을 걸었다. 바다가 검은 바위와 하얀 모래로 밀려와 부서졌고, 에이킨라이는 다음 파티, 다음 술, 다음 모험을 찾아 출항해 바다로 나아갔다.

"이제 나를 놀라게 하는 건 딱 하나밖에 남지 않았어." 그녀가 말했다. "머리끝까지 화가 났을 때 사람들이 내뱉고 마는 진실."

하마터면 한숨을 내쉴 뻔했다. 사람들이 털어놓는 속내, 영혼 가장 깊은 곳의 비밀들, 그런 것들이 내게 하나도 경이롭지 않게 된 건 이미 오래전의 일이다.

그러나 한 가지는 확실히 알았다. 리처드 라일은 살인을 할 것이다.

그러면 사건이 일어날 때까지 기다려야 할까?

나는 런던으로 갔다. 로즈메리 도셋이 주로 배터시에서 활동했기에 그리로 갔다. 담배 연기에 절어 있는 거리에 촘촘히 늘어선 연기 자욱한 낡은 술집들을 찾았다. 정보부에 들어갔던 건 사실 음모론을 알고 싶어서라기보다 요원 훈련과 지적 도전이 필요해서였다. 그때 배운 기술을 지금 쓰고 있다. 이목을 끌지 않고 후미진 방구석에 존재감 없이 존재하는 법. 유조선을 파고드는 어뢰처럼 섬세하게 고객을 고르는 로즈메리를 보면서 기이하게 비위가 뒤틀리는 느낌을 받았다. 과거의 우리 사이가 문득 기억났다. 물론 우리 사이에 돈이 걸려 있다는 건 알고 있었다. 하지만 외로울 때는 이런 관계를 낭만적으로 보게 되기가 얼마나 쉬운지 모른다.

나는 리처드 라일을 수소문했고 감시하는 그를 감시했다. 첫 번째 살인을 저지를 때까지는 아직 몇 년이 남아 있었다. 어딘가 태도가 불편해 보이는 청년이긴 해도, 별생각 없는 사람이 보면 앞으로 어떤 괴물이 될지 도저히 알아챌 수 없을 인물이었다. 막연히 호감 가는 구석마저 있었다. 창녀들과 잘 때는 넉넉하게 돈을 잘 줬고, 살짝 괴짜기는 해도 점잖은 친구라는 평판이 있었다. 동료들은 친구는 아니라도 호의적인 지인들이었고, 클래펌에 있는 아파트에 몰래 들어가 내부를 샅샅이 살펴봤지만 시커멓게 칠한 죽음의 그림이라든가 고통의 도구, 고문의 흔적이나 사체의 일부 따위는 찾을 수 없었다. 그 아파트에서 제일 기분 나쁜 건 이상하게 지워지지 않는 콘비프와 양파 냄새였다. 라디오는 BBC 홈서비스 채널에 맞춰져 있었고 몇 권 되지 않는 잡지와 책은 대체로 전원생활의 기쁨과 연관이 있었다. 예순몇 살에 은퇴한 노인이 된 리처드 라일이 눈앞에 선했다. 저렴하고 기능적인 장화를 신고 온화한 전원을 산책할 테고, 곁에는 시종일관 신이 나서 팔짝거리는 개 한 마리가 따라다닐 테지. 동네 술집에 들어가면 다들 리치나 딕이나 디키라는 친근한 별명을 부를 테고 주인은 어김없이 맥주 한 잔을 파인트 잔에 꽉꽉 채워 따라줄 것이다. 어이없으리만큼 쉽게 눈앞에 떠오르는 광경이었다. 손에 들린 나이프가 스모그를 가르고 내 살점을 썰며 파고들던 기억만큼이나 생생했다.

그러나 이 역시 아직 그가 하지 않은 일이다.

심지어 리처드 라일 같은 인간도 구원받을 수 있을까?

케임브리지의 연구실에서, 당시 제자였던 빈센트가 함께 앉아 위스키를 마시며 말하던 목소리가 귓전에 들린다.

"스스로에게 물어야 하는 질문은 이것입니다. 그 사람의 문제가 뭐든 간에, 예를 들어, 통풍이라고 합시다, 그걸 극복하도록 도와줌으로써 그에게 주는 혜택이 그를 돕는 당신 자신이 겪어야 하는 해악, 피로와 전반적 불쾌감을 능가하는 가? 해리, 이런 말이 뭐 그리 고결하게 들리지 않는다는 건 압니다. 하지만 타인을 위해 자기가 피해를 입는 것 역시 마찬가지입니다. 그러면 또 그 문제를 바로잡아야 할 테고 그 과정에서 다른 사람들이 또 피해를 당하겠지요. 그런 식으로 끝도 없이 계속되는 겁니다. 그리고 솔직히 결국은 처음보다 다들 나쁜 상태로 끝나고 말아요." 빈센트는 잠시 말을 끊고 자신의 세계관을 숙고해 보더니 한마디 덧붙여 말했다. "더구나 통풍이라니? 정말로 통풍을 앓는 사람을 도와줄 생각인가요?"

2주 뒤 나는 리처드 라일의 뒤를 밟아 로즈메리 도셋의 집까지 갔다. 그는 한 시간쯤 그 집에 머물다가 약간 흐트러진 차림새로 흡족한 표정을 지으며 나왔다. 로즈메리는 문간에 서서 어둠 속으로 사라지는 그를 보고 미소를 지었고, 다음 날 나는 권총을 샀다.

38

피도 눈물도 없는 사람처럼 싸늘하게 살인을 해본 적은 없었다.

1948년 어느 겨울밤 유리창 안쪽으로 서리가 날카로운 이빨을 박고 뻗어가기 시작할 무렵 리처드 라일의 아파트에 앉아 그가 집에 돌아오기를 기다리면서, 나는 내가 얼마든지 방아쇠를 당길 수 있다는 걸 알았다. 그러므로 나의 불안은 과연 실행에 옮길 수 있는지 여부가 아니라 오히려 이 사실을 확신하고 있다는 데 걸려 있었다. 이런 심리 상태에서 소시오패스로 건너가는 건 종이 한 장 차이지, 하고 내심 반성했다. 그렇다면 소리 내어 울기라도 하는 게 적절한 일일까? 숨죽이고 흐느껴 울어야 되나? 입술을 깨물고 초조하게 얼굴을 씰룩거리는 게 나을까? 마음이 안 되면 적어도 몸이라도 일말의 양심이 존재한다는 증후를 보여주면 고맙겠다는 생각마저 들었다. 앞으로 저지르려는 행위에 대한 무의식적 죄책감의 흔적이라도 찾을 수 있다면. 침묵과 어둠 속에서 한참을 기다리면서 자책하지 않는 나 자신을 책망했다. 물론 어차피 무위한 짓거리다. 하지만 돌아가는 사고 회로의 논리적 부조리를 명백하게 실감하면 할수록, 엷은 양심의 가책마저도 이토록 머리에만 국한되어 있다는 게 영 마음에 걸렸다. 이렇게 차분하게 도덕적 타락을 분석하느니 밤에 베개에 얼굴을 묻고 한바탕 울음이라도 터뜨리는 편이 훨씬 나을 텐데.

나는 9:12 p.m.에 리처드 라일의 아파트에 침입했다.

그는 1:17 a.m.이 되어서야 집에 돌아왔다.

그의 성격으로 보아 늦은 귀가가 특별한 일은 아니었지만, 9시는 이웃이 슬슬 잘 준비를 시작하고 내가 괜한 소란을 일으키지 않고 침입할 수 있다는 점에서 최적의 시간이었다. 나는 공연한 의심을 피하기 위해 불을 끄고 무릎에 총을 놓은 채 거실 의자에 말없이 앉아 기다렸다. 거실이 곧 침실이었고 두 공간은 야트막한 작업대 하나로 분리되어 있었다. 부엌 역시 마찬가지였다.

집 안에 들어온 그는 취하지는 않았지만 살짝 알딸딸해 보였다.

검은 가죽 장갑과 소음기가 끼워진 권총을 지닌 내 모습을 보자 그는 정신을 차리려 안간힘을 썼다. 죽음이 걸린 상황이라면 지성은 마비되어도 합리적 판단력으로 알코올의 기운을 누를 수 있다.

즉시 총을 쐈어야 하는데, 문간에 선 그 모습에 나까지도 얼어붙어 버렸다. 검지에 걸린 키링에서 아직 달랑거리는 열쇠들, 초록색 울 스웨터 위로 겹쳐 입은 갈색 울 조끼, 스모 그 때문에 회색 재가 묻은 얼굴. 말을 걸고 싶은 마음은 추호도 없었다. 뭐라 할 말도 없었다. 그러나 방아쇠로 손을 가져가는 순간 그가 불쑥 말했다.

"집에 가져갈 건 별로 없지만 뭐든 마음대로 가져가세요."

나는 망설이다가 총을 들었다.

"이래서 좋을 게 없잖아요."

적나라한 속삭임이었다. 이미 내가 원하는 바를 정확히 결정한 마당에 그 말들은 사실 좀 진부했다. 게다가 이제는 싫어도 해야만 하는 일이 되어버렸다.

"제발." 그는 털썩 무릎을 꿇었다. 뺨을 타고 벌써 눈물이 줄줄 흘러내리고 있었다. "살면서 잘못한 일이 하나도 없단 말이에요."

나는 그 말을 잠시 생각해 보았다.

그리고 방아쇠를 당겼다.

39

나는 러시아 기차를 좋아한다.

편안해서 좋은 건 아니다, 전혀 편하지 않으니까. 속도가 빨라서도 아니다, 솔직히 횡단해야 하는 땅덩어리의 규모를 생각하면 속도라고 할 만한 것도 못 된다. 심지어, 특별히 경관이 아름답지도 않다. 당연히 똑같은 풍경이 반복될 수밖에 없다. 아무리 대자연의 여신이라 해도 그 정도로 광막한 경작지를 가로질러 기적을 행하려면 한계가 있을 수밖에 없으니까.

나는 러시아 기차를 좋아한다. 아니 적어도 냉혹하게 라일을 총으로 쏴죽이고 수백 년이 지난 1956년 그 이른 봄에 타고 여행했던 그 기차들을 좋아한다. 온갖 생고생을 겪으며 승객들 사이에 저절로 생겨나는 유대감이 좋았다. 그런 경험은 아마 상대적일 거라 생각한다. 길고 춥고 불편하고 따분한 여행을 하는데 까다롭거나 위험하거나 미친 사람이 딱 한 명만 있어도 객차 전체가 둔탁한 침묵에 휩싸이기 마련이다. 다른 건 몰라도 자기방어를 해야 하니까. 그러나 같은 여행을 쾌활한 동행들과 함께한다면 시간이 훨씬 빨리 흘러간다.

새로운 서류로 신분을 위장하고 레닌그라드 북동쪽으로 달리던 당시, 내 동행들은 참으로 유쾌하기 그지없었다.

"우리 고향은 똥통이에요." 주물공장에서 하루 열한 시간씩 일할 꿈에 부풀어 어쩔 줄 모르던 열일곱 살짜리 소년 표트르는 말했다. "거기 사는 사람들도 다 똥이고 땅도 다 똥이고 똥을 퍼부어도 그 땅을 더 똥으로 만들 수 없을 만큼 똥이에요. 하지만 내가 지금 가고 있는 곳은…… 거기서는 나도 뭔가 될 수 있고, 뭔가 할 수 있을 거예요. 나와 함께 살고 싶어 하는 여자도 만날 거고, 같이 아이들도 낳아 기를 거고, 우리 애들은, 내가 겪은 똥 같은 일은 모르고 살게 할 거예요."

"표트르는 아주 영민해요." 좀 더 차분한 열아홉 살짜리 빅토리아는 농업정책을 공부할 생각에 기대가 컸다. "우리 부모님께서 아주 자랑스러워하실 거예요. 우리 어머니는 심지어 읽고 쓸 줄도 모르시거든요!"

작은 나무 상자가 딸각거리는 소리에 타냐의 도미노 세트가 도착했음을 알아차렸고, 우리는 김 서린 작은 차창에서 습한 객차 안쪽으로 옹기종기 모여들었다. 패를 죽 늘어놓고 다들 장기전을 기획하는 나폴레옹이 무색한 전략적 계획을 세우며 몰입했고, 무수한 희망과 좌절이 거듭되었다. 내 동행들에 대해 환상 같은 건 품고 있지 않았다. 열정은 천진난만했고 희망은 설익고 성급했으며 바깥 세상에 대한 무지는 겁이 날 정도였다. 지금부터 50년 후, 흘러간 옛 공산당 시절을 그리워하며 현실을 통탄하는 빅토리아의 모습을 쉽게 상상할 수 있었다. 지금의 올가가 차르의 서거를 통탄하는 거나 다를 바 없을 것이다. 그리고 표트르를 슬쩍 찔러보면 주먹으로 허벅지를 쾅쾅 내리치며 선언하곤 했다. "우리가 전쟁에서 이기지 못한 건 스탈린의 노선에 찬성하지 않은 그 개새끼들 때문이라고요!" 무지에 순수가 있는 걸까? 그렇다면 우리는 타인의 순수를 위해 그들을 참아내야 하는 걸까? 우리가 내쉬는 숨은 하얀 김이 되어 내벽을 타고 기어올랐고, 객차는 철로의 접점마다 어린 영양처럼 펄떡펄떡 뛰었다. 그곳에서는 이 질문에 대한 흡족한 해답을 찾을 수 없었다.

일곱 시간 내리 도미노 게임을 하고 나자 아무리 유쾌한 동행들이라도 말이 없어졌다. 하나둘씩 서로 어깨와 목에 머리를 기대고 졸기 시작했다. 나는 신기료장수와 고향으로 돌아가는 병사 사이에 끼어 앉아 앞으로의 행보를 숙고하기 시작했다. 피에트록—112를 못 찾게 막는 자가 있다면 내 움직임을 미리 예측할 가능성이 높았다. 그렇다면 새로운 신분증이 있더라도 눈에 띄지 않고 잠입하기란 쉽지 않을 터였다.

합리적인 행보를 택하자면 후퇴하고 다시 때를 봐야 했다.

그게 바로 우려되는 점이었다. 어떤 때가 오면 다시 시도할 수 있을까? 다시 돌아왔을 때 지금 좇고 있는 이 발자취가 다 말라버리고 만다면? 얼마나 오랫동안 이 문제를 묵혀둘 용기가 있을까? 다 없었던 일로 하고 포기할 각오는 하고 있는 걸까? 나는 수배 중인 도망자였고 낯선 땅에 떨어진 외지인이었다. 마지막으로 이런 신세가 되어본 지 100년도 넘었다. 위기에 몰린 불편한 마음에 위장이 꾸르륵 소리를 냈고 부단히 주위를 살피느라 이리저리 고개를 돌렸더니 목도 아팠다. 하지만 내겐 서류뿐 아니라 총과 돈도 있었다. 또 상황 자체가 짜릿한 희열감을 동반해 한 번도 느껴보지 못한 아드레날린이 분출해서 혈관을 타고 흘렀다. 나는 끝까지 밀고 나가기로 마음먹었다. 어차피 머리로 합리화하려 해봤자 될 일이 아니었다. 아예 신경 쓰지 않는 편이 나았다.

종착역에는 초병들이 나와 있었다. 전화를 받고 나온 동네 청년들, 평균 연령 스물셋, 평균 계급 일병. 수배자의 용모 설명은 들었겠지만 사진은 없을 것이다. 동승자의 가방이 열린 틈을 타 거의 다 비운 보드카 술병을 슬쩍해 벌컥벌컥 몇 모금을 먼저 들이키고 목과 손에 향수처럼 뿌려 문지르고 벅벅 눈을 비벼 눈물로 번들거리게 한 뒤 열차에서 내리는 승객들을 따라 줄을 섰다. 이미 해가 저물고 있었다. 잿빛 지평선 위로 빛의 구체가 아직 이글거리며 불타고 있었지만, 빛살이 둔해져서 한참을 노려봐도 괜찮았다. 플랫폼에는 시커먼 진흙이 한 겹 얇게 덮여 있어 몹시 지저분했다. 시시각각 엷어지고 있던 햇살이 닿은 양지는 질척하고 그늘에는 살얼음이 끼어 있었다.

"이름!"

"미하일 카민." 초병들의 얼굴에 갖다 대고 텁텁한 숨을 뿜으며 발음을 흘렸다. "여기 우리 사촌이 아직 안 나왔나 봅니다?"

초병은 내 서류를 살펴보고(완벽했다) 내 얼굴을 올려다보았다(그리 완벽하다고는 할 수 없었다).

"모자 벗고!"

나는 모자를 벗었다. 술기운을 과장하는 건 쉬운 일이다. 개인적으로 선호하는 방식은 어차피 드러내게 될 특징들을 강조하는 것이다. 이 경우에는 비굴이었다. 손가락으로 모자의 귀 덮개를 비틀고 아랫입술을 깨물면서 흙탕물에 구른 새처럼 목과 어깨를 잔뜩 움츠린 채 울상을 하고 경비병들을 올려다보며 눈치를 살폈다.

"여행의 목적이 뭐지?"

"사촌이요." 내가 중얼거렸다. "빌어먹을 놈이 죽어가고 있어요."

"사촌 이름은 뭐지?"

"니콜라이. 더럽게 큰 집에 살거든요. 항상 뒤지게 큰 집에서 살면서 내가 좀 가서 살아도 되냐고 하면 안 된다는 겁니다. 동무들이 좀 가서 혼쭐을 내줘야 할 놈이에요."

작정하고 한 번 더 경비병에게 향기로운 숨결을 발사하자 그가 움찔했다. 경비병은 혐오감에 콧잔등을 잔뜩 찌푸리더니 서류를 돌려주었다.

"가봐." 그는 투덜거렸다. "정신 좀 차리고!"

"감사합니다, 동무, 감사합니다."

나는 만주의 황제 앞에서 퇴청하는 중국 관리처럼 연신 절을 하며 인사하고 물러섰다. 질질 미끄러지고 비틀거리고 진흙투성이의 거리를 헤치면서 시꺼멓고 더러운 오물을 바지 자락에 죄다 튀겼다.

그 마을은, 그걸 과연 마을이라고 해야 할지 모르겠지만, 아무튼 플로스키에 프리디라는 이름으로 통했다. 딱 하나밖에 없는 조용한 거리를 따라 걷다 보니, 서서히 진창 속으로 빠져 들어가는 몰골의 추레한 목조 가옥들은 정말로 무대 장치처럼 앞판밖에 없는 게 아닌가 하는 의심이 들었다. 미국 서부영화에 맞서 내놓은 소련 연방 나름의 대답 같았다. 당장이라도 오두막 문을 벌컥 열고 코사크족 남정네가 소리를 지르며 뛰쳐나오면 화난 농부 아낙네가 따라 나와 "개새끼야, 벼락이나 맞고 지옥에나 가라! 염병할 개새끼야!"라고 악을 쓰는 연기를 할 것 같은 무대. 하지만 그런 신나는 일은 일어나지 않았다. 마을은 기차가 잠시 정차하는 간이역, 다른 목적지로 향하는 사람들의 여정에 편의를 제공하고자 세워진 집 몇 채에 불과했다. 흙이 좀 다져져 있으면 그냥 거기가 길이라는 뜻이었다. 하나밖에 없는 가게 문 앞에는 '달걀 없음'이라고 쓰인 표지판이 덜렁 걸려 있었다. 가게 문 안에서 목발을 짚은 늙은 퇴역군인이 이제는 잊힌 노래의 두 구절을 고장 난 테이프처럼 흥얼거리고 있었다. 괜찮은 카우보이 영화라면 빠져서는 안 될 설정이다. 하지만 여전히 플로스키에 프리디는 문명과 그 너머의 세상을 가르는 관문처럼 버티고 서 있었다. 시커먼 진흙과 축축 처진 나무들로 뒤덮인 광활한 경작지가 끝이 보이지 않았다. 단 하나 두드러지는 건물은 선로 옆의 대규모 벽돌 공장이었다. 인근 공기가 후덥지근했고 굴뚝들은 시커먼 매연을 하늘로 토해냈다. 벽돌 가마는 인스티튜트―75라든가 코뮌―32같이 거창한 이름의 북부 신흥 개발 지역에 자재를 공급할 터였다. 나는 벽돌공에게 뇌물을 쥐여주고 트럭 화물칸에 얻어 타 피에트록―111을 향해 북쪽으로 출발했다. 채 식지 않은 벽돌 사이에 끼어 앉아 세 시간 동안 검댕에 시커멓게 그을리며 뜨끈뜨끈하게 여행했다. 북쪽으로 화살처럼 똑바로 뻗은 도로를 트럭이 펄쩍펄쩍 뛰며 달리자 벽돌이 이리저리 마구 미끄러져 떨어지고 서로 부딪혀 덜그럭거렸다. 그래도 아예 한 번 최악으로 무너진 뒤에는 허물어진 벽돌들로 일종의 굴이 만들어졌고, 그 안에 들어가 앉아 있으니 상대적으로 안전했다.

심지어 식어가는 벽돌의 온기에 포근히 감싸여 꾸벅꾸벅 졸기까지 했다. 마침내 트럭이 부르르 떨며 정차하고 뒷문이 벌컥 열리더니 "피에트록—111에 다 왔소. 즐거운 여행이 되었기를!"이라는 쾌활한 외침이 들려왔다.

흐릿한 눈을 부비며 나와보니 벽돌공과 조수는 무례한 이웃에게 신문을 배달하는 소년처럼 벽돌들을 길가에 마구잡이로 던져 쌓으며 명랑하게 수다를 떨고 있었다. 나는 눈을 껌벅거리며 침침한 불빛에 비친 마을 아파트와 잡화점, 우뚝 솟은 정유 공장을 훑어보았다. 활활 타오르는 가스 불기둥만 죽음처럼 시커먼 밤에 색채의 흔적을 남겼다. 구름 한 점 없는 하늘에 흩뿌려진 별들은 헤아릴 수 없이 많은 호수가 차갑게 얼어붙어 박혀 있는 것 같았다. 북극성을 찾아 북쪽을 바라보며 동행에게 물었다.

"피에트록—112까지는 얼마나 더 가야 합니까?"

그들은 껄껄 웃었다.

"차 타고 두 시간은 더 가야 해요. 가봤자 볼 것도 없어요! 군인들하고 과학자들밖에 없는 동네라서, 동무."

입이 닳도록 고맙다고 인사하고 이 마을에서는 나름 화려한 번화가라 할 만한 데로 걸음을 옮겼다.

숙소를 구하는 건 현명하지 못한 처사였다. 정부에서 이제 나를 찾지 않는다는 보장이 없었다. 노숙을 하자니 밤이 너무 찼다. 낮 동안 그늘에서 눈이 녹아 생긴 물웅덩이들이 무시무시하게 미끄러운 블랙아이스로 변했다. 가로등도 없는 길거리를 손으로 벽을 더듬으며 헤매다 정유 공장 불길과 싸늘한 은빛을 띤 별빛에 의지해 간신히 동네 술집을 하나 찾았다. 술집이라는 간판도 없고 외지인한테 개방적인 분위기도 아니었지만 아무 할 일이 없는 동네라면 어디에나 자생적으로 생겨나는 뻔한 곳이었다. 예전에는 그냥 개인 집이었을 테지만 어쩌다 깜박 잊고 문을 잠그지 않아 타인들이 드나들기 시작했을 테고, 이제는 아예 실내 한가운데 난로를 갖다놓고 사람들이 둘러 앉아 달빛을 받으며 눈이 멀도록 술을 마시는 진지한 작업에 몰두할 수 있는 따뜻하고 아늑한 주당들의 소굴로 변해 있었다. 내가 들어가자 이상하게 쳐다보는 눈길이 쏟아졌지만 아무도 아무 말도 하지 않았다. 나는 슬며시 난롯가에 자리를 잡고 앉아 치아가 두 개밖에 남지 않은 주인 아낙에게 몇 루블을 건넸다. 그러자 맛이 부동액보다 좀 나은 수준의 알코올 한 잔과 콩 요리를 곁들인 밥 한 그릇이 나왔다.

"사촌을 만나러 왔소이다." 내가 말했다. "다 죽어간다고 해서. 혹시 피에트록—112까지 데려다줄 만한 사람 하나 아시오?"

"내일, 내일." 노파는 그렇게만 중얼거렸고, 사실 별 할 말도 없어 보였다.

40

나도 모르게 잠이 들어버렸고, 누군가 흔들어 깨우자 손이 자동적으로 호주머니로 가서 권총을 찾았다. 초병, 군인, 처벌, 뭐 그런 상상을 했다. 하지만 공처럼 둥근 얼굴에 눈빛이 반짝거리는 어떤 남자가 뭐가 그렇게 신이 났는지 작은 귀 끝까지 달싹거리는 환한 웃음을 지으며 서 있었다.

"피에트록—112까지 가고 싶다는 거지요, 동무? 제가 데려다주지요!"

그가 부른 삯은 날강도가 무색했다. 이동 수단은 구형 독일 국방군 보급 차량이었다. 사실 웬만하면 놀랄 일이 없는 나였지만 이 물건만큼은 경악에 차 쳐다보지 않을 수 없었다. 문짝과 펜더의 금속은 녹슬어 쭈글쭈글한 오렌지색으로 변색되었고, 스프링과 속이 다 튀어나와 마구 뭉쳐진 덩어리를 대충 낡은 담요 쪼가리로 덮어둔 게 좌석이었다. 하지만 전면과 측면에 그려진 나치 문양은 아직도 뚜렷했다. 입을 떡 벌리고 쳐다보는 나를 보고 젊은 청년은 뿌듯하게 웃으며 외쳤다.

"우리 아버지께서 대령 둘이랑 소령 둘을 쏴 죽였는데 그 과정에서 도색도 벗겨지지 않았어요!" 청년은 자동차 옆에 서서 획기적인 영웅담을 묘사했다. "빵! 빵, 빵! 연성 탄두 리볼버 총탄 덕분이었죠. 세 방에 시체 셋. 아버지는 폴란드에서 탱크에 박살났지만 우리한테 이 차는 남겨주셨어요. 타고 가실래요?"

눈에 안 띄는 운송 수단이라고는 차마 말할 수 없었지만, 그래도 멀쩡하게 굴러가고 내가 가야 하는 목적지 쪽으로 가는 차였다.

"고맙소." 나는 중얼거리듯 답했다. "새로운 경험이 되겠군요."

피에트록―112로 가는 동안 거센 맞바람을 받으며 묵묵히 웅크리고 앉아 다음 행보를 구상했다. 가서 뭘 해야겠다는 구체적인 계획이 있었다기보다는 호기심을 참지 못해 이 먼 데까지 왔다. 당국에서 아직도 눈을 시퍼렇게 뜨고 나를 찾고 있을 텐데 감시를 피해 진입할 수단도 없었거니와 속임수가 먹히는 행운을 두 번 기대할 수도 없었다. 그러므로 이제 당면한 문제는 서서히 바뀌어가고 있었다. 과연 나는 해답을 얻기 위해 죽을 각오가 되어 있는가? 지금의 상황으로 볼 때 어떤 식으로든 죽음을 맞을 가능성이 높아지고 있었다. 그렇다면 루뱐카*에서 긴 시간 질질 끌며 취조를 당하느니 빠르고 쉬운 길을 찾는 편이 훨씬 낫다. 이번 생애에서 이 젊은 나이에 요절하면 또 온갖 따분하기 짝이 없는 세월을 지내야 할 텐데 참으로 엄청난 시간 낭비가 아닐 수 없었다. 그러니 이왕이면 비탈리 카르펜코와 피에트록—112에 대한 정보를 최대한 많이 얻어내고 나서 죽어야 한다. 그렇다면 이건 자살 임무인가? 결국 그렇게 되는 걸까? 빼낸 정보의 가치가 죽음에 수반되는 권태를 능가한다면 얼마든지 할 만하다고 판단했다. 찬찬히 자기분석을 한 결과 지적, 합리적 근거는 빈약할지 몰라도 이미 감정적으로는 모든 걸 쏟고 있었다. 모험이었다. 위험하고 무모하고 어리석은 모험이었다. 살면서 해본 적 없는 짓.

피에트록—111이 온 동네에 말이 한 마리밖에 없는 촌구석**이라면 피에트록—112는 그 말을 죽이러 보내는 접착제 공장***처럼 보였다. 야트막하고 지저분하게 엉켜 있는 오두막집들과 창문도 이름도 영혼도 없는 네모난 노출 콘크리트들을 빙 둘러 철망 울타리가 쳐져 있었다. 직선도로는 정문으로 곧장 뻗어 있었고 정문에는 '피에트록—112: 통행증을 제시하시오'라고 쓰여 있었다. 인민군복 차림의 초병 두 명이 정문 옆 흰색 초소에 웅크리고 앉아 라디오를 듣고 있었다. 우리가 접근하자 한 명이 황급히 뛰쳐나와 팔을 흔들며 정지 신호를 했다. 초병은 운전자의 얼굴을 알아보는지 다정하게 어깨를 두드렸지만 내게 다가오면서 정색을 했다. 등에 멘 라이플총의 끈을 쥔 손가락에 힘이 들어갔고, "동무! 서류를 제시하시오!"라는 부르짖음은 이미 관례적 절차의 강도를 넘어서고 있었다.

어차피 자살 임무에 착수한 거라면 평정심을 잃지 말고 끝까지 밀고 가자고 마음을 다졌다. 차에서 내려 곧장 초병에게 가서 대답했다. "당 지부장 동무다, 자네는?"

그는 차렷 자세를 취했다. 훈련으로 몸에 새겨진 반응이 이토록 신체적인 본능이 되어버렸다는 사실에 나만큼이나 그도 놀란 눈치였다. 정말로 성공적인 위협의 요체는 언성을 높이거나 욕설을 하는 게 아니라, 때가 되면 대신 고함을 쳐줄 배후의 무리가 있다는 걸 듣는 상대에게 확실히 각인시키는 고요한 자신감을 기르는 데 있다.

"여기 사령관은 어디 있나?" 내가 덧붙였다. "나를 기다리고 있을 텐데."

"알겠습니다, 당 지부장 동무." 그는 큰 소리로 외쳤다. "하지만 저한테 서류를 보여주셔야 합니다."

"공안 담당 미하일 카민이다."

"일단 서류를 제시……."

"아니, 필요 없어." 나는 나직하게 말했다. "곡물 운반하는 농부나 지난주 우편물을 배달하는 인민 위원이나 어젯밤에 잔뜩 술을 마신 하급 간부들한테나 서류 확인을 하는 거지. 큰 그림이 없는 사람들이나 서류를 확인하는 거라고. 자네가 확인하지 않아도 되는 건 말이야, 애송이 동무."

런던 뒷골목 깡패들이 쓰는 '애송이'의 의미를 소련의 피해망상을 자극하는 쪽으로 옮기기란 생각보다 어려운 작업이었다.

"여기 없는 사람의 서류지. 씨발 나는 여기 없는 사람이란 말이야. 씨발 내가 여기 있으면 자네는 씨발 더럽게 곤란한 문제가 생긴다 이 말이야, 알겠나?"

청년은 마음속에서 두 가지 공포가 충돌한 나머지 몸을 덜덜 떨기 시작했다. 상사에게 항명할 때 당연히 받게 될 벌과 내게 항명할 때 닥치게 될 미지의 보복, 둘 중 어느 쪽이 나을까. 나는 그 친구가 알아서 판단하게 놔두었다.

"이렇게 훌륭하게 의무를 이행하고 있다니 기쁘군." 나는 초병의 어깨를 너무 세게 그러쥐지 않으려고 애쓰며 덧붙여 말했다. "하지만 자네 의무는 말이야. 뭐, 내가 이렇게 말하면 기분이 어떨지 모르겠지만, 지금까지는 큰 그림을 전혀 보지 못하는군. 그래서 자꾸 나를 그렇게 흘겨보며 머리를 굴리는 거야. 그냥 착한 초병답게 나를 사령관한테 안내해 주고 계속 감시하면 어떤가? 그러면 더럽게 귀찮은데 이 거지 같은 데서 불알이 얼어터질 때까지 좆같은 시간 낭비를 하지 않아도 되지 않겠나? 자네 생각은 어떤가, 청년 동무?"

불확실한 사회적 계급에 시뻘겋게 달아오른 얼굴을 한 지주가 몹시 생색을 낼 때 쓰는 '청년'의 함의를 소련 말로 옮기자니 '애송이'보다 더 힘들었다. 가끔은 무자비한 의지의 힘으로 문제를 해결해야 할 때가 있는 법이다. 특히 그 문제가 태어난 순간부터 국가를 운영하는 독재자들을 존중하라는 훈련을 단단히 받은 사람이라면 더더욱. 보안 경계가 발령되었다는 걸 초병도 알고 있었을 텐데(당연한 일이다, 다른 정황도 그렇지만 그 목소리만 들어도 알 수 있었다) 공안부에서 불쑥 누군가가 나타나 사령관과 얘기를 해야겠다고 하는 일이 정말 그렇게 놀라운 일이었을까? 외국의 첩보 요원이 그런 청탁을 할 리는 없지 않은가. 아니 그렇게 개연성 없는 일이 아니었을지 모르지만, 초병 수준에서는 그런 생각을 도저히 할 수가 없었다.

"그럼 따라오십시오, 지부장 동무!"

그는 복합 단지 안으로 나를 들여보내고 경례까지 올려붙였다.

41

옛날에 이스라엘 정착지에서 일한 적이 있었는데, 거긴 피에트록—112와 좀 닮은 구석이 있었다. 포도주, 여자, 노래를 넉넉잡아 120년쯤 즐기고 나니 목가적인 생활을 하고 싶은 시기가 찾아왔다. 아이러니하게도 약속의 땅으로 가보라고 영감을 준 장본인이 바로 향락의 여신 에이킨라이였다. 최소한 고된 노동과 흙으로부터 인간의 순수한 본성을 재발견할 수 있을 거라는 게 당시 나의 논리였다. 리처드 라일을 살해하겠다는 나를 비웃은 에이킨라이는 당시 홍콩에 거주하고 있었다. 1971년의 일이다. 나는 쉰두 살이었고 헤로인 중독이 과연 그렇게 나쁜 선택인지 잘 모르겠다고 생각하던 차였다.

"자기가 얼마나 행운아인지 모르겠어?" 발소리도 내지 않는 하녀가 주삿바늘을 준비하는 사이, 별빛 총총한 하늘을 보며 안락의자에 길게 누워 에이킨라이가 물었다. "용기가 없어서 아무도 못 하는 짓을 자기 몸에는 할 수 있잖아. 행복감에 죽을 수도 있고 살아나서 또 죽을 수도 있고!"

"순도 높은 거야?" 나는 작은 은 쟁반에 조심스럽게 받친 주사를 살피며 물었다.

"세상에, 해리, 그게 뭐가 중요해? 그래, 최상품이야. 삼합회*의 홍이라는 남자애한테서 직접 구했단 말이야."

"삼합회 애를 어떻게 만났어?"

에이킨라이가 어깨를 으쓱했다.

"이 동네에서 좀 신나게 논다 하는 집들은 다 삼합회 소유야. 이 동네에서 돈도 있고 놀 줄 알면 사람들을 만나게 되거든? 자."

자기 자신의 매력에 취해 살짝 웃음을 흘리며 에이킨라이가 안락의자에서 슬며시 일어나 다가와서 소매를 대신 걷어주었다. 나이가 들면서 팔뚝의 혈관이 더 파랗게 변했다. 아니 피부가 더 창백해졌을 수도 있다. 에이킨라이는 고무줄을 더 꽉 잡아당겨 묶으며 내 안쪽 팔뚝에 불끈 도드라진 핏줄을 보고 킬킬 웃었다. 호박색 액체가 든 첫 번째 주사기를 집어 들면서 근심 가득한 내 얼굴을 본 그녀는 씩 웃으면서 장난스럽게 내 팔뚝 살을 찰싹 때렸다.

---

* 중화권에서 활동하는 마피아 조직.

"해리! 설마 이걸 한 번도 못 해봤다는 말을 하려는 건 아니지?"

"그럴 만한 현금과 시간이 생겼을 때쯤에는, 몇 번의 삶을 겪으며 몹쓸 물건이라는 걸 확실히 알게 된 후였거든." 내가 단호하게 말했다.

"선형적 인간들이 말하는 데 휘둘리면 쓰나." 에이킨라이가 타박했다. "우리는 그 사람들이랑은 다른데."

에이킨라이는 바늘을 능숙하게 다루었다. 들어가는 줄도 모를 정도였다. 그 감각을 묘사할 때 쓰는 말이 황홀경이라고 알고 있다. 그러나 체험을 통해 알게 된바, 그 정의는 하나도 쓸모가 없다. 상황에 걸맞지 않은 비교급에 의존하는 탓이다. 비교 불가의 행복감, 이해 불가의 만족감, 지복, 다른 세상으로의 여행, 육체로부터 정신의 해방…… 다 그 나름대로는 맞는 표현일지 몰라도 사실은 아무 의미를 갖지 못한다. 어떤 기억으로도 재창조할 수 없고 어떤 대체품으로도 흉내 낼 수 없는 체험이기 때문이다. 그러니 약물의 황홀경을 체험한 사람으로서는, 그 말이 그저 그 말로서만 존재하게 된다. 아련한 그리움이 배어나는, 하지만 실제로 겪어보지 못한 사람에게는 아무 의미도 가질 수 없는 말.

팔다리가 천근만근 무거워지고 입이 바싹바싹 메말랐지만 내 입이 내 것이 아니었기에 개의치 않았다. 나는 가만히 있고 시간이 움직이고 있다는 사실을 깨달아, 이것이야말로 시간의 본질임을 파악하는 데까지 어째서 이토록 오래 걸렸던 걸까, 그런 생각을 했다. 손에 잡히는 데 공책이라도 하나 있어서 이런 생각들을 끼적거릴 수 있으면 얼마나 좋을까. 전에는 못 해본 이 심오하고 아름다운 생각들이 인류의 행동 방식을 혁명적으로 바꿔놓을 텐데. 에이킨라이가 자기 몸에 주사하고 하녀에게도 주사를 놓는 모습을 지켜보았다. 하녀는 약효가 나타나자 순한 고양이처럼 에이킨라이의 무릎을 베고 누워 있었다. 나는 그들에게 현실의 본질에 대한 비범한 사유를 했고 믿기지 않는 진리를 발견했다고, 하지만 다른 사람들한테 어떻게 이해시켜야 할지 모르겠다고 말하고 싶었다.

아편은 성욕을 억제하지만 에이킨라이가 내게 키스했던 건 안다. 우리는 이제 더는 젊은 연인들이 아니었지만 상관없었다. 우리 사랑은 약물의 황홀경처럼 경험해 보지 못한 사람은 아무리 설명해도 이해할 수 없다. 하녀가 춤을 추고 있었던 것도 안다. 그래서 나와 에이킨라이도 춤을 추었고, 그러자 하녀가 훨훨 춤을 추고 빙글빙글 돌며 갑판 끝에 다다르더니 뱃머리까지 갔다. 우리도 따라갔는데, 나는 무거운 다리를 도저히 움직일 수가 없어서 엎드려 팔로 기어가며 목을 쭉 빼고 에이킨라이가 하녀 목에 입술을 묻고 우주의 비밀을 속삭여 주는 모습을 보았다. 그러자 하녀가 소리 내어 웃더니 배를 빙 둘러 쳐져 있는 난간에 올라서서 팔을 쫙 펴고 그대로 중력에 몸을 맡긴 채 머리부터 물속으로 추락했다.

시체는 이틀 뒤 해변으로 밀려왔다.

검시관의 결론은 자살이었다.

하녀는 묘석도 없는 무덤에 묻혔다. 슬퍼해 줄 가족도 없었다. 에이킨라이는 하녀의 이름조차 말해주지 않고 항구를 떠났다. 나는 관을 땅에 묻고 세 시간 뒤 이스라엘로 가서 험준한 골란 고원 밑 어느 정착촌에 노동자로 들어갔다. 유대인도 아니고 그 나라에 정치적 애착도 전혀 없었지만 한 농부가 여름철에 자기 대신 오렌지를 수확할 기회를 주었고 달리 갈 곳도 없었다. 일곱 달 동안 새벽에 일어나 등에 바구니를 짊어지고 일을 했고 저녁때는 플랫브레드를 먹고 아무말도 하지 않고 TV도 보지 않고 라디오도 듣지 않고 정착촌 장벽 밖의 사람들과는 말도 섞지 않았다. 통나무집에 야트막한 간이 침상들을 두고 다른 노동자 열세 명과 함께 기식하면서 작업을 제대로 못했을 때는 어린아이처럼 야단을 맞았다. 정착촌 식구들은 내게 정신적으로 상처가 있다고 자기끼리 속살거렸다. 백발의 영국 남자가 왜 하얀 햇빛이 내리쬐는 이국의 야산에 와서 먼지와 흙 속에서 구르며 나날을 보내는지 이해가 되지 않았으니까. 가끔 원주민 소년들이 와서 빤히 구경하다 가기도 했다. 정착민들은 땅을 빼앗긴 사람들의 습격이 두려워 절대 혼자서는 정착촌 밖으로 나가지 않았다. 얼마 후에는 아예 아무도 정착촌 밖으로 나가지 않고

하얀 석벽 뒤에 숨어 총알 하나만 있어도 복수를 벼르는 적
대적인 사회를 피했다.

그러다 어느 날 농부의 아내가 내 곁에 와 앉아서 이렇게
말했다.

"이제 털어버려요."

검은 가발을 쓰고 허리에 검은 앞치마를 두른 덩치 큰 여
인이었다.

"마음속에 떨쳐버리지 못하고 있는 그것." 한참 후 여자가
말했다. "그게 뭔지 나는 몰라요. 어디서 얻었는지도 몰라요.
하지만 해리." 그러더니 여자의 손이 내 허벅지 사이로 슬며
시 미끄러져 들어왔다. "과거는 과거예요. 당신은 오늘을 살
고 있어요. 중요한 건 그게 다예요. 기억은 해야 하지요. 그
게 당신이라는 사람이니까. 하지만 지금 있는 그대로의 모
습을, 절대로, 절대로, 후회해서는 안 돼요. 과거를 후회하는
건 영혼을 후회하는 거니까."

손길은 내 다리를 타고 올라왔다. 나는 그 손길이 목적지
에 도착하기 전에 손목을 붙잡았고 조심스럽게 그녀의 무릎
에 도로 가져다 놓았다. 농부의 아내는 한숨을 쉬고 살짝 고
개를 돌려 나를 등졌다.

"1초밖에 되지 않았어요." 여자가 말했다. "1초 동안 내 손
이 당신 손에 닿았지만 그 1초는 이미 흘러갔고 다시는 볼
수도 들을 수도 느낄 수도 없어요. 이 순간도 사라졌죠. 내가

당신 옆에 앉아 말을 건넸던 이 순간 말이에요. 그 순간은 죽었어요. 죽게 내버려둬요."

그 말을 남기고 여자는 씩씩하게 일어나 앞치마를 탁탁 털고 깔고 앉았던 치마의 앞뒤 매무새를 정리한 후 다시 일하러 갔다.

나는 그날 밤 아무런 흔적도 남기지 않고 그곳을 떠났다.

42

그로부터 15년 전이자 몇 세기가 지난 지금, 피에트록—112는 이스라엘의 그 농장을 연상시켰다. 밤의 정적, 길게 이어진 야트막한 노동자 막사, 바깥세상과 격리하는 울타리…… 적대적이고 무서운 어둠의 세계와 밤에 방울뱀처럼 도사리며 돌아다니는 것들을 막기 위한 장벽. 우리 머리 위로 솟아 있던 골란 고원이 이방 종족의 신에게 바치는 기념비였다면 피에트록—112에서는 표식 없는 콘크리트의 산이 원자와 숫자로 구성된 과학의 신에게 바쳐진 사원이었다.

나는 수하를 방문하는 간부답게 유유자적한 속도로 걸었다. 시야에 닿는 한 지상과 지하로 끝없이 펼쳐진 콘크리트 협곡으로 진입하는 정문 옆에는 초병이 몇 명 더 있었다. 의심스러운 눈초리로 나를 보았으나 에스코트하는 병사의 깍듯한 태도가 믿음이 갔는지 아무도 따져 묻지 않았다.

하얀 형광등 불빛에 비춰진 콘크리트 복도. 표지판을 봐도 B1이나 G2라는 정도만 쓰여 있을 뿐 어느 쪽으로 가야 할지 알 수가 없었다. 벽에 붙은 안내문에는 방사능 배지를 항상 달고 다녀야 한다고 쓰여 있었지만, 핵실험 현장은 절대 아니었다. 과학자, 군인, 행복한 산업 노동자가 삼위일체를 이루어 빛나는 태양을 등지고 황금빛 들판을 가로질러 나아가는 모습이 그려진 포스터가 모든 행인에게 더 큰 그림을 상기시키고 있었다. 초병들 사이로 민간인도 상당히 많았다. 실험실 가운보다는 묵직한 퀼트 재킷을 입은 사람이 대다수였으나 산업용 제품 창고일 리는 없었다. 민감한 구역이나 진입로는 묵직한 셔터로 차단되어 있었고 '무허가 진입 금지'라고 쓰인 어마어마하게 커다란 경고문이 붙어 있었다.

사령관 사무실은 토대를 올려 세운 작은 방으로 바깥세상으로 이어지는 배송 플랫폼이 내려다보였다. 책상 위 흑백사진에는 아주 커다란 기관총을 들고 갱단의 패션 액세서리처럼 어깨에 탄띠를 두른 남자가 있었다. 라디오에서는 1940년대의 위대한 공산당 히트곡들이 흘러나왔다. "우리는 형제의 피를 가르며 행진하고 자식을 들어 태양에 바치네"라든가 "우리는 조국에서 사랑하는 이들과 동무들을 위해 일한다"라든가 그런 시적 감성이었다. 사령관은 극단적으로 압축해 놓은 듯 야윈 몸매의 소유자였다. 찌그러진 얼굴에 툭 튀어나온 코가 무슨 끔찍한 의학적 사고를 당한 게 아닐까 싶은 성냥 같은 몸에 올라붙어 있었다. 우리가 들어가자 전화기를 내려다보던 갈색 눈이 날카롭게 올려다보았고, 나를 보자 그는 버럭 고함을 쳤다. "이건 뭐야?"

대담하게 시작한 마당에 계속 밀고 나가기로 작정한 나는 호주머니에 손을 넣어 서류를 찾는 척하며 우렁차게 말했다. "공안부의 미하일 카민이오, 동무. 우리 사무실에서 전화를 넣었을 텐데."

"그런 이름은 들어본 적도 없소."

"그럼 일을 제대로 하는 비서를 써야지." 당당하게 언성을 높였다. "여기 오느라고 빌어먹을 여덟 시간이나 걸렸는데 뒤질 메모 따위에 1초도 허비할 시간이 없단 말일세. 최근 서류는 받았나?"

사령관의 눈빛이 일병 쪽으로 번득였다. 그는 생각을 하라고 월급을 받는 자였다. 확실히 소총 끝을 겨누지 않은 상태에서 누군가 접근해서 자기한테 함부로 말을 걸어서는 안 된다고 생각하고 있었다. 그의 사고가 내가 원치 않는 방향으로 흘러가는 걸 감지한 나는 테이블 상판을 주먹으로 내리쳐 흐름을 끊고 쌀쌀맞게 말했다. "이보게, 제발 좀 정신 차려. 지금 그 프락치가 자네가 서류 작업이나 확인하는 동안 기다려줄 거라고 생각하나? 놈이 뭔가 잘못됐다는 걸 눈치채기 전에 우리가 먼저 움직여야 해."

독재는 인간의 자유의지에 놀라운 영향을 미친다. 사령관의 눈이 갑자기 또렷하게 초점을 맞추고 주목했다.

"프락치요? 그런 얘기는 처음 들었습니다. 그런데 누구시라고요?"

나는 좀 과하게 극적으로 눈을 굴리고 일병에게 돌아서서 버럭 소리를 질렀다. "너, 나가!"

일병은 누구의 명령을 따라야 하는지 자신 없어 하며 무겁게 발을 끌었다. 머리는 이 방향으로 움직여도 다리는 반대로 가고 있었다. 나는 문이 닫히기를 기다렸다가 책상 위로 몸을 굽혀 사령관의 눈을 깊이 들여다보며 말했다.

"전화를 들고 카르펜코를 불러."

망설이던 사령관은 행동을 취하기로 결정을 내렸다.

"난 당신을 모릅니다." 그는 단호하게 답했다. "이렇게 들어와서 무작정 고발을 하면……."

나는 호주머니에서 총을 꺼냈다. 코트 깊숙한 곳에 아무렇게나 뭉쳐져 있던 미하일 카민의 신원증명서가 같이 튀어나왔지만, 책상 위로 굴러떨어진 서류 뭉치가 결정적인 순간의 효과를 망치지는 않았다.

"비탈리 카르펜코." 나는 나직하게 다시 말했다. "전화기 들고 그놈을 불러와."

사령관의 마음속에서 영웅심이 실용주의와 싸움을 벌였다.

다행스럽게도 실용주의가 승리했다. 그러지 않았다면 어떻게 했을지 나도 정말 모르겠다.

43

자살 임무라는 개념의 온전한 의미를 나는 아마 영영 이해 못 할 것이다. 우리에게는 비교적 단순한 개념이다. 수반되는 주된 결과가 유년기라는 상당히 따분한 시간을 지내야 한다는 데 지나지 않기 때문이다. 이렇게까지 일부러 열심히 만든 상황에서 벗어나려고 머리에 총알을 박아야 하다니, 당연히 아쉽기야 하지만 잡혀서 취조를 당하는 게 내게는 훨씬 더 무서운 일이었다. 따분한 세월을 몇 년 참는 쪽이 훨씬 나았다.

그러나 나는 죽음이 정말로 여정의 끝을 의미하는 인간들이 고작해야 명령을 받았다는 이유만으로 사지로 걸어 들어가는 모습을 보았다. 노르망디 해변, 사체들이 둥둥 떠다니는 바다로 램프를 내리는 상륙정 위에서 남자들은 "씨발, 이렇게 될 줄은 몰랐지만 여기까지 온 이상 사나이라면 어쩔 수 없지"라는 외침과 함께 기관총 포화 속으로 몸을 던졌다. 선택지가 이렇게까지 좁아지지는 않았겠지, 잘못된 선택은 아니겠지, 도박을 걸었던 그들은 뒤로 돌아갈 수도 앞으로 나아갈 수도 없고 어차피 더 나은 계획도 없는 상황에서 죽음으로 직진했다.

나로 말하자면, 막연한 짐작 때문에 여기서 죽을 가능성이 높았다. 시대보다 몇 년 앞서 발명된 라디오의 광석 검파기. 미래를 예견한 남자의 이름 때문에. 총을 든 남자들이 숨기고 있는 비밀 때문에.

사령관은 몹시 훌륭하게 이런 사실들을 내게 지적했다. "당신은 여기서 죽어나갈 거야." 사무실에 앉아 카르펜코를 기다리며 그가 말했다. "이왕이면 편하게 있으라고."

나는 씩 웃었다. '이왕이면 편하게'라는 말은 죽음이 내 주된 관심사라는 의미를 담고 있었을 뿐 아니라, 비밀 기지의 소련 장교보다는 뉴욕 경찰이 쓸 만한 표현이라는 생각이 스쳤다. 대수로울 것 없다는 내 태도에 그가 놀랐다. 얇은 회색 눈썹이 종잇장 같은 얼굴 위에서 씰룩거렸다.

"당신이야말로 이 상황에 아주 차분하게 대처하고 있는데." 내가 상기시켜 주었다. "총구 앞에 있는 건 그쪽인데 말이야."

그가 어깨를 으쓱했다. "난 살 만큼 살았고 꽤 잘 살았어. 하지만 당신은…… 젊잖아. 이 세상에 애착을 가질 만한 일들이 있을 텐데. 결혼은 했나?"

"그건 굉장히 경건한 질문인데." 내가 대답했다. "죄악 속에 구르며 산다고 대답한다면 내포된 감정의 무게가 비슷할까?"

"즐기는 게 있을 것 아닌가. 그걸 다시 즐기게 될 수도 있고."

"정말 썩 괜찮은 생각이군." 나는 한숨을 쉬었다. "말은 고마운데, 육체의 쾌락이라는 게 한계가 있다는 걸 깨닫는 순간이 온단 말이야. 지속되는 동안은 환상적이지만, 따라붙는 귀찮은 감정과 의혹이 너무 많은 문제를 일으켜서 솔직히 그런 고초가 쾌락을 능가하는지는 잘 모르겠어."

놀랍게도 그는 눈썹을 치켜 올렸다. "제대로 인생을 즐기지 못하고 있군."

"방콕에서 만난 전문 마사지사가 내게 그런 말을 한 적이 있지."

"당신, 러시아 사람이 아니구만."

"내 억양이 좀 이상한가?"

"러시아 사람이 이런 짓을 할 리가 없으니까."

"소비에트의 기상을 그렇게 욕보일 수가 있나."

"잘못 알고 있어. 당신은 굳이 이런 방식으로 자살할 만큼 심리적으로 연약한 상태도 아닌 것 같은데, 특별히 타인을 이롭게 할 명분으로 움직이고 있는 것 같지도 않단 말이야.

자네가 지금 하는 짓에 명료한 동기가 뭔지 알 수가 없어."

"그런데 왜 내가 외국인이라고 전제하지?"

그는 어깨를 으쓱했다. "본능이라고 해두지."

이건 약간 거슬렸다. 본능이라면 나로서는 변화시킬 수도 통제할 수도 없는 극소수 요인 중 하나였다.

"동무는." 사령관이 말을 이었다. "이런 짓을 아무 이유 없이 저지르기에는 지나치게 똑똑한 사람처럼 보인단 말이야. 정말로 다른 길이 없었나?"

"이만큼 흥미로운 길은 없더군." 내가 대답했다.

서로의 영혼을 탐색하는 대화는 노크 소리에 끊겼다. 나는 사령관에게 책상 앞에 입 다물고 앉아 있으라고 손짓하고 코트 주머니에 총을 쑤셔 넣은 후 책상 옆 스툴로 슬쩍 자리를 옮겼다.

고개를 끄덕이자 사령관이 소리쳤다. "들어오게!"

문이 열렸다. 안으로 들어온 남자는 이미 뭐라고 말을 하던 중이었다. 들어오라는 명령이 떨어지기 몇 초 전에 이미 시작된 문장이었다.

"……지금 아주 바빠서 정말이지……."

문장이 뚝 끊겼다.

남자는 사령관을 보다가 나를 보고 환하게 미소 지었다.

"이럴 수가." 한 마디 한 마디를 연못에 던지는 돌멩이처럼 남자는 또박또박 말했다. "당신을 여기서 보게 되다니!"

44

여러 생애 전에, 빈센트 랜키스와 내가 처음 서로의 정신을 탐구하기 시작하던 바쁜 여름, 빈센트가 크로노스 클럽을 알게 되고 내 얼굴에 타박상을 남기고 떠나고 나서 그간의 모든 노력이 수포로 돌아가고 깊은 회의에 빠져들기 전, 우리는 너벅선을 타고 캠강을 따라 뱃놀이를 간 적이 있다.

나는 너벅선을 좋아한 적이 없다. 편의성으로 치면 최악의 운송 수단일 뿐 아니라, 케임브리지에서 사람들이 노는 것만 보면 완벽한 조종 기술보다는 오히려 미숙한 기술을 높이 쳐주었기 때문이다. 제자들이건 동료들이건 강을 잘 탔다고 하려면, 여기저기 다리에도 쿵쿵 부딪혀 주고 보트들끼리 얽히기도 하고 진흙투성이 강둑에 좌초되기도 하고 급류에 장대를 놓치기도 해야 했으며, 정말 최고의 뱃놀이라면 한 사람이 물에 빠져줘야 했다. 나는 베네치아의 곤돌라에 대해서도 비슷한 생각을 갖고 있는데, 뱃사람의 조종 기술 따위는 터무니없는 뱃삯으로 다 상쇄될 뿐 아니라, 훗날 수많은 곤돌라 운전사들이 관광객들한테서 현금을 사기로 갈취하는 데나 쓰일 클리셰의 창출에 일조하고 있다는 자의식에 즐거움을 망쳐버린다.

"그건 교수님 문제죠." 빈센트가 말했다. "뭘 대충 한다는 개념 자체를 이해 못 하시잖아요."

나는 투덜거리며 강둑으로 가서 투덜거리며 너벅선을 타고 학생들 사이로 헤치고 나아가는 동안 내내 투덜거렸으며, 빈센트가 등나무 피크닉 바구니를 풀어 토닉을 살짝 섞은 진과 완벽하게 썰어 온 오이 샌드위치를 푸는 동안에도 내내 투덜거렸다.

"우리가 역할을 잘해내려면 오이 샌드위치가 빠지면 안 되죠."

"역할이 뭔데?" 여전히 뾰루퉁한 채로 물었다.

"합리성과 지적 열정이 사회적 압박과 쾌적한 햇살 앞에서는 무력하게 끌려다니는 노예에 불과하다는 관념의 산 증인이 바로 우리라고요." 빈센트는 보란 듯 장대로 열심히 강물을 가르며 말했다. "교수님도 저도 알다시피, 이런 뱃놀이는 이 우주에서 자존심을 지닌 학자라면 결코 참여해서는 안 될 우스꽝스러운 오락이란 말입니다. 그런데 아무리 생각해도 합리적인 이유가 하나도 없는데, 꼭 이러고 있어야 되잖아요."

우리 배에 같이 탄 사람들이 낄낄 웃어댔다.

나는 빈센트가 이 뱃놀이를 위해 고른 동행들이 썩 미덥지 않았다. 강둑에서 처음 만났는데 어쩐지 같이 간다는 게 곧 닥칠 재난의 전조처럼 느껴졌다. 이 여자는 레티시아, 저 여자는 프랜시스였는데 누가 누군지 아직도 확실히 구분이 안 됐다. 목까지 단추를 꼭 채운 여름 원피스에 흠잡을 데 없이 말아 내린 곱슬곱슬한 귀밑머리까지 완벽하게 단장한 여자들이었다. 하지만 무결점의 겉치레에는 반드시 경박한 태도가 따랐다. 화창한 여름날 총각 둘과 뱃놀이를 한다는 건 '절대 엄마가 허락하지 않을 일'이라는 걸 잘 알기 때문이다! 우리가 강을 타고 내려가는 동안 바로 이 생각이 다른 생각들을 모조리 압도했을 터였다.

"레티시아의 아버지는 생화학계의 거물이세요." 빈센트가 내 귀에 대고 속삭였다. "그리고 프랜시스는 휴가 점찍었는데, 그 머리끝부터 발끝까지 혐오스러운 자식이 오늘 테니스장에서 테니스를 치고 있단 말이에요. 우리가 거기 가면요, 해리 교수님, 휴가 보는 앞에서 우리 둘 중 한 사람이 프랜시스한테 키스를 해야 해요. 끔찍한 숙제긴 하지만, 절대 타이밍을 잘못 잡으면 안 돼요. 안 그러면 그 자식이 볼 때까지 똑같은 짓을 처음부터 계속 반복해야 할 테니까요."

나는 강사의 특권을 들먹이며 제자들과 함께 강에서 뱃놀이를 하는 꼴을 보이는 것도 모자라 키스까지 할 수는 없다고 애원했다. 빈센트는 땅이 꺼져라 한숨을 쉬더니 테니스장에 닿자 정말 약속대로 몹시 작위적으로 강물에 장대를 던져버리고는 나와 레티시아더러 강물을 거슬러 가서 장대를 가져오라고 시키더니, 잠시 프랜시스를 시끌벅적하고 요란스럽게 유혹하는 중요한 임무에 착수했다. 우리의 대참사는 모두의 이목을 끌었다. 키 작고 퉁퉁한 빈센트가 날씬한 프랜시스와 관능적으로 포옹하는 광경을 연출하고 나자 상황은 끝났다.

강물을 휘저어 장대를 꺼내 얼어붙은 손을 바지춤에 문지르며 너벅선에 무사히 올려놓으면서, 놀랍게도 나는 배가 터져라 웃고 있었다. 정확히 언제부터 이 터무니없는 상황이 짜증을 눌렀는지 몰라도 이젠 심술을 부리기가 몹시 힘들어졌다. 하다못해 얇고 맛없고 허전한 오이 샌드위치마저도 재미있어지기 시작했다. 혹시 소외감을 느낀 레티시아가 나한테도 비슷한 야한 행동을 바라는 건 아닐까 걱정했는데, 아니나 다를까 그러기에 정중하게 거절했더니 결국 캠퍼스 안에 내가 게이이며 빈센트의 정신이 아니라 몸과의 교류를 즐기고 있는 거라는 소문이 돌고 말았다.

"빌어먹을, 누구든 그래주면 나야 좋죠." 소문을 들은 빈센트가 말했다.

"연애가 힘이 많이 들잖아요. 요즘은 지적인 천재성과 감성지능 같은 데 의존해서 여자들을 꼬시기가 어려워요."

그때 실마리를 읽었어야 하는 걸까?

빈센트의 정체를 깨달았어야 하는 걸까?

빈센트는 신선한 존재였다. 비범하고 우스꽝스럽고 천재적이고 침울하고 터무니없었다. 꼰대들의 도시에서 혁신 그 자체였다. 날이 저물고 우리 동행들도 뻣뻣한 가족들의 품으로 돌아가자, 타락했는지는 몰라도 심술궂은 태도는 떨쳐버린 우리는 내 연구실에 앉아 마지막 남은 진을 마셨다. 바닥이 보이는 병이 아예 텅 빈 술병보다 더 슬프다고, 빈센트가 말했기 때문이다. 그리고 다시 한번 빈센트의 졸업논문이라는 우리의 영원한 화두로 돌아갔다.

"모르겠어요, 해리. 아무것도…… 그만큼 중요하다는 생각이 들지 않습니다."

그만큼 중요하지 않다? 천체의 회전, 원자의 분열, 저 하늘빛의 굴절, 우리의 몸을 관통해 흐르는 전자파…….

"네, 네, 네, 그래요." 빈센트는 양손으로 손사래를 쳤다. "다 중요하죠! 하지만 1만 단어짜리 논문이라는 건…… 뭐, 하찮기 짝이 없는 거 아닙니까? 그런데 내가 이 딱 한 가지 주제에 집중해야 한다는 걸 전제하고 있단 말이죠. 원자 활동의 본질을 제대로 이해 못 한 채로 태양의 구조를 파악하는 게 가능하다는 듯이!"

또 시작했다, 익숙한 비분강개.

"우리는 만물의 이론 운운하죠." 빈센트가 내뱉었다. "만물이라는 게 하룻밤 새에 휙 발견할 수 있는 물건이라도 되는 것처럼. 어느 날 제2의 아인슈타인이 침대에서 벌떡 일어나 'Mein Gott! Ich habe es gesehen!(맙소사! 이제 알았어!)'라고 외치면 그걸로 끝, 우주의 파악이 끝날 거라는 듯이 말입니다. 저는 해결책이 숫자에서, 아니면 원자에서, 거대한 은하의 힘에서 발견될 거라는 발상 자체가 몹시, 몹시 불쾌합니다. 치졸한 학계가 정말로 A4 용지 한 장에 우주의 구조를 해명할 수 있다는 듯이. X=Y라고 설명하면 될 것처럼. 꼭, 이런 소리를 하는 것 같아요. 어느 날 만물의 이론이 생겨날 거고 그러면 학문이나 연구는 다 그만둬도 될 거야, 라고. 우리가 승리를 거둘 테니까. 만물을 파악하고야 말 테다. 생선 부랄 같은 소리!"

"생선 부랄 같은 소리?"

"존슨 박사의 정의를 빌리자면 완전 헛소리죠." 빈센트가 단호하게 말했다.

그러면 우주의 운명은 잠시 제쳐두고 수석 졸업을 하는 껄끄러운 문제로 좀 넘어가 볼까? 내가 물었다.

"정확히 그게 바로 당신네 교수들의 문제라니까요."

45

"이럴 수가." 그가 말했다. "여기서 보게 되다니."

수 세기 전, 내가 마지막으로 본 후로부터 불과 몇 살 더 먹지 않은 나이였다. 30대 초반을 갓 지났을까, 아직 싱그러운 청년의 얼굴이었다. 하지만 어디서 찾아 입었는지 회색 정장바지와 반짝반짝 닦아 잘 손질한 갈색 가죽구두를 신고 있었다. 헐렁한 녹색 계열의 가운은 좀 더 소비에트 스타일에 맞춘 것 같았고, 살짝 꼬부라진 성긴 턱수염은 나이 들어 보이려는 시도 같았다. 비탈리 카르펜코였고, 빈센트 랜키스였다. 소총을 받들어 든 무장 경비병 두 사람이 바로 뒤따라 들어왔다. 경비병들은 내게 무릎 꿇고 손을 머리 위로 올리라고 소리를 질렀지만 카르펜코가 손짓으로 제지했다.

"괜찮아." 카르펜코라 알려진 남자가 말했다. "이 문제는 내가 알아서 하지."

한때 내 제자였던 빈센트 랜키스, 그 어떤 영국인보다 영국인다운 사내. 완벽한 러시아어를 구사하는 사내. 그 눈이 추억으로 물들었다. 나를 케임브리지에서 공격했던 밤 그는 자기 방에서도 흔적도 없이 사라졌다. 나도 손닿는 자원을 총가동해 추적했지만 모든 이름은 공허한 무로 귀결되었고 모든 탐문은 실패로 끝났다. 빈센트 랜키스는 법률적으로 말해서 존재한 적이 없는 인물이라는 결론을 내릴 수밖에 없었는데, 그런 면에서는 나 역시 다를 바 없었다.

한순간 나는 말을 잃었다. 머릿속에 맴돌던 대응 전술이며 온갖 의문이 그를 보자 그대로 잠시 멈췄다. 그 기회를 틈타 그는 내게 환한 미소를 날렸고, 사령관을 흘깃 보며 말했다.

"동무, 이 방을 제가 좀 써도 되겠습니까?"

사령관은 나를 보았다. 모래처럼 메마른 입술 사이로 내가 말했다. "나는 좋소."

사령관이 조심스럽게 일어나서 빈센트에게 다가가 발걸음을 멈추더니 청년 옆에 서서 고개를 돌리고 조용히, 하지만 다 들리게 말했다. "총을 가지고 있어."

"괜찮습니다." 빈센트가 대답했다. "제가 처리하지요."

고개를 끄덕인 사령관은 다른 병사들을 물러나게 한 뒤 편안하고 자신 있는 태도로 커다란 의자에 자리를 잡고 앉아 다리를 꼬고 팔꿈치를 무릎에 올린 후 턱 앞으로 손깍지를 끼었다.

"잘 지냈어요, 해리?" 마침내 그가 말했다.

"잘 지냈나, 빈센트."

"우리 다니엘 판 틸 건으로 온 거겠죠?"

"자네가 길을 가르쳐줬으니까."

"자기 잘난 맛에 사는 왜소한 인간이었죠." 빈센트가 말했다. "보는 사람마다 당신은 정말 대단한 천재라고 칭찬을 늘어놓는 짜증 나는 버릇이 있었어요. 물론 그 속내는 자기도 천재 소리를 듣고 싶다는 거였지만. 나는 그 친구가 모니터링 쪽 문제를 좀 해결해 줄 수 있을까 바랐는데, 결국은 그냥 포기하는 수밖에 없었어요. 하지만 지질한 혹부리에 불과해도 몇 가지 기술적인 스펙을 외울 정도의 머리는 있더군요. 몇 달 전에 죽여버렸어야 했는데. 그런데 여기까지 오는 길은…… 굴라코프 교수를 통해서? 그 사람이 마음에 들던가요?"

"그래, 아주."

"재교육을 받으러 멀리 보내졌다는 소식을 전하게 되어 유감이군요."

"유감이군. 하지만 자네가 지금 운영하고 있는 이 기획은 총 천지인 것 같은데. 이걸 보존하기 위해서 사람들을 많이 죽여야 했나 보지?"

그는 성마르게 숨을 몰아쉬었다.

"어떤지 알잖아요, 해리. 선형의 타임라인에 개입해 새로운 기술을 너무 많이 도입하게 되면 결과를 통제할 수가 없어요. 위험을 감수하면 이목을 끌게 되고 기획 자체가 엎어진단 말입니다. 당신은 크로노스 클럽이니까, 다 알고 있잖아요. 그 얘기를 하자니 말인데…….” 그는 심드렁하게 손톱을 튕기며 부드럽게 톡톡 소리를 냈다. “……지금부터 언제라도 전 세계 클럽이 총출동해서 들이닥칠 수 있다는 얘긴가요?”

“궁금한 게 뭔지 모르겠지만, 클럽에서는 내가 품은 의혹을 알고 있고 내가 종적을 감추면 이 문제를 추적하라는 명령이 내려져 있긴 하지.”

그는 화가 치민다는 듯 하늘을 올려다보며 신음 소리를 냈다.

“해리, 사실 이건 말도 못 하게 따분해요. 소련에 대해 사람들이 끝까지 알지 못했던 게 있다면 중간 수준에서 관료주의가 얼마나 극심했는가 하는 점이죠. 아예 총비서관이 된다거나 하면 전혀 나쁠 게 없죠. 부하들이 메모를 받아 적는 바보 같은 짓은 하지 않을 테니까. 하지만 정치국 밑으로만 내려가면 어느 기획을 살리고 추진할지 정산하는 데 써야 할 서류 작업이 어마어마하게 많단 말이죠.”

“아주 보안이 훌륭해 보이지는 않는군.” 내가 솔직히 말했다.

“정치 때문이죠.” 그가 침을 뱉듯 말을 짓씹어 뱉었다. “하나같이 남 발목 잡을 건수만 찾고 있으니까. 내 요점은 뭐냐 하면, 해리, 다시 기지를 옮기는 속 터지는 짓거리는 하고 싶지 않다는 겁니다. 당신이 사라지면 클럽이 찾을까요?"

"아마도." 나는 어깨를 한 번 으쓱하고 대답했다. "우리가 지금 그런 상황인가? 내가 사라지게 되는 거야?"

"모르겠어요, 해리." 그는 생각에 잠겨 중얼거렸다. "당신 생각은 어때요?"

처음으로 우리의 눈길이 마주쳤는데, 거기에는 이미 나의 제자도 없고, 사랑의 라이벌과 포옹하겠다고 작정한, 프랜시스라는 여자와 함께 캠강으로 뱃놀이를 가자고 하던 청년도 없었다. 그저 청년의 몸에 갇힌 아주, 아주 늙은 노인이 아직도 동그란 눈 밖으로 나를 바라보고 있었을 뿐이다. 나는 코트에서 총을 꺼내 방아쇠에 손가락을 건 채 조용히 무릎에 놓았다. 이 움직임에 그의 눈빛이 잠깐 번득이더니 금세 차분해져 나를 바라보았다.

"나를 쏘겠다는 건 아닐 테죠?"

"그저 돌아가서 보고하는 게 어려워졌을 때를 대비한 거지."

"그렇겠죠. 당신의 뇌에 박을 총알이겠죠. 결심이 대단하네요. 하지만······." 그는 부드럽게 앉은 자세를 살짝 바꿨고, 어쩌면 어깨를 으쓱한 것 같기도 했다. "······사실 뭐 보고할 거리나 있나요?"

나는 한숨을 쉬었다. "여기서 무슨 일이 벌어지고 있는지 나한테 설명해 주는 게 그리 크게 힘든 일은 아니겠지?"

"전혀요, 해리. 그럼요. 일단 알게 되면 심지어 우리와 손을 잡을지도 모른다는 게 제 소망입니다." 그는 일어서더니 예의 바르게 문을 가리켰다. "갈까요?"

46

우리 아버지.

나는 우리 아버지를 생각한다.

사실, 두 사람 다를.

난롯가에 나와 마주 보고 앉아 말없이 사과 껍질을 까던 패트릭 오거스트를 생각한다. 단 한 번의 칼놀림으로 사과 한 알의 껍질을 돌려 깎았다.

로리 헐른을 생각한다. 늙어서 왼쪽 다리에 엄청난 부종이 생긴 그는 그리 특별하지 않았던 생애를 보내던 1952년, 홀리 아일랜드에서 휴가를 즐기고 있는데 합류하지 않겠느냐는 편지를 보내왔다. 나는 수학 교수였고 영문학 박사 엘리자베스와 결혼했었다. 엘리자베스는 아이들을 원했고 우리가 불임인 게 자기 탓이라고 생각했다. 나는 충실한 반려인이자 친절한 영혼으로서 엘리자베스를 사랑했고 1973년 그녀가 여러 번의 뇌출혈을 겪고 왼쪽 반신이 마비되었다가 세상을 떠날 때까지 곁을 지켰지만, 다음 생애들에서는 그녀를 찾지 않았다.

편지에는 그렇게 쓰여 있었다. 나는 지금 홀리 아일랜드에 있다. 이리 와서 같이 지내지 않겠니?

"헐른 씨가 누구야?" 엘리자베스가 물었다.

"내가 자란 영지의 주인이었지."

"가까운 사이였어?"

"아니, 이번 생에서는 별로."

"그런데 대체 왜 지금 와서 당신을 보고 싶대?"

"나도 몰라."

"당신, 갈 생각이야?"

"어쩌면. 지금쯤 죽어가고 있을 테니까."

"해리." 그녀가 야단쳤다. "그런 끔찍한 말을 하면 못써."

앨른머스까지는 기차로 일곱 시간 걸리는데 검댕으로 얼굴이 시커멓게 된 운전사가 붉은 벽돌 역사의 녹색 나무 벤치에서 잠시 휴식을 취할 수 있도록 뉴캐슬에서 한 번 정차했다. 기사가 모자를 벗자 이마를 가로지른 시커먼 검댕 자국이 드러났고 고글을 내리자 눈가에 부엉이처럼 동그랗게 찍힌 자국이 드러났다. 반대편 플랫폼에서 엄마 무릎 위에 앉은 아이 하나가 나를 향해 열심히 손을 흔들었다. 나도 손을 흔들어 답해주었다. 아이는 우리가 역사에 머물던 15분 내내 손을 흔들었고, 왠지 의무감에 나도 열없이 계속 손을 흔들었다. 기차가 다시 출발할 때쯤에는 팔이 아팠고 내 미소 역시 굳어 있었다. 이 여행은 끔찍한 실수라는 예감이 점점 커졌다. 신문을 무릎에 놓고 뒤적거렸지만 이미 몇 생애 전에 다 읽은 뉴스라서 앞으로 닥칠 일에 대한 순진무구한 보도 내용에 짜증만 났다. 맨 뒷장의 십자말퍼즐은 답답하기 짝이 없었다. 세 생애 전 외무부 유럽 지부장이던 시절 똑같은 십자말퍼즐을 풀어보려 했는데, 지금 내가 딱 막힌 문제에서 그때도 막혔던 기억이 있었다. 단서는 '들어보라……길이 꺾어지는 지점, 보이는구나'였다. 여덟 개의 글자로 된 단어가 답인데 수백 년 전에도 도저히 알 수가 없어 미치겠더니 지금도 마찬가지였다. 한 번의 삶에서는 신문 독자란에 불만을 표하는 투고를 해도 되지 않을까.

밀물이라 홀리 아일랜드는 본토와 격리되어 있었고 물길은 수면 위로 튀어나온 막대기 몇 개로 겨우 표시되어 있었다. 나는 어떤 노인에게 삯을 주고 게 잡는 통발만 있고 게는 한 마리도 없는 거룻배를 타고 물을 건넜다. 노인은 가는 동안 내내 한마디도 하지 않고 메트로놈이라도 맞출 규칙적인 리듬으로 노를 저었다. 사공이 노를 젓는 사이 건너편에서 물안개가 피어오르더니 육지와 바다를 집어삼키고 뾰족한 섬 꼭대기에 자리한 시커먼 성의 폐허를 흐릿하게 다 가렸다. 물가에 도착했을 무렵에는 안개 때문에 시계가 흐려져서 언덕의 윤곽을 따라 빼꼼 고개를 내민 하얀 오두막 몇 채 밖에 보이지 않았다. 그 사이로 길 잃은 양의 서글픈 울음소리가 울려 퍼졌다. 섬은 훗날 관광객의 성지가 되어 '집에서 만든 거나 마찬가지인 잼'이라든가 '수제 비슷한 양초'들을 팔게 되겠지만 아직은 아니었고, 오히려 사람들이 혼자 있으면서 생각에 잠기고 싶을 때, 망각을 원할 때, 그리고, 그렇다, 켈트 십자가 밑에서 죽고 싶을 때 가는 곳으로 알려져 있었다. 아버지를 찾는 건 어렵지 않았다. 마을에 온 외지인들은 다들 잘 알고 있었다. 나는 메이슨 부인이 소유한 아담한 시골집 2층에 있는 방으로 안내받았다. 메이슨 부인은 엄지와 검지만으로 닭 모가지를 부러뜨릴 수 있는 장밋빛 얼굴의 명랑한 여인이었고, 새로 생긴 국민건강보험 따위는 믿지 않는다면서 마당에 구스베리가 자라고 부엌 찬장에 로즈힙 코디얼만 있으면 된다고 말했다.

"헐른 씨를 만나러 왔어요?" 부인이 쾌활하게 물었다. "홍차 좀 내올게요."

일곱 살만 넘어도 목이 부러지기 딱 좋은 계단을 올라가 시커먼 경첩이 달린 나무문을 열자 작은 오렌지색 불길이 타오르는 벽난로가 있고 라일락꽃이 흩뿌려진 연못을 형편없는 솜씨로 묘사한 일련의 그림들이 걸린 방이 나왔다. 벽난로 바로 옆으로 작은 1인용 침대와 흔들의자가 놓여 있었다. 흔들의자에 앉은 사람은 오히려 담요 뭉치에 가까웠다.

로리 에드먼드 헐른였다. 그는 일정에 딱 맞춰 죽어가고 있었다. 버석한 손톱 끝의 황달기와 닭 모가지 같은 목덜미에 불끈 두드러져 희미하게 뛰고 있는 혈관까지, 이런 상태에서는 해줄 게 완화 치료와 소정의 정서적인 구원 정도뿐이다. 나는 내 역할이 어디 속하는지 잘 알고 있었다.

내가 침대 끝에 앉아 가방을 마루에 내려놓자 그는 눈곱이 잔뜩 끼어 무거운 눈을 번쩍 떴다.

"안녕하세요, 헐른 씨."

마지막으로 본 게 언제였더라? 이 생애의 1925년, 따스한 5월의 어느 날이었다. 언제나 그러하듯 간신히 과거의 자아에 대한 자의식과 기억을 되살리고 마음의 평정도 찾았을 때다. 그래서 또박또박 힘준 필체로 크로노스 클럽에 편지를 써서 유년기의 권태에서 구해달라고 청했다. 클럽의 대모 채리티 헤이즐미어가 당장 답신을 보냈고 패트릭과 해리엇에게 어느 관대한 학자가 저소득층 청소년들에게 교육과 숙식을 제공하고 있는데, 내 이름이 올라가 있다는 소식도 전해두었다. 상당한 액수가 제시되었고, 나는 떨 듯이 기뻐하며 앞날이 기대된다고 해서 양부모의 죄책감을 덜어주었다. 그간 더 좋은 교육을 받을 기회를 얼마나 꿈꿔왔는지 모른다고, 집에는 자주 편지하겠다고. 둘 다 문맹에 가까웠는데도. 양부모는 헐어빠진 내 옷가지를 가방 하나에 싸주었고 양아버지의 수레로 역까지 데려다주었다. 그리고 로리 헐른은 떠나는 나를 보러 집 밖으로 나왔다. 문 앞에 서서 바라보며 아무 말도 하지 않았다. 어떤 삶들에서는, 우리가 이 의례를 거치는 동안, 그가 내게 다가와 악수를 하면서 용감한 소년이라고 말해주기도 했다. 이번 삶에서는 아니었다. 삶과 삶을 거치며, 내가 한 어떤 행동들이 그의 태도를 달라지게 한 건지, 나로서는 도저히 알 수 없었지만.

그게 30년 전의 일이 되어가고 있었다. 패트릭과 조용히 성탄절을 보내거나 해리엇의 장례식에 참석하기 위해(어린 시절에 절대로 변하지 않고 꾸준히 반복되는 사건이다) 몇 번 북쪽으로 다시 돌아갔을 때, 친아버지는 없었다. 사업차 출장을 갔거나, 배를 타고 있거나, 아니면 시내로 갔거나, 아무튼 그런 공허한 일과 때문이었다. 그런데 이제, 여기 이렇게 그가 앉아 있었다. 외딴섬 시골집에서 혼자서, 내 눈앞에서 죽어가고 있었다. 부와 권력의 흔적도 찾아볼 수 없는 힘없는 노인이 난롯가에 앉아 있었다.

"누구시오?" 야윈 몸만큼이나 가늘어진 목소리. "무슨 일로 오셨소?"

"저 해리입니다." 나도 모르게 젊은이 특유의 공경이 배어 나왔다. "해리 오거스트예요."

"해리? 내가 편지를 보냈지."

"그래서 왔습니다."

"올 줄 몰랐다."

"어쨌든…… 왔습니다."

수백 년을 살아왔는데, 왜 이 남자는 아직도 나를 공허하고 진부한 존재로 전락하게 하는 걸까? 무섭게 노려보는 주인의 눈초리를 피해 숨는 어린아이가 된 기분이 들게 하는 걸까?

"건강하니, 해리야?" 우리 사이의 침묵이 견딜 수 없이 고조되었다 희박해지자 그가 말했다. "돈은 많으냐?"

"잘 살고 있습니다." 나는 조심스럽게 대답했다. "수학을 가르치고 있어요."

"수학? 왜?"

"좋아해서요. 그 주제는…… 흥미롭고, 학생들의 괴벽도 언제나 호기심이 돋습니다."

"아이들은…… 있니?"

"아니요. 없습니다."

그는 목울대를 울리는 신음을 냈는데 어쩐지 만족감에 가까운 감정이 전해지는 소리였다. 손목이 불 쪽을 가리키며 획 꺾였다. 나무를 하나 더 넣으라는 명령이었다. 하라는 대로 했다. 화롯가에 쭈그리고 앉아 불길을 쏘시다가 불쏘시개까지 던져 넣었다. 허리를 펴고 일어나니 언젠가는 나의 얼굴이 될 그의 얼굴이 나를 똑바로 바라보고 있었다. 몸은 쇠약해졌지만 마음은 여전히 생생하게 살아 있었다. 그가 다시 침대로 돌아가는 내 팔을 붙들어 세우더니 절박한 눈길로 내 눈을 노려보았다.

"돈이 있나?" 그는 나직하게 물었다. "부자인가?"

"말씀드렸잖습니까, 헐른 씨, 저는 수학을……."

"부자라는 얘기를 들었어. 우리 누이들…… 저택…….″ 고통이 섬광처럼 그의 얼굴을 스치고 사라졌다. 갑자기 매달릴 힘조차 없어졌다는 듯 내 팔을 잡고 있던 손이 툭 떨어졌다. "곧 아무것도 남지 않을 거야."

나는 신중하게 침대 끝에 앉았다.

"대출이…… 필요하십니까, 헐른 씨?"

갈수록 치미는 부아가 목소리에 드러나지 않도록 아주 느릿느릿하게 말했다. 상속자로 인정하지도 않는 남자한테 지금 27년 만에 불려 왔는데, 걸어 다니는 은행 노릇을 하라는 말인가?

"공황…….″ 그는 가래 끓는 소리로 말했다. "전쟁…… 새 정부, 땅, 시대가…… 콘스턴스는 죽었어. 빅토리아도 죽고, 알렉산드라는 가게에서 일을 해야 해…… 별별 걸 다 파는 상점에서. 클레멘트가 작위를 물려받겠지만 술을 처먹느라 다 날려버리겠지…… 전부 다, 다 사라졌어. 우리는 영지의 절반을 팔아 대출금 이자를 갚아야 했다네. 심지어 원금은 갚지도 못했어! 저택을 압류해서 노조 사람들로 채우겠다고 하더군." 그는 그 말들을 씹어 뱉었다. "중산층 은행가들과 자식들, 변호사나 회계사들. 그놈들이 경매로 다 팔아버린

대, 전부 다, 그러고 나면 아무것도 남지 않을 거야. 전부 사라지겠지. 아무 의미도 없이."

꿈틀거리는 몸을 억지로 눌러 꼼짝 않고 있었다. 무릎이 들썩거렸다. 팔짱을 끼고 다리를 꼬고 싶었다. 내 존재의 근육이 스멀스멀 기어오르는 증오를 표현하라고 외치고 있었다.

"저한테 하고 싶은 말씀이 있으십니까, 헐른 씨?"

"자네는 항상 알렉산드라를 좋아했지, 안 그래?" 그가 말했다. "어렸을 때 너한테 잘해줬잖아, 그렇지?"

"친절하셨죠." 나는 인정했다. "아마 제가 모르는 친절을 더 많이 베푸셨을지도 모르겠습니다."

"클레멘트는 역겹고 한심한 녀석이야." 그는 쓰디쓰게 말했다. "그 녀석 아내가 셋이었다는 사실을 알고 있나? 전부 다 팔고 캘리포니아로 이사하고 싶다고 하더군."

"헐른 씨." 대답하기가 점점 더 힘들어지고 있었다. "그래서 저한테 지금 어쩌라는 겁니까?"

그가 눈을 휙 치켜뜨는데, 끈적이는 눈꺼풀 밑에 물기가 찰랑이고 있었다. 울기를 거부하는 남자들은 눈물을 의식하는 순간 슬픔에 수치심까지 뒤섞여 더 걷잡을 수 없이 울게 된다. 뺨을 타고 줄줄 흘러내리는 지경이 되었는데도, 그는 의자 팔걸이를 꾹 붙잡고 제 살을 타고 흐르는 눈물의 존재를 인정하지 않았다.

"그게 다 사라지게 할 수는 없잖니." 그가 칭얼거렸다. "너의 과거이기도 하잖니, 해리…… 저택과 영지. 너도 이해하지, 안 그러냐? 너도 살려두고 싶을 거야."

"시인들의 말대로…… 시대는 급변하고 있습니다."나는 확고부동한 말투로 답했다. "아니 아직 이 말은 안 했을지 모르겠는데, 시간이 부재를 치유해 줄 겁니다. 힐른 씨의 상황은 유감입니다. 알렉산드라의 처지도 안 됐고요. 늘 친절하셨죠. 하지만 클레멘트는 어렸을 때도 사람을 못살게 구는 양아치였고 저택은 허영과 조용한 비극을 추앙하는 돌로 된 괴물이었어요. 콘스턴스는 진실보다 외양에 치중하는 폭군이었고 빅토리아는 마약중독자였습니다. 리디아는 죄 없이 당신한테 말로 다할 수 없는 고통을……."

"네가 감히!"의자에서 벌떡 일어나 나를 치기라도 할 기세로 격렬하게 몸을 뒤틀었지만, 그에게는 이미 기운이 없었다. 그는 어쩔 수 없이 의자에 앉은 자세 그대로 덜덜 떨었다. 뺨을 시뻘겋게 물들인 분노로 눈물이 흐릿하게 말라가고 있었다.

"감히 어떻게? 어떻게 감히 네가 그 사람들을…… 꼭 알고 지냈던 사람처럼, 다……? 너는 어린애였어, 우리를 떠났잖아! 뒤도 한 번 돌아보지 않고 우리를 떠났어. 어떻게 감히……."

"말해보세요."내가 말허리를 뚝 끊었다. 그의 언성은 분노로 격해졌지만 내 목소리에는 힘이 있었다. "당신이 어머니를 강간할 때 어머니가 비명을 질렀나요?"

어느 쪽으로 가게 될지 알 수 없었다. 그의 내면에 괴어 있던 분노는 내 말들을 찢고 갈라버릴 수도 있었으나, 대신, 그 자신을 가르고 베는 쪽으로 흘렀던 것 같다. 그래서 그는 한 대 얻어맞은 사람처럼 의자에 늘어져 박제된 나비처럼 못 박혔다. 다시는 일어나지 못하도록 나는 최후의 일격을 가했다.

"언젠가 프루던스 크래니치라는 여인을 만났지요. 새해 첫날 버릭어폰트위드 역 화장실에서 아기를 받았던 여자입니다. 아이의 어머니는 죽었지만 내가 그 가족을 추적해서 그녀 어머니의 얘기를 들었습니다. 그러니까 제 외할머니겠죠. 행운을 시험하러 남부로 와서 낯선 타인들 품에서 죽음을 맞았던 리사 리드밀의 이야기를 들었지요. 외상 치료에 추위는 패착입니다. 피의 응고를 느리게 해서 환자들이 끝까지 출혈하기 때문이지요. 어쩌면 내가 여름에 태어났다면 어머니가 살았을 수도 있습니다. 물론 당신과 리사 본인 말고는 아무도 정말 강간이었는지 여부는 모르겠지요. 하지만 그녀는 대저택에서 외로워하던 젊은 처녀였고, 그 집의 주인은 아내가 자기를 배신했다고 믿고 있었고 본인 역시 전선에서 겪은 일의 후유증으로 상당한 심리적 외상을 입은, 분노에 찬, 잠재적 폭력성을 지닌 인물이었습니다. 당신이 리사의 팔을 붙잡고 키스를 했겠지요. 아내가 알아차릴 만큼 시끄럽고 거친 키스였을 겁니다. 당신네 부부의 결혼 생활에서 체스 말 노릇을 해줘야 하는 처녀는 자기 역할을 깨닫지 못하고 겁에 질렸을 겁니다. 당신은 일자리가 위태로워질 거라고 말합니다. 그녀는 제발 그러지 마세요, 하고 빌었을 테고. 당신은 모두가 편안하게 있을 수 있도록 잘 처신하라고 말했겠지요. 비명을 지르면 집안 식구들이 다 알게 될 테고 월급도 추천서도 못 받고 창녀로 낙인이 찍힌 채 쫓겨나게 될 거야. 그러니까 얌전하게 구는 게 좋아, 그러니까 조용히 있는 게 좋을 거야……. 리사가 비명을 지르지 않으면 당신 스스로도 강간이 아니었다고 믿어버릴 수 있었을 테고요. 밀쳐서 넘어뜨렸을 때 여자가 비명을 지르던가요? 그랬습니까?"

의자를 꽉 쥔 주먹의 도드라진 손등 뼈가 누런빛 도는 백색으로 질렸다. 온몸이 아직도 덜덜 떨리고 있었지만, 내 느낌에, 이제 더 이상 분노 때문은 아니었다.

"예전에는 그런 적도 있었지요." 나도 한결 차분해져서 말을 이었다. "당신을 알고 싶었습니다. 한번은 편지를 보낸 적도 있어요. 내가 보았던 무서운 일들, 내가 저질렀던 죄악들, 내가 빠져나오지 못하고 허우적거리던 고통들을 털어놓았습니다. 내게 관심을 가져줄 타인, 우리 사이의 혈연으로 어쩔 수 없이 이해할 테지만 비난은 하지 않을 그런 사람이 필요했으니까요. 당신은 군인 대 군인으로 답장을 보냈지만, 이제 보니 당신은 나를 한 번도 아들로 생각한 적이 없군요. 하긴 상속자일 수는 있겠습니다. 사생아, 수치의 표징, 실패와 약점의 기념물, 인간의 형상을 한 응보일 수는 있어도 아들은 결코 아니었던 거죠. 아버지 노릇이라는 걸 할 만한 자질이 당신한테 애초에 있었을 것 같지가 않군요."

나는 가방을 챙겨 일어서서 문 쪽으로 돌아섰다.

"아주 잠깐, 그런 생각을 했어요." 나는 말을 이었다. "네가, 나의 핏줄로, 헐른 하우스를 물려받아라, 그런 제안을 하실 거라고. 저에게 그곳에 대한 애정이 있을 거라고, 클레멘트에게는 없는, 그 영지를 보존하고 싶은 마음이 있을 거라고 정말 생각하셨는지가 궁금하군요. 아니면 저 같은 천출은, 그런 대단한 선물에 감동하다 못해 당신과 당신의 이름을 기리는 기념비를 세워줄 거라고 믿으셨는지도 모르겠습니다. 사실, 이 말씀은 꼭 드리고 싶은데, 만일 지금 저한테 저택과 영지와, 제가 패트릭과 해리엇 부부의 보살핌 아래 자라났던 집을 주겠다고 하신다면, 저는 그걸 모두 산산조각 내 갈아엎고 제일 낮은 초석이 드러날 때까지 허물어버릴 겁니다. 그리고 그걸…… 은행가들과 그 자식들을 위한 쾌락의 장이나 변태들을 위한 카지노로 만들어버릴 거예요. 아니면 그냥 황량한 땅으로 두어도 좋겠군요. 그러면 대지가 원래 자기 것이었던 걸 되찾아 가게 될 테니까."

나는 나가려고 몸을 돌렸다.

문간에서 등 뒤로 부르는 소리가 들렸다.

"해리! 안 된다…… 그건 너의 과거야. 해리, 너의 과거라고."

　나는 나와버렸고 뒤돌아보지 않았다.

　두 번의 생애가 지난 후, 나는 실제로 힐른 하우스를 손에 넣었다. 촉매가 된 사건은, 스물한 살 때, 할머니 콘스턴스의 장례식에 참석했던 일이다. 나는 한 번도 그녀의 장례식에 참석한 적이 없고, 그러고 싶은 마음도 없었다. 그 옛날에 내 목숨을 구해주고 집안에 들였으며, 언제나, 모든 삶에서 나를 구해주었던 알렉산드라 고모가 무덤가에서 무릎을 꿇고 내게 말을 걸어주었고 우리는, 나름대로, 가까운 사이가 되었다. 그녀는 집안에서 가장 강인한 사람이었고 바람이 부는 방향을 미리 감지하고 인생의 향방을 맡겼다. 고모가 우리 아버지에게 뭐라고 했는지는 모르겠다. 그러나 죽기 석 달 전, 아버지는 유언장을 바꿨고 내가 영지를 물려받게 되었다. 나는 그 건물의 벽돌 하나도 손대지 않고 그대로 보존했지만, 용도는 정신병 치료를 위한 자선단체로 바꾸었다. 다음에 내가 죽었을 때는 당연히 콘스턴스의 날카로운 감시하에 원래대로 돌아와 있었지만, 어딘가, 내 시야 밖으로 사라진 어떤 세계에서는, 힐른 하우스가 드디어 세상에 의미 있는 변화를 만들었을 거라고 믿으면 기분이 좋아진다.

47

빈센트, 그가 내 곁에서 러시아 군사 연구 기지 내부를 걷고 있다.

헐른 씨, 당신한테 지금 내 모습을 보여줄 수 있다면.

빈센트는 시설의 핵심부를 거니는 동안 내가 총을 갖고 있도록 허락해 주었다. 하긴 총 따위가 무슨 의미가 있겠는가? 그를 죽여봤자 나는 얻을 게 없었다. 이 결정적인 순간 자살한다는 것 역시 아무 소득도 없이 사춘기를 다시 겪는 헛짓거리에 불과했다. 사람들은 빈센트를 보고 길을 비켜주었고 의심에 찬 눈초리로 나를 흘끔거렸지만 아무도 추궁하지 않았다. 허름한 재킷을 걸치고 양말을 말아 신은 젊은 청년은 확실히 이곳의 우두머리고 외경의 대상이었다. 손짓 하나만으로 봉인된 문들을 모두 열고 무장한 순찰병들을 해산시킬 수 있었다.

"해리, 당신이라서 기쁩니다." 우리가 심장부로 들어서면서 공기는 차가워지고 습기로 텁텁해졌다. "내 기술 일부가 시대를 앞서 시장으로 흘러 들어갔다는 걸 깨달았을 때는, 크로노스 클럽이 술이나 마시느라고 이 문제를 못 보고 넘어가길 바랐어요. 알아챈 사람이 있다는 것만으로도 놀라운 일이었는데…… 그 많은 사람 중에서 하필 해리, 당신이라니! 지금도 해리 맞습니까?"

나는 어깨를 으쓱했다. "해리만큼 좋은 이름이 없지. 너는? 어쩌다가 비탈리가 된 거야?"

별일 아니라는 듯 으쓱하는 몸짓. "몇 번의 삶 동안은 미국 군산복합체에서 일을 해보려 했어요." 그는 투덜거렸다. "하지만 그런 환경에서 종류를 막론하고 혁신적 기술의 비밀을 유지한다는 건 거의 불가능해요. 사업가들이나 욕심이 드글드글한 과학자들도 문제지만 군 장성들이나 행정부 고위 인사들이 어찌나 들볶는지. 얼마나 많이 생산할 수 있느냐, 얼마나 빨리 만들 수 있느냐. 끔찍하게 조잡한 나라예요, 미국이란. 적어도 소련에서는 비밀 유지 문화가 배양되어 있는데."

깊이 들어갈수록 더 추웠다. 복도를 따라 연결된 전신 중계 회선들과 전선들이 점점 복잡해지더니 결국 내 팔뚝보다 두꺼운 파이프와 와이어들에 가려 끝내는 맨 벽이 거의 보이지 않게 되었다.

"우리가 마지막으로 본 후로 어떻게 지냈어요?" 그가 명랑하게 물었다. "교수 자리는 얻었어요?"

"뭐? 그래, 결국은. 하지만 프레드 호일이 나를 때려눕히겠다고 협박하는 걸 참아줘야 했지."

"이런, 맙소사, 정말이지 폭력으로 점철된 학계의 삶이로군요."

"내 평생 물리적 폭력에 가장 근접한 경험을 하게 한 두 사람이 자네하고 호일이야."

"제가 즐거운 친구가 되어드렸다니 기쁩니다. 여기, 이거 하나 하시는 게 좋을 거예요."

그는 내게 얇고 투명한 배지 하나를 건네주었다. 그걸 들고 찬찬히 뜯어보았다. 평범한 방사능 토큰이었다. 정도가 얼마나 심각한지는 전혀 알려주지 않고 그저 방사능에 노출되었다는 사실만 알려준다는 점에서 몹시 조잡한 수준이었다.

"빈센트, 소련에서 원폭을 만들고 있기에는, 자네가 과하게 세련된 사람 같은데." 나는 혀를 쯧쯧 찼다. "정확히 무슨 꿍꿍이인지 말해줄 수 있을까?"

"아, 원폭을 만들긴 하죠." 작은 성채만 한 크기의 금속 문에서 잠금장치를 가볍게 잡아 뺐다. "하지만 아주 조심스럽게 똑똑한 사람들이 잠재력을 100퍼센트 발휘하지 못하게 제어하고 제조 과정의 소소한 오류들이 최종 과정에 개입하지 않도록 확인합니다. 그래서 장치가 띄워질 때도 역사적인 일정에 맞출 수 있도록 하지요. 심지어 크로노스 클럽도 세계 무기 경쟁의 기류 변화를 눈치채지 못했을 거라 확신해요."

"아무도 의문을 가지지 않던가?"

"말씀드렸듯이, 소련은 워낙 시스템이 탁월해서요." 그가 밝게 대답했다.

어느새 문은 빙하처럼 꾸물꾸물 미끄러지며 뒤로 물러나더니 이제 활짝 열려 있었다. 빈센트는 강철과 전류의 동굴 속으로 들어갔다. 건물의 통신 회선이 모두 여기서 하나로 합쳐지는 모양이었다. 그리고 공기는 이 깊이까지 들어오는 음침한 복도보다는 훨씬 따뜻했다. 타이태닉호의 프로펠러보다 더 큰 팬들이 윙윙거리며 돌아갔고, 한가운데 거대한 비석처럼 우뚝 솟은 기계 장치가 있었다. 미국인들이라면 창조물을 멋들어지게 꾸미려 했겠지만 빈센트와 그의 팀은 순수하고 실용적인 기능성만을 지향했다. 무도한 힘으로 용접해 붙인 부품들, 창자 같은 기계 속이 훤히 드러난 채 축축 늘어져 있었다. 하얀 테이프와 펜으로 라벨을 적어 붙인 케이블들. 실제로, 절실하게, 다급하게, 꼭 비춰야 할 필요가 있는 부분들만 비추도록 설치된 조명들. 마치 기술 과학의 신이 DIY 교실을 열었지만 수업이 시작되기도 전에 전선줄을 정리할 열 수축 유연관이 다 떨어진 꼬락서니였다. 작고 흰 배지를 단 남녀들이 이 거대한 피조물의 그림자 속에서 다급하게 이리저리 뛰어다니고 있었다. 사다리를 이리저리로 끌고 다니며 휘어진 피라미드형 받침대 위 까마득한 곳에 있는 보이지 않는 접속 포트로 올라갔다.

"어떻게 생각하세요?" 빈센트가 쾌활하게 물었다.

나는 호주머니에 있는 묵직한 총을 만지작거리며 최대한 차분하게 대답했다.

"내가 지금 보고 있는 게 과연 무엇이냐에 따라 달라지겠지."

"해리." 빈센트가 핀잔을 주었다. "실망인데요."

실망이라는 말은 추론을 해보라는 뜻이었다. 내키지 않았지만 나는 추론하기 시작했다.

"좋아." 나는 한숨을 쉬었다. "자네가 지금 여기서 작동하고 있는 건, 앞으로 적어도 15년 동안은 발명되지 않을 수준의 반도체 연산이군. 저기 보이는 액체 냉각기 역시 향후 17년 내로는 활용되지 않을 장치고. 사방에 납을 덧댄 벽에다가 방사능 배지가 보이는 걸 보니 방사선원이 있는 모양이기는 한데, 냉각수로 쓸 물이 근처에 없으니 원자로를 돌리고 있는 건 아닐 테고. 물론 자네의 원자로 기술이 적어도 50년 이상 시대를 앞서간다면 다른 얘기가 되겠지."

"원자로는 없어요. 하지만 방사선원은 맞추셨습니다." 그가 동의했다.

"임계가 문제지." 내가 말을 이었다. "하지만 사람들이 방호복을 입고 뛰어다니지 않는 걸 보니 별 큰 문제가 아닌 모양이고. 기계에서 나오는 네트워킹 양이 어마어마한 걸 보니 들어가는 에너지만큼 나오는 데이터가 많다는 뜻이고. 그 말은 아직 본격 제조 단계에 들어간 게 아니라 실험들을 모니터링하고 있다는 뜻이겠지. 결론적으로…… 뭔가 연구 중이군. 십중팔구 아원자 입자* 쪽이고, 소련 중심부에 비밀 기지를 지어놓고 시대보다 수십 년 앞선 기술을 활용해서 말이야. 그런데, 나로서는 이 부분이 제일 당혹스러운데, 자네는 바로 이런 상황을 몹시 즐기는 것 같단 말이야."

정말로 그는 자기가 만든 기계를 보며 만면에 뿌듯한 미소를 짓고 있었다.

"당연히 기분이 좋죠, 해리. 우리가 이 기계로부터 획득할 수 있는 정보로 만물을 바꿀 수 있으니까요."

"만물?"

"만물." 그가 되풀이해 말했다. 그리고 그 눈빛에 담긴 표정을 보니 실제로 그 말뜻 그대로를 의미한다는 생각이 들었다. "도와줄 마음이 있으세요?"

"도움?"

"도움." 그는 앵무새처럼 내 말을 따라 했다. "방해의 반대인 행동?"

---

*   원자보다 작은 입자.

"이 모든 기획이 클럽이 표방하는 모든 걸 위반하고 있지 않다 해도……." 이 말에 콧방귀 뀌는 소리가 났다. "난 정말로 내가 뭘 도와줘야 할지 모르겠는데."

빈센트는 한 팔을 내 어깨에 두르고 오랜만에 상봉한 친구처럼 옆구리로 끌어당겨 안았다. 이 사람이, 까마득한 수 세기 전에, 케임브리지 테니스장 옆에서 프랜시스에게 키스하고 칼라차크라라는 이유로 나를 때려눕혔던 남자란 말인가?

"해리." 그가 결연하게 말했다. "퀀텀 미러를 만들고 있다면요?"

48

"퀀텀 미러는……." 그가 말머리를 꺼냈다.

"개똥같은 소리." 내가 대답했다.

"퀀텀 미러는……."

"허튼소리라니까."

"퀀텀 미러요!" 빈센트는 또 열을 올리며 짜증을 내기 시작했다. 우리가 대화를 나눌 때면 수시로 있는 일이었다.

다시 케임브리지.

다시 추억.

빈센트를 알게 되는 과정에서 내 마음은 언제나 좋았던 시절로, 복잡성이나 세계의 종말 이전의 나날들로 돌아가는 것 같다.

"제대로 들을 자세가 되어 있기는 하신 거예요?" 그가 물었다.

"치킨 한 조각 더 주고 매시포테이토까지 곁들여 주면 입도 뻥긋 않고 앉아서 잠시 최고로 흥미롭다는 표정까지 지어주지."

그는 순순히 내 접시를 받아서 건강한 치킨 요리와 터무니없는 양의 매시포테이토를 척척 얹어주었다.

"퀀텀 미러는요." 그가 다시 말을 이어나갔다. "물질의 외삽을 위한 이론적 장치거든요."

"여기서 외삽이라는 게……."

"조용히 계신다면서요? 식사나 하세요."

"먹고 있어."

나는 보란 듯이 포크로 감자를 한입 가득 쑤셔 넣었다.

"다윈을 생각해 보세요."

나는 간신히 풋, 하는 소리를 내지 않는 데 성공했지만, 날카로운 눈초리는 피할 수 없었다.

"지구 상의 다른 곳과 차단된 군도로 여행을 가서 그곳의 생물들과 그 생활 방식을 관찰해요. 이런 광경은 예전에도 봤고 앞으로도 보게 되겠지만 다윈에게 주위의 세상을 관찰하는 행위는 논리적 외삽의 시작이죠. 피조물들이 환경에 어떻게 적응하는지 관찰하라고, 그는 말하죠. 물고기를 낚기 위해 절벽에서 저토록 완벽하게 낙하하는 새를 보고 경이로워하라고. 수천 킬로미터 거리에 있는 또 다른 동물과 너무나 비슷해서 같은 종이라 해도 될 정도지만 이 새의 먹이는 동굴에 서식하기 때문에 긴 부리를 발달시켰다. 벌레를 관찰하라. 곤충을 관찰하라. 대양저를 기어 다니는 게를 관찰하라. 그리고 이 모든 것으로부터……."

"그레이비 좀 이리 줘봐." 내가 투덜거렸다.

그레이비소스는 한 박자도 놓치지 않고 전달되었다.

"……그리고 이 모든 것으로부터 세상에서 가장 경이로운 이론이 나옵니다. 바로 진화 이론이죠. 외삽이요, 해리. 미미하기 짝이 없는 것들로부터 위대한 기적이 드러나는 거예요. 이제 우리는 물리학자로서……."

"내가 물리학자고 너는 아직 학생이야. 그런데 내가 왜 너하고 이러고 있는지 모르겠다."

"물리학자로서……." 그는 물러서지 않았다. "우리는, 제 그레이비 레시피가 선생님보다 한 수 위죠, 동물들이나 새들의 행태를 보지 않죠. 우리의 재료, 우리가 관찰하는 물질은 원자 그 자체에 있어요. 우리가 이 단일하고 세상에서 가장 단순한 물질을 가지고 다윈이 했던 것과 똑같은 과정을 거친다면 어떨까요? 양성자, 중성자, 전자로부터 우리는 그것들을 묶어놓는 힘을 추론할 수 있어요. 그 힘은 당연히 우주를 하나로 묶어놓고, 공간을 묶어놓고, 시간을 묶어놓게 되겠죠. 그리고 존재의 본질 그 자체에, 그러니까, 거울을 비추는 겁니다……."

"퀀텀 미러다 이거지!" 내가 신파조로 포크를 흔들며 결론을 내렸다. 그리고 나보다 그가 더 화를 내며 주체할 수 없이 날뛰기 전에 덧붙여 말했다. "빈센트, 정확하게 그게 바로 **과학**이 하는 일이잖아."

"과학이 도달하려 노력하는 목표죠." 그가 내 말을 수정했다. "하지만 우리한테 주어진 제한된 도구는, 가령 가시 스펙트럼 내에서 인지할 수 있는 삼차원 물체라든가 인간의 두뇌 말이죠, 이런 작업에는 말도 못 하게 불충분해요. 우리에게 필요한 건 물질을 이해하기 위한 전혀 다른 도구, 실재의 구성요소 그 자체를 파악하는 전혀 다른 방식입니다. 그걸 파악하면 전 우주의 신비가 펼쳐질 테니까요. 어떻게 생각하세요?"

나는 잠시 생각한 끝에 대답했다.

"말도 안 되는 헛소리라고 생각하네."

"해리……."

"아니, 잠깐만, 내 말 좀 들어봐. 이론적인 복잡성이나 경제적인 난관, 과학적 문제, 이런 건 다 차치하고서라도 철저히 철학적 시각에서 말도 안 되는 허튼소리라고 생각하네. 물론 자네는 비과학적인 본질의 학문이라며 당연히 화를 내겠지. 빈센트, 나는 인류에게 전 우주를 완벽하게 파악할 수 있는 능력이 있다고 생각하지 않네."

"아, 하지만 제발……."

"잠깐, 잠깐만 기다려봐! 나는 자네가 묘사하는 것, 그러니까 한마디 덧붙여도 된다면 이 절대 불가능한 장치가, 나로서는 차마 추측조차 할 수 없는 어떤 방식으로 우주에 대한 우리의 이해를 풍비박산 내고 '어떻게'로부터 시작해서 훨씬 더 어려운 '어째서'로 마무리되는 모든 질문에 해답을 줄 수 있는 만물의 이론을 창출해 낼 이…… 기적적인 장치가 결국은 더도 덜도 말고 DIY로 만든 신이라고 생각해. 자네는 전지전능의 기계를 만들어 소유하고 싶은가, 빈센트? 자기 자신에게 신을 만들어주고 싶어?"

"내가 아니라, 맙소사, 나는 아니고……."

"현재 존재하고 과거에 존재했고 앞으로 존재할 모든 걸 안다는 건……."

"과학의 목표죠! 총은 총에 불과합니다. 그걸 오용하는 건 인간들이에요……."

"그렇다면 잘됐네. 인류를 위해서 얼마든지 전지전능을 도입해도 되겠군!"

"'신'이라는 건 너무 걸려 있는 게 많은 말이잖아요……."

"맞았어." 나는 의도했던 것보다 더 냉랭하게 말했다. "퀀텀 미러라고 부르면 자네 야망의 어마어마한 스케일을 아마 아무도 짐작하지 못할 테지."

"어쩌면 그게 그건지도 모르겠네요." 그는 어깨를 으쓱하며 대답했다. "과거에 존재했던 모든 신이 퀀텀 미러인지도 모르겠어요."

49

"잠깐 생각할 시간을 줄 수 있나?"

"물론이죠." 그는 싹싹하게 말했다.

"총을 소지하고 있어도 괜찮나?"

"물론 안 됩니다. 독방에서 대기하시는 게 편하실까요? 여기에는 피를 묻히면 안 되는 민감한 장비들이 많아서요. 혹시라도 선생님이 뇌를 날려야 하는 상황이 오면 말이죠."

"그러면 큰일이지." 내가 동의했다. "안내해."

안내를 받아 독방 두서너 개가 있는 데로 갔다. 근사한 비밀 연구 기지에 감방이 없으면 아쉽겠지. 방은 추웠고 침상은 벽에 고정된 콘크리트였다. 빈센트는 담요를 가져오라고 시키겠다고 했고, 약속을 지켰다. 만두가 든 뜨끈하고 진한 수프도 제공되었다. 경비병은 불안해하며 마룻바닥에 있는 물건들을 한쪽으로 밀어 치워주었다. 눈으로는 시종일관 내 허리춤의 총을 좇고 있었다. 나는 그를 보고 친절하게 웃어 보였지만 아무 말도 하지 않았다.

퀀텀 미러.

빈센트 랜키스, 비탈리 카르펜코, 이름이야 뭐든 간에…… 그는 실제로 퀀텀 미러를 제작하려 시도하고 있었다.

시간과 공간 전체가, 과거에 있었고 있을 수 있었던 것들 모두가, 눈앞에 창조의 지도처럼 펼쳐진다. 단 하나의 원자로부터 우주의 경이를 외삽할 수 있는 기계.

우리가 어떻게 존재하게 되었는지 설명한다.

왜 존재하게 되었는지.

우리조차, 칼라차크라조차도.

가만히 앉아서 생각했다.

케임브리지를 생각하고 로스트치킨을 놓고 벌인 우리의 논쟁을 생각했다.

나의 피하로 주사를 찔러 넣던 에이킨라이를 생각했다.

자기가 저지른 범죄를 저지르기도 전에 가슴에 총을 맞고 죽은 리처드 라일.

엘리자베스, 내가 사랑했던 엘리자베스, 그리고 제니, 내가 완전히 다른 방식으로, 하지만 그만큼 정직하게 그만큼 참되게 사랑했던 제니. 피어슨의 발치에서 기던 일. 방문에 서 있던 버지니아, 대퇴부 동맥이 최고야, 확 뿜어져 나오거든, 이라고 말했었지. 할머니의 장례식에서 본 로리 헐른, 그리고 죽어가는 그를 버리고 떠날 때 우리 아버지의 얼굴에 떠올랐던 표정. 다시, 또다시, 삶을 거듭 살고 또 살아도 서게 되던 해리엇의 무덤가. 몸은 계속 살아도 마음은 시들어 죽어가게 될 양아버지 패트릭 오거스트의 손조차 제대로 잡지 못한 어린아이인 나.

당신의 존재 이유는 뭡니까?

세계가 끝나고 있어요.

이제는 박사님께 달려 있어요.

어머니가 비명을 질렀나요?

그건 너의 과거야, 해리. 너의 과거라고.

당신이 신입니까, 오거스트 박사님? 당신만이 이 세상에서 유일하게 중요한 생명체입니까? 기억한다고 해서, 당신의 고통이 더 크고 더 중요하다고 생각합니까? 당신이 이 모든 걸 경험했다고 해서, 당신의 삶이 유일하게 의미가 있는 삶이라고 생각하는 겁니까?

그렇다면 잘됐네. 인류를 위해서 얼마든지 전지전능을 도입해도 되겠군!

당신의 존재 이유는 뭐지?

당신은 신인가?

거의 꼬박 하루를 생각에 잠겼던 모양이다.

생각을 정리하고 나서 독방 문을 두드렸다. 만두를 놓고 가며 초조해했던 경비병이 내 손에 들린 총을 흘끔거리며 문을 열어주었다.

"자." 나는 그에게 무기를 건네주며 말했다. "카르펜코에게 예스라고 전해요. 내 대답은 예스라고."

50

옛날에 피델 구스만이라는 이름의 칼라차크라를 만난 적이 있다. 1973년의 일이다. 탈레반이 권력을 잡고 모조리 파괴하기 전에 거대한 불상들을 보러 아프가니스탄에 갔었다. 여기저기 돌아다니기 제일 쉬운 여권이기도 해서 뉴질랜드 국적으로 여행하면서 파슈토어* 실력을 좀 갈고닦을 생각이었다. 그때는 쉰다섯 살이었고 크로노스 클럽의 이전 멤버들이 돌에 새겨 남긴 메시지들을 샅샅이 추적하는 데 생애의 상당 기간을 바쳤다. 세대를 이어 연속되는 게임이었다. 미래의 클럽 멤버들에게 남겨진 AD 45년의 농담을 발굴하게 되면, 그 밑에 내 이름을 덧붙이고 새로운 장소에 파묻어 미래의 세대가 풀 수 있도록 적당히 알쏭달쏭한 단서들을 남

———

* 아프가니스탄의 공용어 중 하나.

겨둔다. 적나라하게 권태에 시달리는 멤버들을 위한 국제적 규모의 타임캡슐이었다. 참가자들이 인심을 쓰고 싶을 때는 비생물분해성 재질로 된 보물들을 숨겨놓기도 했다. 이제까지 보물찾기에 기부된 가장 호사스러운 상품이라면 단연코 르네상스 시대 이탈리아의 어떤 칼라차크라가 포도주 항아리에 밀봉해서 알프스에서 제일 높은 지대에 있는 산타안젤리카 성지 밑에 묻어놓은, 소실된 줄 알았던 레오나르도 다빈치의 작품이 꼽힐 것이다. 실마리로 남겨둔 글은 전문이 음탕한 시 형식으로 되어 있어서 이 기증 물품이 발견되자 대단한 선물을 받은 듯한 느낌을 주었다. 다른 건 몰라도 이 게임 덕분에 온 세상을 돌아다니게 되었고, 아프가니스탄 여행 중에 피델 구스만이 나를 찾아왔다.

1킬로미터 밖에서도 다가오는 구스만의 모습이 잘 보였다. 목이 두툼한 거구의 사내가 트럭 지붕에 올라타 있었다. 트럭은 호송대를 한가득 싣고 누런 먼지바람을 라디오 안테나보다 더 높이 일으키며 달려왔다. 트럭이 마을로 들어서자 떼강도를 두려워하는 마을 사람들이 우수수 흩어졌다. 누가 봐도 강도라고 오인했을 것이다. 하지만 나는 숨을 생각은 하지도 않았다. 아프가니스탄 한가운데 뉴질랜드 백인이 숨을 데가 어디 있겠는가. 그래서 관광객이 길을 막는 경찰관을 보듯 나는 유럽인의 얼굴을 한 사내와 AK 소총을 휘두르는 다국적 호송대를 불만스럽게 쳐다봤다.

"어이, 당신!"

남자가 사투리가 심한 우르두어로 나를 부르더니 트럭 쪽으로 오라고 손짓했다. 그해 여름의 흙먼지를 뒤집어쓴 트럭은 원래의 색깔을 식별할 수 없는 몰골이었다. 내리쬐는 땡볕에 엔진은 식을 줄 모르고 틱틱거렸고 팬벨트는 늘어져 튀어나와 있었다. 보닛은 불을 안 피워도 늦은 아침 식사를 요리할 수 있을 만큼 달궈져 있었다. 조용히 무기 숫자를 헤아리며 이 따위로 무례하게 관광을 망친 인간들이 어떤 부류인지 가늠하다가 결국은 용병과 떼강도라는 결론을 내렸다. 통일된 복장의 흔적이라고는 다들 어딘가에 하나씩 두르고 있는 붉은 반다나뿐이었다. 나를 부른 남자가 대장이 분명했다. 까끌까끌한 턱수염 너머로 한껏 웃는 커다란 얼굴이 보였다.

"당신은 이 동네 출신이 아니겠지……. 그럼 CIA요?" 그가 물었다.

"CIA 아니오. 그냥 불상들을 보러 왔을 뿐이지." 나는 건성으로 대답했다.

"무슨 불상?"

"바미안 석불 같은 거?" 나는 무식을 과시하는 도적에 대한 경멸을 드러내지 않으려고 최선을 다했다. "산등성이에 새겨진 거 말입니다?"

"아, 그거." 트럭에 탄 사내가 말했다. "난 봤어. 하긴 지금

가서 보는 게 때가 맞긴 하지. 앞으로 20년쯤 있으면 멀쩡하게 서 있지도 않을 거야!"

화들짝 놀란 나는 한 발짝 물러나 이 누추하고 냄새나는 먼지투성이 사내를 다시 보았다. 사내는 씩 웃으며 앞머리에 손을 대고 말했다.

"반갑소이다. CIA가 아니더라도."

사내는 트럭에서 펄쩍 뛰어내리더니 휘적휘적 걸어가기 시작했다.

나는 등 뒤에서 큰 소리로 외쳤다. 그러면서도 이러는 나 자신에게 놀랐다.

"천안문 광장."

사내가 발길을 딱 멈추더니 댄서처럼 발끝을 들고 뒤축으로 땅을 파듯 빙글 돌았다. 여전히 예의 편안한 웃음을 만면에 띠고 내게로 다시 성큼성큼 걸어왔다. 끈적끈적한 체취가 훅 끼칠 정도로 바짝.

"뭐지." 사내가 마침내 말했다. "중국 스파이같이 생기지도 않았는데."

"그쪽도 아프간 군벌처럼 생기지는 않았소."

"뭐, 그거야 다른 데로 가는 길에 이곳을 지나치는 것뿐이니까 그렇겠지."

"특별히 염두에 두고 있는 데라도?"

"액션만 있다면 어디든. 우리는 군인들이니까, 그게 우리가 하는 일이고 잘하는 일이니까, 부끄러울 일은 전혀 없소. 우리가 없어도 어차피 일어날 일들이니까. 하지만 우리가 끼면…….." 싱글거리던 웃음이 더 환해졌다. "좀 빨라질 수는 있겠지. 하지만 댁처럼 연세 있고 점잖으신 신사분께서 여기서 중국 지리 얘기는 왜 꺼내고 계시나?"

"별거 아니요." 나는 어깨를 으쓱하며 말했다. "그 말이 뜬금없이 휙 떠올라서. 예컨대 체르노빌이라든가, 별거 아닌 말들."

피델의 눈썹이 번개같이 꿈틀거렸지만 싱글거리는 미소는 변함이 없었다. 일부러 더 요란하게 킬킬 웃으며 내가 휘청거릴 만큼 세차게 어깨를 철썩 치더니 한 발 물러서 매운 손맛에 탄복하고 있는 나를 향해 짐승처럼 포효했다.

"예수님, 성 요셉, 성모마리아님." 그러더니 한마디를 불쑥 뱉었다. "빌어먹을 마이클 잭슨도."

우리는 함께 밥을 먹었다. 식사를 제공한 가족한테는 손님을 치르게 될 거라고 분명히 말해두었지만 적어도 피델의 부하들은 자기네들 먹을 빵은 알아서 조달했고 아이들에게 병뚜껑을 던져주었다. 별것도 아닌 걸 주워 모으면서 아이들은 한껏 신나 보였다. 아이들 어머니는 문간에 서서 푸른 부르카 베일 너머로 우리를 노려보며 감히 냄비 하나라도 망가뜨리기만 해보라는 듯이 벼르고 있었다.

"1940년대에 태어났어요." 반들반들하게 닳은 인상적인 치아로 커다란 구운 양고기 덩어리를 뜯어먹으며 피델이 말했다. "거지 같지. 알짜배기는 거의 다 놓쳤으니까. 하지만 보통은 피그만 침공*에는 가서 싸울 수 있고 당연한 얘긴데 씨발 뭐, 베트남전도 참전했고. 아프리카 내전에서도 꽤 오랜 시간을 보내는데, 거긴 워낙 원주민을 겁주는 일이 다인 경우가 많아서, 그따위 일에 갈고 닦을 기량 같은 게 어딨어? 그렇게 된단 말이죠. 제대로 좀 싸울 전투를 달란 말이지, 씨발, 내가 무슨 애들 울리는 거 좋아하는 사이코패스도 아니고! 이란하고 이라크가 이번에는 한판 제대로 붙을 거요. 샤가 죽고 나서 이란은 확실히 재미가 확 떨어지지만. 쿠웨이트도 괜찮고, 발칸의 똥통에도 발을 담가봤는데 역시나 죄다 '민간인을 사살해, 민간인을 사살해, 탱크를 피해 달려!' 이런 걸로 점철이라, 제기랄, 이놈들아, 이 몸이 씨발 전문가시다, 이따위 똥통에 구르라는 거야? 그러고."

"대부분의 생애에서 군인입니까?" 내가 물었다.

그는 또다시 살점 한 덩어리를 짓씹어 뜯었다.

"그래요. 우리 아버지가 군인이었는데 유전인지. 어린 시절을 오키나와에서 워낙 오래 보내서요. 진짜 거기 그 사람

---

* 쿠바 혁명정권 카스트로의 사회주의 국가 선언에 반발해 미국이 쿠바 망명자 1500명으로 '제 2506여단'을 창설해 쿠바를 침공한 사건.

들, 진국이거든. 내면에 강철 같은 심지를 품고 있고, 꼭 한 번 직접 가서 보세요. 그리고 클럽에는 내 할 도리는 하고 끝 냈습니다."

피델은 잠시 생각하더니 자기 말에 설명을 덧붙여야겠다 는 생각이 든 모양이었다.

"하지만 허구한 날 둘러앉아서 그놈의 섹스하고 정치라뇨? 맙소사, 정치라는 게, 전부 다 '300년 전에 누가 이렇게 이렇 게 말했는데' 이런 거하고 '누구랑 누가 잤는데 이렇게 저렇 게 해서 누가 누가 죽었고 굉장히 질투를 했다더라' 이런 식 인데, 도저히 참아줄 수가 없어. 몰라요, 나도 클럽과 함께 성 장했는지도 모르죠. 선생님도 그렇게 생각하십니까?"

"클럽에서 별로 시간을 보내지 않소." 당황한 나는 솔직히 시인했다. "다른 데 정신이 쉽게 팔리는 사람이라서."

"불사불멸치고 클럽 사람들 정말 앞뒤가 안 맞지 않습니 까? 클럽에서 나한테 약물을 과다 투여하는 바람에 죽을 뻔 한 적도 있는 거 알아요? 이건 뭐, 맙소사, 이 사람들이, 난 겨우 서른셋인데 또 배변 훈련부터 다시 해야 돼? 그랬다고 요. 뭐 하는 삽질이냐고?"

"말년에 나는 보통 자가 투약을 하지요." 나도 인정했 다. "60대 중반이나 70대 초반, 언제나 똑같은 질병을 얻거 든……."

"씨발, 누가 아니래요." 피델이 나직하게 투덜거렸다. "예

순일곱 살에 소세포 폐암에 걸리고 땡! 흡연도 해보고 금연
도 해봤다고. 탈탈 털고 깨끗하게 살아보기도 하고, 그런데
매번 씨발 똑같이 그 거지 같은 병에 걸린다니까. 왜 그래야
되느냐고 군의관한테 물어본 적 있는데, 뭐라는지 압니까?
'어이, 원래 다 그냥 그렇게 되는 거야.' 아, 씨발, 좆같은 거
지."

"그런데……." 나는 조심스럽게 물었다. 나도 의사였다는
얘기는 자세히 하지 말자고 마음먹었다. "왜 하필 전쟁이오?"

순식간에 드러나고 있는 새하얀 양고기 뼈다귀 너머로 형
형한 눈빛이 나를 향했다.

"싸움 많이 해보셨어요? 제2차 세계대전에서는 좀 해봤을
나이로 보이는데. 기분이 상하셨다면 죄송하고."

"전쟁은 몇 번 겪었소." 나는 어깨를 으쓱하며 대답했다.
"하지만 대체로는 멀찌감치 피해 있는 편이지요. 예측 불가
능한 요인이 너무 많아서."

"이런, 젠장, 그게 바로 빌어먹을 핵심이라 말이지! 앞으로
살아가며 무슨 일을 당하게 될지를 태어날 때부터 씨발 낱
낱이 알고 있잖아요, 그런데 '그냥 구경이나 하자' 그런다고?
엿이나 잡수시라고 해. 확 좀 밖으로 튀어나가서, 좀 제대로
살다가, 깜짝 놀라고 죽는 겁니다! 제가요, 총상을……."

자랑스러워 죽겠다는 투였다.

"무려 일흔네 번 입었어요. 그런데 그 탄환들 중에서 치명

상을 입힌 건 열아홉 개 밖에 없어요. 나는 수류탄에 날아간 적도 있고 지뢰를 밟은 적도 있고, 언제더라, 베트콩이랑 싸울 때 한번은, 날카롭게 깎은 죽창에 찔려 죽은 적도 있어. 믿어져요? 우리는 아직 이름도 없는 뒤질 밀림을 치고 공터를 밀고 있었지. 냄새도 엄청나게 지독하게 났는데. 그 전에 공군 놈들이 그 땅만 남겨두고 좌우로 천지를 파삭파삭 튀겨놔 가지고. 게릴라들을 킬링 존으로 몬다나 어쩐다. 씨발, 아무튼 거기서 많이 죽였지. 그런데 그럴 때 온 세상을 발밑에 둔 기분이 된단 말이야. 그러니까 매 초가 마지막 순간일지도 모르니까, 그게 짜릿하거든요, 말도 못 하게 기가 막히게 짜릿해. 저 사람 소리도 안 들리고 이 사람 모습도 못 봐. 뜬금없이 적이 땅에서 튀어나오는데, 내가 쏜 총알이 복부를 관통해서 죽도록 피를 흘리는데, 그래도 동작이 느려지지도 않아. 그대로 날 덮치고 빵빵! 그 녀석 기껏해야 열여섯도 안 되어 보이던데, 그런 생각이 든다니까, 야, 너라는 놈 정말 살아서 한번 볼만한 광경이다."

피델이 씹던 뼈다귀를 문밖으로 던지자 발이 셋뿐인 개가 절룩거리며 와서 갉작거렸다. 그는 셔츠자락에 벅벅 손을 닦더니 나를 보고 싱긋 웃으며 말했다.

"당신네 크로노스 클럽 도련님들은 죄다 무서워서 다른 일을 못 하지. 문제는 다들 복에 겨워 물러터졌다는 거요. 안락한 삶에 익숙해진 거거든. 안락한 삶이 참 좋은 점이, 굳이 멀쩡한 배를 흔들려는 사람이 없다는 거거든. 좀 삶을 살아보고, 거칠게 굴러보고, 그런 걸 배워야 할 필요가 있다는 거지. 장담하지만 그보다 더 짜릿한 마약은 없다니까."

"선형적 사건의 궤적에 변화를 가져온 적이 있소?" 내가 물었다. "개인의 힘으로 전쟁의 결과를 좌우한 적이 있소?"

"씨발, 아니요!" 피델이 킬킬 웃어댔다. "우리는 그저 빌어먹을 군인들일 뿐이죠. 우리가 몇 사람 죽이면 그쪽도 우리를 죽이고 또 우리는 그쪽을 죽이는 거지, 그게 씨발 무슨 의미가 있다고, 안 그래? 종이 쪼가리에 적힌 숫자에 불과한 거지. 숫자들이 충분히 불어나면 그제야 이딴 똥통의 향방을 결정하는 배부른 윗것들이 모여 앉아서 어차피 해야 할 결정이니 이제 할 때가 됐다, 그러는 거고. 나 같은 건 역사적 사건의 향방에 위협도 뭣도 아니요, 친구. 그저 난로에 때는 장작일 뿐이지. 그리고 최고로 좋은 게 뭔지 알아요?"

피델이 거구를 천천히 일으켜 탑처럼 우뚝 서더니, 집주인이 먹고 남은 음식을 애완동물에게 던져주듯 구깃구깃한 종이 쪼가리를 뭉쳐 집구석으로 던졌다.

"빌어먹을 의미라곤 없다는 거지. 한 발의 총탄, 한 방울의 피, 아무것도 아무 의미도 없어. 씨발 아무런 변화도 가져올 수 없다고."

피델은 가려다가 문간에 잠시 멈춰서더니 씩 웃었다. 얼굴의 반은 오두막 그늘에 반쯤 가려져 있었고 반은 눈부신 백주의 태양빛에 드러나 있었다.

"어이, 해리, 혹시라도 이 고고학 놀음이 싫증 나면, 아니 무슨 일을 하고 있든, 붉은 사선으로 한번 찾아와요. 내가 거기 있을 테니까."

"행운을 빌겠소, 피델." 내가 대답했다.

그는 씩 웃더니 빛 속으로 발을 들였다.

51

"예스야." 나는 빈센트에게 말했다. "내 대답은 예스라고."

우리는 피에트록—112 사령관 사무실에 앉아 있었다. 사령관은 눈치껏 자리를 비켜주었고 나는 다리를 꼬고 앉아 가지런히 손을 포개 얹고 나를 지켜보는 빈센트를 지켜보았다.

마침내 빈센트가 입을 열었다.

"이유를 물어도 되겠어요? 옛날엔 '허튼소리'라고 치부하시더니 어떻게 이렇게 놀라운 심경의 변화를 겪으셨는지."

뭐라고 해야 할까 영감을 찾아 천장을 올려다보니 까만 벌레들이 조명 기구를 설치한 구멍에서 기어 나와 질서정연하게 한 줄로 서서 천장을 가로질러 행진하는 광경이 얇고 까만 선으로 보였다.

"말해주지. 과학적 도전, 호기심, 모험 때문이고 궁극적으로 절대 실현할 수 없다고 믿기 때문이지. 그러니 해로울 게 뭐가 있겠나? 이렇게 말해줄 수도 있어. 크로노스 클럽에 대한 거역이라고, 가만히 앉아서 아무 일도 하지 말고, 할 일이 어차피 그거밖에 없으니 전 세계에서 술 마시고 섹스하고 마약에나 취하라는 클럽의 정책에 반기를 들고 싶다고. 아니면 이렇게 말해줄 수도 있지. 과거는 과거고, 의미 있는 인과관계는 하나도 없고, 그래서 내가 무슨 일을 해도 나 자신을 넘어서는 어떤 의미도 새길 수 없는 삶에 질렸다고. 오랜 세월을 흘려보내며 내 마음은 무감하고 공허하다 못해 텅 비어버렸다고, 그래서 오래된 무덤가를 배회하며 자신의 사인을 찾는 유령처럼 이 상황에서 저 상황으로 표류하고 있지만 아무 답도 찾지 못했다고. 같은 야망을 갖고 있다고 말해줄 수도 있지. 신의 눈으로 보고 싶다고. 궁극적으로, 그게 우리가 지금 여기서 하는 얘기 아닌가? 이 기계, 이 '퀀텀 미러'라는 거, 현실적으로야 그게 대체 무슨 뜻인지 몰라도…… 그저 과학적 도구일 뿐인데, 다만 만물에 대해…… '무엇'이나 '어째서'가 아니라 '왜'라는 질문에 답하는 장비잖아. 모든 걸 알기 위해서. 우리가 왜 존재하는지. 어디서 왔는지. 칼라차크라, 우로보란. 인류 역사를 통틀어 우리는 우리 정체와 존재 이유를 찾아내려 노력해 왔어. 칼라차크라라고 해서 뭐가 다른가? 그런 지식을 위해서라면 난 얼마든지, 뭐든지 내놓을 수 있네. 그리고 자네 말고는 아무도 찰나에 번득이는 해답의 일별조차, 아니면 해답으로 접근하는 길조차 보여준 적이 없지. 다른 건 몰라도, 자네는 최소한 계획을 제시하니까."

나는 으쓱하며 의자에 더 깊숙이 몸을 파묻었다.

"아니면, 더 적확하게 짚어 말하자면, 아주 간단하게, 할 일이 생겨서 좋다고 할 수도 있겠지. 최소한 내 삶의 방식을 바꿔줄 일이 생긴 거라고. 그러니까 다른 건 씨발 엿이나 잡수시라고."

빈센트는 잠시 생각했다.

그리고 미소를 지었다.

"좋아요, 그럼." 그가 말했다. "나한테는 충분히 이유가 돼요."

심지어 지금도, 내가 무슨 짓을 하는지 알고 있는 지금도, 거짓말을 할 수는 없다.

나는 퀀텀 미러 제작에 10년을 바쳤다.

칼라차크라에게 10년은 큰 그림에서 보면 아무것도 아니다. 하지만 그때는, 아무도, 심지어 우리마저도, 큰 그림을 그리며 살아가지 않았다. 3600하고도 50일, 간간이 더하고 빼야 할 휴가라든가 다른 볼일들, 그런데 일분일초가……

……새로운 깨달음의 연속이었다.

너무나 오랜 세월 동안 제대로 일하지 않았다, 적어도 마음을 담아 일하지 않았다. 초창기에는 가끔씩 전문직을 습득하기도 했다. 의사, 교수, 학자, 스파이. 그러나 하나같이 목표를 달성하기 위한 수단에 불과했다. 내 주변의 세계를 파악하기 위한 지식과 통찰에 도달하기 위한 수단. 그런데 빈센트의 터무니없는 계획에 동참해 일하기 시작한 지금, 마침내 학업을 마친 학생처럼 지식을 풀어내 궁극의 목표로 돌렸고, 무수한 평생을 살아온 그제야 처음으로 업을 삶으로 삼는다는 말의 진의를 깨달았다.

행복했다. 그 오랜 시간을 보내고 나서야 이게 바로 행복이라는 걸 깨달은 자체가 놀라웠다. 작업 조건은 호사와 거리가 멀었다. 빈센트는 작업할 국가를 고를 때부터 타협해야 했으니까. 그러나 막상 해보니 내게도 전혀 문제가 되지 않았다. 잠자리는 따뜻했고 담요는 두꺼웠고, 음식이 맛있다고는 할 수 없지만 긴 하루 일과를 끝나고 흡족하게 배를 채울 수 있었다. 하루에 두 번, 하루도 빼놓지 않고, 빈센트는 함께 지상으로 올라가 해를 봐야 한다고 우겼다. 보통은 해가 없거나 북극에서 불어오는 살을 에는 바람뿐이었지만 빈센트는 "자연과 접점을 잃지 않는 게 중요하단 말이에요, 해리!"라고 외치곤 했다.

이 원칙을 겨울까지 고수하는 바람에 쓰라린 추위 속에서 온몸을 부둥켜안고 몇 시간씩 괴로운 콧바람을 참아내야 했다. 그러면 빈센트는 왔다 갔다 서성거리며 "이러고 이제 안으로 들어가면 얼마나 좋겠어요?"라고 소리를 질러댔다.

추워서 아예 말이 안 나오지만 않았다면 아마 나는 늘 쌀쌀맞게 면박을 주었을 것이다.

빈센트가 나를 받아주었기에 모두가 나를 받아주었다. 아무도 질문을 하지 않았고 아무도 동료의 침묵 뒤에 숨은 두려움을 따지지 않았다. 그러나 시간이 흐르면서 연구자로서나 사교의 대상으로나 빈센트가 참으로 비범한 인재들을 모아 조력자로 삼았다는 걸 똑똑히 알게 되었다.

"다섯 번의 삶이 필요해요, 해리!" 빈센트가 외쳤다. "다섯 번만 더 살면 우리가 해낼 수 있을 겁니다!"

그는 달성하기 위해 다섯 번 더 죽어야 하는 이 장기 계획을 내게만 털어놓았다. 우리는 여전히 빈센트가 원하는 획기적 기점에 한참 미치지 못했다. 심지어 '어떻게'와 '왜'(모든 것이 '어떻게' 돌아가는지, 모든 것이 '왜' 그렇게 되는지)라는 질문을 연구하기 시작할 장비조차 갖추려면 아직 한참 먼 단계라 그런 생각 자체를 말해봤자 의미도 없었다. 대신 우리는 부품에 집중했다. 하나하나가 당대로서는 혁명적인 발명이라 빈센트의 표현대로 "20세기를 확고한 21세기로 추진하기 위해서지요!"라는 목표를 성취하고 있었다.

빈센트는 말했다. "1963년까지는 내부 인터넷망을 발명할 작정입니다. 그리고 1969년까지는 마이크로프로세서를 해결하고요. 운이 따르면 1971년경에는 컴퓨팅을 실리콘 시대에서 졸업시킬 수 있을 테고, 그때까지 일정에 지장이 없으면 1978년까지는 나노프로세서를 목표로 하고 있어요." 그러더니 살짝 아쉽다는 듯, 이렇게 덧붙여 말했다. "대체로 저는 2002년쯤에 죽게 되는데, 이번 생애에서 확실히 점한 우위가 있으니까 다음에는 우리가 제2차 세계대전 전후로 마이크로프로세서를 설치해서 작동시킬 수 있을 거예요. 다음 삶에서는 캐나다에 기지를 차릴까 하는데…… 최근 들어 캐나다의 두뇌들을 별로 스카우트하지 못해서요."

"이거 다 좋은데 말이야." 빈센트의 본부에 같이 앉아 백개먼 게임을 하던 조용한 어느 저녁 나는 말했다. "자네가 이 생애의 세세한 기술적 발견들을 딛고 다음 생애에서 보완한다는 말은, 기술적 스펙이나 도표나 공식을 남김없이 기억한다는 의미를 내포하는 것 아닌가."

"당연하죠." 빈센트는 별일 아니라는 듯 말했다. "그럴 거예요."

주사위를 던지면서 일부러 서투르게 던진 태가 나길 바랐다. 그리고 말을 더듬었다.

"자, 자네는 기억술사인가?"

"내가 뭐요?"

"기억술사…… 모든 걸 기억하는 사람들을 클럽에서 부르는 말이야."

"뭐 그렇다면야, 네, 내가 바로 그런 사람인 것 같아요. 놀라신 눈치네요?"

"우리는…… 자네는 아주 귀한 부류거든."

"그래요, 그럴 거라고 생각했어요. 하지만 해리, 과학자로 살던 시절에 대한 선생님의 기억이야말로 흠잡을 데 없는데요. 우리 팀에는 정말 완벽한 보너스예요."

"고맙군."

"하지만 선생님도 잊으시나 봐요?"

"그래, 나는 잊어. 사실, 방금 누구 수였는지 깜박했는데…… 자네야, 나야?"

왜 나는 거짓말을 했을까?

오랜 세월에 걸쳐 몸에 밴 버릇?

아니면 빅토르 회네스, 대변동의 아버지, 모든 걸 기억하고 기억으로 세계를 파괴했던 유명한 기억술사에 대해 버지니아가 해주었던 이야기를 떠올렸기 때문일지도 모른다. 아마 그랬을 거다.

세계가 끝나고 있어요.

베를린의 크리스타.

아무 상관 없었다.

지금도 상관없다.

죽음은 언제나 찾아오고, 우리 행위에 대한 보상이 해답이라면(모든 의문 중에서도 가장 오래된 의문, 우리가 왜 존재하는지, 우리가 어디서 왔는지에 대한 거대하고 아름다운 해답이라면) 그렇다면 얼마든지 치를 수 있는 대가였다.

러시아 겨울의 시커먼 암흑 속에서 나는 스스로에게 그렇게 말했다.

빈센트와 내가 당시 연습하던 비밀 유지의 기술이 있다. 우리 둘 다 당대보다 20~30년 앞선 이론과 기술적 발달을 알고 있었다. 우리 둘 다 완벽한 기억을 갖고 있었다. 물론 나는 숫자에 밝은 머리를 가졌다는 정도로 보이도록 내 기억을 꾹 누르고 다 노출하지 않았지만. 빈센트는 주변에 고도로 지적인 인재들을 모아두었고, 우리의 아이디어가 마치 그 인재들의 획기적인 연구 업적처럼 보이도록 순차적으로 도입하는 게 이 기술의 핵심이었다. 이는 우리 사이에서 어쩐지 일종의 게임처럼 되어버렸다. 미묘한 아이디어를 살짝 노출해 저 화학자가 연결하게 하고 저 물리학자가 깨달음을 얻게 하는 걸 누가 더 잘하나 경쟁하게 되었다. 엄청난 규모의 작업이었기 때문에 득 되는 점이 있었다. 둘 다 전모를 파악하기 어려워 작업을 작은 규모로 쪼개었다. 이제 곧 전자현미경이 필요해질 것이다. 우리에게는 친숙한 개념이지만 다른 누구도 연구하거나 사용해 본 적이 없는 장비다. 입자가속기도 필요할 테고. 역시 둘 다 원하는 기기였으나 제작 경험이 없었다. 간혹 개념을 논하는 것만으로도 연구자들에게서 뜻밖의 천재성을 폭발시키는 기폭제가 될 때가 있었다. 연구실에서 끝도 없이 흘러나오는 연이은 성공에 어지럽게 취해 어떻게, 왜, 이런 현현들이 발생하는지 의심할 여유가 아무에게도 없었다.

"이 생애의 말년에는 2030년의 기술을 확실히 손에 넣을 겁니다. 그게 뭐가 되든 말이에요. 그게 훌륭한 공산주의자의 태도죠. 언제나 장기 계획이 있어야 하거든요."

"자네가 죽고 나서 이 기술이 어떻게 될지, 그런 걱정은 되지 않나?" 내가 물었다.

"'제 죽음 이후'라는 건 없습니다." 그가 우울하게 말했다.

이 질문을 두고 사실은 훨씬 더 많이 괴로워했다고 나도 말하고 싶다. 칼라차크라의 본질에 대한 우리의 토론을 떠올렸다. 우리는 무엇인가, 어떻게 사는가? 우리는 사실, 무한히 연속된 평행 우주들을 획획 오가는 의식에 불과하고 우리의 행위에 따라 평행 우주가 달라지는가? 그렇다면, 그 함의는 우리가 한 일들이, 결코 인지할 수는 없어도, 정말로 어떤 결과를 만들어냈다는 말일까? 그래서 어딘가에는 해리 오거스트가 쉰다섯 살 생일에 오른쪽이 아니라 왼쪽으로 돌았던 우주가 있고, 또 다른 곳에는 빈센트 랜키스가 죽어 소련 이후의 러시아에 당대보다 수십 년 앞서는 기술적 데이터베이스를 남겨준 우주가 있다는 말인가?

세계가 끝나고 있어요.
베를린의 크리스타.
세계가 끝나고 있어요.

우리 중 한 사람이 틀림없어.

"세계가 끝나고 있어." 내가 말했다.

1966년이었고, 우리는 빈센트의 첫 번째 저온 핵융합 원자로를 테스트하기 일보 직전이었다.

내가 보기에는 저온 핵융합 기술이 이 행성을 구할 수 있었다. 주로 수소와 물을 폐기물로 배출하는 재생에너지원이기 때문이다. 런던 거리에는 아직도 자욱한 매연이 행인들의 얼굴을 시커멓게 물들이고 있었다. 회색 구름이 석탄 더미 같은 모국의 하늘을 시커멓게 물들였고 유조선이 좌초한 해변은 원유가 들러붙어 망가지고 있었다. 20년 후가 되면 체르노빌의 제4호 원자로가 폭발할 테고 뿜어져 나온 연기를 마시고 서른 명이 죽고 수만 명이 훗날 '해체작업자*'라 불리게 될 것이다. 방사선에 오염된 토양을 지하의 광산에 삽으로 파 옮겼던 군인들, 아직 활활 타오르는 우라늄의 심장에 액체 콘크리트를 들이부었던 건축 인부들, 피부가 방사능의 유독한 손길에 닿아 이미 따끔거리기 시작했는데도 핵연료에 삽으로 모래를 퍼서 던진 소방수들. 이 모든 일이 앞으로 일어나게 되어 있다. 그때가 되면 이 정도 저온 핵융합 기술은 꿈에 불과하다고 치부하게 된다. 그러나 빈센트와 나

---

*　liquidators. 체르노빌 원전 사고 수습에 투입된 수만 명의 인력을 이르는 말.

는, 세계를 변화시킬 태세로 그곳에 서 있었다.

"세계가 끝나고 있어."

발전기를 설치하는 동안 말했지만 기계 소리에 묻혀 빈센트는 듣지 못했던 것 같다.

우리 실험은 실패했다.

우리는 이번 생에서는 20세기의 위대한 과학적 탐구를 완수하지 못할 운명이었다. 심지어 빈센트마저도 한계가 있었다. 지식은 창의력을 대체할 수 없다. 촉구할 수 있을 뿐이다.

"세계가 끝나고 있다고."

나는 전망대에 서서 해체되는 우리의 기계를 바라보며 말했다.

"그게 뭔데요, 낡아빠진 거?"

빈센트는 낙망한 나머지 정신이 딴 데 팔려 용감한 척할 필요를 느끼고 있었다.

"세계가 끝나고 있어. 바다가 끓고 하늘이 무너지고, 그리고 그 과정이 가속되고 있어. 선형적 시간성의 궤적이 달라지고 있고 그 원인은 우리야. 우리가 이걸 해서."

"해리." 빈센트가 혀를 쯧쯧 찼다. "무슨 멜로드라마 찍어요?"

"수 세대에 걸쳐 죽어가는 노인들에게 어린아이가 전해온 메시지야. 미래가 바뀌고 있는데 좋은 방향이 아니야. 우리가 이걸 했어."

"크로노스 클럽은 어찌나 꼰대들인지."

"빈센트, 우리 때문이면 어떻게 하지?"

빈센트는 곁눈질로 나를 보았고, 나는 기계 소리에도 불구하고 아까 한 말을 그가 들었다는 걸 깨달았다. 기계는 기계를 낳고 기계가 기계를 낳아 신의 지식, 우리 모든 질문에 대한 답, 총체로서의 우주에 대한 이해를 낳으리라.

그리고 그가 말했다. "그래서요?"

나흘 뒤 융합 실험에서 쌓이는 실험 결과들로 실패는 명확해졌으나 99.3퍼센트의 개연성에 따라 핵융합 반응은 계속되고 있을 무렵 나는 짧은 휴가를 요청했다.

"당연하죠. 전적으로 이해해요."

나는 군용차를 타고 피에트록—111로 갔다. 피에트록—111에서 다른 차가 플로스키에 프리디까지 태워주었고, 그제야 빈센트의 실험실에서 처박혀 나오지 않은 지 10년이 다 되었다는 사실을 깨달았다. 세월은 풍광에 그리 친절하지 않았다. 몇 그루 없는 나무도 다 베여 추한 흙 속의 그루터기로 남았고 그 너머 거대한 콘크리트 장벽이 여기 사람들은 빵을 제조하고 저기에서는 강철을 만들기 위해 노동한다고 선포하고 있었다. 아무 표지판도 없이 오후 8시 이후에 눈에 띄는 침입자들은 무조건 사살한다는 경고문만 붙어 있는 곳도 있었다. 플로스키에 프리디를 떠나는 열차는 하루에 딱 한 대뿐이었고 원래 숙식으로 유명한 마을도 아니었다. 운전

기사는 나를 자기 어머니의 집에 데려다주었다. 뜨거운 김이 오르는 콩 요리와 통조림 생선을 얻어먹고 마을의 비밀 얘기들을 남김없이 들었다. 운전기사의 어머니는 엄청난 뒷이야기들의 보고일 뿐 아니라 상당수 사건의 주된 원흉 같았다. 성 세바스찬의 성상 밑에서 잠을 잤다. 보통 이 성인은 가톨릭 도상학에서 속옷만 걸치고 화살에 찔려 죽는 모습으로 묘사되어 있지만 여기서는 황금 옷을 입고 있었다.

레닌그라드로 돌아가는 열차는 고요했다. 처음 북부로 올 때 동행했던 시끌벅적한 10대들은 없었다. 한 남자가 닭 몇 상자를 운반하고 있었다. 네 시간쯤 달렸을까, 고르지 않은 철길 상태 때문에 상자 하나가(내 기억에 이렇게까지 덜컹거리지는 않았던 것 같은데) 훌렁 날아갔고, 흰 깃털에 붉은 눈의 닭 한 마리가 풀려나와 무려 9분이나 신나게 자유를 누렸다. 객차 위아래로 파닥거리고 누비던 닭은 결국 피부에 딱지가 앉고 턱 근처에 흑색종 소견이 있는 인민군이 뻗은 장갑 낀 손에 단번에 모가지가 잡혔다. 나는 뇌가 호두만 한 동물 주제에 주인 품으로, 우리로 돌려보내 주셔서 정말 감사하다고 닭이 모가지를 쭉 뽑고 머리 조아려 절하는 모습을 보았다.

레닌그라드에 도착해 간신히 객차에서 기어 나왔을 때 공식적으로 나를 마중 나온 사람은 없었다. 하늘은 이미 시커멓게 어두워져 있었고 빗방울이 낡고 기울어진 지붕을 톡톡 때리고 있었지만, 밤을 보낼 곳을 찾아 역사에서 나올 때부터 깃 넓은 코트 차림의 두 남자가 내 뒤를 밟아 와 하숙집 밖 그림자 속에 머무르고 있었다. 도로의 자갈이 휘몰아치는 빗물에 휩쓸려 달각거리며 춤을 추었다. 시내에서 며칠 보내는 사이 나는 미행자들을 확실히 파악하게 되었다. 총 6인조인 팀원들을 머릿속으로 보리스 1, 보리스 2, 홀쭉이, 뚱뚱이, 헐떡이, 그리고 데이브라고 이름 붙였다. 데이브는 데이비드 에이튼과 신체적 특징이 너무 닮아서 붙인 별명이었다. 데이비드 에이튼은 아일랜드인 실험 엔지니어로 여전히 내 실험 가운에 황산을 쏟아 망가뜨린 친구였는데, 가게에 구걸구걸해서 똑같은 가운을 하나 더 받아와서는 하룻밤 만에 내 이름을 수놓고 심지어 내 가운의 트레이드마크였던 커피 얼룩과 화학적 변색까지 모조리 복제하려 했던 적이 있다. 그런 애타는 노력에 감동해 나의 분노도 스르르 풀렸는데, 현재 소련의 데이브 역시 미행할 때 좋은 성격이 드러나 보여서 내 존경심을 사고 있었다. 보리스 1과 보리스 2는 옷, 몸가짐, 기술이 거울상처럼 똑같았는데, 은밀한 미행을 하는 주제에 정신이 산란하기 짝이 없었다. 데이브는 적어도 나를 관찰할 때는 드러내놓고 했고, 내가 지나칠 때면 길 건너편에서 미소를 보내며 자기가 참 쓸데없는 일을 하고 있다는 표정을 지었다. 다른 때였다면 소련의 데이브와 함께 두런두런 얘기라도 나누며 시간을 보내도 좋을 것 같았다. 저 정중한 겉모습 속에 어떤 이야기들이 숨어 있어서 비밀정보부 요원이 되었을까 궁금했다.

　며칠 동안은 그저 관광객 노릇만 열심히 했다. 당시 도시에서 관광객 노릇을 하는 게 쉽지는 않았지만 말이다. 간신히 이름값 좀 하는 것 같은 카페 몇 군데 중 하나에 가보니 셰프 특별요리로 콜리플라워 테마의 끝없는 변주가 이어졌다. 그곳에서 사방에 깔린 소련 감시관들의 감시를 받는 영국에서 온 6학년 학생들 한 무리와 맞닥뜨리고는 깜짝 놀랐다.

　"우리는 문화 교류 프로그램으로 왔어요." 한 녀석이 콜리플라워 스페셜을 못 미더워하면서 쿡쿡 포크로 찔러댔다. "지금까지 우리는 축구, 하키, 수영, 육상에서 다 졌어요. 내일은 보트 놀이를 하러 간다는데, 그러니까 조정에서도 질 거라는 얘기 같네요."

　"너 스포츠 선수니?" 나는 소년과 동행한 친구들의 통통한 몸매를 보며 물었다.

　"그럴 리가요!" 소년이 외쳤다. "우리는 언어 전공이에요. 겨울궁전을 보여줄지도 모른다고 해서 신청했어요. 어제저녁에 하워드가 체스에서 저쪽 애 하나를 이겨가지고 좀 난리가 나긴 했지만요. 다시는 그런 식으로 우리 잘났다고 과시하지 말라고 야단을 맞았어요."

　행운을 빈다고 했더니 소년은 짓궂은 미소를 지으며 알았다는 듯 포크를 예의 바르게 꾸물거렸다.

그날 밤 창녀가 내 방문 옆에서 기다리고 있었다. 자기 이름이 소피아라면서 이미 화대는 받았다고 말했다. 비밀이지만 불가코프와 제인 오스틴의 팬이라면서 내가 굉장히 학식이 높은 분이라는 소문을 들었다고, 괜찮다면 독일어로 말해도 되겠냐고 물었다. 아직도 억양을 확실히 터득할 수가 없다는 것이었다. 대체 이건 소련 데이브의 생각인지, 빈센트의 생각인지 알 수가 없었다. 육체적 학대나 질병의 증후가 없다는 걸 확인한 나는 기분 좋은 시간을 보내준 대가로 넉넉하게 팁을 주었다.

"뭐 하시는 분이세요?" 소피아가 물었다.

지나치는 차량의 전조등 불빛에 천장을 가로지르는 해시계의 포물선이 뚜렷하게 도드라져 꽃처럼 피어났다.

"과학자예요."

"어떤 종류의 과학자요?"

"이론." 내가 대답했다.

"어떤 이론요?"

"만물의 이론."

소피아는 이 말을 듣고 잠깐 웃긴다고 생각했는지 미소를 띠었다가, 곧 나한테는 웃기지 않은데 자기가 웃고 있다는 걸 창피해했다.

"젊었을 때는, 해답을 찾으려고 신에게 의탁했습니다. 신이 아무 해답도 알려주지 않아서 사람들에게서 구했지만, 그들은 '그냥 맘 편하게 살아요. 흐르면 흐르는 대로 사는 거예요'라는 얘기만 되풀이하더군요."

"흐르는 대로 살라고요?"

여자가 내 미국식 관용구를 정확히 가르쳐달라고 하더니 러시아 토박이 말투로 독일어를 발음했다.

"불가피한 일들에 굳이 맞서 싸우지 말라는 거죠."

내가 대충 해석해 주었다.

"삶은 어차피 죽으면 끝나는데 뭐 그렇게 법석을 떠느냐? 아무도 다치지 않게 하고, 저녁 식사 손님들한테 식중독이나 일으키지 말고, 언행에서 청결을 유지하고…… 또 달리 뭐가 있겠냐, 하더군요. 그냥 점잖은 세상에서 점잖은 사람으로 살라고요."

"모두가 점잖은 사람이잖아요." 그녀가 나직하게 말했다. "자기 눈으로 보면요."

내 몸에 기댄 그녀는 따뜻했다. 피로감 때문인지 말 한 마디 한 마디에 느릿느릿 육중한 무게가 실렸다. 좀 더 정신이 맑을 때는 이렇게 묵직한 말투는 예의 바른 대화에 쓰지 않는다.

"사람들한테는 답이 없어요." 나는 부드럽게 결론을 내렸다. "사람들은…… 그냥 혼자 내버려두고 신경 거슬리지 않기를 원해요. 그렇지만 나는 신경이 쓰입니다. '우리는 왜 하필 나야?'라든가 '이게 무슨 의미가 있는데?'와 같은 질문을 하지만 조만간 사람들은 돌아서서 '그냥 우연이야'라든가 '내 삶의 목적은 내가 사랑하는 여인이야'라든가 '내 삶의 목적은 내 아이들이야'라든가 '이 아이디어를 철저히 파악하는 거'라는 둥의 대답을 하죠. 하지만 저와 제 부류에게는…… 그런 게 없어요. 우리 행위에 뭔가 틀림없이 결과가 있을 텐데. 내 눈에 보이질 않아요. 그런데 나는 알아야겠어요. 어떤 대가를 치르더라도."

소피아는 한참 아무 말도 없이 생각에 깊이 잠겨 있었다. 그러더니 "그냥 흘러가는 대로 살아요"라고 말했다. 익숙지 않은 말을 조심조심 했고 씩 웃으며 다시 한번 연습해 보려고 했다.

"흘러가는 대로 살아요. 점잖은 사람들이 점잖은 인생을 살아가는 게 마치 아무 의미도 없는 것처럼, 별 볼 일 없는 것처럼 말씀하시잖아요. 하지만 좀 들어보세요. 이 '점잖다'는 것, 그게 유일하게 의미가 있는 거예요. 과학자 아저씨, 아저씨가 모든 남자를 친절하게 만들고 모든 여자를 아름답게 만드는 기계를 이론화하려 한대도 난 별 볼 일 없다고 생각할 거예요. 기계를 제작하는 과정에서도 발을 멈추고 할머니가 길 건너는 걸 도와주지 않는다면 말이에요. 노화를 치료하거나 기근을 없애거나 핵전쟁을 끝낸다 해도, 여기(하더니 손등 뼈로 내 이마를 짚었다)하고 여기(라고 말하면서 가슴에 손바닥을 꼭 댔다)를 잊는다면 아무 의미가 없어요.

왜냐하면 모든 사람이 먼저 점잖아져야 하고, 그다음에 천재가 되어야 하거든요. 안 그러면 사람들을 돕는 게 아니라 기계의 노예가 될 뿐이에요."

"그건 별로 공산당원 같은 생각이 아닌데." 나는 나직하게 속삭였다.

"아뇨, 그게 가장 공산당원다운 생각이에요. 공산주의에는 선한 사람들이 필요해요. 영혼이……." 그녀는 내 가슴에 댄 손을 더 꾹 누르더니, 한숨을 쉬고, 손길을 거두었다.

"노력해서가 아니라 본능적으로 선한 사람들 말이에요. 하지만 요즘 이 시대에, 우리에게 가장 부족한 게 그런 사람들이죠. 진보를 위해 우리는 영혼을 다 잡아먹었어요. 이젠 중요한 게 아무것도 없네요."

소피아는 자정이 좀 넘은 시각에 떠났다. 주소나 이름은 묻지 않았다. 방의 불을 끄고 쥐 죽은 듯한 한밤의 고요가 내려앉을 때까지 기다렸다. 목소리 없는 생각이 차지한 시간이 마음에서 사라지고, 감각도 없는 멍한 상태로 변화할 때까지. 그 시각에는 만물이 외롭다. 행인들은 시커멓게 얼룩진 돌길을 단호하게 걷고 차들은 인적 없는 거리를 씽씽 지나친다. 빙하가 떠다니는 잔잔한 바다 위에서 엔진이 멈추면 궁극의 정적이 내려앉는다. 코트를 걸치고 뒷문으로 슬쩍 빠져나가 보리스 1과 힐떡이를 우회해 밤으로 걸어 들어갔다.

암흑을 두려워하지 않는 비결은 암흑이 도리어 두려워하게 만드는 것이다. 휘청거리며 지나치는 몇 안 되는 사람에게 날카로운 눈초리를 던지고 원래보다 더 무서운 존재인 것처럼, 어디 한번 시험해 보라고 당당하게 맞선다. 이런 장소에서 리처드 라일과 배터시의 골목길, 문간에 죽어 있던 젊은 여자들을 기억하기란 아주 쉽다. 레닌그라드는 세상을 여행하고 그 일부를 자기 나라에 도입해야겠다고 작정한 차르가 러시아의 유럽으로 지은 도시다. 브레즈네프가 세계를 여행했던가? 그 질문에는 내게 해답이 없었기에 놀라웠다.

모퉁이. 레닌그라드의 거리는 대체로 판판하고 모퉁이 각이 날카롭고, 여름이면 께느른한 운하에서 물풀 냄새가 나고 백야에 질펀하게 벌어지는 도시의 광란 소리가 들린다. 겨울이면 깨끗하게 쌓이는 눈에 황홀경이 몇 번 지나가고, 얼음이 단단해지면 그제야 둔탁한 권태가 진정하게 자리를 잡는다. 나는 기억에 의존해 걷는다. 혹시 미행이 따라붙었는지 확인하려고 필요 이상으로 모퉁이를 여러 번 반복해서 돈 다음, 마침내 크로노스 클럽의 작은 나무문 앞에 다다른다.

아니, 더 정확히 말하자면, 크로노스 클럽의 작은 나무문이 있던 자리라고 해야겠다. 그 문이 없어졌다는 사실에 심한 충격을 받아서 짧은 순간 무결점의 내 기억력마저 의심할 뻔했다. 아니었다. 주변 거리를 살펴봐도 바로 이곳이었다. 여기가 포치였고 저기가 클럽이 한때 서 있던 부지였다.

촌스러운 1950년대식으로 무지막지하게 지어진 건물이었기에 지금은 콘크리트 주초가 덩그러니 남아 있을 뿐이었다. 그 위로 기묘하게 휘어진 둥그런 바위를 감싸며 철봉이 십자 형태로 덮여 있었다. 그리고 돌에 새겨진 글은 다음과 같았다.

위대한 애국 전쟁의 궁극적 희생을 기념하며, 1941—1945

더 이상은 아무것도 남아 있지 않았다.

크로노스 클럽의 멤버들은 어려운 시기를 함께 헤쳐나갈 동지를 구하기 위해 서로 신호를 남긴다. 《인명사전》의 항목이나 근처 술집 카운터 뒤에 메시지를 남겨둔다든지, 후속 세대가 모여 생각을 모을 수 있도록 땅에 파묻어 둔 돌들 혹은 지붕에서 내려오는 배수관의 검은 배관에 가야 할 장소의 실마리를 새겨두기도 한다. 우리는 잘 알려져 있지 않지만, 존재한다는 사실 자체가 터무니없어서 뻔히 보이는 시야 밖으로 굳이 숨을 이유가 별로 없다. 그 후로 사흘간은 도시를 구경하며 무해한 관광객처럼 생활했다. 걸어 다니고 구경하고 먹고 저녁 시간에는 방에서 독서를 하며 시간을 보내고 밤에는 감시자들을 피해 크로노스 클럽의 단서를 찾으러 나갔다. 운명을 알려주는 어떤 표식이라도 좋았다. 결국 딱 하나밖에 찾지 못했다. 근처 공동묘지의 비석에 쓰인 '올가 프루보브나, 1893년 출생, 1953년 사망, 다시 부활하리라'라는 문구였다.

이 묘석 아래 딴 건 몰라도 일단 산스크리트어로, 훨씬 긴 글이 쓰여 있었다. 번역을 하자면 다음과 같았다.

> 만일 이 메시지가 내 비석에 첨부된다면, 폭력적이고 급작스러운 예상 밖의 죽음을 맞았다는 의미다. 똑같은 일을 당하지 않도록 조심하라.

52

딜레마.

머물 것인가, 떠날 것인가?

내가 뭐라고 레닌그라드 크로노스 클럽의 파멸을 초래했을까?

아무리 순진한 낙관주의를 견지하려 애써봐도, 자세한 내막은 알 수 없으나, 반드시 빈센트가 이 사건의 배후에 있다는 의혹을 지울 수가 없었다.

아무리 자기기만을 하려 해도 어떤 식으로든, 내게도 책임이 있다고 생각하지 않을 수 없었다. 내 침묵으로, 내가 막고자 했던 기획에 합류하고 자취를 감췄다는 사실만으로도.

그리고 이제 진실을 알게 됐으니…… 이미 몇 년 전에, 내 등 뒤에서 벌어진 이 해묵은 진실을. 그래서 무언가 바뀌었나? 우리 연구의 본질적 경이로움을, 빈센트의 숨이 멎을 듯

한 비전을 달라지게 만들었나? 우리가 작업하던 프로젝트, 우리가 추구하던 질문은 현재의 미미한 휘점이나 미래의 미미한 조정 같은 걸 훌쩍 넘어서는 거대한 게 아니었던가? 그 정도로 내 결심이 흔들린다는 건 말도 안 되는 일, 터무니없는 일이었지만, 머릿속으로 이 사실을 결연히 합리화하는 그 순간에도 내 결심은 이미 흔들리고 있었다. 다시 돌아가더라도 예전과 같지는 않을 거라는 걸 잘 알고 있었다.

그러나 나는 돌아갔다.

러시아를 탈출한다는 건 문제가 될 터였고, 오래전 그때도 그러했듯이 제일 간단한 탈출은 죽음이라는 자신감이 있었다. 조잡하게 육체적 탈출을 시도했다가 내가 탈출을 꿈꾼다는 사실을 누가 알고 경계하기라도 하면 어떻게 한단 말인가? 대답을 얻어내야 할 질문들이 있었고 죽음으로 귀결되어야 한다면 내 죽음은 내가 선택하고 싶었다. 그러나 그 전에 최대한 전체적인 그림을 파악해야 했다. 계획과 의문점, 피에트록—112로 돌아가는 여정에 그걸로 허기를 채웠다.

"해리!"

문을 열고 들어가는데 열의로 발갛게 달뜬 뺨을 하고 그가 나를 기다리고 있었다.

"이런 세상에, 잘 쉬었어요, 네? 잘됐어요! 이 문제로 해리의 두뇌가 필요하던 참이거든요. 해결만 하면 정말 멋질 거예요, 근사할 겁니다!"

빈센트 랜키스, 대체 잠을 자기는 한 건가?

"휴대용 계산기 말입니다." 그는 나를 잡고 복도로 끌고 걸어가며 말했다. "휴대용 계산기를 발명하면 시간 낭비일까요? 만들어서 하나씩 나눠주면 필요한 자재가 있는 곳으로 기술을 가지고 오는데 허비되는 시간이 엄청나게 줄어들 것 같은데 말이에요. 하지만 이런 생산성 연산 같은 건 잘 모르겠죠? 경영 컨설턴트 같은 게 새로 생겨날 때까지 우리 얼마나 남았죠? 그 후로 수십 년이 지나야 또 그걸 폐기할까요?"

"빈센트……."

"아니, 코트 벗을 시간 없어요. 어서 와봐요. 진짜 결정적인 순간이란 말이에요."

"나중에." 나는 단호히 말허리를 끊었다. "할 얘기가 있어."

'나중'이라는 말의 무게가 이상하리만큼 마음을 무겁게 짓눌렀다. 눈앞의 숫자와 칠판에 쓰인 공식의 결과를 낱낱이 알고 있었지만 제대로 집중도 못 하고 한마디 말도 할 수 없었다. 다른 사람들이 휴가 갔다 오더니 사람이 물러졌다고, 예쁜 여자와 술 생각밖에 머리에 안 들어가나 보다고 농담을 했다. 나는 고개를 끄덕이고 미소를 지었지만, 얼마 후 내가 정말로 정신이 온통 딴 데 팔려 있다는 걸 깨달은 동료들은 농담을 그만두고 나 없이 자기 할 일을 했다.

나중에, 라는 건 저녁이었을 수도 있었지만 에너지가 펄펄 끓어 넘치는 빈센트는 지나치게 일에 몰두해서 그럴 여유가 없었다.

그래서 저녁이 되자 이제는 밤새 연구를 해야 할지 빈센트가 묻고 있었다.

그건 좋은 생각이 아니라고 했을 땐 이미 연구가 시작되어 있었다. 나는 새벽 2시가 되어서야 간신히 그의 소매를 붙잡고 칠판에서 떼어내며 "빈센트!" 하고 소리를 벌컥 질렀다.

다른 사람들 앞에서 영어 이름을 쓴다는 건 흔치 않은 프로토콜 위반이었다. 빈센트의 눈이 재빨리 주위를 훑으며 눈치챈 사람이 있는지 살폈지만, 혹시 있더라도 다들 모르는 체하고 있었다.

"좋아요." 빈센트가 초연하게 말하며, 서서히 내 쪽으로 다시 관심을 보내기 시작했다. "우리 얘기하려고 했던 거잖아요, 안 그래요? 내 사무실로 들어갑시다."

빈센트의 사무실은 곧 침실이었고 그 침실은 다른 데나 마찬가지로 독방이었다. 작고 창문도 없고 머리 위를 지나가는 파이프와 공기 배관 소리로 윙윙 울렸다. 무릎을 넣고 앉기에는 약간 낮다 싶은 작은 원탁과 나무 의자 두 개, 벽에 고정된 1인용 침대 말고 가구는 그게 다였다. 빈센트는 의자 하나를 가리키며 앉으라고 손짓했고, 내가 앉자 몰트위스키 한 병과 유리잔 두 개를 침대 밑에서 꺼내 테이블에 올려놓았다.

"핀란드에서 수입했어요. 특별한 일이 있을 때 마시려고. 선생님 건강에 건배."

그는 잔을 치켜올렸고 나도 쨍그랑, 소리가 나도록 잔을 부딪쳤다. 입술을 적시는 둥 마는 둥 하고 다시 잔을 테이블에 내려놓았다.

"아까 고집을 부려서 미안하네." 곧장 용건으로 들어갔다. 빈센트와는 언제나 본론으로 직행하는 게 쉬웠다. "그렇지만 아까 말했듯 할 얘기가 있었어."

"해리." 나를 마주 보고 앉으면서 짐짓 걱정스럽다는 목소리로 그가 말했다. "괜찮아요? 이렇게 다급한 모습은 처음 보는 것 같아요."

술잔을 멀찌감치 가운데로 밀어두고 내 생각을 어떻게든 좀 정리해 보려 했다. 빈센트에게 말을 해야겠다는 욕망이 앞서서 논해야 할 화두의 초점이 흐려져 있었다. 나는 용광로처럼 끓어오르는 이 순간의 저변에서 열차 여행 때 세운 냉정한 계획을 다시 정립해 보려고 애썼다.

나는 마침내 입을 뗐다. "자네가 레닌그라드 크로노스 클럽을 파괴했더군."

빈센트는 잠시 주저했다. 약간 놀란 얼굴을 하더니 곧 나를 외면했다. 이상하게 동물적인 움직임이었다. 그는 시선을 위스키에 고정하고 내 비난을 곰곰이 곱씹었다.

"그래요. 그래. 미안해요, 해리. 하지만 나도 이 상황을 따라잡으려고 애쓰고 있는데, 감시자들 말로는 그 근처에 가지도 않았다던데요." 돌연 만면에 피어나는 웃음. "그렇지만 선생님의 행적을 놓치고 스스로 무능함을 인정하기가 좀 거북했을 수는 있겠죠. 그런데 소피아는 마음에 들었어요?"

"흠잡을 데 없더군."

"참 대놓고 할 소리는 아니지만 사람은 가끔 그렇게라도 기분을 좀 풀어야 하는 거 같아요. 그래요, 내가 레닌그라드 크로노스 클럽을 파괴했어요. 또 말하고 싶은 얘기 있으세요?"

"나를 위해서였다고 말할 셈인가? 동료들이 나를 추적하지 못하게, 그래서 배신을 은폐하려고?"

"당연하죠. '배신'이라는 게 좀 비하적인 단어라고 생각하지 않으세요? 크로노스 클럽은 끝없이 반복되는 현재에만 관심이 있을 뿐이에요. 선생님과 나는 훨씬, 훨씬, 훨씬 더 중요한 걸 위해 작업하고 있잖아요. 선생님도 저만큼 믿음이 있으시죠?"

나는 술을 거의 한 방울도 입에 대지 않았는데 빈센트는 내 위스키 잔에 첨잔을 하고 자기도 위스키를 한 모금 마신 후 말을 이었다. 나도 자기를 따라 술을 마시길 바랐다면 아마 실망했으리라.

"물론 그래서 마음이 상하거나 하신 건 아니죠? 그저 자취를 흐리기 위해서였을 뿐이에요. 그리고 '배신'이라는 말을 계속 쓰실 생각이라면, 순전히 학문적 정확성의 관점에서, 제가 한 번도 크로노스 클럽의 멤버였던 적이 없다는 사실을 상기시켜 드리고 싶군요. 선생님이야 다르지만요. 그러니까 말씀하신 배신은 전적으로 선생님의 배신이고, 선생님의 선택이고, 자유의지와 거리낄 것 없는 양심에 따라 내린 결정이란 말입니다. 우리가 여기서 하는 일에 일말의 의혹이라도 있으시다면, 클럽의 정책이 틀렸다고 믿지 않았다면, 아마 10년 전 여기서 총으로 두뇌를 날리셨겠죠. 오늘 날려버릴 수도 있었을 테고요."

"합류하지 않을 거면 죽어라?"

"해리." 쯧쯧, 그가 혀를 찼다. "나와 논쟁하면서 선형적 인간의 언어를 쓰지 마세요. 그들의 철학, 윤리가 우리 둘한테 적용될 거라는 생각 자체가 터무니없는 개소리예요. 지적으로 근거가 약해빠졌다고요. 우리가 규준 없이 살아야 한다는 말은 아니에요. 필멸자들의 규칙을 수용하는 건 아예 규칙이 없이 사는 거나 마찬가지로 한심한 일이라는 말이죠."

"필멸자들의 법, 도덕, 생활윤리, 이것들은 모두 수천 년에 걸쳐 형성된 거야."

"우리가 살아가는 법은 수백 년에 걸쳐 형성되었고 공포로 집행되지 않습니다, 해리."

"우리가 다 끝내면 여기서 무슨 일이 일어나지?" 나직하게 물었다. 그리고 덧붙여 말했다. "이곳의 남녀들은, 우리의…… 우리의 동료들은 어떻게 되는 거지?"

그의 손가락이 유리잔 테두리를 빙글, 딱 한 바퀴 톡톡 훑으며 돌았다.

"대답이 무엇이어야 하는지 이미 알고 묻는다는 거 알아요. 미안해요, 해리. 그렇게까지 반성적이 되어가고 있는 줄은 몰랐군요."

"그 말을 입 밖에 내어 하지 않는 건, 부끄러워선가, 아니면 한 떨기 여린 꽃이라 마음이 약해서 그런가?"

또 한 번의 잔물결, 딱 한 번, 협주곡을 치기 전 워밍업을 하는 피아니스트의 손가락처럼.

"사람은 죽어요, 해리." 그가 숨소리를 섞어 말했다.

"그게 이 우주의 근본 법칙이에요. 끝이 나야 한다는 게 삶의 본질 그 자체란 말입니다."

"우리만 빼고."

"우리만 빼고요." 그가 동의했다. "이 모든 게……." 새끼손가락 끝으로 방 안을 둘러 가리키며 번득이는 눈빛. "우리가 죽으면 더 이상 여기 없을 거예요. 존재하지 않을 거란 말입니다. 우리가 죽어가는 걸 지켜보았던 우리가 사랑했던 사람들은 다시 태어날 테고, 그들을 사랑했던 기억을 우리는 간직하고 있겠지만 그들은 우리를 모르겠죠. 그리고 이 모든 게 다 무의미해질 거예요. 살았던 사람들도 죽었던 사람들도. 그들이 만들어낸 사상과 추억만 남을 겁니다."

(당신이 신입니까, 오거스트 박사님? 당신만이 이 세상에서 유일하게 중요한 생명체입니까?)

(내 영혼의 밑바닥에는 추락의 끝을 알 수 없는 시커먼 구덩이가 있다…….)

"이제 여기서 멈춰야 할 것 같아." 내가 말했다.

이제 그는 테이블에 유리잔을 내려놓고 의자에 기대앉았다. 한쪽 다리를 다른 다리 위로 올려 꼬고 양손은 허벅지 밑으로 쑤셔 넣은 자세는 흡사 걱정 많은 교사가 안절부절못하는 학생한테 불안감을 들키지 않으려 애쓰는 꼴이었다.

"좋아요." 그가 마침내 말했다. "왜요?"

"우리가 우리 영혼을 다 잡아먹을까 봐 무서워."

"시적인 대답을 원한 게 아닙니다."

"이…… 기계는." 나는 조심스럽게 말했다. "우리가 탐구하는 이 사상들, 우리가 만들어내는 기억들 말이야. 이 만물의 이론, 우리 모든 질문에 대한 해답, 칼라차크라의 문제에 대한 해결책…… 아름다운 생각이야. 내가 이제까지 들어본 중 가장 근사한 이론이야. 그리고 빈센트, 자네는 내가 만난 사람 중에 그 일을 해낼 비전과 의지를 모두 갖춘 단 한 사람이야. 장엄한 일이고, 자네 역시 그렇지. 그리고 이 작업에 참여할 수 있어서 영광이었네."

"하지만." 그가 다음 말을 재촉했다. 목울대 주위로 도드라진 힘줄, 보드라운 손목 골.

"하지만 진보의 이름으로 우리는 우리 영혼을 다 삼켜버렸고 이제 아무것도 중요하지 않게 되어버렸어."

침묵.

나는 살결에 대비되어 점점 더 하얗게 바래는 그 얇은 힘줄들을 바라보았다.

그는 술잔에 남은 위스키를 단숨에 비우고 쿵 소리가 나도록 세게 내려놓았다.

침묵.

"세계가 끝나고 있어." 나는 마침내 속삭여 말했다. "이 메시지가 아이로부터 죽어가는 노인에게로, 수 세대에 걸쳐 속삭임으로 전달되었어. 이해하기 어려우리만큼 거창한 개념이지만…… 자네가 해답을 얻고 싶어 하는 생각들과 비슷하지. 그렇지만 배후에 사람들이 있네. 파괴되고 무너지고 소실되는 삶이 있단 말이야. 그리고 우리가 장본인이야. 세계가 끝나고 있어."

침묵.

그러더니 그는 위스키를 한입에 털어 넣었던 것처럼 불쑥 일어서서 원래 학교 선생이 되려던 사람답게 뒷짐을 지고 방 안을 서성거리다 빙글 돌더니 말했다.

"선생님께서는 세계를 단일한 것으로 전제하는데, 그 점은 의문입니다."

나는 이 말에 눈썹을 휙 치켜올리고 당연히 따라 나올 설명을 기다렸다.

"우리는 세계 전체를 파괴하는 게 아니에요, 해리." 빈센트는 기운 빠진다는 듯 타박을 했다. "그냥 '하나의' 세계를 파괴하는 거죠. 우리는 과학의 괴물이 아니에요. 폭주하는 광인도 아니고요. 시간순으로 일어나는 사건들의 궤적에 영향을 주는 건 불가피하지요. 시간순으로 일어나는 사건들에 영향을 주지 않을 수가 없어요. 하지만 변화하는 건 일회의 세계에 불과해요. 우리는 살다가 죽고 모든 건 원래대로 돌아간단 말이에요. 이전에 우리가 했던 일은 하나도 의미가 없었잖아요."

"난 생각이 달라. 우리는 사람들의 삶을 변화시키고 있어. 우리에게는 중요하지 않을 수도 있지. 거대한 사물의 이치에 비추어 보면…… 무의미할 수도 있어. 하지만 거대한 만물의 이치에서 보더라도 이 세기에만 수십억 명의 사람이 정말 중요한 일이라고 믿고 있단 말이야. 우리한테는 그들보다 기나긴 시간이 허락되어 있지만, 그래도 저들은 숫자가 훨씬 더 많아. 우리 행위는…… 의미가 있어. 우리는 큰 것뿐 아니라 작은 것도 고려할 책임이 있단 말이야. 우리를 둘러싼 세계가, 의식을 갖고 살아 있는 존재들로 이루어진 세계의 존재 기반이라는 사실 하나만으로도 그럴 이유가 충분해. 우리는 신이 아니야, 빈센트. 우리의 지식이 신 노릇을 할 권위를 부여하지도 않고. 그건…… 그건 우리의 존재 의미가 아니야."

빈센트는 격한 심정을 주체하지 못해 가쁜 숨을 몰아쉬며 답답해 미치겠다는 듯 양손을 쳐들더니 못 참겠다는 듯 벌떡 일어나 방 안을 서성거렸다. 나는 그 일거수일투족을 지켜보며 가만히 있었다.

"그래요." 그가 마침내 입을 열었다. "물론 우리는 신이 아니지요. 그렇지만 이건, 해리, 이건 신을 '창조'하는 일이에요. 창조주의 비전을 우리에게 허락할 일이에요. 이 연구는 무한의 자물쇠를 풀 수 있어요. 우리가 해로운 일을 하고 있다고요? 저는 모르겠어요. 크로노스 클럽에서 메시지가 전달되었다고요? 아무 의미도 없어요. 선생님과 저는 둘 다 알고 있잖아요. 어떤 수학 공식이나 역사 분석도 바로 우리의 기계가 이러저러한 결과를 낳았다고 말할 수 없다는 사실을요. 변수는 너무 많고 너무 크단 말입니다. 인류가 지식으로 자멸할 거라는 가정을 하시는 겁니까? 그런 말뜻으로 하시는 얘기예요? 짧은 삶의 가치를 옹호하시는 분치고는 참 비관적인 견해를 견지하시는군요."

"자네의 아이디어에는 퀀텀 미러의 이론적 함의가 포함되어 있어. 만일 혹시라도……."

"만일, 만일, 그놈의 만일!" 빈센트는 제자리에서 빙글 돌더니 방향을 바꾸어 다시 걷기 시작했다. "만일 우리가 미래에 해악을 끼친다면? 만일 우리 행위가 여러 사람의 삶을 변화시킨다면? 만일, 만일, 만일! 선생님은 냉정하신 분이니까 '만일' 같은 건 이론을 망치는 저주라고 치부하실 줄 알았는데."

얼굴에 험악한 인상이 깊은 주름으로 패는가 싶더니 돌연 그가 돌아서서 손바닥으로 벽을 쾅 내리쳤다. 그리고 잠시 그대로 가만히 서서 그 충격음의 여파가 깊고 깊은 정적 속으로 사라지기를 기다렸다. 나를 보지도 않고 그가 말했다.

"이 일에는 선생님이 필요해요, 해리. 당신은 지적 자산 이상이고 단순한 친구 이상이에요. 천재란 말입니다. 선생님의 지식, 아이디어, 후원…… 불과 몇 번의 삶만 더 거치면 존재의 비밀을, '우리' 존재의 비밀을 풀 수 있어요. 선생님이 제 곁에 머물러 주셔야 합니다."

"이 작업에 함께했던 건, 모든 생을 통틀어 가장 흥분되는 시간이었어." 나는 인정했다. "그리고 다시 그렇게 될 수도 있겠지. 하지만 지금, 여기서는, 우리가 결과를 완전히 파악하지 못한 상태에서는, 일단 중지해야 한다고 생각해."

그는 성마르게 대답하지 않았다. 나는 더 밀어붙였다.

"우리가 크로노스 클럽에 얘기하면……."

으르렁거리는 경멸의 신음 소리, 생각만 해도 분노가 치민다는 듯.

"……우리가 질문을 후속 세대에 보낼 수 있어. 이 기술에 대한 이해도가 훨씬 더 앞선 멤버들한테. 그러면 우리의 연구가, 시간에, 사람에, 어떤 영향을 미쳤는지 알 수 있을 거야……."

"크로노스 클럽은 고인 물이에요!" 그가 싸늘하게 비웃었다. "절대 변화하지 않을 겁니다. 안위를 위협한다는 이유로 발전 자체를 고려조차 하지 않는다고요! 우리를 단번에 제압할 거예요, 해리. 심지어 우리 기억을 지워버리려 할 수도 있어요. 선생님과 나 같은 사람들, 우리는 그들에게 위협이에요. 와인과 태양과 끝도 없고 의미도 없고 의문도 없는 반복으로 만족할 줄 모르니까요!"

"그렇다면 클럽에 말하지 않도록 하지. 돌에 메시지를 남겨두는 거야. 정보를 요청하고, 대답이 시간을 거슬러 속삭임으로 되돌아올 때까지 기다리지. 우리는 무명으로 남아 있다가 일단 알게 되면……."

"수천 년의 세월을!" 그가 침을 뱉듯 말을 뱉었다. "수백 세대를! 선생님은 기다릴 각오가 되어 있는 거예요?"

"자네가 나보다 더 오래 이 일에 매달려 왔다는 건 알고 있……."

"수십 번의 생애, 수 세기에 걸친 내 삶, 처음 아버지의 품 안에서 의식이 꿈틀거리는 순간부터 죽는 날까지, 이 일, 해리, 이 일 말이에요, 이게 내 존재 목적이에요."

그는 돌아서더니 무섭게 나를 노려보았고 나는 그 시선을 움츠림 없이 받아냈다.

"나를 막지는 않을 거죠, 안 그래요, 해리?"

애원인가, 아니면 협박?

어쩌면.

내 안에서 무언가가 꾹 쥐어들었다.

"나는 언제나 자네의 친구야, 빈센트. 언제까지나."

거짓말이라는 걸 알았던 내 영혼 한구석이 오그라들었을 때 그의 마음 한 자락 역시 오그라들었을까? 우리 둘 다 합리적인 사유조차 필요 없는 존재의 깊고 깊은 바닥에 자리한 기만을 인식했을까?

그랬다 해도 빈센트는 그 찰나를 곧장 지나쳐 나아갔다. 분주한 거리 건너편에 그냥 알고 지내는 사람을 보고 손짓 한 번 하고 지나치듯이 아무렇지 않게. 그는 자기 의자에 앉아 텅 빈 위스키 잔을 들고 한 방울도 남지 않았다는 사실에 인상을 팍 쓰더니 잔을 내려놓았다.

"시간을 좀 두고 생각해 보시라고 부탁드려도 될까요?" 마침내 그가 말했다. "일주일 정도? 일주일 후에도 같은 생각이시라면……."

"그러지."

"……그때 방안을 강구해 보죠. 해리, 떠나시면 제 마음이 정말 아플 거예요. 깊이 상심할 겁니다. 하지만…… 양심의 문제라면…… 이해합니다."

"일주일 뒤에 두고 보지." 나는 어깨를 으쓱하며 대답했다. "아무튼, 이렇게까지 한 마당에 성급하게 결론을 내리는 건 위선적인 일일 테니까."

30분 뒤 나는 내 방으로 돌아왔고, 문이 닫히고 10초도 되지 않아 여행 가방과 제일 따뜻한 옷가지를 챙기고 최선의 탈출 방법을 고민하기 시작했다.

53

아르헨티나의 떼강도에게 납치되었던 이야기를 했던가? 그때 나는 사업가였다. 남들이 발로 뛰어 만든 이윤을 취해서 클럽의 기본 수칙에 따라 대다수를 크로노스 클럽에 헌납하고 있었다는 뜻이다. 아르헨티나에 살았고, 퍽 순진하게도 나 나름대로 몸을 낮추고 살면서 별 말썽 없이 잘 살고 있다고 믿고 있었다.

나는 차를 몰고 시장으로 가다가 납치당했다. 사실 그들은 좀 전문가답지 못했다. 내 차를 측면에서 들이받아 전복시키는 바람에 나를 즉사하게 만들 뻔했던 것이다. 아무튼 어깨가 탈골되고 갈비뼈 몇 군데가 부러지는 정도로 끝나서 다행이라고 생각했다.

엉망으로 찌그러진 차에서 간신히 기어 나왔더니 스키 마스크를 쓴 남자 두 명이 푹푹 파인 도로에서 내 차를 밀어낸 픽업트럭에서 뛰쳐나와 내 팔을 하나씩 붙잡고 억센 영어로 "입 닥쳐! 입 닥치고 있어!"라고 외치며 자기네 차량으로 끌고 갔다.

나는 탈진한 데다 혼란스러워 순순히 따를 수밖에 없었다. 가는 길 내내 양손으로 머리를 감싸고 엎드려 있었다. 미리 대비를 하고 있었거나 상황이 호의적이었다면 납치범들을 전략적으로 파악했을 것이다. 갈수록 험악해지는 도로 상태와 급격히 치솟는 습도로 보아 숲 쪽으로 가고 있다는 걸 알았기에 평범한 개척지에 도착해 화산흙으로 번들거리는 진창에 밀쳐졌을 때도 크게 놀라지 않았다. 그들은 내 손을 밧줄로 묶고 볶은 커피 향이 코를 찌르는 마대를 머리에 뒤집어씌운 뒤 숲속으로 끌고 갔다. 어리둥절한 상태에서 눈이 가려진 채 부상 당한 피랍자 신세로 험한 산길을 걷고 있었으니 당연히 몇 킬로미터 되지 않아 돌부리에 발이 걸려 넘어져 발목을 삐었다. 그러자 나를 어떻게 할지 언쟁이 벌어졌고, 이것저것 되는 대로 엮은 조잡한 들것이 급조되었다. 캠프까지 실려 가는 사이 옹이진 나뭇가지가 허리를 찔러댔다. 캠프에 도착한 강도들이 스키 마스크를 벗고 녹슨 쇠사슬이 달린 족쇄로 말뚝에 묶어두는 바람에 나는 크게 실망했다. 그들은 그날 날짜의 신문을 내 발밑에 놓고 사진을 찍었고, 오가는 이야기들을 엿들어 보니 약 30만 달러의 몸값을 요구할 예정이었다.

우리 회사는 열 배의 몸값도 거뜬히 지불할 수 있었지만, 내가 스페인어를 한 마디도 할 줄 모른다고 믿고 있는 강도들의 말을 들어보니 살아서 그 효용을 누릴 가능성은 희박했다. 그들은 나를 힘없는 외국인 사업가로 알고 있었고, 따라서 나는 옷이 터져나갈 정도로 어깨와 발목이 퉁퉁 붓자 앓는 소리를 내며 그들이 기대하는 역할을 충실히 연기했다. 대단한 연기력은 필요 없었다. 발목이 삐었는데 족쇄로 말뚝에 묶여, 뜨거운 금속에 부어터진 살점이 짓눌렸고 피가 통하지 않아 맥이 쿵쿵거리는 바람에 끔찍하게 괴로웠다. 하지만 죽은 인질은 아무짝에도 쓸모없는 인질이라는 걸 깨달은 그들은 족쇄를 풀고 목발을 갖다 주었다. 채 열다섯 살이 안 되어 보이는 소년이 근처 시냇물로 데려가 얼굴과 목을 씻겨주었다. 소년은 돈 없는 전사들이라면 누구나 쓰는 무기인 칼라시니코프 총을 갖고 있었지만 제대로 들고 있지도 않았거니와 실제로 쏠 수나 있는지 의심스러웠다. 냇물에 코를 박고 쓰러진 나는 소년이 상태를 확인하러 왔을 때 목발로 측두부를 쳐서 쓰러뜨리고 척추를 깔고 앉은 후 팔꿈치로 두개골 후부를 온 체중과 힘을 실어 찍어 눌러 얕은 물에 익사시켰다.

주변 환경과 다친 다리를 살펴보니 탈출은 불가능해 보였다. 어차피 여기서 죽을 게 확실한 이상 내가 선택한 방식으로 죽어야겠다고 마음먹었다. 그래서 영광스럽게 산화할 각오를 하고 캠프로 돌아왔다. 좀 민망하게도 처음 마주친 경비병은 나무에 대고 오줌을 싸고 있었다. 전문가의 감은 그냥 모가지를 꺾어 끝내버리는 게 최선이라고 말했지만, 내게는 특수부대 전사의 체력이 없었다. 그래서 그냥 둔부를 쐈고 비명 소리에 다른 치들이 달려왔다. 나는 포복 자세로 처음 시야에 들어온 자의 무릎뼈를 명중시켰다.

놀랍게도 다음에는 아무도 오지 않았다.

어떤 목소리가 떠듬떠듬 서투른 영어로 외쳤다.

"우리는 싸우기를 원치 않는다!"

나는 스페인어로 대답했다. "그쪽은 선택의 여지가 없어 보이는데."

말뜻을 곱씹는 사이 침묵이 흘렀다. 그러더니 "지도와 물을 놓고 가겠다. 깨끗한 마실 물! 그리고 음식도 놓고 가겠다. 24시간 동안 기다릴 것이다. 그 시간이면 충분히 트럭까지 갈 수 있을 것이다. 따라가지 않겠다! 지도를 가져가라!" 라는 말이 들렸다.

나는 소리쳐 대답했다.

"정말 친절하신 말씀인데 사실 웬만하면 나는 그냥 여기서 지금 당장 발을 질질 끌고서라도 나가고 싶소. 고맙지만 사양하겠소."

"아니, 아니, 그럴 필요 없소."

저쪽에서 소리쳐 대답하는 바람에 정말 이 강도들이 자기 일을 제대로 할 생각이 있는지 의심스러워졌다.

"우리는 24시간 동안 기다렸다가 떠나겠소. 다시 당신을 귀찮게 구는 일은 없을 거요. 행운이 있기를!"

나뭇잎 사이로 바스락거리는 인기척과 금속성 물건들이 뒤집히는 소리, 멀어지는 발소리가 들렸다.

한 시간, 한 시간 반쯤 엎드려 끝을 기다리고 있었을 것이다. 숲이 꿈틀거렸다. 개미들이 내 셔츠로 기어 들어와 나를 먹어볼까 하더니, 별로 맛있는 음식이 아니었는지 지나쳐서 계속 기어갔다. 뱀 한 마리가 근처 잡풀을 헤치고 기어왔지만 나보다 자기가 더 겁을 먹었다. 어스름이 짙어지고 캠프에 정적이 내리깔렸다. 내가 무릎뼈를 날려버린 남자마저 소리가 없었다. 대퇴부 동맥을 맞췄는지도 모르겠다. 고통을 견딜 수 없었는지도 모른다. 결국은 지독하게 따분해져서 어차피 죽는 건 큰 걱정이 아니라는 생각에 힘을 내 일어서서, 한 손에 소총을 들고 한 손으로는 목발을 짚은 채 캠프까지 절뚝거리며 걸어갔다.

정말로 다들 떠나고 없었다.

지도, 물통, 콩 통조림이 가운데 테이블에 가지런히 놓여 있었고 손 글씨로 쓴 쪽지도 한 장 놓여 있었다.

정말, 정말 죄송합니다.

그게 다였다. 물통을 어깨에 메고 지도를 호주머니에 넣고 천천히 절뚝거리며 나는 문명 세계를 향해 걷기 시작했다.

강도가 누구였는지는 몰라도 약속은 확실히 지켰다. 다시는 볼 수 없었으니까.

54

유감스럽게도 피에트록—112를 떠나는 건 아르헨티나 삼림 탈출과는 비교할 수 없는 난도였다. 시설에서 나가는 덴 아무 문제가 없었다. 경비들이 내 의도를 의심할 이유가 없었고 상냥한 얼굴, 예의 바른 손 인사, 그냥 자기 볼일을(그것도 몹시 중요한 일을) 보러 나가는 남자만큼 안심이 되는 건 없으니까. 일단 나가서 광막한 황야에 진입해 이동이 힘들어지면 그때가 문제다. 붙잡힐 공산이 크다면 간단한 자살 수단을 손에 넣는 게 무엇보다 중요하다. 이제 남은 결정은 하나였다. 육로를 선택해 광활하고 망망한 러시아 북부를 관통해 추적자들을 따돌릴 것인가, 철도 노선을 따라가 러시아의 환승 교통망으로 사라진 후 도시와 소도시들을 은밀히 거쳐 서부 국경으로 갈 것인가? 후자가 몸이 편한 길이었지만 배제했다. 피에트록—112에서 나가는 교통망은 너무 적고 전화 한 통으로 막을 수 있는 병목도 한두 군데가 아니었다. 어찌어찌 사람 많은 지역까지 가서 군중 속에 몸을 숨긴다 해도 국경이나 국가 간 범인 인도 협약으로 수색이 이어질 가능성이 높았다. 나는 너무 많은 걸 알고 있었고 그 사실은 빈센트의 기획을 비밀로 유지하는 데 값진 자산인 동시에 엄청난 위험 요소였다.

그렇다면 육로를 타야 했다. 힘닿는 한 툰드라에서 목숨을 부지해야 했다. 맨땅에서 주워 먹고살고 가장 단순한 길을 읽으며 내 자취를 지우는 데는 꽤 숙달되어 있었다. 그러나 여기는 내가 태어나 자란 북부 잉글랜드의 비옥한 땅이 아니라 수천 킬로미터에 걸쳐 펼쳐진 험악한 황무지였다. 자살도 테이블에 놓인 확실한 패였지만 굶어 죽는 건 용납할 수 없다.

계획을 세울 시간이 내게 있던가?

짐을 꾸릴 시간, 필요한 도구들을 챙길 시간이 있던가?

가능성은 희박했다. 빈센트의 눈동자를 스치던 표정. 내가 알았듯 그 역시 알았다. 이제 내가 그의 편이 아니라는 걸. 레닌그라드 크로노스 클럽에 방화한 남자라면 자기 신변을 위협하는 존재가 누구든 무자비하게 쓰러뜨릴 것이다. 그가 먼저 공격하기 전에 탈출해야 하는데 그러려면 시간이 부족했다.

생존에 반드시 필요한 물품만 챙겼다. 돈은 전혀 쓸데가 없었고 젖지 않게 여분의 양말 한 켤레를 챙기는 것 말고는 갈아입을 옷가지도 필요 없었다. 불을 피울 종이, 성냥, 손전등과 여분의 배터리, 나무를 자를 펜나이프, 침상 옆에 걸어둔 금속 컵, 쓰레기통 비닐봉지, 바늘과 실. 신속하고도 신중하게 짐을 꾸리고 가방을 등에 걸쳐 메고 까만 자석 덩어리와 구리선을 가지러 실험실로 갔다. 쾌활하게 실험 조교에게 손을 흔들어 보였다. 이런저런 비품을 가지러 내가 실험실에 들락거리는 건 흔히 보는 광경이었다. 자물쇠를 부수고 구내매점에 들어가 소금기 많은 통조림을 손 닿는 대로 이것저것 가방에 집어넣었지만 바깥 식당에서 소리가 나는 바람에 황급히 몸을 숨겨야 했다. 인기척은 지나쳐 갔고 나는 위로 올라가 다시 피에트록—112의 차가운 회랑을 지나 무기고 쪽으로 갔다. 무기가 필요했다. 가볍고 다목적으로 쓸 만한 것이 좋겠다. 칼라시니코프는 안 될 말이고 리볼버가 적당하다. 무기고는 초병이 지키고 있었지만 하사가 나를 알아보았고, 내가 가까이 다가가자 미소를 지었다. 그 순간 나는 팔로 그의 목을 가격하고 정어리 깡통으로 측두부를 박살 내 의식을 어두운 나락으로 빠뜨렸다. 초병의 허리띠를 더듬어 열쇠 꾸러미를 찾았지만 거기 없었다. 욕설을 내뱉으며 무기고 문을 향해 돌아섰다. 의식을 잃는 경우는 일시적이거나 영구적이거나, 둘 중 하나다. 하사에게 정어리 통조림으로 가한 공격으로 몇 분이나 더 벌 수 있을지 궁금했다. 자물쇠를 딸 시간이 있을까? 실험실에서 가져온 구리선과 펜나이프로 일단 시도해 보았다. 도구가 조잡해서 욕설이 절로 나왔고, 걸쇠가 다시 제자리로 떨어질 때마다 입술을 깨물었다. 짤깍, 한 번 돌리자 캄캄한 무기고 내부가 나타났다. 안으로 들어가 불을 켰더니…….

"안녕하세요, 해리."

빈센트가 한없이 차분한 모습으로 거기에, 수류탄 상자에 몸을 기대고 서 있었다. 잠시 나는 현장에서 붙잡힌 도둑처럼 그 눈길에 얼어붙어 꼼짝도 못하고 서 있었다. 혐의를 부인해 봤자 소용없다. 애원하거나 도망쳐도 아무 소용이 없다. 내가 말했다.

"내가 여기 있는 총 하나를 장전해 발사한다면……."

"아니. 절대 못 하실걸요."

그는 꼼짝도 하지 않았다. 나를 막으려 들지도 않았다. 한숨이 절로 났다. 어쨌든 이렇게 된 마당에, 달리 해볼 도리가 없으니, 뭐라도 시도해 봐야 하지 않겠는가. 제일 가까운 권총을 집어 안전장치를 풀고 발사해 봤지만 탄창이 비어 달칵 소리만 났다. 그래서 아래 선반에 있는 탄약에 손을 뻗어 새 탄창을 집어 새로 끼운 뒤 장전되는 소리를 확인하고 총을 들어 발사했다. 빈센트가 아니라 나를 향해. 그러나 그 순간 내 등 뒤에서 수천 볼트의 전류가 흘러 온몸이 마비되었다가 경련을 일으켰고 그 후로는 아무것도 느낄 수 없었다.

55

완충재를 댄 감방에 완충재를 댄 의자에 완충재를 댄 슈트.

여기서 그토록 오래 일했으면서 어떻게 이 방을 발견하지 못했을까?

환한 조명과 정맥주사. 똑똑 떨어지는 주사액이 손 혈관을 타고 들어간다. 스트랩으로 의자에 손목이 묶여 있다. 주사제를 피하에서 빼내려는 시도가 득이 될까. 길게 보면 별 의미가 없을 가능성이 높다. 팔을 쭉 따라 팔꿈치까지 스트랩이 칭칭 감겨 있었다. 스트랩은 다리를 감고 발목을 감고 가슴을 감고 심지어 짜증 나게도 이마까지 칭칭 감고 있었다. 신이라도 개입하지 않는 이상 죽음은 불가능하도록 고안된 장치였다. 이렇게 꼿꼿한 자세로 앉아본 게 하도 오래돼서 생래적으로 불편한 느낌이 들었다.

빈센트는 앞에 앉아 아무 말도 하지 않았다.

그 얼굴에는 딱 한 구절이 쓰여 있었다.

화가 난 게 아니야…… 그냥 슬플 뿐.

다른 생애에서 빈센트가 초등학교 교사였던가 생각했다. 초등학교 선생님 노릇을 기가 막히게 잘할 것 같았다.

마침내 내가 말했다.

"먹거나 마시는 걸 거부한다면, 영양제와 완력으로 얼마나 오래 살려둘 수 있을 거라 생각하지?"

상상만 해도 천박하고 끔찍한 일이라는 듯 빈센트가 움찔했다.

"몇 년 후 IRA의 단식투쟁 시위자들이 60일 이상 굶은 끝에 아사합니다. 하지만 선생님 목으로 튜브를 꽂아 음식을 집어넣는 방법보다는 좀 더 좋은 길이 있기를 바랄 뿐입니다."

이번에는 내가 움찔할 차례다. 60일은 탈출을 꿈꾸지 않고 갇혀 있는 죄수로서도 긴 시간이다. 게다가 고통이 한없이 지연되는 죽음이다. 굶어 죽을 지경이 되어도 음식을 거부할 의지가 있을까? 알 길이 없다. 시험해 본 적도 없다. 온몸이 살겠다고 발버둥 쳐도 정신이 삶을 거부할 수 있을까? 그 삶이 무엇이냐, 그 삶의 가치가 무엇이냐에 따라 달라진다는 판단이 섰다.

침묵.

이날 이전에 우리 사이에 과연 침묵이 깔린 적이 있었는지, 아니 적어도 함께 흥분하거나 사색하지 않는 침묵이 있었는지, 기억이 나지 않았다. 소통할 필요도 없었고 예의 바른 사교를 위해 필요한 인사말들도 굳이 할 필요가 없었다. 하긴 그 침묵 속에서 어쨌든 우리는 서로 해야 할 말을 다 했던 것 같다. 상상 속의 대화에서 빈센트에게 하고 싶었던 말이 다 떨어져 다시 처음으로 돌아가야 했던 바로 그 순간, 빈센트가 고개를 들더니 폭탄선언을 했다.

"선생님의 출생지를 알아야겠습니다."

나는 이 질문에 너무 놀라서 정신이 멍해졌다. 그러지 말았어야 했는데.

"왜?" 입안이 문득 바짝 메말랐다.

"죽이려고 하는 건 아니에요." 빈센트가 황급히 내뱉었다. "이런 맙소사, 해리, 그런 짓은 절대 하지 않을 거예요, 절대, 맹세합니다. 하지만 내가 알고 있다는 걸 선생님이 알고 계실 필요가 있어요. 자궁에서 태어나지 못하고 유산될 가능성이 있다는 사실을 의식하셔야 합니다. 그걸 알고 계셔야 내 비밀을 지켜줄 테니까. 다시는 내 친구가 되지 못할 건 알지만, 나머지가…… 더 중요해요."

나는 그 함의를 따져보았다. 내 목숨이 문제가 아니라(물론 생명의 위험은 갑자기 뚜렷한 현실로 떠올랐다) 빈센트에게 이게 무슨 뜻인지 생각해야 했다. 빈센트는 나보다 젊다. 19세기 후반에 태어난 게 아닌 이상 내 존재에 위협을 가하고 출생 자체를 막는다는 건 불가능한 일이다. 조력자가 없다면 말이다. 더 윗세대의 누군가, 1919년에 살아 있어서 내가 잉태되기도 전에 우리 어머니를 독살할 준비가 되어 있는 누군가의 힘이 필요하다. 크로노스 클럽에 동지가 있는 건가? 내가 그러했듯 그의 꿈을 공유하는 협력자가 있나?

빈센트는 나를 지켜보았다. 분명 내 사고의 흐름을 따라가고 있는 게 틀림없었다.

"강제로 정보를 추출하고 싶지는 않아요, 해리. 하지만 꼭 해야 하는 일이라면 하는 수밖에 없죠."

정신이 번쩍 들어, 현실로 돌아오게 하는 한마디였다.

"고문을 하겠다는 거야?"

쓸데없이 말을 돌릴 이유가 없었고, 저도 모르게 움찔하는 그를 보는 것도 은근히 재미있었다. 하지만 그토록 흔쾌하게 동의해 버리는 건 재미있는 일이 아니었다.

"그래요, 꼭 해야 한다면. 제발 그런 짓은 안 해도 되게 해 주세요."

"내가 너한테 시킨 일이 아니잖아, 빈센트. 결정은 온전히 자네 손에 달렸어. 자네가 그런 짓을 강행한다면 적어도 나는 일말의 윤리적 책임도 지고 싶지 않군."

"누구나 무너진다는 걸 알고 있잖아요, 해리. 누구나."

어떤 기억. 프랭클린 피어슨, 그 발밑에서 흐느껴 울던. 누구나 무너진다. 그게 진실이다. 나 역시 무너질 것이다. 출생의 기원을 알려줄 것이다.

아니면 그냥 버티다 죽을 테다.

"어떻게 될까?"

나는 쾌활한 투로 물었고 한없이 가볍게 흘러나오는 그 말들에 놀라지 않았다. 피어슨의 기억이 쓰나미로 빨려 들어가고 있는 잔잔한 바다처럼 생각 저변에서 휘몰아쳤다. 나는 방향키를 놓고 물살을 따라 이리저리 쓸려가고 있었다.

"화학물질을 생각하고 있나? 경고를 해야겠는데, 예전에 누가 나한테 향정신성 약물을 썼는데 상당히 이례적인 약효가 나오더군. 심리적인 고문? 아니, 심리 고문은 아니겠지. 몸이 쇠약해져 생존이 불가능해질 때까지 60일의 시간이 있다면, 뭐, 나 자신의 강인한 의지를 과대평가하고 싶지는 않지만 그런 식으로는 시간이 자네의 적이 될 테니까. 전기 고문이 최선인데, 심장마비에 걸릴 위험부담이 있겠지. 내 심장에 대해서는 자네도 알지? 극저온, 그것도 가능하지. 아니면 초고온? 아니면 둘 다 섞어 쓸 수도 있고. 수면 박탈이 표준적인 방법인데 그것도…….."

"그만해요, 해리."

"자네 대신 절차를 설명해 주고 있을 뿐이야."

빈센트는 내 눈을 똑바로 보았고, 나는 그 눈길을 어렵지 않게 받아냈다. 그가 애원하는 모습은 처음이었다.

(나는 씨발 좋은 사람이란 말입니다, 해리! 빌어먹을 민주주의의 수호자라고요!)

"그냥 말을 해요, 해리. 언제 태어났는지 말해주면 더 나쁜 일은 없을 거예요."

(제기랄, 난 그런 인간이 아니에요. 절대 아니라고요. 하지만 이건 당신이나 나보다 훨씬, 훨씬 더 큰일이라는 걸 이해하셔야 해요.)

"'해야 한다'라는 표현을 자꾸 쓰는데, 그건 좀 짚고 넘어가야겠어."

누가 말했는지 모르겠지만 내 목소리처럼 들렸다. 약간 취한 사람처럼 들리기는 했지만.

"자네가 나한테 이런 짓을 하도록 강압한 사람은 아무도 없어. 순전히 자네가 자발적으로 하는 일이야."

"누구나 무너져요, 해리."

"알아. 하지만 무너질 때까지 얼마나 시간이 걸릴지, 그걸 두고 볼 수는 없잖아? 그러니까 자, 어서 해봐, 빈센트." 나는 그 영어 이름을 입안에서 만끽하며 발음했다. "어서 시작하는 게 좋겠어."

빈센트는 망설였다, 아주 잠시. 그리고 애원은 그걸로 끝이었다. 그 눈이 긴장으로 팽팽해졌다.

(세상을 확 바꿉시다, 씨발! 확 바꾸잔 말입니다!)

귓전에 울리는 프랭클린 피어슨의 목소리. 옛날 옛적 피어슨은 통증을 없애주고 내 머리칼을 쓸어주었고, 나는 어린아이가 오래전 잃어버린 엄마를 사랑하듯 그를 사랑했다. 나는 길들여졌고 그는 옳았다. 그 나름대로의 불가해하고 무의미한 방식으로 그는 옳았다. 그리고 나는 죽었고 지울 수 없는 기억만 없다면 아마 그 세계는 내게 아예 존재하지도 않는 것이 되었으리라.

빈센트는 고개를 저으려다 일어나서 돌아섰다.

"직접 할 생각이 아닌 건가?" 내가 등 뒤에 대고 외친다.

"도의적 책임은 어떻게 하고?"

"하루 생각할 시간을 드리죠." 그가 대답했다. "딱 하루입니다."

그러고는 가버렸다.

56

하루.

죽음보다 훨씬, 훨씬 나쁜 운명을 피할 수 있는 시간이 단 하루.

완충재를 댄 방에 완충재를 댄 의자에 스트랩으로 묶여 완충재를 댄 구속복을 입고서 하루.

시스템의 약점을 찾아보자. 어떤 약점이든, 뭐든 아무거나.

의자는 바닥에 볼트로 고정되어 있고 당연히 내가 섭취를 거부할 테니 영양소가 정맥주사로 주입되고 있다. 완충재를 댄 문, 밖에는 초병. 저 보초들이 가장 약한 고리다. 빈센트는 향후 벌어질 일에 가담하지 않겠다고 결정하는 순간, 고문의 절차를 개방하고 약점을 노출했다. 분명히 초병들에게 내게 말도 걸지 말라고 명령했겠지만, 가끔은 박봉을 받고 일하는 소련의 병사라도 주도권을 쥐고 행동할 때가 있다.

꽂힌 바늘이 빠질 때까지 손을 흔들고 당기고 꿈틀거렸다. 결국 손등 피부가 톱니 모양으로 심하게 찢어지면서 커다랗고 시뻘건 줄무늬가 생겼다. 비명을 지르지도 않고 아무 말도 없이 완충재를 덧댄 하얀 바닥에 진홍빛 피가 뚝뚝 떨어져 총천연색으로 화려하게 천을 적시게 내버려둔다. 이마를 묶은 스트랩 때문에 고개를 숙일 수는 없지만 눈을 감고 최대한 초연한 표정으로 기다린다. 창피스러울 정도로 오랜 시간이 흐른 뒤에야 초병들이 상태를 확인하고 아직도 의자를 타고 뚝뚝 떨어지고 있는 핏방울을 본다. 허겁지겁 방 안으로 달려 들어와서는 앞으로 어떻게 할지, 도움을 청할지를 두고 민망한 대화를 나눈다.

"의식을 잃은 거야?" 한 명이 묻는다. "얼마나 출혈을 한 거지?"

연장자이자 상사로 보이는 사람이 내 손을 살핀다.

"표면 열상이야." 그가 외쳤다. "바늘을 뽑아버렸어."

나는 눈을 떴고 남자가 혼비백산해 뒤로 물러나는 모습을 보고 만족했다.

"신사 여러분. 나와 말을 섞지 말라는 명령을 받았다는 건 압니다. 그러니까 쓸데없는 소리는 접고 곧장 본론으로 들어가죠. 나는 여러분을 다 압니다. 이름도 알고, 계급도 알고, 개인사와 집도 압니다. 일병, 자네가 아직도 어머니와 함께 살고 있다는 것도 알고, 하사, 당신이 모스코바에 있는 아내를 3년 반 동안 못 봤다는 것도 압니다. 호주머니에 딸 사진을 자랑스럽게 넣고 다니면서 저녁 식사 때마다 구내식당에서 어김없이 꺼내 모두에게 보여준다는 것도 압니다. '이 아이가 나의 다이아몬드야'라고 설명해 주지요. '내 재산 전부야.' 당신한테 질문이 하나 있습니다. 딱 하나의 질문, 바로 이겁니다. 당신의 가족들이 아무것도 모릅니까? 당신이 무슨 짓을 하는지 정말로 아무것도 모릅니까? 이 생각을 좀 해보는 건 아주 중요할 겁니다. 그 동안 가족들과 나눈 모든 대화를 낱낱이 분석해 보는 게 아주 중요할 겁니다. 그들이 조금이라도 아는 게 있으면, 뭐든 이 시설에 위협이 될 만한 사실을 조금이라도 안다면, 그렇다면 신사 여러분, 당연히 그들이 다음 차례가 될 테니까요. 당신의 아내, 자네 어머니, 당신의 딸⋯⋯ 그 사람들은 아무것도, 일말의 정보도 알아서는 안 됩니다. 심지어 속삭임을 엿들어서도 안 됩니다. 내가 하고 싶은 말은 그게 답니다. 그리고 이제 내 손에 밴드를 붙여주면 난 그냥 원래대로 고문과 처형을 기다리는 일에 매진하도록 하지요. 감사합니다, 제군."

그들은 황급하게 달려 나갔고 밴드도 갖다주지 않았다.

그러고 나서 스무 시간이 흘렀을 수도 있고, 두 시간이 흘렀을 수도 있다. 빈센트가 돌아왔다. 아까의 하사관은 빈센트가 말하는 동안 문간에 서서 초조하게 상사의 어깨 너머로 나를 흘끔거리고 있었다.

"생각해 봤어요?" 빈센트가 다급하게 물었다. "결정을 내렸습니까?"

"당연하지." 나는 아무렇지 않게 말했다. "자네가 나를 고문할 거고, 그러면 나는 자네를 멈추기 위해서 뭐든 원하는 걸 끝도 없이 줄줄 불게 될 거야."

"해리." 필사적인 목소리에, 낮게 깔린 절박감. "꼭 이런 식으로 할 필요 없잖아요. 출생의 기원을 알려주더라도 해로울 일은 없을 거예요, 내가 약속해요."

"돌아올 수 없는 지점을 생각해 봤나? 자네가 내 몸을 끔찍하게 망가뜨리면 어느 순간 나도 될 대로 되라 하는 심정이 되어버리고, 신경 쓸 가치도 없다고 생각하게 될 테고, 그러면 아무 말도 하지 않게 되겠지? 내 정신을 길들이기 전에 그 지점에 다다르지 않기를 바라야 할 거야."

내 말에 얼굴이 굳은 그는 의자에 기대앉았다.

"이건 당신이 저지른 짓이에요, 해리. 자기가 자초해서 당하는 고생이란 말입니다."

그 말을 남기고 그는 떠났다. 하사관은 문간에 남았고 한순간 우리 눈길이 마주쳤다.

"정말 아무것도 몰라요?" 문이 쾅 닫히는 순간 내가 물었다.

불과 몇 분 후 시작되었다. 놀랍게도 화학물질로 시작하되 평상시의 테마를 변주한 방식으로 진행됐다. 국부마취제로 횡격막을 잠가버려 숨을 쉬지 못하고 질식하게 만들었다. 폐, 혈관, 머릿속의 공기가 납덩어리처럼 무거워졌다. 정교하게 투여량을 조절해 약간은 움직이는 게 가능했고, 그래서 한 시간쯤, 어쩌면 더 오래, 어쩌면 더 짧은 시간, 입을 헤벌리고 공기를 빨아들이느라 헐떡거렸다. 식은땀이 얼굴과 척추를 따라 줄줄 흘렀고, 시야가 암흑으로 뒤덮이기 일보 직전이었으나 완전히 의식을 잃을 수도 없었다. 빈센트는 전문가를 고용했다. 콧수염을 깔끔하게 다듬은 왜소한 남자는 (언제나 내가 볼 수 있게 바로 앞에) 도구를 쫙 늘어놓았다. 훈련 중인 운동선수처럼 새로운 고통을 가할 때마다 소정의 휴식 시간을 두었다. 휴식이 끝날 때마다 "출생의 기원이 어디입니까?"라고 똑같은 질문을 하고 참을성 있게 내 대답을 기다리다가 내가 끝까지 거부하면 서글프게 고개를 흔들었다. 다음에는 신체적으로 메스꺼운 현기증이 덮쳤다. 아파서 내는 비명 소리가 아니라 죽은 자기 시체에 갇혀버린 짐승 같은 절규가 절로 나왔다. 뜨거운 열기 위에 또 열기가 덮쳤고 모든 감각이 뒤틀리고 오그라들고 좁아져 끝내는 끔찍하게도 정신이 멀쩡한 나 자신의 혼미한 의식 말고는 아무것도 지각할 수 없게 되어버렸다.

그러는 사이 문간에는 하사관이 서서 지켜보고 있었다. 항상 지켜보고 있었다. 그리고 고문관이 잠깐 쉬는 시간에 마실 물을 가지러 가자 들어와서 맥박을 재더니 동공을 보며 속삭였다.

"아내는 내가 플로스키에 프리디로 가는 열차를 탔다는 걸 알고 있어요. 종점까지. 너무 많이 아는 겁니까?"

나는 그저 미소를 지었고 자기가 알아서 답하게 두었다.

구역질과 질식 사이 어디쯤에서 빈센트가 들어와 내 손을 잡았다.

"미안해요, 해리. 정말 미안해요."

면전에 침을 뱉으려 했지만 내 입안은 바짝 말라 있었다. 그는 다시 나가버렸다.

오래전에 이미 자동차 배터리가 들어와 있었던 것 같은데, 그때는 별로 그 물건을 쓸 생각이 없었던 것 같다. 그저 흥미를 끌기 위한 물건, 진열 효과를 노리는 정도에 불과했다. 수면 박탈과 초고온, 내가 이미 예상했던 수단이 그날의 첫 순서였다. 서라운드 입체음향과 불경한 사운드에 통달한 누군가가 굉장한 창의력을 발휘해 테크노비트와 고문당하는 사람들의 절규와 폭력과 유린 행위에 대한 생생한 묘사를 믹싱해 지옥의 사운드트랙을 만들어냈고 후시 녹음 효과음과 여러 다른 언어로 덮어 무한반복으로 재생했다. 이 무시무시한 공포의 소음이 내포한 위험이라면 아예 내 감각을 마비시켜 얼핏 잠에 빠져들게 만든다는 것이다. 그러면 경비병들이 들어와 흔들어 깨우고 얼굴에 얼음물을 갖다 부었다. 뜨거운 열기에 차가운 얼음을 끼얹는 것은 말로 다할 수 없이 괴로웠다.

"당신은 좋은 사람이에요."

나를 깨우는 하사관에게 말했다.

"뭐가 옳은 일인지 알잖아요."

"마셔요, 해리, 마셔요."

빈센트의 목소리. 갑작스런 적요 속 속삭임. 물에 축인 천을 내 입술에 대주기에 게걸스럽게 빨았다. 야금야금 의식이 회복되자 입안의 액체를 뱉었다. 침 둘, 물 하나 분량으로 섞인 액체가 턱으로 흘러 목을 타고 질질 흘러내렸다. 고문관의 콧수염은 내 발톱을 뽑던 날 특히 예술이었다. 턱수염을 그토록 기가 막히게 띄우기 위해 얼굴에 망을 씌우고 잠자는 그의 모습을 상상했다.

"당신은 좋은 사람이에요." 내 발밑에 깔아둔 비닐 시트를 접어 개고 있는 하사관에게 말했다. 비닐에는 뽑힌 발톱들과 시커먼 피가 범벅이 되어 있었다. "얼마나 오랜 시간이 지나야 당신답게 굴 겁니까?"

고문관은 일을 하고 나면 손가락을 스트레칭하기 위해 휴식을 취하곤 했다. 하사관은 밖에 고문관이 있는지 확인하려고 어깨 너머를 흘끗 쳐다보더니 바짝 다가와 말했다.

"독약을 갖다줄 수 있어요." 그가 속삭였다. 그러더니 얼굴을 찌푸렸다. "해줄 수 있는 건 그것뿐입니다."

"그거면 돼요." 내가 말했다. "누구든 그것만 해주면 충분해요."

독약은 쥐약이었다. 하지만 쥐와 인간은 생각보다 유전적으로 상당히 공통점이 많다. 그거면 충분했다. 아이러니하게도 고문관은 신장 기능이 완전히 정지되고 나서야 내 증후의 진상을 알아차렸다. 심지어 나라도 살갗에 퍼져가는 황달이 바이스로 발톱을 하나씩 하나씩 뽑느라 부러진 뼈 몇 개 때문에 생긴 반응은 아니라는 걸 알았을 텐데. 고문관이 드디어 알아차렸을 때 나는 의자에서 온몸을 흔들어대며 우렁차게 폭소를 터뜨렸다. 눈물이 얼룩져 뺨을 타고 줄줄 흘러내렸다.

"천치 같은 새끼!" 나는 쇳소리로 악을 썼다. "무능한 병신! 구제도 못 할 머저리 새끼!"

의자에 묶은 스트랩을 풀고 고문관이 손가락 두 개를 내 목구멍에 집어넣어 구토를 유도하려 했지만 이미, 아주, 아주, 늦어버린 후였다. 빈센트는 그때 내 모습을 보았다. 바닥에 드러누워 피가 섞인 토사물에 뒹굴면서 온몸을 흔들며 웃어대고 있는 나를. 나이 지긋한 하사관은 문간에 빳빳하고 차분하게 서 있었다. 빈센트는 나를 보고 고문관을, 그다음에 하사관을 보았고 정확히 무슨 일이 어떻게 일어난 건지 즉시 파악했다. 얼굴에 분노가 번득였다. 다음 순간 빈센트는 나를 보았다. 나는 그 눈에 담긴 표정을 보고 더 미친 듯이 웃어댔지만, 놀랍게도 빈센트는 하사관을 질타하지도, 고문관을 욕하지도 않고 위생병 둘에게 손짓을 하더니 버럭 소리를 질렀다.

"진료소로 옮겨."

그들은 나를 진료소로 옮겼다.

심지어 진통제도 놓아주었다.

의사는 땅바닥만 바라보며 진단을 내렸고 호르몬 자극이 줄어 약간 잦아든 나의 폭소는 빈센트가 내 침대 곁으로 와 앉았을 때는 미소로 바뀌어 있었다.

"아주 빨랐네요." 그가 마침내 말했다. "적어도 닷새 내에 는 죽음의 수단을 강구하지 못할 줄 알았는데."

"닷새도 안 된 거야?"

"이틀하고 반나절이에요."

"맙소사." 그리고 나는 다시 말했다. "하사관은 좋은 사람 이야. 자네가 하는 짓이 마음에 들지 않았던 거지. 총살형에 처할 생각이면 먼저 사과를 좀 해주겠나? 물론, 나대신 말이 야."

빈센트는 험악하게 인상을 쓰더니, 내 진료 차트를 뒤적 거리며 혹시라도, 만에 하나라도, 내가 이미 돌이킬 수 없 이 치명적인 상태가 아닐지도 모른다는 희망을 붙잡으려 했 다. 이제 구토도 끝나고 온몸을 덜덜 떨거나 열이 오르는 증세도 없었다. 의사들이 제때 조처해서 심장마비는 막았지만 신장은 이미 다 망가진 후였고 간 기능도 곧 정지할 테고, 그러면 끝이었다. 굳이 차트를 보지 않더라도 그 정도는 알 수 있었다.

"다른 유닛으로 전출될 겁니다." 빈센트가 차분하게 말했다. "불필요하게 사람 죽이는 짓에는 관심 없어요."

하마터면 또 웃음을 터뜨릴 뻔했다. 하지만 이젠 호흡도 잘되지 않아 간신히 꾸르륵거리는 소리만 냈을 뿐이다.

"이제 내가 원하는 건 못 얻게 됐다는 게 확실해졌으니, 돌아가시는 길을 최대한 편안하게 해드려야죠. 뭐 제가 갖다 드릴 거 없습니까?"

"모르핀을 좀 더 주면 사양하지는 않겠네."

"저런, 이미 최대용량을 넘어선 것 같은데요."

"이제 와서 더 나쁠 게 뭐가 있지?"

그 말에 빈센트의 입술이 씰룩이고 눈빛이 춤을 추었다. 가슴이 철렁 내려앉았다. 또 뭐가 있지? 남은 시간이 이렇게 짧은데, 이제 와서 내게 더 무슨 짓을 할 수 있지?

"빈센트." 나는 중얼거렸다. 경고로, 추궁으로 목소리가 나직해졌다. "무슨 짓을 하려는 거지?"

"미안해요, 해리."

"그 말을 계속하는데 내 남아 있는 발톱들이 자네의 동정심에 지독하게 감사한다고 말하고 있군. 무슨 짓거리를 계획하고 있는 거야?"

그는 내 눈을 보지 않고 말했다.

"잊어주셔야겠어요."

너무나 짧은 순간 경악한 나머지, 할 말을 잊고 말았다. 빈
센트는 머리를 흔들려다 말았고 나는 또 사과를 하려는 건
가 생각했다. 그랬다가는 주먹을 날려주고 싶다는 충동이 마
음 깊은 데서 꿈틀거렸지만, 내가 그런 걸 할 수 있을 리가
없었다. 하지만 빈센트는 그저 돌아서서 나가버렸고 내가 다
시 미친 듯 절규하기 시작하는데도 뒤도 돌아보지 않았다.

그들은 죽음으로 향하는 시간 동안 대체로 내게 진정제
를 투여했고 그것이 그나마 위안이 되었다. 통증은 물론이고
다음에 벌어질 일에 대한 생각 자체를 가라앉혀 주었으니
까. 꿈을 꾸기는 했지만 무슨 꿈을 꾸었는지 기억나지 않는
건 그때가 처음이었다. 꿈들은 빠르고 뜨거웠다. 현실이 잠
든 내 마음의 이야기에 끈질기게 침입해 들어와 따끔거리는
살갗의 통증은 곤충의 발톱이 되었고 쓰라린 위장의 통증은
쇼핑백에 들고 돌아다니는 나 자신의 내장이 되었다. 갈 곳
을 잃고 헤매는 정신은 발의 출혈을 조화로운 파도처럼 물
결치는 거대한 뱀이 내 몸을 서서히 발부터 삼키는 것으로
간단히 설명했다. 한 번 꿀꺽 삼킬 때마다 내 몸의 살점이 뱀
의 입속으로 들어갔다. 송곳니가 몸통에 박힐 무렵에는 이미

발이 뱀의 뱃속에 다 들어간 후였고, 서서히 껄떡거리는 위산에 뼈가 하나씩 녹아 분해되었다.

의료진은 솜씨가 훌륭했다. 나는 순수한 산소를 주입받았고 신체 기능이 쇠약해지고 있었으나 의료진은 때맞춰 준비를 끝냈다. 그들은 새로운 기기를 밀고 들어왔다. 미친 과학자의 마음속에서 온갖 허접쓰레기를 긁어모아 만든 꼴의 기기로, 독자적인 전력 장비가 필요했다. 이 녀석한테는 230볼트 따위로는 턱도 없었다. 바퀴 달린 내 침상에 접지를 달아야 하는지 아닌지 여부를 두고 날선 논쟁이 오갔다. 의사 한 명이 급기야 "정말 다들 유치하게 굴지 좀 마세요!"라고 소리를 지르더니, 내 팔목을 침상에 묶어두고 있는 메탈 수갑이면 충분히 전류를 흘려보낼 수 있을 테고 이 과정을 심장 제세동기를 사용한 심폐 소생과 동일하게 취급해야 한다고, 감전되면 그건 다 자기 탓이라고 지적했다.

내가 발길질을 하고 소리를 질러대고 빌고 싸웠다고 믿고 있긴 하지만, 사실은 지치고 약에 취해서 기껏해야 끙끙 앓다가 가끔씩 화를 참지 못하고 어린애처럼 새된 비명을 질렀을 뿐일 것이다. 그들은 전극을 내 두개골에 고정하기 위해 마스킹 테이프를 사용했고, 내 입안에 마지막 전극을 고정시키는 작업이 생각보다 어려워서 결국 전류와 관련해 아까 그토록 합리적인 입장을 견지했던 그 의사가 마취제를 사용해야 한다는 합리적인 결정을 내렸다. 진정제를 투여해 아예 재워버리면 소정의 효과를 달성하는 데 도움이 되지 않았다. 그래도 위생병 하나가 허리를 굽히고 뼈까지 퍼석하게 말라버린 내 눈을 감겨 테이프로 붙여주었을 때는 고마운 마음이 들었다. 이제 내게 남은 건 소리뿐이었다. 저들은 세 번인가 실수를 하고 나서야 제대로 시작했다. 첫 번째 충격은 퓨즈가 나가면서 실패했다. 두 번째는 퓨즈를 갈다가 리드 하나가 분리되는 바람에 아예 실패했다. 결국 그들이 내 정체가 무엇인지 어떤 사람이었는지 모든 걸 잊게 만들겠다고 수천 볼트의 전류를 내 뇌로 흘려보내는 데 성공했을 때, 아직도 가동되고 있던 내 사유 체계는 어쩐지 이 모든 상황이 좀 웃기는 코미디 같다는 생각을 했다.

의사의 말이 들렸다.

"제발 이번에는 좀 제대로 해봅시다, 네? 다들 멀찌감치 떨어져 서 있죠? 좋아요, 자 그럼……."

그리고 그걸로 끝이었다.

57

'망각'에 참관해 본 건 딱 한 번뿐이다.

1989년, 시카고의 성 니콜라스 종합병원 1인 병실에서였다. 나는 일흔 살이었고 꽤 잘 살고 있다고 느끼고 있었다. 다발성경화증 진단을 받은 지 몇 달밖에 되지 않았는데, 내 라이프 사이클로 볼 때 놀랄 만큼 늦은 시기였다. 느리고 불편한 죽음의 과정이 60대 중반에도 거의 느껴지지 않아 보통 때보다 훨씬 몸 관리를 열심히 하고 있었다. 심지어 테니스 클럽 회원으로 활동도 했는데, 이전의 다른 생애에서는 해본 적 없는 일이다. 또 모로코 산맥에 있는 학교에서 매년 3개월씩 수학을 가르치고 있었다. 자식이라고 불러도 좋을 제자들과 함께하는 시간이 즐거워서 그랬던 것 같다.

교양 있는 시카고 교외에 자리한 유달리 정중한 이 병원의 유달리 정중한 병실에 찾아갔던 건, 내 일 때문이 아니었다. 병원 밖에는 성조기가 자랑스럽게 휘날렸고 저녁마다 환자의 침대 맡 생화는 어김없이 새로운 꽃으로 바뀌었다. 나는 부름을 받아 찾아갔고, 나를 부른 여자는 죽어가고 있었다.

에이킨라이.

홍콩에서 하녀가 춤을 추며 바닷물 속으로 뛰어들고 다음 날 해가 뜨기도 전에 그녀가 도망쳐 버린 그날 이후로 우리는 한 번도 만난 적이 없었다.

병원에서는 병실에 들어가기 전에 멸균한 위생복을 입고 손을 씻으라고 했다. 하지만 어쩐지 그런 조처에도 심드렁한 구석이 있었다. 에이킨라이의 상태는 이미 되돌릴 수 없을 정도로 나빠져 있었다. 몸에 남은 백혈구가 그렇게 적은 여자가 어떻게 아직 살아 있는지 자체가 당혹스러웠고, 사망을 앞둔 그녀의 병실 문을 열고 들어가 보니 죽음이 코앞에 와 있다는 실감이 뚜렷하고 선명하게 다가왔다.

머리카락은 다 빠져서 여기저기 푹푹 꺼진 조야한 뼈가 잘못 끼운 건축자재들처럼 툭툭 튀어나와 있었다. 머리카락이 하나도 없는 그녀의 모습은 본 적이 없었지만 이제 보니 정말로 두상이 완벽한 계란형이었다. 눈이 푹 꺼졌다는 말은 거짓말일 테고, 오히려 그 얼굴에 부드러움을 주던 마지막 살점 하나까지 다 잠식되어 사라졌다고 해야 할 것이었다. 그래서 약간의 근육과 귀, 입술, 눈의 잔해들이 시든 크리스마스트리의 장식처럼 해골에 매달려 축 늘어져 있었다.

나보다 물리적인 나이는 어렸지만 그때 그 장소에서는 그녀가 혼자 죽어가고 있는 늙은이고 나는 기운찬 어린아이가 된 기분이었다.

"해리."

그녀가 씩씩 숨소리를 섞어 말했다. 의사 수련을 하지 않았더라도 그 목소리에 섞인 바람 소리, 즉 숨소리에 난 구멍은 놓칠 수가 없었을 것이다.

"늦게 왔네."

나는 빈 의자를 침대 옆으로 끌어당겨 조심스럽게 앉았다. 운동을 했는데도 관절에서 삐걱거리는 소리가 났다.

"얼굴이 좋아 보여." 그녀가 덧붙여 말했다. "노년이 자기한테는 잘 어울리는구나."

나는 대답 대신 끙, 하고 신음 소리를 냈다. 그때는 달리 어울리는 답변이 떠오르지 않았다. "어때, 에이킨라이? 밖에서는 별로 얘기를 해주지 않더라고."

"아." 그녀가 한숨을 쉬었다.

"무슨 말을 해야 할지 아마 잘 모를 거야. 내 몸속에서 잠재적 사인(死因)들끼리 일종의 경주를 벌이고 있거든. 내 면역 체계는, 자기도 잘 알잖아. 에이즈는 생활 방식의 질병이라는 소리를 하려거든, 그건 다 바보들이 하는 소리라는 것만 알아둬."

"그런 말은 하지 않……."

"다른 사람들이, 그러니까, 내가 악마라도 된 것처럼 쳐다봐. 이 병의 보균자라는 게……." 무슨 제스처를 하고 싶었던 것 같지만 움직임은 손가락 끝이 경련처럼 씰룩거리는 데 그쳤다. "윤리적 파산의 방증이나 된다는 것처럼 말이야. 사실 이건 빌어먹을 싸구려 콘돔이 찢어진 데 불과해."

"내 입을 틀어막으려고 실없는 소리를 하고 있구나."

"내가 그러고 있어? 맞아, 해리. 언제나 그랬지. 자기는 촌스러운 영감탱이긴 하지만, 그건 맞는 말이야."

"시간이 얼마나 남았어?" 내가 물었다.

"날 잡는 건 폐렴이라는 쪽에 돈을 걸고 있어…… 이삼일 정도? 운이 나쁘면 일주일."

"내가 있어 줄게. 바로 근처의 호텔에 방을 잡았는데……."

"씨발, 해리, 네 동정 따위는 필요 없어. 그냥 죽는 건데 뭐!"

"그럼 왜 나를 불렀는데?"

그녀는 빠르고 건조하게 말했다. 이미 준비한 말들이었다.

"잊어버리고 싶어."

"잊어? 뭘 잊어?"

"전부. 모든 걸 다."

"아니, 나는……."

"해리, 아무것도 모르는 척하지 마. 자기는 가끔 사람들 마음을 편하게 해준답시고 바보인 척하더라. 그러면 오히려 봐

주는 느낌이 들어서 짜증 난단 말이야. 내가 무슨 말을 하는지 정확하게 알고 있잖아. 자기는 남들하고 어울리려고 지나치게 애를 쓰는데 솔직히 오지랖만 넓어 보여. 왜 그래, 대체?"

"나한테 그런 소리를 하려고 여기 부른 거야?"

"아니야." 침대에 실은 체중을 살짝 옮기며 그녀가 말했다. "자기가 여기 와주긴 했지만, 사람들이 자기를 좋은 사람이라고 여기면 자기도 편하고 좋은 시간을 보낼 수 있을 거라는 그런 웃기는 발상은 멍청하고 순진하다는 점을 지적해주고 싶었어. 씨발, 해리, 대체 이 세상에서 무슨 일을 겪고 살았기에 그렇게…… 백지장처럼 새하얘?"

"나 그냥 갈……."

"가지 마. 자기가 필요해."

"왜 나야?"

"자기는 내 말을 순순히 잘 들어주니까." 그녀는 한숨을 쉬며 말했다. "자기가 그렇게 백지장 같으니까. 지금은 그런 게 필요해. 잊어야 하니까."

나는 손끝을 뾰족하게 모으고 앞으로 바짝 몸을 기울였다. 그리고 한참 후에 어렵게 입을 뗐다. "누가 말려주길 바라는 거야?"

"절대 아니야."

"그렇지만 나는 어쩐지 시도는 해봐야 한다는 의무감을

느껴."

"제발 좀 그러지 마. 어차피 자기가 내게 해줄 말들 중에 나 스스로 짚어보지 않은 얘기는 하나도 없을 테니까."

난 고개를 모로 꼬고 병원에서 준 위생복 솔기를 손가락으로 탁탁 튕긴 뒤 손톱으로 쫙 훑어서 주름의 각을 잡았다. 그러고는 말했다.

"나는 아내한테 말했어."

"어느 아내?"

"첫 번째 아내. 내가 처음 결혼한 여자. 제니. 선형적 시간의 인간이었고 나는 아니었지. 그런데 그 여자한테 말했더니 나를 떠나버렸어. 그리고 어떤 남자가 왔고, 그 사람은 미래를 알기를 원했지. 싫다고 했더니 별로 정중하지 않은 처우가 돌아오더군. 그래서 죽고 싶었어, 진짜 죽음, 어둠을 끝장내는 진정한 암흑. 네 질문에 답을 하자면, 그래서…… 그래서…… 내가 순순히 상황에 맞춰주며 살아가는 거야. 달리 해보려 했지만 한 번도 제대로 된 적이 없어서."

에이킨라이는 망설였다. 아랫입술을 치아로 잘근잘근 씹고 빨면서. 그러더니 말했다.

"바보구나. 뭐가 옳은지 아는 사람이 세상에 어디 있다고."

'망각'. 내 생각에는 따옴표를 반드시 붙일 필요가 있는 단어다. 일종의 죽음이기 때문이다. 나는 에이킨라이의 마음을 돌리기 위해 이미 그녀가 알고 있는 모든 얘기를 다시 해주었다. 우리에게 정신의 죽음은 몸의 죽음을 능가한다. 고통도 따른다. 공포도 따른다. 그리고 그녀 자신은 '망각'에 따르는 앎과 마음과 영혼의 상실을 느끼지 못하더라도, 이미 지나간 모든 일들에 대한 기억을 잃고도 그 부재를 아쉬워하지 않더라도, 우리는, 그녀를 알았던, 그녀의 친구였던 우리는 그녀의 몸이 삶을 이어가더라도 그녀를 잃고 깊은 상심에 빠질 것이다. 그러나 나는 논쟁의 마지막 주장만큼은 들이밀지 않았다. '망각'은 도망치는 거라고. 그녀가 저지른 일들, 그녀라는 사람 자체에 져야 할 책임을 사면받기 위한 거라고. 어차피 말해봤자 별로 먹히지 않을 얘기라는 생각이 들었다.

그러자 에이킨라이가 말했다.

"해리, 자기는 좋은 남자니까 여기서 최선을 다하려고 애쓰는 거야. 하지만 자기와 나는 둘 다 알고 있잖아. 내가 보았던 일들, 내가 저지른 짓들의 기억을 안고서 더는 살아갈 수 없다는 걸. 나는 심장을 닫아버렸고, 자기가 착하게도 내 영혼이라고 불러주는 걸 잘라버렸어. 그딴 걸 갖고는 도저히 살 수 없을 것 같아서. 그러니까 나를 위해서 해줘, 해리. 혹시라도 내가 다시 심장이나 영혼을 찾게 될지도 모르잖아."

나는 더 이상 무리하게 설득하려 하지 않았다. 이미 내 마음이 떠나 있었다.

다음 날 아침 나는 시카고 크로노스 클럽에 가서 필요한 장비를 챙겼고, 다른 클럽들에 보낼 서신을 한 장 남겨두었다. 에이킨라이가 우리의 정체를 더 이상 기억하지 못할 테니 우리는 아무것도 모른 채 새로 태어날 그녀를 지켜보다가 도움이 필요할 때만 개입해야 한다는 사실을 알리기 위해서였다.

1989년의 기술은 빈센트가 내 정신을 지우기 위해 썼던 것에서 크게 달라지지 않았다. 빈센트는 예지의 덕을 꽤 보았다. 크로노스 클럽은 미래의 지식을 상당히 많이 확보하고 있었다. 우리는 웬만하면 선형적 역사에 손을 대지 않지만 우리의 생존과 관련된 문제일 경우에는 과거의 클럽 멤버들과 우리가 알고 있는 지식을 공유한다. 심지어 1870년대에는 '망각'을 하려고 아예 증기기관을 써서 장치를 만든 사람이 있었다는 루머도 들은 적이 있다. 물론 물증도 없고 앞으로도 확인할 길이 없는 소문이지만 말이다.

우리 장치는 화학적 약물과 전기 충격을 혼합한 것으로, 전극들이 두뇌의 매우 구체적인 부위들을 겨냥하게 되어 있었다. 빈센트의 장비와 달리, 우리 장치는 충격을 가하는 순간 의식이 깨어 있을 필요가 없었기에 마지막으로 에이킨라이의 혈관에 진정제를 주사하는 순간에는 어쩐지 살인을 저지르는 기분이 들었다.

"고마워, 해리." 그녀가 말했다. "내가 몇 번쯤 살고 죽은 다음에 좀 안정이 되면, 나를 만나러 와줘, 알았지?"

나는 그러겠다고 약속했지만 이미 그녀는 눈을 감은 후였다.

그 후로는 몇 초 만에 절차가 끝났다. 나는 끝나고 나서도 그녀 곁을 지키며 바이탈을 체크했다. 그녀가 옳았다. 생명을 끝장내려는 질병들의 전투에서 폐렴이 최후의 승자로 떠오를 전망이었다. 다른 상황이었다면 그냥 죽도록 방치했겠지만 '망각'에는 또 하나의 결정적인 단계가 있었다. '망각'이 확실히 완수되었는지 확인하는 데 반드시 필요한 절차였다. 그 일은 처음으로 충격이 가해진 후 사흘째 되는 밤, 새벽 2시 30분에 일어났다. 나는 울음소리에 잠이 깼다. 나는 한참 후에야 그게 무슨 언어인지 알아차렸다. 에웨족*의 언어였다. 수백 년 만에 처음 들어보는 언어였다. 나의 에웨어 실력은 잘 봐줘야 어중간한 수준이었지만, 그래도 에이킨라이의 손을 잡고 "마음 편히 가져. 너는 안전하니까"라고 속삭여 줄 수는 있었다.

그녀가 내 말을 알아들었는지 모르겠지만 겉으로는 전혀 티가 나지 않았다. 에이킨라이는 나를 보고 움츠러들면서 에웨어로 엄마 아빠를 찾고, 가족을 찾고, 자기를 도와줄 누군

---

* 서아프리카의 가나 및 토고 남부에 사는 민족.

가를 애타게 찾았다. 무슨 일이 벌어지고 있는지 알지 못해 자기 몸을 내려다보며 통증에 온몸을 덜덜 떨었다. 도와달라고 어머니, 아버지, 하느님을 다 찾았다.

"나는 해리야." 내가 말했다. "나를 알아보겠어?"

"난 당신 같은 사람 몰라요!" 그녀는 쌕쌕 숨소리를 섞어 말했다. "살려줘요! 대체 뭐가 어떻게 되고 있는 거죠?"

"지금 병원에 있어. 아파서." 나는 그 언어를 조금 더 잘하면 좋겠다고 생각했다. 그 상황을 묘사할 만한 말이라고는 "죽어가고 있다"밖에 몰랐기 때문이다.

"나는 누구죠?"

"알게 될 거야."

"무서워요!"

"알아." 나는 중얼거렸다. "그렇게 해서 효과가 있었다는 걸 알게 되는 거지."

그녀가 더 많은 질문을 던지기 전에 다시 재웠다. 어린아이로 다시 태어나면 에이킨라이는 이 만남을 기억할지 모르지만 아마 꿈이라고 치부할 것이다. 반드시 필요한 게 아니라면 굳이 더 구체적인 정보를 남길 이유가 없었다. 다음 날 아침 간호사들이 에이킨라이의 시트를 갈아주러 왔을 땐 그녀는 죽고 나는 이미 사라진 후였다.

58

병원 침대.

각성.

내 침대 옆에 어떤 사람의 형체.

빈센트, 팔짱을 끼고 내가 누워 있는 매트리스에 얼굴을 묻은 채 잠들어 있다.

나는 '망각'에서, 정신적 죽음과의 조우에서 깨어났는데……

……여전히 나 자신이었다.

아직도 나였다.

아직도 해리 오거스트고……

……모든 것을 기억하고 있었다.

한참을 꼼짝도 않고 누워만 있었다. 혹시라도 내가 뒤척거려 빈센트를 깨울까 두려웠다. 머릿속에서 온갖 생각이 정신

없이 흘러갔다. 나는 여전히 피에트록—112에 수감되어 있었다. 여전히 빈센트에게 위협적인 존재였다. 여전히 죽어가고 있었다. 내가 마신 독약에 몸이 썩어 들어가고 있었지만 내 마음은…… 내 정신은 여전히 나의 것이었다. 에이킨라이 때 내가 그랬던 것처럼 빈센트도 내가 깨어나면 시험을 해보려 할 것이다. 내 정신에 해리의 잔재가 남아 있는지, 일말의 흔적이라도 남아 있는지 찾을 것이다. 절대 들켜서는 안 된다.

내 몸의 일부가 경련을 일으켰던 게 틀림없다. 내 옆에서 빈센트가 벌떡 일어났다. 눈을 뜬 나를 보자마자 빈센트는 허리를 굽히고 바짝 다가와 나를 살펴보았다. 의사가 환자를 검진하듯 내 동공에 반응이 있는지 살폈다. 말을 할까 하는 생각도 들었다. 에이킨라이가 그랬던 것처럼 모국어로, 원래 내 목소리로. 하지만 괜히 일을 복잡하게 만들 뿐이라는 판단이 섰다. 그래서 짐승이 괴로움에 울부짖는 소리를 냈다. 독약과 통증으로 온몸이 극심하게 망가진 상황이라 굳이 연기하지 않아도 얼마든 고통에 찬 비명을 지를 수 있었다.

"해리?"

빈센트는 내가 에이킨라이에게 그랬듯 손을 잡아주었다. 얼굴에 수심이 가득했다.

"해리, 내 말 들려요?"

그는 러시아어로 말했고 나는 그저 더 큰 소리로 울부짖

기만 했다. 빈센트는 이런 나를 보고 영어로 바꿔 말했다.

"괜찮아요? 괜찮은 거예요?"

그는 나를 걱정해 주는 친구인 척하고 있었다. 철면피에 울컥 화가 치밀어 어떻게든 반응하고 싶었지만, 시간도 없고 간신히 붙어 있는 목숨을 허비할 수도 없었다. 의식을 잃고 있는 사이 신체 조직이 더 많이 죽었기 때문에 어차피 이제는 침대 옆으로 고개를 내밀어 위장에 가득 찬 위산과 피를 치받쳐 올리는 것 말고는 움직일 수도 없었다. 그래도 빈센트가 펄쩍 뛰어 물러서기 전 토사물이 조금이라도 구두에 묻었을 거라 생각하니 기분이 좋아졌다. 머릿속이 쿵쿵 울렸다. 보려고 하면 안구 속에 찍찍이를 붙여놓은 것처럼 두개골 안쪽에서 쩍쩍 들러붙는 소리가 났다. 왼쪽 안구가 멋대로 돌아가서 시야 한가운데 암전이 생기고 방 안이 기괴하게 보였다. 두뇌는 뇌 핵으로 들어오는 혼란스러운 감각 정보를 처리하려 했지만 끊임없이 실패했다. 불쌍한 빈센트는 (타이밍이 최악이었다) 내가 죽기 전에 거짓 연기를 하는 건지 확인할 시간이 없었다. 그래서 더 대담한 테스트를 선택했다. 내 침대에서 펄쩍 뛰어 물러나면서 초병 둘에게 손짓하더니 러시아어로 버럭 소리를 질렀던 것이다.

"끌고 가!"

그들은 내 팔을 한쪽씩 잡고 침대에서 일으켜 질질 끌고 갔다. 짐짝처럼 끌고 복도를 지나 샤워실에서 털썩 무릎을 꿇렸다. 오래전 안나라는 아주 우호적인 실험 조교와 밀애를 나눴던 곳이다. 빈센트는 문간에 서서 영어로 소리를 질렀다.

"죽여버려!"

뭘 어떻게 해야 했던 걸까? 명령을 알아듣는 티를 내면 언어능력이 손상되지 않고 살아 있다는 걸 알려줄 터였다. 하지만 임박한 죽음을 지나치게 초연하게 받아들이면 의식의 잔재가 남아 이런 시나리오에서 죽음이 오히려 위안임을 안다는 사실을 들킬 위험이 있었다. 고맙게도 끔찍하게 망가진 내 신체가 나 대신 할 일을 다 해주었다. 짐짝처럼 끌려와 볼썽사납게 내던져지자 당연한 수순처럼 발작을 일으켰던 것이다. 어차피 죽으려면 최종 단계로 거쳐야 할 일이었다. 총알이 두뇌를 관통하는 순간은 심지어 의식조차 하지 못했다.

59

내 열세 번째 삶은……

……예전과 하나도 달라진 데 없이, 아주 똑같이 시작되었다.

버릭어폰트위드, 여자 화장실. 이 난리통을 겪었는데 설마 이번에는 깨어나 보면 왕자라도 되어 있지 않을까 내심 그런 기대도 했다. 이 우주에 신의 정의라는 게 있다면, 칼라차크라의 차례까지 돌아오는 데는 확실히 시간이 걸리는 모양이었다.

여느 때와 다름없는 수순. 패트릭과 해리엇에게 맡겨져서 두 사람의 자식으로 양육되고. 세 살쯤 기억을 회복하기 시작해 별로 눈에 띄는 특징이 없는, 몹시 말수가 적은 아이라는 말을 듣게 된다. 네 살 때는 지적 능력을 완전히 되찾고 여섯 살 생일에 바깥세상으로 나가 크로노스 클럽의 멤버들에게 빈센트의 계획과 온갖 변칙적 수단을 폭로할 채비를 갖춘다.

나는 런던의 채리티 헤이즐미어와 크로노스 클럽에 편지를 써서 사건의 전말을 알린다. 빈센트 랜키스, 퀀텀 미러, 러시아…… 모든 전말을 다 폭로한다. 가족에게서 나를 데리고 가달라는 둥 그런 쓸데없는 소리로 허비할 시간이 없었다. 그래서 채리티에게 내가 알아서 필요한 돈을 훔치고 적당히 어른스러운 편지를 쓰겠다고, 그리고 뉴캐슬로 가서 직접 만나 모든 걸 설명하겠다고 한다. 그러니까 전보를 기다리고 있다가 역에서 나를 만나달라고. 나중에 알게 된 일이지만, 이렇게 급박하게 서두른 덕분에 그나마 목숨을 보전할 수 있었다.

답신은 받지 못했지만 어차피 기대도 하지 않았다. 채리티는 어린 칼라차크라의 문제에서만큼은 믿을 만했다. 로리 헐른의 책상에서 몇 실링을 훔치고, 나 자신을 수신인으로 해서 이 편지를 갖고 있는 아이는 런던의 학교에서 교육을 받게 될 테니 호의를 지닌 성인들은 이 아이의 여행을 도와달라는 내용을 담은 아주 유창한 달변의 서한을 써서 챙겼다. 제일 좋은(솔직히 하나밖에 없는) 장화와 훔친 과일 한 보따리로 무장하고 뉴캐슬로 출발했다. 동네에서 탈것을 찾는 건 불가능했다. 차라리 부모님께 모험을 떠나도 되는지 여쭤보는 편이 훨씬 쉬울 듯했다. 하룻밤을 꼬박 걸었는데 하필이면 도착한 동네가 혹슬리였다. 수백 년 전 과거의 내가 미래에 관심이 많았던 프랭클린 피어슨을 피해 달아났던 마을. 우체국 여직원에게 편지를 보여주고 런던으로 가는 고아라고 했더니 덜컹거리는 트럭 뒷자리, 주목 두 그루와 게으른 래브라도 사이에 태워주고 뜨거운 빵과 라드까지 챙겨주었다.

뉴캐슬에 도착하자마자 전보를 치러 갔다. 전보를 보내는 일은 쉽지 않았다. 데스크가 높아서 키가 닿지 않았다. 뒤에 줄을 서서 기다리던 친절한 변호사가 나를 안아 들어 카운터에 앉혀 주었고, 나는 앳된 목소리로 볼일을 설명하고 편지를 보여주고 숙모님을 기다려야 한다고 말했다. 직원은 약간 주저하긴 했지만 결국 전보를 보내주었고, 역장이 그날 밤 묵을 숙소는 있느냐고 물었다. 아니라고 했더니 쯧쯧 혀를 차며 이렇게 어린애가 혼자 여행을 하다니 있을 수 없는 일이라며 경찰을 불러야 될 것 같다고 말했다. 하지만 역장의 부인이 괜히 참견하지 말고 애를 가만히 두라고 명령했고, 덕분에 담요와 수프 한 냄비를 얻어 티켓 카운터 너머 사무실에 언제까지든 있어도 된다는 허락까지 받았다. 역장 부인은 우리 숙모님을 자기가 찾아봐 주겠다고 했다. 그래서 고맙다고 인사했다. 런던까지 혼자 여행하는 여섯 살짜리 아이한테 쏟는 어른들의 관심은 지긋지긋할 정도였다.

나는 기다렸다.

과거 채러티가 전보를 받고 뉴캐슬에 제일 늦게 도착했을 땐 열한 시간이 걸렸다. 폭설에 길이 막혀서였다. 여덟 시간이 지나자 역장의 부인이 어디 갈 데가 있기는 한 거냐고, 혹시 아는 사람은 없냐고 물었다. 그리고 역장은 또 혀를 쯧쯧 찼다. 웃기는 짓거리라며, 이게 말이나 되는 얘기냐며 반드시 경찰을 불러야겠다고 말했다. 나는 화장실에 다녀오겠다고 했고, 문 밖에서 그들이 지키고 서 있는 걸 보고 뒤쪽 창문으로 기어 나왔다.

다음 날 나는 마음만 먹으면 역사로 뛰어갈 수 있는 거리를 벗어나지 않고 철교가 내려다보이는 언덕에서 망을 봤다. 남쪽에서 올라오는 완행열차가 들어올 때마다 플랫폼 끄트머리로 내려가서 채리티를 찾았다.

채리티는 오지 않았다.

솔직히 말해 나로서도 이제 어떻게 해야 할지 알 수가 없었다. 크로노스 클럽과 함께한 기나긴 세월 동안 채리티는 유년기의 든든한 붙박이 상수였고 직접 오지 못할 경우에는 반드시 다른 사람을 대신 보냈다. 그런데 지금은…… 도저히 이해가 되지 않았다. 믿고 있던 발판을 누가 쑥 빼간 느낌이었다. 삶에서 가장 힘겨운 시간을 절뚝거리며 헤쳐 나아갈 때 의지했던 목발이 사라졌다. 다시 편지를 써야 할까?

하지만 신중을 기해야 한다는 경계심이 즉시 발동했다. 답이 없는 의문점이 너무 많았고, 잠복한 위험 역시 너무 많았다. 빈센트는 내 출생의 기원을 알고자 했지만 내가 연상이므로 그 말에 내포된 의미는 명백했다. 동료가 있다는 말이었다. 우리 두 사람보다 더 나이가 많아서 자궁 속의 칼라차크라를 살해할 수 있는 동료가 분명히 있었다. 나의 가장 큰 비밀이자 유일한 비밀을 반드시 지켜내는 일이 갑자기 절실해졌다. 무슨 일이 있어도 빈센트나 본 적도 없는 잠재적 조력자한테 내 출생의 기원을 들켜서는 안 된다. 두뇌가 무섭게 회전했다. 채리티에게 보낸 편지에서 지나치게 정보를 많이 노출한 게 아닐까? 애초에 출생지를 위장하려는 의도 자체가 없었다. 유년기에 채리티가 나를 거두는 절차에 우리 둘 다 너무 익숙해서 특별히 자세히 설명할 필요조차 없었다. 과거의 삶에서는 어땠지? 나를 유년기에서 빼내달라고 편지를 보내면서 주소를 주긴 했다. 진짜 주소는 한 번도 밝힌 적이 없지만, 우편물을 지켜봐야 하니까 저택에서 그리 멀지 않은 주소들을 알려주었다. 편지들로 위치를 파악할 수 있을까? 심기가 불편할 정도로 수색 범위를 좁힐 수는 있을 것이다. 그렇게 외딴 지역에서 적당한 나이와 자질을 지닌 남자애들을 찾는 데는 대단한 수색 작전이 필요하지 않다.

하지만 나에 관한 무슨 공식적 기록이 남아 있던가? 내 생애에서 그토록 오랜 기간 저주로 느껴졌던 혼외 자식이라는 신분이 별안간 축복으로 바뀌었다. 내 존재를 공식적으로 입증하는 서류는 없다는 걸 새삼 깨달았다. 생부는 나를 인정하지 않을 테고 양부는 비스듬하게 타들어 가서 낭비되는 양초를 싫어하는 만큼이나 문서 작성을 싫어했던 위인이다. 그러니까 아주 질색 팔색을 했다는 뜻이다. 내 존재를 증명하려는 시도를 한 사람이, 과연 있기나 했던가?

그런 문제들이 내게 중요한 의미를 가졌던 첫 번째 생애가 기억난다. 연금을 인출하려 할 때나 처음 건강보험료를 지불하려 할 때 맞닥뜨렸던 행정적 난항들. 심지어 내 이름마저 거짓이었다. 해리 헐른이 아닌 거나 마찬가지로 해리 오거스트라 할 수도 없었다. 법률을 엄격히 적용한다면 나는 1919년 사망한 리사 리드밀의 아들이었고, 그녀는 화장실 바닥에서 기껏 몇 음절을 속삭였을 뿐 내게 이름조차 지어주지 않았다.

그러나 간명한 사실을 말하자면, 나는 죽지 않았다.

태어나기 전에 살해당하지 않았다.

빈센트가 이 삶에서 나를 찾으려 노력하고 있다면, 연상의 조력자를(혹은 조력자들을) 파견하고 있다면, 진짜 출생지를 파악하는 데 실패한 게 틀림없다. 생각해 봤지만 채리티에게도 그만한 정보를 노출한 적은 없다.

그렇다면 채리티는 어떻게 된 걸까?

채리티의 운명은? 어째서 오지 않은 걸까?

뭐니 뭐니 해도 이 마지막 문제로 향후 취할 행동의 방향을 결정해야 했다. 나는 몰래 뉴캐슬 역으로 돌아가서 런던행 첫차를 탔다.

티켓은 사지 않았다.

무임승차를 했다고 여섯 살짜리를 기소할 사람은 없을 테니까.

다시 런던으로.

1925년의 런던은 변화를 눈앞에 둔 도시였다. 내가 도착한 날 시장이 스토크 뉴잉턴에 지나가는 가축들이 물을 마실 사 구유를 설치했는데 화려하게 개장한 지 불과 몇 시간 만에 모퉁이를 돌다가 미끄러진 자동차가 들이받고 말았다. 변화가 임박했다는 사실은 누구나 알고 있었지만 그 변화가 어떤 형태가 될지는 아무도 확실히 몰랐기에 사회는 벼랑 끝에서 위태로운 균형을 잡고 비틀거리는 꼴이었다. 낡은 것이 한 손으로 붙잡고 매달리면 새로운 것이 다른 손으로 밀쳐내고 있었다. 과일 노점상들은 식료품점과 싸웠고, 노동당은 자유당과 싸웠고, 토리 보수당은 초연하게 거리를 둔 채 불가피한 개혁들을 마지못해 처리하면서 자신들의 라이벌이 가장 논쟁적인 사안을 밀어붙이기를 바라며 전략적 행보를 펼치고 있었다. 보통선거권이 가장 뜨거운 현안이었고 정치적 평등을 요구하며 싸우던 여성들은 이제 사회적 평등으로 시선을 돌려 남자들처럼 담배를 피우고 술을 마시고 파티를 할 권리를 요구하기 시작했다. 나의 할머니 콘스턴스가 몹시 못마땅해했을 일이지만, 사실 1870년대 이후로 할머니의 마음에 드는 일이라곤 없었다.

어린 남자아이가 런던의 거리를 헤치고 지나가는 건 쉬운 일이었다. 뒷골목이나 킹스크로스, 홀본 근처 사창가에는 여전히 꼬마 도둑 패거리들이 득실거렸다. 겉으로야 야심에 찬 제국주의의 화려한 위용을 자랑했지만 아직 내실이라고는 없었다. 나는 자신만만하게 거리를 활보했고, 경찰들은 나를 주시했지만 길을 막아서지는 않았다. 나는 크로노스 클럽을 찾아 도심 깊숙한 곳으로 들어섰다. 매연에 찌든 공기가 하얀 돌을 시커멓게 물들이고 있었다. 신축 건물들에도 시커먼 먼지가 앉아 사람들이 손가락으로 이니셜이며 낙서를 끄적거린 자국이 있었다. 그러나 크로노스 클럽이 있던 길은 그대로였다. 런던 대공습을 코앞에 둔 따뜻한 여름날 버지니아를 처음 만났던 곳, 우리가 시간과 프로토콜에 대한 얘기를 나누고 가구에 씌워둔 먼지막이 사이에서 한가로이 앉아 있던 곳. 현관문은 그대로 있었지만 표지판은 없었다. 황동 명판도 없었다. 아무것도 없었다.

그래도 노크를 해보았다.

빳빳한 흰색 앞치마과 프릴이 잔뜩 달린 모자를 쓴 하녀가 문을 열었다.

"응? 무슨 일로 온 거니?"

나는 본능적으로 거짓말을 했다. "오렌지 사실래요?"

"뭐라고? 아니! 저리 꺼져!"

"제발, 부탁이에요. 제일 좋은 크로노스 오렌지예요."

"꺼지라고, 이 꼬마 양아치야." 그녀는 매섭게 쏘아붙이고는 발로 나를 밀친 후 면전에서 문을 쾅 닫아버렸다.

나는 멍하니 길거리에 서서 허공을 쳐다보았다.

크로노스 클럽이 사라졌다. 미친 듯이 표식을 찾아 헤맸다. 철이나 돌에 새긴 메시지들을 찾았다. 어디로 갔는지 어떤 형태로든 단서를 남긴 게 없는지 찾아 헤맸다. 그러나 아무것도 없었다. 미친 듯이 길거리를 뛰어다니며 맨홀 뚜껑이라든가 뭔가 암시를 줄 만한 작은 실마리라도 있는지 찾던 나는 머리 위의 커튼이 살짝 젖혀져 흔들리는 기척을 느꼈다.

싸늘하게 심장이 얼어붙었다.

하지만 당연하다.

바보 머저리 천치.

당연하다. 크로노스 클럽을 파괴했다 하더라도 홀연 나타날지 모르는 멤버들을 살펴볼 감시자들은 남겨두었겠지.

그런데 내가 뜬금없이 잘도 나타나 준 것이다. 겉모습에 걸맞게 백치 어린애의 지능을 발휘해서.

싸울 생각은 하지도 않았다. 머리 위의 추레한 갈색 커튼 뒤에서 누가 나를 지켜보고 있는지 쳐다볼 생각도 하지 않았다. 그냥 고개를 푹 숙이고 뛰었다.

60

선택의 여지가 없었다.

다시 버릭으로 몰래 도망치는 수밖에.

다시 헐른 저택으로, 다시 패트릭과 해리엇에게로, 로리와 콘스턴스에게로. 다시 내가 온 곳으로, 모든 게 시작된 곳으로.

떠난 지 나흘 만에 돌아왔다. 더럽고 지치고 추레한 꼴로. 가출했다가 도망갈 데가 없어 돌아온 꼬마 도둑놈이었다. 해리엇은 나를 보고 울면서 품 안에 꼭 안고 얼러주었다. 옷이 다 젖도록 눈물을 흘렸다. 패트릭은 뒷마당으로 끌고 가서 평생을 통틀어 가장 심한 매질을 했다. 그리고 피를 철철 흘리는 나를 저택으로 끌고 가서 헐른 씨와 가족들에게 사과하게 했다. 그들은 아예 쫓아내지 않는 걸 다행으로 여기라고, 꼬마 양아치는 굶어 죽어 마땅하다고, 지금부터는 날마다 밤낮으로 일해서 돈을 갚아야 한다고 했다. 어린 녀석이 못되고 배은망덕하다고 욕을 했다.

나는 찍소리 없이 매질과 수모를 감내했다. 선택의 여지가 없었다. 지난 몇 생애의 호사를 가능하게 해준 생명줄은 툭 끊어져 버렸다. 나는 여섯 살이었다. 750살이기도 했다. 나는 사냥당하고 있었다.

힐른 가문은 교육비를 대주기를 거부했고 패트릭은 가출 사태로 망신스러워 굳이 반박도 하지 못했다. 해리엇은 이 생애에서 일찌감치 죽어가기 시작했고, 왠지 어느 정도는 내 탓이라는 죄의식이 들었다. 마지막까지 해리엇의 병상을 지키면서 빅토리아 고모한테서 훔친 양귀비즙을 먹여주고 말없이 손을 잡아주었다. 아마 정성껏 간호하는 모습이 패트릭의 눈에 좀 곱게 보였는지, 도망친 이후로 처음 패트릭은 해리엇의 장례식 때 내 얼굴을 똑바로 보았고 그 후로는 매질도 덜해졌다.

해리엇이 세상을 떠난 여파도 있었고 사생아라도 조카인데 완전히 제멋대로 자라게 내버려둘 수는 없었는지 알렉산드라 고모가 몰래 글자를 가르쳐주기 시작했다. 당연히 고모가 가르쳐주는 내용은 이미 알고 있었지만 그래도 같이 있어 주고 말상대가 되어주고 읽을 책과 격려를 건네는 고모가 너무 고마워서 나는 열심히 기분을 맞춰주었다. 크나큰 선물에 대한 아주 작은 보답일 뿐이었다. 하지만 다섯 달째에 콘스턴스 할머니한테 들키는 바람에 할머니와 고모는 물고기가 사는 바깥의 연못까지 다 들릴 정도로 언성을 높이며 말다툼을 벌였다. 알렉산드라 고모는 생각보다 훨씬 강단이 있었다. 언쟁 이후로 오히려 더 꼬박꼬박 나를 가르쳤던 것이다. 고모는 내가 굉장히 빨리 배운다면서 감탄했지만 자식을 키워본 적이 없었기에 이런 진도가 실제로 얼마나 비정상적인지 알아채지는 못했다. 내 삶에서 고모의 비중이 커지면서 패트릭과는 멀어졌고 결국 열두 살 무렵에는 간신히 한두 마디가 오가는 지경이 되었다. 어차피 더 할 말도 없었다.

나는 시간을 벌고 있었고 어차피 성인으로 활동할 수 있게 될 때까지는 달리 뾰족한 대안도 없었다. 열다섯 살 생일 무렵에는 나이를 속여도 되겠다는 생각이 들었다. 어차피 태도가 싸움의 절반이라면 언행과 지력으로는 얼마든지 통할 터였다. 나는 알렉산드라 고모를 찾아가서 돈을 좀 빌려달라고 부탁하고 친절에 감사하는 편지를 썼다. 그리고 패트릭에게도 편지로 감사의 마음을 표하고 바로 다음 날 뒤도 돌아보지 않고 떠났다.

내가 해야 할 일은 역사가의 과업이었다. 생존했다는 사실을 들키지 않고 크로노스 클럽의 운명을 알아내야만 했다. 클럽에 무슨 일이 일어났건 간에 뭔가 아는 멤버들은 숨어 있을 가능성이 높았다. 아무리 빈센트가 광범하게 손을 썼다 해도 몇 세대 이상의 칼라차크라한테까지 영향을 미치기는

힘들 터였다. 1900년대는 아니라도 아마 1800년대, 1700년
대라면 확실히 런던 크로노스 클럽이 존재했을 테고, 빈센트
가 과거의 자취를 어떻게든 밟아 뭉갰다 하더라도 아직 마
수가 닿지 않은 다른 도시, 다른 지부가 있을 것이었다. 찾아
내야만 했다.

나는 런던 대학 도서관에서 연구를 시작했다. 보안이 없다
시피 해서 학생인 척 통과하기는 쉬웠다. 당당하게 도서실로
들어가 런던 사회사에 대한 고서들을 꺼냈다. 신중에 신중
을 기해 타 도시의 상황을 타진했다. 파리와 베를린의 학자
들에게 전보를 보냈다. 절대 칼라차크라들에게 직접 보내지
않았고, 학회라든가 사교 집단에서 관심이 있을 만한 사람들
을 찾아 그 지역 크로노스 클럽에 대해 문의했다. 파리에서
는 회신이 없었고 베를린에서도 마찬가지였다. 절박해진 나
는 더 먼 곳까지 메시지를 보냈다. 뉴욕, 보스턴, 모스크바,
로마, 마드리드…… 모두가 침묵했다. 베이징 크로노스 클
럽은 어차피 당시 엄청난 소요에 휘말려 있었으므로 질의에
응답할 여유가 없었다. 1920년대에서 1940년대에 걸쳐 상당
기간 베이징 크로노스 클럽은 그림자에 불과했다. 멤버 다
수가 더 풍요롭고 믿을 만한 지부로 파견되었다. 그러다 가
까스로 비엔나의 잡물 수집가에게서 회신을 받았다. 1903년
크로노스 클럽이라는 조직이 비엔나 주재 각국 대사 부부를
초청해 파티를 열었지만 제1차 세계대전의 소용돌이를 겪으

며 폐쇄되었고 다시는 문을 열지 않았다는 보고였다.

런던에서 사료를 낱낱이 뒤지다가 《런던 가제트》에 실린 클럽의 소식을 찾았다. 1909년 크로노스 클럽 운영진은 멤버들의 관심이 퇴락함에 따라 해산하기로 했다는 기사였다. 내가 찾은 건 그게 다라고 해도 과언이 아니었다.

1909년.

날짜가 실마리였고 어느 정도는 안심이 되었다. 크로노스 클럽은 19세기 말까지는 존속했다. 그 말은 빈센트가 어떤 조력자들을 두고 있는지 몰라도 시간대에서 그토록 과거까지 손을 뻗지는 못했다는 뜻이다. 1895년에 태어난 아이라면 1901년 정도면 이미 칼라차크라의 출생 기원을 추적해 살해할 만한 정신적 능력을 회복하게 된다. 1909년이면 이런 경향이 눈에 띄었을 테고 클럽에 대한 위협이 명확해져, 멤버를 보호할 의도로 설립된 클럽이 오히려 조력을 구하는 모든 이들에게 함정이자 미끼이고 위험이 되었을 것이다.

그러나 런던 지부가 목표물로 공격을 받았다 해도, 이 어마어마한 사태의 규모 자체가 믿기지 않았다. 가히 전 세계가 영향권에 들어왔다. 그 누구도, 심지어 아무리 빈센트라 해도, 이렇게 많은 우로보란의 출생 기원을 알아내 말살시킬 수는 없다. 이렇게 대규모 학살은 불가능하다. 하지만 그런 생각이 뇌리를 스치는 순간 또 다른 생각이 즉각 고개를 들었다. 빈센트가 클럽 멤버들을 살해하기 위해서는 굳이 출생 기원을 알 필요도 없다. 그저 '망각'하게 하면 된다. '망각' 만으로 충분하다. 그러면 크로노스 클럽의 세대 전체가 무너 진다. 성인이 된 크로노스 클럽 멤버들을 찾아내기는 쉬웠을 것이다. 그러나 내 지난 생애에서 살아남은 빈센트가 어떤 조치를 취했는지는 알 길이 없었다. 내가 너무 이른 나이에 요절했다. 빈센트에게는 40년, 어쩌면 그 이상의 시간이 있 었을 테니 그동안 지구상의 모든 칼라차크라를 추적해 '망 각'을 시켰거나 나한테 하려 했던 것처럼 출생 기원을 파악 했을 가능성이 있다. 어느 쪽이건 파국을 초래했을 테고, 그 렇다, 확실히 잠재적으로는 세계적인 규모로 피해를 끼쳤을 가능성이 있다.

만약 그렇다면 생존자를 찾아내야 했다. 의혹을 확인해 줄 사람이 필요했다.

나는 비엔나로 출발했다.

61

비엔나 크로노스 클럽은 도시 경계에 자리해(아니, 자리했다고 해야 할까) 다뉴브강을 굽어보고 있었다. 풍성한 강물이 유유히 밀려들고 있었지만 거칠게 흔들리는 수면을 보면 세찬 저류가 휘몰아치고 있다는 걸 알 수 있다. 내가 도착했을 무렵 그 도시는 한때 오스트리아―헝가리 제국을 호령했던 완만하게 쇠락하는 귀족계급의 쾌락 궁전이었다. 하지만 몇 년 지나지 않아 히틀러와 잔당들에게, 그다음에는 스탈린에게 지배를 받을 운명이었다. 그래도 당장은 댄스와 작곡에 몰두하며 앞으로 닥칠 일들은 되도록 생각지 않으려 애쓰고 있었다.

비엔나에 간 이유는 아주 간단하다. 탐문 작업 과정에서 소식을 들은 유일한 클럽이었기 때문이다. 게다가 과거의 세대가 자발적으로 클럽을 해산한 것으로 보였다. 런던에서는 크로노스 클럽의 흔적이 철저히 말살되었고 다른 도시들에서도 탐문에 응답이 전혀 없었지만 여기 비엔나에서는 클럽을 해산한 운영진이 돌에 단서를 새겨놓았을지도 모른다는 희망이 있었다. 빈센트가 놓친 게 있을지도 모른다.

나는 오스트리아 역사를 전공하는 학생으로 위장하고 살짝 마자르족 억양이 섞인 독일어를 구사했는데 보는 사람마다 얼마나 재미있어했는지 모른다. 나는 속임수와 도둑질, 그리고 칼라차크라의 해묵은 수법, 즉 경주에서 이기는 말을 기막히게 맞히는 기술에 의존해 여행비를 충당했다. 과거 클럽이 있던 자리들을 샅샅이 뒤지고 다니며 각 지역의 행정 기록을 섭렵하는 동안, 뇌리를 떠나지 않고 나를 괴롭힌 질문이 있었다. 왜 '망각'이 내게는 아무 효과가 없었을까?

유일하고도 간단한 해답 말고는 떠오르지 않았다. 내가 빈센트와 같은 기억술사라는 사실. 그렇다면…… 빈센트도 그렇게 많이 알고 있다는 뜻일까? 우리 종족에 닥친 파멸은 빈센트가 얼마나 많은 걸 알고 있는지, 또한 야망을 실현하기 위해 얼마나 극단적인 조치까지 행할 각오가 되어 있는지 확실히 보여주는 증표다. 그러나 나에 대해서는, 빈센트가 과연 얼마나 많은 걸 알고 있을까? 빈센트는 내 나이와 출생지 정도는 대강 파악했을 것이다. 그러나 내 이름이 가명인지 아닌지 확신하지 못했고, 또 무엇 하나라도 기억하는 게 있는지 여부를 전혀 파악할 수 없었을 것이다. 발각되지만 않는다면 엄청나게 유리한 이점이다. 크로노스 클럽의 뒤를 캐다가 붙들리는 경우에는 내가 칼라차크라요, 자백하는 거나 마찬가지일 뿐 아니라 '망각'이 완전히 실패했다는 확증을 내놓게 된다. 그러나 정체를 숨기고 있으면 빈센트의 옆구리를 쿡쿡 찌르며 괴롭히는 미지의 가시가 될 수 있다.

이런 사실을 염두에 두고 나는 끝없이 변신하며 살았다. 한곳에 며칠 이상 머무르지 않았고 옷, 언어, 목소리를 정기적으로 바꾸었다. 하도 자주 염색해서 머리카락이 푸석푸석한 지푸라기처럼 되어버렸고, 문서 위조의 달인이 되어 프랑크푸르트에서는 범죄 조직 일을 해달라는 청탁이 쇄도했다. 나 자신의 흔적을 아예 남기지 않았다. 사진도, 말도, 편지도, 이름도, 문서도 남기지 않았다. 메모는 순전히 마음속에 새겼고 절대적으로 필요한 액수의 돈만 도박으로 따고 가까운 친구도 만들지 않았다. 헐른 저택에 편지를 쓰지도 회신을 받지도 않았고 수색 작업 내내 나 자신에 관한 한 일말의 진실도 밝히지 않았다. 내 손으로 빈센트 랜킨스를 응징할 작정이었으므로 반드시 불시에 습격해야만 했다.

3개월이 꼬박 걸렸는데, 내 예상보다 두 달이나 수색 작업이 늘어졌다. 크로노스 클럽 운영진은 신중하게 모든 자취를 없애고 사라졌으나 테오도르 히멜이라는 자가 자신의 묘지 발치에 철제 상자 하나를 묻어달라는 메모를 유언장에 남겼다는 기록을 찾았다. 메모는 아주 작았고, 죽은 지 30년이 지난 사람의 문서에 적힌 즉흥적 기벽이었으나 그거면 충분했다. 나는 한밤중에 몰래 공동묘지로 숨어 들어가 횃불을 비추어 테오도르 히멜의 관을 파헤쳤다. 흙을 긁고 파내다 보니 금속에 부딪혔다.

철제 상자가 정말 있었다. 검은색의 찌그러진 상자가 최후의 유언장에 적힌 약속대로 묻혀 있었다. 납땜으로 밀봉된 상자를 손도끼로 찍어 여는 데 무려 세 시간이 걸렸다.

상자 안에는 돌멩이가 하나 있었는데 거기에는 세 가지 언어로 글이 적혀 있었다. 독일어, 영어, 프랑스어였다. 깨알 같은 글씨로 돌멩이의 곡선을 따라 **빽빽이** 적혀 있는 메시지는 다음과 같았다.

나 테오도르 히멜은 제 꼬리를 집어삼키는 뱀이라는 뜻의 우로보란이라는 종족의 일원으로 내 운명을 알고자 하는 후대의 같은 종족을 위해 이 메시지를 남긴다. 어린 시절 나는 크로노스 클럽을 알게 되어 삶의 권태로부터 구원받았다. 크로노스 클럽은 나를 가난에서 부로 일으켜 주었고 동지애와 안락함을 선사해 주었다. 노인이 되어 나 역시 동족의 젊은 세대를 위해 이전의 여러 삶에서 그러했듯 봉사하고자 했으나 이번 생애에서는 아무래도 불가하다.

서기 1894년까지는 동족의 어린이들이 예정대로 태어났다. 그러나 그 저주받은 다음 해부터 자기가 누구인지 전혀 기억하지 못하고 태어나는 동족들이 점점 늘어났고, 시간이 더 지나자 아예 태어나지 못하는 자들도 생겨났다. 이전 생애에 미지의 세력에 포획되어 정신과 영혼을, 수백 년에 걸쳐 축적한 지식과 인성의 보고를 파괴당했다. 이것은 학문에 대한 죄악이며 인간에 대한 죄악이며 우리 종족 모두에 대한 죄악이다. 나는 친구와 동료와 가족이 다시 유아의 지능으로 전락하는 모습을 보았다. 그들에게 크로노스 클럽은 없다. 그리고 나로서는 그들이 앞으로 겪어야 할 여러 번의 삶에 깊은 연민의 마음을 품을 수밖에 없다. 이제 처음부터 다시 발견의 과정을 거쳐야 할 터이기 때문이다.

만일 이 글을 읽는다면 내가 죽었으며 이 생애의 크로노스 클럽이 회생 불능의 피해를 입었다는 의미다. 클럽을 찾으려 하지 마라. 함정이다. 다른 동족을 찾으려 하지 말고 믿지도 마라. 너무나 많은 이들이 너무나 많은 기억을 잃었고 일부는 태어나기 전에 말살되었으므로, 이는 내부에 반역자가 있다는 뜻이다.

이 돌을 찾으러 올지 모를 다른 이들을 위하여 원래 자리에 다시 묻어달라. 그리고 크로노스 클럽이 부활하고 우리 미래의 삶이 계속 흘러가기를 기도해 달라.

나는 횃불을 비추어 지시대로 딱 한 번만 읽고 다시 무덤의 발치에 파묻어 놓았다.

62

빈센트 랜키스를 찾아내야 했다.

분통 터지지만 그리 쉬운 일이 아니라는 건 알고 있었다. 아마 더 분통 터지는 일은, 이 생애에서 적극적으로 찾아 나섰다가는 오히려 다음 생애에서 추진하는 것보다 훨씬 더 큰 위험에 빠질 거라는 점이었다. 내가 이번 삶에서 붙잡히면 '망각'이 무용했다는 증거가 될 테고, 다음번에는 그렇게 쉽게 쥐약을 먹게 둘 리가 없으며 끝내는 출생의 기원을 강제로 알아내고야 말 게 분명하다. 마찬가지로 지나치게 저명하고 강력한 거물로 등장해 사회의 레이더에 포착된다면 칼라차크라뿐 아니라 선형적 인간들에게서도 내 출신에 대한 의혹이 생겨날 것이다. 출신이야말로 내가 지닌 정보 중에서 가장 귀한 것일 텐데.

이 모든 걸 고려해서, 내 여러 생애 중에 처음으로, 나는 전문적인 범죄자가 되었다.

황급히 덧붙여 말하지만, 내 의도는 부보다는 연락책을 구축하는 것이었다. 아직 살아 있고, 아직 기억을 갖고 있는 우로보란들을 찾아야 했다. 빈센트의 숙청에서 살아남은 생존자들을 찾아야 했다. 그러나 당연히 크로노스 클럽을 활용할 수는 없었다. 또한 합법적 수단을 써서 탐문할 경우 역으로 추적당해 내 신원이 노출될 위험을 감수해야 하는데 그럴 수도 없었다. 그래서 경찰이든 누구든 우연이라도 내 진짜 정체성을 알게 되지 않도록 겹겹이 보안 조치를 해두었다. 주요 금융기관들을 활용하는 방법도 잘 알고 있었고 어디에 투자해야 현명한지 미리 알고 있다는 이점도 있으니, 처음에는 돈세탁을 전문으로 했다. 제2차 세계대전 때문에 범죄 조직도 심하게 흔들렸다. 고객들로부터 큰 사업체들이 대거 빠져나갔고 전체 경제규모가 암시장 수준으로 쇠락했기 때문이다. 암시장을 통제한다는 건 나로서도 거의 불가능했다. 그러나 그 후 몇 년간은 조작이 몹시 수월한 환경이 무르익었다. 이런 테크닉들을 순식간에 터득한 데다 금세 무자비해지는 나 자신이 좀 실망스럽기까지 했다. 충고를 거스르거나 자기 부를 과시해 내게 이목을 돌리는 고객들과는 즉시 거래를 끊었다. 내 신원을 과도하게 추적하는 사람들과도 가차없이 관계를 끊었다. 엄격한 사업 조건들을 경청하고 순순히 따라주는 고객들에겐 두둑한 투자 이윤으로 보답했다. 아이러니하게도, 돈세탁을 위해 설립한 유령 회사들이 성공을 거두는 바람에 불법적으로 번 돈보다 더 많은 이윤을 거두게 되는 일이 몹시 자주 일어났다. 이런 시점이 닥치면 나는 대체로 어쩔 수 없이 회사 문을 닫거나 불법 거래를 끊어야 했다. 회사 본부가 있는 나라의 세무 기관에서 지나친 감시를 받게 되면 곤란하니까. 결코 직접 대면해 사업을 하지 않았으며 늘 그럴싸한 대역을 구해 보냈다. 오래전 워터브룩&스미스에서 일할 때도 그렇게 해본 적이 있다. 심지어 과거의 삶에서 내 역할을 맡아 연기했던 배우 시릴 핸들리를 고용해서 몇 건의 거래를 처리하기도 했다. 이번에는 그도 대본대로 충실히 연기를 잘해냈다. 대체로는 술을 입에도 대지 못하게 관리했기 때문이다.

하지만 1949년 어느 날 마르세유에서 혁명적인 기치를 명분이랍시고 내세우는 갱단이 시릴 핸들리가 참석한 회의에 침입해 저항하는 사람들을 모조리 사살하고 나머지 사람들은 크레인에 목매달아 죽였다. 자기네가 이 지역으로 진출하겠다고 선포하며 경쟁자들에게 날린 경고였다. 피습당한 범죄 조직은 유혈 사태와 총격전으로 반격했지만 아무것도 얻지 못했다. 나는 그 갱단의 계좌에서 1프랑 1상팀도 남기지 않고 전부 다 인출한 뒤 단 한 번이라도 그들과 일한 적이 있는 회계사와 고문 변호사들은 모조리 솎아내 밀고했고 그들의 유령 회사들을 죄다 경찰에 고발했다. 하지만 이래봤자 더 멍청한 짓만 계속할 거라는 느낌이 들자 그냥 두목의 개를 독살해 버렸다.

개의 목줄에 남겨둔 쪽지에는 이런 포고문을 적어두었다.

시간과 장소를 불문하고 마음만 먹으면 네놈을 잡을 수 있다. 내일은 네 딸이고 그다음 날은 네 마누라 차례다.

바로 다음 날 그는 도시를 떠났지만 그 전에 무식하게도 지불하지도 못할 거액의 현상금을 내 목에 걸었다. 그러나 현상금을 타간 암살자는 없었다. 나를 어디서부터 찾아야 하는지 아무도 감조차 잡지 못했다.

1953년이 되자 지구 전역에 걸쳐 정보원과 연락책이 생겼다. 아내도 생겼다. 메이는 잠깐 출장을 갔다가 태국에서 만났는데 미국 비자가 필요하다고 했다. 그녀에게 비자를 주고 뉴저지 근교의 안락한 중산층 사회에 정착시켰다. 메이는 영어를 배우고 사교 모임에 나가고 자선단체 일도 하고 토니라는 예의 바른 연하 애인도 사귀었다. 메이는 토니를 깊이 사랑했지만 나에 대한 도리를 지키기 위해 늘 내가 집에 돌아오기 전에 황급히 쫓아내곤 했다. 소정의 비용으로 기가 막히게 훌륭한 세 끼니 식사를 정기적으로 할 수 있었고 필요할 때는 같이 있어줄 반려자와 박애주의자라는 평판을 얻을 수 있었다. 사실 벌어들이는 엄청난 돈은 쓰기도 힘들어서 의심을 살 만큼 과다한 자산은 익명 기부로 처리했다. 메이는 이 일에 탁월한 능력을 발휘해 잠재적 수혜자들의 사무실을 모두 방문하고 단체들의 언행과 실천의 기록을 세세한 디테일까지 검토한 후 거액의 기부를 허락하곤 했다. 가끔 당혹스러울 정도로 많은 수입이 들어오는데 메이의 검토 기준이 너무 까다롭다고 생각되면, 순전히 시간을 절약하기 위해 메이가 못마땅해하는 단체에 몰래 기부해 버릴 때도 있었다. 우리는 전혀 서로 사랑하지 않았고 사랑할 필요도 없었다. 서로에게서 원하는 바를 얻었고 그걸로 충분했다. 그리고 메이는 죽는 날까지 나와 토니 둘 다에게 충실했고, 내 이름이 제이컵이며 펜실베이니아 출신이라고 믿었다. 혹시 의심을 했을지도 모르지만 끝까지 따져 묻지 않았다.

좋은 관계를 맺고 있었지만 나의 궁극적 목적은 여전히 아내에게도 비밀이었다. 범죄 조직과의 인맥이 넓어지면서 정보원에 접근할 수 있는 능력도 확장되었고 1950년대에는 경찰, 정치가, 공무원, 주지사와 장군들을 수중에 넣어 손가락만 까딱하면 움직일 수 있게 되었다. 원하는 정보가 미미하고 단순해서 뒤를 봐주는 스폰서가 나라는 걸 다들 고마워했을 것이다. 내 문의는 이런저런 건물이나 이런저런 이름에 대한 데이터의 형태였고 우회적으로 전 세계 크로노스 클럽과 살았든 죽었든 '망각'당했든 그 멤버들의 운명을 타진하는 데 집중됐다. 가끔 운 좋게 월척을 건질 때도 있었다.

1954년에는 순전한 우연으로 데번 지역 농부의 아들로 태어난 필립 호퍼를 발견했다. 이번 생애에서는 아버지의 사업을 물려받아 뚱뚱한 발육 과다 젖소들한테서 짜낸 클로티드 크림을 대량으로 생산하고 있었다. 아버지 농장에서 일한다는 사실부터가 기억 상태에 대한 불길한 전조였다. 오랜 세월 동안 필립을 봐왔지만 일하는 모습은 한 번도 본 적이 없었다. 하지만 모험심이 발동해 메이와 영국행 비행기를 탔고, 밀짚모자를 하나 사주고 런던탑을 보러 가자고 하며 남서부행 열차에 올랐다. 우리는 몹시 기분 좋은 휴일을 보냈다. 절벽을 산책하며 화석을 찾고 과일 스콘을 하도 많이 먹어 뱃살이 두둑해졌다. 그리고 마지막 날이 되어서야, 우연처럼, 걷던 길에 필립 호퍼의 농장 울타리를 넘게 되었고 혹시 유명한 클로티드 크림을 파는지 물어보려고 시골집 문을 두드렸다.

필립 본인이 문을 열어주었지만, 보자마자 1초 만에, 그가 기억을 잃었다는 걸 알았다. 그를 둘러싼 정황이나 억양이 강한 농부의 말투, 또는 나를 보고도 전혀 모른다는 표정, 내 미국 말투를 듣고 스치던 경멸이 문제가 아니었다. 훨씬 더 깊은 부재가 문제였다. 시간, 경험, 지식의 소실…… 이 남자를 그 자신으로 만들어주던 모든 것의 소실. 필립 호퍼는 수많은 우로보란들과 마찬가지로 전생의 어느 시점에서 미지의 세력에게 포획되어 자아의 정수를 기억에서 삭제당했다.

우리는 클로티드 크림을 샀고 부끄러운 얘기지만 다음 날 아침 우리 열차가 런던에 도착하기 전에 하나도 남기지 않고 싹싹 먹어치워 버렸다.

63

다음 생애에는 혼란이 이어질 거라는 결론을 내렸다.

마약 밀매업자와 사기꾼들의 돈으로 산 교외 주택 침실에서 메이 옆에 누워서 천장에 흔들리는 나뭇잎 그림자를 바라보며 수백 년의 거리가 있는 문제들을 고민했다.

기억이 삭제된 칼라차크라들은 정신이 들면 과거 삶에서 내가 겪었던 혼란과 광기에 빠질 것이다. 보통 '망각' 이후에는 크로노스 클럽 멤버들이 두 번째 삶에 찾아가 겁에 질린 아이가 최악의 트라우마를 겪지 않도록 도와주고 최악의 시기를 인도해 준다. 그러나 빈센트가 수많은 칼라차크라들의 정체를 알고 있는 지금 그렇게 한다는 건 기억을 간직하고 남아 있는 우리들(몇 명이나 되는지는 알 수 없지만)의 정체를 노출할 위험이 있었다. 그러나 우리가 그러지 않는다면 어떻게 될까? 앞으로 수백 년에 걸쳐 태어날 크로노스 클럽의 미래 세대들은 20세기의 멤버들이 보호해 주고 도와줄 거라 믿고 의지하고 있다. 우리가 닦아놓은 기초 작업이 없다면 그들은 어떻게 될까?

이 문제에 선택권이 없으니 어떻게든 길을 찾아나갈 거라는 결론을 내릴 수밖에 없었다. 더 급박한 문제는 지금 여기 있었다. '나'는 어떻게 해야 할까? 아직도 내 존재의 본질을 기억하는 운 좋은 소수인 나는 다음 생에서 빈센트가 갈기갈기 찢어놓은 정신의 소유자들로 가득한 정신병원 같은 세상에서 어떻게 살아야 할까?

빈센트 랜키스의 숙청에서 살아남은 크로노스 클럽을 찾아내야 한다. 멤버들이 정체성을 잃지 않고 있는 클럽을 단한 군데만 찾아내도 충분하다.

1958년 무렵이 되자 이런 조건에 맞는 클럽을 찾아낼 만한 곳은 베이징밖에 없다는 사실이 거의 확실해졌다.

베이징을 방문하기에 좋은 해는 아니었다. 백화제방 운동*은 중국공산당 정부가 문화적 자유를 허락한다고 문화적 찬양을 받는 건 아니라는 사실을 깨닫자 단번에 효율적인 방식

---

* '온갖 꽃이 같이 피고 서로 다른 많은 학파가 논쟁을 벌인다'는 말에서 유래한 백화제방·백가쟁명(百花齊放·百家爭鳴) 운동은 인민 대중에게 언로를 확대해 공산당에 대한 자유로운 비판도 감내하겠다는, 그리하여 공산당 내부에 서서히 싹트는 여러 문제 즉 관료주의, 종파주의, 주관주의를 극복하겠다는 의도에서 출발한 일종의 정풍운동이다.

으로 종결되었다. 이제 대약진 운동*이 시작되고 있었고, 중국 인민들은 분발해 연장과 금속, 시간과 에너지, 생활과 힘을 국가의 발전을 위해 희생하라는 요구를 받게 되었다. 대략 1억 8000에서 3억에 달하는 사람들이 기근으로 죽어갈 것이었다. 서양인으로 입국하는 건 불가능에 가까운 일이었지만, 나는 러시아에 범죄 관련 인맥이 워낙 많아 산업 기술 지식을 전파하고 만다린어 실력을 연마하기 위한 목적으로 베이징에 파견된 소련 학자로 위장할 수 있었다.

러시아 억양으로 만다린어를 말하는 건 난도가 엄청나게 높았다. 내가 배운 수많은 언어 중에서도 만다린어를 터득하는 데 가장 오랜 시간이 걸렸다. 서투른 소련 학자 노릇을 하면서 적당한 말투를 복제하자니 엄청나게 스트레스를 받았다. 결국 언어의 정확성은 포기하고 러시아 억양에 집중하기로 했다. 그래서 나를 맞아주는 사람들마다 미묘한 웃음을 띠며 싱송** 교수라는 별명으로 나를 부르기 시작했다. 이 별명은 금세 모두가 나를 부르는 호칭으로 굳어졌다.

엄밀히 말해 나는 우방국에서 온 호의적 방문객이었지만

---

* 1958년부터 1962년까지 실시된 중국의 경제 건설 운동이다. 농산 부분에는 인민공사를 조직하고, 공업 부문에는 중공업 최우선 정책을 취했으나 비현실적인 정책과 실행, 자연재해, 소련의 철수 등의 요인으로 좌절되었다.

** singsong. 억양 없이 단조로운 말투를 뜻한다.

베이징에서 운신의 폭은 지극히 제한적이었다. 격동의 변화를 겪고 있는 도시지만 워낙 체제가 경직되어 있어 변화는 추악하리만큼 파편적이었다. 유서 깊은 청나라 고택들이 밀집된 지역 전체가 하루아침에 철거되었지만 사라진 주거지를 대체할 만한 자원이 아예 없었다. 거대한 마천루들이 건설되기 시작했으나 완공되지 못했고, 그래서 4층까지 올라가다가 "애초에 우리 계획이 여기까지였어"라고 말하듯 대충 지붕이 얹히곤 했다. 사방에 포스터가 붙어 있었고 적어도 내 감수성으로는 프로파간다가 이제까지 본 중에서 가장 원색적이고 순진했다. 전통적인 공산당 정권의 필수 요소(잘 가꾸어진 들판에서 붉은 태양을 등지고 함께 분투하는 가족의 이미지라든가)부터 화분을 가꾸면 청결한 삶을 누릴 수 있다는 둥, 국가의 발전을 위해 개인위생에 더 신경을 쓰라는 좀 더 특이한 캠페인에 이르기까지, 중국 공산당의 프로파간다는 흡사 도시 전역에 전시되는 학생들의 미술 과제를 연상시켰다. 그럼에도 프로파간다를 떠받치는 열정만은 부인할 수 없었다. 사제처럼 열렬하게 시대의 수사를 쏟아내는 목소리 큰 사람들은 아마 몇 년 지나지 않아 문화혁명 당시가 자기 생애를 통틀어 가장 위대한 시절이었다고 믿고 살게 될 터였다. 독재가 번창하기 위한 단 하나의 조건은 선의를 지닌 사람들의 순응이라는, 해묵은 진실을 새삼 실감하지 않을 수 없었다. 이 목소리 크고 시끌벅적한 소수의 광신도가 기근과 파멸을 향해 인민 찬가를 부르며 행진할 때 당시 중국에서 과연 얼마나 많은 선한 사람들이 침묵하며 지켜보고 있었을까?

낮에는 진지하고 엄숙한 표정을 한 젊은 기술 관료들에게 당시 러시아의 산업적 도그마에 대해 내가 아는 모든 것을 가르쳤다. 심지어 철저히 허구적인 그래프와 차트를 그리고 존재하지도 않는 제강소와 노동자들에게 동기를 부여하는 방법을 논했으며 수업이 끝날 때마다 다음과 같은 질문을 받았다.

"싱송 교수님, 공장의 생산성을 높이는 관리자들에게 보상을 제공하는 것은 이데올로기적 취약성을 고무하는 처사가 아닙니까? 관리자와 노동자를 동등하게 처우해야 하지 않습니까?"

이에 대한 답은 다음과 같았다. "관리자는 노동자의 하인입니다. 노동자가 생산자고 관리자는 아니기 때문입니다. 그러나 모든 조직에는 분명한 리더십을 발휘하는 사람이 있어야 합니다. 그렇지 않으면 성공과 실패에 대한 정보를 수집할 수가 없기 때문이지요. 그리고 가장 낮은 수준에서 보편적 정책이 시행되도록 보장할 수 없습니다. 성공한 관리자에게 보상을 주는 문제에서는, 그렇지 않을 경우 관리자와 노동자의 동기가 약화되니 다음 해에는 그만큼 열심히 하지 않을 수 있겠지요."

"하지만 교수님! 정신교육 캠페인을 벌이면 이에 적절히 대처할 수 있지 않을까요?"

나는 미소를 짓고 고개를 끄덕이고는 철저히 공허한, 새빨간 거짓말을 했다.

아주 구체적으로 베이징 체류 기간을 3개월로 요청해 두었다. 더 길어지면 위장을 유지할 수도 없었고 정체가 탄로 날 경우 효율적인 탈출 경로를 그려놓고 싶었다. 또한 홍콩 삼합회와 인맥을 미리 다져두었기 때문에, 그쪽에서도 말만 떨어지면 내 뒤를 봐줄 조직원 다섯 명을 북쪽에 미리 파견해 두었다. 삼합회도, 파견된 팀도 베이징에 와 있는 사람이 실제의 나 자신이라고는 꿈에도 생각지 않았다. 언제나 그렇듯 대역을 내세워 일하는 거라고 짐작했다. 그 팀원들을 처음 만났을 때 나는 주위 환경과 전혀 어울리지 않는 옷차림에 경악하고 말았다. 하나같이 홍콩의 화려한 느낌을 털어버리지 못하고 있었다. 새 구두와 깨끗한 바지, 부드러운 피부, 심지어 값비싼 애프터셰이브 로션 냄새까지 나는 바람에 나는 기겁을 했다. 그래서 러시아어와 만다린어을 섞어가며 혼쭐을 냈다. 그나마 후난성의 억양이 강하긴 해도 유창하게 만다린어을 구사한다는 사실에 마음이 좀 놓였다. 내가 일하는 동안은 삼합회 조직원들이 베이징의 지하 범죄 세계로 침투해 크로노스 클럽을 찾았다. 철저히 조심스럽게 숨죽여 움직이며 단계적으로 작업해야 했다. 이 정부하에서 범죄자로 체포되면 사람대접을 받을 수 없었다.

베이징 크로노스 클럽.

20세기에는 전 세계적으로 미심쩍은 평판을 지닌 클럽이었기에, 임무 초반에는 타진 자체가 껄끄러웠다. 설립 이후로 대부분의 기간 동안은 베이징도 안정되고 쾌적하고 탄탄한 클럽이었다. 관광지로도 명성을 날렸다. 1890년대까지만 해도 문을 두드리는 멤버들에게 다른 클럽들에 비길 수 없는 안정되고 호사스러운 대접을 베풀어주던 곳이었다. 그러나 1910년부터 서서히 몰락해 1950년대의 레닌그라드 클럽처럼 유소년을 지원하는 기능밖에 못 하는 장소가 되어버렸다. 1960년대가 되자 베이징 클럽은 허깨비가 되었고 일부 멤버들은 극도로 조심했지만 끝내 문화혁명의 희생자가 되고 말았다. 소비에트 러시아에서는 사치와 지성주의에 대한 유사한 공격을 받더라도 뇌물이나 협박으로 가라앉힐 수 있었지만, 그 몇 달의 광기 속에서는 칼라차크라조차도 사태의 추이를 정확히 파악하는 게 불가능했다.

베이징 클럽은 20세기에 또 다른 난항들에 부딪혔는데 대개는 이데올로기적인 것이었다. 멤버들은 언제나 중국과 인민에 대한 자부심이 대단했고 대부분은 여러 번의 생애를 거치면서 길게 늘어진 내전 속에서 이편 또는 저편에 속해 싸우곤 했다. 그러나 결국 현실적인 멤버들은 그들이 무슨 짓을 해도 역사의 향방을 바꿀 수 없다는 사실을 깨닫고 조국을 기다리는 쓰라린 운명에 원한과 실망을 품고 떠났다. 남은 사람도 많았지만 국가적 자부심, 동세대 선형적 인간들에게 결여된 큰 그림에 대한 지식, 클럽 자체를 파국에 달하게 만들기 일쑤였던 이데올로기적 광신이 벌인 전투에 휘말리곤 했다. 날이면 날마다 눈에 보이는 거라곤 공산주의의 영광을 선포하는 배너뿐이고 지적인 세계 전체가 이 거대한 슬로건으로 규정되는 상황에서 어떤 연장도 방어기제도 없다면, 감방에 갇힌 죄수처럼 이 장벽이 삶이 되고 마는 법이다. 그래서 베이징 크로노스 클럽과 멤버들은 불같은 성미에 열정적이고 분노와 원한에 격앙된 망명자들로 20세기에 평판이 그리 좋지 못했다. 21세기에는 클럽의 본질이 다시 바뀌어 예전처럼 호사와 안전을 누리는 곳이 된다고 하는데, 내 눈으로는 그 시절을 본 적이 없다.

최전성기에도 베이징 클럽을 찾는 일은 쉽지 않았다.

지금은 클럽을 찾는다는 생각조차 하기 힘든 최악의 시기가 분명하다시피 했지만, 그렇다고 수색을 포기할 수는 없었다.

두 달이 걸렸다. 이미 대학 동료들이 싱송 교수의 독트린이 불량하다고 수군거리며 압박을 가해오고 있었다. 내가 설파하는 독트린은 사실 당대에 철저히 부합했지만, 시대의 변화 속도를 저평가했고 결정적으로, 실제로 하는 말보다 경쟁자의 해석이 훨씬 더 중요하다는 사실을 간과했다. 내 계산에 따르면 수주 내에 국외 추방을 당할 공산이 높았고, 그나마 그렇게 되면 다행이었다.

메시지는 정확한 타이밍에 도착했다. 러시아어로 쓴 쪽지가 곱게 접혀 내 방문 아래로 밀어 넣어졌다.

친구를 만났음. 저녁 6시, 차 한잔하러 오시오. 등불 밑에서?

'등불 밑에서'는 작은 찻집을 뜻하는 정례 암호였다. 베이징에 아직 남아 있는 찻집은 몇 안 되었고 대개 당 고위 간부나 나 같은 교환교수들을 대상으로 영업했다. 꼼꼼한 처녀들이 시중을 들었고, 약간의 인센티브를 더 얹어주면 특별대우를 받을 수도 있었다. 찻집 마담은 언제나 심플한 하얀 가운을 입었지만 머리는 금속 비녀와 보석으로 장식해 커다란 왕관처럼 올리고 있었다. 마담의 넓고 동그란 얼굴에 걸린 미소가 흔들리는 걸 1초도 본 적이 없다. 찻집은 대약진운동에 헌신적 지지를 표명하기 위해 손님들이 예전에 앉던 낮은 금속 의자들을 모조리 산업에 기부했고, 요즘 손님들은 방바닥의 빨간 방석에 앉아야 했다. 이러한 움직임은 그곳에서 차를 즐기는 당 간부들로부터 큰 찬사를 받았고, 결국 당 비서관 한 명이 특별히 래커 칠을 한 나무 의자 스무 개를 선물로 보내주었다. 당 비서관 본인이 무릎이 아파서 양반다리를 하고 앉기가 힘들었던 것이다.

나는 정보 제공자와 접선했다. 삼합회 파견 팀원이었는데, 찻집이 있는 비좁은 골목 모퉁이에서 만났다. 비가 내리고 있었다. 만주에서 불어오는 세찬 북풍을 동반한 비였다. 그래서 묵직한 빗방울이 툭툭 떨어질 때마다 휘어진 지붕의 기와들이 덜컥거렸다. 내가 다가가자 그는 걷기 시작했고 나는 50미터 이상 뒤처져서 따라갔다. 거리를 지날 때마다 밀고자나 엿듣는 사람, 감시관이 없는지 살폈다. 10분쯤 경계를 풀지 않던 그가 내가 따라잡을 수 있게 속도를 늦췄다. 그래서 우리는 우산을 함께 쓰고, 빗물이 밀려들어 휘몰아쳐 반짝거리는 길거리를 걸었다.

"크로노스 클럽까지 교수님을 모셔다드릴 병사를 찾았습니다." 그가 속삭였다. "교수님 혼자 가셔야 한다고 합니다."

"자네는 그 사람을 믿나?"

"신원을 확인해 봤습니다. 제복을 입긴 하지만 인민해방군 소속은 아닙니다. 이번이 일곱 번째 삶이라고 전해달라고 합니다. 그게 무슨 뜻인지 교수님은 아실 거라고 했습니다."

나는 고개를 끄덕였다. "어디서 만나지?"

"오늘 밤, 베이하이, 새벽 2시."

"열두 시간 내에 나한테서 연락이 없으면 이 도시에서 빠져나가야 하네." 내가 대답했다.

그는 무뚝뚝하게 고개를 끄덕였다. "행운을 빕니다." 나직하게 숨소리를 섞어 말하고 내 손을 잡고 딱 한 번 흔든 뒤 그는 다시 어둠속으로 사라졌다.

베이하이 공원. 봄이면 새로 핀 꽃과 연한 잎들을 구경하러 나온 인파 때문에 꼼짝달싹하기도 힘든 곳이다. 여름에는 호수 표면이 수련으로 두텁게 뒤덮이고 겨울이면 하얀 석탑이 서리꽃이 핀 나무 뒤에 모습을 숨긴다.

1958년의 새벽 2시에는 분란에 휘말리기 좋은 장소였다.

나는 가장 서쪽에 가까운 공원 입구에서 기다리면서 양말을 적시며 스며드는 비의 추이를 살피고 있었다. 좀 더 행복한 시절의 베이하이를 보지 못한 게 아쉬웠다. 그래서 혹시 1990년대 초반까지 살게 되면 노르웨이나 덴마크처럼 적당히 무해한 여권을 얻어 여행자로 와서 관광객들이 하는 일들을 해봐야겠다고 결심했다. 아무리 열성적인 공산당원이라도 노르웨이를 두고 트집을 잡기는 어렵지 않을까?

텅 빈 거리를 따라 차 한 대가 내 쪽으로 왔다. 당연히 나를 태우러 온 차였다. 베이징 거리에는 차가 손에 꼽을 정도로 적어서 차가 곧장 내 앞에 서는 바람에 적잖이 놀랐다. 문이 열리더니 선명하고 카랑카랑한 러시아어로 어떤 목소리가 말했다. "타시지요."

나는 차에 탔다.

자동차 실내에 싸구려 담배 냄새가 배어 있었다. 앞에는 운

전사가 있고 조수석에 또 다른 남자가 있었다. 군모를 이마까지 푹 눌러쓰고 있었다. 차에 타라며 뒷문을 열어주었던 세 번째 남자 쪽으로 고개를 돌렸다. 한 손에는 총을 들고, 한 손에는, 역시나 담배 냄새가 나는 포대 자루를 들고 있었다.

"이건 양해 바랍니다." 그는 내 머리에 자루를 씌우며 말했다.

불편한 여정.

도로라고 하기도 힘든 길이었고, 자동차 서스펜션은 직업을 바꿀 마음이 없는 석공이 용접해 붙인 것이었다. 사람이 붐비는 곳 근처에 갈 때마다 앞좌석 밑으로 고개를 처박으라는 정중한 부탁을 받았다. 앞좌석이라는 게 바로 코앞에 있어서 무릎을 굉장히 불편하게 벌려야 했다. 탁 트인 도로로 진입하면서 엔진 소리가 커지기에 시골로 들어서나 했더니 이제 똑바로 편히 앉으셔도 되지만 부탁인데 머리의 자루는 벗지 말아달라는 정중한 말을 또 들었다.

가는 길에 라디오에서는 전통음악과 마오쩌둥 최고의 연설문의 하이라이트가 나왔다. 적절한 표현인지 모르겠지만 아무튼 우리 일행은 말이 없었다. 얼마나 오래 차를 탔는지도 모르겠지만, 차가 멈출 무렵에는 새벽의 첫 새 울음소리가 들렸다. 촉촉한 아침 바람에 나뭇잎이 바스락거렸고 여전히 눈을 가린 채 자동차 밖으로 끌려 나오는데 두터운 진흙이 밟혔다. 나무 포치로 한 발을 디뎠더니, 쓱 밀리는 여닫이문 소리가 나고, 바로 포치 안으로 들어가자 총을 든 남자의 변함없이 정중한 목소리가 신발을 벗어주시면 감사하겠다고 말했다. 그래서 순순히 따랐다. 그러자 누가 경쾌하고 사무적으로 토닥토닥 어깨를 두드리더니 내 팔을 잡고 다른 방으로 이끌었다. 방 안에서는 훈제 생선 냄새가 희미하게 났고 어색하게 안내를 따라 들어가 낮은 나무 의자에 자리를 잡자 오른쪽에서 따뜻한 온기를 풍기는 무언가가 느껴졌다. 이윽고 녹차 향이 향기의 메들리에 더해졌다.

드디어 머리에 씌운 자루가 벗겨졌다. 주위를 둘러보니 몹시 전통적인 디자인의 네모난 돗자리 바닥 방이었다. 야트막한 목제 테이블과 의자 두 개 말고는 아무 장식도 없었고 의자 하나를 내가 차지하고 앉아 있었다. 그러나 내 앞에 커다란 유리창이 작은 초록색 연못을 내다보고 있었고, 연못 수면에 날벌레들이 새벽빛을 받으며 파드득거리는 모습이 보였다. 한 여자가 완벽하게 균형을 잡고 쟁반에 찻주전자를 받쳐 들고 들어와 조심스럽게 도자기 찻잔 두 잔을 놓더니 우린 차를 조금 따라주었다. 맞은편 자리에 놓인 찻잔에도 차가 가득 따라졌지만 아직 마실 사람이 없었다. 미소를 지으며 감사의 인사를 하고 차를 단번에 마셔버렸다.

기다림.

기다렸다. 녹차 주전자와 식어가는 찻잔밖에 없는 방에서 혼자 15분 정도 기다렸던 것 같다.

그리고 등 뒤에서 여닫이문이 또 열리고 다른 여자가 들어왔다. 아무리 높게 쳐줘도 열다섯 살 이상으로는 보이지 않는 어린 여자였다. 갈대로 엮은 플랫 샌들, 파란 바지, 퀼트 재킷 차림에 머리에 라일락 꽃 한 송이를 꽂고 있었다. 아주 희미하게 웃으며 인사만 하고는 맞은편 의자에 단정하게 앉아 녹차 잔을 쥐고 코 밑에서 한 번 돌리며 이제는 차갑게 식은 차향을 음미하더니 조심스럽게 홀짝거리며 마셨다.

여자는 나를 찬찬히 살펴보았고 나도 한참 동안 여자를 주시했다. 마침내 여자가 말했다.

"저는 융이라고 해요. 당신을 죽여야 하는지 여부를 알아보라는 명을 받고 왔습니다."

나는 눈썹을 치켜 올리고 나머지 말을 기다렸다. 여자는 조심스럽게 찻잔을 쟁반 위에 다시 내려놓고 작은 그릇이 찻주전자와 내 찻잔에 맞추어 완벽하게 정렬되도록 손가락을 쫙 펴고 정리했다. 그러고는 무릎 위에 손을 포개 얹고 말을 이었다.

"크로노스 클럽은 피습당했습니다. 멤버들은 납치되고 기억이 삭제됐습니다. 두 사람은 태어나기 전에 살해당했고 우리는 아직도 떠나간 사람들의 죽음을 슬퍼하고 있어요. 우리는 항상 신중하게 살아왔지만 이제는 명백한 위협을 받고 있습니다. 선생님께서 우리에게 위험한 존재가 아니라는 걸 어떻게 알 수 있을까요?"

"그쪽이 나한테 위협이 아니라는 건 어떻게 알겠습니까? 나 역시 공격을 받았습니다. 하마터면 소멸당할 뻔했습니다. 배후에 누가 있건 클럽과 클럽의 지식에 접근할 수 있는 사람이 틀림없습니다. 이건 수백 년, 어쩌면 수천 년에 걸쳐 벌어지는 공격입니다. 그쪽이 걱정하듯 내 안위도 중요합니다."

"그야 그렇더라도 우리를 찾은 건 선생님이지요. 우리가 찾은 게 아닙니다."

"내가 아는 한 유일하게 미미하게나마 명맥을 유지하는 크로노스 클럽을 찾으러 여기 온 겁니다. 자원과 인력을 모으고 이 사태의 배후에 있는 인물을 추적하는 데 도움이 될 만한 정보가 혹시 지금 내가 아는 것보다 더 많이 있는지 알아보러 왔습니다."

여자는 말이 없었다.

영혼의 깊숙한 구덩이 밑바닥에서 짜증이 화르륵 불길처럼 솟구쳐 올랐다. 이만하면 참을 만큼 참았다. 무려 서른아홉 해나 인내심을 발휘했다. 게다가 이 사람들에게 내 정체를 드러내는 것만으로도 상당한 위험을 감수하고 있었다.

"이해합니다."

나는 스멀스멀 솟구치는 좌절감을 애써 숨기며 말했다. "나를 의심할 수도 있습니다. 하지만 단순한 사실을 지적하자면 내가 적이라면 이렇게 나 자신을 철저히 그쪽 처분에

481

맡기지는 않을 겁니다. 물론, 나는 정체를 숨기기 위해 엄청난 공을 들였습니다만, 그건 오로지 우리를 파괴하고자 하는 자로부터 출생의 기원과 소재지를 숨기기 위해서일 뿐이었지요. 우리 공통의 적이 누구인지, 원하신다면 소정의 첩보를 제공할 수도 있습니다. 다만 내용을 막론하고 갖고 계시는 정보를 공유해 주신다면 더 바랄 나위가 없겠지요."

여자는 한참 동안 말이 없었지만, 나 역시 이제 솟구치던 짜증이 절제력을 넘어서기 일보 직전이 되어 여기서 한 마디라도 더 하게 되면 그나마 남은 인내심이 바닥을 드러내고 폭주할 것만 같았다. 여자는 불쑥 일어나 살짝 머리를 숙여 인사를 하고 말했다.

"여기서 기다려주시면 이 문제를 조금 더 생각해 보겠습니다."

"저는 러시아 학자로 위장하고 있습니다. 무한정 여기 붙들어 놓을 생각이시라면, 필요할 때 퇴로를 확보해 주시면 감사하겠군요."

"물론입니다. 불필요한 폐를 끼치고 싶지는 않습니다."

그 말과 함께 여자는 처음 나타날 때와 똑같이 연기처럼 사라졌다. 몇 초 후, 총을 든 남자가 미소 띤 채 다시 방 안으로 들어왔다.

"차는 맛있게 드셨습니까?"

그가 자루를 다시 내 머리 위에 씌우고 나를 부축해 세워

길을 인도하며 말했다.

"아시다시피 은근히 끓여서 오래 우려내는 게 비결이지요!"

그들은 처음 만났던 베이하이 공원 앞에 다시 나를 내려두고 갔다. 강의 시간까지 30분 남은 시각이었기에 미친 사람처럼 뛰어서 2분 늦게 수업에 들어갔다. 학생들은 불성실한 교수를 비난하기는커녕 킬킬 웃어댔고 나는 숨을 헐떡거리며 농업 집단주의와 화학비료의 이점을 논한 뒤 수업을 3분 일찍 마치고 아까 공원을 가로질러 질주할 때보다도 더 빨리 제일 가까운 화장실로 내달렸다. 비밀 작전을 펼칠 때 방광의 문제는 아무도 배려하지 않는다.

나는 나흘 동안 기다렸다.

베이징 크로노스 클럽에서 내 알리바이를 확인하고 위장으로 내세운 스토리의 면면을 샅샅이 확인하는 시간이라는 걸 완벽하게 잘 알면서도 답답해서 죽을 것만 같은 나흘이었다. 하지만 아무리 뒤져봐야 나올 게 없다는 확신이 있었다. 싱송 교수와 해리 오거스트 사이에는 일평생 조사해도 모자랄 장벽이 겹겹이 쌓여 있었다. 닷새째 되는 날, 강의실에서 나와 연구실이 있는 복도로 걸어가는데 그늘진 문간에서 어떤 목소리가 말했다.

"교수님?"

나는 돌아섰다. 연못가의 집에서 만났던 10대 소녀가 어깨에 가방을 멘 채 인민복 차림으로 서 있었다. 헐렁한 인민복 바지를 입은 그녀는 전에 만났을 때보다 더 어린애처럼 보였다.

"잠깐 말씀 좀 나눌 수 있을까요, 교수님?"

그녀가 물었고, 나는 고개를 끄덕이며 손으로 길 쪽을 가리켰다.

"자전거를 좀 가져와야 해서."

우리는 차분하게 도시의 길거리를 나란히 걸었다. 여느 때와 다름없이 사람들은 이방인의 피부색과 누가 봐도 특이한 나의 코를 흘끔거리며 훔쳐보았고 오늘따라 내 곁에 어린 소녀가 걷고 있어 그 시선은 더욱 호기심으로 가득 찼다.

"축하드릴 일이 있습니다." 함께 걸으며 소녀가 중얼거렸다.

"완벽하게 준비하셨더군요. 모든 문서와 연락책을 살펴봤지만 말씀하시는 그 신분만 나왔습니다. 실제로는 다른 사람이라는 걸 고려하면 대단한 성과지요."

나는 눈으로 길거리를 훑으며 우리 대화에 지나치게 관심을 보이는 사람이 있는지 살폈다. "이런 일을 확실히 처리할 시간이 좀 있었지요."

"위장에 워낙 능숙하셔서 목표물이 되지 않고 살아남으신 모양이죠?" 소녀가 감명 깊다는 듯 말한다. "그렇게 '망각'도 피하셨고요?"

"워터게이트가 터지기 전에 죽었습니다." 내가 대답했다. "그게 더 큰 요인이었던 것 같군요."

"그래요. 1965년까지는 이상한 기미가 없었습니다. 그해부터 클럽 멤버들이 사라지기 시작했어요. 처음에는 그냥 암살당하는 줄 알았지요. 표식이 없는 무덤에 시체들이 묻혔지만 그런 일은 예전에도 있었으니까요. 선형적 인간들의 정부나 기관이 우리에게 지나친 관심을 갖게 되면 말이죠. 아마앞으로도 일어날 일일 테고요. 그렇지만 우리 죽음과 삶으로의 복귀는 훨씬 더 불길한 경향을 보였어요. 피랍되어 살해된 멤버들은 먼저 기억이 파괴되었죠. 이건 클럽이 도저히용납하거나 인정할 수 없는 죽음의 양태입니다. 여기 베이징에서 우리는 열한 명의 멤버를 '망각'으로 잃었고 두 명은 출산 전에 말소되었어요."

"제가 다른 클럽에서 조사한 바로는 대단히 평범한 패턴입니다." 내가 부드럽게 대답했다.

소녀는 딱딱하게 고개를 끄덕거리더니 말을 이었다.

"또 다른 패턴도 있어요. 1896년 전에는 아무도 출산 전에 살해당하는 일이 없어요. 그 말은 살인자가 그 전에는 어려서 행동할 수 없었다는 뜻이죠. 의식과 능력이 네 살과 다섯살 사이에 획득된다고 전제하면……."

"그러면 우리 살인자가 대략 1890년쯤에 태어난다는 뜻이군요. 그래요." 내가 중얼거렸다.

또 한 번 내 말에 동의하는 엄격한 고갯짓, 그리고 우리는 모퉁이를 돌아섰다. 강의를 들으러 가는 학생들이 부산스럽게 우리와 반대 방향으로 달려갔다. 몇몇 패거리는 '대약진 운동 아래 학생이여 단결하라'라고 쓰인 거대한 배너와 기타 앞으로 벌어질 참사의 증표들을 들고 발맞추어 행진하고 있었다.

"출산 전의 살해는 클럽의 연장자들을 목표물로 삼고 있는 것 같습니다." 소녀가 말을 이었다. "20세기 초반의 사건에 개입할 영향력을 지닌, 가장 활발한 칼라차크라들을 제거하려는 의도겠지요. 당연히 그들을 제거하면 금세기의 후속 세대에 영향이 미칠 테지요. 예를 들어, 교수님이나 제가 제거되는 것보다는, 훨씬 더 큰 타격이 있을 겁니다."

"그렇게 자기 비하를 할 건 없잖아요."

농담을 했지만 소녀의 얼굴에는 엷은 미소조차 스치지 않았다.

"1931년에 출산 전 살해율이 잠시 증가한 적이 있어요. 그전에는 클럽의 산전 소실이 전 세계 평균을 내면 1년에 여섯 명 정도였지요. 대개 유럽과 아메리카에 집중되어 있었고요. 하지만 1931년에는 1년에 열 명으로 급증했고, 세 명은 아프리카, 두 명은 아시아에 있었습니다."

"살인자가 성숙기에 도달한다면. 그래서 점점 활발해진다면?"

하지만 이 말들이 내 입술 사이로 나오자마자 훨씬 더 명백하고 단순한 가능성이 떠올랐다.

"더 늦게 태어난 또 다른 칼라차크라가 살해에 가담하는 겁니다."

한숨이 나왔다. 당연히 그게 누군지 나는 안다.

"그쪽이 더 그럴싸해 보이는군요. 살인이 급증하는 연도로 보면 1925년 근처가 생년으로 보입니다."

그래요, 빈센트가 그 연도에 태어난다고 하면 얼마든지 말이 되고 말고요.

"'망각'은 어떤가요?" 내가 물었다. "'망각'에도 패턴이 있습니까?"

"1953년에 레닌그라드 크로노스 클럽에서부터 처음 시작됩니다. 처음에는 클럽이 선형적 인간들의 행위로 엄청난 정치적 피해를 입은 게 아닐까 의심했습니다만, 1966년 모스크바와 키이우가 둘 다 피습을 당했고 80퍼센트에 달하는 멤버들이 납치되어 기억이 삭제되고 육신이 파괴되었습니다."

"80퍼센트?" 목소리에서 드러나는 경악을 도저히 숨길 수 없었다. "그렇게 많이?"

"침투자가 클럽의 활동을 아주 오랜 시간 감시하며 멤버들을 주시한 게 틀림없습니다. 1967년에는 유럽의 대다수 클럽이 공격을 받고 미국에서 다섯 군데, 아시아에서 일곱 군데, 아프리카에서 세 군데가 당했습니다. 피습을 피한 사람들은 지하로 잠적하라는 지시를 받았고 모든 클럽 지부에 2070년까지 폐쇄 명령이 떨어졌지요. 공격자가 죽을 거라 추정되는 시기입니다. 후속 세대에게 위험을 경고하는 메시지가 돌에 새겨졌습니다. 지금까지는 속삭임으로 돌아온 답신이 없습니다."

소녀의 말을 듣는 사이 온갖 생각이 어지럽게 뇌리를 스쳤다. 상황이 나쁘다는 건 알고 있었다. 빈센트가 광범하게 손을 썼다는 것도 알고 있었지만 이렇게까지? 이건 내가 심지어 가능하다고 생각조차 못 해본 스케일이었다.

"1973년에는 우리 종족에 대한 공격의 속도가 느려집니다. 우리가 자기방어를 위해 도입한 방법들 덕분이기도 하지만 보안 조치를 훌륭하게 취하지 못한 멤버들은 여전히 신분 노출과 '망각'의 위험을 감수해야 했지요. 1975년 베이징 크로노스 클럽에서 최후의 안내문이 공포되었습니다. 생존한 모든 멤버에게 이 생애에서 그들을 추적하는 자들을 피해 당장 자살하라는 내용이었지요. 안타깝게도……."

소녀의 입꼬리가 살짝 씰룩였던 건 슬픔 때문이었는지도 모른다.

"이처럼 대량으로 '망각'을 유발하는 사태를 저지른 우리의 적이 다음에는 대량으로 출생 전 살인을 획책할 줄은 몰랐습니다. 우리는 공격자가 선형적 기관이라고 생각했지요. 우리 존재를 알게 된 어떤 국가의 정부일 거라 추측했습니다. 침투자가 우리 종족 내부에 있다는 사실을 깨닫지 못했어요. 인명 피해는 이루 말할 수가 없습니다. 우리를 공격하는 자를, 우리를 파멸로 몰아가는 자를 찾아내려 했지만……이…… 범죄는…… 적나라하게 잔인한 방식으로 기획되고 조직되고 실행되어 우리 모두 제정신으로 대처할 수가 없었습니다. 우리가 안일해졌던 탓이겠죠. 나태해졌던 겁니다. 다시는 그렇게 무방비로 당하지 않을 겁니다."

우리는 한참 말없이 걷기만 했다. 너무 놀라서 멍해진 나는 아직 말이 잘 나오지 않았다. 내가 요절한 탓에 우리가 얼마나 많은 걸 잃었단 말인가? 크로노스 클럽에 대한 빈센트의 전면 공격에, 내가 협조를 거부하고 빈센트의 정체를 철저히 고발하겠다고 협박했던 일이 어느 정도까지 영향을 미쳤을까? 공격 자체는 분명 장기간에 걸쳐 계획된 일이었겠지만, 그렇게까지 사태가 번진 데에는 내게 부분적으로 책임이 있지 않을까?

"출산 전 살해 말입니다." 내가 마침내 입을 뗐다. "이 생애의 1896년부터 이어져 왔다면, 조사할 시간이 50년 이상은 있었다는 뜻인데요. 뭔가 단서를 잡으셨습니까?"

"어려웠습니다." 소녀는 솔직히 시인했다. "현재 가동할 수 있는 자원이 너무 제한적이라서요. 죽은 사람들은…… 우리는 출생지를 몰랐고, 다만 태어나지 못하고 살해당했다는 결론을 내릴 수밖에 없었습니다. 그러나 조사에 진척이 있어서 용의자 명단을 줄여나가고 있는 중입니다. 어떤 면에서는……" 유머라고 하기엔 무덤보다 나을 게 없는, 의미심장한 미소. "우리 종족의 인명 피해 덕분에 악당일 가능성이 있는 사람들을 예측하는 게 좀 쉬워진 측면이 있지요. 특정 시간, 특정 장소에 초점을 맞추면 이런 행위를 할 만한 사람이 결국 몇 사람 되지 않으니까요."

"이름을 댈 수 있습니까?" 내가 물었다.

"그렇습니다. 하지만 모든 걸 말씀드리기 전에, 교수님, 제게 대가로 제시할 만한 조건을 알려주셔야겠는데요."

하마터면 다 말해버릴 뻔했다.

빈센트 랜키스, 퀀텀 미러, 우리가 함께했던 모든 연구.

하지만 안 될 말이다. 위험부담이 너무 컸다. 이런 정보가 나올 데가 나 말고 어디 있단 말인가?

"전 세계에 걸친 광대한 조직범죄 네트워크는 어떻습니까? 어디서든지, 누구든지 찾을 수 있고, 가격 불문 모든 걸 살 수 있습니다. 그거면 될까요?"

소녀는 잠시 생각해 보았다.

그러고는 좋다고 했다.

소녀는 내게 이름 하나를 말해주었다.

64

　'망각' 이후에도 에이킨라이를 몇 번 만났다. 한 번은, 바로 '망각' 직후의 삶에서 에이킨라이가 공부하는 학교를 찾아가 악수를 하고 잘 지내냐고 안부를 물었다. 앞날이 창창하고 똑똑한 10대 소녀였다. 도시로 이사 가서 비서가 될 거라고, 소녀는 말했다. 어린 소녀가 품을 수 있는 가장 큰 야심이었고 탑처럼 우뚝 솟은 희망이었다. 그래서 나는 행운을 빈다고 말해주었다.

　그다음 삶에서도 에이킨라이를 찾아갔는데 그때는 일곱 살 된 어린아이였다. 부모가 미쳤다고 하는 아이로 아크라 크로노스 클럽의 주목을 끌고 있었다. 클럽에는 그 지역 전반을 모니터하며 관장할 의무가 있었다. 부모는 안 해본 게 없었다. 무당을 불러 고래고래 악을 쓰는 굿판을 벌이기도 하고 이슬람교의 이맘을 불러 기도를 하기도 했다. 하지만 여전히 부부의 아름다운 딸 에이킨라이는 미친 게 틀림없다며 부모는 울었다. 이미 아크라 클럽은 에이킨라이가 자살 위험이 있다고 분류하고 있었다.

그런 일이 일어나기 전에 찾아가 봤더니 환자를 침대에 족쇄로 묶어놓는 의사의 손에 넘어가 있었다. 간질, 조현병, 자식의 죽음을 본 어머니들, 사지가 절단된 남자들, 감염과 슬픔에 미쳐버린 인간 군상, 뇌수막염 말라리아로 단말마의 발작을 하는 아이들이 모두 한 병동에 입원해 30분에 한 번씩 시럽 한 숟가락과 레몬즙 한 숟가락으로 치료받고 있었다. 나는 의사에게 끔찍하게 분노한 나머지 병원을 나오면서 아크라 클럽에게 아예 철거해 버리라고 요구했다.

"전국의 병원이 다 이런 식이에요, 해리." 그들이 불평했다. "시대가 그런 걸 어떡합니까!"

안 된다는 얘기는 듣지도 않겠다고 엄포를 놓았고, 그래서, 그들은 순전히 귀찮은 나를 처리하기 위해 건물을 허물고 그 자리에 깨끗하고 멀쩡한 병원을 세웠다. 전문의 수련을 제대로 마친 정신과 의사 한 명이 환자 서른 명을 맡아 치료했는데 개원한 지 3개월 만에 그 수는 400명 가까이로 불어났다.

발육불량에 영양실조 상태인 에이킨라이는 내가 찾아가자 광기 어린 눈으로 빤히 쳐다보았다. "도와주세요." 소녀는 흐느껴 울었다. "제발 도와주세요. 귀신이 씌었나 봐요."

일곱 살짜리 아이가, 악령에 씌어, 절망으로 온몸을 뒤채고 있었다.

"그렇지 않아, 에이킨라이." 내가 대답했다. "너는 온전해. 너 자신이야."

바로 그날 밤 에이킨라이를 데리고 아크라로 돌아와 크로노스 클럽에 갔다. 멤버들은 옛 친구를 반겼고 평생 먹어본 최고의 식사를 대접했으며 호사와 사치가 무엇인지 보여주었다. 그리고 에이킨라이에게 너는 건강하고 정신도 멀쩡하다고 말해주고 일원으로 반기며 맞아주었다.

여러 해가 지난 후 시에라리온의 병원에서 에이킨라이를 만났다. 훤칠한 미녀로 성장해 의사 수련을 받고 머리에 환한 보랏빛 두건을 두르고 있었다. 아크라에서 만났던 기억을 떠올려 나를 알아보고 테라스에서 레모네이드를 함께 하며 추억을 나누자고 했다.

"내 선택으로 이전의 삶을 망각했다는 얘기를 들었어요." 우리가 마주 앉아 새된 바람 소리를 내지르는 숲 너머로 저무는 해를 바라보고 있을 때, 그녀가 말했다. "나라는 사람이 지켜워졌다고 했어요. 이 많은 사람이 다 나를 수백 년 동안 알고 지냈는데, 여전히 낯선 타인들이라는 게 생각해 보면 이상해요. 하지만 난 그 사람들이 알았던 나는 내가 아니라고 생각해 버려요. 그건 지나간 나, 낡은 나, 내가 잊어버린 나라고 말이에요. 그 나를 해리, 당신도 알았나요?"

"그래. 알았어."

"으리는…… 가까운 사이였나요?"

나는 생각해 보았다.

"아니." 한참 후에야 나는 대답했다. "그렇게 가깝지는 않았어."

"하지만…… 나를 알았던 입장에서, 내가, 그 여자가 옳은 결정을 내렸다고 생각하세요? 망각하기로 한 결정이 옳았던 걸까요?"

젊고 총명하고 한껏 희망을 품은 여자를 바라보며 혼자서 죽어가던, 하녀가 춤추며 홍콩만의 바다로 뛰어들 때 깔깔 웃던, 과거의 에이킨라이를 떠올렸다.

"그래." 마침내 대답이 나왔다. "옳았다고 생각해."

65

내 열세 번째 삶.

베이징에서 나는 이름을 하나 얻었다. 그 이름의 소유자에게는 적당한 나이, 적당한 지리적 근거지, 수많은 칼라차크라를 태어나기도 전에 살해할 수 있을 정보에 적당히 접근할 수 있는 위상이 있었다. 이 이름이 그런 행위를 하게 몰아간 원인에 대한 이해도, 근거도 전혀 없었다. 하지만 오랫동안 열심히 들여다보고 있다 보니 아마 그 사람이 맞을지도 모르겠다는 예감이 들어 왠지 두려워졌다.

주말에 중국을 몰래 빠져나와 사흘 뒤 뉴저지의 아내와 아내의 연인, 두툼한 카펫과 견고한 벽돌 벽으로 지은 집으로 돌아갔다.

천천히 시간을 두고 움직였다. 노련한 범죄의 배후 조종자가 아니면 불가능한 조사를 전개했다. 교활하게, 잔인하게,

야만적으로, 그리고 무자비한 부패를 동원해서. 날짜와 장소, 시간과 뜬소문, 떠다니는 가십과 여권에 찍힌 스탬프들, 탁월한 역사가였던 나는 데이터가 합류하기 시작하는 지점을 알아보았고 움직임의 패턴을 감지했으며 어쩌면 이 이름이 정말로 죽음의 천사일지도 모르겠다고 의심하기 시작했다.

엄청난 노력, 시간과 돈이 들었지만 수중의 자원과 인력을 한계 지점까지 가동한 끝에 내가 찾던 결과를 얻을 수 있었다. 살인자와 대면하기 위해 나는 1960년 2월 남아프리카로 갔다.

우리는 어스름이 땅에 내려앉을 무렵 농장에 도착했다.

현관 옆의 표지판에 따르면 이곳은 '메리듀 농장'이었다. 거친 갈색 토양에 더욱 거친 오렌지 나무들이 자라는 곳이었다. 여름이 타오르는 절정에 이르러 있었고 우리 트럭은 돌덩어리처럼 단단히 굳은 흙길을 덜컹거리고 펄쩍거리며 달려 농장의 반짝이는 불빛으로 다가갔다. 아무것도 없는 황량한 황야에서 불빛이라고는 그뿐이었다. 별이 총총한 광막한 하늘 아래 아주 작은 텅스텐 창문에서 흘러나오는 노란 불빛. 다른 장소, 다른 시간에서라면 아름다웠을지 모르지만 나는 지금 용병 일곱 명과 기술자를 데리고 여기 와 있었다. 무한한 우주 아래 덜컹거리며 운신의 여지가 없는 만남을 향해 달려가고 있었다. 용병들은 눈만 보이는 두건을 둘러썼고 나 역시 마찬가지였다. 농장에 도착하자 사슬에 묶인 개가 마당에서 펄쩍펄쩍 뛰며 맹렬하게 짖어대기 시작했다. 문이 열리고 엽총을 든 남자가 불을 끄며 네덜란드어로 매섭게 소리쳐 경고했다. 내가 고용한 용병들이 트럭에서 무기를 치켜들고 우르르 뛰어내려 남자에게 당신은 포위되었다고 소리쳐 답했다. 남자가 현실을 깨달았을 무렵에는 이미 용병 셋이 뒷문으로 최루탄을 던져 집 안 사람들이 눈을 못 뜨게 만든 뒤였다. 흑인 하녀와 백인 아내였다. 두 사람이 제압당했다는 걸 알고 농부는 총을 내리고 자비를 구걸했다. 그러더니 양손이 묶인 채 2층으로 질질 끌려가면서 언젠가 우리를 잡아 족치고 말겠다고 욕을 퍼부었다.

우리는 농부를 2층 화장실에 감금하고 하녀는 그 옆 세면대에 수갑을 채워 묶어두었으며, 마지막 남은 가스를 환기하기 위해 집 안 창문을 모조리 활짝 열었다.

농부의 아내는 아래층에 붙잡아 두었다. 적어도 일흔 살은 되어 보이는 노인이었지만 나는 예전 생애에서 그녀가 더 늙은 모습을 본 적이 있었다. 이곳의 열기와 건조한 공기에 여자의 외모는 바위처럼 단단해져 있었고, 보통 노년에 그녀를 떠올리면 연상되던 땅딸막하고 통통한 느낌은 전혀 없었다. 용병들은 여자를 농장 거실의 누더기 소파에 앉혀놓고 양팔을 뒤로 모아 수갑을 채운 뒤 눈가리개를 씌웠다. 그러고는 뭔가 놓친 게 없는지 집 안을 샅샅이 돌며 확인했다. 가족사진…… 첫 트랙터를 함께 타고 있는 행복한 농부와 아내, 해변에서 휴가를 즐기는 모습. 이미 지나간 시절과 이미 구경한 장소들의 기념품, 이웃이 손으로 떠서 준 선물에는 '우정과 사랑'이라고 적혀 있었다. 거래 내역을 보니 오렌지 거래가 이 시점에서 그리 번창하고 있지는 못한 모양이었다. 먼 친척이 보낸 엽서들은 잘 지내고 있으니 행운을 빈다는 내용들이었다. 부엌 싱크대 밑의 진통제를 보니 최근에 구입해 빠른 속도로 사라지고 있었다. 농부 혹은 아내가 죽어 가고 있었다. 어느 쪽인지 짐작이 갔다. 약의 라벨을 확인했다. 메리듀 농장의 G. 릴 앞으로 처방되어 있었다. G는 무엇의 약자일까 궁금했다. 다른 생애에서 나는 그 여자를 오로지 하나의 이름으로 알았으니까. 버지니아. 프랭클린 피어슨으로부터 나를 구해준 버지니아, 나를 크로노스 클럽에 소개해 준 버지니아, 그리고 이제 우리 모두를 배신하고 우리 어머니의 자궁 속에 있는 우리 모두를 살해한 버지니아. 빈센트에게 내가 정보를 한 방울만 더 흘렸더라면 나 역시 태어나기 전에 죽었을 것이다.

나는 다시 거실로 내려갔다. 우리 기술자는 이 먼 곳까지 끌고 온 장비를 벌써 반쯤 설치하고 있었다. 용병들은 말하지 말라는 지시를 받았지만, 내가 들어가자 버지니아는 고개를 들어 눈가리개를 한 눈으로 장화 밑에서 삐걱거리는 마룻널 쪽을 두리번거렸다.

"돈을 원하는 게 아닌가?" 버지니아가 마침내 아프리칸스어로 물었다.

나는 그녀 앞에 쭈그리고 앉아 아주 나직하게 대답했다. "아니요."

눈가리개 밑에서 눈썹이 꿈틀했다. 내 목소리를 알아내려 애쓰는 눈치였다. 그러더니 어깨가 살짝 축 늘어지고 고개가 숙여졌다.

"응징을 하러 온 모양이군." 마침내 그녀가 말했다. "얼마나 오래 걸릴까 궁금하긴 했지."

"이만하면 충분히 오래 걸렸지." 내가 대답하며 작은 진통제 병을 흔들어 여자의 귀에 대고 알약 소리를 냈다. "이번에는 자칫하면 놓칠 뻔했군."

"신경 때문이야. 정말 말 그대로. 말단에서부터 신경 기능이 정지되고 있거든. 질식해 죽거나 목 이하로 전신이 마비된 다음 심장이 멈추게 될 거야."

"유감이군."

"내 생일을 알고 싶겠지?" 그녀는 재빨리 덧붙여 말했다. "나라는 걸 안 이상 알아내기는 힘들지 않을 거야. 굳이 고문을 해서 알아낼 생각이 아니라면 말이야. 내 심장은 아주 빨리 정지할 테니까."

나도 모르게 웃음이 나서 말했다.

"괜찮아. 그쪽 생일 따위는 알고 싶지 않아."

"어떤 정보도 줄 수 없어." 그녀는 결연하게 덧붙여 말한다. "정말 미안해, 하지만 정말 안 돼. 가치 있는 정보를 뭐 대단히 많이 아는 것도 아니지만."

"어째서 그런 짓을 했는지, 어째서 우리를 그렇게 많이 죽였는지, 그건 알고 있을 텐데."

망설임. 그리고 대답.

"우리는 더 큰 그림을 그리고 있어. 더 나은 세상을 만들고 있어. 우리는…… 일종의 신을…… 만들고 있다고 생각해. 그래, 사실 그게 우리가 하는 일이야. 일종의 신."

퀀텀 미러. 딱 그 정도의 기술만 확보하면 돼, 해리. 충분히 여러 생애를 바치기만 하면 우리는 우주의 신비를 풀 수 있는 기계를 만들게 될 거야. 신의 눈으로 만물을 볼 수 있어. 그 생각은 얼마나 유혹되기 쉬웠던가.

내 기술자는 이제 준비를 마쳤다. 그가 승인을 요청하기에 한 발 물러서며 고개를 끄덕였다. 버지니아는 첫 전극이 두 개골에 부착되자 움찔했다.

"무, 무슨 짓을 하는 거야?"

그녀는 두려움을 온전히 삼키지 못하고 말을 더듬었다.

나는 대답하지 않았다. 다음 전극이 오른쪽 눈 위에 부착되자 그녀가 불쑥 말했다.

"말해줘. 나는 내 몫을 다 했고, 할 일을 했어. 항상. 언제나 어린 세대를 도왔고 애들을 빼내왔고 크로노스 클럽에 봉사했어. 이럴 수는…… 말해줘."

버지니아는 울기 시작했다. 눈물이 얼굴에 덕지덕지 칠한 두꺼운 화장을 가르고 분홍색 강물이 되어 흘렀다.

"절대…… 절대…… 모든 걸 잊게 할 순 없어. 나는…… 난…… 준비가 되지 않았어. 나는…… 그걸…… 그걸 보고 싶…… 이럴 수는 없어."

나는 마지막 전극을 부착하는 동안 그녀가 꼼짝하지 못하게 붙들고 있던 부하들에게 고갯짓을 했다. 바늘이 피부밑을 찌르자 그녀가 헉하고 숨을 몰아쉬었다. 수용체를 완화하기 위한 화학 혼합물이었다.

"내가 망…… 망각해야 한다면," 그녀가 헐떡거렸다. "당신 이름을 말해줘도 되잖아! 얼굴을 보여줘!"

나는 그러지 않았다.

"제발! 내 말을 들어! 그가 도와줄 수 있어! 우리는 모두를 위해서, 모든 칼라차크라를 위해서 이 일을 하고 있어! 우리가 더 나은 세상을 만들 거라고!"

나는 기술자에게 고개를 끄덕였다. 온통 전자 부품들과 훔친 기술로 조립된 거창한 기기가, 우리가 남아프리카의 비포장도로를 따라 힘겹게 끌고 온 기기가, 위이잉 소리를 내며 살아나 버지니아의 두뇌에 쏘아 보낼 전력을 충전하고 있었다. 그녀는 이제 눈물범벅이 되어 덜덜 떨었고, 전력이 완전히 충전되었을 때 입을 열어 뭔가 더 말하려 했다. 기계가 작동했고 버지니아는 앞으로 고꾸라졌다. 정신이 불타 없어진 껍데기의 육신이 되어.

그 흐로 오랫동안 크로노스 클럽은 버지니아를 어떻게 처리할지를 두고 논쟁을 벌이겠지만, 결국 파격적인 결정을 내리지는 않았다. 수많은 우리 종족을 학살한 버지니아는 정신이 백지로 화해 파괴되었다. 내가 그들 대신 결정을 내려주었고, 할 말은 어차피 그뿐이었다.

66

열세 번째 생애의 여생은 조용히 빈센트를 사냥하며 보냈
지만 실패했다.

크로노스 클럽에 가한 공격의 여파로 빈센트는 다분히 의
도적으로 잠적하고 있었다. 세력이 약해지기는 했어도 도발
에 흥분해 있을 적의 주목을 끌 필요는 없었다. 그럼에도 수
색을 중단하지 않았다. 의심의 여지 없이 그도 나를 찾고 있
었다. 가끔 생뚱맞은 실마리가 나타나 추적을 하면 늘 한발
늦거나 한발 뒤처지곤 했다. 내가 취했던 보안 조치가 편집
증에 가까웠다면 이 생애에서 빈센트 랜키스는 완전히 급이
다른 수준으로 움직이고 있었다. 나만큼 외로울까 궁금했다.

나는 보통 때보다 훨씬 오래 살았다. 신체 능력의 한계를
시험하고 최첨단 의학을 활용해 최대한 장수했다. 돈세탁 업
자가 최신 장비에 접근하려 한다고 놀랄 사람은 없다. 적당

히 뇌둘만 주면 어차피 불치병에 걸린 주제에 왜 그렇게 치료 과정을 좌우하려 하는지 굳이 따질 의사들도 없었다. 인간을 타락시키기가 얼마나 쉬운지 놀라울 따름이었다. 선한 사람들이라 해도 처음에는 와인 한 병을 선물로 주고, 다음에는 아기 선물로 새 장난감 하나를 갖다주고, 가족들이 하루 휴가를 보낼 수 있게 해주고 주말 휴가를 주고 다음에는 골프 클럽 회원권을 주고 새 차를 사주고…… 거기에 익숙해지면 얼마든 마음대로 좌지우지할 수 있었다. 어마어마한 거액의 선물을 받아버리고 나면 아무리 훌륭하고 선량한 사람이라도 아무리 고위직에 있는 사람이라도 마지막 선물을 거절하기는 어려워진다. 이미 범죄자의 시각으로나 법의 시각으로나 윤리적으로 타락한 상태가 완연해지기 때문이다.

메이는 마지막까지 참을성 있게 의리를 지켜주었다. 애인이 1976년에 도망쳐 버린 후로는 다른 애인을 구하지 않았고 악덕 기업에 맹렬한 비난 편지를 쓰고 열렬히 민주당을 지지하는 운동을 하는 데 남은 시간을 바쳤다. 둘 다 몸도 나이도 멀리 여행할 수 있는 상태는 아니었기에 2000년을 뉴욕에서 맞았고 메이는 조지 W. 부시가 선거에서 이겼을 때 태생이 미국인인 것처럼 통곡했다.

"다 지옥으로 떨어졌어!" 메이는 외쳤다. "사람들에게 아무리 말해봤자 소용이 없어!"

우리는 말없이 앉아 2001년 쌍둥이 빌딩이 무너지는 모습을 거듭, 거듭, 지켜보았다. 전국의 모든 텔레비전 스크린이 끝없이 같은 영상을 반복해 틀었다. 메이가 말했다. "우리 정원에 내다 걸 성조기를 하나 사야겠어." 그러고는 3개월 후 세상을 떠났다.

이전 생애에서 나는 21세기를 본 적이 없었다. 의학 수준은 별로 인상 깊지 않았고 정치는 더 한심했다. 그리고 2003년, 여든다섯 살 한창 무르익은 노년에 화학치료 사이클을 한 번 더 도는 건 아무 의미가 없으며 생리적, 심리적으로 의존하고 있던 진통제가 복구 불능한 수준까지 내 정신을 쇠약하게 하고 있다는 판단이 섰을 때, 나는 재산의 절반을 메이가 제일 좋아하던 자선 재단에 헌납하고 절반은 누구든 찾아내는 칼라차크라가 가질 수 있도록 숨겨둔 후, 어느 서늘한 10월 밤 진통제를 과다 복용했다.

복수의 생애를 거치면서 나타나는 마약중독의 효과에 대한 연구가 있을 거라고 생각한다. 나는 열세 번째 생애에서 광범위하고 간혹 상호작용을 일으키는 부류의 약물에 철저히 의존한 상태로 죽었고, 오늘날까지 그 약이 몸과 마음에 후유증을 남긴 게 아닌가 생각한다. 2003년에 일어난 사건이 1919년을 사는 사람들에게 어떤 의미가 있다고 하는 것 자체가 말이 안 된다는 건 잘 알지만, 언젠가는 피험자의 동의하에, 직전 생애에 약물의존 상태로 사망한 유아 칼라차크라의 생리학을 연구하고 아이에게 두드러진 후유증이 있는지 관찰할 수 있다면 좋을 것 같다.

열네 번째 생애에 나도 후유증을 앓았는지는 알 수 없다. 보통의 수순에 따라 정상적으로 흘러가는 몇 년 동안은 온전히 기능을 회복하지 못했기 때문이다. 이번 유년기에는 아예 클럽에 연락하려는 시도조차 하지 않고 어린 우로보란의 필수적 기술만 썼다. 도둑질, 조작, 스포츠 경기나 도박의 결과를 활용해 필요한 돈을 구했다. 실제로도 조용히 피신해 있을 작정이었고, 도망치거나 빈센트를 찾으려는 생각은 아예 하지도 않고 까마득히 여러 생애 전, 크로노스 클럽이 내 삶에 개입하기 전에 그랬듯이 패트릭 오거스트의 도제로 저택의 영지에서 일했다.

1937년에는 케임브리지에 장학금을 신청해 역사 전공으로 입학했다. 수많은 우로보란이 강제로 기억을 잃고 크로노스 클럽이 이렇게 형편없는 상태로 전락한 상황에서 과거에 대한 지식과, 더 중요하게는 과거를 연구할 수단이 있으면 앞으로 닥칠 미래에서 빈센트와 연결되는 유용한 사건들의 패턴을 감지할 수 있을 거라 판단했기 때문이다. 내가 합격하자 헐른 가문은 아연실색하고 말았다. 못된 사촌 클레멘트는 입학을 거절당했기 때문에 더욱 그랬다. 당시 그 정도의 부와 배경을 소유했는데도 거절당한다는 건 사실 상상조차 하기 힘든 일이었다. 콘스턴스 할머니는 그 생애에서 거의 처음으로 나를 서재로 불렀다.

헐른 가문과 나와의 관계에 모종의 패턴이 있다는 걸 나는 이미 알아챈 상태였다. 대개의 생애에서 내 생물학적 아버지인 로리는 약간 창피한 질병을 묵살하듯 나를 없는 존재 취급했다. 그에게 나는 자신의 일부지만 타인과 굳이 논하지 않는 그런 존재였다. 알렉산드라 고모는 체면의 가면을 쓰고 신중하게 관심을 표했다. 빅토리아 고모는 어차피 자기한테 쓸모가 없는 모든 사람을 무시하는 여자였고 그런 점에서 나도 예외는 아니었다. 콘스턴스 할머니는 최대한 나를 피했지만 정기적으로 나쁜 소식을 갖고 찾아왔다. 내 행동이 어떤 의미로든 가문의 불명예가 된다면…… 더러운 뒤처리를 하는 건 아버지가 아니라 할머니일 가능성이 높았다.

그때도 그랬다. 열여덟 살에 장학금을 받고 서재로 소환당한 내게 할머니는 이미 질책과 비난을 퍼부을 태세를 갖추고 있었다. 내가 들어오는 문을 등지고 선 할머니의 귓불에 매달린 은 귀걸이가 엄혹한 턱선을 따라 흔들렸다. 몸단장을 하던 거울로 나를 흘긋 쳐다보는가 싶더니 금세 자기 귀로 시선을 옮기고는 고개조차 돌리지 않고 할머니가 말했다.

"아, 해리. 그래, 내가 좀 보자고 했다."

콘스턴스가 아기였던 나를 원래 태어났던 곳으로 다시 던져버리고 싶어 했다는 사실쯤 덮어두고 사는 건 놀랄 만큼 쉬웠다. 어쨌든 그런 폭로는 내게 수백 년 전에 떨어진 거였다. 할머니 본인에게는 그 충동이 지금의 육신만큼 새롭겠지만 말이다.

할머니는 한참 귀걸이를 만지작거리다가 흥미가 뚝 떨어졌다는 듯 날카롭게 돌아서서 뾰족한 코를 치켜들고 나를 노려보았다. 어느 짓궂은 유전자의 요정이 내게 얼굴을 선사했는지는 모르겠지만 할머니한테서 물려받은 건 아닌 게 확실했다.

"케임브리지에 간다고." 마침내 할머니가 말했다. "옥스퍼드만큼 세련된 데는 아니지만, 너 같은 애한테는 대단한 일이겠지."

"굉장히 기쁩니다."

"기쁘다고? 그래? 그래, 물론 그렇겠지. 대학에서 배경을 고려하지 않을 정도로 네 실력에 감명을 받았다고 하던데, 그게 맞는 얘기냐? 일단 네가 가버리고 난 뒤에 네 아버지한테 재정 지원을 요청하는 편지들이 온다고 하면 안 될 말이지. 절대 안 될 말이고말고."

"대학에서 아주 너그러운 제안을 했습니다. 다른 재원도 있고요."

이 말에 할머니의 눈썹이 활처럼 휘었다.

"그래? 정말로?"

나는 하고 싶은 대답이 있었지만 꾹 참았다.

"그래요, 생물학적 할머니님. 나는 1921년에서 2004년까지 그랜드 내셔널*에서 누가 이기는지 정확히 알고 있고, 유명한 권투경기와 풋볼 챔피언십은 물론이고, 혹시 선택의 여지가 딸릴 경우를 대비해 비슷한 시기에 간헐적으로 열리는 개 경주에 대해서조차도 백과사전에 버금가는 지식을 갖고 있습니다."

이건 병역이 아닌 다른 이유로 영지를 떠나려 할 때마다 할머니와 나누었던 대화다. 처음에는 내가 혹시나 성공을 거둘까 봐 억하심정이 들어서 그러는 거라 생각했지만, 대화가 흘러가면서 더 깊은 불안감이 도사리고 있다는 의혹이 들었다. 아들이 저지른 최대의 실수를 상징하는 소년을 끝까지 통제하고 싶다는 욕구. 나는 홀리 아일랜드를 기억했다. 시골집 다락에서 죽어가던 아버지를 기억했다. 그리고 내가 그때 했던 말들에 잠시 수치심을 느꼈다.

"……사실 배은망덕한 일이라고 생각한다. 너 같은 애가 이렇게 집을 버리고 떠나다니."

그 말에 나는 퍼뜩 정신을 차리고 할머니의 서재로 돌아왔다. 그 말을 하기 전에 뭐라고 빙빙 돌려 한 말이 있을 터였다. 하지만 남의 집 하인으로 오래 살다 보면 소리에 의미가 없을 때는 그냥 알게 된다.

"배은망덕하다고요?"

"평생 이 집의 식솔이었잖니." 할머니가 대답했다.

"영지의 일부나 다름없단 말이다! 그런데 갑자기 훌쩍 떠나버린다니, 우리가 너한테 이런 걸 기대하지는 않았단 말이야. 해리, 솔직히 말해야겠다. 우리 모두 네가 더 나은 아이인 줄 알았지."

"케임브리지에 장학금을 받고 가는 것보다…… 더 나을 거라고요?"

"그래. 그리고 그런 짓을 그렇게 음흉하게 뒤에서 꾸미다니! 허락도 구하지 않고, 따로 공부도 하지 않고, 수업도 따로 받지 않고 말이야. 원래 이런 식으로 하는 게 아니잖니!"

콘스턴스를 빤히 쳐다보면서, 이 여자도 참, 자기 나름대로, 완전히, 완전히 돌았구나 생각했다. 신경학적으로 미쳤다는 게 아니라, 정신병이 있다는 말이 아니라, 문화적인 광기였다. 전염병처럼 어떤 기대에 얽매여 자기가 원하는 세상과 실제의 세상을 인지하는 방식이 썩어버린 것이다. 상황이 달랐다면 나는 천재라고, 그야말로 영웅이라고, 케케묵은 세상에 사회적 개혁을 가져온 모범적 사례라고 칭송을 받았을 것이다. 그러나 콘스턴스에게는 이 모든 게 다 내가 반항아라는 의미일 뿐이었다. 콘스턴스가 21세기를 본다면 어떻게 생각할지, 쌍둥이 빌딩이 무너져 내릴 때 과연 울기나 할지, 그게 궁금해졌다.

"저보고 남으라는 말씀이십니까?" 내가 물었다.

"너는 젊어." 할머니가 대꾸했다. "아버지를 버리고, 개인 적으로, 전혀 어울리지 않는 삶을 누리러 가버리고 싶다면 야, 그건 다 네가 할 탓이지만!"

내가 정말로 열여덟 살짜리 소년이었다면, 과연 이 대화는 어떠했을까? 하지만 849년을 산 나로서는 웃겨 죽을 지경이 었다.

이 주제를 심사숙고해 보겠다고 했다. 콘스턴스는 코웃음 을 치며 뭔가 뜻 없는 말을 몇 마디 중얼거리더니 가보라고 했다.

나는 복도 끝까지 걸어와서 더 이상 참지 못하고 폭소를 터뜨렸다.

67

다시 학부생이 되니 추억이 선하게 떠올랐다.

대체로는, 빈센트와의 추억이.

좋았던 시절의 추억.

제2차 세계대전이 발발하고 군에 징집되었을 때, 어찌어 찌 군 정보부에 배치되는 데 성공했다. 1943년 무렵에는 연합군의 위장 전술을 수립하는 일을 하면서 마분지로 만든 탱크들이 완전히 3차원의 모델이어야 하는지, 잘 칠한 2차원 도면이라도 태양의 위치에 잘 맞춰서 배치하면 정찰기의 혼란을 유도할 수 있을지를 놓고 머리를 쥐어 싸매고 있었다. 1944년에는 이 일에 완전히 몰두해서 모델을 배치하기 전에 켄트 해안 위로 정찰기가 넘어온다는 풍문이 들리거나 위장 캠프 위로 지나치게 낮게 비행하고 있다는 소리가 들리면 심장이 쿵쿵 떨어졌다. 빈센트는 잠시 잊고 있었는데,

1944년 4월 일단의 미국인들이 시찰을 하러 와서 위장 착륙장을 살펴보고 아무렇지도 않게 혹시 배치 준비가 된 신형 제트전투기 모델이 있느냐고 물었다.

나는 그 질문에 경악하고 말았다. 실제로 내 기억을 의심해 본 건 몇 번 되지 않는데 그때가 그랬다. 이렇게 빨리 제트전투기가? 제트엔진이 개발되고 있으며 기술 테스트가 진행 중이라는 사실도 알고 있었지만 실제로 전투에 배치를 한다니? 행여 고려된 바가 있다 해도 내가 읽은 역사책 어디에서도 내가 살았던 어떤 생애에서도 본 적이 없었다. 나도 민감한 정보에 접근권을 지닌 상부 요직에 선이 있었는데 말이다. 나는 애매하게 몇 마디 대충 대꾸하고 시찰단을 따로 불러 우리 무전병들이 켄트에 대량으로 배치해 놓은 가짜 부대들끼리 최대한의 통신량을 생성하려고 24시간 쉬지도 못하고 있다고 설명하고, 미군이 적당한 콜사인을 좀 더 광범위하게 생성해 주면 감사하겠다고 부탁했다.

회의가 끝나고 시찰단이 돌아갔지만 나는 남아서 그들이 별 생각 없이 던진 질문의 엄청난 미스터리에 골몰했다. 열의 넘치는 장교가 좋은 일거리를 찾는 것으로 위장하고 미공군 쪽의 인맥들을 타진해 새 제트엔진에 대한 정보를 탐색했다. 정보가 있어야 군의 기조가 바뀌는 그때그때 상황에 맞춰 적군이 우리에게 그런 비행기가 있다고, 혹은 없다고 생각하게 속일 수 있지 않겠냐고 둘러댔다. 무전으로 대답이 찔끔찔끔 흘러 들어왔다. 맞아, 과학자 몇 명이 매달려서 진행하는 프로젝트지, 안 그래? 미안해, 해리, 사실 내 분야는 아니야. 포츠머스에 있는 친구들하고 얘기해 봤어? 그쪽에서 뭐 좀 더 아는 게 있을지도 몰라. 허탕만 치다가 아예 이 문제는 포기하기 일보 직전까지 갔다. 그런데 1945년 12월 포크스톤의 한 병원에 친구의 병문안을 갔을 때 친구가 내 손을 따뜻하게 잡으며 이렇게 말했다. 만나서 정말 기쁘다고, 새로 이식받은 신장 얘기는 들었냐고. 심지어 내게 수술 자국까지 보여주었다. 흉터를 보니 솜씨가 대단했다. 더더욱 놀랐던 건 최초의 장기이식 수술이 원래대로라면 앞으로 5년은 더 있어야 가능해지기 때문이다.

68

세계는 변하고 있었고 변화의 진원지는 미국이었다.

다른 때라면 정상적인 사건의 궤적이 이렇게 적나라하게 타락한다면, 이단 사제의 머리 위로 바빌론의 장벽이 허물어지듯 크로노스 클럽이 단죄에 나섰을 것이다. 그러나 클럽은 세력이 약화되었을 뿐 아니라 이 생애에서는(멤버들이 대량으로 '망각'을 당한 후로 두 번째 맞는 삶이므로) 수백 명의 멤버가 자기가 누구인지, 어떤 인간인지 마치 처음처럼 새삼스레 발견하고 있었다. 예전 같으면 각 클럽이 한 세기에 한 명 정도 신입 멤버를 처리하면 되었지만, 이 새로운 세상에서는 살아남은 사람들이 격무에 시달릴 수밖에 없었다.

"좀 도와주면 좋겠어요, 해리." 에이킨라이가 말했다.

걸출한 에이킨라이, 망각을 선택했고, 뭐니 뭐니 해도 운이 좋아서 빈센트가 전면 공격을 했을 때 마수를 피한 에이킨라이는 완연한 지도자가 되어 진두지휘하고 있었다. 열여섯 살 나이에 런던, 파리, 나폴리와 알제리의 업무를 동시에 처리하며, 살아남은 멤버들을 지휘하고 이제야 간신히 자기가 누구인지 깨닫기 시작하는 신입들을 돌보았다.

"자살하는 칼라차크라 아이들이 있어요. 정신병원에 입원한 아이를, 신이 되려고 하는 어른들, 히틀러를 죽이면 왜 안 되는지 이해하지 못하는 어른들도 있어요. 해리, 나조차도 지금의 나를 기억하는 생애가 네 번밖에 안 되는데 이런 일을 다 떠맡아 하고 있단 말이에요. 운 좋게 통제력을 잃지 않은 사람들은 손에 꼽아요. 그중 한 사람이시잖아요. 좀 도와줘요."

에이킨라이, 진실을 알고 있는 단 한 명의 칼라차크라, 빈센트가 내 기억을 지우지 못했다는 사실을 알고 있는 한 사람. 차마 다른 사람들에게는 말하지 못했다.

"이 짓을 한 사람이 아직도 활보하고 있어." 내가 대답했다. "내가 못 찾으면 또 클럽을 공격하러 올 거야."

"복수할 시간은 나중에 또 있지 않겠어요?"

"그럴 수도 있지. 하지만 아닐 수도 있어. 크로노스 클럽에서 시간은 언제나 우리에게 문제였어. 언제나 시간이 너무 많았지. 한 번도 시간의 가치를 제대로 평가하지 못했어."

고군분투하는 에이킨라이를 내버려두고 나는 1947년 미국행 비행기를 탔다. 전략적 위장술 전문가, 1720년대 지중해 사략선을 연구하는 학자, 취재 범위를 확장하려는 비주류 영국 신문사 기자증을 지갑에 넣어두었다. 내 시선은 오로지 빈센트 랜키스를 향해 있었다.

어디에 있는지 몰라도 빈센트는 확실히 바쁘게 움직였다. 컬러 TV가 벌써 시판되고 과학자들은 인간이 언제쯤 달 표면를 걸을지 궁금해했다. 열의로 볼 때 내가 익히 아는 시간대보다 훨씬 빨리 이루어질 게 뻔했다. 미국은 한창 부흥하는 나라였다. 전쟁을 겪고 살아남은 자들의 뜨거운 열정이 이번에는 그저 승리만 거둔 게 아니라는 압도적인 자각과 어우러졌다. 미국은 진정한 승리자, 아무도 막을 수 없는 불패의 나라, 두 개의 전선에서 싸우고 두 개의 전선에서 우세한 무력을 입증한 최강자였다. 핵의 시대가 도래하고 다들 몸에 딱 맞는 우주복을 입고 로켓 가방을 메고 날아서 출근하게 될 날이 머지않은 느낌이었다. 소비에트라는 위협이 지평선에 먹구름처럼 몰려들었지만 엿이나 먹으라지. 선한 미국인들이 어차피 사악한 교리에 휘말린 소수의 악한 미국인들을 물리치고 승리를 거둘 터였다. 선한 미국인들이 예전에 강력한 승리를 거둔 것과 마찬가지로 말이다. 흘러간 과거의 생애들에서 오랜 시간을 미국에서 보냈지만 제2차 세계대전이 끝나고 이렇게 빨리 대서양을 건너간 적은 없었다. 인권 운동, 베트남전쟁, 워터게이트…… 이 모든 일이 앞으로 일어날 터였다. 어디를 가나 뜨거운 환영과 호탕한 인사와 진심 어린 찬사가 쏟아져 약간 어안이 벙벙했다. 심지어 드러그스토어에 들어가서 치약을 하나 사도 굉장한 칭찬을 받았고("아주 훌륭한 치약을 선택하셨습니다, 선생님!") 결코 있어서는 안 되는, 존재할 수 없는 가재도구를 사라는 충고를 귀에 못이 박히도록 들었다. 나는 호텔 방에서 컬러 TV를 보면서 매카시 상원 의원이 과연 이 신세계에서도 그렇게 잘나갈 수 있을까 궁금해했다. 이제는 저 얼굴을 붉게 물들인 선명한 홍조가 화려한 총천연색으로 다 드러나 보이지 않는가. 흑백 화면이 국회의 의사 진행 과정에 실제로는 없는 기품을 어느 정도 부여해 주었을 것이다.

운이 좋았는지 미국의 눈부신 기술적 약진을 눈치챈 사람이 나 말고도 있었다. 심지어 선형의 언론도 무슨 뜬금없는 발견에 찬사를 보내며 '미국이 또다시 해내다!' 같은 헤드라인들을 찍어내고 있었다. 잡지들은 1945~1950년을 '발명의 시대'라고 칭송하며 내 안의 우로보란과 현학자 모두를 심란하게 했다. 한편 아이젠하워는 TV에 나와 급격히 부흥하는 군산복합체에 대해 경고하고 강철, 구리와 무선 테크놀로지의 새로운 시대로 인한 미국적 가치의 상실을 걱정했다. 1953년이 되자 가로등이 할로겐으로 바뀌었고, 발륨이 인기 있는 항우울제로 떠올랐으며 우리 모두 번거롭고 멋도 없는 안경을 벗고 반짝이는 눈초리를 다시 돌려줄 소프트렌즈를 끼라는 권유를 받게 되었다. 나는 이 모든 사태가 얼마나 만화 같은지 놀라워하며 지켜보았다. 1953년의 사회는 게걸스러운 굶주림과 약간의 망설임으로 1960년의 기술을 소화했으며, 원래 반항해야 할 세대들은 정확히 무엇에 반항해 들고 일어나야 하는지 확실히 알지 못하고 주저하는 것 같았다.

가장 속 터지고 답답한 점은 이 폭발의 진원지를 추적할 수 없다는 것이었다. 발명품들이 한 회사나 한 장소에서 나오는 게 아니라 미국 전역에 흩어진 수십 개의 회사와 캠퍼스에서 나오고 있었다. 테크놀로지가 바이러스처럼 멈출 수 없이, 걷잡을 수 없이, 통제 불능으로 지식인들을 감염시켜 퍼져나가는 사이 이 모든 회사와 캠퍼스가 험악한 특허 분쟁에 휘말렸다. 2년 가까이 이 획기적인 아이디어들의 출처를 찾으려 했으나 탐문마다 방해 공작과 무의미하게 어깨를 으쓱해 보이는 동작에 막혀 절망적으로 진척이 없었다. 과학자들은 평범한 기기의 밑바탕이 되는 기본 원리를 가지고 뭔가 전적으로 새로운 것, 전적으로 독창적인 기획으로 확장시켰다. 그것도 발명품의 원래 시대보다 훨씬, 훨씬 더 빠른 시기에 말이다. 더 걱정스러운 사태는, 미국인이 새로운 발명품을 만들어내면 소련에서 간첩을 훨씬 더 많이 파견해서 훔쳐갔고, 자기네 연구진들을 더 혹독하게 밀어붙여 독자적 해답을 찾아내고자 해서 기술 경쟁에 불이 붙었다는 사실이었다.

마침내 원하는 대답을 준 사람은 MIT 화학 박사인 애덤

쇼필드라는 인물이었다. 우리는 '혁신, 실험과 새로운 시대'에 대한 강연에서 만났다. 끝나고 호텔 바에서 술을 한잔하면서 형편없는 차, 좋은 책, 실망스러운 운동선수들과 임박한 대선에 관한 이야기를 나누다가 마침내 바이오매스 에너지 분야에서 이룩한 최신 발견의 화두로 넘어갔다.

"그거 아세요, 해리?" 그는 우리가 나눠 마시던, 민망하리만큼 텅 비어버린 포트와인 병 위로 고개를 숙여 내게 바짝 다가들며 말했다.

"사실 연구 업적을 제 공으로 돌리자니 진짜 거짓말쟁이가 된 기분입니다."

그래요? 하지만 이유가 뭐죠, 쇼필드 박사님?

"이해는 하고 있어요. 설명도 할 수 있습니다. 그걸로 씨발, 말도 안 되게 멋진 일들을 할 수가 있어요. 놀라운 일들 말이에요, 해리, 내 말은, 패러다임을 전환할 만큼 근사한 일들 말입니다. 하지만 실제의 아이디어는요? 사람들한테는 '꿈에서 영감을 받았다'고 말해요. 그 따위 허튼소리를 믿을 수 있겠어요? 말도 안 되는 개소리죠."

아, 그럼요, 쇼필드 박사님, 그럴 리가요, 쇼필드 박사님, 그렇다면 실제로 박사님의 아이디어는 어디서 나온 겁니까?

"우편함에 온 편지들이요! 다섯 통에 양면으로 빼곡하게 적힌 과학 이론이 도저히 믿기지 않는 내용이었어요. 씨발, 본 적도 없는 그런 얘기요. 나흘이 꼬박 걸려서 간신히 이해했는데, 그러고는 앉아서 그 편지를 한참 쳐다봤어요. 그런데 해리, 이 편지, 이 사람, 누가 보냈는지 아무튼 그 사람이 진짜로 엄청난 금맥이에요."

누군지 아십니까?

아니, 모릅니다, 하지만…….

"아직 그 편지 갖고 계십니까?"

"그럼요! 서랍에 보관하고 있죠. 누구든 물어보면 허심탄회하게 다 말해줘요. 이 친구가 나중에 소송이라도 걸자고 들면 큰일이니까요. 하지만 학교에서는 다들 아주 조용하게 처리하고 싶어 했습니다."

자, 지금이다, 결정적인 순간이 왔다…….

"좀 보여주실 수 있습니까?"

자기가 한 말 그대로, 박사는 'A. 쇼필드 박사 귀하'라고 쓰인 편지봉투를 손도 안 대고 서랍에 넣어 보관하고 있었다. 쇼필드 박사의 연구실은 목제 패널을 둘러 앤티크 양식을 시도했지만 사실 그 건물로는 감당이 안 되는 스타일이었다. 녹색 블라인드에 가려 빛이 책상으로 낮게 떨어지고 있었다. 나는 앉아서 양면을 꽉 채운 다섯 통의 편지를 읽었다. 두툼한 노란 종이에 일련의 도표와 숫자와 공식이 빼곡이 적혀 있었다. 이 도표와 숫자와 공식들은 전 세계 대학 1학년 과정에 포함될 것이다…… 1991년이 되면. 우리 칼라차크라는 우리

스스로에 관한 일이라면 아주 많은 것을 바꿀 수 있지만 이 상하게도 필체를 바꿀 생각은 거의 하지 않는다. 그리고 빈센트의 길쭉길쭉한 필기체는 어디서 봐도 알아볼 수 있다.

종이를 찬찬히 살펴고 워터마크를 확인해 봤지만 아무것도 찾지 못했다. 잉크, 봉투, 뭐든 출처를 암시하는 단서를 찾았다. 아무것도 없었다. 나는 수년을, 아주 오랜 세월을 뒤처졌다. 빈센트가 지금 몇 살이나 될지 계산해 봤다. 대충 20대 중반이다. 미국의 어느 대학 어느 캠퍼스에나 자연스럽게 섞여들 수 있다. 그래, 이것이 기술 발달을 가속하는 빈센트의 방식이라면, 현재 첨단을 달리는 지식인들의 정신을 자극할 계획이라면, 아마 다른 쪽을 또 공략하지 않을까?

하버드, 버클리, 칼텍. 설득은 물론이고 값비싼 알코올을 펑펑 쏟아부어야 했지만, 결국 찾아내고 말았다. 몇 년 전에 보내진 노란 편지지의 서신들. 한두 학교에서는 문서를 받은 교수들이 아예 장난이라고 생각하고 묵살했다. 그들은 이제 경쟁자들이 자기 분야에서 앞서나가는 걸 보면서 땅을 치고 후회하며 학문적 회한을 술에 묻고 있었다.

그러나 빈센트의 방식은 여전히 목적을 이루기 위한 수단에 불과했다. 독자적 연구를 재개할 수준까지 현대 기술을 가속시켜, 추정컨대 21세기 초반 어느 시점의 기술을 활용해서 해답을 찾고 퀀텀 미러를 건설하고자 하는 것이다. 이제 추진 방식은 알아냈지만, 빈센트를 추적해 이미 촉발된 기술의 확산을 막기에는 너무 늦어버렸다. 이제는 다음 단계가 어디서 일어나는지 알아내야 했다. 그곳에 빈센트가 있을 테니까. 빈센트의 뒤를 쫓는 사이 과학기술은 무시무시한 속도로 발전을 거듭했다. 1959년 최초의 퍼스널 컴퓨터가(발명가는 '퓨처 머신'이라는 상당히 낙관적인 이름을 붙였는데, 눈부신 자신의 천재성에 눈이 멀어 다른 이름을 떠올릴 수가 없었던 모양이다) 시판되었다. 작은 옷장만 한 크기로 대략 4개월의 수명을 다하면 내부 부품들이 압력을 이기지 못하고 녹아버렸지만, 그럼에도 다가올 혁신의 예표였다. 빈센트를 찾아내는 일에 그렇게 매달리지 않았더라면, 기술이 정치에 미치는 영향력에 대해 좀 더 심도 깊게 연구했을 것이다. 예전에는 이 시간대에 이스라엘이 시리아와 요르단을 침공하는 걸 본 적이 없지만, 분노에 찬 저항군들이 기술적으로 우세한 이스라엘 국방군을 방어가 좀 더 수월한 국경까지 패퇴시켰다는 소식에 그리 놀라지는 않았다. 중동에서 성전이 선포되자 이란의 샤가 평균보다 몇 년 일찍 실권했지만, 세속적 독재자들이 이 틈을 타 득세해서 1980년대를 무색하게 할 만한 신세대 무기로 권력의 공백을 채웠다. 군대는 대체로 더 절박한 동기가 있으므로 민간보다 빨리 과학기술을 착취하고 활용한다.

1964년에 소련이 바르샤바 조약을 종료하자 미국은 또 한 번 자본주의, 소비주의, 상업주의의 승리를 선포했고 과학기술은 계속 파랑을 일으키며 약진했다. 나는 워싱턴 D.C.에 소재한 잡지사의 과학 편집자로 취직했고, 같은 자격으로 당대의 신형 범죄에 대해 FBI에 조용히 보고했다. 보고한 내용 중에는 전화 사기와 1965년에 벌어진 세계 최초의 컴퓨터 해킹도 있었다. 편집장이 이중 신분을 알아차렸는지는 모르겠지만, 알았더라도 원칙적으로 해고한 다음 다시 고용했을 것이다. 내가 따 오는 특종들이 질적으로 탁월했을 뿐 아니라 희한한 정보원들을 워낙 광범위하게 거느리고 있었기 때문이다.

나는 겉보기에는 무관심한 척 모든 걸 관찰하고 있었다. 심지어 크로노스 클럽도 나를 향해 부글부글 치미는 분노를 억누르고 있었다. 미래가 눈앞에서 파괴되고 20세기의 업적들이 시간을 거슬러서 물결쳐 몰려오고 있었다. 수십억 명의 삶이 바뀔 테고, 아마도 수십억 명의 칼라차크라가 더 이상 태어나지 않거나 자기가 아는 세상이 갈가리 찢어지는 꼴을 보게 될 터였다. 20세기의 아이들인 우리가 이 모든 짓을 저지르고 있었다. 바다에서 꿈틀거리는 플랑크톤의 존재조차 알지 못하는 고래처럼 해맑고 아무것도 모르는 채로.

"해리, 뭔가 조치를 취해야 해요!"

에이킨라이.

"너무 늦었어."

"어떻게 이런 일이 일어난 거죠?"

"기발한 아이디어들을 담은 편지들을 보낸 모양이야. 그게 다야."

"뭔가 할 일이……."

"너무 늦었어, 에이킨라이. 늦어도 너무 늦었어."

빈센트를 찾는 것.

할 수 있는 건 그뿐이었다.

인과관계는 잊어라, 시간도 잊어라.

빈센트를 찾아라.

나는 과학기술 회사나 대학들을 하나도 남김없이 샅샅이 뒤지고 모든 정보원을 취조했으며 온 세상에 떠도는 풍문과 뜬소문을 조사했다. 해운 적하 목록을 모조리 뒤져 틀림없이 누군가의 주문 내역에 들어 있을 퀀텀 미러의 부품을 찾았다. 빈센트를 위해 일할 만한 적절한 지식을 지닌 과학자와 학자가 있으면 모조리 조사했다. 그러면서 한편으로 조용히 변화하는 세계와 미국의 기술적 발전의 위용을 다루는 기사들을 써냈다.

신중을 기하기도 했다. 광범한 위장 신분 뒤에 은닉하고 움직이면서 기사거리를 취재할 때도 진짜 신분을 거의 드러내지 않았다. 애리조나의 농업용 비료에 대한 기사를 쓸 때는 해리 오거스트가 되었다. 그러나 한밤중에 전자현미경 분야의 최신 발견에 대해 핵물리 과학자에게 전화를 걸 때는, 내 이름만 빼고 아무 이름이나 목소리를 사용했다. 빈센트의 계산에 따르면 나는 '망각' 직후의 생애만 빼고 과거의 모든 생애를 잊었어야 한다. 따라서 이번 삶은 이 지상에서 보내는 두 번째 생애에 불과했다. 그러니 연구를 하다가 빈센트를 우연히 만나게 된다면, 의도가 아니라 우연처럼 보여야만 했다. 무지하고 유약해 보이는 것만이 내가 지닌 무기였기에, 끝까지 아껴두었다가 최후의 일격에 활용해야 했다.

그러던 어느 날 예고도 없이 빈센트가 불쑥 나타났다.

편집장이 '우주 공간의 미사일'이라는 태그라인으로 기사를 썼으면 좋겠다고 해서 대기권 밖 장거리 미사일 시대의 핵 기술을 주제로 한 강연에 참석 중이었다. 썩 전문적인 아이디어라고 생각되지는 않았다. 보나마나 기사 제목 뒤에 느낌표를 여러 개 붙이고 십중팔구 첫 문단은 '세상에는 너무나 끔찍해서 생각조차 하기 싫은 일들이 있다……'로 시작해 점점 어조가 거창해져서는 웅변적인 클라이맥스로 끝을 맺겠지. 그런데 내 호텔 방문 앞에 카드가 한 장 배달되었다. 이벤트 스폰서인 에벨리나 신시아 라이트와 이 문제를 좀 더 심도 깊게 논의하고 싶다는 초대장이었다. 이처럼 화급한 문제에 언론이 관심을 가져줘서 얼마나 기쁜지 모르겠다고 감사의 마음을 표하며 마무리했다.

이번에도 허탕일 거라고 뼛속까지 새겨진 실망감을 미리 품고 에벨리나 신시아 라이트의 저택까지 차를 몰고 갔다. 웅장한 흰색 벽의 대저택으로 루이지애나 강에서 5킬로미터쯤 떨어진 거리에 있었다. 그날 저녁은 습하고 무덥고 으스스했다. 광활하게 펼쳐진 영지의 무성한 식물들은 내리쬐는 열기를 못 견디겠다는 듯 축축 늘어졌고, 생산 라인에서 금방 나온 신형 냉방 시설이 역사적 기념물에 첨단 기술이 거머리처럼 들러붙은 꼴로 고풍스럽고 우아한 건물 한쪽 벽에 부착된 채 소형 트럭만 한 몸체에서 뜨거운 김을 구름처럼 뿜어내고 있었다. 물풀로 온통 뒤덮인 연못을 에워싸고 주차된 차들로 봐서는 나만 초대를 받은 게 아니었다. 노크도 하기 전에 하녀가 문을 열어주었다. 하녀는 오시느라 수고하셨다면서 아이스 줄렙을 권하고 명함 한 장과 수제 페퍼민트를 주었다. 예의 바른 대화와 좀 덜 예의 바른 유치한 음악이 연회장이라고밖에 표현할 수 없는 공간에서부터 흘러나오고 있었다. 천장이 높은 대연회장의 널찍한 통창이 활짝 열려 뒤뜰로 이어져 있었다. 뒷마당에는 앞뜰보다 더 축축 늘어진 밀림이 펼쳐져 있었다. 일곱 살짜리 아이가 든 바이올린이 힘겹게 내는 괴로운 소리가 음악이랍시고 흘러나왔다. 자랑스러워 어쩔 줄 모르는 가족과 깍듯한 친구들이 아이 앞에 동심원을 그리고 앉아 지칠 줄 모르는 체력에 감탄하고 있었다. 그러자 정말 지칠 줄 모르는 게 뭔지 보여주겠다는 듯 아이가 다른 메들리를 시작했다. 800년이 넘게 살다 보니 예전처럼 순수한 눈으로 어린아이의 재롱을 뿌듯하게 바라보기가 어려웠다. 솔직히 사춘기보다는 장기간 인큐

베이터에 넣어두는 게 더 안전한 양육 방법이라고 생각하는 사람이 이 지구상에 나밖에 없는 건 아니겠지?

에벨리나 신시아 라이트 부인은 루이지애나 강변 지역에서 여성 대부호의 모범상이었다. 깍듯한 예절과 빈틈없는 환대가 몸에 밴 데다 녹슨 못 같은 거친 강단은 이런 대규모의 영지를 운영하는 힘이었다. 부인의 연구는 비효율적인 냉방 시설처럼 최첨단을 달렸다. 이만하면 충분히 눈도장을 찍었을까 생각하며 방 안을 훑어보았다. 과연 잠식해 오는 세계의 종말에 언론으로 대처한다니 말이나 되는 소리인가 새삼 고민에 잠겨 있는데, 부인이 녹아내리는 빙하처럼 나를 덮치며 우렁차게 외쳤다.

"어머, 세상에, 오거스트 씨!"

하마터면 움찔할 뻔했지만 간신히 미소를 띠고 부인이 내민 손목을 잡고는 허리를 굽혀 절을 했다. 심지어 손가락마저도 이 날씨에는 축축 처져 녹아내리는 것 같았다.

"오거스트 씨, 와주셔서 정말 감사해요. 저는 선생님 기사의 열혈 독자랍니다……."

"초청해 주셔서 감사합니다, 라이트 부인."

"어머나, 세상에, 영국인이시군요! 정말 매력적이지 않아요? 달링!"

얼굴 4분의 3이 수염으로 덮인 남자가 '달링!'이라는 말에 피할 수 없는 일은 그냥 해치우자는 듯 얼굴을 씰룩거리더니 한 발 앞으로 나왔다.

"오거스트 씨가 영국인이에요, 짐작이나 했어요?"

"아뇨, 몰랐습니다."

"선생님의 기사를 그렇게 많이 읽었는데, 미국식 문체를 아주 자연스럽게 익히셨나 보군요."

그랬나? 그렇게 말해도 될까? 여기는 겸손은 다 거짓말이고 허세는 못 참는 모임인가? 최대한 빨리 사교를 성공적으로 해치우고 도망칠 구멍을 찾아야 할 텐데.

"사이먼을 꼭 만나보셔야 해요. 사이먼은 정말 좋은 사람이고, 게다가 선생님을 만나고 싶어 몸이 달아 있었거든요. 아, 사이먼!"

나는 얼굴에 미소를 장착하고 자물쇠를 채워뒀는데 덕분에 상황을 모면했던 것 같다.

사이먼이라 불린 남자가 돌아섰다. 그 역시 윗입술에서 갈색 폭포수처럼 쏟아져 내리는 콧수염과 좀 작은 염소수염을 기르고 있었다. 턱의 염소수염이 아주 살짝 휘어져 있어서 보는 이의 눈길이 왼쪽 쇄골 쪽으로 삐뚤어지게 만들었다. 한 손으로 얼음 잔을 들고 한 손으로는 내가 기고하는 잡지를 돌돌 말아 쥐고 파리를 쫓으려는 기세였다. 하긴 쫓을 파리들이 차고 넘치긴 했다. 나를 보자 사이먼은 입을 동그랗게 벌리고 놀라움을 표했다. 여기는 방대하다는 말로도 표현하기 힘든 드넓은 연회장이었다. 사이먼은 한쪽 겨드랑이에 잡지를 끼고 손을 셔츠 자락에 닦았다. 죽은 파리 시체를 닦았던 것 같다. 그러더니 호방하게 외쳤다.

"오거스트 씨! 선생님을 뵐 날을 얼마나 오래 기다렸는지 모릅니다!"

그의 이름은 사이먼이었다.

그의 이름은 빈센트 랜키스였다.

69

내게 아군이 아예 없었던 건 아니다.

채리티 헤이즐미어는 죽지 않았다.

시간이 좀 걸리긴 했지만 나는 그녀를 찾아냈고, 열네 번째 생애의 중반에 국회도서관에서 현대 과학의 발전에 대한 논문을 뒤지고 있던 중 우연찮게 그녀와 맞닥뜨렸다. 빈센트의 행적이나 활동을 꾸준히 추적하고 있던 나의 관심사와 아무 상관이 없는 특히 지루한 대목을 읽다가 고개를 들었는데, 거기 노인이 된 채리티가 맞은편 테이블에서 나를 노려보며 적인지 아군인지 가늠하고 있었다. 채리티는 내면뿐 아니라 외면도 늙어 그녀를 알고 지낸 이래 처음으로 지팡이를 짚고 있었다.

채리티를 발견하고 도서관을 쭉 훑어보았지만 직접적 위협 요인은 없어 보여서 책을 덮고 조심스럽게 트레이에 반

납한 후 손가락으로 '정숙' 안내문을 가리켜 보이고 미소를 짓고 문 쪽으로 걸어갔다. 채리티가 따라올지 여부는 확신할 수 없었다. 그녀 자신도 아마 잘 몰랐을 것이다. 하지만 결국 그녀는 따라 나왔다.

"안녕, 해리."

"안녕하세요, 채리티."

작은 쓴웃음. 채리티의 노구는 통증에 시달리고 있었고 그 몸에서는 단순한 노화를 넘어서는 증후가 보였다. 머리숱이 빠지고 왼쪽 입가가 처진 모양새며 왼다리의 묵직한 부목을 보니 쇠약한 몸 탓만은 아니었다.

"그러니까 기억을 하는구나."

채리티가 툭 뱉듯 말했다.

"요즘은, 그런 사람들이 별로 많지 않아서."

"기억합니다." 부드럽게 말했다. "여기서 뭘 하고 계세요?"

"너와 같은 일, 아마도. 보통은 이렇게 오래 사는 걸 좋아하지 않지만 심지어 내 눈에도 시간이 잘못 돌아가는 게 보여. 이 모든…… **변화가**……."

그 말이 입술에서 독한 산처럼 뚝뚝 흘렀다.

"이 모든…… **발전이**. 도저히 감당이 안 되네."

그러더니 한층 날카롭게 쏘아붙인다.

"이제 기자가 된 모양이더라. 기사도 몇 편 읽었어. 그런 식으로 주목을 끌다니 대체 무슨 빌어먹을 짓을 하고 있는 거니? 전쟁이 벌어지고 있다는 걸 몰라? 저들과 우리 사이에?"

'저들'은 빈센트일 테고, '우리'는 크로노스 클럽일 테지. 내가 여전히 '우리'에 포함된다는 사실에 순간적으로 수치심이 스쳤다. 사정이야 어찌 됐든 10년 이상 빈센트와 함께 일했고 내 협조와 뒤이은 변절이 크로노스 클럽에 대한 전면 공격에 방아쇠를 당겼을 가능성이 높다. 이 사실을 아는 사람도 없을 테고 나 역시 굳이 자백을 서두를 생각은 없긴 했지만.

"적이 네 이름을 알면 추적할 수도 있잖아! 해리, 몸을 낮추고 눈에 띄지 말아야 해. 아니면 혹시 일부러 문제를 자초하고 있는 거니?"

나는 미소를 지었다. 채리티도, 그리고 어쩌면 나도 놀랐다.

"그래요." 나직하게 대답했다. "솔직히 말해서, 정확히 그게 제 계획이에요. 길게 보면 그쪽이 훨씬 수월할 거예요."

채리티가 의심스럽다는 듯 실눈을 떴다.

"대체 무슨 꿍꿍이지, 해리 오거스트?"

그래서 나는 털어놓았다.

누구에게나 아군이 필요하다.

특히 1900년 이전에 태어난 아군이.

70

　스파이로 활동하며 배운 게 두 가지 있다. 첫째는 지루하게 듣기만 하는 사람이, 열 중 아홉의 확률로 매력적인 말재주를 가진 사람보다 천만 배는 더 스파이로서 효용이 높다는 것. 둘째는 아무것도 모르는 정보원에게 접근하는 최고의 방법은 직접적으로 관계를 맺기보다는 그쪽에서 원해서 연결이 되는 것처럼 유도하는 거라는 것.

　"오거스트 씨, 이렇게 반가울 수가요."

　빈센트 랜키스가 환한 미소를 지으며 내 앞에 서서 손을 내밀어 악수를 청했다. 그런데 바로 이 순간이 올 때를 대비해 그 오랜 세월에 걸쳐 했던 준비, 수많은 계획, 온갖 생각이 한순간, 아주 짧은 한순간 하얗게 사라지더니, 살아서 펄떡거리는 그 분홍빛 목울대에 들고 있던 잔 속에 담긴 줄렙을 핵 쏟아버리고 싶다는 충동을 억누르느라 전력을 다해야 했다.

빈센트 랜키스, 처음 보는 사람처럼 나를 보고 웃으며 우정을 구하고 있는.

놈은 나한테 한 짓을 모조리 기억하고 있다. 기억술사의 능력으로 세부까지 낱낱이 기억하고 있다.

몰랐던 건, 알 수 없었던 건 나 역시 그 모든 걸 기억한다는 사실뿐.

"반갑습니다, 성함이……?"

"랜섬이라고 합니다."

그는 밝게 말하며 내 손을 꼭 잡고 따뜻하게 흔들었다. 찬 음료를 들고 있다 다른 손으로 바꿔 들어 손가락은 싸늘했고 유리잔 밖에 맺혀 있던 물기가 묻어 축축했다.

"선생님 글을 정말 많이 읽었습니다. 기자 생활 내내 지켜봤다고 해야겠군요."

"배려가 깊으시군요, 어…… 랜섬 씨?"

하마터면 한 번 더 물어볼 뻔했다. 전혀 모른다는 점을 분명히 해두어야 했다. 그러나 거짓말은 과하게 밀어붙이면 티가 난다.

"이 분야에 계십니까?"

이 분야라고 하면, 지구상에 있는 다수가 종사하는 직업군일 경우 항상 그 말을 꺼내는 사람의 직업군을 의미한다.

"이런, 아닙니다!" 그는 낄낄 웃었다. "저는 사실 한량에 가깝습니다만, 그래요, 한심한 일이지요. 하지만 기자 여러

분들이 하시는 일을 언제나 존경하고 있답니다. 여기저기 돌아다니면서 취재를 하고 잘못된 걸 바로잡고, 그런 일들 말입니다."

빈센트 랜키스와 맨살로 드러난, 땀에 젖은 그의 목.

"저는 그런 일은 거의 하지 않아요, 랜섬 씨. 그저 푼돈이나 벌 뿐이죠."

"전혀 그렇지 않습니다. 선생님의 논평은 사람을 끌어들여요. 심지어 면도날처럼 날카롭다 해도 과언이 아닙니다."

빈센트 랜키스는 쥐약이 내 혈관 속으로 흘러 들어갈 때 병상을 지키고 앉아 있었다.

고문 기술자가 내 발톱을 뽑기 시작할 때 뒤돌아 나가버렸다.

캠강에서 했던 뱃놀이.

흥분에 차 새로운 실험으로 뛰어들던 일.

우리는 경계를 확장할 수 있어요, 해리. 해답을 찾을 수 있어요. 모든 장소에서 모든 문제에 대한 해답을. 우리는 신의 눈으로 볼 수 있어요.

그는 내 비명 소리에 등을 돌리지 않았다.

끌고 가, 그는 말했다. 그러자 그들이 나를 끌고 가서 뇌에 총알을 박았다. 그리고 여기 내가 이렇게 있다. 결코 잊지 않을 것이다.

그가 보고 있었다.

세상에, 하지만 그는 보고 있었다. 멋진 미소 너머로 공허하고 매혹적인 거짓말 뒤에서, 내 얼굴 생김새를 구석구석 관찰하고 내 눈에 담긴 거짓말을 찾고 있었다. 조금이라도 내가 알아보는지, 혐오와 반항의 기미를 비추는지, 여전히 과거의 나 자신이라는 단서가 보이는지, 자기가 한 짓을 기억하는지, 샅샅이 탐색하고 있었다. 나는 미소를 지어 보이고 저택의 여주인 쪽으로 돌아섰다. 심장이 미친 듯 뛰는 바람에 마음으로 숨기려는 걸 몸이 들켜버릴까 걱정이 되었다.

"지인들도, 읽으시는 글들도 보아하니 취향이 정말 고고하십니다, 부인. 하지만 이곳에 저를 초청한 이유는 제 기사의 통찰력이 예리하다는 칭찬을 하기 위해서만은 아니시겠죠?"

에벨리나 신시아 라이트 부인은 천만다행으로 할 일이 있었고, 그 위기의 순간에, 돌아서면 내가 완전히 통제력을 잃을 수도 있는 절체절명의 상황에, 고맙게도 이렇게 외쳐주었다.

"오거스트 씨, 기자 정신이 대단하시군요, 역시! 사실 선생님께 소개드리고 싶은 분이 몇 분 계세요……."

그리고 내 어깨에 한 팔을 두르고 빈센트 랜키스에게서 멀리 이끌어 군중 속으로 데리고 들어갔다. 그 팔에 키스라도 하고 싶은 마음이었다. 깨끗한 하얀 소매에 얼굴을 묻고 눈물을 펑펑 흘리라면 그럴 수 있었다. 빈센트는 뒤돌아보지 않았고 나 역시 돌아보지 않았다.

71

잡았다.

잡았다.

잡았다.

게다가 무엇보다, 나 자신을 노출하지 않고 그를 잡았다.

그가 나를 찾아왔다.

그가 내게로 왔다.

이제 잡았다.

잡았다.

마침내.

미국인들이 쓰는 표현대로, 철저히 쿨하게.

철저히 쿨하게 플레이할 때였다.

나는 라이트 부인의 친구들이 진지하게, 가끔씩 열띤 논조로, 핵전쟁의 위협과 이데올로기적 대치 상황의 위험성, 기술의 침투부터 분쟁까지 여러 화두를 논하는 걸 경청했다. 빈센트가 등 뒤로 몇 발자국도 안 되는 거리에 있는 걸 알고 있었다. 하지만 한 번도 눈길을 주지 않았다. 그렇다고 너무 싸늘하게 대하거나 찬바람이 돌게 거리를 두지도 않았다. 저택에서 나오는 길에 가볍게 웃어주고 훌륭한 문학적 취향을 한 번 더 칭찬하며 잡지에 정기적으로 기고를 해주면 좋겠다는 바람도 표했다. 정말입니다. 얼마나 멋진 분이신지요, 이렇게 급변하는 시대에 든든한 지식의 요새 같은 분이십니다.

지나치게 뜨거워도 안 된다.

나오는 길에는 악수를 하지 않았고, 별이 총총 박혀 있는 하늘 아래서 진입로를 걸어갈 때도 문간에 서 있는지 뒤돌아 확인하지 않았다.

잡았다.

호텔로 잘 돌아왔다. 습한 도시 전체를 잠식한 퀴퀴한 곰팡내가 풍기는 2층 객실로 들어가자마자 문을 잠그고 침대에 앉아 족히 15분쯤 온몸을 덜덜 떨었다. 멈출 수가 없었다. 한참 동안 허벅지에 얹어둔 손이 덜덜 떨리는 걸 보면서, 대체 내 마음이 얼마나 뒤틀렸기에 이런 반응을 보이는 걸까, 내가 100년도 넘게 추적해 온 이 남자, 간발의 차이로 나를 파괴하는 데 실패한 이 남자를 보고 내가 느낄 수밖에 없을 수많은 감정 중에서 과연 어떤 감정이 이런 반응으로 나타나는 걸까, 생각했다. 아무리 기다려도 떨림을 주체할 수 없어서 기계적으로 잠자리에 드는 절차를 치렀다. 손을 떠는 바람에 치약이 턱에 다 묻었다.

목적을 바로 이룰 수 있을 거라 생각했다면 클럽에 당장 연락했을 것이다. 용병들을 소집하고 나도 직접 무기를 들고 나서서 바로 그때 그 자리에서 빈센트에게 '망각'을 집행했을 것이다. 묻지도 따지지도 않고, 재판도 생략하고, 쓸데없이 출생지를 심문하지도 않고 말이다. 출생지 정보를 빈센트가 순순히 내놓을 리도 없으니. 그러나 빈센트는 기억술사다. 내 경험을 판단의 근거로 삼는다면 '망각' 집행은 아무 소용 없는 짓이었다. 오히려 빈센트를 막을 기회만 영영 사라져 버릴 것이다.

그를 찾아냈으니 이제는 돌아서서 떠날 때였다.

빈센트는 마음만 먹으면 나를 어디서 찾아야 하는지 알고 있었다.

3개월.

그 어떤 고문보다 고통스러웠다.

나는 내 일을 했고 이번에는 신중을 기했다. 엄정하게 일했다. 철저히 기자의 본분에 충실했고 빈센트를 조사하는 일처럼 보일 만한 것에는 아예 손도 대지 않았다. 나아가 '망각' 이후 고작 두 번째 생애를 보내는 우로보란이 전형적으로 보일 만한 행위들로 수위를 높여나갔다. 다양한 종파의 교회를 다녔고, 상담 치료사들과 여기저기 약속을 잡았다가 취소했으며, 동료들과 어울리지 않고 외톨이로 지냈고, 모든 면에서 혼란스러운 세상을 힘겹게 헤쳐나가는 무지한 칼라차크라 해리 오거스트의 외형과 생활을 유지했다. 심지어 유창하게 말할 수 있는 스페인어도 따로 개인 교습을 받았다. 숙제는 아래층에 사는 이웃 아이에게 돈을 주고 해달라고 해서 쉽게, 형편없이 진도를 나갔고, 강사와 짧지만 상당히 즐거운 정사를 나누기도 했는데, 결국 늘 부재중인 멕시코 애인에 대한 죄책감에 휩싸인 강사가 관계와 교습을 모조리 그만두자고 해서 그러기로 했다.

위장을 유지하려고 정말 그렇게까지 해야 했냐고 묻는다면, 나도 잘 모르겠다. 빈센트가 현재 내 상태를 세밀하게 조사하고 있었다면 은폐는 완벽했다. 빈센트가 내 과거를 조사한 건 확실하다. 틀림없이 출생지를 알아내려 했을 것이다. 그러나 아군 채리티와 에이킨라이를 적재적소에 배치해 두었고 시스템에 남은 서류에는 나, 해리 오거스트가 리즈에서 유기된 고아로 영어를 배웠고 리즈에 계속 살다가 오거스트라는 성을 가진 그 지역의 부부에게 입양되었다고 기록되어 있다. 빈센트가 사실관계를 조사할 줄 알고 실제로 대충 비슷한 나이의 소년을 입양한 리즈의 오거스트 부부를 찾아두었다. 1938년 자동차 사고로 죽은 이 소년의 삶을 나는 유용한 알리바이로 활용했고, 때가 되면 내 신분으로 쓰려 마음먹고 있었다. 소년이 사고로 죽었다는 건 여러모로 내게 엄청난 행운이었다. 위장을 안전하게 유지하기 위해 하는 수 없이 죽여야 했을지도 모르니까.

세심하게 짠 거짓을 빈센트가 어떤 식으로 조사했는지는 알 수 없다. 아무튼 그 후로 3개월 간 그는 내게 접촉하지 않았고 나 역시 그를 찾지 않았다. 마침내 그가 나타난 건 새벽 2시, 워싱턴 D.C.에 소재한 내 아파트의 지선 전화를 통해서였다.

잠에 취해 어리벙벙한 상태로 전화를 받았다. 바로 그런 상태로 전화를 받기를 빈센트가 원했다.

"오거스트 씨?"

금세 알아들을 수 있는 목소리. 즉시 정신이 번쩍 들었다. 피가 급속히 귓불로 몰려 수화기를 내 몸에 갖다 대면 빈센트에게도 맥박 소리가 들리지 않을까 걱정스러울 정도였다.

"누구시죠?"

침대를 가로질러 기어가서 조명 스위치를 찾았다.

"사이먼 랜섬입니다. 신시아 라이트 부인의 저녁 모임에서 뵌 적이 있지요?"

그랬었나? 아마 그랬겠지.

"랜섬…… 죄송합니다. 저는 잘…….."

"죄송합니다. 아마 기억을 못 하실 텐데. 선생님 기사의 열렬한 팬입니다만……."

"아, 그분이시군요!"

혹시 내가 지나치게 반갑게 아는 티를 낸 걸까? 약간 과하게 부자연스러웠던 건 아닐까? 여기는 미국이다. 거침없는 표현의 나라, 그리고 전화는 미묘한 감정을 전달하는 매체가 아니다.

"죄송합니다, 랜섬 씨, 당연히 기억하죠. 그런데 좀 이른 아침 아닌가요. 이게……."

"이런, 맙소사!"

이런 안타까움의 감정은 약간 부자연스럽고 좀 지나치지 않은가? 일이 다 끝나면 서로의 기만이 얼마나 훌륭했는지 쪽지로 점수를 매겨 교환해야 할지도 모르겠다. 이런 면에서 빈센트의 견해보다 더 존중할 만한 기준은 없으니까.

"정말 죄송합니다. 그쪽에서는 몇 시죠?"

"새벽 2시요."

"이런 맙소사!"

또 이런다. 이제는 진심으로 다른 모든 면에서 흠잡을 데 없는 빈센트의 연기력에서 점수를 좀 깎고 싶은 마음이 들려고 한다. 이럴 때는 거창하고 감정적인 감탄사보다 공허하고 진부한 소리가 훨씬 적절하다는 사실을 머릿속으로 메모해 둔다. 하지만 다시 생각해 보면, 만일 그가 지금 내가 두 번째 삶에 갇혀 아무것도 모르고 심리적 외상에 시달리고 있다는 전제하에 작업하고 있다면, 당연히 바보 취급을 하는 게 옳다고 생각지 않을까?

"해리, 정말 미안해요."

또 저런다. 아직 전혀 그런 인간관계가 성립되지 않은 상황에서 친근하게 이름을 슬쩍 부르는 것.

"다음 주에 술이나 한잔 같이하자고 초대할 생각이었어요. 선생님 계시는 곳 근처에 가서 묵게 될 것 같아서요. 그런데 시간을 깜박하다니 정말 생각이 짧았지 뭡니까! 나중에 다시 전화드리겠습니다. 정말 수천 번 사죄드립니다!"

그는 내가 용서의 말을 꺼내기도 전에 뚝 전화를 끊어버렸다.

우리는 만나서 술을 한잔했다.

바는 로비스트들과 기자들이 단골로 드나드는 아지트였다. 낮은 조도의 전구 조명과 슬로 재즈 소리를 배경으로 잠시 휴전이 선포되었고, 전사들은 전선을 넘어 낯선 사람들과 같은 테이블에 합류해 축구나 야구를 논했고, 꾸준히 이어지는 인권운동의 전투가 최근 맞은 변곡점들에 대한 환담을 나누었다.

빈센트는 10분 늦게 도착했다. 터무니없이 화려한 백색 정장과 멜빵 차림이었다. 자기는 인생에서 별로 할 일이 없는 한량에 불과하지만 세상 돌아가는 일에는 관심이 많다면서 선생님의 지혜를 좀 빌려도 괜찮겠냐고 물었다. 물론이지요, 나는 대답했다. 빈센트는 자기가 술을 사겠다고 고집을 부렸다.

이 순간에 대비해 나는 미리 어마어마한 양의 치즈로 배를 채우고 엄청난 양의 물을 마시고 왔다. 임무 수행 중에 술에 취하는 데는 기술이 필요하다. 일부러 몸을 사리는 것처럼 보여서도 안 되고 무방비 상태로 취해서도 안 된다. 유일한 부작용은 자주 화장실에 들락거려야 한다는 건데 이보다 훨씬 더한 대가도 많이 치러봤다.

이야기를 나누다 보니 부자 한량에 대한 빈센트의 개념이 다른 사람들과는 좀 다르다는 게 확실해졌다.

"아버지께서 좀 많이 물려주셨지요."

별거 아니라는 듯 어깨를 으쓱했다.

"내가 쓸 데도 없는 작위에, 살지도 않는 집에, 한 번도 찾아가지 않는 공장까지. 하지만 사실 그런 걸 다 신경 쓰고 살 수가 있어야지요."

당연히 그렇겠지, 빈센트. 아무렴.

"아버지께서 대단한 부호셨나 봅니다."

"그럭저럭, 네, 그럭저럭."

주체할 수 없는 어마어마한 부자들의 불멸의 말, 스스로 당연하게 여기는 재정적 포화점이 너무 높아서 평범한 인간들의 영역을 벗어나 저 높은 곳을 떠다닌다고 여기는 자들, 그래서 작은 물고기들이 품는 꿈을 초월하는 광막한 부를 인지할 수 있다고 믿는 사람들. 따라서 '그럭저럭'이라는 말은, 아직 미지의 영역에 있는 부의 약속.

빈센트의 부친에 대한 의문이 우리 사이에 미결로 걸려 있었고, 그 미끼는 지나치게 육즙이 풍부하고 보드라워 보였기에 나는 못 본 척 묵살했다.

"그런데 선생님 같은 분이, 나처럼 기자질로 먹고사는 사람과 왜 이렇게 말씀을 섞고 계시는 겁니까?"

"말씀드리지 않았나요? 선생님 기사의 팬이라고요."

"그렇습니까? 제 말은, 그러니까 혹시…… 직접 신문사를 창간하거나 이 분야에서 일자리를 찾고 계신다거나 뭐 그런 건 아니라는 말씀이시죠?"

"이런 맙소사, 아닙니다! 첫 단추도 못 끼우고 헤맬 거예요. 하지만 말이 나왔으니 말인데……."

자, 이제 나온다. 소파에서 음모를 꾸미듯 들썩거리고, 고개를 푹 숙이고, 주변 사람들의 동태를 몰래 살피고.

"내부에서 주워듣는 뒷담 같은 건 취급 안 하시죠?"

어떤 유의 뒷담 말이죠? 대체 어떤?

"우리 회계사 친구가 뭔지는 몰라도 조화 공진 어쩌고 엄청난 첨단 기술을 다루는 회사 지분을 사라고 하더군요. 보통은 그냥 그 친구한테 이런 부류의 일들을 맡겨두는데, 투자 지분이 워낙 거액이라 실제로 결과가 나기나 할지 확신이 서지 않습니다. 어떻게 생각하세요?"

빈센트, 나는 자네가 '회계사 친구'라는 개념을 쓰기로 결정했다면 이미 과도하게 무리한 수를 둔 거라고 생각하네.

지금 자네를 죽이는 건 일도 아닐 거라고 생각하네.

이 모든 것에도 불구하고, 나는 지금 미소를 띠고 있어. 자네 연극을 보고 웃고 있어. 자네의 매력에. 자네의 미끈한 매너와 소소하고 음탕한 농담에. 10년 동안 우리는 함께 웃고 함께 일했는데 불과 며칠 사이에 자네가 내 삶을 파괴하려 했기 때문에 웃고 있지. 상상할 수도 없을 만큼 자네를 혐오하지만, 자네 앞에서는 웃음이 내 얼굴에 새겨진 습관이 되어버려서, 그래서 웃고 있는 거야. 거짓말에도 불구하고, 내가 자네를 어떻게 할 지 다 알면서도, 그럼에도 빈센트 랜키스, 자네를 좋아하기 때문에, 그래서 웃고 있어. 난 아직도 자네를 좋아해.

"회사 이름이 뭡니까?" 내가 물었다. "혹시 제가 좀 알아봐 드릴까요?"

"그래 주시겠어요? 혹시라도 제가 선생님을 뵙자고 한 게 이것 때문이라고 오해하실까 봐…… 사람들끼리 원래 다들 이용하지 않습니까. 하지만 정말 솔직하게 말해서요, 해리, 혹시 해리라고 불러도 될까요? 선생님 기사를 워낙 열렬하게 좋아해서 그냥 만나 뵙고 싶었던 겁니다. 다른 문제는 순전히 곁가지고요……."

"전혀 문제될 것 없습니다, 랜섬 씨. 사이먼이라고 할까요? 사이먼, 전혀 문제될 것 없어요."

"정말로 폐를 끼치고 싶지는 않습니다."

"폐가 될 일이 없어요. 그저 제 일을 하는 건데요."

"적어도 시간을 내주신 대가는 치르게 해주십시오! 경비? 혹시 최소한 경비라도 제가 부담해도 될까요?"

선한 사람을 뇌물로 타락시키기가 얼마나 쉬운지 잘 기억하고 있었다. 이 해리 오거스트는, 내가 연기하고 있는 이 해리 오거스트는, 선한 사람인가? 나는 그렇다고, 그래야 한다고, 그리고 빈센트 랜키스 앞에 서는 모든 선한 사람이 그러듯 불가피하게 타락해야 한다고 결정을 내렸다.

"저녁 식사 값을 내주시지요." 내가 대답했다. "그러면 서로 깔끔하게 빚진 것 없이 털 수 있을 테니까."

결국 나는 여행 경비도 그가 부담하게 했다.

회사는 내 예상을 한 치도 비껴가지 않았다. 정상적인 방식이라면 차세대 TV를 개발하고 음극선관의 진동을 정밀하게 조정하고 전자기식 효과를 통한 간섭과 유도 현상을 연구하고 있어야 한다. 그러나 미국 전역에 산재한 수많은 다른 기관이 그러하듯, 이 회사 역시 시대보다 20년쯤 앞선 기술과 관련된 상세한 세부 스펙, 도표와 숫자가 빼곡히 적힌

다섯 장의 노란 편지지를 받았고, 이제 회사는…….

"정말로 흥미로운 연구를 하고 있습니다, 오거스트 씨. 정말 흥미진진하지요. 단독입자 광선 공진이라는 건데요."

그런데 그게 무슨 뜻이죠? 물론 제가 기사를 쓰려고 하면, 독자들이 이해해야 하니까요.

"그러니까요, 오거스트 씨, 예를 들어 광선이 한 줄기 있다고 합시다. 고강도의 광선이죠, 레이저 같은……."

그럼 그렇지. 1960년대의 레이저, 집집마다 모르는 사람이 없는 전자 제품이지.

"……그걸 전자에 쏘는 겁니다."

당연하지, 암, 1960년대에는 당연히 단독 전자에 레이저를 쏘며 보내는 게 당연하고말고? 지난 880년 동안 내가 대체 어디 살다 온 거야?

"……에너지 전이가 일어나는 걸 보게 되는데…… 혹시 파동―입자 이중성의 개념을 알고 계시는지요?"

그렇다고 칩시다.

"화…… 환상적이군요! 그러니까 우리가 이제는 빛을 입자, 즉 포톤인 동시에 파동이라고 이해한다는 걸 아시겠군요. 이 파동들은 입자이기도 하니까, 그 파동들 간의 조화 공진으로, 우리가 이제 볼 수 있게 되는 건…… 확실히 이해하시는 거죠, 오거스트 씨? 굉장히 걱정스러운 표정이신데요."

내가요? 점심을 좀 잘못 먹은 모양이군요. 점심이 형편없었다고 한다면요.

"정말 유감입니다, 오거스트 씨. 몰랐어요! 좀 앉으시겠습니까?"

나중에 빈센트를 위한 보고서를 썼다. 나는 기술의 효용을 보자마자 이해했고, 더 중요하게는 어째서 문제의 회사를 빈센트가 활용하려 하는지 이유를 알 수 있었다. 그 연구는 빈센트가 꿈꾸는 장치 퀀텀 미러에 더할 나위 없이 쓸모가 있을 터였다. 퀀텀 미러야말로 단독 입자를 들여다보고 만물의 해답을 도출하는 장치이므로. 간단해요, 해리, 너무나 간단하지요. 하겠다는 용기만 있으면 되는 거예요.

빈센트는 아직도 퀀텀 미러를 건설하고 있군. 미국 대륙의 깊은 중심부 어딘가에서. 그게 이 모든 일의 목적이었다. 그러나 알고 있다는 걸 드러낼 수 없었으므로 과학보다는 대체로 내가 만난 사람들의 성격과 재정적으로 튼실한 계획이 있는지에 초점을 맞추어 보고서를 썼다.

우리는 만나서 저녁 식사를 함께했고 그가 돈을 냈다. 빈센트는 콧노래를 흥얼거리며 내가 쓴 보고서를 한 장 한 장 넘기면서 전문가처럼 아, 아, 하는 감탄사를 연발하고 놀란 듯 숨을 몰아쉬더니 마침내 보고서를 테이블에 던지고 박수를 짝 쳤다.

"완벽해요, 해리, 한마디로 완벽합니다! 웨이터, 여기 사케 좀 더!"

1969년이었고 스시가 미국에서 새로 유행하고 있었다. 극지의 빙하가 녹고 있었고 하늘이 산업 오염 물질로 누런 주황빛으로 변하고 있었으며 소비에트 블록은 붕괴하고 있었고 미국에서 인권을 쟁취하기 위한 흑인 전사들을 위해 피부를 아기처럼 하얗게 표백하는 알약이 생겼다는 뜬소문이 돌았다. 세계가 핵무기로 초토화되지 않은 유일한 이유는 아무도 굳이 시도해 볼 이유를 찾지 못했기 때문일 거라고, 나는 결론을 내렸다.

"선생님 얘기 좀 들려주세요, 해리. 영국인이시죠, 맞습니까?"

자, 이제 또 시작한다. 출생의 근원에 대한 질문. 코스 요리 사이에 교묘하게, 부드럽게 던져진 질문은 하마터면 눈치 채지도 못하고 지나칠 뻔했다.

"대가족이십니까?"

"아니요." 나는 있는 그대로 대답했다.

"부모님은 두 분 다 돌아가셨습니다. 벌써 몇 년 되었어요. 형제나 자매는 없습니다."

"유감이군요. 하지만 부모님께서 아드님을 아주 자랑스러워하셨겠지요?"

"그럴 겁니다. 그러길 바라지요. 좋은 분들이었지만, 제가 여기서 일하고 그분들은 거기 계셨으니…… 사정을 아시잖아요."

"저야 안다고 말씀드릴 수 없지요, 해리. 하지만 이해할 수는 있을 것 같습니다. 런던 출신이세요?"

훌륭한, 미국인다운 질문. 잘 모르겠으면 영국 사람은 다 런던 사람이라고 생각해라.

"아니요, 훨씬 북쪽입니다. 리즈죠."

"저는 잘 모르겠네요."

세상에, 하지만 기가 막히게 거짓말을 잘한다. 마스터클래스로군. 내가 나 자신의 기만에 그토록 신경 쓰고 있지 않았더라면, 아마 일어나서 박수갈채라도 날렸을지 모른다. 어깨를 으쓱해 보였다. 어려운 문제는 굳이 나서서 이야기하기 싫어하는, 절제된 영국인답게 어깨를 아주 슬쩍 움직였을 뿐이다. 그러자 빈센트는 신호를 감지하고 분별 있게도 재빨리 다음 화제로 넘어갔다.

부업으로 빈센트를 위해서 몇 가지 일을 더 해주었다.

이런저런 회사들에 출장도 가고, 잠재적인 '투자자들'과 인터뷰도 하고. 패턴이 선명해서 꿰뚫어 보기 쉬웠다. 매번 새로운 일감이 떨어질 때마다 아주 조금씩 더 깊이 그 수중에 들어가 주었다. 여러모로 그가 나를 타락시키기 위해 사용하는 기법들은 내가 이전 삶에서 다른 사람들을 타락시키기 위해 썼던 수법의 거울상이었다. 한 번의 저녁 식사가 주말여행이 되고, 주말여행이 헬스클럽에서의 정규적인 만남이 되고. 우리는 그리 잘 어울리지 않는 흰 반바지와 티셔츠를 입고 사회가 급속히 중년이 되어가는 남자들에게 기대하는 바대로 스쿼시를 쳤으며, 끝나고 나면 헬스클럽의 다른 멤버들과 함께 커피를 마시며 뉴스와 정치를 논하고 저온융합이 과연 나아갈 길인가를 토론했다. 일단의 레바논 과격파들이 드디어 베이루트에 화학 폭탄을 터뜨렸을 때, 나는 헬스클럽의 레크리에이션 룸에서 빈센트와 함께 앉아 연기로 얼룩진 도시의 학살 현장에서 산 자과 죽어가는 자가 기어 나오고 방독면을 쓴 기자들이 장갑차 뒤에 숨는 모습을 지켜보았고, 우리가 이런 짓을 저질렀다는 걸, 이 기술을 세상에 풀어놓은 게 우리라는 걸 깨달았으며 불가피한 운명의 싸늘한 손이 내 등을 떠미는 걸 느꼈다. 1975년에는 첫 휴대폰을 샀고 1977년이 되자 전화 사기, 컴퓨터 해킹, 사기성 이메일과 현대 언론의 타락에 대한 기사를 쓰고 있었다. 세계가 지나치게 빨리 치달려 나가고 있었다. 빈센트와 함께 보낸 시간 동안은 이 모든 골치 아픈 일을 잊고 목가적인 즐거움을 누릴 수 있었다. 이 혼돈상과 급격히 늘어나는 사상자의 수로부터 멀리 떨어진 메인주 중심부의 대저택에서 열리는 파티들에 그가 초대해 주었기 때문이다. 빈센트는 자기 연구나 작업에 대해서는 한 마디도 하지 않았고 나 역시 캐묻지 않았다.

신비스러운 부의 원천인 빈센트의 아버지는 1942년에 사망한 실존 인물로, 태평양전쟁의 영웅으로 밝혀졌다. 그 무덤은 편리하게도 표식도 없고 추적도 불가능했지만, 조용히 빈센트의 기록을 샅샅이 뒤져본 결과 행여 부검할 사체가 있다 하더라도 빈센트와는 아마 리즈에 사는 수수께끼의 오거스트 부부와 나 사이만큼이나 아무 관련이 없을 게 분명했다. 빈센트의 출생 기원을 본인 입을 통해 알아내기란 훨씬, 훨씬 더 어려울 터였다.

1978년, 베를린장벽이 무너지던 해, 영불해협터널이 해저에서 일부 붕괴해 열두 명이 희생되고 닷컴 버블이 터진 후 경제 위기를 수습하려는 유럽의 노력이 잠시 주춤했을 무렵, 그때쯤에는 일상처럼 익숙해진 빈센트의 파티에 초대되어 대저택으로 갔다. 금박 테두리의 초대장을 보니 대규모 사교 모임이 확실했지만, 대규모 사교 모임이야말로 내 목적에 딱 맞았다. 그런 모임에서 빈센트는 어쩔 수 없이 엄청난 양의 거짓말을 거듭해야 했고 틈새에 존재하는 모순을 찾아내기가 더 쉬웠기 때문이다. 모임의 내용은 적혀 있지 않은 초대장이었지만 카드 맨 밑에는 '파자마를 꼭 갖고 오세요!'라고 쓰여 있었다.

그는 나를 데리고 장난치는 걸 좋아했고, 나 역시 나름대로 장난감 노릇을 즐겼다. 몇 년 세월이 지나다 보니 내 앞에서 그는 약간 긴장을 풀었다. 말뿐 아니라 실제로도 무해한 존재라 믿게 되었는지도 모른다. 남은 기억도 별로 없고 평판도 별로 좋지 않은 해리 오거스트가 확실하다 생각했을 수도 있다. 게다가 뭐 어쨌든, 빈센트는 파티 하나는 끝내주게 열 줄 알았다.

저녁때 자갈돌이 깔린 익숙한 진입로를 따라 빈센트가 '4월—5월, 8월—10월' 저택이라 부르는 낡고 화려한 붉은 벽돌 저택으로 향했다. 이 시기의 메인주가 가장 쾌적하다고 했다. 11월—3월과 6월—7월을 어디서 보내는지는 아무도 몰랐지만, 거기가 어디든 거기 있는 동안에 방사능 배지를 달고 있을까 궁금해하지 않을 수 없었다. 가이거—뮐러 계수관이 내 의혹을 확인시켜 주는 것 이상의 역할을 할 수 있었다면 디너 재킷 밑에 하나 숨겨 갔을 테지만, 빈센트가 여전히 퀀텀 미러에 매달리고 있다는 걸 아는 이상 굳이 확인할 필요는 없었다. 다만 얼마나 진척되었는지가 궁금할 뿐이었다.

다섯 번의 삶, 해리. 다섯 번만 더 살면 될 것 같아요!

그 말을 한 후로 두 생애가 지났다. 아직도 일정이 차질 없이 진행되고 있을까?

"해리!" 빈센트가 문간에서 나를 반기며 프랑스인의 매력과 양키의 열의로 포옹했다. "자네는 핑크룸에서 묵게. 자고 갈 거지, 안 그런가?"

"초대장에 파자마를 챙겨 오라고 해서 주말에 묵고 가라는 말인 줄 알았지."

"잘됐어! 안으로 들어오게. 다른 손님들도 속속 도착하고 있어. 그 사람들과도 얘기를 나눠야 할 것 같은데 미안하네. 자네도 사정은 알잖아. 인맥 인맥 인맥 관리가 최고니까."

문제의 핑크룸은 중세가 모던이라고 생각하는 건축가가 설계한 건물의 한 면으로 돌출한 탑에 자리한 작은 방이었다. 별도의 작은 화장실과 샤워실이 딸려 있었고 벽에 걸린 액자이는 호랑이를 한쪽 발로 밟고 내가 본 가장 큰 라이플총을 자랑스럽게 하늘로 치켜든 젊은 빈센트의 사진이 표구되어 있었다. 20분 동안 들여다보고 분석한 끝에 집 안에 널려 있는 수많은 다른 빈센트의 사진들이 그렇듯 이 사진 역시 합성이라는 걸 밝혀냈다.

아리층에서 수다 소리가 들려오고 있었고 해가 지평선 너머로 저물자 내 방 아래의 잔디밭은 집 안의 모든 방 창문에서 흘러넘치는 텅스텐 조명의 밝은 광선으로 줄무늬가 생겼다. 밴드가 우아한 분위기에서 굳이 '예이!' 하는 민망한 함성을 유도하지는 않는, 딱 좋은 정도로 기분을 돋우는 컨트리 음악을 연주했다. 나는 정장을 차려입고 아래층으로 내려갔다.

모여 있는 하객들 중에 익숙한 얼굴들이 보였다. 빈센트, 아니 사이먼 랜섬과 수년간 알고 지내면서 소개받은 남자들과 여자들부터 시작해서 온갖 부류의 사람이 섞여 있었다. 싹싹한 악수와 서로의 인맥과 친구들, 가족에 대한 호구조사, 그리고 이 나이에는 점점 더 잦아지는 건강 얘기가 이어졌다.

"이런 세상에, 요즘은 집에서 혈압을 측정하고 있는데. 막상 병원에 가면 치솟는단 말이야."

"나도 혈당을 조심하라는 얘기를 들었지."

"나는 지방을 주의하라고 하더군."

"콜레스테롤, 콜레스테롤, 내 삶에 콜레스테롤이 약간만 더 있으면 얼마나 행복할까."

몇 년 더 있으면 내 몸은 골수부터 시작해서 서서히 기능이 정지되기 시작할 것이다. 몇 년 밖에 남지 않았다. 그때까지 빈센트 랜키스의 비밀을 알아내는 일에 진척이 없다면 이번 생은 낭비한 걸로 간주해야 할까?

갑자기 유리잔을 은 식기로 딸랑거리는 소리가 나더니 예의 바른 박수갈채가 터져 나왔다. 빈센트가 연주를 멈춘 밴드 옆에 서서 술잔을 들고 좌중 앞에 뿌듯한 얼굴로 서 있었다.

"신사 숙녀 여러분."

연설을 시작하는군. 아, 난 정말 연설이 싫어.

"오늘 여기 모두 와주서서 정말 감사합니다. 다들 용건을 궁금해하고 계실 텐데……."

살아오면서 여든일곱 번의 결혼식과 여든아홉 번의 장례식과 스물아홉 번의 성년식과 열한 번의 성인식과 스물세 번의 견진성사와 서른두 번의 세례에 참례했으며 여덟 번의 이혼 재판에는 한쪽의 증인으로 출석했고 열세 번의 이혼 재판에는 부부의 친구로 위로를 하기 위해 참석했으며, 내가 갔던 칠백여든네 번의 생일파티 중에서 백열한 번은 스트리퍼가 나왔고 그중 열두 번은 심지어 똑같은 스트리퍼가 나왔다. 백세 번의 결혼기념일 파티에 참석했고 부부관계에 위기를 겪은 후 재결혼을 하는 예식에 일곱 번 참석했다. 그런데 그중에서 아주 조금이라도 기억이 나는 연설은 아마 열네 번 정도…….

"……그래서 신사 숙녀 여러분, 예비 신부를 소개하겠습니다."

다른 사람들이 다 박수를 치기에 나도 자동으로 따라 치면서 고개를 들어 빈센트가 이 시간에 함께하기로 결정한 선형의 인간을 바라보았다. 잔디밭에서 테니스를 치던 휴를 질투하게 하려고 선택했던 프랜시스일까? 아니면 예쁘지만 속이 텅텅 비었던 레티시아일까? 어쩌면 음흉하게 악행을 저지르면서 품위 있는 척하기 위해 메이를 선택했을지도 모른다. 아니면 어두운 시간을 함께했던 엘리자베스일까? 함께하는 게 9할이라면 성적 매력은 1할이었던 엘리자베스 같은 여자일지도 모른다. 여자가 방으로 올라왔다. 클로티드 크림 색깔의 머메이드 드레스를 입고 머리카락이 살짝 희끗해지고 있는 여성은,

제니였다.

나의 제니.

기억이, 처리하지 못할 정도로 정신없이 빠르게 치닫는다.

내가 사랑했고 결혼했던 제니, 의학계에 여자라고는 찾아볼 수 없던 시절에 그것도 글래스고에서 외과 의사로 일하던 제니. 나는 그녀를 사랑했고 모든 걸 털어놓았지만 그녀는 감당해 내지 못했다. 나의 제니, 모진 운명을 겪었지만 한 번도 원망한 적이 없는 제니, 프랭클린 피어슨과 그 저택 마룻바닥에서 대퇴부 동맥을 끊고 웃으며 죽어가야 했지만 한 번도 탓한 적 없는 제니. 나의 제니, 다른 삶에서 "나와 함께 도망가자"라고 속삭였더니 미소를 지으며 자기도 딱히 이유를 알지 못하면서도 유혹을 느끼는 표정을 지었던 제니.

나의 제니, 내가 빈센트에게 그녀 이야기를 했었다. 피에트록—112에서, 기억의 조각, 카드 게임을 하던 밤, 보드카에 약간 취해서 말했더니 그가…….

"빌어먹을, 해리. 크로노스 클럽에 대해서는 우리 의견이 다를지 몰라도, 남자가 가끔은 욕구를 채워야 건강한 법이에요."

기억, 빠르게 질주한다.

나는 안나를 보고 있었다. 여섯 번째 유효숫자까지 정확하게 측정할 줄 아는 연구실 테크니션, 안경 너머로 웃어주었던 그녀는 이런 진부한 관계가 만사를 훨씬 더 달콤하게 만들어준다는 걸 알지 못했다. 빈센트가 내 어깨를 찰싹 치면서 중얼거렸다.

"이런 세상에, 해리, 천재는 고뇌해야 한다는 둥 그딴 소리를 대체 누가 했대요? 어서 가봐요, 어서요."

나는 으음, 에헴, 헛기침을 했고 정치적으로 올바를까 걱정했고 사람들이 무슨 말을 할까 걱정했다. 우리는 그날 밤 카드 게임을 하면서 보드카를 마셨고 빈센트는 그런 걱정은 열일곱 살짜리도 안 하는 거라면서, 열두 번째 인생을 사는 노인네가 무슨 짓이냐고 놀려댔다.

"살면서 여자도 겪어봤을 거 아니에요, 해리?"

"난 항상 좀 진정한 사랑이라는 개념에 사로잡혀 있는 편이어서. 자네도 어떤지 알 거야, 아마."

"난센스죠." 그는 카드가 펄쩍 튀도록 주먹으로 탁자를 쾅 치면서 대꾸했다. "나는 물론 이 퀀텀 미러라는 프로젝트가 인간이 수행할 수 있는 가장 위대한 탐구라고 영혼 깊이 절대적인 확신을 갖고 있어요. 조물주의 눈으로 우주를 보고 인간이 품는 가장 위대한 질문들에 해답을 찾는 일이잖아요. 하지만 한편으로 사람이 휴식도 오락도 없이 딱 한 가지 일에 편집증적으로 매몰되어 버리면 생산성은커녕 편두통밖에 나올 게 없을 거라 믿어요. 이곳의 관료들도 통계 같은 게 아마 있을 거예요. 예를 들어서 노동자가 여덟 시간을 일할 때마다 반 시간의 휴식을 취하면 생산성이 15퍼센트 향상된다든가 뭐 그런 거 말이에요. 그 15퍼센트의 생산성 향상이 작업장 밖에서 보내는 시간의 손실보다 더 중대한가 하면? 당연히 그렇죠!"

"그러니까…… 치유적인 섹스를 제안하는 건가?"

"치유적인 동반자 관계를 제안하는 거예요. 선생님도 자주 지적하셨지만 아무리 위대한 지식인이라도 매 순간 우주의 신비를 분석하며 살 수는 없잖아요. 오히려 매일 일정 시간은 어째서 화장실이 이렇게 추운지, 샴푸가 왜 이렇게 형편없고 구내식당 양배추가 왜 이렇게 물컹물컹한지 그런 생각을 하는 게 낫다고요. 우리 과학자들이 수도승이 되는 건 바라지 않아요, 해리. 특히나 선생님은요!"

"자네는 누가 있나? 난 못 봤는데……."

빈센트는 손목을 휙 꺾으며 질문을 묵살했다.

"꼴사납고 불쾌한 관계가 생산성을 향상시킨다는 말을 하지는 않았어요. 오히려 그 반대죠. 약간의 화학적 자극을 느낀다고 해서 허무한 성적 대상을 쫓아다니면서 시간을 허비하지는 않을 겁니다! 하지만 내가 느끼기에……."

"여덟 시간의 노동을 하고 나서 반 시간의 휴식이라고 생각되는 여자?"

"그렇죠. 그런 사람이라면 선생님한테도 알려드릴게요."

"결혼한 적 있나?" 특별히 대단한 의도는 없는 질문이었다. 카드 패를 던지면서 그저 호기심에 물었을 뿐이다. 친구의 과거사에 대한 예의 바른 관심이었다.

"한두 번요. 적당한 신붓감이 있는 거 같으면 했죠. 한번은 제 첫 삶에서였는데 내가 생각하기에 어떤 여자가…… 하지만 원래 돌이켜 보면 다 근사하게 보이죠. 아무튼 죽을 때는 내가 그 여자 없이도 완벽하게 잘 살았다는 생각이 들더라고요. 간혹가다 반려자로 들이는 여자도 있긴 했어요. 약간의 의리가 있어야지, 안 그러면 노년이라는 게 지루하더라고요. 선생님은요?"

"뭐 비슷하지." 내가 인정했다. "자네처럼 나도 혼자 사는 건…… 장점보다 단점이 더 많은 것 같고, 특히 늙어서 더 그런 것 같아. 보아하니, 실제로 공허한 관계라면, 공허함을 의식하고 거짓말이 무용하다는 걸 알더라도, 누군가와 함께 있고 싶다는 충동이…… 내 생각보다 더 깊이 각인되어 있다는 느낌이 들었지."

그리고 이유는 기억나지 않지만 제니 이야기를 해주었다.

제니.
내 평생의 사랑이라고 말한다면 그건 순진한 소리겠고.
한 생애의 사랑이라고 해야 할 것이다.
애정이 그렇게 오래 지속될 수 있다는 건 바보 같은 전제다. 지나치게 오랜 세월 거짓말과, 기만과, 만사로부터 동떨어져 살아온 삶으로 인해 형성된 망상이다. 노출될까 봐 두려워서 크로노스 클럽과 거리를 두고, 내 진실을 추론해 낼

까 두려워서 빈센트로부터 거리를 두고, 살았던 사람들과 죽었던 사람들과 아무것도 기억하지 못하는 사람들과 거리를 두고, 나를 입양한 가족과 친 가족과도 거리를 두고, 이미 내가 묘사한 방식으로 흘러가는 세상과도 거리를 두고…….

모든 것과 거리를 두고 살아온 결과다.

내 심장이 이렇게 빨리 뛰는 건.

내 숨이 이렇게 막히는 건.

내 뺨이 이렇게 화끈 달아오르는 건.

사랑이 아니다.

망상이다.

제니.

빈센트의 손을 잡고 있는 제니.

다른 손을 뻗어 빈센트가 손가락 사이에 끼고 있는 술잔을 잡아 그랜드피아노 위에 놓는 제니. 그런 뒤 제니의 손가락이 빈센트의 목 뒤로 돌아가 옷깃 위의 숱 없는 머리카락을 훑는다. 제니는 빈센트에 필적할 만큼 훤칠하지만 그래도 까치발로 서서 몸을 빈센트에게 기대고 있다. 제니가 빈센트에게 키스하자 빈센트도 화답한다. 깊고 길고 열정적인 키스. 그러자 방 안의 사람들이 박수갈채를 보내고 몸을 떼면서 빈센트의 눈이 나를 향해 번득인다.

1초.

딱 1초.

그는 무엇을 보았을까?

나도 박수를 친다.

나중에야, 아주, 아주 나중에야 나는 후미진 정원 한구석을 찾아 기어 들어가서 축축한 흙바닥에 엎드려 흐느껴 운다.

72

빈센트.

나의 숙적.

나의 친구.

우리 둘 중에서는 내가 더 거짓말을 잘해.

하지만 자네는…… 자네는 언제나 사람됨을 더 잘 판단했
지.

그게 마지막 테스트였나? 궁극적 증거였나? 내가 다른 남
자와 키스하는 내 아내의 눈을 들여다보고 악수를 하고 미
소를 짓고 두 사람의 행복을 진심으로 빈다고 말하고 내 뺨
에 그녀의 키스를 받고 그녀 목소리를 듣고 그녀가 자네의
여자라는 걸, 내 숙적이자 내 친구인 자네의 여자라는 걸 알
면서도 아무 내색도 하지 않는 것? 자네 손을 잡고 회랑을
걷는 그녀를 보며 미소를 짓고 교회에서 찬송가를 따라 부

르고 케이크를 자르는 그녀의 사진을 찍어줄 수 있는지? 왜냐하면 해리는, 해리는 기자니까, 해리는 사진을 당연히 잘찍을 테니까, 안 그런가? 내가 그녀 귀에 속삭여 말하는 자네를 보고, 그 말에 소리 내어 웃는 그녀를 보고, 그녀의 살갗에서 자네의 체취를 맡고도 격분해 벌떡 일어나지 않을 수 있는지 본 건가? 자네가 그 여자를 취한 이유가 사랑이 아니라, 열정이나 반려를 위해서가 아니라, 심지어 여덟 시간 노동에 반 시간 휴식을 위해서도 아니라서? 순전히 내 여자이기 때문에 그녀를 취해서. 그런데도 내가 웃을 수 있는지 본 건가?

아마 겉보기에는 그랬겠지.

이제 나는 안다. 정확히 언제인지는 몰라도 내 안의 무언가가 죽었기 때문에.

73

우리는 끝에 가까워지고 있다, 자네와 나.

이 모든 얘기를 하면서 우리 양아버지 패트릭 오거스트의 이야기를 아직 하지 않았다는 게 떠오르는군. 아니 좀 더 구체적으로 말하자면, 그가 어떻게 죽었는지. 해리엇, 친절한 해리엇은 내 여섯 살과 여덟 살 생일 사이에 죽고 로리 헐른은 자네도 알다시피 가난하게 죽지. 언제나 같은 장소에서 죽는 건 아니지만. 패트릭, 과묵한 패트릭, 아내가 세상을 떠나고 슬픔에 잠겨 난로를 사이에 두고 나와 마주 앉아 있던 패트릭은 1960년대에 자기 운명에 불만을 품고 죽는다. 그는 내가 아는 모든 생애에서 한 번도 재혼하지 않았고, 헐른가의 느릿한 몰락의 거미줄에 걸려들어 결국은 가난하고 연금도 없는 외로운 노인네로 전락하는 경우가 많다. 나는 그에게 돈을 보내고, 그때마다 뻣뻣한 답신을 받는다. 매번의 삶에서 단어 하나 틀림없이 똑같은 편지를.

친애하는 해리,

네 돈은 잘 받았다. 돈을 보내면서 괜한 불편을 겪진 않기를
바란다. 쓸 만큼은 있으니까 필요한 건 별로 없다. 그리고 노
인은 젊은이의 미래를 위해 노력해야 하는 법이지. 나는 많
이 걸으면서 건강히 잘 지내고 있다. 너도 그럴 거라 믿는다.
행운을 빌며,

패트릭

언제나 돈을 보내면 그는 적어도 6개월 동안은 죽어도 쓰
지 않고 침대 밑의 상자에 모은다. 언젠가 내게 돌려주려고
모으는 것 같지만, 결국은 가난에 못 이겨 생존을 위해 그 돈
을 쓰고 만다. 한 번은 새 집을 살 수 있을 만큼 많은 돈을 보
내기도 했지만 당신은 건강을 돌보고 살 만큼 넉넉히 갖고
있으니 그런 큰돈은 젊은 사람들을 위해서 쓰는 게 제일 좋
다고 예의 바른 거절의 편지에 수표를 동봉해 돌려보냈다.
나는 어떤 식으로든 돈을 보내고 나면 적어도 두 달 정도는
직접 찾아가지 않도록 주의했다. 혹시라도 패트릭이 내가 감
사 인사를 바라고 찾아오는 것으로 오해할까 봐 걱정이 되

어서였다. 이토록 오랜 세월이 지난 지금까지도 나는 여전히 아버지의 노년을 행복하게 해드리는 법을 모른다.

우리 아버지.

이 이야기 내내 나는 로리 힐른을 '내 아버지'라고 불렀다. 엄밀하게 유전적인 의미에서는 그가 내 아버지다. 내 삶 속에서 계속 존재감을 과시했다. 도망칠 수도 피할 수도 없이 언제나 그늘 속에 항상 존재했다. '내 아버지' 이상으로 표현할 수 있는 말이 없었기에 나는 그렇게 그를 묘사했다. 아마 병사, 주인님, 영주, 질투에 사로잡힌 남자, 회한 덩어리, 강간범이라고 부를 수도 있었겠지만, 모든 묘사가 다 어느 정도 조건부였으므로 대신 그냥 있는 그대로, 내 아버지라고 불렀다.

그러나 그는 패트릭의 반만큼도 내게 아버지 노릇을 하지 못했다. 패트릭의 단점을 부정하는 건 아니다. 패트릭은 해리엇의 죽음 이후로 내게 가혹하게 굴었고, 어렸을 때는 나와 거리를 두었던 냉정한 사람이었다. 친절한 사람치고는 지나치게 회초리를 많이 들었고 정 많은 사람치고는 지나치게 나를 외롭게 방치했다. 그러나 내가 살았던 모든 삶을 통틀어 단 한 번도, 내 출생의 비밀을 밝히는, 궁극적으로 잔인한 행위를 한 적이 없다. 그는 자신이 내게 오롯이 아버지라는 점을 단 한 번도 부정하지 않았다. 아무리 내 얼굴의 생김새가 나를 부정하는 남자를 닮아가도 패트릭은 자기가 아버지가 아니라는 주장을 하지 않았다. 패트릭보다 진실한 남자, 자기가 한 말을 끝까지 지키는 남자를 나는 한 번도 만나본 적이 없다.

열네 번째 삶에서 나는 다시 그곳으로 돌아갔다. 방금 제니가 빈센트와 결혼하는 모습을 보았고 물론(당연히) 곁에 머물며 웃고 기만하고 농담에 웃어주고 다정한 애정 행각에 미소를 지어주고 호의에 비위를 맞춰주며 훌륭한 친구 노릇을 했다. 그러나 기껏해야 여섯 달, 일곱 달이 지나고 확실히 신용을 쌓은 후 나는 슬프게도 잠시 잉글랜드로 돌아가야 한다는 소식을 전해야 했다. 빈센트는 내 항공비를 내주겠다고 했지만(이때쯤 나는 빈센트의 수중에 깊이 파묻혀 있었고 거의 수족과 다름없었다) 사적인 용건이라고 정중하게 거절했다. 런던 공항을 떠나는데 미행 두 명이 기차까지 따라붙었다. 따돌리는 티를 내지 않고 미행을 따돌리는 일은 아주 까다롭다. 나는 여러 가지 조합으로 심부름을 활용해서 어떤 감시자라도 실수를 할 수밖에 없게 유도했고, 개인적이며 초대장이 꼭 필요한 행사들에 즉흥적으로 참석하게 된 것처럼 완벽한 계획을 미리 짜두어서, 결국은 나를 미행하던 감시자들은 끈기와 사기를 모조리 잃고 말았다. 버릭어폰트위드행 열차에 탑승했을 때 나는 한 번도 뛰지 않고 미행을 완벽하게 따돌렸다는 확신을 품고 있었다.

패트릭은 세상을 떠났다. 로리 헐른도 죽고 콘스턴스와 알렉산드라, 내 어린 시절의 얼굴들은 모두 죽고 없었다. 힐른가는 황금의 초승달 지대*에서 헤로인을 수입해서 판매해 돈을 번 사람한테 팔렸다. 그는 자기가 시골 영지를 지닌 신사라고 생각하며 개 열두 마리를 키우고 저택 후면을 개조해서 아내와 손님들을 위해 하얀 타일을 깐 수영장을 만들었다. 울창하고 위풍당당하던 고목들은 대부분 벌목되고 대신 인간과 동물의 그로테스크한 형상으로 다듬어진 빽빽한 관목 울타리가 옛 오솔길과 정원을 장식했다. 괜한 충돌을 피하기 위해 나는 그 집 문을 두드리고 혹시 영지를 구경해도 좋냐고 허락을 구했다. 예전에 여기서 사동으로 일했다고 설명을 했더니 과거의 영광과 시골 영지의 삶에 매혹된 마약상이 개인적으로 구경을 시켜주면서 자기가 어떻게 개조했는지 보여주고 이제 방방마다 TV를 놓아서 훨씬 좋아졌다고 말했다. 나는 1920년대의 은근한 가십과 음담패설과 사랑의 배신 이야기를 해주었고 전운이 드리웠을 당시 1930대의 파티 얘기를 하며 보답을 했다. 그 대가로 나중에 혼자 돌아다닐 수 있게 되었을 때 패트릭이 살았던 낡은 오두막으로 슬쩍 들어가봤더니 담쟁이덩굴로 온통 무성하게 덮여 있었다. 아직 안에는 가구 몇 점이 남아 있었다. 낡은 식탁, 매트리스가 없는 침대, 그러나 값진 물건들은 모두 도둑이나 풍파가 쓸어가고 없

---

* 이란, 아프가니스탄, 북부 파키스탄에 걸친 마약 생산 유통 중심지.

었다. 해가 뉘엿뉘엿 넘어가는 동안 덤불숲 사이에 앉아 언젠가 나의 과묵한 아버지와 나누고 싶었던 대화를 상상했다. 우리는 난롯불을 사이에 두고 마주 앉아 있을 테고, 언제나 그러듯, 우리 둘 다 한참 동안 아무 말도 하지 않겠지, 그러다 결국은, 내가 이런 말을 할지 모른다.

"아버지가 제 아버지가 아니라는 걸 알고 있어요."

그 말을 소리 내어 말해본다. 어떤 느낌인지 한번 알아보고 싶어서.

"아버지가 우리 아버지가 아니라는 걸 알지만 아버지는 그 어떤 생물학적 아버지보다 제게는 더 아버지다우셨어요. 그럴 필요가 없을 때도 저를 거두어주셨고, 원치 않을 때도 저를 버리지 않으셨고, 분통 터진다고 홧김에 진실을 말해버린 적도 없으시죠. 주인의 자식인 저를 망쳐버렸을 수도 있었고, 여러 번 그런 유혹을 느끼셨을 거예요. 아버지 당신도 기억하지 못할 만큼 여러 면에서 다 끝장내고 원래 왔던 곳으로 돌려보내고 싶은 적도 많으셨을 거예요. 하지만 결코 그러지 않으셨어요. 제 접시에 놓인 음식이나 따뜻했던 모닥불 덕분이 아니라 바로 그 덕분에, 아버지는 제 아버지셨어요."

그런 말들을 하고 싶었던 것 같다. 패트릭의 침묵을 깨고 먼저 말할 용기가 없었을 뿐이다. 입 밖에 내어 굳이 말할 필요가 있었는지는 모르겠지만.

아마 또 다른 생애에.

74

1983년, 첫 번째 국제 우주정거장이 불길에 휩싸여 지구
로 추락하고 탑승자 전원이 사망했다. 전 세계의 국가들이
인접 국가보다 앞서 있음을 입증하기 위해 경쟁한 결과 찬
란한 신과학의 영예로운 시도가 비극적인 파국으로 치달았
고, 몰디브와 방글라데시에서는 역사상 최악의 여름 홍수로
수만 명이 사망했다. 극지의 빙하를 둘러싼 바다가 데워지면
서 아무리 보수적인 관찰자라도 위대한 과학기술의 파도가
인류에서 선보다는 해악을 초래한다는 사실을 인지하지 않
을 수 없게 되었다. 빈센트의 개입을 알게 된 사람들도 점점
많아졌다. 다섯 개의 춤추는 토네이도가 번개가 번쩍거리는
하늘 아래 빙글빙글 돌고 있는 가운데 위스콘신의 들판에
서 있던 한 기자는 카메라에 대고 선언했다. "인류는 자연의
연장으로 조각하는 법을 배웠지만 그 결과로 어떤 조각품이

나올지는 아직 알 수 없습니다." 그리고 중동과 중앙아시아에서 처음으로 물을 두고 전쟁이 벌어졌을 때, 나는 마침내 수백 년 전 베를린의 병실에서 내게 전달된 크리스타의 예언이 실현될 가능성을 보게 되었다.

세계가 끝나고 있어요, 언제나 그래야 하듯이. 하지만 세계의 종말이 점점 더 빨라지고 있답니다.

빈센트가 그 핵심에 있었다. 그러나 궁극의 테스트를 통과하고 미치지 않은 이상 기억을 유지하고 있을 리가 없다는 사실을 입증한 뒤에도 빈센트는 여전히 자기가 비밀리에 하고 있는 연구, 세계를 죽이고 있는 연구의 내용을 내게 밝히지 않았다. 어쩌면 내가 기억을 잃었다는 전제로 보면, 그의 작업에 아무 쓸모가 없다는 결론을 내렸을지도 모르겠다. 아이러니한 일이 아닐 수 없다. 솔직히 이런 논리로 보면 아무 쓸모가 없지만.

하지만 그는 나를 가까이 두었다. 부와 호사스러운 생활로 계속 끌어들였다. 그러다가 나는 기자 일을 그만두고 다목적 하급 종자로 그의 밑에서 일하게 되었다. 흥신소, 자문, 가끔 사교적인 비서 일도 하면서 이른바 다른 사람들이 보기에 오지랖이 넓은 개인 비서 같은 사람이 되었다. 빈센트는 나를 '국무장관'이라고 불렀다.

나는 비행기를 타고 날아다니며 투자를 받으려는 사람들, 로비 대상인 상원 의원들, 빈센트가 관심을 두는 분야의 타락한 과학자들을 만났고 심지어 어떤 때는, 시내 중심가에서 주정차 금지선에 정차했을 때 딱지를 떼지 않도록 막아주는 일까지 했다. 빈센트는 내 능력과 판단을 존중하는 눈치였고 내가 현명하지 못하다고 생각하는 프로젝트에서는 발을 빼고 내가 흥미롭고 쓸모 있다는 판단을 내리면 적극적으로 나섰다. 솔직히 나도 가끔은 연구에 참여한 적이 있다. 1983년, 내가 2003년에도 본 적 없는 기술들이 시장에서 돌풍을 일으키기 시작하자 나는 1분이라도 시간이 남으면 그런 신기술들을 소화하고 분석하는 데 투자했다. 빈센트도 틀림없이 그랬을 것이다. 우리 둘 다 미래의 삶을 위해 첨단의 지식으로 무장하고자 분투하고 있었으니까. 제니는 모든 사교 모임에 한 번도 빠지지 않았다. 나는 감정을 숨겼지만 그녀 역시 어떤 기류를 감지하기는 했던 것 같다. 어느 날 빈센트가 다른 와인 병을 찾으러 갔을 때 그녀가 부엌 식탁 너머에서 나를 바라보고 말했던 것이다.

"해리, 이 말은 물어봐야겠어요. 나를 좋아해요?"

그 질문이 척추의 근저를 파헤쳐 들어가 뼛속의 하얀 신경을 파먹는 기생충처럼 둥지를 틀었다.

"왜, 왜 그런 질문을 하죠?" 나는 말을 더듬었다.

"부탁이에요. 그냥 질문에 답만 해줘요. 어서, 빨리요."

"그래요." 나는 말해버렸다.

"좋아합니다. 어…… 언제나 좋아했어요, 제니."

"그럼 됐어요." 제니는 차분하게 말했다. "그럼, 된 거예요."
할 말은 그뿐인 모양이었다.

1985년 통증을 느끼기 시작했다. 다리도 무거워졌다. 몇
주 동안 모른 척하고 살다가 결국 의사한테 갔더니 늘 그렇
듯 다발성 경화증이라는 진단을 받았다. 정보를 전해주는 기
술이 훌륭해서 존중하게 된 의사였다. 그녀는 조심스럽게 몇
단계에 걸쳐 병명을 알려주었다. 처음에는 이상증이 '있을
수도 있다'고 했다가, 종양이 '보이는 것 같다'고 했다가, 마
침내 1라운드와 2라운드를 거쳐 참담한 뉴스에 미리 마음의
준비를 하게 만든 후에 차분하게 실제로 진단이 확정되었다
고, 어려운 싸움을 앞두고 계신다고 말해주는 것이었다. 이
마지막의 결정적 단계를 다루는 의사의 매너에 깊은 감동을
받은 나머지 진료가 끝나자 벌떡 일어나 악수를 청하고 정
말 우아하고 품위 있게 해내셨다고 칭찬을 했다. 의사는 얼
굴을 붉히더니 불치병이라는 얘기를 해줄 때보다 훨씬 서투
르고 어색하게 이제 나가시라고 중얼거렸다.
빈센트는 소식을 듣더니 몹시 흥분했다.
"뭔가 조치를 취해야 해! 필요한 게 뭔가, 해리? 어떻게
도우면 되지? 당장 존스홉킨스 병원에 전화를 넣어야겠어.
최근에 내가 거기다 병동인가 뭔가를 하나 샀던 거 같은
데……."

"아니야, 고마워."

"말도 안 돼, 부탁이네."

그가 우겼고, 기운도 없어서 그냥 그러라고 했다.

아무리 자유로운 영혼이라도 급속히 시설에 적응시켜 버리기 위한 목적으로 디자인된 새하얀 환자복을 입고 내 몸을 둘러싼 전자기장 소리를 들으면서 다음 행보를 계산했다. 확실히 이 생애에서는 진전이 있었다. 빈센트가 일하는 방식을 관찰하고, 인맥과 수단과 사람들을 파악했다. 그리고 무엇보다 중요한 일인데, 내가 철저히 무해하다는 사실을 입증했다. 이제 나는 불과 몇 생애 전에 나를 살해한 남자의 철저한 신뢰를 받는 개인 비서이자 충복이며 친구였다.

그러나 아직은 빈센트를 무너뜨리고 퀀텀 미러의 제작을 막는 데 결정적으로 필요한 정보를 입수하지 못했다. 그걸 파악하려 든다면 효과도 미지수인 의학적 치료를 오랜 세월 동안 견뎌내야 할 테고, 그냥 죽어버리면 기회를 놓칠 위험을 감수해야 했다.

그래서 나는 도박을 하기로 했다. 내가 살아온 모든 생을 통틀어 가장 위험한 도박을.

"화학요법은 받을 생각 없네."

1986년. 우리는 여러 채에 달하는 빈센트의 뉴욕 아파트 중 한 군데의 발코니에 앉아 있었다. 남쪽으로 센트럴파크,

그 너머로 맨해튼의 불빛이 반짝였고 하늘에는 회갈색 구름이 얼룩져 있었다. 뉴욕 시가의 공기는 하루가 다르게 숨쉬기 힘들어지고 있었는데, 대다수 대도시 역시 같은 사정이었다. 지나치게 명민한 아이디어들이 지나치게 빨리 쏟아져 나왔다. 차도 너무 많고, 에어컨도 너무 많고, 냉장고도 너무 많고, 휴대폰도 너무 많고, TV도 너무 많고, 전자레인지도 너무 많았다. 반면 결과를 숙고할 시간은 없었다. 이제 뉴욕은 하늘로는 짙은 갈색 연기를 토해냈고 섬을 둘러싼 강물로는 끈적이는 녹색 오염물을 흘려보내고 있었으며, 지구의 나머지 지역들도 다 마찬가지였다.

세계가 끝나고 있다.

우리는 막을 수 없다.

"화학요법은 받지 않을 거야."

나는 언성을 좀 더 높여 말했다. 빈센트가 유리잔 바닥에 깔린 레몬 껍질을 젓고 있었기 때문이다.

"말도 안 되는 소리 하지 마, 해리." 그가 퉁명스럽게 말했다. "당연히 화학요법을 받아야지!"

"미안해. 하지만 안 할 걸세."

빈센트는 내 옆의 안락의자에 앉으면서 유리잔 두 개를 우리 사이에 놓인 야트막한 금속 테이블에 내려놓았다. 하나는 그의 잔, 하나는 내 잔이었다. 그리고 하늘을 올려다보더니 잠깐 시간을 두고 물었다.

"왜?"

"화학요법은 교도소 수감 선고나 마찬가지야. 여섯 달 동안 가택 연금 상태로, 토하지도 못하고 구역질을 해야 하고, 심부 열을 낮출 길도 없이 어지러운 고열에 시달려야 하고, 치료할 길이 없는 통증, 격리와 불편을 겪어야 하고, 그래도 어차피 달라지는 게 아무것도 없을 거란 말일세. 여전히 죽어가고 있을 테니."

"그런 걸 어떻게 안단 말인가!"

"알아." 나는 확고하게 말했다. "안다고. 그럴 거야."

"하지만 해리⋯⋯."

"난 알아." 나는 거듭 말했다. "장담하지. 나는 안다고."

한참 이어지는 침묵. 아마 그는 기다리고 있었을 것이다. 심호흡을 하고 다 털어놓았다. 내가 비밀을 털어놓은 사람은 정말 손에 꼽을 정도로 적다. 크로노스 클럽이 피습당한 후로는 아무에게도 말하지 않았다. 그러니 내가 느낀 두려움과 불안은 진심이었을 테고, 따라서 오히려 도움이 되었을 거라 생각한다.

"이 병을 앓은 게 처음이 아니라고 하면 자네는 뭐라고 하겠나?"

"대체 그게 무슨 소리냐고 묻겠지."

"예전에도 한 번 겪은 적이 있네." 나는 대답했다.

"화학요법, 방사선치료, 약⋯⋯ 다 해봤어. 하지만 뇌에 전이되고 말았지."

"이런, 해리! 무슨 일을 겪은 거야?"

"간단해." 내가 대답했다. "죽었지."

침묵.

저 밑에서 자동차들이 윙윙 지나쳤다. 구름이 머리 위로 획획 흘러갔다. 앉아 있는 내 귀에 빈센트의 두뇌가 어느 쪽으로 갈까 계산하는 소리가 다 들리는 느낌이었다. 나는 그가 알아서 생각하게 그냥 두었다. 결국 어떤 결론을 내리는지 보면 뭐든 알아낼 수 있을 것이다.

"해리." 그는 마침내 말했다. "크로노스 클럽이라는 걸 알고 있나?"

"아니. 이봐, 내 말 좀 들어보라고. 내가 지금 무슨 말을 하려는 거냐면……."

"이 삶을 예전에도 살아봤다는 말 아닌가." 그가 말했다. 깊고 나른한 목소리. "고아로 태어나서 이 삶을 살고 죽었는데, 다시 태어났을 때도 그대로 자기 자신이었고, 시작한 그 자리에서 태어났다고. 그 말을 하려는 거 아닌가, 안 그래?"

내가 말을 잃을 차례였다.

내가 생각할 차례였다.

나는 침묵이 우리 사이에서 늘어지고 늘어지고 또 늘어지게 두었다. 그리고 물었다.

"어떻게? 어떻게 알았는지 말해보게. 부탁하네."

빈센트는 다시 한숨을 쉬더니 기지개를 켰다. 몸을 움직이자 다리 관절이 삐걱거렸다. 이제 그도 그리 젊지 않았고 내가 본 중 가장 나이가 많은 빈센트 랜키스였다. "이리 따라오게, 해리. 내가 보여줄 게 있어."

그는 일어나서 실내로 먼저 들어갔다. 나도 뒤를 따랐다. 술은 테이블에 그냥 내버려두었다. 빈센트는 터덜터덜 침실을 지나가서 옷장을 하나 열어 즐비하게 걸려 있는 코트와 셔츠를 헤집었다. 한순간 나는 총을 꺼내는 줄 알았다. 그가 없는 틈을 타 당연하게도 이곳을 수색한 적이 있는데 그때 총 두 정을 발견했기 때문이다. 하나는 침대 옆 서랍에, 하나는 리넨 수납장 뒤에 숨겨져 있었다. 그가 꺼낸 건 총이 아니었다. 앞에 커다란 자물쇠가 달린 네모난 금속 상자였다. 새로 장만한 상자였다. 적어도 내가 마지막으로 수색했을 때는 없었던 물건이다. 그리고 호기심 섞인 내 표정에 안심하라는 듯 웃어 보이더니 상자를 들고 식당으로 갔다. 그는 긴 유리 식탁에 불편한 유리 의자 여덟 개를 놓아두었다. 나더러 앉으라고 손짓하면서 상자의 자물쇠를 열고 그 안의 내용물을 보여주었다.

숨이 입술 끝에 걸리고 뱃속에서 위장이 죄어들었다. 그 소리에, 이상하다는 듯, 그의 눈빛이 내 쪽으로 번득여, 나는 순간의 실수를 위장하기 위해 말했다.

"아직 어떻게 알고 있는지 말해주지 않았어."

고개를 흔들려다 말면서 상자 안의 내용물을 테이블 위에 놓았다.

철사와 전극으로 만든 왕관 같은 물건이었다. 리드들이 뒤쪽으로 축축 늘어져 있고 커넥터들이 메두사의 머리카락처럼 표면을 지그재그로 가로지르고 있었다. 기술은 진보했다. 내가 한 번도 본 적이 없는 수준으로 진보했다. 그러나 목적을 추론하기는 어렵지 않았다. 두뇌 피질의 폭파 장치, 정신적인 폭탄이었다. 대단히 진보된 '망각'용 장비였다.

"이게 뭐지?"

그는 내가 잘 볼 수 있도록 조심스럽게 내 앞에 장비를 놓았다.

"나를 믿나?" 그가 물었다.

"그야 물론이지."

'망각'…… 정말로 이 짓을 할 생각인가? 감히?

"해리." 그가 부드럽게 설명했다. "어떻게 내가 자네의…… 곤란한 처지를 아느냐고 물었지. 자네의 과거 삶에 대해 어떻게 아느냐고. 이미 한 번 죽어본 적이 있다고 말했을 때 왜 내가 그 말을 믿느냐고."

"말해보게."

"만일 말이야…… 만일……." 그가 중얼거렸다. "자네와 내가 예전에 만난 적이 있다면 어떻겠나? 만일 내가, 처음 자네를 만났을 때부터, 이게 자네의 첫 번째 삶이 아니고, 자네는…… 특별한 사람이라는 걸 알고 있었다면? 우리가 10년, 20년, 30년이 아니라 수백 년에 걸친 친구였다고 말한다면 어떨까? 아주, 아주 오랫동안 내가 자네를 보호하려고 노력했다고 말한다면, 내 말을 믿어주겠나?"

"모…… 모르겠네. 뭐라고 말해야 할지 모르겠군."

"자네는 날 믿나?" 그는 다급하게 다시 말했다.

"나는…… 그래. 그래, 믿어. 하지만 이보게, 이건 다……."

"이걸 좀 써줘야겠어." 그러면서 부드럽게 전선으로 된 왕관에 손을 얹었다. "해리, 자네가 아는 것보다 자네는 훨씬 더 대단한 사람이야. 엄청나게, 엄청나게 대단한 사람이야. 자네는 이게…… 두 번째 삶이라고 생각하나? 아마 두 번째 겠지? 그러나 사실은 그게 아니야. 자네는 이미 수백 년의 삶을 살았어. 자네는…… 훨씬 경험이 많고 지식도 많아. 이게 자네가 다시 기억할 수 있게 도와줄 거야."

사슴 같은 눈으로 진지한 척, 잘도 대단한 걱정을 하는 척.

빈센트와 왕관을 번갈아 보았다.

확실히 기억하게 해주는 장치는 아니었다.

확실히 망각을 원하는 게 분명했다.

그 오랜 시간, 그 긴 세월을 보내고 이제 와서…… 게다가 더 큰 문제, 더 심란한 의문점이 있었다. 1966년, 그 당시의 기술을 써서 빈센트는 억지로 내게 '망각'을 강요했지만 나는 기억을 유지했다. 그런데 이건…… 이 기술은 적어도 그보다 50년은 앞서 있었고, 과연 내 의식이 이 과정을 거치고도 멀쩡히 남아 있을지 확신할 길이 없었다.

"나를 믿나, 해리?"

"이건 감당하기 벅찬데."

"생각할 시간이 필요하다면……."

"자네 말은……."

"내가 모든 걸 다 설명해 줄 수 있지만, 이렇게 하면 자네가 기억을 되찾고 알게 될 거야."

자존심.

어떻게 감히 나를 이렇게까지 바보 취급할 수가 있지?

분노.

감히 나한테 어떻게 이 짓을 또 할 수가 있지?

공포.

살아남을 수 있을까?

기억할 수 있을까?

나는 기억하고 싶은가?

세계가 끝나고 있다.

이제는 너한테 달렸다.

복수심.

나는 해리 오거스트다. 1919년 1월 1일에 태어났다.

나는 예순여덟 살이다.

나는 899살이다.

내 손으로 직접 죽인 사람의 숫자는 79명이고, 그중 53명은 이런저런 유의 전쟁에서 죽였다. 내 행위로 인해 간접적으로 죽은 사람의 수는 적어도 내가 아는 한에서만 171명에 달한다. 네 번의 자살, 112회의 체포, 3회의 처형, 1회의 망각에 증인으로 참석했다. 베를린장벽이 세워지고 무너지고, 세워지고 무너지는 걸 보았으며 쌍둥이빌딩이 불길과 먼지 속에 붕괴되는 모습을 보았으며 솜(somme)의 진흙탕을 포복하던 사내들과 이야기를 나누었고 크림 전쟁의 일화를 들었으며 미래로부터 전해진 속삭임을 들었고, 천안문광장에 탱크들이 밀고 들어가는 광경을 보았고, 대장정을 따라 함께 걸었고 뉘른베르크의 광기를 맛보았으며 케네디의 암살을 지켜보았고 대양 건너편에서 핵폭발의 섬광이 번쩍이는 것을 보았다.

그러나 그 모든 게 지금 이 일의 반 만큼도 중요하지 않았다.

"자네를 믿네." 나는 말했다. "이 기계가 어떻게 작동하는지 보여주게."

75

그는 주방에 장치를 설치했다. 사람의 정신을 지워버리기에는 참 통속적인 장소로 보였다. 나는 불편한 금속 의자에 앉아서, 어디 깨끗한 지퍼백이 없나 찾는 사람처럼 부산을 떠는 빈센트를 지켜보았다. 첫 번째 전극이 두개골 측면에 부착되는 순간 내가 움찔하자 그가 즉시 물었다.

"괜찮은가?"

"괜찮아." 내가 중얼거렸다. "좋아."

"술이라도 좀 마시고 싶은가?"

"아니. 됐어."

"알겠네."

내 뒷목의 머리카락을 쓸어 올리고 전극 두 개를 소뇌 바로 밑의 피부에 꾹 눌러 붙였다. 확실히 피에트록―112의 조잡한 방식보다 훨씬 앞선 기술이다. 두 눈 위에, 관자놀이에,

꾹꾹 눌러 붙이는 금속의 감촉이 차가웠다. 내가 움찔하면 그때마다 잠깐 멈추고, 괜찮아, 해리, 확실히 하고 싶은 거 맞나? 하고 그는 재차 확인했다.

"확실해. 괜찮아."

내 몸이 내 마음대로 되지 않았다. 호흡을 느리게 할 수도 없었다. 진실의 순간이 다가올수록 호흡이 점점 더 가빠졌다. 그는 덕트 테이프를 서랍에서 꺼내더니 이렇게 말했다.

"내가 자네 손을 묶으면 더 안전할 것 같아. 그래도 괜찮겠나?"

그래, 뭐 안 될 것 없지.

"아주 불안해 보이는데."

나는 의학적인 처치가 싫어.

"괜찮을 거야. 이건 괜찮을 거야. 금세 모든 게 다 기억나게 될 거야."

그럼 정말 좋겠군.

그는 내 손을 팔걸이에 덕트 테이프로 칭칭 감아 묶었다. 차라리 내 눈에 그가 침을 뱉고 혐오를 드러내면 좋겠다는 마음마저 들었다. 그러면 비명을 지르고, 길길이 화를 내며 날뛸 핑계라도 생길 테니까. 그러나 그런 일은 없었다. 그는 내 머리와 얼굴을 가로지르는 전선들의 위치를 체크하고 허리를 굽혀 나와 눈높이를 완벽하게 맞추었다.

"이게 최선이야, 해리. 자네한테는 별로 큰 의미가 없을지 모르지만, 정말로, 반드시 이렇게 해야만 해."

나는 대답할 수 없었다. 대답해야 한다는 걸 알면서도 할 수가 없었다. 숨을 쉬려 애쓰느라, 밭은 숨 사이로 말을 찾을 수가 없었다. 그는 내 뒤로 돌아가서 리드를 조정했고 나는 눈을 꽉 감고 온몸을 덜덜 떨었다. 양말 속의 발가락까지 덜덜 떨렸고, 무릎이 흐물흐물해졌다. 아, 하느님, 하느님, 하느님······.

그리고 암흑.

76

기억하지 못하는 걸 그리워할 수는 없다.

어쩌면 빈센트가 옳을지 모른다. 내게 친절을 베풀려던 것
인지도 모른다.

빈센트의 새 장치, '망각'을 위한 새 장난감에는 몇 가지
결함이 있었다. 제대로 시험해 볼 기회가 없었던 모양인지,
장비를 동작시키자마자, 나는 돌처럼 죽어 넘어지고 말았다.

내 이름은 해리 오거스트, 1919년 1월 1일에 버릭어폰트
위드 역사에서 태어났으며······

······모든 걸 기억했다.

이번에는 여섯 살 때 채리티가 데리러 왔다. 조용히 흐른
가를 통해 우회적으로 내 삶에 슬쩍 개입했다. 내 보고를 듣
고 빈센트와 함께 지낸 시간에 대해 조사할 만반의 태세를

갖추고 접근했다. 화려한 삶, 고함 소리, 엄청난 돈, 크로노스 클럽은 없었다. 나를 '입양'하게 해달라고 힐른가를 설득하는 데 6개월이 걸렸다. 나는 그 집에서 나오자마자 리즈로 휙 끌려갔다. 새로운 오거스트 부부가 엄청난 현금 기부를 받고 선행과 자선을 행하겠다는 마음가짐으로 나를 기다리고 있었다. 서류는 완벽히 준비되어 있었고 기초 작업도 다 되어 있었다. 빈센트는 마음만 먹는다면 이제 나를 어디서 찾아야 하는지 알고 있었다. 채리티가 말했다.

"있잖아, 해리, 정말 이렇게까지 할 필요는 없어. 다른 길도 있는 거야."

당연히 다른 방법들도 있었다. 다시 빈센트를 찾아내자. 그를 묶어 다리를 자르고, 손을 자르고, 눈을 도려내고, 코를 썰어내고 피부에 우리의 표식을 칼로 새겨주자. 뜨거운 타르를 삼키게 하자. 하나씩 하나씩 다리뼈를 모조리 부러뜨려서 결국은……

……결국 그는 죽을 것이다. 우리한테 아무 것도 알려주지 않은 채로. 아무것도. 빈센트 랜키스는 빅토르 회네스가 아니다. 자기가 뭘 하고 있는지 완벽하게 잘 알고 있고 그 명분을 수호하기 위해 죽을 것이다. 고문으로는 턱도 없다.

"빈센트한테 '망각'을 시행하면 어때요?"

어린아이인 에이킨라이가 수백 년의 근심으로 미간에 깊은 주름을 잡고 바닷가에 서 있었다. 수백 년의 세월을 얼마나 금세 따라잡았는지, 그 세월이 얼마나 무겁게 그녀를 짓눌렀는지. 크로노스 클럽의 피습 시기가 지나치게 임박한 때 다시 태어난 결과일까? 이 사건들로 인해 억지로 책임을 떠맡게 된 걸까? 아니면 우리는 그저 우리 기억의 총합일 뿐이고, 이 새로운 에이킨라이는 그녀의 기억이 모여 만들어진 존재인 걸까?

"나는 기억술사야."

나는 한 번도 그 말을 입 밖에 내어 말해본 적이 없다.

"모든 걸…… 기억해. 한마디로…… 모든 걸. 빈센트는 두 번이나 내게 '망각'을 시도했지만 두 번 다 실패했어. 빈센트 역시 기억술사야. 아무 효과도 없을 거야. 아니 더 나쁠 수도 있어. 훨씬 나쁠 수도 있지. 나처럼 망각한 척 위장을 하고 우리를 파괴할 수도 있으니까."

열다섯 번째 삶의 크로노스 클럽은 내 생애의 첫 800년가량의 클럽의 모습과는 딴판이었다. 멤버들이 돌아오고 있었다. 버지니아의 숙청을 피한 멤버들이 돌아오고 있었다. 강제로 망각을 당한 멤버들은 이제 세 번째 삶을 살아가고 있었고, 메시지가 서서히 세대를 거슬러 조금씩 조금씩 퍼져가고 있었다. 20세기의 클럽이 다시 돌아왔고, 모두를 향해 무서운 경고를 전해주고자 한다고. 1800년대의 돌에 새겨진 메시지를 받았다. 우리 안부를 물으며, 클럽에 무슨 일이 일어났기에 20세기가 갑자기 이렇게 조용해진 거냐고 묻는 내용이었다. 미래에서 오는 메시지들은 더 어두웠다. 아이에게서 가난한 노인들에게로. 21세기에서부터 돌아오는 속삭임은 어두웠다.

우리의 지난 삶에서 그 목소리들은 세상이 우리가 알던 세상이 아니라고 말했다. 기술이 변했다('시간'이 변했다), 그리고 우리 중 다수가 아예 태어나지도 못했다, 우리는 22세기로부터 아예 소식을 듣지 못했다, 우리는 그들이 어떻게 되었는지 전혀 모른다, 제발 대답을 돌에 새겨 남겨달라.

그래서 우리 참사의 결과는 잔물결처럼 미래로 일렁이며 시간을 넘어 퍼져나갔다. 감히 미래의 클럽들에게 답을 줄 용기가 나지 않았다. 심지어 500년의 시간 동안 봉인된 타임캡슐도 엄두가 나지 않았다. 이번에는 빈센트한테 들킬 확률이 너무 높았다. 우리가 얼마나 바짝 추적하며 응징에 가까워지고 있는지 그가 알게 될 위험성이 너무 컸다. 내가 보지도 못한 세기에 대해 안쓰러운 마음이 든다는 이유만으로 모든 걸 위험에 처하게 할 생각은 없었다.

클럽과의 접촉은 엄격히 제한되었다. 초기에는 에이킨라이하고만 접촉했다. 내가 진행하는 계획을 믿고 털어놓은 상대가 에이킨라이뿐이었다. 나중에는 채리티에게도 비밀을 알려주었다. 채리티의 역할은 결정적이었다. 내게 필요한 허구적 삶에 관련된 제반 서류 작업을 행하고, 이전 생애에서 빈센트에게 말해준 스토리를 확증할 문서를 만들어줄 인물이기 때문이다. 고아고 리즈의 오거스트 부부한테 입양되었다는, 빈센트가 내 신원을 확인할 수 있게 하는 밑작업을 채리티가 맡고 있었다. 이제 내 기억은 다시 깨끗하게 지워졌으니 평범한 선형적 소년의 삶을 살아가며 위장 인생에 충실히 살아야 했다. 그래서 날마다 리즈의 학교에 다니며 사람들을 당황하거나 놀라게 하지 않으려 조심하며 열일곱 살 때까지는 대충 평균 B+의 성적을 유지했다. 그 무렵에는 대학에 가서 이전에 배워보지 못한 학문을 배우고 싶다는 마음이 생겼다. 법학도 괜찮을 것 같았다. 그 주제를 포괄하는 무미건조하지만 두툼한 지혜의 책들에 몰입하는 나 자신의 모습은 쉽게 상상할 수 있었다.

알고 보니 B+를 받는 건 예상보다 훨씬 자연스럽고 수월한 일이었다. 열네 살짜리 두뇌를 염두에 두고 설계한 질문들은 늙은 내가 읽으면 오히려 헷갈렸다. 스페인 무적함대에 대한 에세이를 쓰라는 질문을 받고 나는 발발 원인과 전쟁의 추이, 결과를 나열한 6000자 분량의 보고서를 써버렸다. 절제하려고 몹시 애썼고 제출 직전에 3000단어쯤 지웠는데도 여전히 방대했다. 하지만 그 질문을 들여다볼수록 교사가 원하는 답이 뭔지 잘 알 수가 없었다. 전쟁의 공방을 낱낱이 진술하는 것? 그게 가장 빤한 답으로 보였고, 그래서 그렇게 쓰려고 했는데 펠리페 2세가 파르마 공작과 연대한 '이유'라든가 영국 함대가 칼레에서 무적함대 쪽으로 화공선을 보낸

'이유'를 도저히 쓰지 않을 수가 없었다. 결과적으로 내 에세이의 평가는 주기 싫어도 줄 수밖에 없다는 투의 A-였고 여백에는 눈앞의 문제에 집중하라는 논평이 적혀 있었다. 그 시점부터 나는 교사를 완전히 무시하고 수업 시간에는 산스크리트어에 기반한 속기를 발명한다든가 한국어에 근거한 필기체를 발명해서 글자 사이에 펜을 최소한으로 움직여 일정한 형태의 글자들을 가장 논리적인 필체로 통일하는 방식을 찾는 일에 두뇌를 가동했다. 그러다가 들키는 바람에 세계에서 가장 나태한 학생이라는 욕을 먹고 손바닥을 자로 세 대 맞은 뒤 교실 뒤에 앉아 있으라는 벌을 받았다.

무리의 알파가 되고 싶어 하는 두 소년이 자기가 서열의 우위를 확인시켜 주는 꼬리 역할이라는 것도 모르는 멍청한 오메가의 힘을 업고 나를 괴롭히려 들었다. 내 이름하고 운이 맞는 더러운 말을 유치한 머리로 도저히 생각해 낼 수가 없었는지, 녀석들은 슬쩍 밀치고 슬쩍 치고 슬쩍 고함을 치기 시작했고, 상대해 주는 게 지루해진 나는 결국 놈들의 눈을 똑바로 보며 나한테 손가락 끝이라도 대는 놈은 맨손으로 귀를 찢어발겨 주겠다고 예의 바르게 알려주었다. 오메가 녀석은 울음을 터뜨렸고, 나는 다시 한번 왼손을 자로 세 번 맞고 근신 처분을 받았다. 교사한테 복수하기 위해 다음 주에는 양손을 써서 글을 쓰는 연습을 했다. 그래서 교사는 어느 손을 회초리로 때려야 내가 숙제를 계속 해올 수 있을까 몹시 헛갈려하다가 내가 양손을 다 쓸 수 있다는 사실을 알아차렸고, 그때쯤 나는 이미 학교 공부의 질을 한 단계 높여 어찌어찌 대학에 진학해 봐야겠다고 마음먹고 있었다. 그랬는데…….

"형이 해리예요?"

어린아이의 목소리, 어리고 흥미에 찬, 낭랑한 목소리. 나는 열여섯 살이었다. 남자애는 아홉 살 정도로 보였다. 회색 모자, 회색 재킷, 하얀 셔츠, 네이비블루 줄무늬 타이에 흰색 반양말을 분홍빛 무릎까지 오도록 올려 신고 있었다. 한쪽 어깨에 배낭을 메고 한 손에는 종이에 하나로 뭉쳐 싼 사탕 봉지를 들고 있었다. 빈센트 랜키스의 얼굴이 완성되려면 아직 한참 시간이 걸리겠지만 열 살에서 열여덟 살까지의 성장기가 외모에는 별로 도움이 되지 않을 거라는 사실은 보자마자 알 수 있었다. 모자 아래로 삐죽삐죽 튀어나온 머리카락이 벌써 가늘어지고 있어 훗날의 성긴 머리숱을 예견할 수 있었지만, 눈만은 예의 친숙한 지성으로 빛나고 있었다.

나는 아이를 빤히 쳐다보았다. 수백 살…… 어쩌면 수천 살은 족히 먹었을 아이. 그러다가 내가 겨우 열여섯 살이라는 걸 깨달았다. 리즈에서 쿨하게 살아보려고 애쓰는 고아 10대였다.

"그래." 나는 최고로 노련하게 사투리를 써서 말했다.

"너하고 무슨 상관인데?"

"우리 아빠가 형을 찾아보라고 보냈어요." 확고한 대답이었다. "형이 이걸 떨어뜨렸대요."

아이는 아주 조심스럽게 파란 공책을 내밀었다. 싸구려에 약간 너덜너덜한 공책에는 어떤 딱한 아이가 한 숙제가 적혀 있었다. 몇 페이지에 걸쳐 깔끔하게 자로 줄을 그은 지면에 je m'appelle, je suis, je voudrais가 줄줄이 쓰여 있었다. 나는 휙휙 넘겨보다가 고개를 들어 말했다.

"이건 내 거가 아⋯⋯."

하지만 소년은 사라지고 없었다.

77

1941년까지는 빈센트를 다시 보지 못했다.

나는 실제로 법학을 전공해 에든버러 대학에 가서 추위에 덜덜 떨면서 판례들 사이에서 태어나 살다 죽은 미세한 책벌레들이 수 세대에 걸쳐 갉아먹은 엄청나게 두꺼운 책들을 읽어치웠다. 징집될 거라는 걸 알고 있었기에 미리 하일랜드 연대에 자원해 사전에 가능성을 차단했고 허수아비를 공격하고 언덕을 엄폐 삼아 총을 쏘고 "죽여라!"라는 말이 귓전에 윙윙 울리도록 소리치며 3개월의 훈련 기간을 보냈다. 내가 소속된 부대는 전쟁 후반까지 대체로 쓸모가 없을 거라는 기억이 희미하게 났다. 내 기억이 옳다면, 우리는 노르웨이 공격에 대비해 상당 기간을 겨울의 군사작전을 훈련하는 데 보낼 테고 결국 해변을 안전히 확보한 다음 몇 주 뒤 노르망디에 파견될 것이다. 우리가 겪을 최악의 전투는 아르덴

일 텐데, 그 순간이 오면 고개를 팍 숙이고 꼼짝도 하지 않을 작정이었다. 이번까지 치면 내가 제2차 세계대전에서 전투에 참가하는 건 일곱 번이 된다.

내가 빈센트 랜키스를 만난 건 마치 우연 같았다. 물론 우연 따위는 없다. 우리는 좀 조용하던 시기에 리스에서 명령을 기다리며 대기 중이었다. 우리는 공격하지도 않을 장소들의 지도를 연구하고 수행하지도 않을 작전을 연습하고 받고 싶지도 않은 지령을 기다리며 나날을 보내고 있었다. 그때 날카로운 "차렷" 소리가 울려 퍼져 우리는 모두 기합이 바짝 든 채로 대령과 부하들을 맞았다. 나는 불만투성이의 소위였다. 특별히 임무가 마음에 들지 않아서 불만이 많았고, 보통 직위가 요구하는 수준에 비해 자질과 능력이 넘치는데도 소위로 발령 난 것도 불만이었다. 3주쯤 복무하고 나서 대위는 이미 내가 말투가 싸가지 없다고 불평하기 시작했고, 그래서 표준 영어를 더 섞어 써주는 대신 북부 지방 사투리를 최고조로 올려서 불쌍한 대위가 나한테 보고를 받으려면 통역이 필요하게 만들어버렸다. 덕분에 글래스고 토박이인 하사가 굉장히 재밌어했다.

그날 우리에게 차렷을 호령한 건 바로 그 글래스고 하사였지만 말을 한 건 소령이었다. 곡사포에 죽음을 당할 운명이었지만 그러기엔 아까운 품격이 있는 호인이었다. 하지만 그 품격은 친절이라기보다는 관할 사병이 죽더라도 자기 무능의 결과는 아니어야 한다는 경직된 결단의 소산이었다.

"좋습니다, 제군."

수염 무게 때문에 입술을 벌리기도 힘들다는 듯 그가 말했다.

"그냥 순찰을 돌고 있는 거요. 오거스트 소위, 랜키스 소위일세."

장교복을 입고 있는 빈센트를 보고 하마터면 폭소를 터뜨릴 뻔했다. 반짝거리는 단추에 깔끔한 군모, 날렵한 장화에 토끼를 꿰어 구워도 될 만큼 칼 같은 경례까지. 소년이었다. 열여섯 살짜리 소년. 그런데 턱선에 수염 자국이 있고 양말 두 겹을 바지 종아리까지 올려 신은 데다 셔츠를 입은 등판도 넓어서 군대에서 장교로 임용할 정도로 감쪽같았다. 웃기는 명령을 수년 동안 받는 하급 장교로 살면서 터득한 포커페이스가 이때만큼 고마운 적은 없었다. 그 보상으로 빈센트는 내게 치아와 눈을 모조리 써서 환한 미소를 보여주었다.

"랜키스 소위는 우리와 오래 함께하지는 못할 거다." 소령이 말을 이었다.

"그러니까 모두들 잘 보이도록. 뭐든 필요한 게 있으면, 여기 해리한테 말하면 될 걸세, 소위!"

또 한 번 경례. 상사를 대할 때는 손가락뿐 아니라 팔 관절이 쑤시는 데에도 익숙해져야 한다. 빈센트의 어깨 너머를 봤더니 글래스고 출신의 하사관이 애써 웃음을 참고 있었다.

아기 장교의 보송보송한 얼굴이나 허벅지 근육이 탄탄해 보이고 군복 매무새가 좀 더 남자다워 보이도록 허벅지에 댄 패딩이 살짝 튀어나온 걸 본 걸까? 나는 포커페이스에 집중하며 경례했고, 소령이 가고 나서 빈센트의 손을 잡고 악수를 했다.

"해리라고 부르십시오." 내가 말했다.

78

거의 모든 삶에서 내가 의례처럼 통과하는 일이 있다. 리처드 라일의 암살이다.

첫 번째 살인 이후 매 생애마다 직접 암살하거나 대리인을 보내 배터시의 여자들을 살해하기 전에 그를 죽였다. 그리고 매 생애마다 로즈메리 도셋과 나머지 여자들은 자기네를 죽이고 싶어 했던 살인자가 죽었다는 사실도 모른 채, 조금 더 오래 살았다. 딱 한 번의 삶이 예외였다. 내가 킬러를 보낼 수도, 직접 약속을 지킬 수도 없었던 그 삶에서 로즈메리 도셋은 욕조에서 난자당해 죽었다. 이제는 리처드 라일을 죽이는 일이 너무 익숙해져서 의례적 절차처럼 느껴진다. 이제는 귀찮게 거창한 준비도 하지 않고 아무 말도 하지 않으며 망설이지도 않는다. 그냥 어느 날 그의 아파트에 가서 창가에서 멀리 떨어진 자리에 앉아 그가 문을 열고 들어오기를 기다렸다가 뇌에 총알 두 방을 박는다. 그 이상이 필요하다는 생각조차 들지 않는다.

그런데 이제 생각하니 나를 대하는 빈센트의 태도가 라일에 대한 내 태도와 전혀 다른 건 아닐 수도 있겠다 싶다. 아무 위협도 될 수 없는 내게 다시 돌아올 필요가 없는데도, 그는 아끼는 애완동물이 잘 사는지 확인하는 주인처럼 꼬박꼬박 돌아왔다. 내가 라일을 항상 시야에 두고 있듯이, 빈센트 역시 모든 삶에서 나를 자기 근처에 두고 싶은 모양이었다. 강철처럼 단단한 내 성격이 어느 날 자기한테 위험으로 돌아올 수 있다고 생각했는지도 모른다. 어쩌면 내가 기억을 되찾을까 봐 두려웠을 수도 있다. 어쩌면 나는 그에게 승리의 트로피, 성공의 상징이었을 수도 있다. 어쩌면 단순하게 매번의 삶마다 자기 필요에 맞게 성격을 형성할 수 있는 친구가 필요했는지도 모른다. 얼마나 내가 완벽하게 협조해 주었던가. 얼마나 큰 도움을 주고 말랑말랑하게 놀아나 주었던가. 처음 만난 순간부터 마지막 순간까지. 어쩌면 이 모든 이유가 끊임없이 변화하면서 전부 다 걸려 있었는지도 모른다.

동기를 막론하고 빈센트는 나를 항상 가까이 두었다. 1943년에 빈센트는 대위가 되었고 나는 우리 소령이 이른바 '연구원, 책벌레, 기타 등등 느끼한 애들'이라고 부르던 빈센트 대위의 전문가 부대로 전근 발령을 받고 놀랐다. 가보니 빈센트 랜키스가 과학적 노하우와 전문성을 지닌 만능 전문가로 자리를 잡고 있었는데, 그건 그리 놀랍지 않았다.

"왜 저를 부르셨습니까?" 나는 사무실에 앉으라고 하기에 물었다. "이 부대에 발령을 내신 이유가 뭡니까? 저는 변호사입니다. 이런 과학적인 사안들은 전혀 몰라요."

"소위." 나는 아직도 초라한 하급 장교였기에 그가 이렇게 불렀다.

"소위가 부당한 대접을 자처하고 있네. 스코틀랜드에서 만났을 때 자네는 내가 만난 중 가장 유능한 장교였고, 지금 이 군대는 유능한 사람이라면 무조건 다 써먹어야 해."

실제로 나는 빈센트의 부대에 꽤 쓸모가 있었다. 그곳의 위대한 과학적 지성들은 막사에 담요가 충분히 있는지, 구내식당 보급품이 있는지, 회의에 왔다 갔다 할 수 있는 연료 쿠폰은 있는지, 이런 사소한 세부 사항에 신경 쓸 여력이 없어 보였다.

"이것 보라고, 해리!" 빈센트가 한 달에 한 번 다 같이 행정 문제를 논하는 회의에서 감탄했다. "자네가 여기 딱 맞는 인재라고 내가 말했잖아!"

그래서 과거의 내 부대가 프랑스의 숲속에서 싸우고 죽는 사이, 나는 다시 한번 빈센트 랜키스와 지식인들로 구성된 급속히 팽창하는 사적 제국에서 비서로 봉사했다. 확실한 건(예의 바르게 하는 말이지만 누가 봐도 빤히 보였다) 빈센트가 이미 굉장한 부자라는 사실이었다. 하지만 부의 원천을 확실히 아는 사람은 병사들 중에 없었다. 그러나 행정 비서로서 내 역할이 커지면서 정보에 대한 접근권도 높아졌다. 그래서 결국은 빈센트의 급료가 정기적으로 입금되는 계좌의 세부 사항까지 알게 되었다. 이 정보로 무장하고 빈센트의 사인을 완벽하게 위조하니 은행에 가서 빈센트의 거래 내역을 요구하는 건 일도 아니었다. 세무조사관들한테는 원래 다 그렇지 않은가. 나는 운이 좋았다. 지난 생애에서는 빈센트의 재정을 샅샅이 조사했지만 아무리 정밀한 회계사라도 핑핑 돌아버릴 정도로 복잡하게 얽힌 역외 계좌와 정교한 보안 조치들 때문에 아무것도 나오는 게 없었다. 이 수입은 방콕의 사우나로 가고, 저건 파리의 인도 레스토랑으로 가고, 신용의 연결 고리 속에서 뭔가 찾아냈다고 생각하면 해러즈 백화점의 식료품 전문 매장으로 이어지곤 했다.

이번에는 빈센트가 아무리 넉넉히 잡아줘도 열아홉이 채 못 된 나이였고(하지만 그럭저럭 스물다섯 살로 통하고 있었다) 재정을 그렇게 넓게 분산해 퍼뜨릴 시간도 기회도 없었다. 그리고 몇몇 은행의 세부 내역만 봐도 그의 재정을 1920년대까지 추적할 수 있었다. 활동 내역은 물론 흥분된 감정을 감추는 게 보통 일이 아니었다. 빈센트와 워낙 가까운 거리에 살고 있는지라 기지 내에 활동 내역의 물적 증거를 남길 수가 없어서 휴가를 내서 헤이스팅스의 작은 민박집에 처박혀 등화관제 암막 커튼을 치고 불을 줄여 한 줄 한 줄 읽은 다음 내가 찾아낸 모든 문서를 불태우고 재는 물로 씻어버렸다. 빈센트의 행동 패턴은 여러모로 예측 가능했다. 돈이 모자라면 도박을 했고, 유능한 칼라차크라답게 중요한 경주의 승리마를 알고 있었으니 베팅을 크게 하되 의심을 사지 않을 정도로 폭넓게 분산해 놓아서, 한 지역에서 아이가 지나치게 잘 맞추는 걸 누구도 알아채지 못하도록 했다. 그러나 내 시선을 잡아끈 건 한 가지 세부 사항이었다. 추적이 되는 어린 시절에는 주로 거래 내역이 런던 남서부에 집중되어 있었는데, 경주 도박으로 버는 부수적 수입을 제외하고도 전쟁이 시작될 때까지 한 달에 16파운드의 정기 수입이 들어오는 것 같았다. 이 사실에 대한 무해한 설명이 있겠지만, 나는 어쩔 수 없이, 친척이 보내주는 용돈인 것 같다는 의혹을 지울 수가 없었다. 아마도 아주 가까운 친척이 분명했다.

별건 아니었지만 조용히 조사를 시작할 만한 지점임은 분명했다. 아주 조용하게.

승전일 당일에 빈센트의 대대에서 유일하게 양조장에서 난장판 파티를 조직할 수 있는 능력을 지닌 사람은 나밖에 없었기에, 정확히 그 일을 해주었다. 동료들에게 아무리 그들이 천재적이고 총명하고 지적이며 과학 발달의 장래를 책임진 유망주들이라도 누구 다른 사람의 도움을 받지 않고는 절대 하루하루 일상을 살아갈 수 없다는 사실을 치졸하게 한 번 더 알려주고 싶은 마음도 있었던 것 같다. 2주 후, 빈센트가 사무실 문틈으로 고개를 빼꼼 들이밀었다. "해리." 그가 외쳤다. "내가 여자를 만나러 나가려고 하는데, 이거 좀 우체통에 넣어주겠나?"

한 주먹 가득 들어오는 봉투들이 내게 주어졌다. 주소를 슬쩍 살펴보았다. MIT, 하버드, 옥스퍼드, 케임브리지, 소르본.

"물론입니다, 대장님."

"제발, 해리, 이제 그놈의 경어 좀 그만 쓰지 그래."

빈센트가 가고 나서 김을 쐬어 편지봉투 하나를 뜯어보았다. 안에는 워터마크가 없는 두꺼운 노란 편지지에 아주 상세하게, 아주 잘 그려진 도표와 함께 마이크로웨이브 자전관의 효용, 기능성과 세목이 적혀 있었다.

그날 밤 이 문서들을 어떻게 할 것인지 오래, 곰곰이 생각했다. 위험하고 치명적인 문서였고 우편으로 배포하는 건 빈센트가 지난 생애에서 전 세계의 기술적 성장에 박차를 가하기 위해서 썼던 방식이었다. 이번에는…… 이번에는 20년이나 30년 정도 앞선 아이디어로 국한하지 않았다. 그 봉투 안에 든 내용은 적어도 60년간 상술될 일이 없는 기술이었다.

결국 나는 채리티에게 가서 조언을 구했다.

우리는 셔링엄에서 만났다. 북부 노퍽 해안의 작은 마을인 셔링엄에서는 생선이 언제나 신선한데, 해변을 치는 물살의 어마어마한 힘을 보면 몽돌 해변에 물고기가 그냥 떠밀려와 부딪혀 죽을 것 같다는 상상을 하게 된다. 포효하는 파도 앞에 잠깐만 서 있으면, 소금이 섞인 물보라에 입술이 쏠리고 눈이 메마르고 머리카락에 소금 결정이 맺힌다. 나의 우군은 늙어가고 있었고 곧 죽음을 바라볼 나이였다. 나는 제대를 앞두고 있었고 아직 며칠 더 군복에 갇혀 있어야 했다. 짙은 회색 하늘 아래 울부짖는 바람 때문에 장갑을 낀 손가락으로 군모가 날아가지 않게 꼭 붙잡고 있었다.

"그래서?" 하얀 거품이 일지 않는 바닷가를 이리로 몇 미터, 저리로 몇 미터, 함께 서성이다가 채리티가 물었다. "오늘은 무슨 얘기를 하려고?"

"편지요. 또 전 세계의 대학과 공학 연구 기관에 편지를 보내고 있어요. 이번에는 미국만이 아니에요. 유럽, 러시아, 중국. 자원과 지성이 있는 나라에는 다 보내고 있습니다. 스커드 미사일의 설계도도 있고, 파동—입자 이중성의 해설도 있고, 내열 궤도 방호 분석도 있고, 궤도 이탈의 하중 대 가속도 비율도 분석해 놓고 있어요……."

하얀 장갑을 낀 한 손을 치켜들어 채리티가 내 입을 막았다. "문제가 뭔지 알겠어, 해리."

"나한테 부쳐달라고 부탁했어요."

"할 건가?"

"모르겠습니다. 그래서 뵙자고 한 거예요."

"기분 좋은데. 내 의견을 그렇게 높게 평가해 준다니."

채리티는 내가 끝까지 말을 마치기를, 알아서 결론을 내기를 기다렸다. 그래서 그렇게 했다.

"내가 이 편지들을 부치면 역사가 또 바뀔 거예요. 과거와 비교도 할 수 없이 빠른 속도로 바뀔 겁니다. 예측을 못 하겠어요, 어떤 일이 일어날지도 모르겠고요. 하지만 이 편지들은 과학의 혁명을 일으키고 기술적 발전을 40년에서 50년 앞당길 거예요. 미래의 클럽들은……."

"크로노스 클럽은 이미 대격변을 겪고 있어, 해리. 빈센트가 지난번에 이 일을 했을 때 역사 자체가 바뀌었어. 몇 번의 생애가 지나는 걸로 제 궤도로 돌아갈 거라는 망상은 하지 않는 게 좋아."

"내가 이 편지를 부치지 않는다면 빈센트한테 위장이 탄로 날 겁니다. 내가 모든 걸 기억하고 있다는 걸 알게 될 테고, 그러면 우리는 빈센트의 출생 기원에 더 이상 다가갈 수 없을 거예요."

"난 아직도 그 친구 귀를 썰어버리자는 입장이야. 예전에는 그게 먹혔어."

"빈센트는 말 안 할 겁니다."

"그 점에 대해 대단한 확신이 있는 모양이군, 해리."

"나도 말하지 않았어요, 안 그런가요?"

그녀는 입을 꼭 다물고 해변을 가로지르는 또 한 번의 어마어마한 물보라를 피해 고개를 돌렸다.

"이 선택은 내가 대신해 줄 수 없어. 편지를 부치지 않으면 우리는 빈센트를 다시 한번 붙잡아서 진실을 불 때까지 취조를 해야 할 거야. 편지를 부치면, 적어도 이번 생애에서는, 세계가 또 한 번 무너져 혼돈의 나락으로 떨어지겠지. 질서는 무너지고 자연적인 역사의 궤적은 쇠락할 테고 인류는 결코 과거의 모습으로 돌아갈 수 없게 되겠지. 그러나……."

"그러나 저는 빈센트 옆에서 자리를 지킬 수 있을 테고 내게 비밀을 털어놓도록 유도할 기회를 놓치지 않겠지요."

"그래. 난 그 사람을 몰라. 한 번도 만난 적이 없고, 혹시 내 정체를 알게 될까 봐 그런 위험한 모험을 할 수도 없어. 아마 크로노스 클럽 멤버들을 만나게 될 때를 대비해 이미 '망각'의 기술을 완벽하게 터득했을 거야. 선택은 네가 내려야 해, 해리. 이 일을 끝내는 최선의 방법이 뭔지 판단할 수 있는 사람은 너밖에 없어."

"참 큰 도움이 되었습니다." 나는 투덜거렸다.

채리티는 어깨를 으쓱했다.

"이건 너만의 성전이야, 해리. 네가 옳다고 생각하는 일을 해. 크로노스 클럽은…… 우리는 더 이상 판단을 내릴 수 없어. 우리한테도 기회가 있었지만 놓쳐버렸지."

다음 날 아침 나는 편지들을 부치고 마음이 바뀌기 전에 첫 기차를 타고 그 마을을 떠났다.

79

전후에 빈센트는 다시 한번 만능 '투자자'로 자리를 잡았다. 특정 회사를 위장으로 내세우지는 않고 엄청나게 돈이 많은 열혈 투자자로 세계를 누비며 관심이 가는 걸 여기저기서 조금씩 취하는 형태로 일했다. 그리고 나는 그의 개인 비서였다.

"자네는 내 곁에 가까이 두고 싶어, 해리." 그가 설명했다. "나한테 정말 너무 잘해주니까."

비서로 일하면서 나는 지난 생애에서 근처에 가보지도 못한 정보를 손에 넣었다. 빈센트는 존재조차 모르는 문서가 은행, 대학, CEO, 투자를 원하는 자선단체, 각국 정부와 브로커들한테서 내게로 쏟아져 들어왔고 빈센트는 치명적인 실수라고밖에 말할 수 없지만 아예 그 문서들을 확인할 생각조차 하지 않았다. 그는 내게 익숙해졌다. 나는 철저히 믿음직하고 철저히 충직하고 철저히 무해한 애완동물이었다. 굽신거렸고, 별일 하지도 않는데 큰돈을 주는 빈센트에게 몹시 감사해하고 있었으며 대단한 사람들을 만날 수 있어 한껏 들떠 있었다. 누가 직책을 물으면 절대 비서가 아니라 랜키스 씨를 위해 일하는 회사 임원이라고 대답했다. 랜키스 씨와 함께 세계를 여행하는 만능 해결사로 랜키스 씨의 연미복 꼬리를 따라다니며 상류사회의 삶을 살아간다고 말했다. 빈센트는 훌륭한 처우를 해주었다. 상사로도 친구로도 훌륭한 대접을 해주었고, 역시나 공짜 저녁 식사, 휴가, 골프(나는 정말 골프가 진저리가 나도록 싫다) 카리브해에 있는 애용 클럽까지 보통 때와 다름없는 패턴으로 호감을 샀다. 전부 타락을 위한 미끼였고 나는 기꺼이 발맞춰 주었다. 조금이라도 신경을 썼다면 골프는 잘 칠 수 있었을 거라고 말하면 좋겠지만, 세상에는 경험으로 살 수 없는 기교도 있는 모양이다.

우리는 전쟁의 모험담과 친구와 지인과 술을 공유했다. 같은 야간열차 객차를 타고 다녔다. 대서양을 횡단하는 비행기에서는 나란히 옆자리에 앉았다. 미국 대륙의 동해안에서 서해안을 위아래로 훑고 다니며 온갖 회의에 참석하는 동안은 자리를 바꿔가며 운전했다. 우리는 나이아가라 폭포 위에 함께 섰다. 아무리 내 기억이 완벽해도, 이 행성에서 볼 때마다 날 숨 막히게 하는 몇 안 되는 풍경 중 하나다. 그리고 출장을 다니며 함께 일할 때는, 연결 통로로 이어진 인접 객실을 썼고, 기분이 내키면 한밤중에 술을 한잔 나누기도 했다. 우리가 애인 사이라고 추정하는 사람도 많았고 나 역시 빈센트가 그런 제안을 해오면 어떻게 하나 고민해 본 적이 있다. 그토록 많은 일을 함께 겪고 나니, 같이 자는 정도는 아무 일도 아닌 것처럼 느껴졌다. 아마 두 번 생각할 필요도 없이 좋다고 했을 것이다. 남아 있는 문제라면 내가 지금 걸치고 있는 해리 오거스트라는 페르소나가 동성애가 단순히 불법이 아니라 완전히 금기이던 시절에 리즈에서 성장한 모범생인데 과연 정당화가 될까 정도였다. 혹시라도 그런 문제가 부상하면 제대로 공공연히 구식의 종교적 신념 문제로 심리적 위기를 겪어야겠다고 결심했다. 그리고 혹시라도 계속 해결이 안 되면, 엄청나게 죄책감을 겪고 불행한 연애를 한 다음에 넘어가 줄 생각이었다. 너무 쉽게 넘어가 줄 생각은 없었다. 다행히도 이 화두는 끝까지 수면 위로 부상하지 않았다. 나 자신을 포함해서 모두가 때만 기다리고 있었던 것 같지만 말이다. 빈센트가 사랑에 대해 갖고 있는 태도는, 직접 천명했듯, 엄격히 치유적인 것이었다. 파괴적인 열정은 어리석고 비이성적 욕망은 시간 낭비였다. 정신은 언제나 더 고고한 이상을 향하고 있었다.

빈센트의 정신이 향한 고고한 이상은 1948년에 처음 엿볼 수 있었다. 종종 그러듯 빈센트가 런던에서 내가 사무실로 쓰던 좁은 방으로 들어와 책상 맞은편 의자에 털썩 앉더니 묵직한 트레이와 인상적인 컬러 잉크 컬렉션 사이의 책상 상판에 발을 턱 올렸다.

"내일 연구원들이 요즘 하고 있는 작업을 살펴보러 갈 건데, 같이 가겠나?"

나는 보고 있던 문서를 내려놓고 신중하게 양손 끝을 삼각형으로 맞댔다. 보통 빈센트와 함께 출장을 가면 심각한 숙취, 엄청난 수표와 압도적인 기시감으로 끝맺곤 했지만 이번에는 빈센트가 자기 의도를 막연하고 별일 아닌 것처럼 가볍게 말하는 투가 흥미를 끌었다.

"프로젝트가 어디서 진행되는 건가?"

"스위스."

"스위스에 내일 간다고?"

"사실 오늘 오후에 가는 거야." 그가 대답했다. "자네한테 확실히 메모를 보냈는데."

"2년 동안 나한테 메모 같은 건 한 장도 보내지 않았어." 내가 순하게 지적했다. "그냥 일을 저지르고 나서 내가 따라잡을 때까지 기다렸지."

"그 방법이 기막히게 잘 통했잖아? 근사하지 않아?"

"스위스에 뭐가 있는데?"

"아, 중수하고 입자하고 뭐 그런 걸로 연구하고 있는 게 있어. 원래 이런 데 내가 세세하게 신경 안 쓰는 거 알잖아."

당연히 빈센트가 이런 데 세세한 신경을 쓰지 않는다는 건 잘 알고 있다. 자기는 이런 일에 세세하게 신경 쓰지 않는다고 늘 힘주어 말하고 다니니까. 그러나 이제 나는, 아침부터 밤까지 빈센트의 생활 모든 면을 계획하는 당사자로서, 스위스에 가면 감질나게나마 성배를 훔쳐볼 수 있을 거라는 확신이 들었다. 내게 말해주지 않았던, 숨겨진 비밀. 빈센트의 일정에 중간중간 구멍이 있다는 건 이미 눈치채고 있었다. '휴가'라든가 '가족 문제'라든가 '결혼' 같은 것. 게다가 결혼식이 어찌나 많았는지. 그러나 이런 여행들은 한 번도 내게 준비를 부탁하지 않았기에 상세한 내용이 어떤지는 알지 못했다. 그렇다면, 그게 중수와 입자와 뭐 그런 걸 연구하고 있다는 스위스였던가? 빈센트는 내가 모른다고 생각하지만, 사실 나는 그의 호주머니에서 거액의 돈이 세탁되어 블랙홀로 빠져 들어가고 있다는 걸 알고 있었다. 그렇다면 이것이 그 블랙홀인가?

"오늘 오후에는 스위스에 별로 가고 싶지 않은데."

거짓말이 너무 능란해져서 내 입 밖으로 나오는 말을 굳이 안 들어도 될 정도였다. 기만하고 기만당하는 데 너무나 능숙해서, 빈센트의 입에서 어떤 답이 나올지 안 들어도 알고 있었다.

"그러지 마, 해리. 별로 할 일도 없다는 거 다 알아."

"거액의 돈과 더러운 술집 얘기를 들어줄 어여쁜 아가씨와 약속이 있을지 어떻게 알아."

"철학적으로 말하자면 그럴 수도 있지. 온갖 대안이 있을 수 있지. 헤르페스에 걸렸을 수도 있고. 하지만 사실, 해리, 단순하고 경험적인 어휘로 말하자면, 할 일 없잖아. 그러니까 괜히 뾰루퉁해 있지 말고 모자나 챙기라고."

나는 뾰루퉁한 척을 그만하고 모자를 챙겼으며 일을 이따위로 처리해서 내가 얼마나 짜증이 났는지 꼭 그가 알아주기를 바랐다.

스위스. 스위스는 쉰두 살에서 일흔한 살 사이에 볼 때 제일 매혹적이었다. 그보다 훨씬 젊은 나이에 가면, 깨끗한 공기, 건강한 삶, 절제된 매너와 밋밋한 요리에 별로 매력을 느끼지 못한다. 일흔한 살보다 더 늙어버리면 앞에서 말한 모든 것이 썩어가는 내 몸과 임박한 죽음과 대조되어 우울해질 뿐이다. 그러나 쉰두 살에서 일흔한 살 사이에 가면, 특히 나이에 비해 건강할 때 가면, 스위스는 정말로 은퇴 후에 살기에 최적의 장소다. 정신이 번쩍 드는 바람, 맑은 수영장과 산책하기 좋은 산기슭과 아주, 아주 가끔 넘어갈 만한 산의 근사한 풍광을 다 갖추고 있으니까.

빈센트는 우리가 타고 갈 차를 공항에 미리 대기시켜 놓았다.

"이걸 직접 예약한 거야?"

"해리, 내 몸 하나 건사하는 걸 온전히 자네한테 의존하고 있는 건 아니야."

"알아." 내가 대답했다. "철학적으로 말하면 그렇겠지."

빈센트는 인상을 찌푸리면서 동시에 웃었고, 운전석에 올라탔다.

우리는 차를 타고 올라가다가 돌아가다가 다시 좀 더 올라가다가 좀 더 돌아가다가, 진짜 짜증스럽게도, 한참을 내려가다가 다시 올라갔다. 바늘처럼 비좁은 도로를 타고 구불구불 산을 넘어가는 건 언제나 괴롭기 짝이 없었다. 결국 우리는 아까 올라갔던 것보다 더 높은 데까지 올라가서 수목이 침엽수로 바뀌고 전조등에 서리가 끼어 은은하게 빛나는 지경에 이를 때까지 갔다. 나는 까마득한 절벽 아래 점점이 불빛이 흩뿌려진 계곡을 내려다보았고, 눈을 들어 별빛이 눈부시게 쏟아지는 하늘을 바라보았다.

"빌어먹을, 대체 어디로 가는 건가? 난 스키복도 없단 말이야."

"알게 될 거야! 맙소사, 이렇게 투덜거릴 줄 알았다면 공항에 그냥 두고 오는 건데."

새벽 1시가 다 되어서야 목적지에 도착했다. 비스듬한 나무 지붕의 샬레였는데 넓은 유리창 너머로 불이 켜져 있었다. 차에서 내렸을 때 눈은 쌓여 있지 않았지만 서리가 발밑에 버석거리며 밟혔고, 숨결이 보얗게 김이 되었다. 빈센트가 쾅 소리를 내며 차 문을 닫자 어떤 여자가 샬레 발코니에서 손을 흔들더니 우리를 맞으러 안으로 들어갔다. 빈센트가 비좁은 자갈길을 익숙하게 걸어 잠겨 있지 않은 옆문으로 가서 내게 들어오라고 손짓을 했다.

실내 공기는 기분 좋게 따뜻했고 모닥불에서 풍기는 연기 향이 살짝 배어 있었다. 여자가 기뻐서 어쩔 줄 모르는 표정으로 짧은 계단 위에 나타났다.

"랜키스 씨! 다시 뵙게 되어 정말 반가워요!"

여자는 빈센트를 포옹했고 그 역시 여자를 안아서, 나는 잠깐 두 사람이 사이에 단순한 호의 이상의 감정이 있는 게 아닐까 생각했다. 여자가 말했다.

"당신이 해리겠군요. 정말 기뻐요, 만나 뵙게 되어 정말 기쁩니다."

억양이 독일계 스위스인이었고, 나이는 서른쯤 되어 보였다. 그녀는 서둘러 우리가 있는 거실로 달려왔다. 벽난로 창살 속에서 모닥불이 활활 타오르고 있었다. 여자는 우리에게 콜드미트와 뜨거운 감자, 따뜻한 와인을 대접했다. 나는 너무 지치고 배가 고파서 초대해 준 사람들에게 궁금한 걸 제대로 물어보지도 못했고, 빈센트가 마침내 무릎을 탁 치면서 "좋아! 내일은 바쁜 하루가 될 거야!"라고 말했을 때는 그저 투덜거리며 곧장 침대에 가서 쓰러질 수밖에 없었다.

다음 날 아침 소스라치며 일어났다.

빈센트가 이미 옷을 다 차려입고 내 침대 발치에 서서 나를 물끄러미 내려다보고 있었다.

얼마나 오래 나를 지켜보고 있었는지 모르겠다. 빈센트의 소매에 엄마가 아이 장갑 두 짝을 꿰매어 주듯이 긴 끈을 달아 늘어뜨린 장갑이 달랑거리고 있었다. 하지만 바지나 장화에는 물기가 전혀 없었고 밖에 나갔다 온 흔적도 없었다. 한참을 그렇게 날 물끄러미 보고만 있었다. 그래서 결국 내가 부스스 일어나 말을 더듬었다.

"빈센트? 뭐, 뭐하는 건가?"

1초쯤 그가 뭔가 말을 하려는 것 같았다.

하지만 머리를 살짝 흔들다 말더니 천천히 문 쪽으로 향하며 대답했다. 내 쪽은 쳐다보지도 않고.

"일어날 시간이야, 해리. 바쁜 날이야, 오늘은 아주 바쁠 거야."

나는 일어나서 샤워를 생략하고 나갔다.

바깥세상은 부드러운 서리가 덮여 푸른빛이 도는 회색이었다. 공기는 눈이 오려는지 약간 텁텁했다. 우리가 다시 빈센트의 작은 차에 올라타는데 발코니에서 여자가 손을 흔들었다. 그리고 우리는 다시 차를 타고 점점 드문드문해지는 소나무들과 돌출된 바위들 사이로 올라갔다. 히터를 최고로 튼 채로, 우리 둘 다 아무 말도 하지 않았다.

멀리 가지 않았다. 빈센트가 오른쪽으로 급회전을 하자 처음에는 탄광 입구라고 생각했던 곳이 나왔다. 짧은 터널을 지나자 콘크리트 주차장으로 나왔고, 순전히 험준한 암석이 사방을 둘러싸고 있었다. 그중 일부는 낙석을 방지하기 위해 철망으로 뒤덮여 있었다. 딱 하나 작은 표지판이 프랑스어, 독일어, 영어로 '사유지, 침입하지 마시오'라고 경고하고 있었다. 경비원 한 사람이 모피를 덧댄 블루 코트를 차려입고 지키고 서 있었다. 잔뜩 껴입은 옷 밑으로 숨겨둔 권총이 불룩 튀어나와 있었다. 그는 정중하게 우리를 알아보고 고개를 끄덕여 인사했고, 우리는 자리도 얼마 없고 차도 몇 대 없는 주차장에 차를 세웠다. 우리가 접근하자 깎아지른 절벽 같은 회색 장벽에 달린 회색 문이 열렸고 수십 년의 시대를 앞서 가는 폐쇄 회로 TV가 지나치는 우리를 내려다보았다.

물어보고 싶은 건 많았지만 물어봐도 될 것 같지가 않았다. 산맥의 절벽을 깎아 만든 회랑을 따라갔다. 랜턴이 껌벅거리며 빛을 냈다. 숨을 쉴 때마다 허공에 하얀 김이 서렸지만, 더 깊이 내려갈수록 추워지는 게 아니라 따뜻한 습기가 뺨에 닿아 따끔거리기 시작했다. 저 밑에서 올라오는 말소리가 들렸다. 단단하고 둥근 벽에 부딪혀 메아리치는 소리. 우리가 내려가는 통행로 건너편에서 세 남자가 텅 빈 썰매를 밀며 반대 방향으로 올라오고 있었다. 시끌벅적하게 뭐라고 말을 하고 있었지만 빈센트가 가까이 다가가자 말이 없어졌다. 그리고 우리는 산속 깊숙이 내려가 그들 소리가 더 이상 들리지 않을 때까지 입을 열지 않았다. 이제는 환기구의 부드러운 바람 소리, 덜거덕거리는 파이프 소리가 들렸고 부자연스럽게 기계적인 열기가 느껴졌다. 순전히 쾌적한 난방을 위해서라기에는 좀 지나치게 뜨겁고 축축했다. 사람들의 숫자도 늘어났다. 연령대를 초월한 남녀들이 다들 빈센트를 알아보고 고개를 돌렸다. 소리 없는 보안과 감시의 흔적도 감지되었다. 두꺼운 코트를 입고 팔 밑에 총을 끼고 허리에 몽둥이를 찬 남자가 더 많아졌다.

"여기는 뭐 하는 곳이지?" 마침내 나는 묻고 말았다. 웅성거리는 말소리가 커져서 이만하면 내 질문이 침묵을 깨도 그리 어색하지 않겠다는 판단이 섰다.

"양자물리학을 이해하나?"

빈센트는 코너를 돌며 활기찬 목소리로 말했다. 그리고 방폭문이 열릴 때까지 잠깐 멈춰 서서 기다렸다.

"말도 안 되는 소리. 전혀 모른다는 걸 알면서."

빈센트는 참을성 있게 한숨을 쉬고 올라가는 문 아래로 고개를 숙여 아까보다 더 더운 동굴로 들어갔다.

"그렇다면 간단하게 설명해 주지. 폭포를 보면서 어떻게 저런 게 생겨났는지 궁금해한다고 치자고. 물이 아래로 흘러서 암반을 침식한다고, 결론을 내리겠지. 폭포의 상층부는 바위가 단단해서 허물어지지 않았지만 아래쪽 기슭에서는 바위가 부드러워져서 굽이치는 강물 아래로 허물어져 내렸단 말이야. 이런 연역의 비약을 하고 나면, 물이 분명 언제나 아래로 흐르고 반드시 침식을 일으키며 그 마찰이 에너지를 변화시키고 에너지가 물질을 변화시키고 기타 등등 기타 등등이 일어난다고 결론을 내리게 되겠지. 지금까지 얘기는 알아듣겠나?"

"그런 것 같군."

나를 그리워했던 걸까? 케임브리지에서 논쟁을 했고 멍청한 아이디어에 거침없이 '허튼소리'라고 외쳤던 그 해리 오거스트를 그리워했던 걸까? 아마, 그랬던 거라고 나는 생각한다.

나를 죽인 네 잘못이야, 빈센트.

두 번이나.

"그렇다면, 여기서 한 단계 더 나아가 보자고. 우주의 원자를 하나 잡아서 찬찬히 들여다본다고 생각해 보자고. 이 원자는 양성자, 중성자, 전자로 이루어져 있지. 그리고 이 원자로부터 양성자는 양전하를, 전자는 음전하를 띤다는 걸 알게 되고 둘이 서로 끌어당긴다는 것도 알게 된다 이거야. 그리고 중성자가 양성자에 붙게 되면 이 모든 것이 서로 끌어당기는 인력으로 인해 원자가 자체 붕괴하지 않도록 어떤 힘이 작용해야 한다는 결론을 이끌어내게 되지. 그러면 그로부터……."

그는 잠깐 단어를 고르느라 말을 멈췄다.

"그래서?"

"모든 걸 외삽할 수 있어." 그는 시선을 다른 곳에 고정시킨 채, 나직하게 속삭이듯 말했다. "만물을…… 외삽해 낼 수 있는 거야. 단 하나의 원자로부터, 시공간의 단 한 점으로부터, 우주의 본질을 검토하고 순전히 수학적 과정을 통해, 과거와 현재와 미래에 존재할 모든 것을 외삽할 수 있단 말이야. 모든 걸."

또 다른 문이 열렸다. 아까보다 더 뜨거운 방이 나타났다. 냉각팬들이 온도를 낮추기 위해 미친 듯 돌아가고 있었다. 거기 있었다. 7층 높이로 비계가 꼭대기까지 둘러쳐져 있고 남녀 수백 명이 상세 부품 하나하나에 우글우글 매달려 일하고 있었다. 그는 내게 방사능 배지를 건네주었다. 200년 전쯤에 피에트록—112에서 달았던 것보다 훨씬 진보된 것으로, 지금 시점에서 20년쯤 앞선 기술이었다. 그리고 우르 릉거리는 기계 소리 위로 "이게 바로 퀀텀 미러야!"라는 외침이 들려왔다.

나는 보았다. 아름다웠다.

퀀텀 미러.

깊이 들여다보면 신의 눈길이 똑바로 마주 본다.

기계는 완성 단계에 와 있었다.

80

내 세 번째 생애.

오랜 세월을 사제로, 수도승으로, 학자로, 신학자로 떠돌아다녔다고 말한 적이 있다. 이름이야 뭐라고 불러도 좋다. 해답을 찾는 바보천치라고 해도 좋고. 내가 공산주의를 전복하고 다니지는 않았으면 좋겠다고 정중하게 바랐던 중국 스파이 셴을 만났다는 얘기를 한 적이 있다. 이스라엘에서 린치를 당하고 이집트에서 경멸당했던 일, 편안한 슬리퍼처럼 신앙을 찾았다가 잃어버렸던 얘기도 한 적이 있다.

마담 파트나의 이야기는 한 적이 없다.

마담 파트나는 인도의 신비주의자로, 가장 수지맞는 깨달음의 길은 냉소주의를 제대로 가꿀 문화적 기회를 얻지 못하고 근심에 싸여 있는 서구인들에게 자기 깨달음을 전파하는 것이라는 사실을 일찌감치 깨달았다. 나는 한동안 그 서구인들 사이에 섞여 마담 파트나의 발치에 앉아 공허한 읊조림에 귀를 기울였다. 그 생애에서는 삶에서 거의 모든 것에 진심으로 믿음이 있었다. 그래서 이 통통하고 쾌활한 여자가 정말로 계몽으로 가는 길을 열어줄 거라 믿었다. 마담의 광활한 플랜테이션 농장에서 몇 달 동안 공짜로 노동을 하고 나서(그렇게 해서 자연, 그리고 나 자신에 더 가까이 갈 수 있다고 믿었던 탓이다) 귀한 인터뷰의 기회를 허락받았고, 흥분으로 몸을 덜덜 떨다시피 하면서 양반다리를 하고 위대한 여인 앞에 앉아 경이로운 깨달음을 얻게 되기를 기다렸다.

마담은 한참 동안 깊은 명상에 빠져 아무 말도 하지 않았다. 우리 신봉자들은 이미 오래전 이 깊고 심오할 거라 추정되는 침묵을 의심해서는 안 된다는 걸 배워 알고 있었다. 마침내 마담은 고개를 들고 우리를 똑바로 바라보며 선언했다.

"여러분은 신성한 존재입니다."

선언치고 이건 우리의 만디르 사원에서 별로 새로울 게 없었다.

"여러분은 빛의 피조물입니다. 여러분의 영혼은 노래이고 여러분의 사유는 아름다움입니다. 여러분의 내면에 완벽하지 않은 건 없어요. 여러분은 여러분 자신입니다. 여러분이 우주입니다."

넓은 실내에 꽉 찬 군중 앞에서 선언한다면, 이 모든 말이

상당히 인상 깊을 수 있다. 하지만 이 여자 혼자서 씩씩거리며 읊조리는 말을 듣고 있자니 얼마나 모순적인 말인지 절감하지 않을 수 없었다.

"신은 어떻게 됩니까?" 내가 물었다.

이 질문이 마담 파트나에게는 좀 당돌해 보였겠지만, 그녀는 아무렇지도 않게 여기면서 열혈 신봉자를 묵살하지 않고 트레이드마크인 쾌활한 미소를 지으며 선포했다.

"신 같은 건 없어요. 창조가 있을 뿐이죠. 당신은 창조의 일환이고, 창조는 당신 내면에 있습니다."

"그렇다면 왜 저는 창조에 영향을 끼칠 수 없을까요?"

"할 수 있어요. 당신의 모든 것, 당신 존재의 모든 면, 모든 숨결이……."

"내 말은…… 어째서 창조물을 헤쳐 나아가는 나의 길을 내 마음대로 할 수 없느냐는 얘깁니다."

"할 수 있다니까요!" 마담은 확고하게 되풀이해 말했다.

"이 삶은 그저 깜박이는 불꽃에 불과해요. 그림자지요. 이 삶의 허물을 벗어버리고 새로운 차원으로, 새로운 이해의 수준으로 날아오르게 될 거예요. 그곳에서 지금 현실이라고 인지하는 것은 감각의 감옥에 불과하다는 걸 알게 될 겁니다. 보게 될 거예요. 그러면 창조주의 눈으로 보는 것처럼 느껴질 것입니다. 당신은 창조 안에 있어요. 창조가 당신 안에 있어요. 당신은 우주를 만든 첫 숨결의 일면이고, 당신의 몸은 이전에 스쳐간 먼지 같은 육체들로 만들어져 있고, 당신이 죽으면 당신의 몸과 행위가 삶을 낳습니다. 당신, 당신 자신이 신이에요."

몇 달 후 나는 그런 공허한 아포리즘이 지겨워졌고, 불만에 찬 제자가 우리의 엄하고 금욕적인 지도자께서 5킬로미터쯤 떨어진 곳에서 화려하고 사치스러운 부를 누리며 살고 있다는 말을 내 귀에 속삭여 주었을 때 미련 없이 밀짚모자와 낫을 버리고 더 나은 철학을 찾아 떠났다. 하지만 그 모든 생애를 다 겪고 난 후에도, 나는 여전히 신의 눈으로 우주를 본다는 게 무슨 뜻인지 알고 싶었다.

81

"해리, 이것이 사람의 힘으로 이룩할 수 있는 단 하나의 중요한 업적이네."

내 귀에 속삭이는 빈센트.

내 귓전에 울리는 수많은 말소리, 그 말소리를 들을 수많은 세월.

"이게 인류를 바꾸고 우주를 다시 정의할 거야. 퀀텀 미러는 물질의 비밀, 과거와 미래의 비밀을 열어줄 거야. 우리는 마침내 우리가 그저 이해하는 척했던 개념들을 드디어 이해하게 될 거야. 삶, 죽음, 의식, 시간. 해리, 퀀텀 미러는······."

"내가 할 수 있는 일이 뭐가 있지?" 내 목소리를 듣고 내가 놀랐다. "어떻게 도울 수 있지?"

빈센트가 미소를 지었다. 그가 내 어깨에 손을 얹었을 때 찰나의 순간 그 눈 아래 눈물이 살짝 맺히는 걸 본 것 같았다. 한 번도 빈센트가 우는 모습을 본 적이 없어서 이게 기쁨 인가 보다 잠깐 생각했다.

"내 곁에 있어줘." 그가 말했다.

"여기 머물러줘, 내 곁에."

퀀텀 미러.

창조주의 눈으로 보는 것.

빈센트 랜키스. 당신을 여기서 보게 되다니! 존재의 본질 그 자체에, 그러니까, 거울을 비추는 겁니다…….

생선 부랄 같은 소리!

끔찍한 숙제기는 하지만 우리 둘 중 한 사람이 프랜시스 한테 키스를 해야 해요. 말도 안 되는 헛소리!

나는 씨발 좋은 사람이란 말입니다!

그건 너의 과거야, 해리, 너의 과거라고.

혼자 죽어가는, 로리 헐른.

패트릭 오거스트, 당신이 언제나 내 아버지였어요.

해리엇의 관이 땅속으로 내려지는 순간의 침묵. 잡초가 무 성한 오두막의 난롯가에서의 침묵. 한때 콘스턴스 헐른이 강 철의 주먹으로 지배했고, 리디아가 미쳤고 알렉산드라가 남 자 아기의 목숨을 구했고, 리사 리드밀이라는 이름의 하녀가 주방의 테이블에 밀쳐져 비명도 지르지 못했던 저택에 지금 은 마약상이 살고 있다. 그리고 그 순간으로부터 끝도 없이,

거듭, 거듭, 거듭, 똑같은 삶을, 똑같은 여정을 거듭, 거듭 여행하게 될 한 아기가 태어난다.

리처드 라일, 생애를 거듭해 내 손에 죽어가는 리처드 라일. 제발, 나는 아무 짓도 하지 않았어요.

로즈메리 도셋. 욕조 안에서 난자당해 죽어 있다.

제니. 자기가 뉴스에 나와야겠어, 꼭 나와야겠네.

나하고 도망가요.

나를 좋아해요?

언제나 좋아했어요, 제니. 언제나.

예비 신부를 소개하겠습니다!

마음에 드나, 해리? 아름답지 않아?

에이킨라이. 그 나를 해리, 당신도 알았나요? 망각하기로 한 결정이 옳았던 걸까요?

나는 개인적으로 허벅지를 선호해. 욕조에 물을 받고 들어가면 도움이 되는데, 뭐 없으면 할 수 없지, 안 그래? 트랄랄라, 오거스트 박사, 그럼 안녕히 계시고 잘해봐!

버지니아, 런던의 여름 하늘 아래 씩씩하게 걸어오던 그녀. 자궁 속 칼라차크라를 죽였던. 우리가 망각을 시행하자 덜덜 떨던 그녀.

뭘 하든 지겨워지면, 붉은 사선으로 한 번 찾아와요. 내가 거기 있을 테니까.

수많은, 헤아릴 수 없이 많은 사과.

해리, 정말 미안해요.

이게 최선이야. 이렇게 해야만 해.

퀀텀 미러.

신의 눈으로 본다는 것.

세계가 끝나고 있어요.

우리는 종말을 막을 수 없어요.

이제 너한테 달렸어.

퀀텀 미러.

여기 머물러줘. 내 곁에.

빈센트, 내가 퀀텀 미러를 사보타주했어.

쉬운 일이었지.

심지어 거기 직접 갈 필요도 없었어. 자네는 내가 과학자가 아니라고 결론을 내렸고, 러시아에서처럼 도움이 되지 못할 거라 생각했으니까. 여기에는 자네가 스위스의 산속에서 세상에 풀어놓고 있던 기술(원래 예정보다 100년은 앞선 기술이지)은커녕 심지어 기초적인 뉴턴 원칙조차 이해 못 하는 남자가 있을 뿐이었지. 벌써 여러 생애 동안 나는 자네의 행정을 도맡은 비서였고 사소한 일을 해결하는 해결사였어. 아홉 달 동안 스위스의 그 동굴에 처박혀서 퀀텀 미러가 커가는 걸 보고, 테스트를 할 때마다 기계가 포효하는 울음소리를 들었고, 자네가 끝에 근접했다는 걸, 성공이 가까이 와 있다는 걸 알았지. 보고서들이 내 책상 위에 쌓였지만 자네는 간과했어. 이해 못 할 거라 생각했을 테니까. 그렇지만 빈센트, 나는 자네를 제외한다면 점 하나 대시 하나까지, 소수점과 그래프의 미미한 변이까지 모조리 이해하는 유일한 인간이었지. 토륨 234를 주문해야 할 때 숫자 하나를 바꿔 토륨 231을 주문한 것도 나였어. 붕소 막대의 비용을 절감해서 세목에서 결정적인 몇 밀리미터를 잘라내 버린 것도 나였고. 파동 연산에서 유효숫자의 소수점 하나를 바꾼 것도 나였지. 그 문서는 7페이지짜리여서 연산이 다 끝났을 때 마지막 해답은 아홉 배수까지 어긋나 버렸어.

왜 이런 짓을 했는지 알고 싶겠지.

우주를 보존하고 싶다는 욕구? 막상 말하자니 엄청나게 거창하게 들리는군. 아무래도 확실히 해두려면 티셔츠와 망토를 구입해서 이런 말을 새겨야 할까? 자네가 뭔데, 자네가 되고자 하는 신이 뭔데, 지식을 추구하겠다고 세계를 파괴한단 말이지?

아니면 습관?

자네를 무너뜨리는 데 너무 오랜 세월을 바쳐서, 이제 와서 그만두자니 헛된 짓을 한 게 되어서.

질투?

어쩌면 약간은.

복수?

너와 함께 있으면 워낙 즐거워서, 가끔은 이 사실을 기억하기 어려웠어. 수백 년은 원한을 품고 있기엔 긴 시간이니까, 하지만……

기억나.

기억술사답게 기억을 하지. 그러면 우리는 또 그 자리에 있어. 피에트록―112에서 독을 마시고 감읍하면서, 내 머리에 들러붙는 전극의 촉감을 느끼고, 혓바닥에 전류의 맛을 느끼고, 그것도 한 번도 아니고 두 번이나. 그리고 두 번째에는 자네가 내 손을 잡고 심지어 이게 최선이라고 말했지. 그럼, 최선이라고. 제니. 나를 좋아해요, 해리? 나를 좋아해요? 추위 속에서 흐느껴 울었어, 네 개인 비서로, 애완견으로, 뭐든 자네가 원하는 대로 변신해 주면서 살았지. 눈을 감고 기억하면 그래.

복수야.

그리고 아마도 내 안에서 뭔가가 죽었다는 아주 작은 깨달음, 그리고 그걸 되찾기 위해서 내가 떠올릴 수 있는 방법이 이것 말고 달리 없었다는 것. '옳은 일을 한다'는 생각……지금 와서 나한테 그런 게 무슨 의미가 있겠냐만은.

내가 퀀텀 미러를 망쳤어. 이 정도로…… 소수점 하나, 동위원소 하나, 붕소 막대 하나, 이 정도로 충분하다는 걸 잘 알고 있었어. 자네 연구를 50년 후퇴시켜도 자네는 내 쪽은 두 번 쳐다보지도 않겠지. 설마 내가 했다고는 꿈에도 생각지 못하겠지.

테스트는 여름날로 정해졌다. 뜨겁고 축축한 동굴 속에서
계절이 큰 의미가 있는 건 아니었지만 말이다. 흥분감이 손
에 잡힐 듯 공중에 떠다녔다. 빈센트가 여느 때와 다름없이
시설을 한 바퀴 뛰며 조깅을 하고 상기된 얼굴로 내 사무실
로 들어섰다. 피에트록—112에서 나한테 시켰던, 추운 야외
에서 펄쩍펄쩍 뛰는 운동 대신 하는 모양이었다.

"자네도 올 건가?" 그가 물었다.

신중하게 펜을 내려놓고, 손깍지를 끼고, 그의 눈을 똑바
로 보며 말했다. "빈센트, 자네가 몹시 행복하다니까 나도 좋
은데, 자네도 알 거라 믿지만, 구내식당에 유통기한이 지난
참치 캔이 50개나 있고, 난 지금 한창 참치 회사에 열렬하게,
그야말로 불같은 항의 편지를 쓰고 있었단 말이야. 자네는
지금 마치 콜리지의 시 쓰기를 끊은 폴록에서 온 사람*처럼
굴고 있어."

그는 짜증 난 범고래처럼 입술 사이로 푸르르 바람을 불
었다. "해리, 자네 일을 폄하하고 싶은 생각은 추호도 없지
만, 오늘의 테스트는 인간의 본질 그 자체에 대한 혁명의 시

---

* 영국의 시인 새뮤얼 테일러 콜리지는 대작 〈쿠블라 칸〉을 꿈에서 영감을 받아 쓰기 시작했으
나 한창 써 내려가던 중 폴록에서 업무차 찾아온 사람의 방해를 받고 영감의 원천을 잊고 만다.

작이 될 수도 있다고. 참치 회사를 혼내는 건 둘째 일이라는 걸 이해해 줄 거라 믿네. 자, 이제 짐 챙겨서 나랑 같이 가자고!"

"빈센트……."

"어서!"

그는 내 팔꿈치를 잡아끌었다. 나는 투덜거리면서, 방사능 배지를 집어 들고 복도로 끌려 나갔다. 산맥 깊은 동굴로 들어가는 길에 내내 나는 불결한 참치와 썩어가는 샐러드와 이곳의 전기료를 유지하는 천문학적 비용에 대해 불평했다. 그러자 빈센트가 소리쳤다. "해리! 종의 미래와 우주에 대한 통찰이 달려 있는 문제라고, 샐러드 따위는 잊어버려!"

퀀텀 미러가 있는 곳까지 내려가자 서른 명 가까운 과학자가 관망대에 모여 거대한 짐승 같은 기계를 내려다보고 있었다. 그사이 몸집이 더 커져 있었다. 어마어마한 크기의 울퉁불퉁한 로켓은 일부 부품을 떼어내고 일부 부품을 덧붙여 흉한 모습이었다. 구불구불한 케이블들이 여기저기 늘어져 있고 내부의 표면은 열기와 증기와 압력으로 번쩍번쩍 빛나고 있었다. 시대보다 50년 이상 앞선 컴퓨터들이 수천 개의 모니터링 장치에 연결되어 있었다. 그 방에 과학자가 아닌 사람은 나밖에 없었다. 그러나 퀀텀 미러 근처의 플로어가 비워지기 시작하자 빈센트는 나를 맨 앞으로 끌고 나가 외쳤다.

"자네가 먹을 걸 먹여주고 빌어먹을 똥꼬를 닦아주지 않으면 이 바보들은 결코 숫자 놀음을 하지 못할 거야. 자, 이리 오게! 자네는 이걸 볼 자격이 있어."

나도 그렇게 생각했다. 교묘하게 조정한 서류 작업으로 볼 때 임박한 테스트는 참사에 가까운 실패로 끝나고 말 게 분명했으니까.

경고의 사이렌이 세 번 울렸고 기계와 인접한 모든 인력은 소개하라는 명령이 내려졌다. 그리고 거기서 찾아낸 가장 엄숙한 표정의 과학자가 카운트다운을 시작했고 발전기가 포효하는 굉음과 함께 살아나자, 여남은 얼굴이 점점 흥분해 돌아가는 데이터 뱅크를 들여다보았다. 빈센트는 내 옆에서 신이 나서 펄쩍펄쩍 뛰고 있었고, 한순간 내 손을 꽉 잡았다가 남자답게 굴어야 한다는 자의식이 발동하자 다시 홱 팔을 뺐다. 대신 손가락 끝을 잘근거리며 물어뜯기 시작했다. 난 팔짱을 끼고 구경하면서 별 감흥이 없는 심드렁한 낯빛을 지우지 않았다. 충전이 최고조에 달하고, 깊은 핵심에서 100년 후 미래에서 훔쳐 온 이 추악하도록 정교하고 사악하도록 영악한 장비들이 돌아가고, 돌아가고, 정렬하고, 열리고, 에너지를 흡입했다가 방출하는데……

"원장님?"

그 목소리는 컴퓨터 스크린을 보고 있던 한 테크니션이 던진 질문이었다. 객관적인 부름이 아니라 감정적인 부름이었다. 객관적으로는 질문자도 스크린에 뜬 데이터를 완벽하게 읽을 수 있었지만 감정적으로는 지원 요청을 할 수밖에 없었던 것이다. 빈센트는 즉시 알아듣고 돌아서서 불쌍한 질문자를 노려보았는데, 그때 다른 사람이 일어나서 날카롭게 고함을 질렀다.

"차단해! 정지시켜!"

그 이상 아무 말도 할 필요가 없었다. 그 이상 아무 말도 하기를 원치 않았다. 곧 누군가의 손이 비상 전력 차단 버튼을 세게 내리쳤고 퀀텀 미러가 들어 있는 밀실은 깜깜한 암흑으로 빠져들었다. 관망대 역시 불이 나갔고 오로지 스크린의 회색 깜박임과 바닥에 박힌 파란 비상등 말고는 아무 빛도 없는 숨 막히는 암흑이 덮쳤다. 고개를 돌려 빈센트를 보았다. 유령처럼 섬뜩한 피부, 경동맥이 지나치게 빨리 뛰고 있었다. 커다랗게 뜬 눈과 살짝 벌린 입, 처음에는 방 안의 연구원들을 둘러보더니 서서히, 냉혹하게, 퀀텀 미러를 바라보았다.

퀀텀 미러는 동굴 속 다른 모든 것과 마찬가지로 어둠에 휩싸여 있어야 했다. 하지만 핵에서 서서히 올라오는 오렌지 빛깔의 섬광은 누구나 볼 수 있었다. 붉은빛 도는 예쁜 분홍색이 얇아진 금속 연결부를 따라 퍼져갔다. 내부에서 토해내기 시작한 검은 연기가 군데군데 가리고 있을 뿐이었다. 가압 상태의 미세한 금속 부품들이 씩씩거리는 소리가 점점

커지더니 이윽고 비명 소리가, 절규가 되어버리자 나는 방사
능 배지를 내려다보았다. 아마 그 방 안에서 얇은 필름이 검
은색으로 변하는 걸 본 사람은 나밖에 없을 것이다.

"멈춰." 빈센트는 속삭였다. 번들거리며 그르릉거리는 기
계만 빼면 실내에서 나는 유일한 소리였다.

"멈춰."

속삭임은 특별히 누구를 보고 하는 말이 아니었다. 더 이
상 누가 어떻게 할 수 있는 일도 아니었다.

"멈추라고."

빛이 기계에서 솟구쳐 올랐다. 불타는 빛, 부품이 녹기 시
작하는 빛, 그 빛은 급속히 비상등의 파란 불빛을 압도하기
시작했다. 나는 얼어붙은 토끼처럼 서 있는 방 안의 연구원
들을, 그들이 사로잡힌 집단 공포를 바라보았다. 그리고 시
설에 필요한 화장실 휴지를 계산하며 하루를 보내는 사무직
답게 큰 소리로 외쳤다.

"방사능 누출이야! 다들 나가요!"

'방사능'이라는 말만으로도 사람들이 문을 향해 우르르 달
려 나가기 시작했다. 비명을 지르는 사람도 없었다. 비명을
지르려면 에너지가 필요하다. 죽음처럼 고요한 정적 속에 관
망대로 흘러넘치고 있는 감마파의 해일에서 최대한 멀리 도
망치는 데 모든 에너지를 쏟아야 했다. 빈센트 셔츠의 배지
역시 검은색으로, 시커먼 기름 같은 검은색, 죽음의 검은색

으로 바뀌고 있었다. 그래서 그의 소맷자락을 붙잡고 씩씩거리며 말했다.

"가야 한다고!"

그는 꿈쩍도 하지 않았다.

그의 눈이 퀀텀 미러에 고정되어 있었다. 이제 기기 표면을 뚫고 터져 나와 퍼져가는 열기를 바라보았다. 금속의 노랫소리를 들은 나는 다음에 무슨 일이 벌어질지 알았다.

"빈센트!" 나는 울부짖었다. "여기서 나가야 한다고!"

여전히 빈센트는 꿈쩍도 하지 않았다. 그래서 익사하는 사람을 헤엄치며 구조할 때처럼 한 팔로 목을 감고 뒤로 질질 끌며 문으로 갔다. 우리 둘이 실내에 마지막으로 남아 있는 사람이었다. 밀실의 빛은 이제 쳐다볼 수도 없이 눈이 부셨고, 점점 뜨거워지는 열기가 관망대 유리를 뚫고 들어와 숨막히게 번지고 있었다. 눈을 들어보니 실내의 금속에 칠해진 페인트에 물집이 잡혔고, 컴퓨터가 튀겨지는 소리가 들렸다. 나는 해일처럼 밀어닥쳐 실내의 모든 걸 터뜨리고 돌풍이 거미줄을 찢듯 우리 몸을 산산조각으로 찢어버릴 방사능의 파도 앞에서 살아남겠다는 생각 자체를 아예 내려놓았다. 관망대 유리가 쩍쩍 갈라지는 소리가 들렸다. 곧 일어날 폭발이 우리 두 사람을 모두 죽일 거라는 사실은 이제 확정되었다. 우리는 이미 시체였다. 나는 빈센트를 관망대 문 밖으로 밀어냈다. 기진맥진해서 엎드린 그는 반쯤 고개를 돌려 나를 보았다. 이제 빛은 더 이상 견딜 수 없을 지경이었다. 눈이 멀어버릴 것 같았다. 가시스펙트럼을 넘어서는 빛이 망막을 잠식했다. 손을 더듬거리며 비상 핸들을 찾아 달궈진 금속 손잡이가 다리미처럼 치이익, 하고 살갗을 태우는 걸 무릅쓰고 문을 내렸고, 문이 내려오기 시작하자 그 밑으로 몸을 던졌다.

"뛰어!"

나는 빈센트에게 소리를 질렀고, 이제 쓰라린 내 시야에서 그림자처럼 보이는 빈센트가 당혹감에 휘청거리면서 뛰기 시작했다. 쿵 소리를 내며 닫히는 격벽 아래로 기어나가 그 너머 암흑에 휩싸인 캄캄한 회랑을 비틀거리며 세 걸음쯤 걸어가는데, 우리 등 뒤로 세계가 폭발했다.

흐릿한 구조대의 모습.

내 피부에는 금속이 깊이 박혀 있었다.

위장에는 돌덩어리가 들어 있었다.

입안에는 흙이 차 있었다.

납 방호복을 입은 구조대원들이 나를 연기 자욱한 복도의 잔해에서 끌어내 30분 동안 호스로 씻었다. 물은 아주 오랫동안 붉게 물들어 흐르다가 간신히 맑아졌다.

어둠.

마취과 의사가 알레르기가 있냐고 물었다.

대답을 하려 했지만 턱이 부푼 납덩이 같았다.

그따위 질문이 무슨 소용이 있는지 알 수가 없었다. 아니 이제 와서 왜 그딴 걸 묻는지도 모르겠다.

빈센트는 고개를 숙이고 내 침대 곁에 있었다.

간호사가 튜브를 갈아주었다.

공기의 질로 보아, 더 이상 동굴 속이 아니라는 건 알았다.

햇살이 비쳤는데, 아름다웠다.

빈센트는 내 침대 곁의 의자에 앉아 있었다. 팔에 링거를 꽂았고, 되 홀린 흔적은 없었다. 그는 잠들어 있었다. 내 곁을 떠난 적이 있었나? 그러지 않았던 것 같다.

의식이 깨어나니 메스꺼움이 덮쳤다.

"물."

빈센트가 즉시, 깨어나 내 곁에 다가왔다.

"해리?" 그는 입술이 트고 피부가 창백했다. "해리, 내 말 들려?"

"빈센트?"

"지금 어디 있는지 알아?"

말하면서 그는 내 바이탈을 신중하고 효율적으로 체크했다. 대부분의 우로보란들이 그렇듯, 그 역시 의사 수련을 받았다. 바이탈이 좋지 못했지만, 이 해리 오거스트는 그런 걸 알아서는 안 된다.

"병원?" 내가 물었다.

"맞아. 좋아. 오늘이 며칠인지 알아?"

"아니."

"이틀 동안 잠들어 있었어. 사고가 났어. 그건 기억해?"

"그…… 퀀텀 미러." 내가 헐떡거리며 말했다. "어떻게 된 거야?"

"자네가 내 목숨을 구했어." 그가 부드럽게 대답했다. "방 밖으로 탈출시키고, 도망치라고 말해주고, 문을 닫았어. 수많은 사람의 생명을 구했어."

"아. 잘됐군." 나는 고개를 들려다가 경추를 타고 흐르는 통증을 느꼈다. "난 어떻게 된 거야?"

"폭발에 노출됐어. 내가 더 가까이 있었다면 난 아마…… 하지만 대체로 자네가 충격을 다 받았어. 사지가 멀쩡한 것만도 기적이야. 하지만…… 의사가 말해줄 내용이 좀 있어."

"방사능." 내가 색색거리는 목소리로 대답했다.

"엄청난…… 엄청난 양의 방사능이 누출됐어. 어떻게…… 하지만 그건 중요하지 않아."

중요하지 않아? 그건 또 새롭네.

"자네는 괜찮아?" 답을 알면서 내가 물었다.

"괜찮아."

"약간 창백해 보이는데."

"나…… 나도 방사능을 많이 쬐었어. 하지만 자네는…… 자네는 내 목숨을 구했어, 해리." 계속 자꾸 이 말로 돌아온다. 믿을 수 없다는 말투로. "고맙다는 말로는 도저히, 턱없이 모자라."

"월급을 좀 올려주면 어때?"

그가 잠깐 소리 내어 웃었다. "잘난 척하지 마."

"죽게 되는 건가?" 내가 물었다. 그가 즉답을 피하기에 나는 살짝 고개를 끄덕였다. "괜찮아. 얼마나 남았어?"

"해리……."

"얼마나 남았느냐고?"

"방사능 후유증은…… 사람이 겪을 짓이 못 되지."

"대머리가 된 나는 본 적이 없는데." 솔직히 인정했다. "자네는……? 자네도……?"

"나는 아직 검사 결과를 기다리고 있어."

아니, 아니잖아. 빈센트. "결과가…… 괜찮으면 좋겠군."

"자네가 내 목숨을 구해줬어." 그가 또 그 말을 했다. "중요한 건 그것뿐이야."

방사능 후유증.

사람이 겪을 짓이 못 되지.

이 글을 읽는 지금 자네는 최악의 고비를 겪고 있겠지. 머리카락은 이미 옛날에 다 빠졌을 테고, 메스꺼움도 대체로 지나가 이젠 부어오르는 관절의 통증으로 바뀌었을 테고, 내장 기능은 정지되고 있을 테고, 온몸에 유독 물질이 밀려들

거야. 피부는 추악한 병변으로 얼룩졌을 테고, 네 몸의 치유 기능으로는 해결이 안 돼, 병세가 진전되면 폐기능이 정지하면서 자기 체액에 익사하게 되겠지. 나는 알아, 왜냐하면 지금 자네한테 이 글을 쓰는 이 순간, 빈센트, 내 마지막 유언장을 작성하고 있는 이 순간, 내 몸이 바로 그 단계를 겪고 있으니까. 자네한테는 살날이 적어도 며칠 남아 있겠지. 나는 몇 시간 밖에 없어.

"내 곁에 있어줘." 내가 말했다.

빈센트는 내 곁을 지켰다.

어느 정도 시간이 흐르자 간호사들이 그를 위한 침대를 하나 더 갖다놓았다. 옆에 누워 있는 그의 정맥에 수액을 꽂는 것을 보고도 아무 말도 하지 않았다. 쳐다보는 내 시선을 느낀 빈센트가 미소를 띠며 말했다.

"그냥 예방 조치야."

"자네는 거짓말쟁이야. 빈센트 랜키스."

"그렇게 생각한다니 유감이군, 해리 오거스트."

어떤 면에서, 메스꺼움이 통증보다 더 괴로웠다. 통증은 진정시킬 수 있지만 메스꺼움은 아무리 달콤한 아편과 화학 약물로도 막을 수 없다. 나는 침대에 누워 마지막까지 소리 내어 울지 않으려 참아봤지만, 결국 새벽 3시가 되었을 때 옆으로 돌아누워 바닥의 양동이에 토하고 온몸을 떨며 흐느껴 울다가 내 배를 움켜쥐고 헐떡거리며 숨을 몰아쉬었다.

빈센트는 즉시 침대에서 내려와 발밑에 떨어진 토사물을 본 척도 하지 않고 내 곁으로 다가와 어깨에 손을 얹고 나를 잡더니 말했다.

"내가 어떻게 해줄까?"

무릎을 가슴에 꼭 붙이고 온몸을 동그랗게 말았다. 그 자세가 그나마 제일 불편을 덜어주었다. 진하고 끈적거리는 토사물이 뺨을 타고 흘러내렸다. 빈센트가 휴지와 물 한 컵을 가져와 얼굴을 닦아주었다.

"뭘 도와줄까?" 그가 다급하게 물었다.

"내 옆에 있어줘." 내가 대답했다.

"당연하지. 언제나."

다음 날부터는 그 역시 구역질을 하기 시작했다. 하지만 잘 숨겼다. 몰래 방을 나가 화장실에서 토하고 왔지만 900년의 경험이 있는 내가 속을 리 없었다. 밤에는 그 역시 통증을 느끼기 시작했고, 이번에는 내가 비틀거리면서 그에게 다가가 양동이를 붙잡고 경련을 일으키며 토하는 그를 잡아주었다.

"난 괜찮아." 몸을 덜덜 떨면서 그가 헐떡거리며 말했다. "괜찮을 거야."

"내가 뭐라고 했나?"

숨결 사이로 간신히 새어 나오는 목소리가 위산에 녹아 쉬어 있었다.

"해리, 자네한테 하고 싶은 말이 있네."

"'빌어먹을 거짓말쟁이라서 미안하네' 뭐 이런 거?"

"그래." 그 말을 하면서 빈센트가 웃었는지 흐느꼈는지 잘 모르겠다. "미안해. 정말 미안해."

"괜찮아." 한숨이 나왔다. "왜 그랬는지 알아."

피부의 물집이 터지자 아프다기보다는 가려워졌다. 살점이 서서히 갈라져, 부드럽게 허물 벗듯 벗겨지고 있었다. 빈센트는 아직 구역질 단계를 거치고 있었지만 나는 신체 기능이 정지되면서 강렬한 통증이 다시 덮쳐왔다. 그래서 모르핀으로 좀 편하게 해달라고 소리를 질러댔다. 우리 둘 다 진정제를 맞았는데, 아마 환자 하나만 마취하는 건 예의가 아니라고 생각했던 모양이다. 특히나 값비싼 치료비를 내는 쪽이 아닌 환자만 대우하긴 더 그랬을 테고. 그날 저녁 빈센트에게 상자 하나가 배달되었다. 그는 침대에서 기어 나와 상자의 자물쇠를 열었고, 안에서 철사와 전극으로 된 관을 꺼냈다. 덜덜 떠는 손으로 그는 내게 그걸 내밀었다.

"그게 뭐지?" 내가 물었다.

"자…… 자네가 잊게 해줄 거야."

빈센트는 말을 더듬으며 내 침대 발치에 그 장비를 놓았다. 무거워서 좀 마음에 안 든다는 듯이.

"그걸로…… 모든 게 다 없어질 거야. 자네라는 존재, 자네의…… 이 기억을 지워줄 거야. 알겠나?"

"나는 어떻게 하고?" 내가 물었다. "나 자신을 없앤다는 말인가?"

"그래."

"그건 더럽게 멍청한 짓 아닌가, 안 그래?"

"정말…… 정말 미안하네. 자네가…… 자네가 아는 게 있었다면…….''

"빈센트, 난 고해성사를 받아줄 기분이 아니야. 뭔지 몰라도, 용서해 줄 테니까, 그걸로 끝내자고."

일단 그 얘기는 거기서 끝냈지만 철사의 왕관이 들어 있는 상자는 방 안에 그냥 남아 있었다. 내가 죽기 전에, 자기 몸에서 작동할 힘이 없어지기 전에, 쓰고 싶었을 거라는 결론을 내릴 수밖에 없었다.

밤에는 둘 다 고통에 시달렸다.

"괜찮아." 내가 그에게 말했다. "괜찮다고. 뭔가 더 낫게 만들려고 노력했던 거잖아."

빈센트는 진통제의 한계치를 맞고도 여전히 통증을 삭이지 못해 온몸을 떨고 있었다.

이런 괴로운 시간에 정신을 팔 만한 재밌는 이야기라도 해보자고, 내가 제안했다. 자, 내가 먼저 시작하지. 영국인하고, 아일랜드인하고, 스코틀랜드인이 바에 들어갔는데…….

빌어먹을, 해리, 제발 웃기지는 말아줘.

그러면 내가 얘기 하나를 해주지. 실제 이야기를. 그러면

답으로 자네도 하나를 해주는 거야.

공평하군.

나는 이야기를 시작했다. 리즈에서 성장한 이야기, 학교에서 만난 양아치들 이야기, B+의 성적과 법학 공부가 얼마나 따분한지, 그런 얘기를.

그는 내게 부유한 아버지 얘기를 했다. 좋은 사람, 친절한 사람이었지만 아들한테 꼼짝도 못 했다고 했다.

나는 무어로의 여행, 봄에 피는 꽃과 여름이면 철길을 따라 불타오르듯 피어났다가 눈이 닿는 곳 끝까지 새까맣고 파삭파삭하게 타들어 가는 헤더 이야기를 했다.

그는 철쭉꽃이 만발한 화원과 건너편 야산에서 들려오는 기차의 경적 이야기를 했다.

남부 잉글랜드였나?

그래, 런던 바로 외곽에.

나는 양부모 이야기를 했고, 어디 있는지 누군지도 모르는 생부보다 그들이 내게는 훨씬 더 부모다웠다고 말했다. 얼마나 용기 내어 말하고 싶었는지 모른다고, 당신들이 전부라고, 생부는 내게 아무것도 아니라고, 내 접시에 차려준 음식 때문이 아니라, 내 머리 위의 지붕 때문이 아니라, 한 번도 나를 버리지 않은 두 분이 내 아버지고 어머니라고 말하고 싶었다고.

빈센트가 말했다.

"해리?"

목소리가 고통으로 죄어들고 있었다.

"응?"

"나…… 나도 자네한테 뭔가 말해주고 싶은 게 있네."

"그래."

"내 이름…… 내 이름은 빈센트 벤튼이야. 정원사의 이름이 랜키스였지. 내 진짜 이름을 숨긴 건…… 내가 스물다섯 살이기 때문이야. 나는 794살이야. 우리 아버지는 하워드 벤튼이고 어머니는 어슐라야. 어머니는 한 번도 본 적이 없어. 내가 어렸을 때 죽거든. 1925년 10월 3일에 집에서 출생했네. 내가 튀어나왔을 때 유모가 기절했던 모양이야. 살면서 이 얘기는 그 누구한테도 한 적이 없어. 아무한테도."

"나는 그냥 나야." 내가 대답했다. "그냥 그래."

"아니야." 그는 힘겹게 침대에서 몸을 일으키며 말했다. "그렇지 않아."

그렇게 말하면서 빈센트는 상자를 열어 철사의 왕관을 꺼내 내 머리에 슬며시 씌웠다.

"뭐하는 건가?" 내가 물었다.

"나는 이 생애를 인정할 수가 없어. 용납이 안 돼. 절대로. 누군가는 이해해 주기를 원했어."

"빈센트……."

저항하려 했으나 기운도 없고 그리고 싶은 마음도 없었다.

그는 내 손을 도닥거리면서 치우고 전극을 내 머리에 꾹 눌러 붙였다.

"미안해, 해리." 그는 흐느껴 울고 있었다. "내가 자네한테 무슨 짓을 했는지 안다면, 이해해 줄 수만 있다면 얼마나 좋을까……. 내가 찾아낼게, 알겠어? 무슨 일이 일어나든 내가 자네를 찾아서 안전하게 보살펴 줄게." 충전을 하며 윙윙 울리는 기계 소리, 파지직 하는 전류.

"빈센트, 잠깐, 나는……."

너무 늦었다.

82

'망각' 후에 깨어났을 때는 혼자였고, 과거에도 그랬고 앞으로도 그럴 테지만, 내 정신을 가지고 무슨 짓을 하든, 여전히 나는 나 자신이었다.

여전히 병원에 있었다.

여전히 죽어가고 있었다.

내 침대는 옮겨졌다. 아니 어쩌면 빈센트의 침대가 옮겨졌는지도 모른다. 철사의 왕관은 치워졌고 나는 이제 따뜻한 진통제의 약효 속에 둥둥 떠다니고 있었다. 서서히 허물을 벗고 있는 내 살점에 온통 붕대가 칭칭 감겨 있었다.

한참 거기 누워서 아무 생각도 하지 않았다. 드디어 고요하다. 생각도 없고, 말도 없는 침묵. 한참 후 나는 일어났다. 다리가 금세 픽 꺾였다. 손도 발도 붕대로 칭칭 감겨 있었고 시뻘겋게 부은 무릎에는 힘이 하나도 없었다. 나는 문까지 기어가서 복도로 나가는 데 성공했다. 그런 끔찍한 상태로 나와 있는 나를 발견한 간호사가 충격받아 비명을 질렀다. 그리고 잡일꾼에게 휠체어를 가져오라고 시켜 나를 앉혀주었다.

"퇴원하겠습니다." 내가 단호하게 말했다.

"오거스트 씨, 지금 상태가……."

"죽어가고 있죠. 살날이 불과 이삼일 밖에 남지 않았고요. 저는 퇴원할 겁니다. 무슨 짓을 해도 절대로 날 막을 수 없을 겁니다. 병원 측의 책임을 묻지 않는다는 서류에 무조건 사인하겠습니다. 하지만 빨리 준비해서 와야 할 거예요. 5분 뒤면 난 나가고 없을 테니까."

"오거스트 씨……."

"4분 50초!"

"절대……."

"할 수 있습니다. 그리고 절대 날 못 막아요. 제일 가까운 전화가 어디 있습니까?"

병원은 날 막으려 했다…… 완력이 아니라 말로. 감언이설과 무시무시한 결과에 대한 협박으로. 나는 모두 뿌리치고 의국의 전화로 에이킨라이에게 전화를 걸었다. 그리고 환자복 차림 그대로 휠체어를 밀고 병원에서 나와 여름 공기가 따스한 길거리로 나왔다. 해가 저물며 산맥 위로 찬란한 오렌지레드 빛이 퍼져 있었고 대기에서는 갓 깎은 풀 향기가 났다. 사람들은 내 몰골을 보고 경악하며 뒤로 물러섰다. 헐어 벗겨지는 내 피부에, 풀풀 빠지고 있는 머리카락에, 물집이 터져 피가 벌겋게 배어 나오는 환자복에, 브레이크를 놓은 채 언덕을 활강하며 지평선을 향해 질주하는 얼굴에 떠오른 경이와 환희에 소스라쳤다.

에이킨라이가 빨간 폭스바겐을 끌고 도시 외곽으로 마중 나왔다. 빈센트의 시설 근처에 몇 달 동안 대기하면서 전화를 기다리라고 말해뒀었다. 휠체어를 굴려 달려오는 나를 보고 에이킨라이가 운전석에서 내려 말했다.

"끔찍한 몰골이군요."

"죽어가고 있는 거지!" 밝은 목소리로 대답하고 조수석으로 기어 들어갔다. "갖고 있는 진통제 전부 내놔."

"아주 많아요."

"좋아. 어디 호텔로 좀 데려다줘."

에이킨라이는 나를 호텔로 데려다주었다.

그리고 수중의 진통제를 전부 주었다.

"펜, 종이."

"해리, 손이……."

"펜, 종이!"

에이킨라이가 펜과 종이를 대령했다.

손으로 글을 쓰려고 했지만 도저히 되지 않았다. 에이킨라이의 지적대로 지금 내 손은 별로 유용한 상태가 못 되었다.

"좋아, 타자기."

"해리!"

"에이킨라이." 내 말투는 확고했다. "일주일도 못 돼서 나는 죽을 거야. 지금도 의식 기능을 유지하고 있다는 건 화학 칵테일의 기적이야. 타자기 한 대 갖다줘."

에이킨라이는 내게 타자기를 갖다주었고 우리 둘의 의학 지식을 합쳐 생각해 낼 수 있는 화학 약물을 모조리 내 몸에 때려 부어 내 의식을 명료하면서도 이성적으로 유지시켰다.

"고마워. 이제 코끼리라도 쓰러뜨릴 만한 모르핀을 여기다 좀 놓고 밖에서 기다려주면 고맙겠어."

"해리······."

"고마워." 내가 다시 말했다. "다음 생에서 꼭 찾아갈게."

에이킨라이가 나가고 나서 나는 타자기 앞에 앉아 신중하게 할 말을 골랐다.

해가 드디어 지평선 너머로 떨어지고 난 후에야, 나는 글을 썼다.

이 글은 너를 위해 쓴다.

나의 숙적.

나의 친구.

너는 안다, 이미, 틀림없이 알고 있다.

네가 졌다는 걸.

빈센트.

이건 내 마지막 유언장이야. 원한다면 고백이라고 불러도 좋아. 나의 승리, 나의 사과야. 내가 이 삶에서 쓰게 될 마지막 단어들일 테고. 이미 이 몸에 끝이 오고 있다는 걸 느낄 수 있어. 끝은 언제나 찾아오는 법이지. 곧 나는 모든 걸 놓고 에이킨라이가 두고 간 주사기를 들고 생명을 부지하는 고통을 끝장낼 거야.

이 모든 이야기를, 내 삶의 행적을 모두 말하는 건, 자네에게 알려주기 위해서이기도 하지만 또한 내가 절대 마음을 바꿔먹지 못하게 강제하기 위해서이기도 해. 이 글을 쓰고 나면 내가 전적으로 나 자신을 자네의 힘에 맡기고 내 존재의 모든 면을 까발리게 된다는 걸 알고 있어. 이 일을 추진하면서 위장했던 수많은 신분도, 또 결국 내가 어떤 인간이 되었는지도. 이 고백을 하고 나면 나 자신을 보호하기 위해서는 이제 자네와 자네가 나에 대해 알고 있는 지식을 모조리 파괴하는 수밖에 없지. 스스로 실행에 옮기도록 강제로 조치를 취하는 셈이야.

지금쯤, 내가 병원에서 사라졌다는 걸 자네도 깨달았겠지.

두려움에 창자가 죄어들 거야, '망각'이 효과가 없었고 내가 도망쳤다는 공포.

그리고 아마도 더 깊은 공포심에 사로잡히겠지. 모든 걸 연역해 추론하는 자네의 능력은 예술에 가까우니까. 자네는 아마 내 부재로부터 단순히 죽음의 공포 때문에 떠난 게 아니라는 결론을 도출하게 될 거야. 자네가 내 머리에 부착한 작은 기계가 작동한 후에도 내가 미치지 않고 멀쩡한 걸 보고, 지난번 기계 역시 효과가 없었고 그 전의 기계도 마찬가지였을 거라는 결론을 내렸을 테고. 중성자가 연쇄반응을 일으켜 퍼져나가듯, 이 모든 사건, 모든 거짓말, 모든 기만, 모든 잔인성, 모든 배신이 신의 눈으로 보는 원자처럼 자네의 눈앞에 펼쳐지겠지. 이미 내가 자네한테 무슨 말을 하게 될지 알고 있을 거야. 과연 믿을 수 있을지는 모르겠지만.

자네는 나를 찾으러 부하들을 보낼 테고 어렵지 않게 그들은 내 시체를 찾아내겠지. 에이킨라이의 일은 오늘로 끝나서 이미 떠났을 테고. 텅 빈 주사기와 함께 이 글을 찾아 아마도, 병원에 있을, 네게 갖다줄 거야. 네 눈이 이 지면을 훑어보면 첫 단어 몇 개만으로도 자네는 알 거야. 틀림없이 알고 있을 테니 알게 될 거야. 뱃속 깊은 곳에서, 이미 패배했다는 사실을, 더 이상은 부정할 수 없을 테니까.

자네는 졌어.

그리고 또 다른 삶에서, 앞으로 찾아올 삶에서, 일곱 살짜리 소년이 손에 마분지 상자를 들고 남부 런던의 길을 따라 걷고 있을 거야. 철쭉꽃 향기가 나는 정원이 딸린 집 앞에 발길을 멈추고 지나가는 기차의 경적 소리에 귀를 기울이겠지. 아버지와 어머니가 그곳에 있을 거야. 아버지의 이름은 하워드, 어머니의 이름은 어슐라. 꽃들을 그토록 향기롭게 가꾸는 정원사는 랜키스라는 이름으로 통하겠지.

이 일곱 살짜리 아이는 낯선 가족에게 다가가서 어린애다운 천진함으로 마분지 상자에 든 무언가를 먹어보라고 권할 거야. 사과일 수도 있고, 오렌지일 수도 있지. 캐러멜 스위트나 끈적한 토피 푸딩일 수도 있고, 자세한 건 중요하지 않아. 누가 그렇게 순진무구한 아이의 선물을 거절하겠어? 아버지, 어머니, 어쩌면 정원사까지도. 그런 상황에서는 경계할 필요가 없거든. 모두가 소년한테서 뭔가를 받을 테고, 고맙다고 인사도 할 거야, 그리고 아이가 돌아서서 길을 걸어가면 그 선물을 먹겠지.

독의 약효가 몹시 빠를 거라고 장담하지.

그리고 빈센트 랜키스는 절대 태어나지 못할 거야.

그리고 만사는 순리대로 돌아갈 거야.

시간은 계속 이어질 거야.

클럽은 영겁의 세월에 걸쳐 손길을 뻗을 테고, 아무것도 변하지 않을 거야.

우리는 신이 되지 않을 거야, 자네도 나도.

우리는 그 거울을 들여다보지 않을 거야.

그 대신, 자네한테 남은 며칠의 시간 동안, 자네는 드디어 필멸의 인간이 된 거야.

열다섯 번째 생애에서 비로소 시작된
해리 오거스트의 '진짜' 삶

김선형

작가들은 모두 변검의 삶을 살고 있지만, 영국 작가 캐서린 웹만큼 다중의 가면을 쓰고 사는 이도 흔치 않다. 1986년생으로 아직도 젊은 이 작가야말로《해리 포터》시리즈의 등장인물 헤르미온느의 환생이라 해도 믿길 만큼 경이로울 정도로 다채로운 경력을 자랑한다. 런던정치경제대학교(LSE)에서 역사학을 전공하고 왕립연극예술아카데미(RADA)로 진학해 연극과 뮤지컬 무대를 공부하다 현재는 라이브 공연의 무대조명 디자이너로 일하고 있다. 14세에 쓴 소설을 16세에 출간하며 '천재 작가'로 문단에 데뷔했고, 캐서린 웹이라는 본명으로 여덟 편의 청소년 소설을 써서《데일리텔레그래프》로부터 '10대의 여왕'이라는 칭호를 얻었고, 20대에 들어서며 케이트 그리핀이라는 필명으로 여섯 편의 어반 판타지 소설을 썼다. 좀 더 문학적이고 사변적인 소설을 쓰게 되면서 클레어 노스라는 필명으로 열두 편의 SF 소설을 출간했는데, 그 결과 카네기 메달 수상 후보에 두 번 올랐고, 영국SF협회

상과 아서 C. 클라크상 후보로 올랐으며 존 W. 캠벨 기념상
(《해리 오거스트의 열다섯 번째 삶》), 세계환상문학상(《돌연 희망이
등장하다》), 필립 K. 딕상 특별상(《84K》)을 휩쓸었다. 더욱이 남
자들 가운데 유일한 여성으로서 오랜 기간 필리핀 무술 '에스
크리마'를 수련해 달인의 경지에서 여성 호신술을 가르치고
있다고 하니, 이 정도면 이 사람에게 주어진 시간은 분명 평
범한 이들과는 다른 게 분명하다.

《해리 오거스트의 열다섯 번째 삶》은 2014년 클레어 노스
로서 내놓은 첫 작품이고 입소문으로만 수백만 부가 팔린 이
른바 '슬리퍼' 히트작이며, 바로 이 '시간'의 문제를 다루고 있
다. 작가의 경력을 볼 때 남다르게 경험하는 시간의 문제를
다룬 이 작품이 불후의 대표작이 된 것은 아무래도 우연으로
보이지 않는다.

작가는 한 인터뷰에서 이 소설을 처음 착상한 순간을 극적
으로 묘사하는데, 바로 어떤 절대적인 고립감과 외로움의 찰
나다. 이 책은 셰익스피어의 출생지인 스트랫퍼드어폰에이
번의 로열셰익스피어컴퍼니에서 유달리 힘겹게 몰입했던 연
극의 조명 작업을 하던 가운데 시작되었다. 죽도록 일만 하다
가 마티네 쇼를 마친 어느 뜨거운 여름날이었다. 다음 공연
준비를 시작하기까지 네 시간의 휴식 시간이 있었는데, 이는
거의 3주 동안 매일 반복되고 반복되던 일과였다. 갈 곳도 없

는 채 길거리로 나섰다가 문득 "다리는 쑤시고 팔은 멍들고 태양은 작열하고 관광객들은 행복하고 나는 외로웠다"고 작가는 말한다. 바로 그 순간 어떤 강렬한 강박에 사로잡혀 그는 당장 숙소로 돌아갔다. 그 자리에서 기분이 좋아지려고, 1919년 한 남자가 태어나 죽고 이전 삶의 모든 기억을 지닌 채 또다시 태어나 성장하고 늙고 죽고 또다시 태어나는 내용의 단편을 썼다. 1만 단어를 내리쓰고, 3만 단어에 다다랐을 때, 단편이 아니라 장편이라는 걸 깨닫고 그는 처음부터 다시 시작했다.

형언하기 어려운 이 소설의 묘한 매력은 바로 이 순간의 독특한 애상적 정서가 놀랍도록 기발한 설정으로 완벽하게 전환된 데 기인한다. 환생자 혹은 불멸자의 개념은 SF나 판타지 장르에서 흔히 볼 수 있지만, 해리 오거스트와 같은 칼라차크라는 한 가지 결정적인 제약을 지닌다. 불멸자들은 무한한 미지의 미래를 경험하고 환생자들은 환생을 통해 전생에 못다 한 목적을 이룬 후 대체로 진짜 죽음을 맞지만, 칼라차크라들은 죽고 또 태어나 영원히 살면서도 결코 자기 시대의 한계를 뛰어넘을 수는 없다. 그들은 반드시 일정 수명이 끝나면 죽어야 하고 같은 시간 같은 장소에서 다시 태어나야 한다. 한 번 환생하는 게 아니라 끝없이 꼬리를 물고 같은 일이 반복되는 생애를 살아가야 한다. 《커커스리뷰》에서 "레드불을 들이킨 〈사랑의 블랙홀〉ᵃ라고 명명한 이 설정은, 어마 어마하게 거대한 폐소에 감금된 수인의 존재처럼 근본적으로 서글프다. 이 세계에서 아무것도 궁금하지 않고 아무것도 신기하지 않고 아무것도 새롭지 않게 되는 어느 순간 그들은 반드시 지독한 권태, 삶의 무의미, 절대적인 고립감을 맞닥뜨리기 때문이다. 칼라차크라들은 외롭고 권태로우며, 자기 시대 안에서는 세속적 욕망을 모두 성취할 수 있는 충분한 힘이 있지만 몸과 마음은 계속해서 부서지고 멍들고 병들고 다친다. 삶을 인고할 뿐, 죽음으로 탈출할 수도 없는 인간은 어디에서 존재의 의미를 찾아야 할까.

　소속감과 이타주의. 사랑과 증오. 자신과 같은 다른 이들과 부딪혀야만 비로소 생겨나는 심리적 동기들. 빤하지만 결코 빤하지 않은 그 감정들이 인간의 삶에 의미를 주듯 칼라차크라의 삶에 의미를 주고 이 소설에 뜨거운 심장을 심어준다. 해리 오거스트는 유일무이한 존재가 아니며, 그 사실이 바로 그의 유일무이한 구원이다. 시간을 거스르는 칼라차크라들의 연대인 크로노스 클럽은 독특한 방식으로 서로 소통한다. 미래의 메시지는 이전 삶의 기억을 지닌 아이들로부터 전해

---

*　원제는 〈Groundhog Day〉로 빌 머레이 주연의 1993년 미국 영화. 한 남자가 어느 날 무한히 되풀이되는 하루 속에 갇히며 벌어지는 일들을 다룬다.

진다. 아이는 죽어가는 노인에게 찾아가 미래로부터 온 메시지를 전한다. 알고 보면 그들마저 죽을 수 있고, 그들의 세계마저 파괴될 수 있다는 메시지. 어느 해 평소와 다름없이 죽어가던 노인 해리 오거스트에게 찾아온 어린 소녀가 전한 메시지. "하지만 세계의 종말이 더 빨라지고 있답니다"라는 이 한마디가 그들 또한 친구를 잃고 죽음을 맞을 수 있다는 날카로운 경종을 울린다. 그래서 아이러니하게도 이 메시지를 통해 해리 오거스트는 처음으로 진짜 삶을 시작한다. 죽음을 무릅쓴 영웅적 사투라는 삶다운 삶을. 그러니 칼라차크라에게마저, 삶의 의미는 죽음의 현전에서 온다. 모든 이야기가 언젠가는 반드시 끝난다는 데서 의미를 찾게 되듯이.

이 소설에서 시간은 빠르게 흐른다. 그래서 소설은 무섭도록 빠르게 읽힌다. 사건의 시간과 독서의 시간이 모두 어마어마한 속도로 흘러간다. 엄청나게 오랜 시간에 걸쳐 일어난 사건들(열다섯 번의 생애이므로 거의 1천 년에 달하는 시간)을 아우르면서도 단 한 순간도 지루하지 않다. 그야말로 눈 깜박하고 나니 어느새 열다섯 번 다시 살았더라는, 해리 오거스트가 체감하는 그대로의 시간 감각이 독자에게도 생생하게 전해진다. 이 엄청난 몰입감 때문에 나는 원고를 그 어느 때보다 여러 번 읽고 또다시 읽어야 했다. 원고를 검토하려면 디테일을 느리고 찬찬히 살펴야 하는 나의 책무를 번번이 까맣게 잊고 이야기에 몰입해 그만 정신을 차려보면 어느새 몇십 장을 후루룩 넘겨버리고 만 터였기 때문이다. 독자의 멱살을 움켜쥐고 이야기 속으로 끌어당기는 이 흡인력은 우리 시대 소설에서 흔히 찾기 어려운, 진짜로 귀한 미덕이다. 하지만 이 흡인력은 또한 어마어마한 정보값과 맞물려 있어서, 제2차 세계대전과 양자물리학, 무너져가는 영국 귀족 가문, 트라우마의 심리, 러시아와 미국의 냉전, 수백 페이지를 빽빽이 채운 무수한 디테일들이 스위스 시계의 톱니바퀴처럼 완벽하게 맞물려 한 치의 오류 없이 작동한다. 그래서 나는 원고를 읽고 또 읽으면서 또 넋을 놓고 수십 페이지를 후루룩 넘겨버리는 일을 해리 오거스트의 삶만큼이나 반복한 것 같다.

사실 이 소설의 한국어 제목에는 한 단어가 빠져 있다. 원제는《The First Fifteen Lives of Harry August》로, 말하자면《해리 오거스트의 처음 열다섯 번째 삶》이다. 하지만 그의 열다섯 번째 삶이야말로 또한 그의 유일한 삶이라 할 수 있기에《해리 오거스트의 열다섯 번째 삶》이라는 제목을 이번에도 그대로 두기로 했다. 하지만 이 소설의 마지막 장을 덮으며, 난 이것이 해리 오거스트의 '첫' 열다섯 번의 생애라는 게 문득 슬퍼졌다. 이토록 치열하게 삶의 의미를 산화한 그는 앞으로 어디서 새로운 의미를 찾고 또 어떤 존재로 진화해 갈까. 그 사이에 얼마나 권태롭고 무의미한 시간들이 한없이 흘러

갈까. 그러다 금세 조금 다른 결론에 이르렀다. 곰곰 다시 생각해 보면 그는 슬프지 않다. 앞으로도 슬프지는 않을 것이다. 이 소설이 결코 비관적이지 않은, 아주 근사한 이유가 하나 남아 있기 때문이다. 우리의 주인공 해리 오거스트가 평범한 칼라차크라가 아니기 때문이다.

해리 오거스트에게는 완벽한 기억력 말고 또 하나의 초능력이 숨겨져 있는데, 그건 바로 마르지 않는 학구열이다. 나는 알고자 하는 자의 기쁨이야말로 이 소설에 숨겨진 진짜 주제라고 생각한다. 해리 오거스트는 영원히 새로운 지식 앞에서 흥분하는 천생의 학자고, 지식만큼은 영원히 메마르지 않는다. 무한한 시간을 들인다 해도 여전히 배워야 할 기술, 배워야 할 언어, 배워야 할 학문이 있다. 해리 오거스트는 끝없는 생을 반복하며 끝없이 배우고 또 공부한다. 불과 100여 년이 못 되는 세계이지만 여전히 그 세계의 어느 부분은 맹점으로 남아 있다. 또한 매 생애 아주 조금씩 세상이 변화하기에 그 변화가 다른 맹점을 낳는다. 이 맹점이 해리 오거스트를 움직이게 한다. 아무리 무한한 시간을 들여도 세계의 일부가 여전히 미스터리로 남을 거라는 사실이, 그래서 여전히 배울 것이 남아 있으리라는 사실이 죽음이 없는 존재를 추동하는 삶의 동기라는 건, 정말이지 멋지지 않은가.

해리 오거스트의 열다섯 번째 삶

초판 1쇄 인쇄	2025년 10월 20일
초판 1쇄 발행	2025년 10월 28일

지은이	클레어 노스
옮긴이	김선형

책임편집	한의진
교정·교열	김정현
디자인	MALLYBOOK 최윤선, 오미인, 조여름
책임마케팅	최혜령, 박지수, 도우리, 양지환
마케팅	콘텐츠 IP 사업본부
해외사업	한승빈, 박고은
경영지원	백선희, 권영환, 이기경, 최민선
제작	재영P&B

펴낸이	서현동
펴낸곳	㈜오팬하우스
출판등록	2024년 5월 16일 제2024-000141호
주소	서울시 강남구 테헤란로 419, 11층 (삼성동, 강남파이낸스플라자)
이메일	info@ofh.co.kr

ⓒ 클레어 노스
ISBN 979-11-94979-82-1 (03840)

반타는 ㈜오팬하우스의 출판브랜드입니다.